21世纪师范院校计算机实用技术规划教材

多媒体课件制作教程
（运动类）

肖 威 编著

清华大学出版社
北 京

内容简介

本书采用图文结合的方式完整地记录了PowerPoint 2003和Flash CS3软件在运动类课件制作中的大部分功能和使用技巧。通过实例详细介绍了运动类课件制作中素材的采集和编辑，使用PowerPoint 2003软件进行幻灯片动画制作、文字编辑、图形绘制、声像、视频片段剪辑和Flash CS3软件在制作运动类课件中的基础知识，包括逐帧动画、补间动画、运动动画、旋转动画、引导动画、遮罩动画等制作原理和方法。书中还对与运动类课件制作密切相关的COOL 3D、Ulead GIF Animator、Pivot Stick figure Animator软件做了详尽阐述。

本书结构清晰、实例丰富，可作为高等学校师范类专业课件制作课程的教材，也可供学习课件制作的初、中级读者（尤其是教师）参考，或作为各类培训班的授课教材。

图书在版编目（CIP）数据

多媒体课件制作教程（运动类）/肖威编著. —北京：清华大学出版社，2011.9
（21世纪师范院校计算机实用技术规划教材）
ISBN 978-7-302-24587-2

Ⅰ. ①多… Ⅱ. ①肖… Ⅲ. ①多媒体—计算机辅助教学—师范大学—教材
Ⅳ. ①G434

中国版本图书馆CIP数据核字（2011）第010151号

责任编辑：付弘宇 薛 阳
责任校对：时翠兰
责任印制：李红英
出版发行：清华大学出版社
http://www.tup.com.cn
地 址：北京清华大学学研大厦A座
邮 编：100084
社 总 机：010-62770175
邮 购：010-62786544
投稿与读者服务：010-62795954，jsjjc@tup.tsinghua.edu.cn
质 量 反 馈：010-62772015，zhiliang@tup.tsinghua.edu.cn
印 装 者：北京市清华园胶印厂
经 销：全国新华书店
开 本：185×260 印 张：18 字 数：434千字
版 次：2011年9月第1版 印 次：2011年9月第1次印刷
印 数：1～3000
定 价：29.00元

产品编号：039125-01

序　言

社会提倡终生教育，一线的教育工作者有着强烈的接受继续教育的要求，许多学校也为教师的长远发展制定了继续教育的计划，以人为本，活到老学到老的思想更加深入人心。

随着知识经济和信息社会的到来，对教师进行计算机培训已提到国家的议事日程上来了，让每位教师具有应用信息技术能力，已是刻不容缓的一件大事，将影响到国家的发展和人才的培养。目前，很多人已经意识到：有还是没有信息技术能力将影响到一个人在信息社会的生存能力，成为常说的新“功能性文盲”。作为教师如果是“功能性文盲”，有可能出现如下的尴尬局面：面对计算机手足无措；不会使用计算机备课、上课，不会使用多媒体手段进行教学，不会编制和应用课件，不会上网获取信息、更新知识、与同行交流，无法与掌握现代技术的学生很好地交流，无法开展网络教学等等。作为培养人才的教师，如果是一个现代的“功能性文盲”，如何适应现代化的要求？如何能培养出有现代意识和能力的下一代？

一本好书就是一所学校，对于我们教师更是如此。信息技术已经成为现代人必备的基本素质之一，好的教材可以帮助教师们迅速而又熟练地掌握信息技术，从最初的 Windows 操作系统到 Office 办公系统软件，还有各种课件制作软件的教材在我们的日常教学中发挥着巨大的作用。

作为师范院校计算机实用技术教材，本套丛书主要的读者对象是师范院校的在校师生、教育工作者以及中小学教师，是初、中级读者的首选。涉及到的软件主要有课件制作软件（Flash、Authorware、PowerPoint、几何画板等）、办公系列软件、多媒体技术、网络技术、计算机应用基础和图形图像处理技术等。考虑到一线教师的实际情况，我们尽可能地使用软件最新的中文版本，便于读者上手。

本丛书的作者大多是一线优秀教师，经验丰富、有一定的知识积累。他们在平时对于各种软件的使用中都有自己的心得体会，能够结合教学实际，整理出一线老师最想掌握的知识。本丛书的编写绝不是教条式的“用户手册”，而是与教学实践紧紧相扣，根据计算机教材时效性强的特点，以“实例+知识点”的结构建构内容，采用“任务驱动教学法”让读者边做边学，并配以相应的光盘，生动直观，能够让读者在短时间内迅速掌握所学知识。本丛书除了正文用简捷明快、图文并茂的形式讲解图书内容外，还使用“说明、提示、技巧、试一试”等特殊段落，为读者指点迷津。通过浅显易懂的文字，深入浅出的道理，好学实用的知识，图文并茂的编排，来引导教师们自己动手，在学习中获得乐趣，获得知识，获得成就感。

在学习本套丛书时，我们强调动手实践，手脑并重。光看书而不动手，是绝对学不会的。化难为易的金钥匙就是上机实践。好书还要有好的学习方法，二者缺一不可。我们相信读者学完本套丛书后，在你的日常生活和教学工作中你会有如虎添翼的感觉，在计算机的帮助下你的学习和工作效率会有极大的提高，这也是我们所期待的。祝你成功！

吴文虎

专家委员会

丛书编委会

前　言

随着信息技术的快速发展，身在一线的教师都希望能独立制作多媒体课件，课件制作已成为各院校广大师生、中小学教学人员的迫切任务，使用 PowerPoint 2003、Flash CS3 制作课件目前已成为必备的教学技能之一。本书将这两款优秀的课件制作软件合理结合，并与运动类课件制作密切相关的几款软件一起，铸造一本真正意义上的课件制作参考书，弥补了单一软件制作课件的不足，希望读者能从本书中学到一些实实在在的知识，使课件制作水平再上新台阶。

本书共分 15 章。第 1 章介绍多媒体课件制作基础；第 2 章介绍多媒体课件素材的采集与编辑；第 3 章介绍使用 COOL 3D 软件打造课件片头；第 4 章介绍使用 Ulead GIF Animator 软件制作课件动画；第 5 章介绍使用 Pivot 软件制作人物动画；第 6 章为走进 PowerPoint 2003；第 7 章介绍幻灯片制作与编辑课件；第 8 章为幻灯片的风格及管理；第 9 章为控件的应用及课件保存；第 10 章为动画制作及实例；第 11 章介绍 Flash CS3 课件基础；第 12 章介绍 Flash 绘图技巧；第 13 章介绍 Flash 声音和视频处理；第 14 章介绍使用 Flash 创建动画与实例；第 15 章介绍 Flash 作品导出与发布。

本书没有深奥难懂的理论，有的只是实用的操作技巧和丰富的图示。采用循序渐进、手把手教学的方式写成，其中，软件的操作步骤完整清晰，全部实例都经过验证无遗漏，并结合实际运动讲解操作，实现了从入门到精通。读者在阅读的同时，应当启动 PowerPoint 2003 和 Flash CS3 软件，根据本书的讲解步骤进行操作，以便能掌握该软件。有一定基础的读者可以直接阅读本书实例，这将对其创作会有一定的启发，同时也可以将本书作为工作的参考手册。能熟练掌握这两款软件的读者可在实例基础上，举一反三地制作出具有专业水准的动画作品。

本书针对高等学校体育专业开设的多媒体课件教学课程而编写，适用于课件制作的初、中级读者，也可作为各类培训班的授课教材，特别适合中小学体育教师使用，也可作为广大计算机爱好者的自学参考书。

为配合课程的教学需要，本书配套有电子资料（包括教学课件、范例、素材、源程序等），有需求的教师可以到清华大学出版社主页（http://www.tup.com.cn 或 http://www.tup.tsinghua.edu.cn）上查询和下载，在下载或使用过程中如遇到问题，请联系 fuhy@tup.tsinghua.edu.cn。在学习过程中如有疑问可以到作者主页 http://www.xiaowei8.com 上交流。

由于作者水平和能力所限，书中存在疏漏与不妥之处在所难免，真诚欢迎广大读者来信批评、指正。

阜阳师范学院　肖威

2011 年 5 月

目　　录

第1章

多媒体课件制作基础

1.1 多 媒 体

所谓多媒体，是指人与计算机进行交流的多种媒体信息，包括文本、图形、图像、声音、动画、视频等信息。

(1) 文本：以文字和各种专用符号表达信息的形式。在多媒体CAI课件制作中，文本仍然是传播信息的主要途径，课堂教学的主要内容都需要以文本的形式体现。常见的文件格式有TXT、RTF、HIM、DOC等。

(2) 图形：指矢量图，主要为多媒体课件中的几何图形、统计图、工程图等。常见的文件格式有BMP、DIB、GIF、JPG、TIF、TGA、PIC、WMF、EMF、PNG等。

(3) 图像：通常指位图，主要为多媒体课件中的照片、风景等色彩比较丰富的图片。常见的文件格式有BMP、DIB、GIF、JPG、TIF、TGA、PIC、WMF、EMF、PNG等。

(4) 声音：声音是多媒体中最容易被人感知的媒体形式之一。声音的格式主要有两种，一是波形声音(WAVE)，二是乐器声音(MIDI)。常见的文件格式有WAV、MID、MP3、MP2等。

(5) 动画：表现连续动作的图形或图像，如绽放、旋转、淡入淡出等。实际上动画是由一些表现连续动作的帧构成的。目前，最典型的动画形式就是PowerPoint动画、Flash动画、GIF动画等。常见的文件格式有PPT、FLC、GIF、SWF、AVI等。

(6) 视频：活动的影像，例如电影、电视、VCD等都属于视频。视频文件的主要格式有AVI、MPEG、MOV、DAT、RM、ASF、WMV、FLV等。

1.2 多媒体课件

课件(Courseware)是在一定的教学理论、学习理论指导下，以计算机技术、多媒体技术和通信技术为基础，为完成特定的学习目标而设计的，能反映某种教学策略和教学内容的计算机软件。

多媒体课件是采用多媒体技术综合处理文本、图形图像、动画、音频视频等多媒体信息，并根据教学目标的要求反映一定教学策略，表达某一课程或若干门课程教学内容的计算机软件。它可以用来存储、传递和处理教学信息，允许学生进行人机交互操作和反馈，并能够对学生的学习效果做

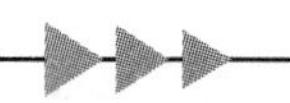

出适当评价。多媒体课件的规模可大可小。一般来说,多媒体课件作为一种教材,都具有教材的结构。

1.3 多媒体课件的特征

1. 教学性

多媒体教学课件必须符合学科的教学规律,反映学科的教学过程和教学策略。在多媒体教学课件系统中,通过多媒体信息的选择与组织、系统结构、教学程序、学习导航、问题设置、诊断评价等方式来反映教学过程和教学策略。一般情况下,在多媒体教学课件系统中,大都包含有知识讲解、举例说明、媒体演示、提问诊断、反馈评价等教学基本部分。

2. 科学性

多媒体教学课件必须正确表达学科的知识内容。在多媒体教学课件系统中,教学内容是用多媒体信息来表达的,各种媒体信息都必须是为了表现某一个知识点的内容,为达到某一层次的教学目标而设计、选择的。各个知识点之间应建立一定的关系与联系,以形成具有学科特色的知识结构体系。

3. 交互性

多媒体教学课件必须具有友好的人机交互界面。交互界面是学生和计算机进行信息交换的通道,学生就是通过交互界面进行人机交互作用的。在多媒体教学课件系统中,交互界面的形式包括有图形菜单、图标、按钮、窗口、热键等内容。

4. 集成性

多媒体教学课件必须是由文本、图形、动画、声音、视频等多种媒体信息集成在一起,经过加工和处理所形成的教学系统。正因为多媒体教学课件具有多种媒体的集成性,图、文、声、像并茂,具有较强的表现力和感染力,所以能引起学生的学习兴趣和提高学生的学习积极性。

5. 诊断性

多媒体教学课件必须具有诊断评价、反馈强化的功能。在多媒体教学课件系统中,通常设置一些问题作为形成性练习,向学生提问并要求学生回答。通过问题的提出与回答,可以使学生进行思考与操练,也可以了解学生的学习情况,并做出相应的评价,使学生获得的知识得到巩固。

6. 控制性

多媒体课件并不是多种载体的简单组合,而是由计算机加以控制和管理的。

1.4 多媒体课件的教学特点

多媒体课件与传统的黑板加粉笔教学相比具有其独特的特点:首先,多媒体课件可以创造出虚拟的现实世界,使情景教学成为现实。其次,多媒体课件具有化繁为简、化难为易、化远为近、化大为小、化快为慢等丰富多彩的再现形式。第三,多媒体课件利用先进的声像压缩技术,可以在极短的时间内存储、传播、提出或呈现大量的图、文、声、像并茂的教学信息。第四,课件教学能减少重复性劳动。第五,多媒体课件作为教学资源可以共享。

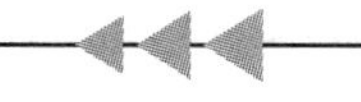

1.5 多媒体课件在教学中的应用

随着多媒体技术在教育领域的不断发展，多媒体课件在教学中的应用日益广泛，主要表现在课堂教学、模拟教学、个别化交互学习和远程教育等几个方面。

1.5.1 课堂教学

教师在课堂教学中应用多媒体课件将教学内容、材料、数据、示例等呈现在大屏幕上以辅助教学讲解。运用这种方法可以给学生多感官刺激，提高学生的学习兴趣，增强学生观察问题、理解问题和分析问题的能力。同时因为计算机多媒体技术具有交互性，可进行非线性的调用，从而达到课堂教学多样化的效果。随着“校校通”工程的实施，很多学校建立了校园教学网络系统，因此通过网络进行计算机多媒体辅助教学非常方便。

1.5.2 模拟教学

随着计算机多媒体技术的发展，虚拟现实技术逐渐应用于教学中，它是通过计算机产生的一种仿真环境，在这个环境中，学生可以作为一个实际操作者进行各种学习和操作，计算机依据其操作可做出反应和判断。例如，由计算机控制的模拟器能够产生逼真的训练、操作环境，学生在这个模拟系统中学习驾驶汽车、飞机等交通工具，有一种身临其境的感觉。利用虚拟现实技术培训各种特殊的专业人员，既方便又经济。

多媒体课件可以把视频、音频和动画等信息结合起来，模拟逼真的现场环境以及微观或宏观世界的事物，以便代替、补充或加强传统的实验手段，来帮助学生学习和理解一些抽象的原理。

1.5.3 个别化交互学习

所谓个别化交互学习，是指利用多媒体计算机网络技术，将多媒体课件的教学内容变为网上资源，由学生自主进行选择和学习。个别化交互学习，可做到因材施教，学生根据自己已有的知识选择学习内容，并且可以进行双向交流学习。目前不少院校建立了计算机实验室，向学生开放，供学生进行个别化交互学习。

1.5.4 远程教育

远程教育是近年来兴起的一种基于计算机网络的教学系统，它是开放的、远程的、自主的教学方法。远程教育中的课堂是对外开放的，学生可以通过网络进行合作和写作学习，教师可以通过网络和其他教师进行讨论。同时，通过网络师生们可以共享更多的教学资源；通过远程教育，教师可以在全球范围内指导学生学习，而学生则可以得到更多的教师指导。随着计算机网络技术的发展，远程教育的规模正在不断地扩大，充分显示了其优越性。有专家预言，由于远程教育的发展，有可能导致一场教育革命。

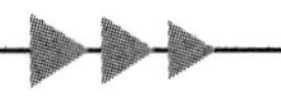

1.6 多媒体课件的设计原则

多媒体课件是利用多种媒体形式实现和支持计算机辅助教学的软件。多媒体课件的制作必须服务于教学,其目的是改革教学手段和提高教学质量。一味地照搬课本内容和教学环节,把课件搞成素材展示,是不正确的,在设计和制作多媒体课件时应遵循以下几项基本原则。

1. 教育性

设计的多媒体课件,要符合党的教育方针、政策,紧扣教学大纲,突出重点,分散难点,深入浅出,易于接受,注意启发,促进思维,培养能力,善于引导,对于向学生传播某门学科的基础知识,发展学生的能力,培养学生的思想品德,促进学生的全面发展,应能起到良好的作用。要实现上述要求,必须注意以下几点。

(1) 要有明确的目标

为什么要制作这个课件?这个课件要解决教学上什么问题?要在学生的知识、能力、思想品德方面引起哪些变化?

(2) 根据教学大纲,围绕解决教学重点、难点而设计

在设计过程中,首先要想到所设计的是教学课件,是教学内容的一个部分,必须符合教学大纲的要求。设计的教学课件要有助于解决教学重点、难点问题。

(3) 适合学生接受水平

这个课件是为哪个年级、年龄和发展水平的学生用的?它是否适合学生原有的知识基础和接受能力?

2. 科学性

设计的多媒体课件,要具有高度的科学性,能正确展现科学基础知识和现代科学技术发展水平,内容正确,逻辑严谨,层次清楚。要实现上述要求,必须注意以下几点。

(1) 教学媒体符合科学原理

教学媒体要生动有趣,但不能违背现代科学的基本原理,不能庸俗化。

(2) 选材符合实际

选用的材料、例证和逻辑推理,都必须是科学的、符合客观实际的、经得起实践考验的。

(3) 操作准确、规范

各种实际操作都必须准确、规范。

(4) 素材真实、科学

所表现的图像、声音、色彩,都要符合科学的要求。不能片面追求图像的漂亮、声音的悦耳、色彩的鲜艳而损坏了真实性。

3. 技术性

设计的多媒体课件,要图像清晰、声音清楚、色彩逼真、声画同步,要保证良好的技术质量。要实现上述要求,必须注意以下几点。

(1) 设备状态良好

制作多媒体使用的设备要处于良好的状态。

(2) 制作人员技术熟练

制作人员要熟练掌握有关技术,如摄影人员要对用光、取景、景别的转换、镜头的组合用

得恰到好处。

4. 艺术性

设计的多媒体课件，要有丰富的表现性和感染力，能激发学生的情感，引起学习动机，提高学习兴趣和审美能力。要实现上述要求，必须注意以下几点。

(1) 内容真实

多媒体课件的内容要反映大自然和社会生活中真、善、美的事物。

(2) 画面优美流畅

画面构图要清晰匀称、变换连贯、流畅、合理。

(3) 光线与色彩搭配合理

在光线与色彩上，要明暗适度、调配适当，使观看者感到舒适。

(4) 语音优美

在音乐与语言上，要避免噪音、音乐要和景物与动作相配合、语言要抑扬有致、使听者愉快，从而收到教育效果。

5. 经济性

设计多媒体课件要考虑经济效益，以最小代价，得到最大收获。这里所说的“代价”，主要是指使用的人力、材料、经费和时间；“收获”是指优秀的多媒体课件。就是要力争用最少的人力、材料、经费和时间，制成大量优秀的多媒体课件。

优秀的多媒体课件，就是有助于提高教学质量和教学效率，能够取得良好的教学效果的多媒体课件。要实现上述要求，必须注意以下几点。

(1) 编制多媒体课件，要有周密的计划

要合理调配人力，使用材料，核算经费，安排时间。

(2) 编制多媒体课件，要以是否符合教学要求，是否取得所追求的教学效果为前提

制作幻灯片如果不能取得所追求的教学效果，那么，就没有必要制作多媒体课件了。

1.7 制作多媒体课件的一般流程

无论是大中型的还是小型的多媒体课件，其基本的制作流程是一样的。当确定了课件的主题以后，应该按照如下流程进行制作，即规划结构、收集素材、课件整合、测试发布。

1. 规划结构

实际上，这是一个基本的设计过程，由于多媒体课件具有较强的集成性、交互性等特点，所以，制作课件时必须根据教学内容规划好整个课件的结构，这是制作课件的前提与基础。多媒体课件的结构决定了教学内容的组织与表现形式，反映了课件的基本框架与风格。无论采用什么样的结构和风格，都要注意一个重要问题——导航要合理。也就是说，用户必须按照设计的课件结构走进去，也能按照课件结构走出来。

2. 收集素材

收集素材是制作多媒体课件的关键。没有素材就失去了操作对象，再好的“戏”也出不来。素材不理想，就影响了课件的质量。因此，在制作课件之前一定要精心收集素材，要把课件中需要的素材全部收集起来，并进行适当的加工处理，然后再制作。这样，不但可以提高工作效率，同时也为制作出高质量的课件奠定了基础。

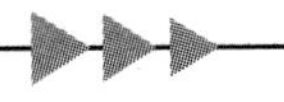

3. 课件整合

课件整合就是根据课件的制作要求,把各种相关的素材按照一定的规律、组织形式整合到一起。这种过程主要运用多媒体制作软件来完成,如 PowerPoint、Flash 等。课件的整合过程就是课件的生成过程,因此,要注重课件的科学性与艺术性地紧密结合。

4. 测试发布

当完成了多媒体课件的制作后,在发布之前,一定要对课件进行全面的测试。这是因为在开发课件的过程中,特别是开发大型课件的过程中难免会存在一些疏漏,甚至是逻辑错误,因此,完成了课件的制作任务之后,并不意味着大功告成,一定要对每一个结构分支进行运行测试,并随时纠正存在的错误。另外,对课件进行了测试之后,还要求在不同的电脑上、不同的系统中进行测试,确保课件能够正确运行。通过了所有的测试以后,就可以将课件打包发行,应用于实际教学中了。

1.8 PowerPoint 课件的界面设计要求

PowerPoint 课件的界面设计是决定一个课件质量的重要因素,它直接影响课堂教学的效果。界面设计主要包括版式和色彩的设计。

1. 版面设计

版面设计是对幻灯片的内容布局进行统筹安排,为文字、图形、图像、影像等信息进行定位、信息量大小设计,力求做到主次分明,符合视觉传达规律。文字运用要清晰、大方、简捷,图形排列有序,影像与文字要配套。一个版面不可安排过多内容,避免杂乱无章。

做 PPT 课件可以从一些优秀的国内外 Web 网站中寻找灵感,网站设计讲究整体简洁、干净,一目了然。在版式结构上一般是上下结构或者是左右结构,通过导航菜单的链接设置,可以方便地跳转到相应的页面。

2. 色彩设计

色彩设计是对幻灯片的色彩基调、布局、对比、风格等做协调安排。色彩设计中最易出现的问题是背景颜色与文字、图片颜色过于接近,让人辨认困难。色彩设计的一般原则是:首先要注意色彩与主题、科目、学生特征等相符合。其次,色彩基调要为内容服务,基调统一,切忌随意变化。第三,要用好色彩对比与饱和度。从美术角度来说,下列背景色和文字颜色的组合就很合适:白色背景黑色文字、黑/灰色背景白色文字、蓝色背景白色文字。色块不宜使用红-绿、红-蓝、绿-蓝、蓝-黄等色彩搭配。

1.9 多媒体课件评价

多媒体课件的开发与多媒体课件的评价是密不可分的,多媒体课件评价的根本目的在于实现课件软件系统的完善。目前,市场上可供选择的多媒体课件越来越多,不同类型的课件,制作要求和使用方式各不相同,对它们的评价也应有所区别。因此,对多媒体课件的评价日益引起人们的广泛关注。

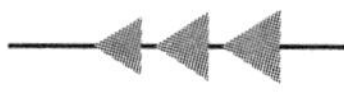

1.9.1　多媒体课件的评价分类

1. 形成性评价

多媒体课件的形成性评价就是在开发过程中收集方方面面的有效数据，做出分析判断，向课件开发者提供反馈信息，帮助他们改进和完善开发工作，以取得价值较高的课件。

这种评价贯穿于整个课件的开发过程中，其最突出的作用是能够及时地发现问题并加以解决，保证了开发工作的良性发展，避免因问题的长期积累而导致无法挽回，前功尽弃。许多大型课件开发计划都规定了自己的形成性评价机制。

2. 总结性评价

总结性评价是在课件开发过程结束以后，通过课件之间的比较，或者课件与某种标准的比较，对于课件的价值做出判断、划分等级，并给课件流通过程中的决策者提出建议，帮助他们做出有关课件的选择和推广应用的各种决策。

1.9.2　多媒体课件的评价标准

多媒体课件的评价，在我国经过多年的实践逐渐形成了一种三级评审模型，其大体流程为：一审由评审工作人员检查程序的可靠性、稳定性，筛选掉不合格的软件；二审由学科专家组成，制定多媒体课件评价标准并给予加权和量化，根据评价标准全面地评价多媒体课件的教育性、科学性、技术性、艺术性和使用性的价值；三审则由各方面专家汇总评价意见，确定软件等级。

这种评价标准和模型有一定的优点，如比较注重课件的教育价值等，也得到了较为广泛的应用。在借鉴、吸收国外先进经验的基础上，开发适合我国情况的多媒体课件评价标准，从而可以据此得到可信而有效的评价结果，以充分发挥多媒体教学软件的教学效用，最终促进多媒体教学的蓬勃发展。

习　　题

1. 什么是多媒体课件？它的特征有哪些？
2. 多媒体课件的设计原则有哪些？
3. 制作多媒体课件的一般流程是什么？

思　考　题

谈一谈自己对制作一款优秀多媒体课件的认识。

第2章 多媒体课件素材的采集与编辑

在多媒体课件的制作过程中，素材的采集与编辑非常重要，也是一项比较复杂的工作。优秀的课件设计与制造者，一定非常重视课件素材的采集与编辑。因为课件素材是制作课件的基础与前提，素材的选择、素材的质量、素材的使用都会直接影响到课件质量。可见，素材的采集与编辑是不容忽视的。

2.1 文字素材的采集与编辑

文字是最重要的信息载体，无论是课件制作工具还是素材采集与加工工具，几乎都具备文字、文本的采集与编辑功能。

文本素材的主要来源有键盘输入、扫描印刷品、从网络电子资源中获取几种途径。网页中获取文字的方法很简单，用鼠标拖选要复制的文字，右键选择【复制】选项，然后打开文字处理软件（如 Word 文档等），再右键选择【粘贴】就可以了。有的网页是限制复制的，单击菜单栏中的【查看】|【源文件】|【全选】（或按 Ctrl＋A 组合键），然后打开文字处理软件（如 Word 文档等），再右键选择【粘贴】命令，去掉那些网页代码即可。也可以单击菜单栏中的【文件】|【另存为】，保存在自己的电脑里的文件夹内，然后打开 FrontPage 软件进行编辑，就可以复制出该网页内的文字了。

还可以利用截图软件 HyperSnasnap 选择文本的捕捉功能抓取文本窗口或画面中的文字内容，并且可以将其复制到 Word 等文字处理软件中。步骤为：在【捕捉】菜单中选择【文本捕捉】或按 Ctrl＋Shift＋T 组合键，此时屏幕上会出现一个十字形的光标，用鼠标拖选要抓取的文本，松开鼠标，然后将捕捉到的文字粘贴到应用程序中。这种方法不仅捕捉迅速，而且无论是英文或是中文，识别率都非常高，应当说这个功能特别适合于捕捉图像或网页中的文字。

无论是使用键盘输入还是从网页中获取，都要对文字进行修饰。制作课件时，经常需要对标题文字、重点文字等加以修饰，这不但可以起到美观的效果，并且对一些重点文字也起到了强调作用。对文字进行修饰的方法一般有以下两种。

2.1.1 一般修饰

使用 Word 文档可以完成对文字的一般修饰，如阴影、空心、阳文、阴文和动态效果等，这些内容都可以在【字体】对话框中设置，【字体】对话框有三个标签,在不同的选项卡中可以设置文字的不同基本格式,实现修饰效果,如图 2-1 所示。

2.1.2 艺术修饰

在制作课件时如果需要使用艺术字库,可以采用两种方案解决。

一是使用 Office 中的艺术字库。方法是选择菜单栏中的【插入】|【图片】|【艺术字】选项,进入艺术字库,如图 2-2 所示。在【艺术字库】对话框中选择一种式样,然后编辑文字内容,就能制作出艺术字了。

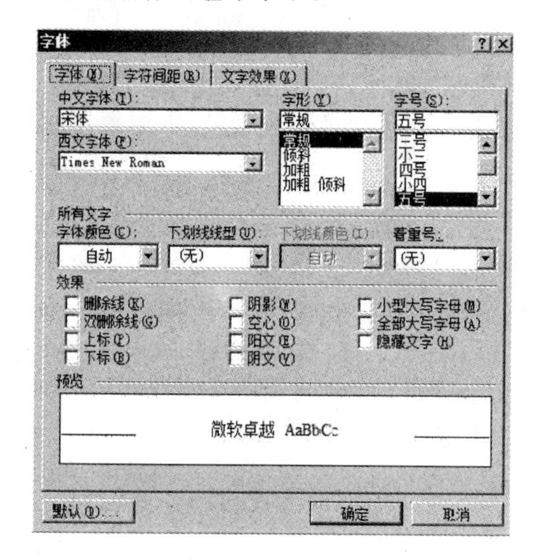

图 2-1 【字体】对话框

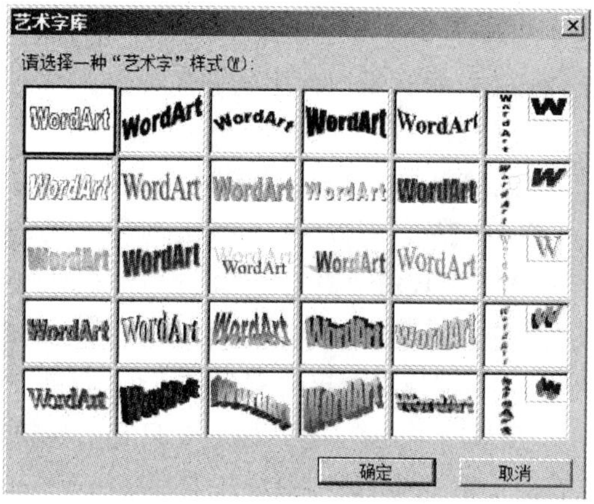

图 2-2 【艺术字库】对话框

二是使用专业软件制作一个简单的艺术字,例如 Photoshop。

(1) 启动 Photoshop,建立一个新文件。

(2) 选择工具箱中的【文字工具】,在图像窗口中输入【体育多媒体课件】,如图 2-3 所示。

(3) 单击菜单栏中的【窗口】|【显示样式】命令,打开【样式】面板。

(4) 在【样式】面板中单击如图 2-4 所示的样式图标,则产生的艺术字效果如图 2-5 所示。

图 2-3 在图像窗口输入文字

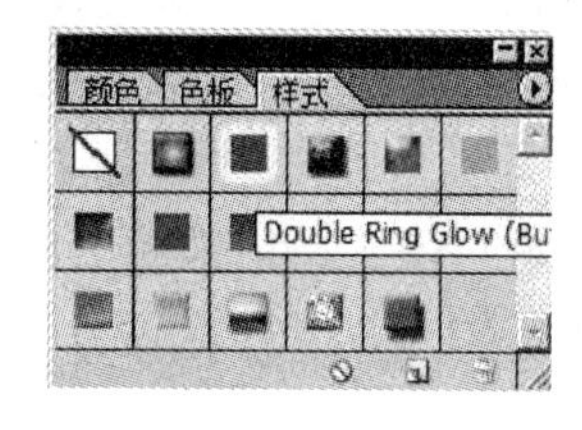

图 2-4 样式图标

图 2-5 艺术字效果

2.2 图像素材的采集与编辑

2.2.1 图像的采集

教学资源中的图像,按用途可分为背景图、按钮图、与教学内容相关的图。获取图像一般有以下 7 个途径:一是从素材光盘中寻找。二是网上查找。网络是一个巨大的资源库,充分利用网络能查找到大量的图片素材。找到图片后,用鼠标右键单击要下载的图片,打开快捷菜单,选中【图片另存为】命令,选择图片的存储位置,就可将所需的图片下载下来。三是用保存网页的方法保存图片,从保存下来的网页文件夹中找到相关的图片。第四是从电子书籍中获取。第五是从教材中扫描。第六是从课件中抓取,可以用 HySnapDX 或 SnagIt 等软件在现成的课件中抓取相应的图片,如图 2-6 所示。第七是直接在相应的图像处理软件中随意设计自己所需的图形图像。电脑绘画是一个广阔的领域,学好画图是一个良好的起步,电脑绘画比传统绘画方便而且干净,更加有创意。Windows 自带的【画图】工具是一个不错的画图软件,下面着重介绍【画图】软件在体育课件中的使用方法。

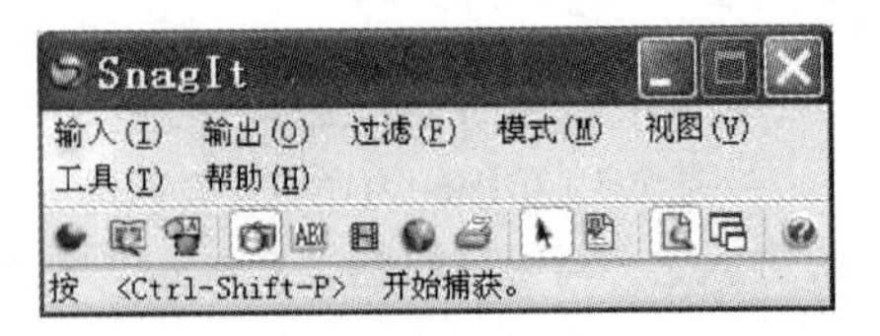

图 2-6 SnagIt 抓图软件主界面

1.【画图】软件常用的画图工具简介

在桌面上单击【开始】|【程序】|【附件】|【画图】选项,启动画图程序。

【画图】软件有以下几种常用画图工具。

是工具箱中铅笔工具,选中铅笔,然后在画布上拖曳鼠标,就可以画出线条了。还可以在颜色板上选择其他颜色画图,鼠标左键选择的是前景色,右键选择的是背景色。在画图的时候,左键拖曳画出的就是前景色,右键画的是背景色。

是刷子工具,它不像铅笔只有一种粗细,而是可以选择笔尖的大小和形状,在这里单击任意一种笔尖,画出的线条就和原来不一样了。

图画错了就需要修改,这时可以使用橡皮工具。橡皮工具选定后,可以用左键或右键进行擦除,这两种擦除方法适用于不同的情况。左键擦除是把画面上的图像擦除,并用背景色填充经过的区域。先用蓝色画上一些线条,再用红色画一些,然后选择橡皮,让前景色是黑色,背景色是白色,然后在线条上用左键拖曳,可以看见经过的区域变成了白色。现在把背景色变成绿色,再用左键擦除,可以看到擦过的区域变成绿色了。而使用右键擦除时将前景色变成蓝色,背景色还是绿色。在画面的蓝色线条和红色线条上用鼠标右键拖曳,可以看见蓝色的线条被替换成了绿色,而红色线条没有变化。这表示,右键擦除可以只擦除指定的颜色——就是所选定的前景色,而对其他的颜色没有影响。这就是橡皮的分色擦除功能。

再来看看其他画图工具。

是用颜料填充工具,就是把一个封闭区域内都填上所选择的颜色。

是喷枪,它画出的是一些烟雾状的细点,可以用来画云或烟等。

A 是文字工具,在画面上拖曳出写字的范围,就可以在该范围内输入文字了,而且还可以选择字体和字号。

是直线工具,用鼠标拖曳可以画出直线。

是曲线工具,它的用法是先拖曳画出一条线段,然后再在线段上拖曳,可以把线段上从拖曳的起点向一个方向弯曲,然后再拖曳另一处,可以反向弯曲,两次弯曲后曲线就确定了。

是矩形工具,是多边形工具,是椭圆工具,是圆角矩形,多边形工具的用法是先拖曳一条线段,然后就可以在画面任意处单击,画笔会自动将单击点连接起来,直到

图 2-7　在 Windows 画图中画出的图形

用户回到第一个点单击，就形成了一个封闭的多边形。另外，这 4 种工具都有三种模式，就是线框、线框填色和只有填充色而无线框。

和是选择工具，星形的是任意型选择，用法是按住鼠标左键拖曳，然后只要一松开鼠标，那么最后一个点和起点会自动连接形成一个选择范围。选定图形后，可以将图形移动到其他地方，也可以按住 Ctrl 键拖曳，将选择的区域复制一份移动到其他地方。如图 2-7 所示，就是用【画图】软件画出的几个图例。

2. 使用【画图】软件从显示屏上获取图像的方法

在使用电脑时，屏幕保护程序、应用软件、光盘或网络等都可能出现一些漂亮的图像，如果它们符合课件的要求，则可以将其从显示屏上捕捉下来备用。

显示屏上获取图像的具体操作步骤如下：

(1) 当显示屏上出现了所需的图像时，按下键盘上的 Print Screen SysRq(屏幕打印)键，则该图像就被保存到 Windows 剪贴板中了。

(2) 单击【开始】|【程序】|【附件】|【画图】命令，启动画图软件。

(3) 在画图软件中，单击菜单栏中的【编辑】|【粘贴】命令，把图像粘贴到画图软件中。

(4) 单击菜单栏中的【文件】|【保存】命令，将图像保存起来即可。图 2-8 即使用这种方法捕捉的 Flash 启动画面。

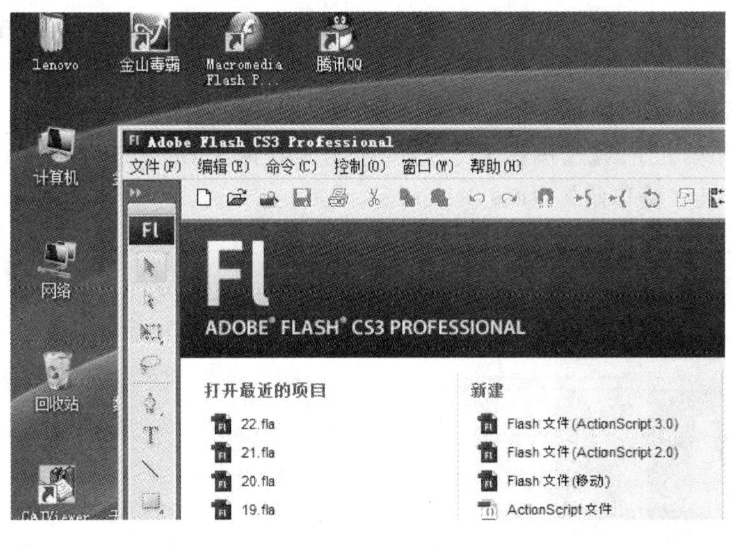

图 2-8　捕捉的屏幕画面

(5) 在画图软件中可以对图像进行各种编辑，如剪切、修补、改变大小、添加文字等。

特别提示：在捕捉屏幕画面时，按下 Print Screen SysRq 键将捕捉全屏画面，按下 Alt+Print Screen SysRq 键可以只捕捉屏幕上的活动窗口。

如果在视频截图时，截出的图是一块黑屏，而不是所要图像，遇到这种情况，解决的办法有三种。

① 关闭视频加速功能即可,以 Windows Media Player 9.0 为例,选择菜单【工具】|【选项】,找到【性能】对话框中的【视频加速】一栏,然后拖动下方的滑动条将默认的【完全】改为【无】,按【确定】按钮保存设置,接着打开需要截图的影片即可正常截图,就不会出现黑屏了。另外在【高级】对话框里,设置【高质量模式】也行。

② 在 Windows 的【开始】菜单中单击【运行】选项,运行程序 dxdiag.exe 后,在【显示】页中单击【禁用 DirectShow 硬件加速】选项,这时再按 Print Screen 键就能截图了。截完后再启动硬件加速即可。

③ 首先启动一个播放软件,如 Windows Media Player,随便播放一个视频文件;然后再启动另一款播放软件,如暴风影音,播放用户要抓取的视频文件。当出现需要截取的画面时,按下 Print Screen 按键进行视频截图,将视频图像自动保存在系统的剪贴板中。接着打开 Windows 中的【画图】软件,在软件中使用【粘贴】命令就可以看到刚才抓下的图片了。这种方法最简单。

2.2.2 图像的修饰

1. 羽化

使用 Photoshop 修饰图像是一件非常简单的事情,例如,觉得捕捉的图像画面过于呆板,要让它产生一种虚边效果,就可以使用 Photoshop 的羽化功能来完成。

(1) 启动 Photoshop 软件,打开一个图像,如图 2-9 所示。

(2) 选择工具栏中的 [ ] 工具,在图像中拖曳鼠标,建立一个选择区域。

(3) 单击菜单栏中的【选择】|【羽化】命令,在弹出的【羽化选区】对话框中设置【羽化半径】为 10,如图 2-10 所示。

(4) 单击【确定】按钮,确定羽化半径。

(5) 单击菜单栏中的【选择】|【反选】命令,连续按两次 Delete 键,删除选择区域中的内容,结果图像产生了虚边效果,如图 2-11 所示。

图 2-9 打开的图像

图 2-10 【羽化选区】对话框

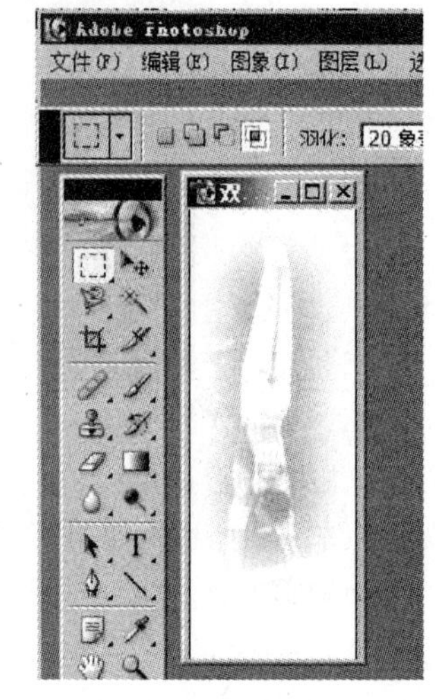

图 2-11 图像效果

2. 抠图

所谓抠图，其实就是将一张照片中除主体以外的所有背景全部去掉，只留下主体部分（前景）。用光影魔术手软件就能轻松实现效果。

第一步：启动光影魔术手，单击工具栏中的【打开】按钮，导入一张图片。单击菜单【工具】|【容易抠图】命令，出现相应界面，选择右侧【第一步：抠图】栏中的曲线工具，按下 Ctrl 键，拖曳鼠标左键勾画前景线（即红线）。勾画完毕，用同样的方法勾画背景线（绿色），勾画完毕后松开鼠标，这时一条闪动的白线就出现在人物周围了，如图 2-12 所示。

图 2-12　利用光影魔术手描绘前景线和背景线

第二步：在【第二步：背景操作】栏中，切换到【删除背景】标签，单击【预览】按钮，看一下抠出的效果图。如果效果不太理想，可以重复第一步的操作，重新修改抠图；如果满意，可以单击【保存】按钮，将抠出的图片保存为 PNG 文件。这样，主题人物就从杂乱的背景中脱离出来了，如图 2-13 所示。

特别提示：在抠图过程中，很容易出现毛边现象，把【边缘模糊】的值稍微调大一点，出来的抠图边缘会圆滑一些。此外，不要让前景线沿着前景边缘拖动，要在前景以内拖动，否则，很容易造成抠图边缘参差不齐，影响效果。在抠图的过程中之所以要按下 Ctrl 键，是因为每次放松鼠标按钮，电脑会以为标记已经完成，按下 Ctrl 键可以在进行多次选择时节约时间。

用光影魔术手抠图感觉不太容易上手的话，那么利用 Photoshop 的【抽出】工具就可容

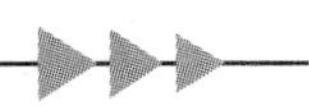

图 2-13　删除背景

易抠出精准的图像。方法如下：

(1) 启动 Photoshop 软件，打开一幅图片，如图 2-14 所示。

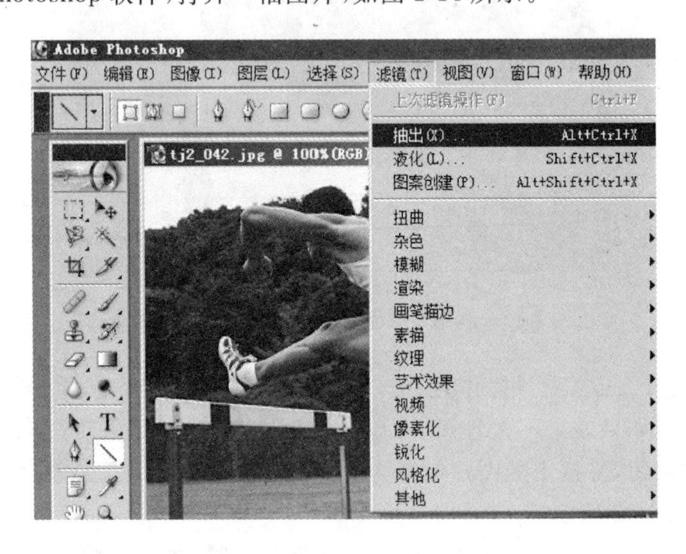

图 2-14　打开图像

(2) 在菜单中选择【滤镜】|【抽出】命令，进入【抽出】工具界面，如图 2-15 所示。

(3) 在新的窗口上，选择左侧工具栏上方的画笔(边缘高光工具)，然后，根据图片像素情况，在右侧的工具选项中，将【画笔大小】选项进行相应的设置，如图 2-16 和图 2-17 所示。

(4) 用画笔沿人物的边缘轮廓细心涂抹，特别要注意不能遗漏包括头发等细节部分，待

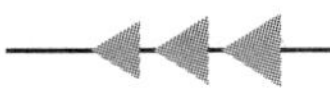

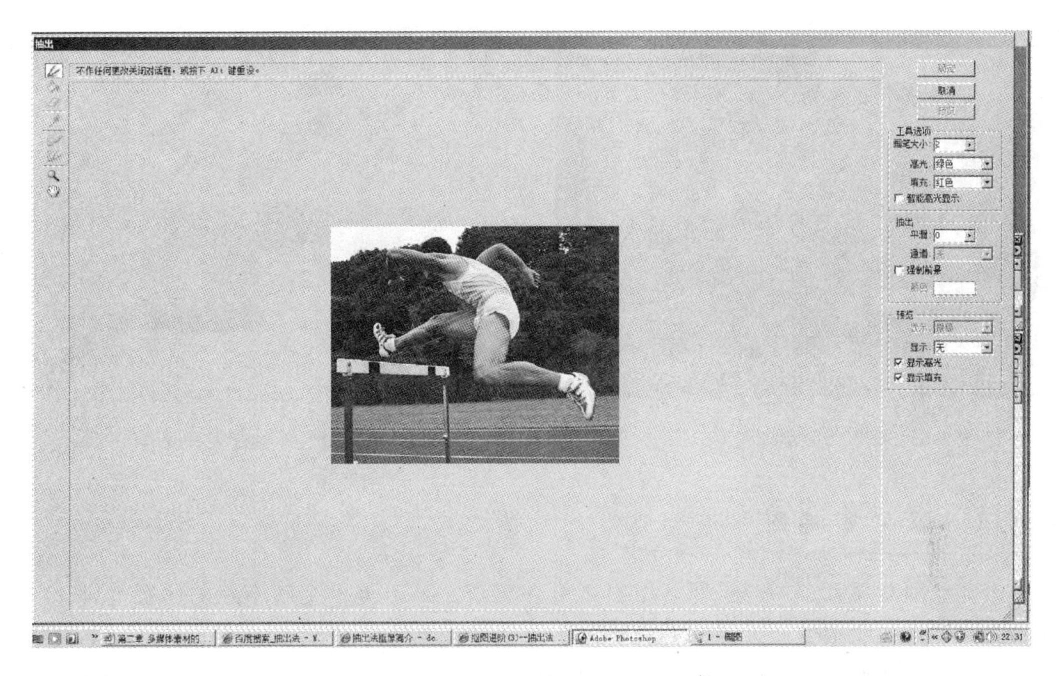

图 2-15　进入抽出工具界面

人物头发勾画出来后，可单击右侧工具选项中的【智能高光显示】复选框，这时，笔刷变成了一个带空十字的圆圈，好像施上了魔法，当在人物四周勾画时，它会自动识别边缘色调，使勾画变得方便而快捷了。同时还可以借助右边的放大和移动工具进行操作，避免在勾画中出现断线等现象，以减少失误，直到在人物的四周画出一条包围的隔离线圈，如图 2-18 所示。

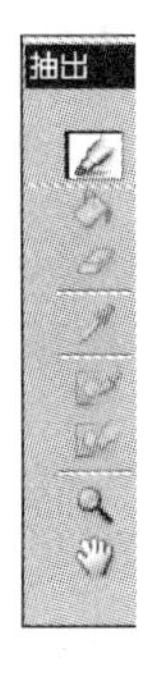

图 2-16　选择画笔

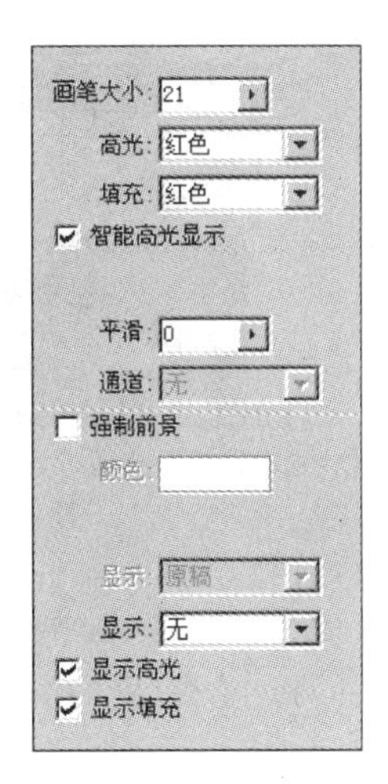

图 2-17　设置画笔

图 2-18　用画笔勾画人物

(5) 选择左侧的【填充】工具，给人物填充颜色，使人物完全被色彩覆盖，然后单击【确定】按钮，这时，人物图像已经从整幅图片中抽离了出来，如图 2-19 所示。

(6) 再单击【确定】按钮，图像的背景就去掉了。返回图层，根据需要选择保存类型进行保存，如图 2-20 所示。

图 2-19 填充颜色

图 2-20 去除背景并保存

2.2.3 照片变插图

体育老师写文章、写教案、写著作都离不开插图。对于美术基础不好的体育老师来说，有些赶鸭子上架的感觉。采用别人的插图不合适又无新意。使用 Intocartoon Professional Edition 软件，只要有一张属于自己的照片就可以解决问题了。图 2-21 显示了启动界面。使用方法如下。

(1) 单击 Intocartoon Professional Edition 菜单上的【打开】按钮，在弹出的对话框中双击打开需要处理的照片，将照片导入软件中，如图 2-22 所示。

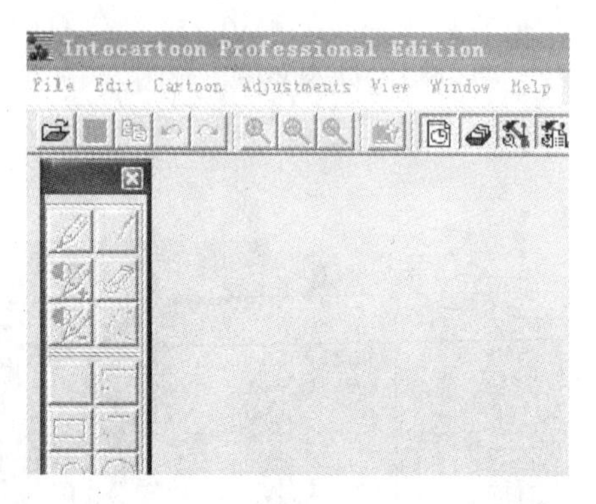

图 2-21 Intocartoon Professional Edition 启动界面

图 2-22 打开图片

(2) 单击菜单栏中的 cartoon|Into Cartoon 命令，打开 Into Cartoon Preview 对话框。在 Image Size 选项卡中为照片设置合适的 Width 和 Height。切换到 Sketch 选项卡，勾选 Draw Sketch 复选框，通过适当地调整 Darkness、Detail、Smooth 以及 Threshold 参数，为照片勾线，如图 2-23 所示。

(3) 调整满意后，单击 More 按钮，打开 Sketch-More Options 对话框。去掉 Remain Dawk Area 复选框前面的勾，就把图片黑色的背景去掉了，如图 2-24 所示。最后，单击 OK 按钮保存就可以了。

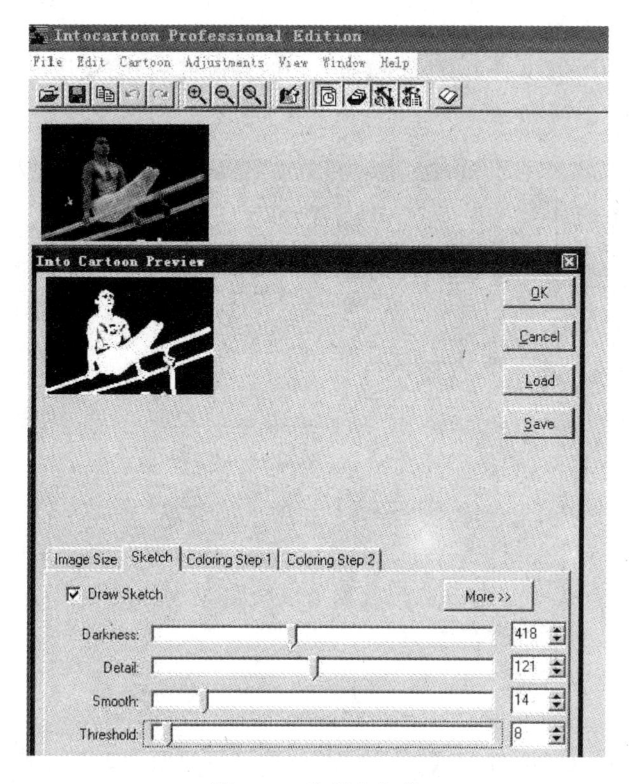

图 2-23　为照片勾线

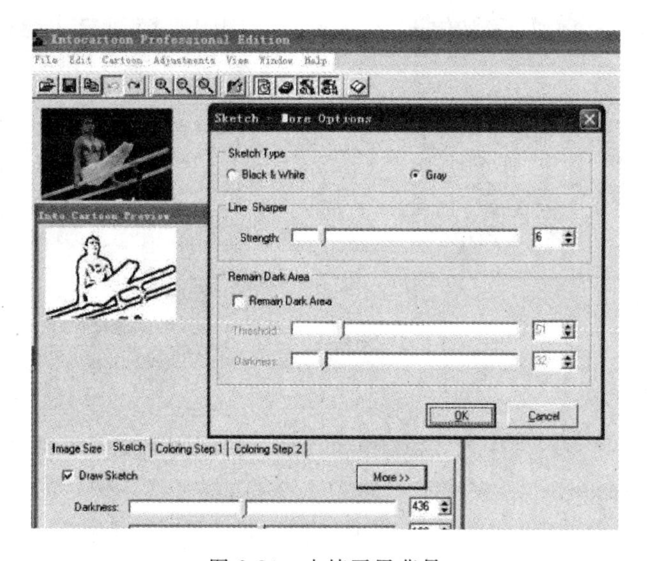

图 2-24　去掉了黑背景

2.2.4　去除图片背景的方法

为了使图片能更好地与课件背景相融合，把图片制作成透明的背景是最好的办法。制作透明背景在 Photoshop 软件中快捷而简单，制作步骤如下。

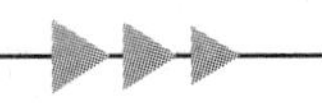

(1) 启动 Photoshop 软件。

(2) 单击菜单栏中的【文件】|【新建】命令,在打开的【新建】对话框中将内容项中的【透明】复选框选中,如图 2-25 所示。

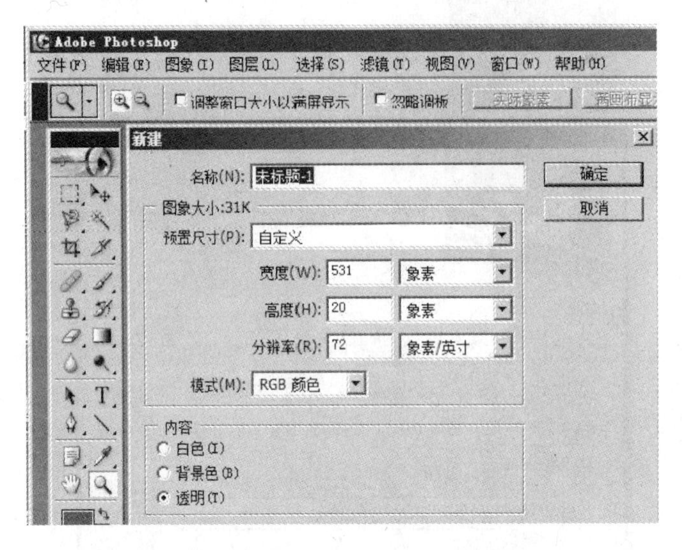

图 2-25 在【新建】对话框中选中【透明】选项

(3) 单击菜单栏中的【文件】|【打开】命令,导入一幅图片。使用 魔术棒工具,单击图片中的背景,按键盘上的 Delete 键删除背景就可以了,如图 2-26 和图 2-27 所示。

图 2-26 选中背景

图 2-27 删除背景

重要提示:如果要将图片中的人物删除的话,那就在使用魔术棒单击后,再单击菜单栏中的【选择】|【反选】命令,然后按键盘上的 Delete 键,就可将该图片另存为 GIF 格式文件。此时其背景是透明的。如果要去除图片上白色背景,很简单,将图片导入 Photoshop 中,用 魔术棒工具,单击白色背景处,再用 魔术橡皮擦单击刚才魔术棒选中的区域就可以了。

2.3 声音素材的采集与编辑

声音素材也是课件素材中一个重要组成部分,大致可分为背景音乐、音效和录音素材。对于体育老师来说,GoldWave 不失为一个好的选择。GoldWave 是一款集声音编辑、播放、录制和转换为一体的音频工具，如图 2-28 所示。它体积小，使用简单，而且是中文操作界面。它可打开的音频文件相当多，包括 WAV、MP3、AVI、MOV 等音频格式，也可以从 CD、VCD、DVD 或其他视频文件中提取声音。内含丰富的音频处理特效，从一般特效如多普勒、回声、混响、降噪到高级的公式计算（利用公式在理论上可以产生任何用户想要的声音），效果很多。

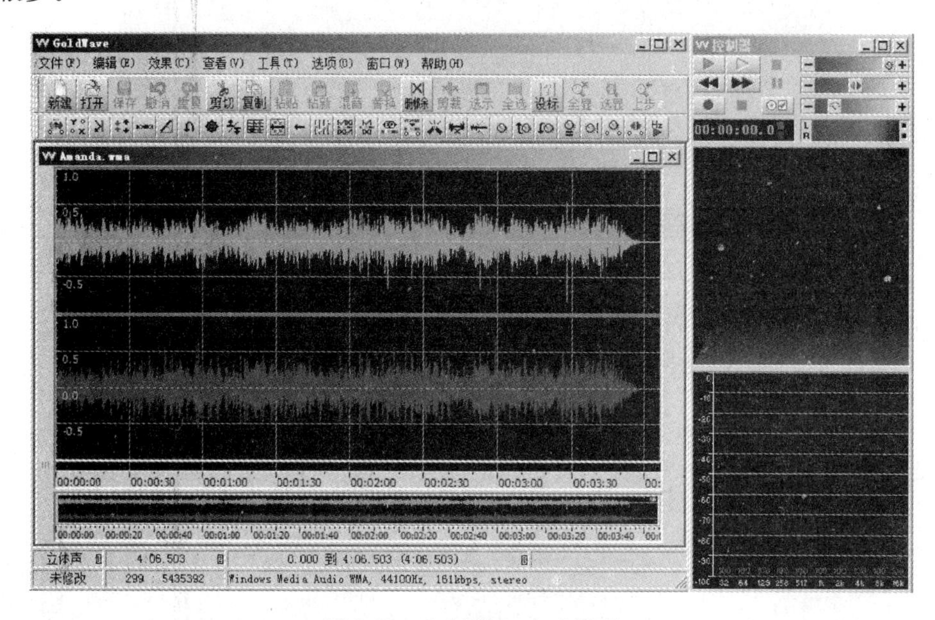

图 2-28　GoldWave 启动界面

从图 2-28 可以看出，GoldWave 启动了两个面板，一个大面板是编辑器，一个小面板是控制器。对声音波形的各种编辑都在编辑器里完成，控制器可控制对声音文件的录制、播放和一些设置操作。刚打开软件时，编辑区里什么也没有，现在已经单击【打开】按钮，导入了一个声音文件，所以，就出现了一绿一红两个波形图，波形图分上下两部分，上部分绿色波形为左声道，下部分红色波形为右声道。

2.3.1　录制声音的方法

第一步：录音前的设置。在计算机桌面右下角任务栏上双击小喇叭图标，弹出一个【音量控制】对话框。选择【选项】|【属性】命令，在弹出的【属性】对话框中，选择【调节音量】选项下的【录音】单选按钮，然后在【显示下列音量控制】选项中选中【麦克风音量】复选框。单击【确定】按钮，至此，声音设置已全部完成，关闭所有窗口，下面开始在 GoldWave 中录制声音文件。

第二步：运行 GoldWave 软件，选择【新建】命令，弹出【新建声音】对话框，设定声音的【声道数】为【单声道】，【采样速率】为 44100Hz。在【初始化长度】中设置声音文件长度，如图 2-29 所示。

第三步：单击【确定】按钮，弹出新建的声音文档，如图 2-30 所示。

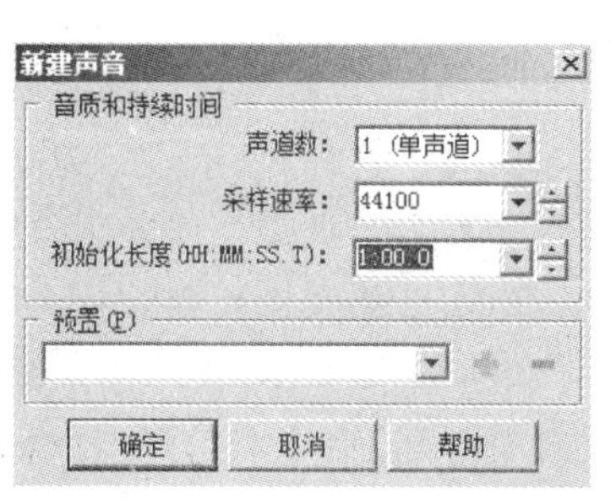

图 2-29　【新建声音】对话框

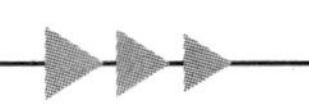

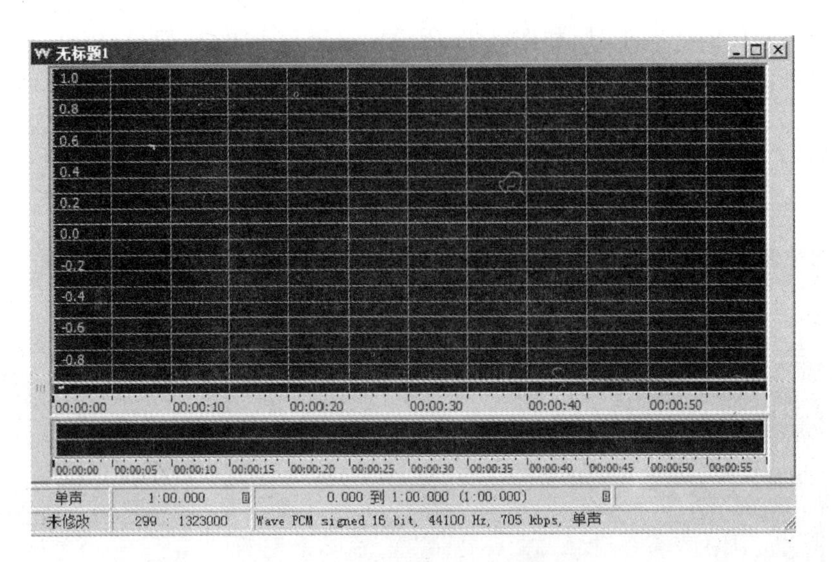

图 2-30 新建声音文档

第四步：选择菜单【工具】|【控制器】命令，弹出【控制器】窗口，如图 2-31 所示，在此窗口中，进行声音文件的录制。按住 Ctrl 键的同时，单击窗口中红色的录音按钮，开始录制声音。声音录制完毕后，单击停止按钮，得到录制的声音文件，如图 2-32 所示。

图 2-31 控制器窗口

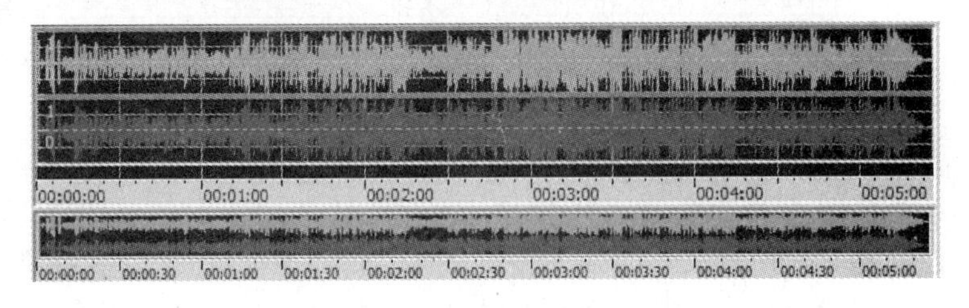

图 2-32 录制的声音波形文件

2.3.2 编辑声音的方法

GoldWave 编辑功能很多，这里介绍一个实例，帮助大家了解它的基本使用方法。

在编排一段健身操时，需要一小段柔和的音乐作为开场白，这个可难不倒 GoldWave。立即启动 GoldWave 软件，打开一首选中的音乐文件。此时，GoldWave 自动开始对文件中的音频进行解压缩，不一会儿一个上绿下红的频谱图就展现在我们面前了。单击控制器上的黄色播放按钮(选定区域播放)，就可以对音频文件进行预览，找到开场音乐的入点，在声音窗口中单击鼠标左键选择【设置开始标记】选项，然后在音乐的出点处右击鼠标选择【设置结束标记】。这样，显示效果为高亮的区域就是需要的开场音乐了。接下来，单击工具栏上的【剪裁】按钮，把多余部分删除掉。最后选择【文件】|【另存为】命令，在对话框的保存类型中选择 MP3 格式进行存储就大功告成了，如图 2-33 所示。

利用 GoldWave 软件合并音乐的方法也很简单：启动软件后，单击菜单栏中的【工具】|【文件合并器】命令，打开文件合并器，如图 2-34 所示，导入各个文件，单击【合并】按钮就可以了。

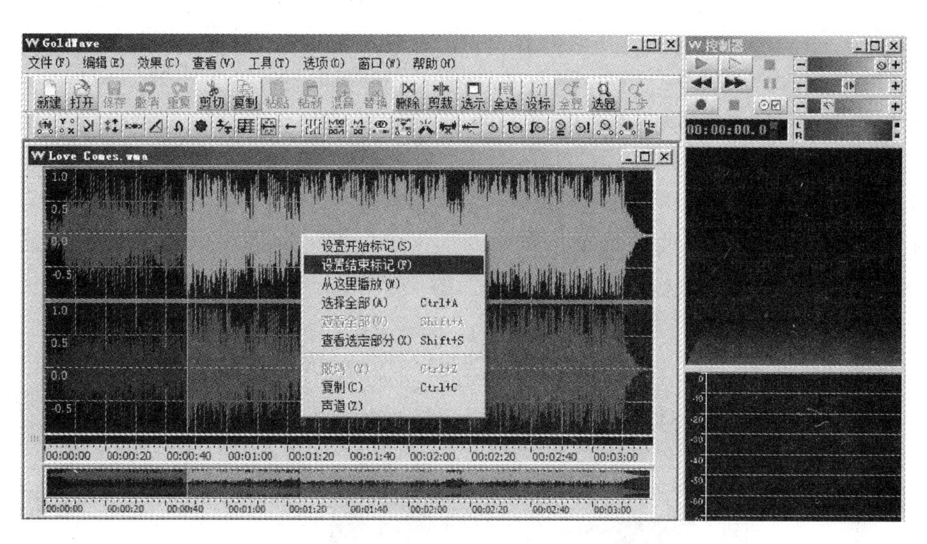

图 2-33　选择音乐开始点和结束点

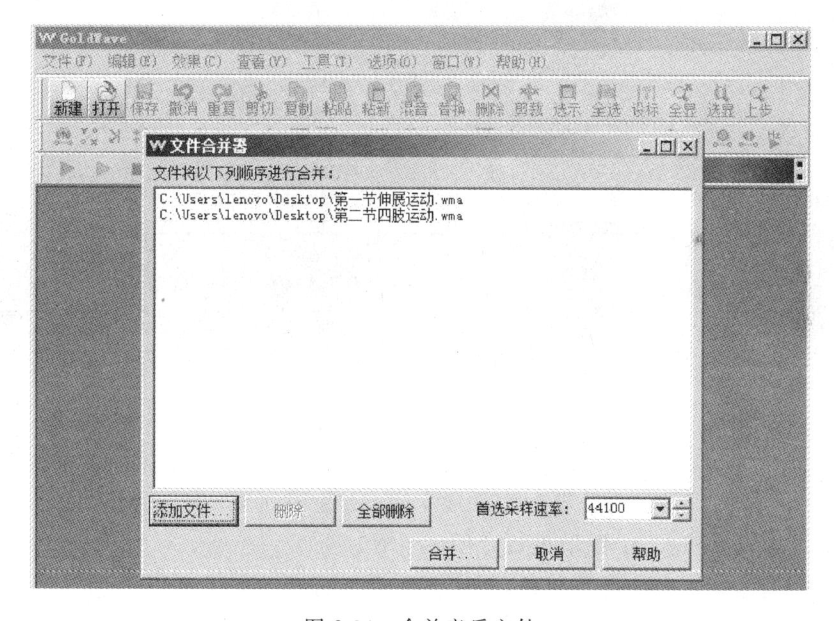

图 2-34　合并音乐文件

2.4　视频素材的采集与编辑

目前，常用的视频素材一般使用外部采集的方式，通过视频采集卡将录像带、摄像机上的视频材料通过数字处理和压缩录制到计算机硬盘中，然后通过专门的视频编辑软件进行编辑，生成最终供课件开发工具使用的数字视频素材。

2.4.1　最常用的采集和编辑软件——Video Studio（会声会影）

Video Studio 可以从数码相机、PC 摄像头、电视转换适配卡以及录放机等不同的输入

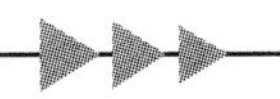

源捕获视频。它会自动识别所拍摄的视频格式并输入计算机,在视频捕获方面,Video Studio 支持最新的 Microsoft 和 SONY 文件格式,可从捕获卡和 DV 数码摄像机捕获、编辑以及存取 Windows Media 文件(WMF、WMV 和 WMA),方便用户使用最新的 SONY 数码相机。

Video Studio 可以从 V8、DV、TV 等视频源直接把视频捕获成 MPEG1 或 MPEG2 格式的文件,不仅节省了格式转换的时间和硬盘空间,更可制作出绝佳的影片画质。同时 Video Studio 还可以随心所欲地捕获各种尺寸的 DV Type-1、DV Type-2 和 MPEG 影片。

(1) Video Studio 的界面如图 2-35 所示。

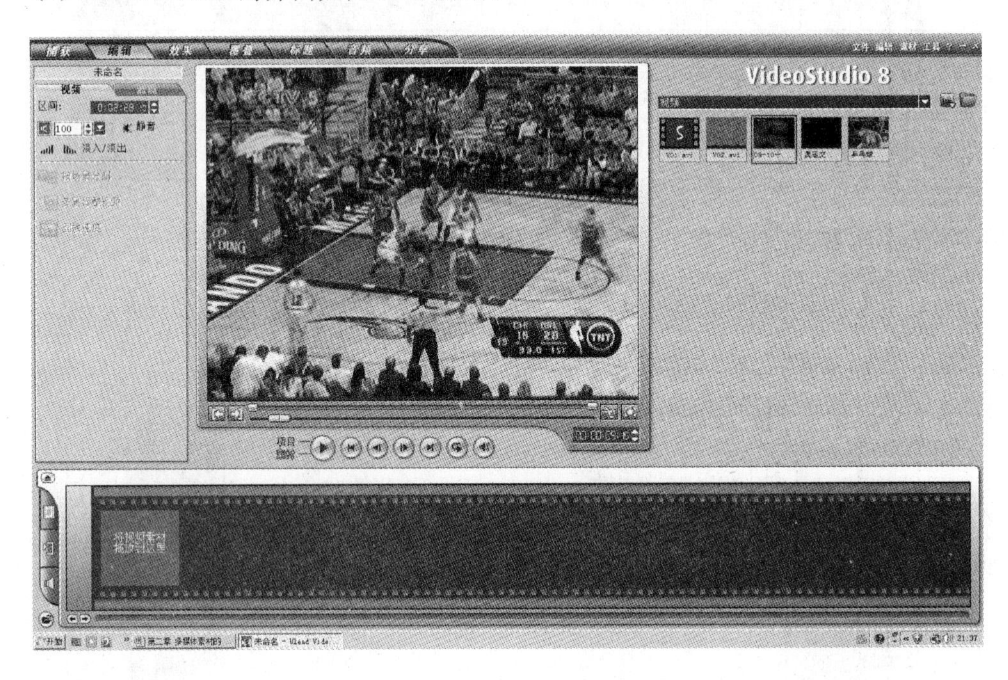

图 2-35 Video Studio 界面示例

Video Studio 的工作界面主要分为功能菜单栏、选项面板、预览窗口、素材库、工具栏、时间轴等区域,下面将这几个区域进行介绍。

界面中最上面一行是功能菜单栏,即步骤面板。这些功能选项将直接对视频文件进行处理,从左到右依次选择,它可以控制其他工作区,包括选项面板、时间轴和图库。

中间是预览视频文件效果的区域,像一个放电影的软件界面一样,在这个区域中上面有荧幕,下面有快进、播放、快退、停止等按钮。

在这些按钮下方是工具菜单,和平时用的软件界面不同,一般的工具菜单是在最上方一栏, Video Studio 的工具菜单放在软件界面的正中间,第一个工具是帮助文件,依次为撤销、重复、帮助、存盘等选项。

最右边是存放素材的区域,图库中可以包含视频文件、影像(图片)文件、色彩脚本和需要处理的脚本。旁边有一个打开文件的图标,外部脚本可以从这里导入到软件中等待处理。

界面的最下面是文件编辑区,即时间轴(故事板)。在这里有多个轨道,分别可以放入需要处理的脚本、复叠的脚本、标题、音乐、旁白等,然后再对其中的素材进行剪辑和编辑。

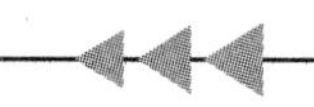

（2）用 Video Studio 从 VCD/DVD 光盘获取视频素材的方法。

① 把需要截取视频的 VCD 光盘放入光盘驱动器，然后启动 Video Studio 并创建 PAL VCD 项目文件。

② 进入【编辑】菜单，单击视频左侧的【插入媒体文件】按钮，从弹出的菜单中选择【插入视频】命令。

③ 在弹出的对话框中将【查找范围】设置为 VCD 光盘所在的盘符，然后双击光盘中的 MPEGAV 文件夹，选择扩展名为 DAT 的视频文件。

④ 单击【打开】按钮，所选择的视频文件将被添加到视频轨上，然后编辑并输出视频。

（3）用 Video Studio 进行视频编辑与处理。

在 Ulead 故事板中添加视频素材后，通常需要进行修整。常见的视频修整包括去除开始或结束位置不需要的部分，删除中间一段不需要的部分，分割视频以及在视频之间添加转场效果等。

捕获视频后，最为常见的视频修整就是去除头、尾及中间部分多余的内容。可以利用多种操作方式实现这一功能，下面分别介绍各种不同修整方式的特色与使用方法。

① 使用略图修整视频素材。

使用略图修整视频素材是最为快捷和直观的修整方式，这种方式适于素材的粗略修整或修整易于识别的场景。步骤如下：

（a）单击故事板左侧的模式切换按钮，切换到时间轴模式，在这段视频中去除素材开始部分以及结尾部分。

提示：按快捷键 F6，在弹出的对话框中选择【常规】选项卡，可以设置时间轴上略图的显示方式，如果希望查看各帧的画面效果，请选取【仅略图】选项。

（b）选中要修整的素材，选中的视频素材两端以黄色标记表示。

（c）在左侧的黄色标记上按住并拖动鼠标，同时预览窗口中查看当前标记所对应的视频内容。看到需要修整的位置后，略微回移鼠标，然后释放鼠标。这时，时间轴上将保留一些需要去除的内容。

（d）单击时间轴上方的【缩放到】按钮，从弹出菜单中选择【1 帧】选项。这样，时间轴上将以帧为单位显示视频素材。

（e）从视频的尾部开始向左拖动，使用前面所介绍的方法分两次完成粗略定位和精确定位。释放鼠标后，即可完成修整工作。

② 使用区间修整素材。

使用区间进行修整可以精确控制素材片段的播放时间，但它只会从视频的尾部进行截取。如果对整个影片的播放时间有严格的限制，可使用区间修整的方式来调整各个素材片段。具体步骤如下：

（a）在故事板上选中需要修整的素材，选项面板的【区间】中显示当前选中视频素材的长度。单击时间格上对应的数值，分别在【分】文本框中输入所需时间。这样，程序就自动完成了修整工作。

（b）保存修整后的影片。

使用以上方法修整影片后，并没有真正将要去掉的部分减去。只有在最后的【分享】步骤中，通过创建视频文件才真正去除了所标记的不需要的部分，单击选项面板上的【保存修

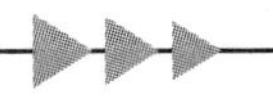

整后的视频】按钮,这时,程序将渲染素材并将修整后的视频素材保存为一个新的文件。

③ 删除视频中间的一个片段。

如果要去除素材中间的某一个片段,操作步骤如下:

(a) 在故事板上选中需要分割的素材。

直接拖动飞梭栏上的滑块找到需要分割的位置,然后单击【上一帧】按钮或者【下一帧】按钮进行精确定位。

(b) 单击预览窗口下方的【分割视频】按钮,将视频素材从当前位置分割为两个素材。在故事板模式下,可以清晰地看到素材分割前后的效果。

(c) 选择分割后的后一段视频素材,按照前面介绍的方法再次定位分割点。

(d) 单击预览窗口下方的【分割视频】按钮,将后一段视频也从分割点分为两部分。

(e) 在视频轨上选择中间部分不需要的视频片段,按 Delete 键即可将不需要的中间部分删除。

④ 调整素材。

在对视频进行编辑时,除了修整素材外,还可以对素材做一些调整。如改变视频素材中声音的音量、调整视频的播放速度等。具体操作方法如下:

(a) 调整视频素材的音量。

有时,为了使视频与画外音、背景音乐配合,需要调整捕获进来的视频素材的音量。可以根据自己的需要使用以下几种方法进行调整。

方法一:在选项面板上单击右侧的下三角按钮,在弹出的窗口中可以拖动滑块以百分比的形式调整素材的音量。在默认状态下,原始素材的音量为 100,如果将数值设置为 200,表示将音量放大一倍;如果设置为 50,表示把音量减少为一半;也可以设置为 0,使视频素材静音。但是,如果要去除视频素材的声音,最为快捷的方式是单击声音的喇叭图标按钮。

方法二:单击选项面板上的【淡入】按钮,表示已经将淡入效果添加到当前选中的素材中,这样使素材起始部分的音量从零开始逐渐增加到最大。

方法三:单击选项面板上的【淡出】按钮,表示已经将淡出效果添加到当前选中的素材中,这样使素材起始部分的音量从最大逐渐减少到零。

(b) 调整视频播放速度。

调整视频播放速度可以使视频素材快速播放或慢速播放,实现快动作或慢动作效果。具体步骤如下:

第一步,在故事板上选中需要调整播放速度的视频素材。

第二步,单击选项面板上的【回放速度】按钮,将打开【回放速度】对话框。

第三步,在【速度】选项栏中输入小于 100% 的数值(设置范围为 10%～99%)或者将滑块向【慢】选项方向拖动,即可使播放速度变慢;在【速度】选项栏中输入大于 100% 的数值(设置范围为 101%～1000%)或者将滑块向【快】选项方向拖动,即可使播放速度变快。

第四步,单击【预览】按钮查看调整后的效果,然后单击【确定】按钮,即可将调整后的效果应用到当前选中的视频素材上。

⑤ 创建视频文件的步骤。

(a) 单击菜单栏上的【分享】按钮,进入影片分享与输出步骤。

(b) 单击选项面板上的【创建视频文件】按钮，在弹出的对话框下拉列表中选择需要创建的视频文件类型，并指定视频文件要保存的名称和路径。

(c) 单击【保存】按钮，程序开始自动将影片中的各个素材连接在一起，并以指定的格式保存。这时，预览窗口下方将显示渲染进度。

(d) 渲染完成后，生成的视频文件将在素材库中显示一个略图。单击预览窗口下方的【播放】按钮，即可查看渲染完成后的影片效果。

2.4.2 视频切割

许多时候，在课件里面需要插入视频文件，但手中的视频资料只需要其中的一小段，此时，AVI/MPEG/ASF/WMV 切割机软件就是干这个活的好手。它是一个可以帮助用户分离、切割、修整大型的 AVI、MPEG、ASF 或者 WMV 文件的视频转换工具，程序内置播放器，用户可以按照时间或者将喜欢的片段很轻松地截取下来，也可以将大型的多媒体视频文件分割为一个个小的多媒体视频文件。该软件支持 AVI、DIVX、MPEG-1、MPEG-2、MPEG-4、ASF、WMV、WMA 等多种常用的视频文件格式，支持超大型视频文件，最高可以达到 2GB。程序执行速度快，分割后的视频文件没有图像失真，界面友好，非常容易使用，如图 2-36 所示。

图 2-36　AVI/MPEG/ASF/WMV 切割机 v3.22 界面

用 AVI/MPEG/ASF/WMV 切割机打开视频文件，在播放器窗口中可以对其进行预览。单击界面上的大括号按钮，选择好视频文件的起始位置和结束位置，也可以在【切割设置】栏中设置【开始时间】和【结束时间】。单击【切割】按钮，在软件弹出的【保存】对话框中单击【确定】按钮，一段小视频就诞生了。

2.4.3 视频合成

视频合成也是体育课件中常用的一种方式。会声会影可以合成视频，但稍嫌麻烦。Boilsoft Video Joiner 这个软件可以帮助用户把零散的影片文件组合成为一个大的影片文件，这个程序支持 AVI、MPEG、MPEG-4、DivX 以及 RM 格式影片，它可以将不同格式的影

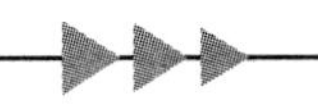

片组合。用户可以任意组合或者排列这些片段,如图 2-37 所示。

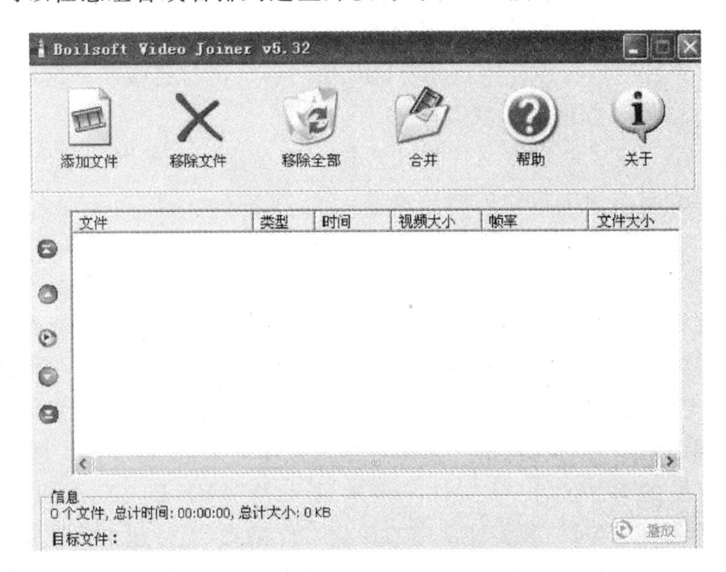

图 2-37 将多个视频文件合并成一个

2.4.4 巧用 Windows Movie Maker 剪辑视频

Windows 系统自带的软件——Windows Movie Maker(简称 WMM),是一个非常方便实用的软件,计算机上只要安装了 Windows 系统,这个软件就自动生成在用户的电脑里(一般选择【开始】|【程序】| Windows Movie Maker 命令就可以打开它)。用它来剪辑视频,有一种"杀鸡何须用牛刀"的感觉。

先将一段视频通过【导入视频】按钮导入到 WMM 中,然后用鼠标将视频拖到编辑区的视频窗口中,如图 2-38 所示。

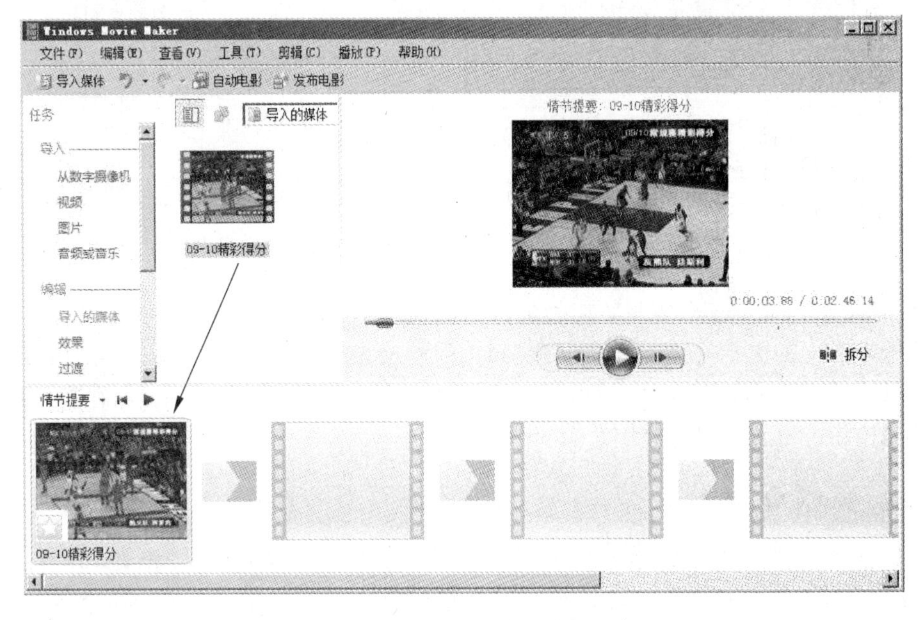

图 2-38 将导入的视频拖到编辑区窗口

单击编辑区上面的【时间线】命令，如图 2-39 所示。

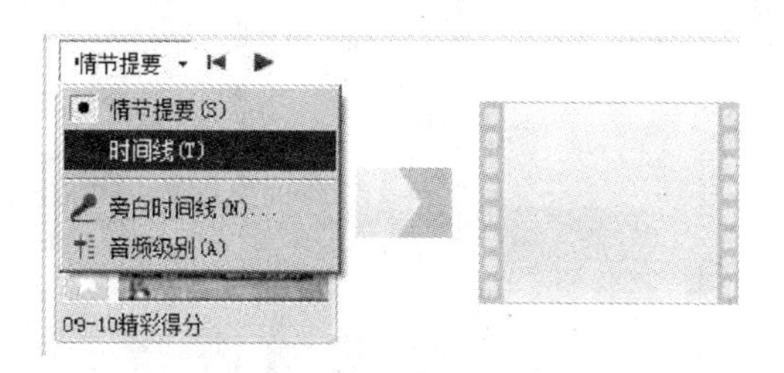

图 2-39　选择编辑区上的【时间线】命令

在编辑区可以看见视频的前端和后端各有一个黑色的三角形图标，这两个三角形图标分别是起始剪裁手柄和终止剪裁手柄，如图 2-40 所示。

图 2-40　剪裁手柄

下面分别介绍几种剪辑的方法。

拆分剪辑：可以将一个视频拆分成两个视频剪辑，若要在剪裁的视频中间插入图片或视频过渡，此选项将非常有用。拖动编辑窗口的时间线，找到要拆分的位置，单击菜单中的【剪辑】|【拆分】命令，一个视频就可以拆分为两个视频了，如图 2-41 所示。拆分后的图标如图 2-42 所示。

合并视频：在 WMM 中可以合并两个或多个连续的视频剪辑。连续表示剪辑是同时捕获的，因此一个视频剪辑的结束时间与下一个视频剪辑的开始相同。如果有几个较短的视频要在情节提要或时间线上将它们看做一个剪辑，则可合并剪辑。合并的方法很简单，在视频编辑区将要合并的视频片段全部选中，单击菜单【剪辑】|【合并】命令即可。

创建视频：除以上方法外，还可以在将视频剪辑导入或捕获到 WMM 软件后再创建视频剪辑。这样，使用 Windows Movie Maker 时，就可以随时创建剪辑。通过将视频剪辑拆分为更小的剪辑，还可以在捕获或导入的视频中方便地找到某个特定部分，然后在创建的视

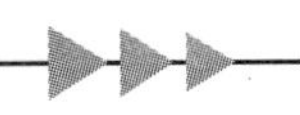

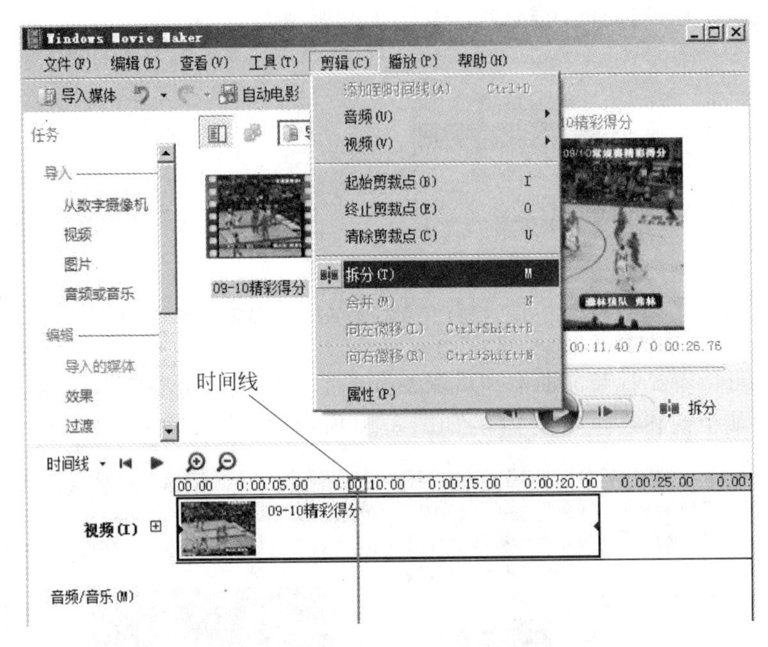

图 2-41　用时间线拆分视频

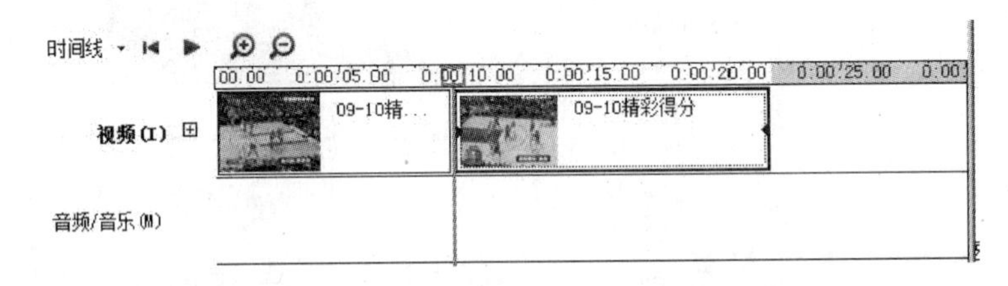

图 2-42　拆分后视频图标

频中使用它们。

对视频的微调：在拖动视频的时候有时需要做重叠效果，并在重叠的部位需要微调，手动调节不容易控制，可以将要调整的视频选中，然后按快捷键 Ctrl+Shift+B(向左微调)或快捷键 Ctrl+Shift+N(向右微调)，或者使用【剪辑】|【向左微调】命令或【剪辑】|【向右微调】命令也可达到相同效果，非常方便。

2.5　动画素材的格式与获取

2.5.1　动画素材的格式

动画是运动的画面，它通过人眼的视觉暂留特性快速播放连续的静止图像，从而得到动态视觉效果。数字动画是计算机生成的一系列能够连续播放的画面，它是用计算机制作的动态图像，有二维动画和三维动画之分。动画的常见格式如下。

GIF 格式：图形交换文件格式。

FLC(FLI)格式：Autodesk 的 Animator 的动画文件格式。

AVI 格式：Windows 的动画与视频文件格式。

SWF 格式：Macromedia 的 Flash 动画文件格式。

MOV 格式：Quicktime 的动画与视频文件格式。

2.5.2　网上动画素材的获取

最简单的动画下载方法是：动画播放完毕(必放完)，右击桌面的 IE|【属性】|【设置】|【查看文件】|【类型】命令，按时间和图标找到目标文件，然后在图标上单击右键，在弹出的对话框中选择【复制】，在目标位置粘贴即可。

用 FlashGet 自动捕捉 Flash 动画：通过简单的设置可使 FlashGet 自动识别 Flash 动画，并弹出下载对话框。方法是：单击【工具/选项】命令(或右击 FlashGet 悬浮窗，选择【选项】命令)，单击【监视】标签，在【监视的文件类型】(原来默认有. ZIP、. EXE、. BIN、. GZ、. Z、. TAR、. ARJ、. LZH、. MP3、. A[0—9]?)中加入. swf 文件类型，如图 2-43 所示。添加了新的监视文件类型后，只要单击网页中的 Flash 动画下载链接，FlashGet 就会自动弹出下载对话框，一般按默认的设置或稍加改动即可快速完成下载。但该法并不适用于那些不提供 Flash 动画下载链接的网页。

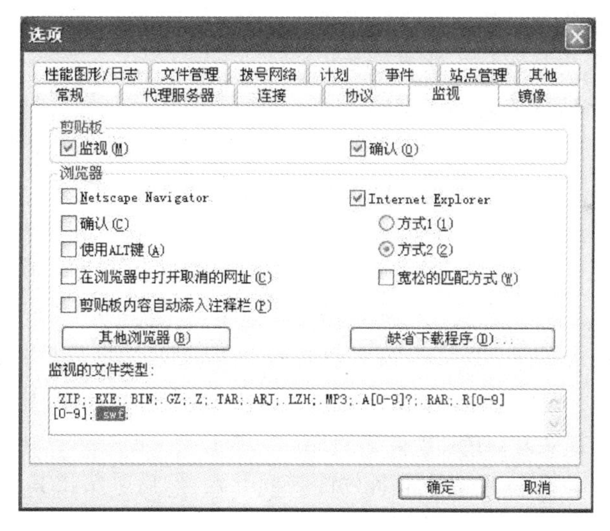

图 2-43　在 FlashGet 选项中添加 Flash 文件监视类型

硕思闪客精灵：它是一款国际领先的 Flash 反编译工具。硕思闪客精灵专业版不但能捕捉、反编译、查看和提取 shockwave Flash 影片(. SWF 和. EXE 格式文件)，而且可以将 SWF 格式文件转化为 FLA 格式文件。它能反编译一个 Flash 的所有元素，并且能完全支持动作脚本 AS 3.0。硕思闪客精灵还提供了一个辅助工具——闪客名捕，它是一个 SWF 捕捉工具。当用户在 IE 浏览器中浏览网页的同时，可以使用它来捕捉 Flash 动画并保存到本地机。然后，可以利用闪客精灵做以下两件事情。

快速导出 SWF 资源。

打开闪客精灵软件，单击【快速打开】按钮进入文件选择列表，在【打开】对话框中选择导出资源的 SWF 文件，这时在【资源】对话框中单击这个文件前面的“+”号会出现有关此 SWF 的所有资源信息。这里有图片、帧、动作和其他标记，单击“+”号都可以展开。以图片

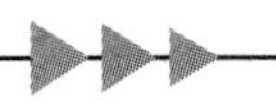

为例,可以在【图片】选项卡里选择要导出的图片资源。选择完成后,单击【导出资源】按钮,选择导出资源的路径,然后单击【确定】按钮即可完成资源的导出。这里可导出包括音乐、图片、矢量图等资源。

快速生成 FLA 源程序。

在导出时不选择【导出资源】命令,而单击【导出 SWF/FLA】按钮,然后选择【导出 SWF 为 FLA】选项,再设置保存的目录,并选中【为不同的类型的元素在库中建立文件夹】选项、【将静态文本转换为向量图】和【生成引导线】选项,单击【确定】按钮即可生成为 FLA 源文件,现在可以用 Flash 程序打开进行修改了。

在导出选择 FLA 文件的版本时,建议选择【自动应用适当的 FLA 版本】选项,让导出的 FLA 更完美。

习　题

1. 文字素材的采集与编辑方法有哪些?
2. 图像素材的采集与编辑方法有哪些?
3. 声音素材的采集与编辑方法有哪些?
4. 视频素材的采集与编辑方法有哪些?
5. 从互联网上如何获取动画素材?

上 机 练 习

1. 利用 Windows 自带的画图软件导入一张图片进行画图、捕捉、添加文字等编辑操作。

2. 打开 Photoshop 软件,导入一幅人物照片,将其中的人物抠出。

3. 利用 Intocartoon Professional Edition 软件随意导入一幅图片或运动图片,将这张照片变成一幅黑白素描图片,用做教材中的插图。

4. 利用 GoldWave 软件将一段准备好的视频导入,然后采集出其中的音乐。

5. 分别打开绘声绘影和 AVI/MPEG/ASF/WMV 切割机软件,导入一个事先准备好的视频,从中采集出一个故事片段,作为日后教学使用。

第3章 用COOL 3D打造课件片头

Ulead COOL 3D 是一款三维动画制作工具，主要用于三维字体的动画制作。它简单实用，比较适合非专业人士使用。安装过程十分简单，按照默认步骤就安装完成了。建议大家完整安装其软件，因为 Ulead 的产品都会有很多的样式库，这会简化用户的很多繁杂工作。完整安装 COOL 3D 需要 170MB 的空间。

3.1 软件简介

安装软件完成后，双击桌面上的 Ulead COOL 3D 图标启动 COOL 3D，其操作界面如图 3-1 所示。该界面由 5 部分组成，由上而下依次为标题栏、菜单栏、工具栏、操作窗口和功能区。

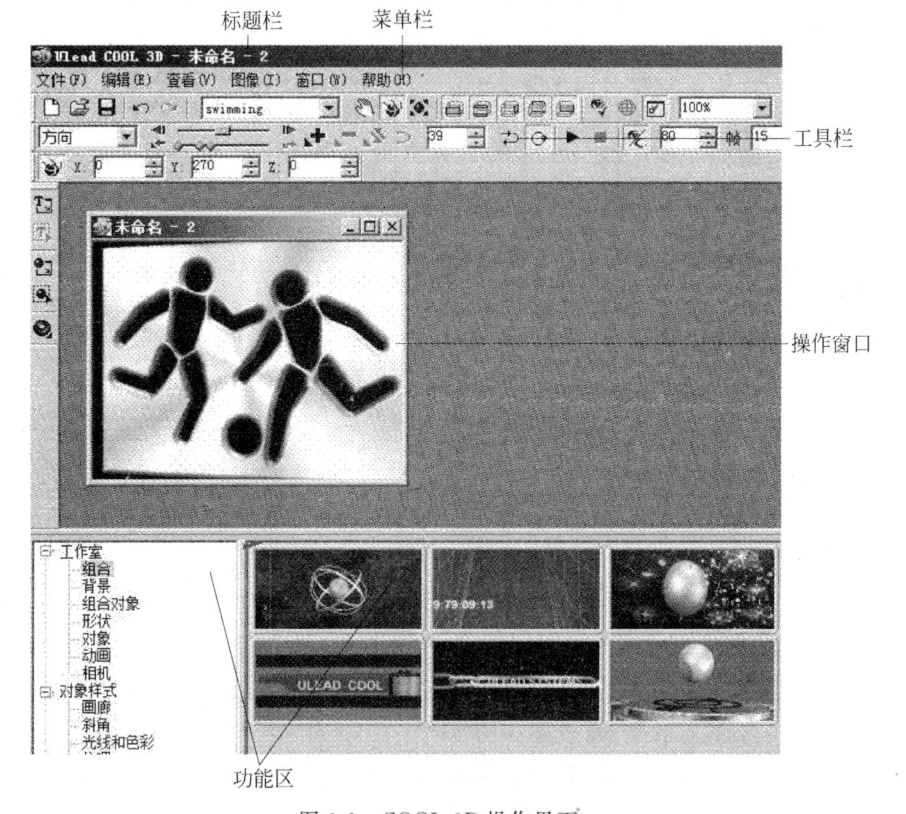

图 3-1 COOL 3D 操作界面

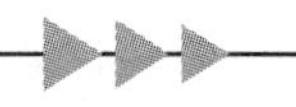

通过编辑、组合对象，可以制作出丰富的课件场景。并借助 COOL 3D 内置的、目前流行的关键帧动画编辑的方法，可创造出绚丽的动画。非但如此，COOL 3D 还提供了数以百计的特效来丰富用户的作品。

下面通过实例了解 COOL 3D 的强大功能。

3.2　实例 1：简单的文字动画

首先单击菜单栏中的【图像】|【尺寸】命令，如图 3-2 所示。弹出【尺寸】对话框，如图 3-3 所示，设定好图像大小然后单击【确定】按钮。

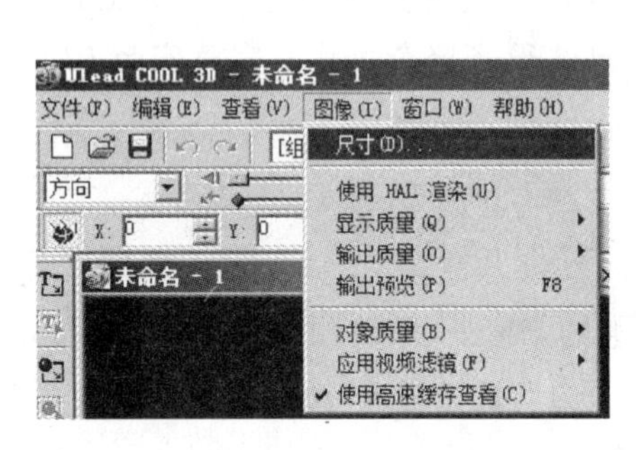

图 3-2　设置图像大小命令

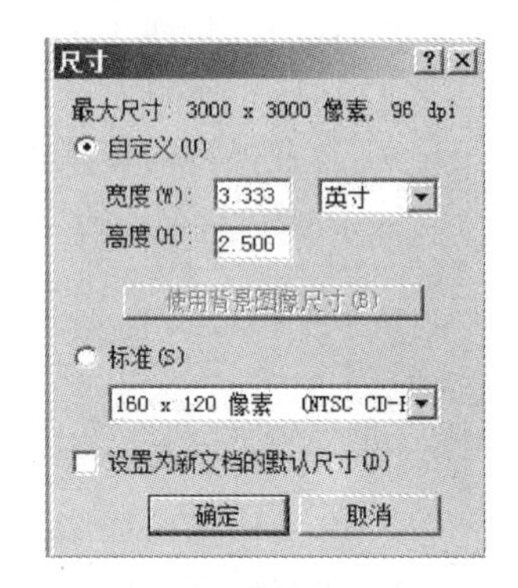

图 3-3　设置图像大小对话框

单击插入文字按钮，在弹出的【字体设置】对话框中设置字体和大小。COOL 3D 提供内置的字体映射，便于用户整体浏览。这里输入【行进间三步上篮】，并设置字体为宋体，9 号字，粗体，然后单击【确定】按钮。会看到编辑区里已经有了输入的文字的默认立体模型，如图 3-4 所示。

现在可以调整一下视图的角度，以显示出明显的立体效果。可以通过功能按钮中的移动对象、旋转对象和调整大小来进行文字调整。

现将字体视图改换成如图 3-5 所示的效果。

图 3-4　输入文字后在编辑区中的模型

图 3-5　调整后文字

现在已经建立好了模型，那么就开始给模型穿上漂亮的衣服吧！到功能区中选择【对象样式】中的【光线和色彩】选项。这里面有很多的现成样式可供选择。选择其中一个样式，并将样式拖动到操作窗口，如图 3-6 所示。

大家可能注意到了，在【光线和色彩】选项中有很多是动态的效果。当应用了这些样式后，也同时建立了动画。下面就是动画编辑了。动画编辑用到的就是工具栏中的动画编辑按钮，如图 3-7 所示。

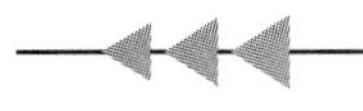

图 3-6　加入光线和彩色的文字

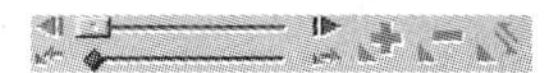

图 3-7　动画编辑按钮工具栏

动画编辑按钮工具栏上面的一条是时间帧进度条，两边的按钮是帧移动按钮，单击一次向相应的方向移动一帧。下面的一条是关键帧进度条，两边的按钮是关键帧选择按钮，单击一次向相应的方向选择下一个关键帧。当然也可以在进度条上选择关键帧。如图 3-7 所示只有一个关键帧。加号按钮为增加关键帧，减号按钮为删除当前关键帧，最后是翻转帧的位置按钮，也就是将所有帧的排列全部颠倒。

一个动画作品有很多的帧，一帧可以理解为一幅单独的图片，将它们连续地播放就形成了动画。而关键帧就是定义属性的始末点。只需要指出不同关键帧的不同属性，那么两个相邻的关键帧之间的过渡帧电脑就自动完成了。

首先定义动画的总帧数，如图 3-8 所示，比如 10 帧，后面的 15 是动画的播放速度，也就是 15 帧每秒。

然后拖动时间帧进度条到最后一帧。也可以手动输入目标帧的位置，如图 3-9 所示。

10 帧 15 fps

图 3-8　定义动画总帧数

10

图 3-9　输入目标帧位置

单击加号按钮增加关键帧，并定义不同的文字属性。比如选择【光线和色彩】对话框中的另一个样式，之后单击播放动画按钮 。

在播放按钮的左侧还有两个播放模式控制钮，一个是乒乓模式按钮，另一个是循环模式按钮。乒乓模式就是动画播放到第 10 帧后返回第 9 帧并按照这个顺序返回到第一帧。而循环模式则在播放到第 10 帧后返回第 1 帧。如果两种模式都未选中，那么动画只播放一次。

选择功能区中的【工作室】|【组合】命令。然后选择属性工具栏按钮 ，在下方显示属性工具，再单击【添加】按钮 就可以将制作好的动画保存在作品样式库了。

这里看到了属性工具，其实对于样式库里的所有样式，都可以通过属性工具来进行调整。这样，有限的样式就可以调整出无限的可能性，再加上各种样式的重叠，真是千变万化了。

现在，继续为文字添加上底色。首先在功能按钮中选择插入图形按钮 ，出现如图 3-10 所示的编辑窗口。

在其中画一个椭圆，然后单击【确定】按钮。这时就会在编辑区里出现一个椭圆，在功能区里选择合适的样式应用，经过调整，形成如图 3-11 所示的动画画面。

现在将图片保存为 GIF 格式，以便在网页中使用。选择菜单中的【文件】|【创建动画文件】命令，出现如图 3-12 所示的设置画面。

图 3-10 【路径编辑器】对话框

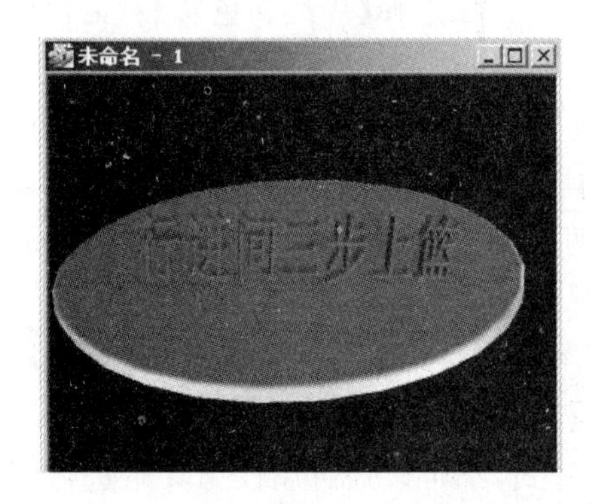

图 3-11 调整后的动画

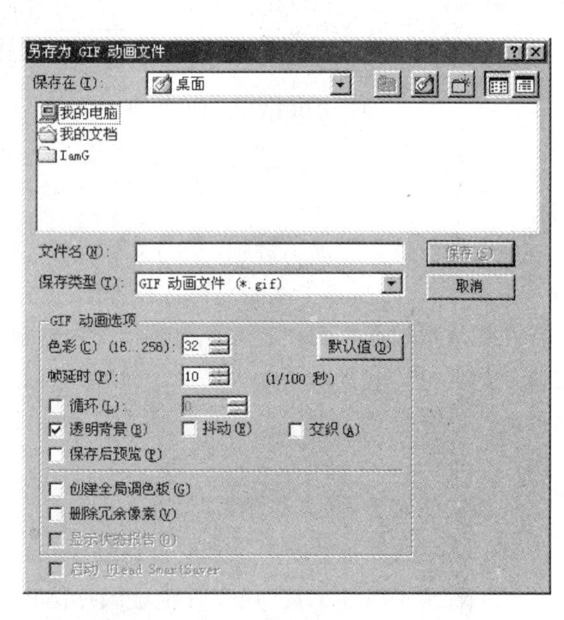

图 3-12 保存动画设置

如果需要动画循环，就要选择【循环】选项。否则，将动画插入到 PowerPoint 幻灯片中应用时，只能播放一次，却不能循环播放。

在上面的实例中学会了使用 COOL 3D 的整个过程。但这里还需要对 COOL 3D 的一些细节进行补充。

功能区中的所有样式都可以通过属性工具栏按钮 进行个性化调整，并且保存成新的样式。

还可以在 COOL 3D 中导入几何图形。如果单击添加几何对象按钮右下角的下三角按钮，还可以更改几何图形的样子。

在【查看】菜单中调出几何工具栏，能设置不同的几何体的属性。例如球体，就可以设置它的半径。

如何选择 COOL 3D 中的物体呢？其实很简单，COOL 3D 早为用户提供了管理器，如图 3-13 所示，在其中选择用户所需的物体就行了。

图 3-13　物体管理器

3.3　实例 2：利用样式库创建文字动画

图 3-14　新建一个空白文档

打开 COOL 3D 软件，新建一个空白文档，系统缺省在进入时自动新建一个背景色为黑色的文档，如图 3-14 所示。

选择功能区中的【工作室】|【组合】命令，在右边的效果演示窗口中双击第 4 个图标(如图 3-15 所示)。则编辑窗口的变化如图 3-16 所示。

现在来把动画中的 COOL 3D 改成需要的文字。首先从上方的属性列表框中选择 COOL 3D 组件，如图 3-17 所示。

图 3-15　功能区

图 3-16　操作窗口变化

图 3-17　从对象列表中选取对象

然后，单击按钮左侧的编辑文字按钮，或者在主菜单中选择【编辑】|【编辑文字】选项，在弹出的文字编辑窗口中将原来的 COOL 3D 去掉，输入文字【锻炼身体健康工作】，如图 3-18 所示。

通过上方文字属性栏，如图 3-19 所示，调整文字的位置和间距。

图 3-18 更换文字

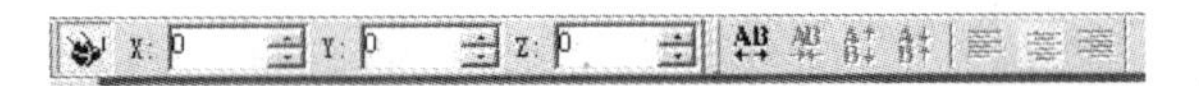

图 3-19 文字属性

修改好之后的文字画面效果如图 3-20 所示。

一个不错的效果就这样完成了！可以单击播放按钮 ► 来查看效果。如果满意就保存动画，如图 3-21 所示。

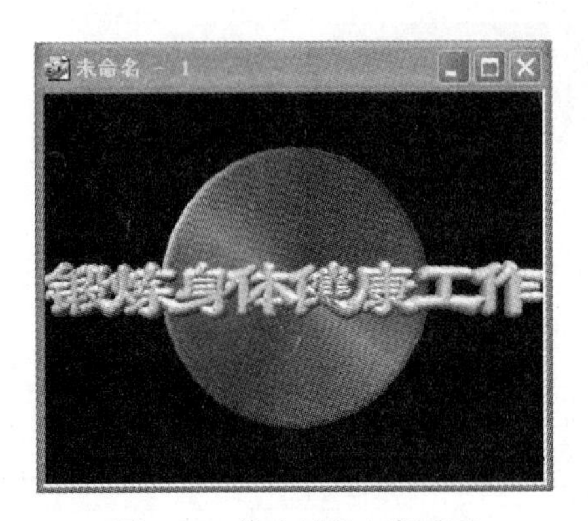

图 3-20 修改后的文字画面

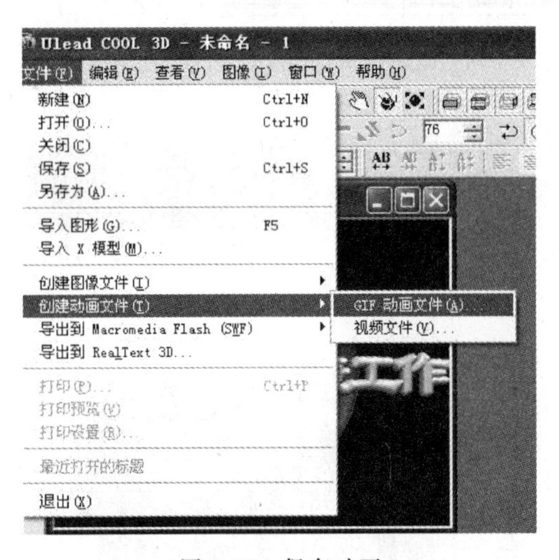

图 3-21 保存动画

3.4 实例 3：制作运动项目宣传动画片头

步骤 1 启动 COOL 3D 软件，如图 3-22 所示。

步骤 2 输入文字，使用插入文字按钮 ，输入需要的文字【我们一起来做操】。输入文字的字体为隶书，字号为 20，加粗，如图 3-23 所示。

步骤 3 单击【确定】按钮后，将输入的文字添加到舞台编辑区，如图 3-24 所示。

步骤 4 设置文字对象的属性，通过窗口下面的效果栏，选取需要的效果附加上去，如图 3-25 所示。

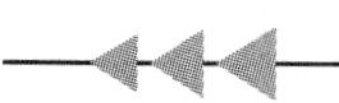

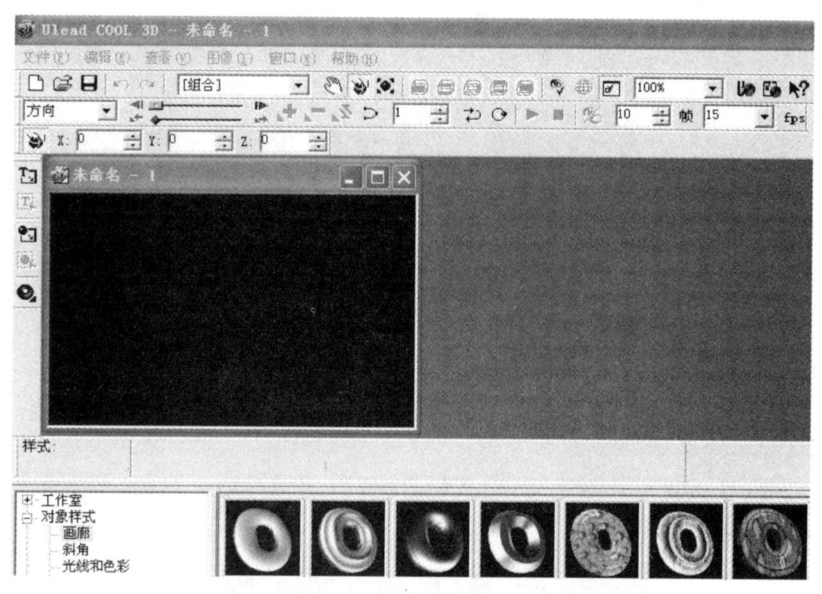

图 3-22　启动软件

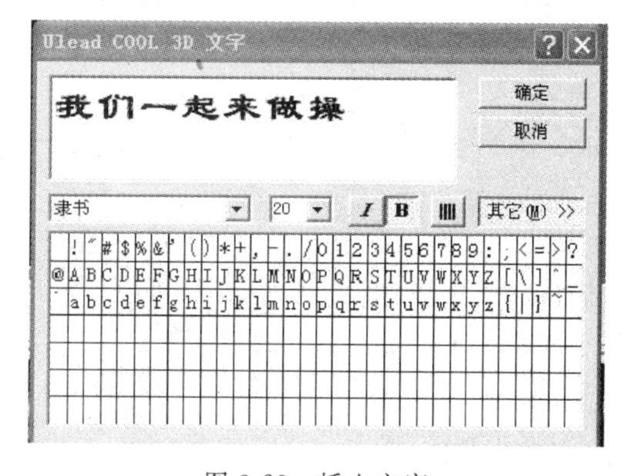

图 3-23　插入文字

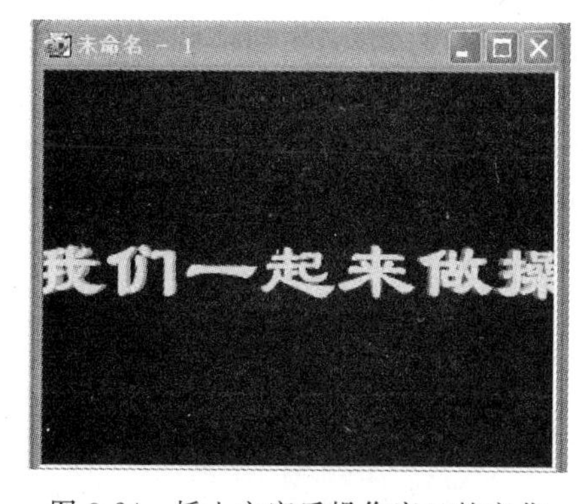

图 3-24　插入文字后操作窗口的变化

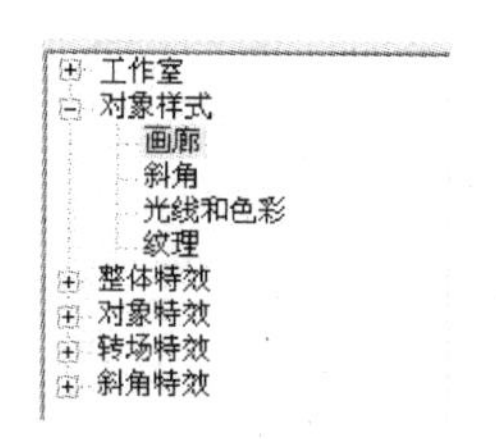

图 3-25　在功能区选效果

步骤 5　添加背景图形，为了使动画效果更美观，可以给它增加背景图案，方法是从百宝箱中单击【工作室】|【背景】命令，在打开的背景效果图下方有一个【加载背景图像文件】按钮，如图 3-26 所示。

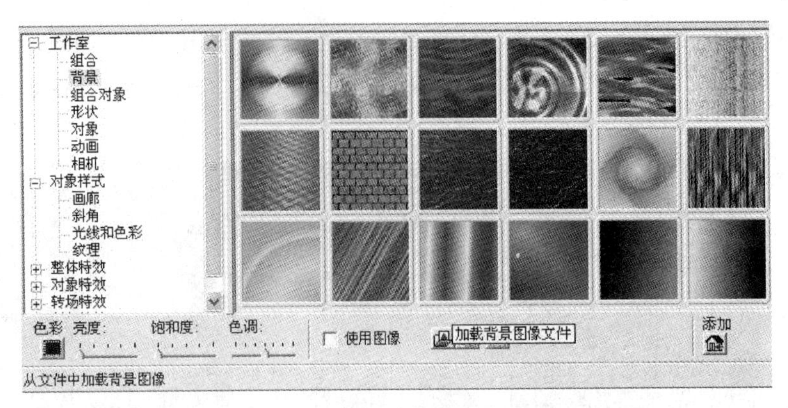

图 3-26 加载背景图像文件按钮

步骤 6 单击【加载背景图像文件】按钮,出现【打开】对话框,找到素材库中的【运动场图片】图片,如图 3-27 所示。

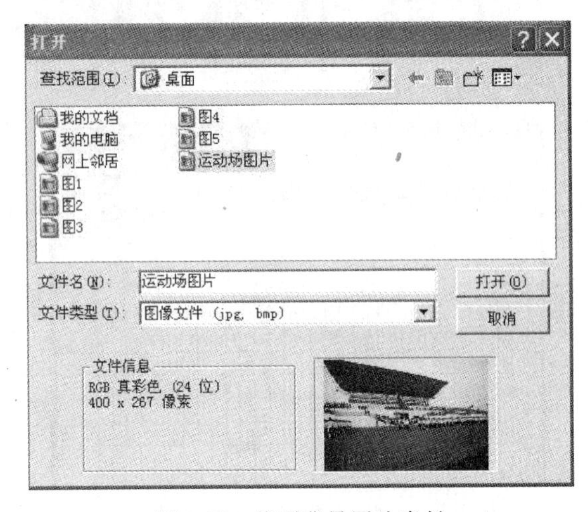

图 3-27 找到背景图片素材

步骤 7 将图片导入舞台中,再单击【加载背景图像文件】按钮旁的【将窗口调整到背景图像大小】按钮,将舞台调整到与图片大小一致(如图 3-28 所示)。并用手形按钮将文字调整到窗口的合适位置。

步骤 8 设置动画效果。动画效果的设置需要通过动画控制工具栏,如图 3-29 所示。

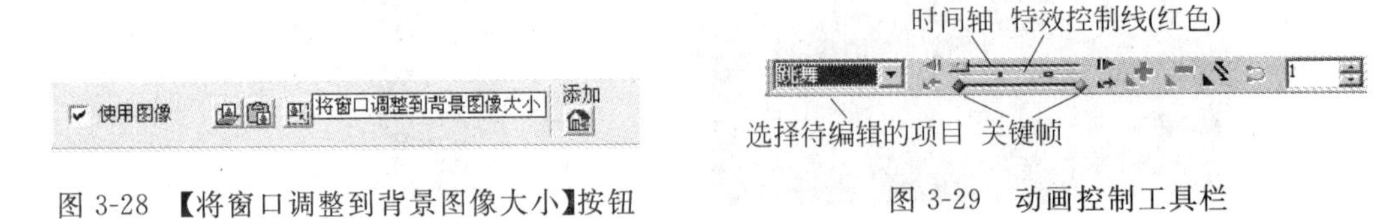

图 3-28 【将窗口调整到背景图像大小】按钮

图 3-29 动画控制工具栏

动画控制工具栏上面也是使用时间轴上的“帧”的方法来编辑处理动画效果的,在编辑时间轴之前,从动画工具栏最左边的下拉列表里选择要编辑的项目,可以是对象样式或者某种已经应用了的特效,如图 3-30 所示。

当用户选了某个项目后,时间轴上的关键帧情况仅仅对应那个项目。例如用户选了【位置】选项后，时间轴上显示的只是物体位置的变化情况。如图 3-31 所示的是一个动画段上某个对象的【位置】时间轴（一共用了 5 个关键帧）。

图 3-30　选择要编辑的项目

图 3-31　动画位置时间轴

如果需要修改某个项目的某个关键帧的状态，请先选中那个关键帧，然后再做修改。如果要添加一个关键帧，单击旁边的十号图标就可以添加了。

步骤 9　增加特效。要给动画增加一些特效，只需要在窗口下面的百宝箱中选择需要的效果应用到对象上就行了，例如可以增加一些跳舞的效果作为动画的衬托，如图 3-32 所示。

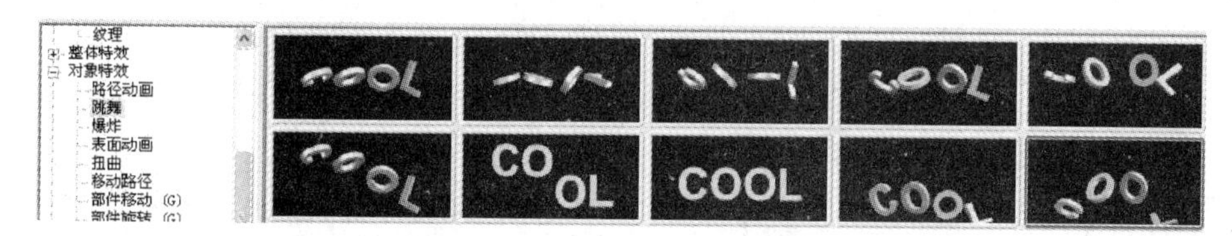

图 3-32　添加文字跳舞特效

图 3-33 展示了动画过程中的一个片段。

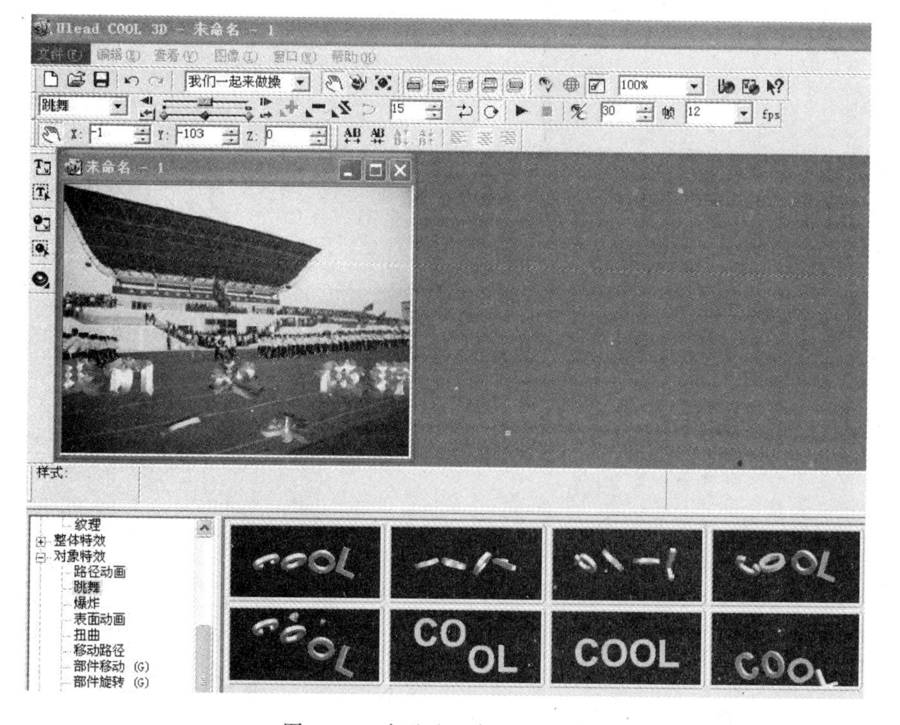

图 3-33　动画过程中的一个片段

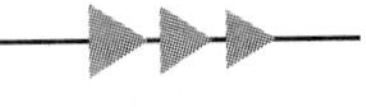

步骤 10　保存动画。动画预览满意后就可以保存了。保存时选择菜单【文件】|【创建动画文件】中的【GIF 动画文件】或者【视频文件】命令。

习　　题

说明 COOL 3D 软件在多媒体课件制作中有哪些强大功能。

上 机 练 习

利用 COOL 3D 软件制作一个带有背景图片和文字效果的动画片头。

第4章 用Ulead GIF Animator软件制作课件动画

友立公司出版的动画 GIF 制作软件是一个很方便的 GIF 动画制作软件，由 Ulead Systems. Inc 创作。Ulead GIF Animator 内建的 Plugin 有许多现成的特效可以立即套用，不但可以把一系列图片保存为 GIF 动画格式，还能产生二十多种 2D 或 3D 的动态效果，足以满足用户制作体育课件动画的要求。

GIF（Graphics Interchange Format，可交换的文件格式）是 CompuServe 公司提出的一种图形文件格式。GIF 文件格式主要应用于互联网，GIF 格式提供了一种压缩比较高的高质量位图，但 GIF 文件的一帧中只能有 256 种颜色。GIF 格式的图片文件的扩展名就是.gif。

与其他图形文件格式不同的是，一个 GIF 文件中可以储存多幅图片。这时，GIF 将其中存储的图片像播放幻灯片一样轮流显示，这样就形成了一段动画。

GIF 文件还有一个特性：它的背景可以是透明的，也就是说，GIF 格式的图片的轮廓不再是矩形的，它可以是任意的形状，就好像用剪刀裁剪过一样。GIF 格式还支持图像交织，当用户在网页上浏览 GIF 文件时，图片先是很模糊地出现，然后才逐渐变得很清晰，这就是图像交织效果。

很多软件都可以制作 GIF 格式的文件，如 Macromedia Flash、Microsoft PowerPoint 等。相比之下，Ulead GIF Animator 的使用更方便，功能也很强大。Ulead GIF Animator 不但可以制作静态的 GIF 文件，还可以制作 GIF 动画，这个软件内部还提供了二十多种动态效果，使用户制作的 GIF 动画栩栩如生。

4.1 认识 Ulead GIF Animator 软件

原版的 Ulead Gif Animator 是英文版的，可以在它的主页上下载 15 天的试用版，也可以在其他网站上下载。安装版会在桌面放置一个快捷图标，绿色版的解压后可在文件夹中找到一个绿色地球图标，软件自动创建一个快捷方式，如图 4-1 所示。

双击这个绿色地球图标，即可启动 Ulead GIF Animator 软件，打开一个窗口，中间有一个向导对话框，如图 4-2 所示。如想下次不出现这个对话框可以选中左下角的复选框。

图 4-1　GIF 软件图标

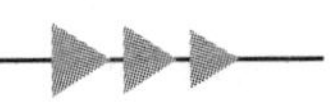

进入默认窗口后，中间的工作区里是一个白色的长条，边上有一圈虚线，表示选中状态，如图 4-3 所示，鼠标放进去后变成黑色的移动指针。

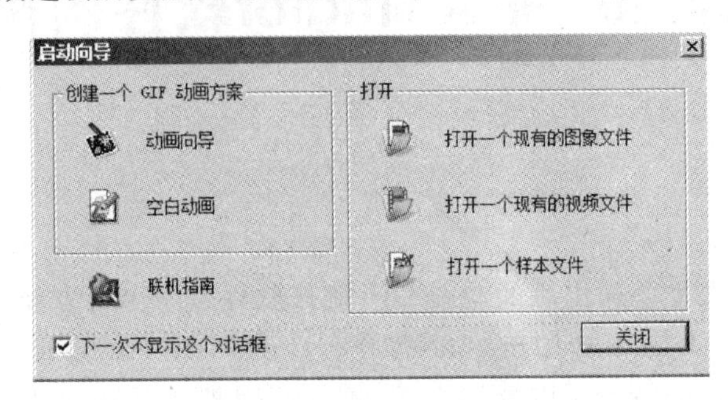

图 4-2 【启动向导】对话框

图 4-3 工作区

窗口左边是工具箱，如图 4-4 所示。里面有选择工具和绘图工具，制作动画的时候可以按要求选择。把鼠标移到工具按钮上，就会出来一个提示，第一个箭头是选择工具，第二排的 T 是文字工具，下面的是画笔和橡皮擦工具，右边一列主要是其他选择工具，如框选、圆形选区、魔术棒选区和套索选区。选择油漆桶工具可以给一个选区填充颜色。下面的两个颜色块，白色是背景色，黑色是前景色，单击这两个颜色块后可以选取其他颜色。

窗口右边是对象窗口，如图 4-5 所示，工作区中的每个内容都会显示在这，用它还可以在原来图像上新添加一个图层。

图 4-4 工具箱

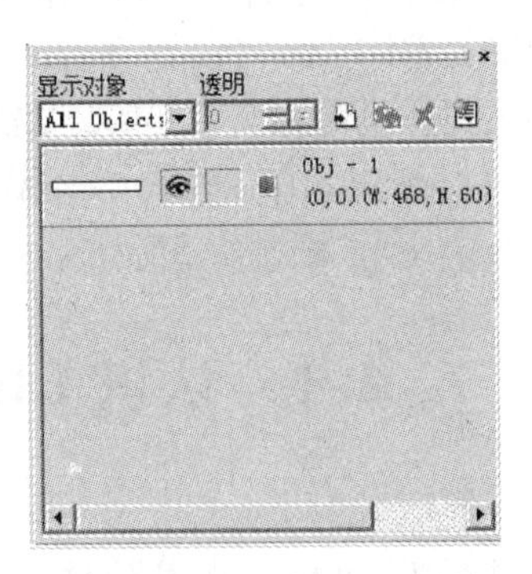

图 4-5 显示对象窗口

窗口下边是帧面板，帧相当于一个一个的小格，每一帧里可以放一幅图像，许多帧图像连续播放就可以形成动画。帧面板的下边是各种命令按钮，可以播放图像、添加帧、删除帧和设置帧属性等(如图 4-6 所示)。

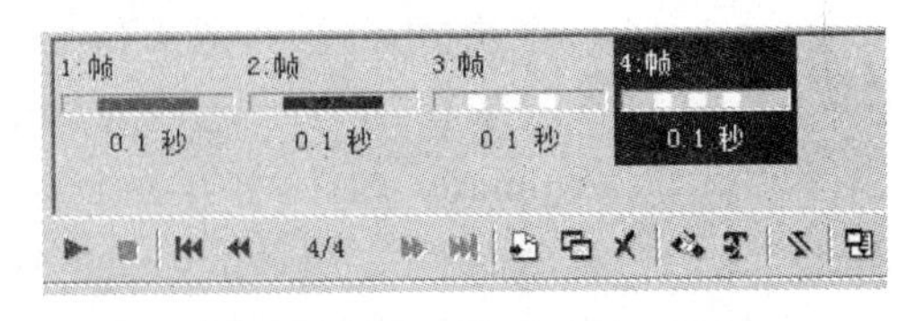

图 4-6 动画面板及控制按钮

4.2　动画上手

选择画笔工具 ，在下面的黑色颜色块上单击一下，将跳出一个颜色面板，选中绿色，然后单击右上角的 OK 按钮确定，如图 4-7 所示。

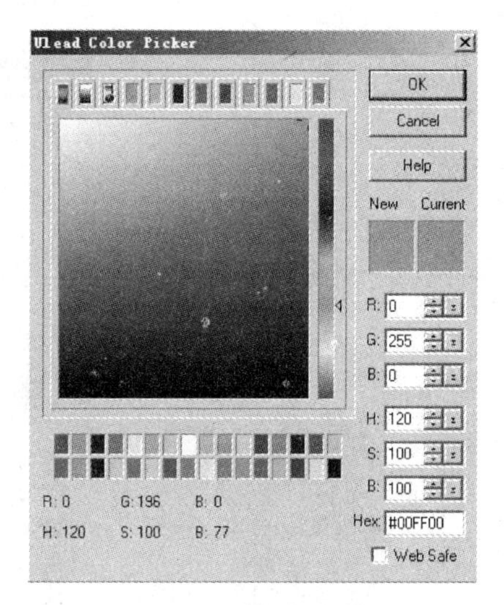

图 4-7　画笔颜料框

在白色的画布上单击一下，如发现笔画太粗了，可按下 Ctrl＋Z 键，撤销刚才画的一笔；也可在窗口上边的画笔工具栏中，把【大】选框中的 10 改成 2，其他不变，如图 4-8 所示。

图 4-8　画笔工具属性

在画布上写上【体育课件多媒体】几个字，这是第一幅图片，也就是第一帧，如图 4-9 所示。

在下面的帧面板中，单击下边的一个白色按钮 ，添加一个空白帧（如图 4-10 所示）。这样就有了两帧，第一帧里面有文字，第二帧里面是空的，单击工作区上边的【预览】按钮，可进入到预览窗口查看动画效果，再单击【编辑】按钮返回到编辑窗口。

图 4-9　在画布上写字

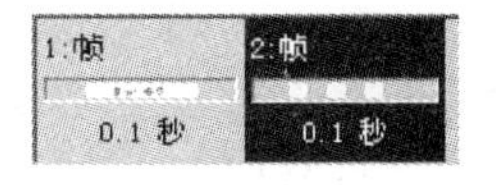

图 4-10　添加帧

单击菜单【文件】|【保存】命令，保存文件到自己的文件夹中，再选择【文件】|【另存为】|【GIF 文件】命令，保存 GIF 图片文件。

4.3　制作闪光字

Ulead GIF Animator 软件是利用颜色的变化来产生闪光字效果。启动 Ulead GIF Animator 成功后，显示一个默认的空白文档，如果出现向导提示，单击【关闭】按钮。

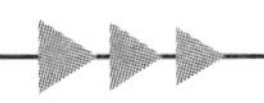

创建第一帧文字：在左边的工具箱里单击选中文字工具 T，然后在中间的白色画布上单击一下，弹出【文本条目框】对话框，输入文字【动作要领】，如图 4-11 所示。

单击对话框上边的颜色块，在弹出的菜单中选择【Ulead 颜色选择器】命令，如图 4-12 所示。然后在弹出来的颜色面板对话框中选择红色，单击右上角的 OK 按钮返回文本框，如图 4-13 所示。

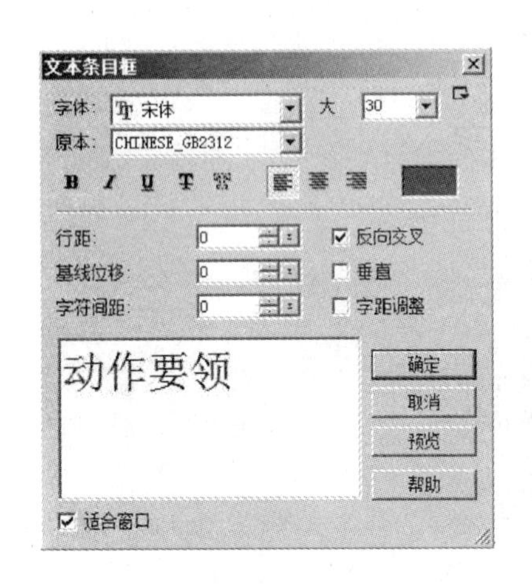

图 4-11　【文本条目框】对话框

图 4-12　选择颜色

图 4-13　Ulead 颜色选择器

单击【确定】按钮，工作区里将出现一个虚线框包围的文字，如图 4-14 所示。

单击菜单中的【编辑】|【修整画布】命令，把多余的白色部分裁切掉，如图 4-15 所示。注意保持虚线框的选中状态。

创建第二帧文字：单击菜单【编辑】|【复制】命令，把第一帧的文字复制一下。然后，单击面板下方的白色添加帧按钮，添加一个空白帧。

单击菜单【编辑】|【粘贴】命令，粘贴一个相同的文字对象，注意第一帧有白色背景，第二帧是透明背景，如图 4-16 所示。

图 4-14　工作区中的文字

图 4-15　修整后的文字

图 4-16　添加第二帧内容

把鼠标移到窗口的工作区中，对准红色文字单击鼠标右键，将弹出一个菜单，选择【文本】|【编辑文本】命令，如图 4-17 所示。

此时右下角出现文本框面板，单击上面的红色颜色块，把它改成蓝色，然后单击【确定】按钮返回，如图 4-18 所示。

最后，单击菜单【文件】|【另存为】|【GIF 文件】命令，把文件保存为 GIF 图片文件。

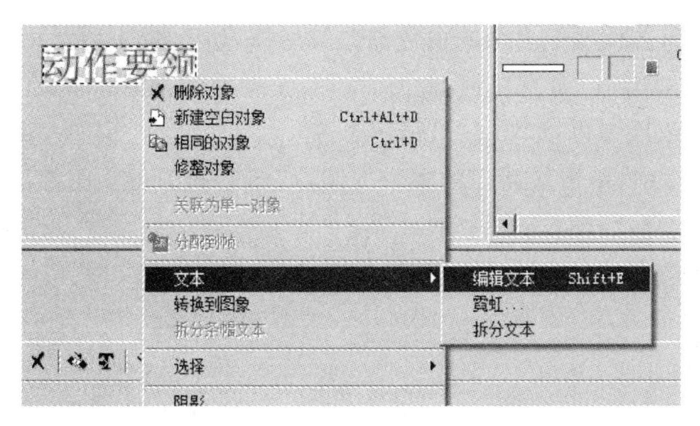

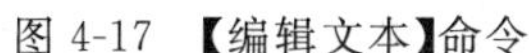
图 4-17　【编辑文本】命令

图 4-18　创建第二帧文字

4.4　制作透明背景动画

GIF 动画还有一个特点，就是可以将背景制作成透明的，这样就可以更好地跟背景融合在一起。启动 Ulead GIF Animator 软件成功进入后默认是一个白色背景，按一下键盘上的 Delete 键，删除白色底色，显示出棋盘格图案，表示透明背景，如图 4-19 所示。

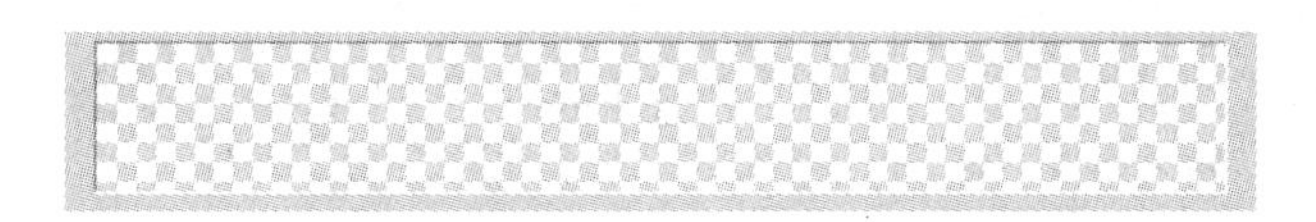

图 4-19　透明背景

选择文本工具 **T**，单击画布，在出现的文本对话框中，输入【技术分析】4 个字，颜色为红色，单击【确定】按钮返回，如图 4-20 所示。

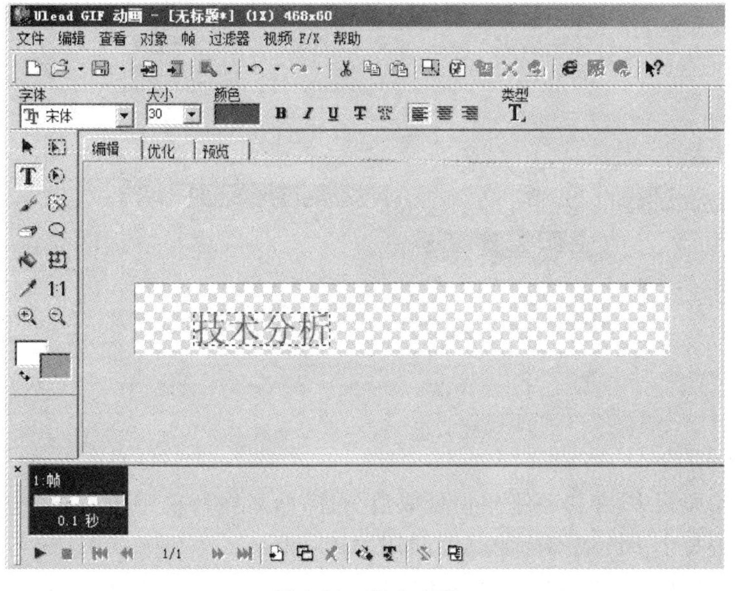

图 4-20　插入文字

单击菜单中的【编辑】|【修整画布】命令，把多余的白色部分裁切掉，如图 4-21 所示。

单击帧面板中的添加帧按钮，添加一个空白帧，此时背景也是透明的，选择文本工具 T，输入【技术分析】4 个字，把颜色改成绿色，如图 4-22 所示。

选择箭头工具，在对齐工具栏中，单击最后面的那个按钮，如图 4-23 所示，把文字排列在画布中央。

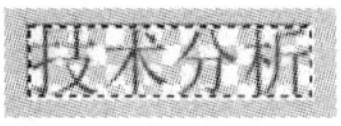

图 4-21　修整后的文字 　　图 4-22　添加的文字 　　图 4-23　对齐工具栏

最后，单击菜单【文件】|【另存为】|【GIF 文件】命令，把文件保存为 GIF 图片文件。

4.5　逐字显示动画

逐字显示又称打字机效果，它是将一句话一个一个文字地连续显现出来。制作方法如下：

双击桌面上的 Ulead GIF Animator 图标，启动程序。按 Delete 键删除白色背景，选择文字工具，单击一下画布，输入【动作示范】4 个字，颜色为红色。单击菜单【编辑】|【修整画布】命令，裁去多余的部分，如图 4-24 所示。

图 4-24　输入并调整文字

在右上角的对象面板中，在文字上右击，在弹出的对话框中，选【文本】|【拆分文字】命令，如图 4-25 所示，将 4 个字拆开，如图 4-26 所示。

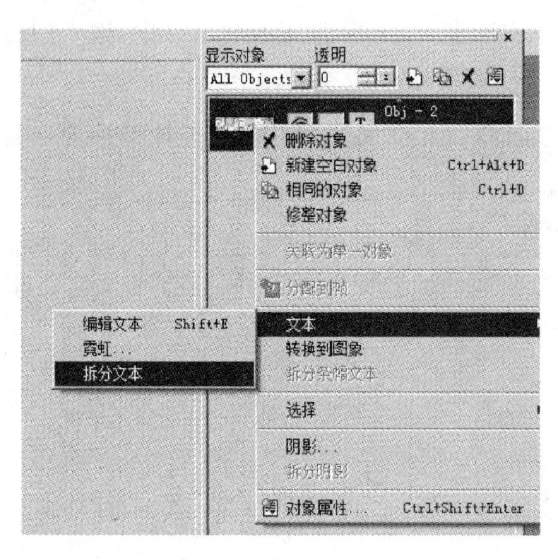

图 4-25　拆分文字菜单

在显示对象面板中，单击一下空白处取消全选，然后在每个字上右击，选择【文本】|【编辑文本】命令，把每个字改成不同的颜色，如图 4-27 所示。

在下面的帧面板中，单击三次相同帧按钮，复制三个相同的帧，如图 4-28 所示。

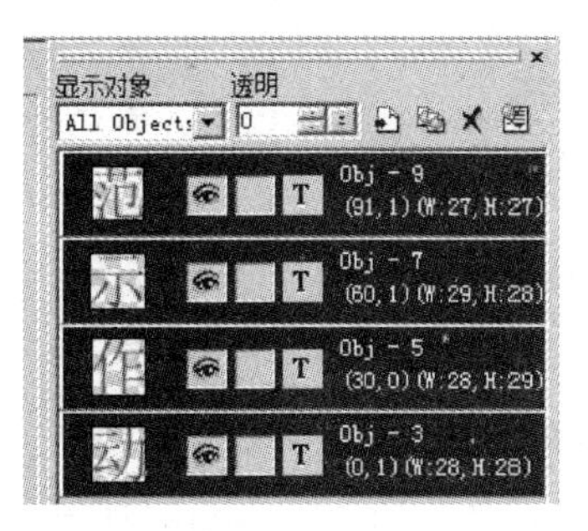

图 4-26　文本被拆分

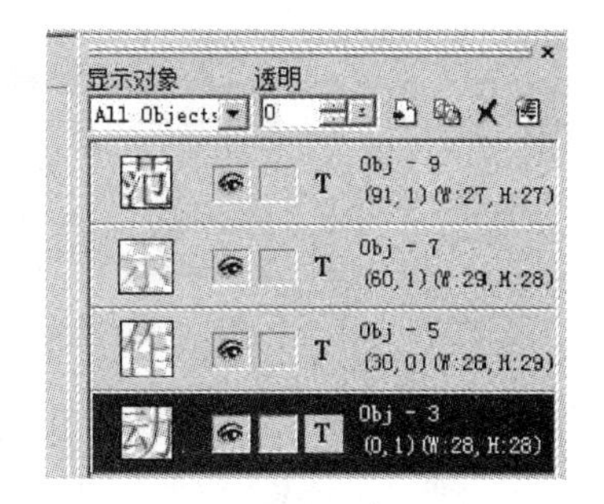

图 4-27　编辑字体颜色

选中左边的第 1 帧，在上面的显示对象面板中，把【作】、【示】、【范】对象旁边的眼睛图标单击一下去掉，只留下【动】对象显示眼睛图标，如图 4-29 所示。

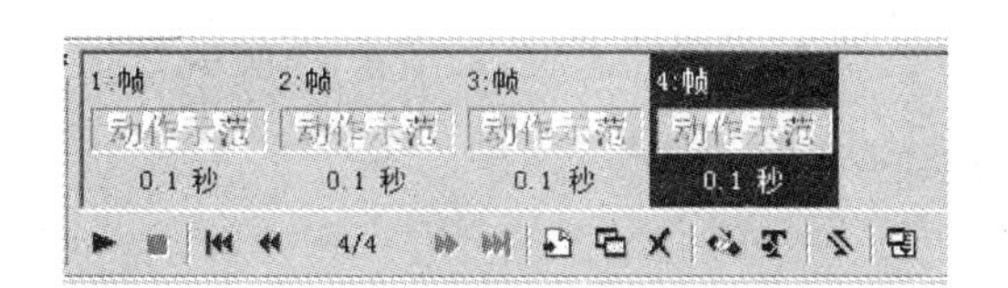

图 4-28　添加三个相同帧

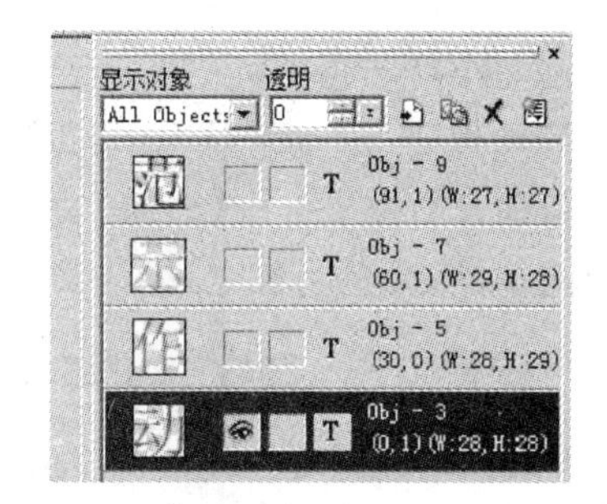

图 4-29　去掉眼睛图标

再在帧面板中选中第 2 帧，把【示】、【范】对象旁边的眼睛图标单击一下去掉。用同样的办法把第 3 帧中【范】对象旁边的眼睛图标也去掉。

选中第 4 帧，单击一下帧面板下面的添加帧按钮，添加一个空白帧，这样一共就有了 5 帧，如图 4-30 所示。

图 4-30　5 帧动画显示

按住 Ctrl 键，分别单击第 1、2、3 和 4 帧，帧变蓝，如图 4-31 所示。

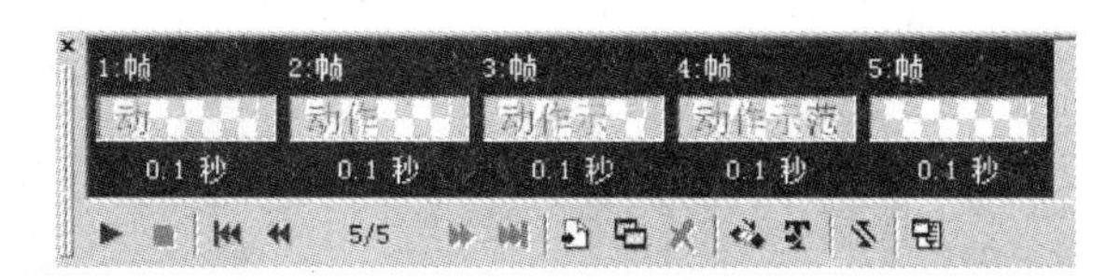

图 4-31　选中所有帧

单击一下帧面板下面最右边的帧面板命令按钮，选择【画面帧属性】对话框，把【延迟】选项框中的 10 改成 50，如图 4-32 所示。这样每一帧的时间为 0.5 秒，播放速度会变慢一些。

最后，将文件另存为 GIF 动画即可。

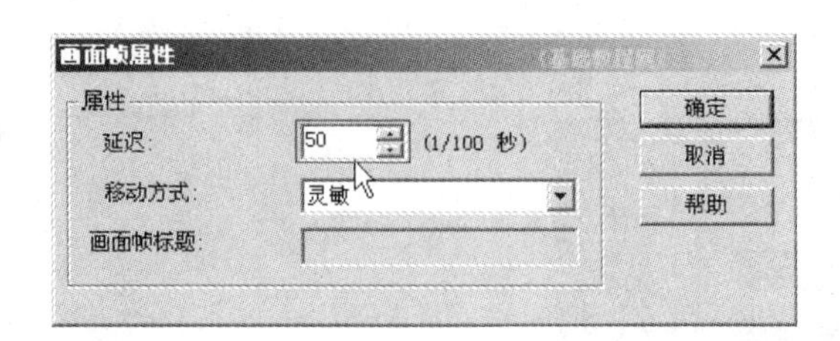

图 4-32　修改帧时间

4.6　霓虹文字

霓虹字是在文字的周围有一圈灯光效果，在帧面板中有一个添加文本条按钮，可以创造出变化多样的霓虹效果，比如滚动、旋转、放大、缩小等。这里，以旋转为例说明，其他效果原理相同。

启动程序，按一下 Delete 键删除画布中的白色背景。在帧面板下边，单击一下添加文本条按钮 ，弹出一个【添加文本条】对话框，删除文本框里面的内容，在字体选项框中选择【宋体】选项，颜色为红色，输入文字【体育教学交流】，阴影先不设，如图 4-33 所示。

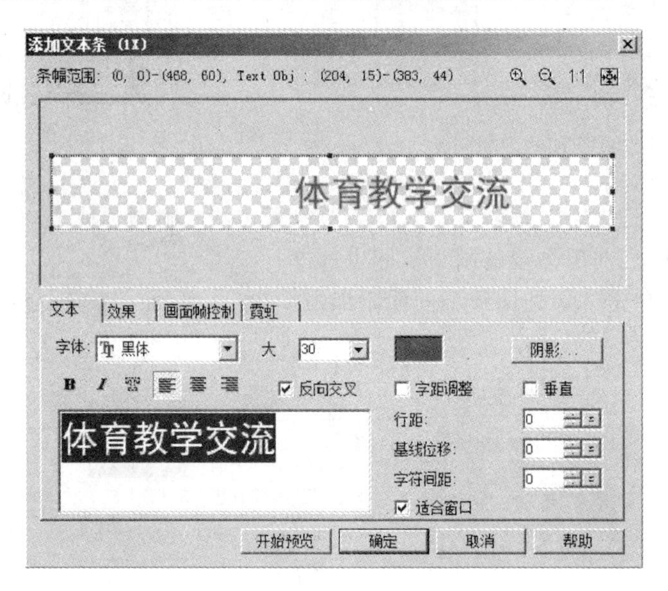

图 4-33　【添加文本条】对话框

单击【霓虹】标签，选中【霓虹】效果，将【宽度】改为 3，如图 4-34 所示。

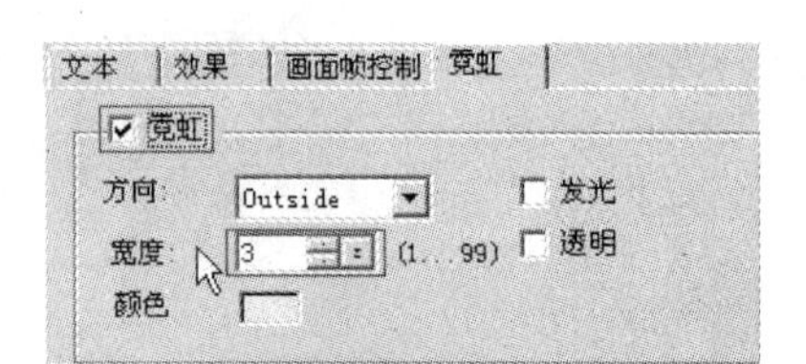

图 4-34　【霓虹】效果选项卡

单击【效果】标签，在左边选择【放大(旋转)】选项，右边选择【减弱】选项，如图 4-35 所示。

单击【确定】|【创建为文本条(推荐)】按钮，创建一个文字对象，帧面板将自动产生动画帧，如图 4-36 所示。

预览效果，满意后，将文件另存为 GIF 动画即可。作者的个人网站动态站头就是用这种方法制作的，如图 4-37 所示。

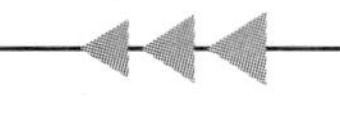

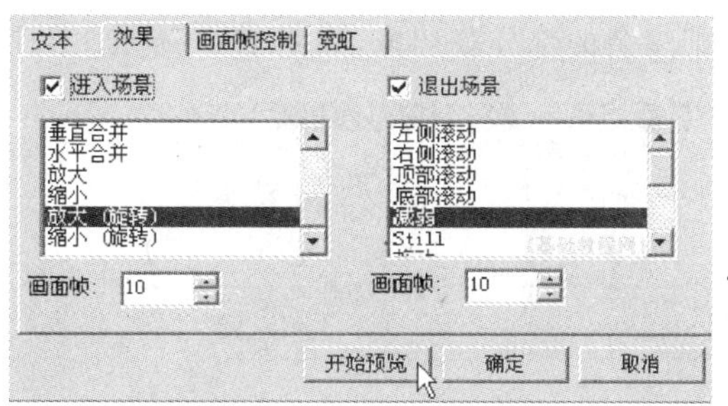

图 4-35　【效果】选项卡

图 4-36　创建文本条

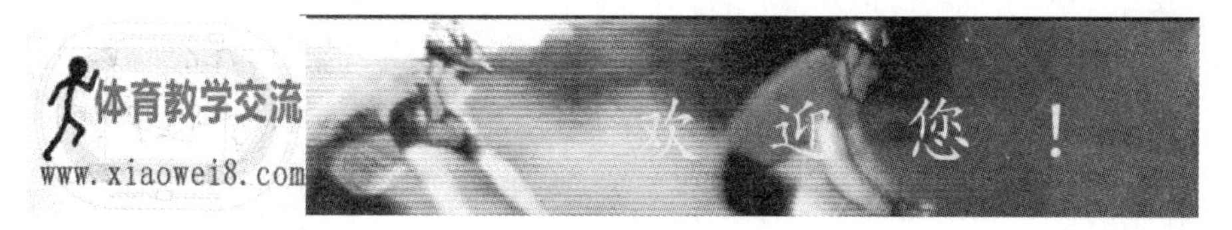

图 4-37　网站站标

4.7　运动动作动画

运动动作动画就是把动作过程制作成许多单个环节图，然后，把图片放在一起，形成一个完整的动作，放在课件中，展示动作过程。运动动作动画有两种：一种是原地动作动画。另一种是运动轨迹动画。

4.7.1　原地动作动画原理

启动 Ulead GIF Animator 软件，按一下 Delete 键删除白色背景，单击菜单【文件】|【添加图像】命令，找到预先放在计算机蛙泳动画文件夹中的蛙泳图片 1，把图片 1 打开，添加到窗口中，如图 4-38 所示。

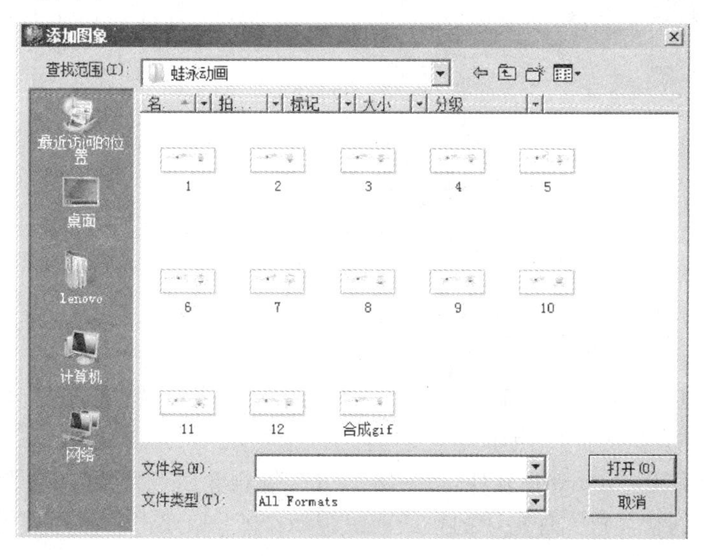

图 4-38　添加图像

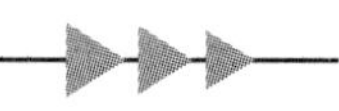

单击菜单【编辑】|【修整画布】命令把多余的部分裁切掉,如图 4-39 所示。

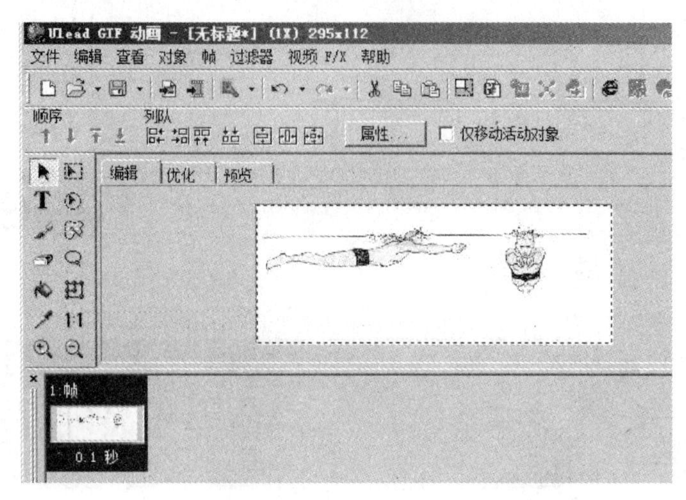

图 4-39　添加并调整图片

单击一下帧面板中的添加帧按钮,添加一个空白帧,再次单击菜单【文件】|【添加图像】命令,添加蛙泳图片 2。用同样的办法,将其他图片也添加进来。这样 12 幅图片就形成了一个连续的动作,如图 4-40 所示。

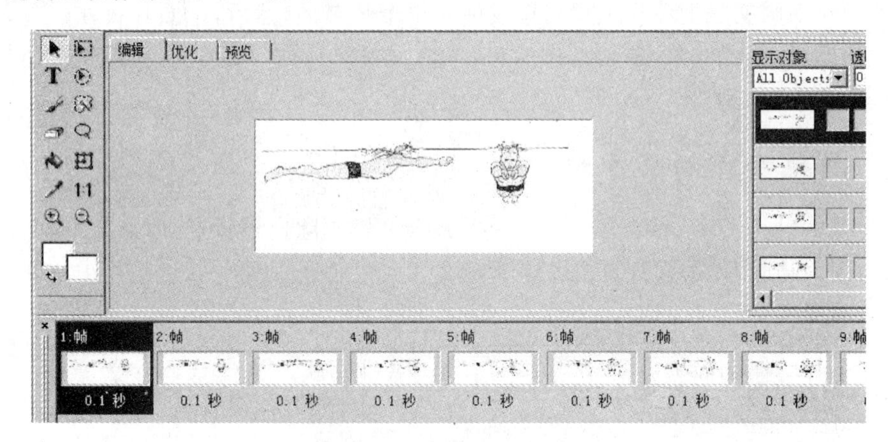

图 4-40　添加所有图片

预览效果,满意后另存为 GIF 图像。

4.7.2　运动轨迹动画原理

运动轨迹动画是各帧图片的位置有所改变从而产生的动画效果。下面以鱼跃前滚翻动作为例说明。

首先,在 Photoshop 中制作 7 幅鱼跃前滚翻的透明背景图片,它们大小一致,放在计算机的同一文件夹中,如图 4-41 所示。

启动 Ulead GIF Animator 软件,按一下 Delete 键删除白色背景,单击菜单【文件】|【添加图像】命令,找到计算机文件夹中的鱼跃前滚翻动作图 y1,双击它添加到窗口中。单击菜单【编辑】|【修整画布】命令,把多余的部分裁切掉,如图 4-42 所示。

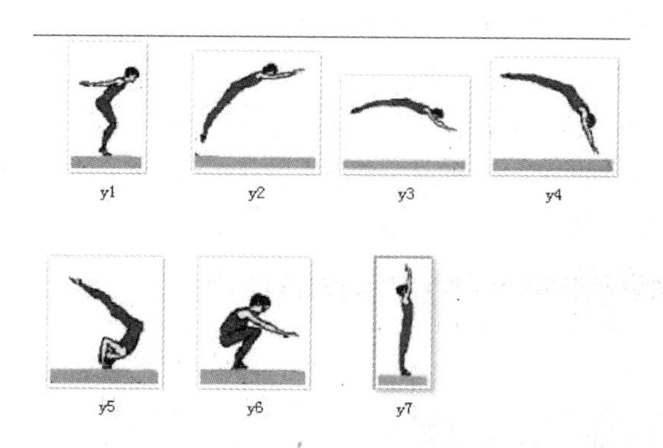

图 4-41　用 Photoshop 制作的透明背景图片

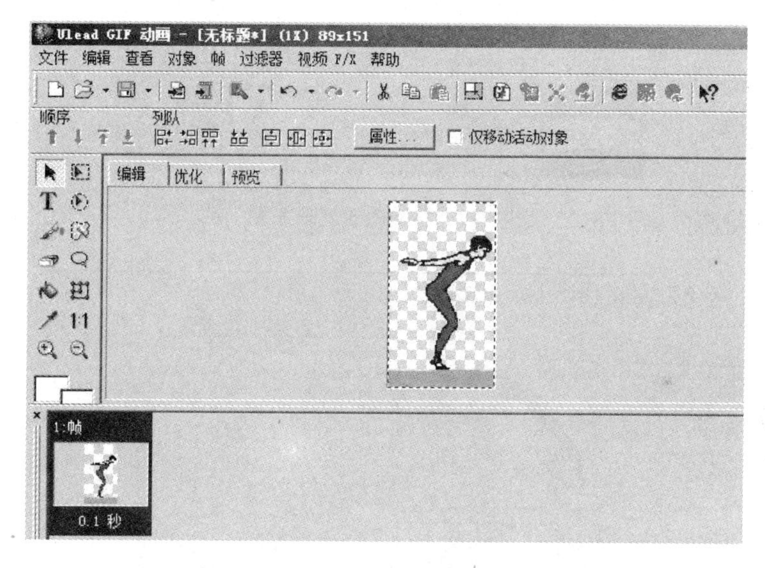

图 4-42　添加第 1 幅图像

此时，要想让图能向右移动，必须加大画布的宽度。单击菜单栏【编辑】|【画布大小】命令，在弹出的【画布尺寸】对话框中去掉【保持外表比率】选项前的勾，根据实际图片数量将【宽度】修改为 500，如图 4-43 所示。

单击【确定】按钮后，工作区中的图像变成如图 4-44 所示。

单击左侧的选取工具，用鼠标把第 1 幅图移动到画布最左侧，如图 4-45 所示。

单击一下帧面板中的添加帧按钮，添加一个空白帧，再次单击菜单【文件】|【添加图像】命令，添加第 2 幅图片。同样用鼠标将图片 y2 向右移动，调整到合适位置，如图 4-46 所示。

按照同样的方法，把其他 5 幅图像都添加进来并调整好各自的位置，如图 4-47 所示。

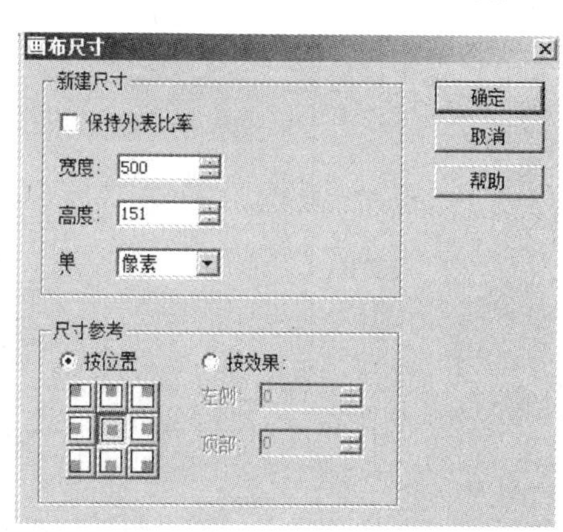

图 4-43　【画布尺寸】对话框

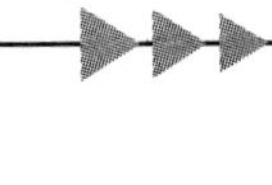

图 4-44 调整画布宽度

图 4-45 移动图像到最左侧

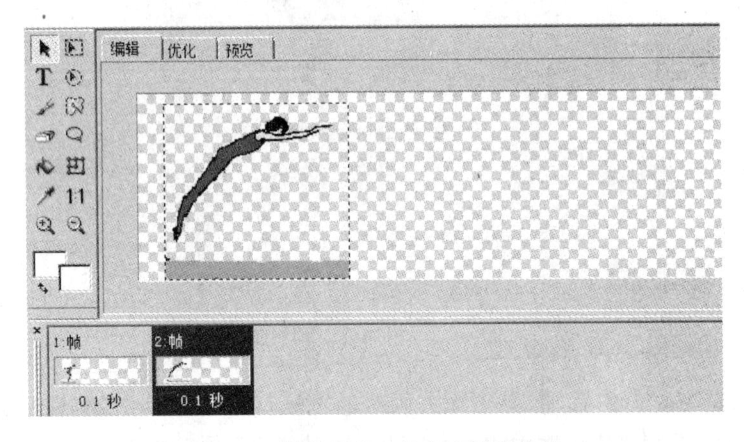

图 4-46 添加图片 2 并向右调整位置

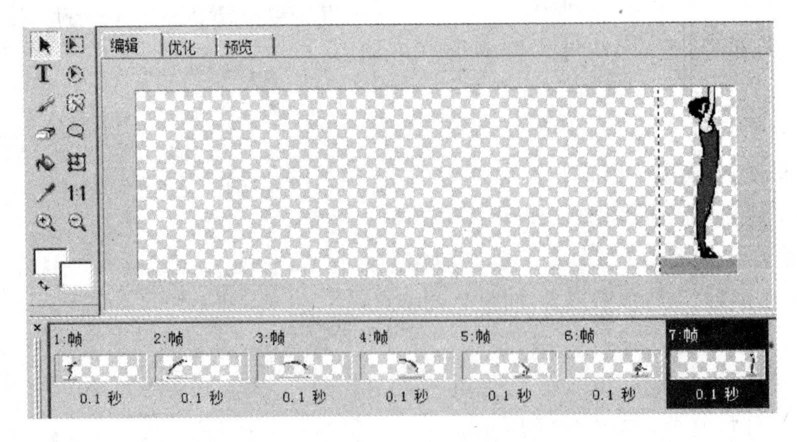

图 4-47 添加所有图像并调整好位置

单击添加帧按钮，添加一个空白帧，按住 Shift 键从第 1 帧开始单击，所有图片全部选中，再单击下边的帧面板命令按钮，选择【画面帧属性】对话框，把【延迟】设为 30，这样每帧为 0.3 秒，动画速度就慢了下来。预览效果，满意后另存为 GIF 图像。

4.8　用一个视频的局部来制作 GIF 动画

用 Windows 视频文件（如 AVI）或 Quicktime 影片（如 MOV）是快速制作动画的最轻松的方法（如果用户不加修饰，它看上去和原始视频一样）。但是，大多数视频文件都很大，在 GIF Animator 中打开整个视频会影响效率。幸运的是，GIF Animator 带有一个内置的解决该问题的功能，可以选取并只打开视频中某个特定的部分。以下将讲述该操作的步骤。

打开 GIF Animator 软件，创建一个新的空白动画。单击标准工具栏上的添加视频按钮，打开【添加视频】对话框，找到事先准备好的视频（这里以【放飞理想】视频为例），单击选中它。然后单击 Duration 按钮，如图 4-48 所示。

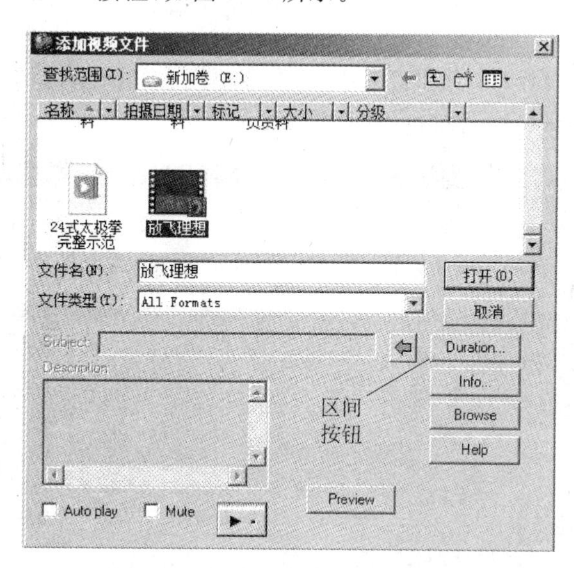

图 4-48　在【添加视频文件】对话框选中并单击区间按钮

Duration 对话框打开后，有两个属性让用户可以定义要使用的起始和结束的视频段。它们是 Mark in 和 Mark out。有两个方法可以用这些属性来选取视频段：用户可以手工输入帧编号，或通过预览窗口和视频控件，拖动 Mark in 和 Mark out 按钮来标记出要使用的部分（如图 4-49 所示）。

在标记出要使用的部分之后，单击 OK 按钮。关闭 Duration 对话框，返回到【添加视频文件】对话框。再单击【确定】按钮，选择的视频就被加载到 GIF Animator 软件中了。删除一些不必要的画面，就可以保存了。

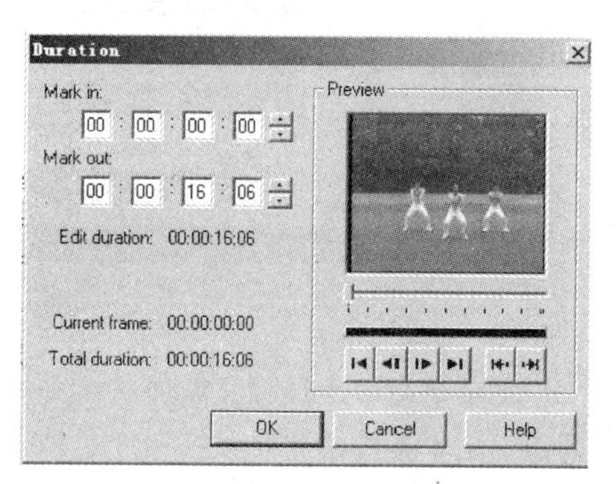

图 4-49　区间窗口

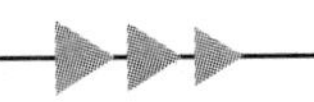

4.9　使用 Ulead GIF 软件制作飘落的文字

启动 Ulead GIF 软件,在【启动向导】对话框中单击【打开一个现有图像文件】按钮,如图 4-50 所示。

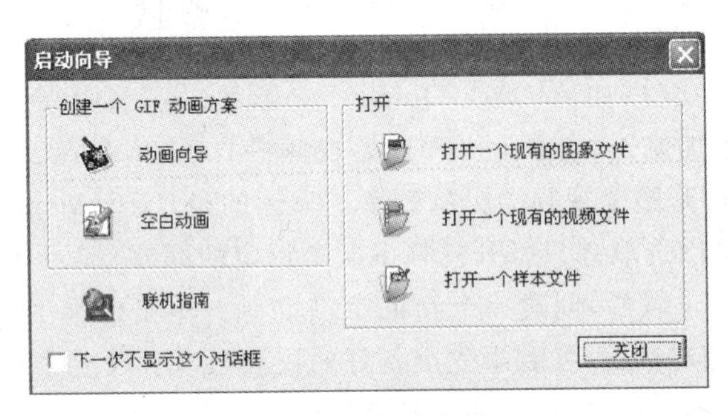

图 4-50　【启动向导】对话框

打开一张准备好的【排球场地图】图片,单击菜单栏中的【编辑】|【修整画布】命令,将导入的图片自动调整大小以适合窗口,如图 4-51 所示。

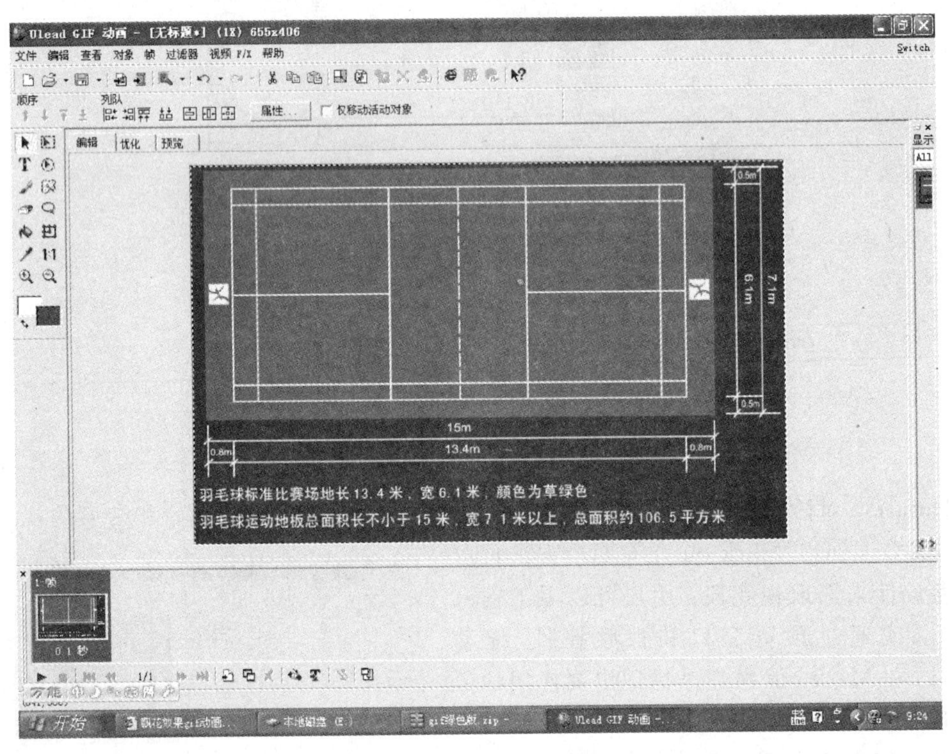

图 4-51　导入图片

单击菜单栏中的【帧】|【添加条幅文本】命令,如图 4-52 所示,或者单击最下方的帧属性中的添加文本条按钮 。

在出现的【添加文本条】对话框中的【文本】选项卡中,设置文字大小、颜色、字体、格式、

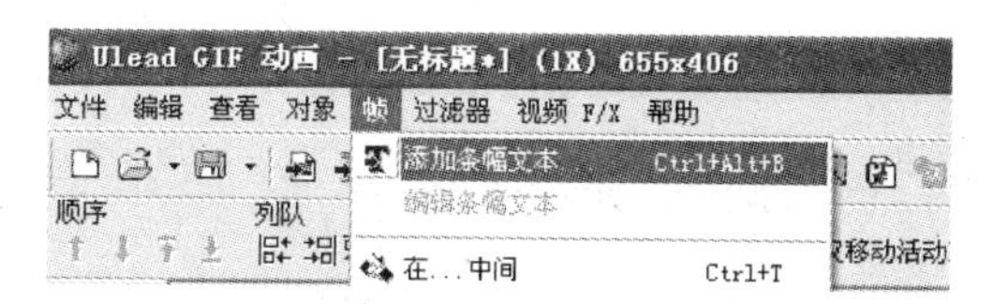

图 4-52　添加条幅文本

间距等内容，并勾选【适合窗口】复选框，如图 4-53 所示。此时，在本窗口中可以用鼠标将文字调整到最上方合适的位置。

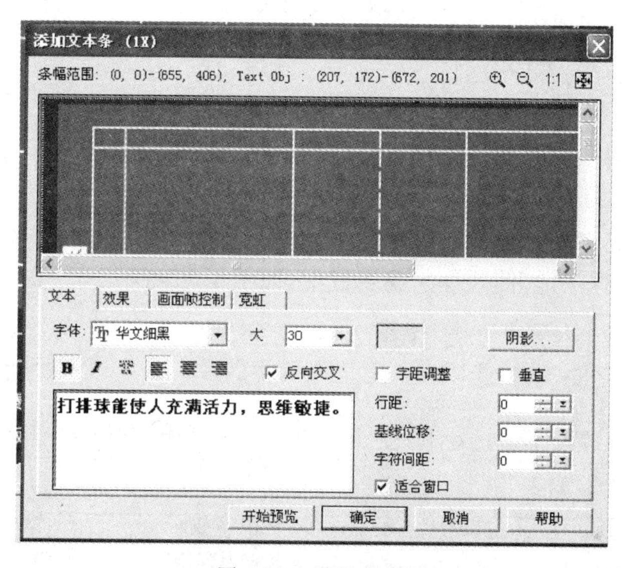

图 4-53　设置文字

选择【效果】选项卡，勾选【进入场景】选项，在下方选项栏中选中【底部滚动】效果，【画面帧】选项框输入 1，再勾选【退出场景】复选框，在下方选项栏中选中【拖动】效果，【画面帧】选项框输入 60，如图 4-54 所示。

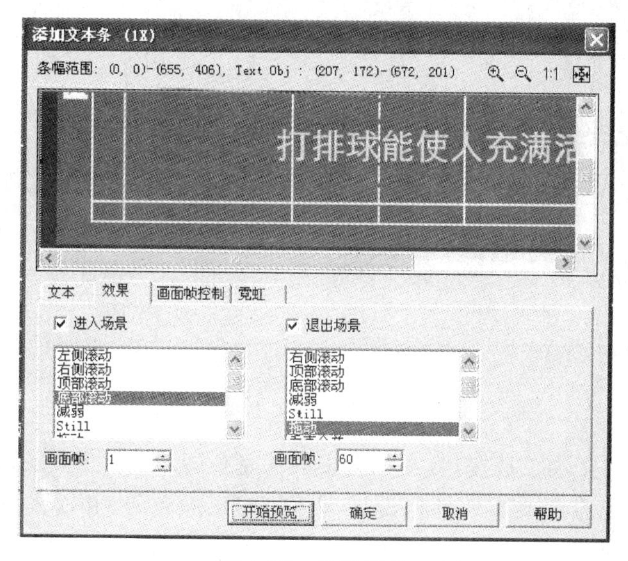

图 4-54　设置效果

单击【确定】按钮后,选择【创建为文本条(推荐)】命令,如图 4-55 所示。

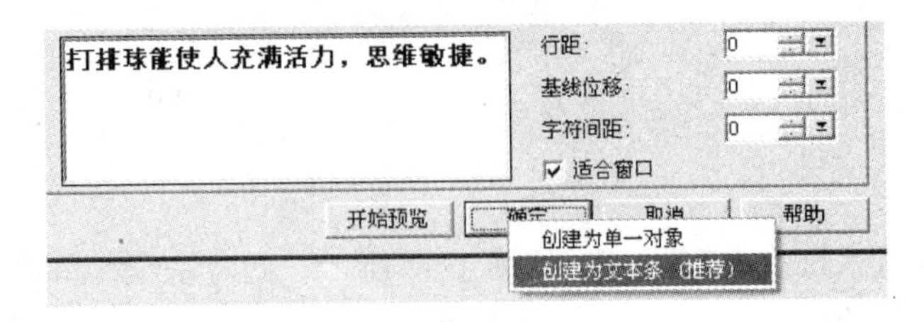

图 4-55　创建文本条

预览动画,并保存为 GIF 文件。

4.10　使用 Ulead GIF 软件制作下落文字

打开 Ulead GIF 软件,单击菜单栏中的【文件】|【添加图像】命令,在打开的【添加图像】对话框中将一幅【排球场地】图片导入编辑框中,如图 4-56 所示。

图 4-56　导入背景图

单击工具栏中的文本工具按钮,在舞台中的任意位置单击一下,出现【文本条目框】对话框。同时在对话框上方的文本属性栏设置字体、字号、颜色等,并输入所需文字,如图 4-57 所示,单击【确定】按钮返回。

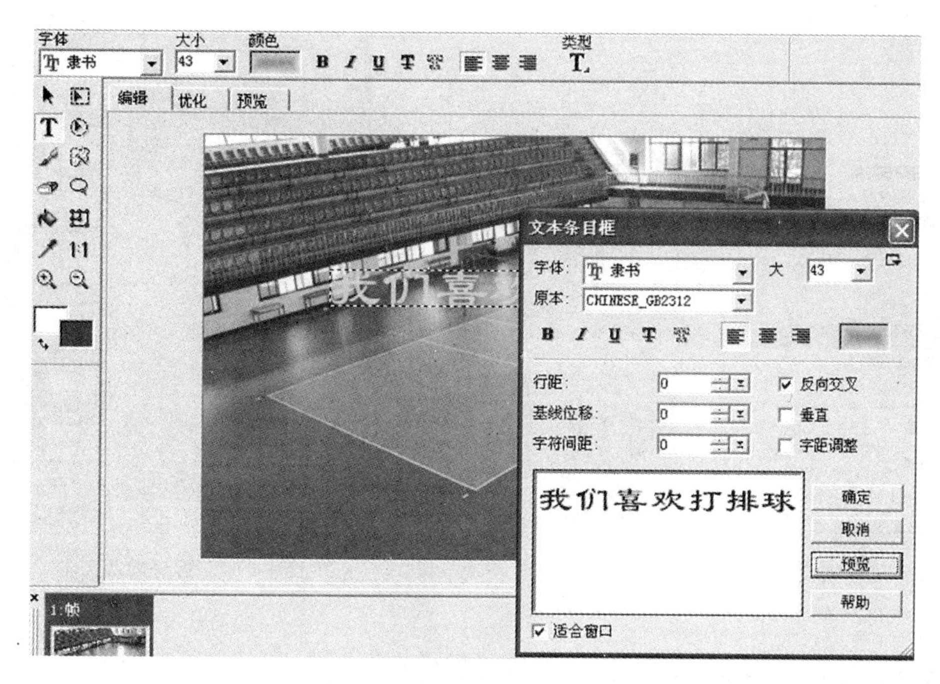

图 4-57　添加文本

用工具栏中的选取工具，将文字调整到左上方，如图 4-58 所示。

单击最下方帧属性栏中的【相同帧】按钮，添加一帧，如图 4-59 所示。

图 4-58　调整文字

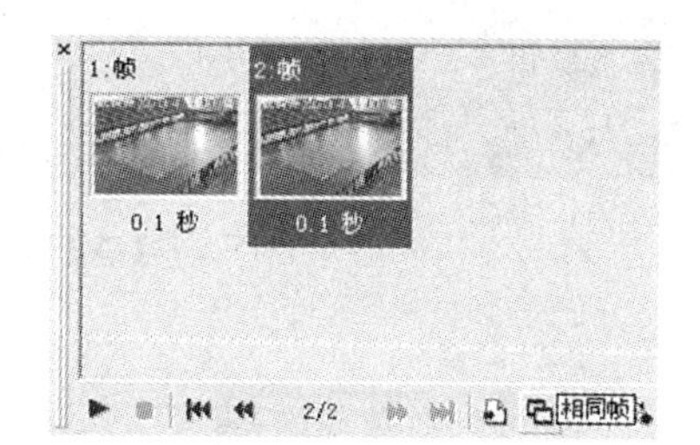

图 4-59　添加相同帧

选中第一帧，在舞台中右键单击文字，在弹出的对话框中选择【文本】|【拆分文本】命令，如图 4-60 所示。拆分后的文本如图 4-61 所示。

选中第二帧，在第二帧的舞台上用工具栏中的选取工具，单击【排】字，使该字处于选中状态，并将其向下拖拉至最底端。同样，也将【球】字拖至最底端，如图 4-62 所示。

单击最下方的帧属性中的之间按钮，或者右键单击第二帧在弹出的对话框中选择【两者之间】选项，在 Tween 对话框中设置，如图 4-63 所示。

单击【确定】按钮之后下落文字动画就做好了，此时各帧中的图片如图 4-64 所示。

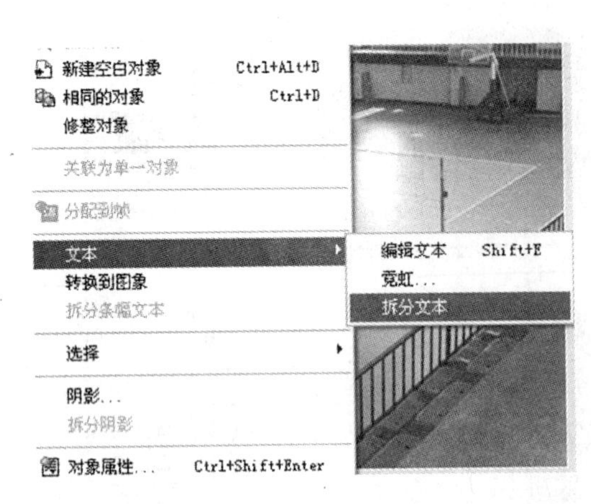

图 4-60 拆分文本命令

图 4-61 拆分后的文本

图 4-62 调整【球】字

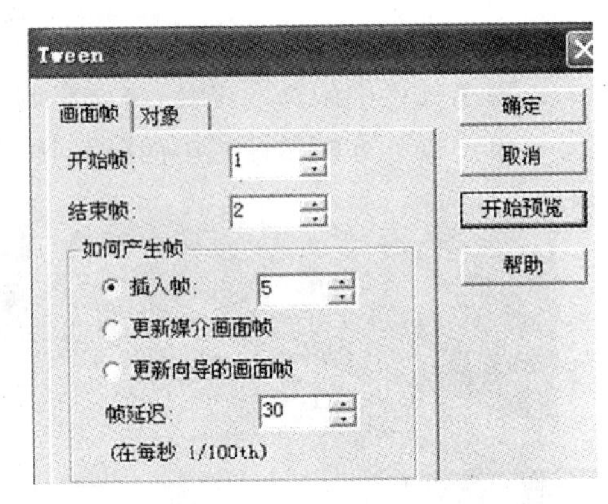

图 4-63 调整两者之间

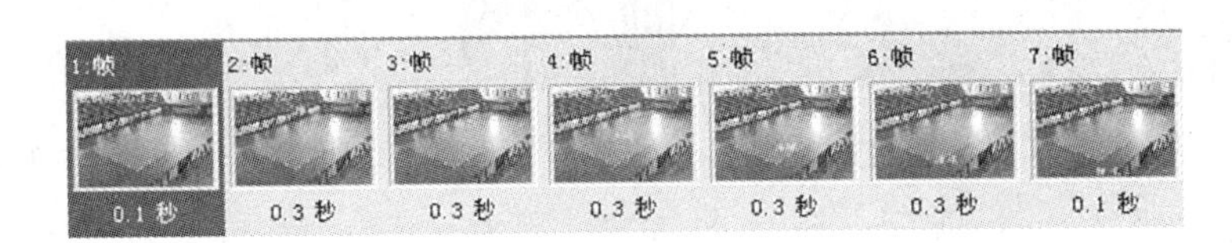

图 4-64 各帧文字

预览并保存动画。

上 机 练 习

1. 启动 GIF 软件,输入文字【多媒体课件】和【标准示范】,将文字制作成闪光字和透明背景的文字。

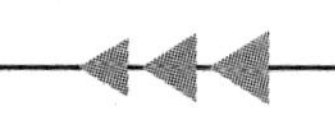

2. 以“荷笠小苍头，犊裩乘水牛。扬鞭自叱咤，度陇复凭沟。”这首牧童歌文字为例，制作出文字打字效果。

3. 导入一幅图片为背景，在图片上创建一个旋转效果的文本条。

4. 在篮球教科书上，将【原地单手投篮】动作制作成 4 幅大小相同的图片，导入 GIF 软件中，制作成一幅原地动作动画。

第5章 用Pivot制作人物动画

Pivot Stick Figure Animator 是一个支点线条图画创作工具，说到“支点线条图画”，最流行的就是“火柴棍小人”了。这款软件的用法非常简单，用户所要做的就是随心所欲地拖曳支点并新建帧，最后导出为所需的 GIF 格式即可。

5.1 软件简介

双击软件启动安装程序之后，按照默认安装步骤就可以完成安装。安装成功后会在桌面上产生一个软件图标，如图 5-1 所示。双击它就能打开程序，如图 5-2 所示。

图 5-1　软件图标

图 5-2　启动界面

这是一款免费的英文版软件，界面并不复杂，不多的英文也容易掌握，如图 5-3 所示的是汉化版对照图及相关说明。

在软件主窗口右下方空白区域的中央，有个简易构成的人物，其中躯干、四肢用黑色线条表示，头部则以一个黑色圆圈代替。每个元素上均分布了红色的支点，用来控制肢体的动作。

主界面左边的工具栏有如下制作动画所需的按钮。

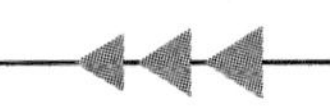

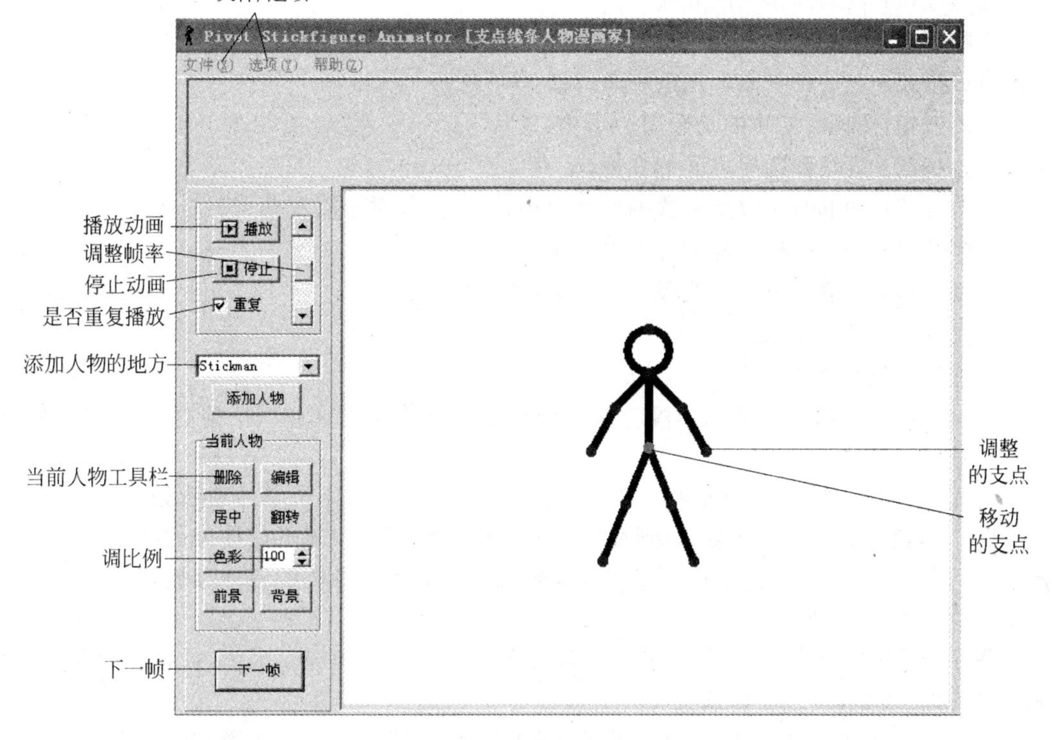

图 5-3　汉化版对照图

播放按钮：开始播放动画。

停止按钮：停止动画播放。

重复按钮：是否重复播放。

添加人物按钮：选择好要添加的人物，单击即可添加到制作区。

当前人物选项栏按钮：当一个人物的支点为红色时，就可以在这里操作。

删除按钮：删除这个人物。

编辑按钮：编辑人物。

居中按钮：移动的支点连带人物居中。

翻转按钮：沿移动的支点翻转人物。

色彩按钮：调整人物的色彩。

比例按钮：调整人物的大小。

前景/背景按钮：确定哪个图像在前哪个图像在后。

下一帧按钮：编辑这一帧后就可以到下一帧。

文件和选项菜单中的按钮如下。

新建按钮：新建一个动画。

打开动画/保存动画：打开原有动画，或者将制作好的动画保存。

加载背景按钮：选择图片作为动画背景(会改变动画所有的帧，注意!)。

加载人物类型按钮：加载 STK 文件。

编辑人物类型按钮：对加载的人物编辑。

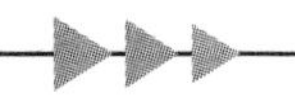

选项按钮：调整操作区的界面。

人物编辑器中的按钮如下。

直线按钮：在一个支点上创造一条直线。

圆周按钮：同上，创建的是圆周。

变换按钮：直线和圆周之间的变换。

更改片段厚度按钮：改变片段的厚度大小，厚度为0时可以看不见。

复制片段按钮：一模一样的片段复制出来。

静动态按钮：静态时这个线段不可编辑，动态则相反。

删除片段按钮：删除。

操作区的操作如下。

通过调整支点来变化动作。橙色的是移动支点，红色的是调整线段的支点，通过这样来制作一帧帧的动画。

首先，按住鼠标左键拖动要移动部位上的红色支点，至第一个动作后所处的位置，接着单击【下一帧】按钮。如此反复，直到最后一个步骤。那下肢和躯干连接处的唯一一个黄色支点起何作用呢？它事实上是一个关键点，拖动它能够实现身体的整体移位，实现跳跃、跨步等移位动作。

提示：对于要求完美的朋友，笔者建议可多制作一些动画帧。因为，通常帧数越多，动画就越流畅、连贯，效果也就越真实。

所有的动作初步设计好了之后，可先单击【播放】按钮进行效果查看，同时使用上、下滚动滑块可调节动画的播放速度。在实际预览过程中，如果发现某一帧的动作不到位或者有偏差，可在顶部的帧列表里单击它，再实施修改与调整。此外，还可对人物进行居中(使其快速回到舞台中央)、翻转、比例缩放等其他操作。而单击【色彩】按钮可为全身漆黑的小人着上鲜艳的彩色，单击【添加人物】按钮则可以增加小人的数量，形成群舞之势。

最后，单击【文件】|【保存动画】命令，把它另存为GIF(或BMP)格式的图像文件。在保存设置框中提供了【合并】、【裁剪】和【调色】三项优化，还可设置帧延时、帧的缩放比例。若以配置文件PIV的形式保存，还可以方便日后对其进行再加工。

提示：在软件安装目录下的animations(动画)目录里，有4个现成的动画实例，可以通过单击【文件】|【打开动画】命令，来打开它们。

5.2　人物创建

在PSA安装目录下的另一个stick figures文件夹中，程序自带了不少造型文件，比如cowboy(牛仔)、man(男士)、elephant(大象)、ladder(楼梯)等，可以单击【文件】|【加载人物类型】命令，快速导入使用。不过，只要发挥足够的想象力，利用软件提供的创建工具就能打造出更多生动、活泼的人物造型出来。

单击【文件】|【创建人物类型】菜单命令，打开线条人物创建器(Create Figure Type)。缺省设置下，绘制区域只有一个一端红点，另一端黄点的垂直线条(不能被删除)，利用其左侧的7个控制按钮，能够衍变出复杂、有趣的物体，如图5-4和图5-5所示。

单击【文件】|【添加至动画中】命令，输入人物名称后，单击【确定】按钮可以把设计完成的人物加入到主界面的【人物】下拉列表里以备日后随时调用。

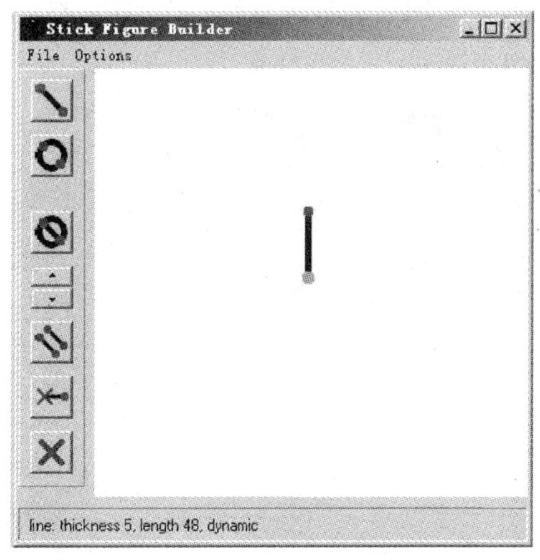

图 5-4　创建人物类型界面

图 5-5　随意创建的造型

5.3　实例 1：连续动画制作方法

下面以“分腿跳”为例，说明连续动画制作方法。

用鼠标调整红色支点，将人物调整成分腿站姿势，单击左下角的 Next Frame 按钮，该图像的略图将显示在时间线的第一帧上，如图 5-6 所示。

图 5-6　第 1 帧分腿站立

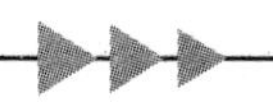

继续调整人物的姿势,并将人物上移一些位置,以示跳起。每调整好一个姿势,都要单击 Next Frame 按钮将其加到时间线上,如图 5-7 所示。

图 5-7 分腿跳动作各帧位置

单击左侧 Play 按钮可以预览动画效果,单击 Stop 按钮停止播放。勾选 Repeat 项,则可以循环播放。

所有的动作都调整好之后,单击 File|Save Animation 打开保存对话框,在保存类型下拉列表中,选择 GIF 这个格式,在保存 GIF 时将会显示一个选项对话框。这个对话框中最关键的一项是 Frame Delay(帧延迟),在其中输入 100 则延时为 1 秒,通过它可以调整动画播放速率的快慢,如果觉得 GIF 动画的速度太快了,可以适当调高帧延迟的速率,如图 5-8 所示。

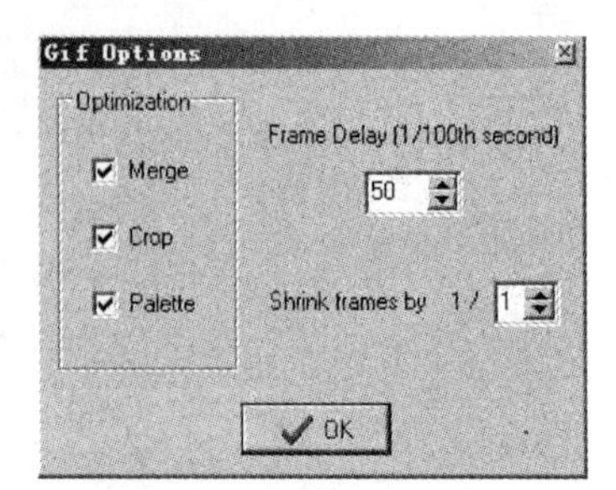

图 5-8 设置帧速度

设置好后单击 OK 按钮即可生成 GIF 动画,至此,一幅分腿跳动画就呈现出来了。

在制作动画过程中,单击 Delete 按钮可以删除选中的人物;通过 Center、Flip、Colour 等按钮可以完成将人物移到场景中心点、反转人物、为人物着色等操作;通过 Front、Back 按钮可以调整各个人物之间的前后关系。单击 Edit 按钮还可以编辑动画角色。在编辑状态,头部中有两个红点,拖拉两个红点可调节头部位置。

5.4　实例 2：完整动作实例

启动 Pivot 软件，用鼠标拖动红色节点，任意调整四肢、躯干及头部的姿势。拖动正中心黄色的节点可以整体移动人物。如图 5-9 所示的是调整出的“前滚翻”的准备姿势。单击左下角的 Next Frame 按钮，该图像的略图将显示在时间线的第一帧上。

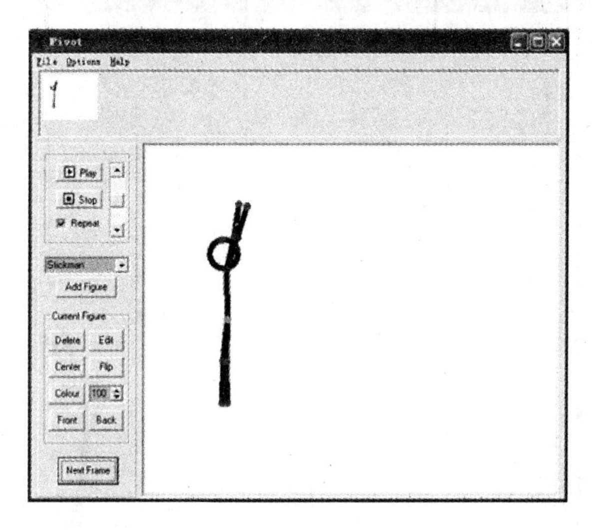

图 5-9　前滚翻准备姿势

继续调整人物的姿势，每调整好一个姿势，都要单击 Next Frame 按钮将其加到时间线上。如图 5-10 所示，是本例中设计的所有动作姿势。单击左侧 Play 按钮可以预览动画效果，单击 Stop 按钮停止播放。勾选 Repeat 项，则可以循环播放。

图 5-10　前滚翻各帧动作简略图

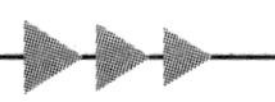

单击 File|Load Background 命令,可以从打开的对话框中为动画选择一个事先准备好的背景图片。

所有的动作都调整好之后,单击 File|Save Animation 命令打开保存对话框,设置好 Frame Delay(帧延迟)选项后单击 OK 按钮即可生成 GIF 动画。

鱼跃前滚翻的动作图如图 5-11 所示。

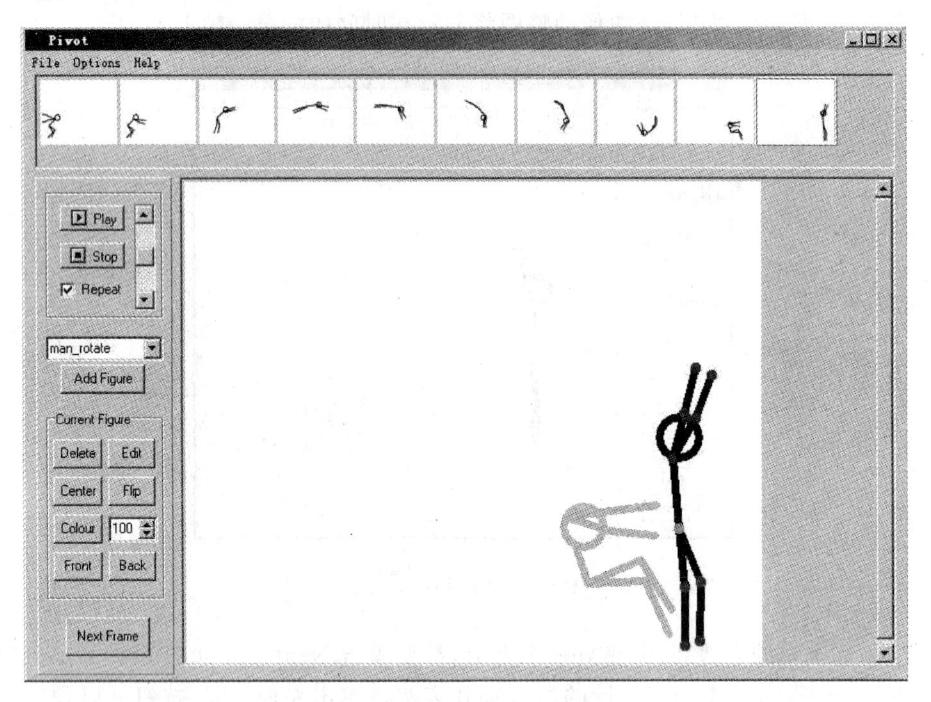

图 5-11 鱼跃前滚翻动作图

这是随意画的几个动作片段图,如图 5-12 所示。

图 5-12 动作片段

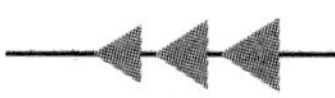

上机练习

使用Pivot软件制作一段“踢脚”场景片断，要求：先站好，前脚不动，后脚慢慢往后滑动，脚尖朝下，膝盖弯曲。踢脚之前要多做几帧，多而不乱，要细腻，这样就是起到蓄力的作用。认为可以踢出去的时候再瞬间一踢。踢的时候，前脚不离地，手收好。最后用2～3帧动作做一个动作比较小的动作，然后，就是脚的收回。

第6章

走进PowerPoint 2003

PowerPoint 2003 是 Microsoft Office 2003 软件中流行的商务和 Internet 演示工具，它所提供的许多便捷、高效的工具可以帮助用户在短时间内创建专业、美观、实用的演示文稿，并以简明清晰的方式表达出文稿内容。

因为 PowerPoint 简单易学并且功能强大，所以很多一线教师都把它作为制作多媒体课件的首选软件，在体育教学中更是如此。

6.1 PowerPoint 2003 基础

正常安装 PowerPoint 2003 后，在 Windows 桌面的任务栏上选择【开始】|【所有程序】|Microsoft Office|Microsoft PowerPoint 2003 命令启动软件，出现软件的工作界面，如图 6-1 所示。

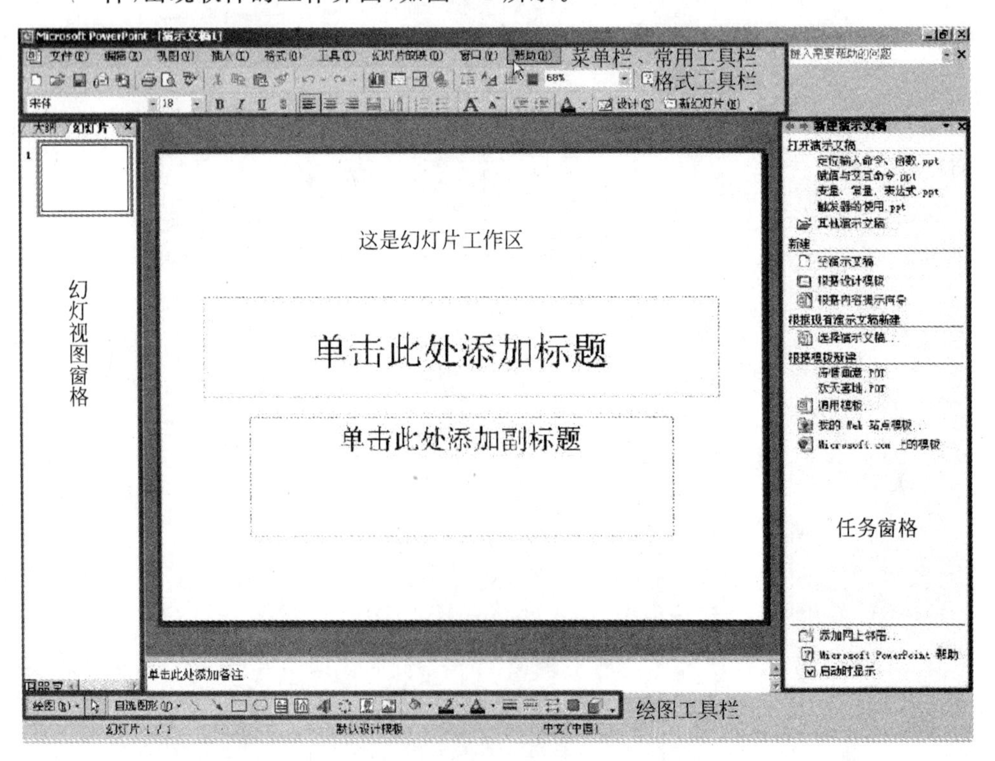

图 6-1　PowerPoint 2003 工作界面

标题栏：位于窗口的最顶端，与大部分应用软件相似，标题栏的左侧用于显示软件的图标、名称及文稿名称，右侧的按钮分别用于控制窗口的最小化、还原大小和关闭。

菜单栏：共有 9 组菜单，分别是文件、编辑、视图、插入、格式、工具、幻灯片放映、窗口和帮助菜单。单击菜单中的命令可以执行相关的操作，完成不同的工作任务。

工具栏：位于菜单栏的下方，是由许多功能按钮组成的，用鼠标单击按钮可以快速地执行相应的某个操作。

视图窗格模式：软件提供了两种视图窗格模式，一种是大纲视图，另一种是幻灯片视图。通过选择【大纲视图】和【幻灯片视图】命令可以快速查看整个文稿中的任意一张幻灯片。

任务窗格：利用这个窗格可以完成编辑演示文稿的一些主要工作任务。执行不同的命令和操作，这个窗格的内容随之发生相应的变化。

幻灯片工作区：是每个软件都具有的对象，是用户处理、编辑信息的区域。PowerPoint 2003 的工作区在默认状态下是一个白色的矩形，如图 6-2 所示。用户就是在这个白色区域内制作课件内容。

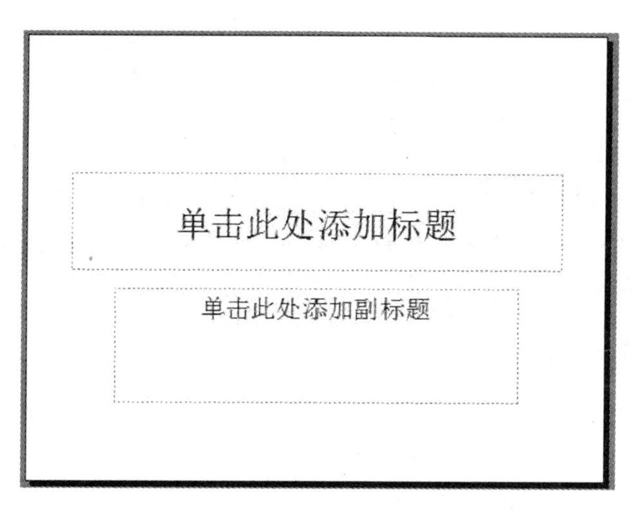

图 6-2　PowerPoint 2003 工作区

6.2　PowerPoint 2003 制作多媒体课件的优势

6.2.1　强大的多媒体功能

1. 动画功能

动画功能是多媒体课件的一个重要元素。PowerPoint 2003 具备强大的动画功能，可以实现幻灯片中任意元素的动态效果，丰富多媒体课件的视觉感受。

在 PowerPoint 2003 中定义动画的操作主要在【自定义动画】任务窗格中完成。选择【幻灯片放映】|【自定义动画】命令，就可以展开【自定义动画任务】窗格，选中幻灯片编辑工作区中的某个对象以后，在自定义动画任务窗格中就可以为选择的对象添加各种各样的动画效果，而且动画效果的定义特别简单，只需单击相应的命令和选择参数即可(在第 10.2 节中详述)。

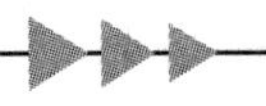

2. 支持多种媒体插入

PowerPoint 2003 支持多种媒体的插入和链接，目前流行的大部分媒体格式都能得到它的支持，比如各种类型的图像、声音、视频、GIF 动画、Flash 动画等。

3. 灵活多样的视图模式

PowerPoint 2003 主要提供了三种工作视图模式：普通视图、幻灯片浏览视图和幻灯片放映视图。通过单击 PowerPoint 2003 软件窗口左下角的三个视图按钮 、 和 ，可以在以上三种视图模式间进行切换。

(1) 普通视图

普通视图是 PowerPoint 2003 默认的视图模式。它由三部分组成：幻灯片编辑工作区、备注编辑区和大纲窗格。大纲视图和幻灯片缩略图以不同选项卡的形式集成于普通视图之中，只需单击【普通视图】中的相应标签，用户就可以切换显示演示文稿的大纲和幻灯片缩略图，而不影响幻灯片的显示效果。

(2) 幻灯片浏览视图

在幻灯片浏览视图中，可以在屏幕上同时看到演示文稿中的所有幻灯片，这些幻灯片是以缩图形式显示的。这样，就可以很容易地在幻灯片之间添加、删除和移动幻灯片以及选择动画切换，还可以预览多张幻灯片上的动画。方法是：选定要预览的幻灯片，然后单击【幻灯片放映】菜单中的【动画预览】命令即可。

(3) 幻灯片放映视图

利用幻灯片放映视图，可以在编辑幻灯片的同时欣赏幻灯片的播放效果，如果不满意，还可以随时更改。单击左下角的【幻灯片放映视图】按钮，可以放映当前编辑的幻灯片。这时，这张幻灯片的内容占满整个屏幕，这也是课件最终的播放效果。

6.2.2　丰富多彩的素材获取方式

课件素材是制作多媒体课件的基础，在 PowerPoint 2003 中有丰富多彩的素材获取方式，可以利用【剪贴画】任务窗格获取各种各样的课件素材，包括图片、声音、影片等，这些素材都是 PowerPoint 2003 内置的，可以随时使用。另外，如果想制作更具个性的课件素材，也可以利用 PowerPoint 2003 的绘图功能来实现。

1. 【剪贴画】任务窗格

选择【插入】|【图片】|【剪贴画】命令，就可以打开【剪贴画】任务窗格，如图 6-3 所示。

在【剪贴画】任务窗格中，选择【结果类型】下拉列表框中的某种媒体文件类型，然后单击【搜索】按钮即可在指定范围内查询媒体素材，并显示在【剪贴画】任务窗格下面的列表框中，选择需要的素材，拖动到幻灯片编辑工作区即可。

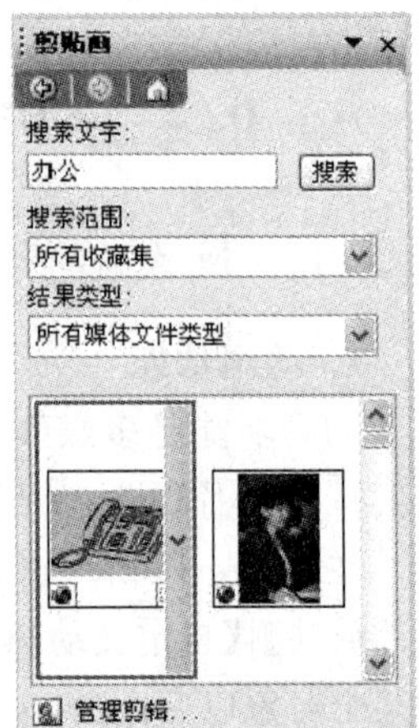

图 6-3　剪贴画界面

2. 绘图功能

PowerPoint 2003 提供了一个绘图工具栏，上面集成了很多功能强大的绘图工具，利用它们可以绘制出所需的课件图形元素。如果绘图工具栏没有出现在软件窗口中，可以选择【视图】|【工具栏】|【绘图】命令，将它显示出来，如图 6-4 所示。

图 6-4　绘图工具栏

体育绘图是借鉴绘画的基本知识，运用美术简练的绘画技巧，使美术简笔绘画与体育有机结合而形成的一种简图。体育绘图力求结构简单、线条清晰、动作形象、形态优美、惟妙惟肖地表现运动人体的动感、神韵与风采。在 PowerPoint 2003 中，完全可以借助于绘图工具栏轻松完成体育科目中特殊的图形。

运动人体图是根据人体动态变化规律，运用高度概括和具有一定抽象的绘画手法，表现人体运动形态和运动技术结构的一种简图。人体图是体育绘图的核心内容，常见的有如下几种。

(1) 单线图

单线图除头部用圆形表示外，躯干和四肢都用一条单线来表示。在体育绘图中它是表现方法最简单，而且是易学易画的一种。它具有线条清晰和简便易行的特点，但表现力较差，常用于技术动作的速记和编写教案，应用范围较窄。基本绘法如下。

绘制头部：在绘图工具栏选择椭圆工具 ○，在绘图区按住鼠标左键拖出一个大小合适的椭圆。在利用单线图绘制运动人体时，有时为了区别男女，表示女生时，可以在代表头部的椭圆上加上一条短曲线来代表女生的辫子；表示男生时，可以在椭圆的内部上方加上一条斜线。如果要添加辫子，则可以在绘图工具栏单击【自选图形】|【线条】|【曲线】命令，如图 6-5 所示，然后在椭圆上利用鼠标的单击及拖动绘制一条弯曲的线条，完成时双击鼠标左键即可，如图 6-6 所示。

图 6-5　添加曲线

图 6-6　绘制头部示例

绘制上肢及下肢：由于上体及下肢都是采用一根单线条，因而只需画出相应的直或弯曲形状的线条就可以了。对于弓步压腿上体是直的，因而可以直接采用一条短线段来表示。在绘图工具栏选择【直线】工具，从椭圆下部往下拉出一条线段。在进行弓步压腿时，前面的腿大小腿夹角为 90 度，因此可画一条横线与一条垂线；而后腿是呈直线，可画一条斜线，拖动它们与上肢组合起来，再画一条斜线用来表示双手压在前腿上。

为了得到更好的效果，可在代表小腿的线条上单击鼠标右键，在弹出菜单中选择【编辑顶点】命令，然后再在该线上单击鼠标右键，便可进行添加顶点操作，通过这种方法便可得到脚部及手的形状图。对于半蹲动作，上体是弯曲的，也可以采用这种方法将上体适当弯曲，如图 6-7 所示。

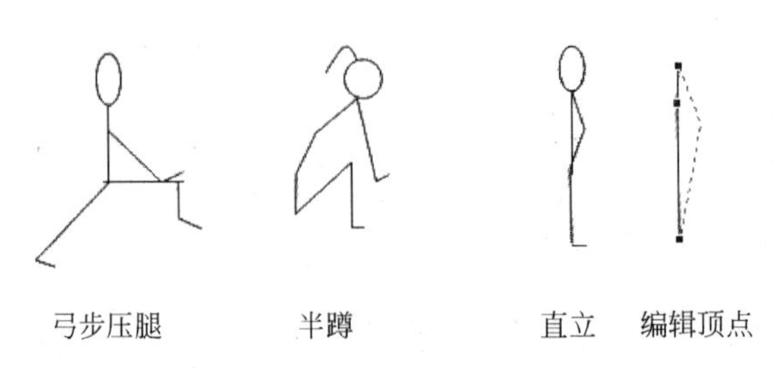

图 6-7　单线图基本画法

图形绘制好后，记得选择所有线条，再在其上单击鼠标右键，从弹出的菜单中选择“组合”命令，进行组合后便可根据需要单击【插入】|【文本框】命令选择文本样式来插入所需的文字，这样绘制的运动人体图就更直观了。

(2) 双线图

双线图是将人体的躯干部分用两条线来表示。它的突出特点是将躯干轮廓形态表现出来，能够较全面地表现人体躯干不同方位的动作形态，同时，双线图近似绘画中的速写，人体形态比较逼真生动，具有较好的绘画效果。但掌握双线图画法的前提条件是必须掌握人体躯干的空间轮廓(运动)形态，既要掌握躯干的运动曲线，又要表现躯干的外形轮廓。

双线图应包括头、上肢、躯干、髋、下肢等人体部位。具体画法如下。

人体正面直立时。头部用一个椭圆表示，躯干为倒八字。从背面看时，将其头部和躯干涂黑。髋部：紧接躯干画成两条八字形短线(分腿站立时不必画出)。上下肢都用直线表示，下肢下端画小八字表示脚。

人体侧立时，头部同上。躯干用一弓形表示。在肩关节处向下画一竖线，表示上肢。臀部用一小弓形表示。从臀廓处向下画一直线表示下肢。从下肢下端向人体面向的方向画一短线表示脚，如图 6-8 所示。

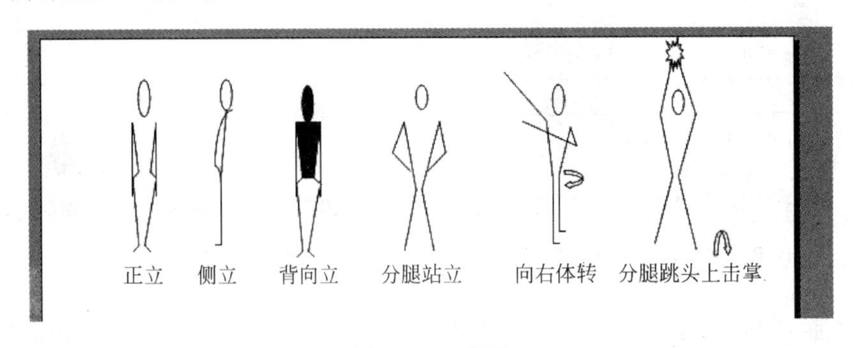

图 6-8　双线图

(3) 块面图

块面图除人体四肢用单线条表示外，人体的头、胸、髋等部位均由不同的几何图形表示。块面图有多种表现风格和形式，如稻草人图、木块图和黑体图等。它的特点是形体变化各异，具有一定的装饰性，有较强的直观感和立体感。在学习时要求掌握好体块的立体透视规律，以保证块面图表现方法的一致性，图 6-9 所示。

(4) 队列队形图

队列队形既是体育教学中重要的一项内容，又是团体操表演的基本内容。在

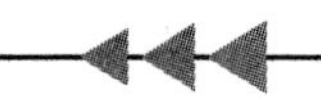

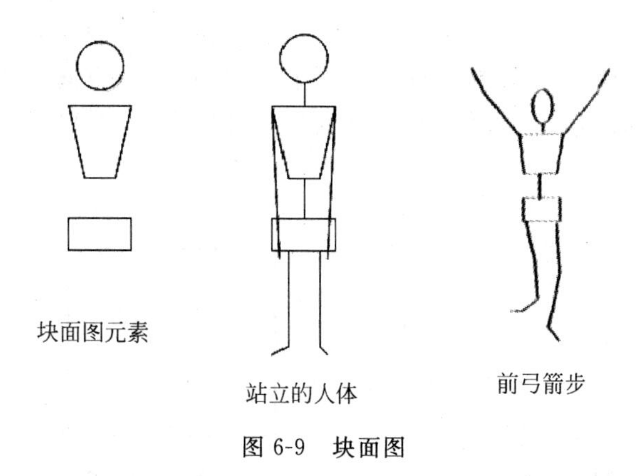

图 6-9 块面图

PowerPoint 2003 绘图工具栏中，可以借助“●”、“▼”、“▽”、“▲”、“△”、“○”等基本形状图形代表人员（如图 6-10 所示）。在绘制图形时，可以灵活运用空格键及对字体大小的调整设置来达到更好的效果。

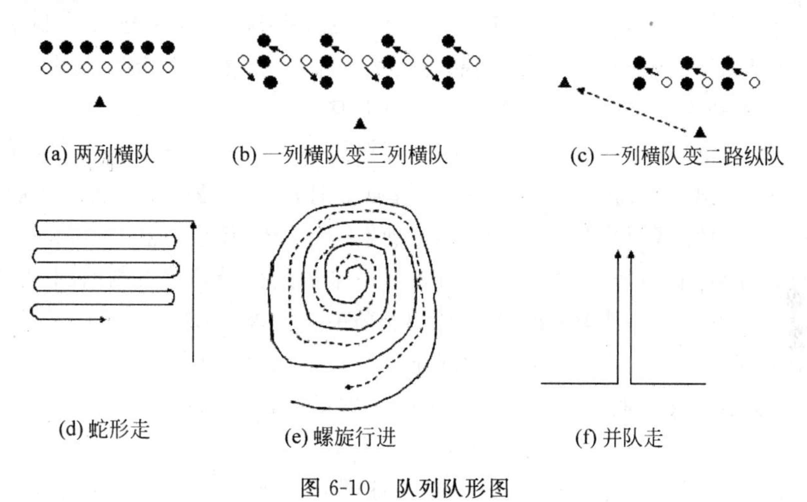

图 6-10 队列队形图

（5）场地器材图

在体育教学训练中，场地器材图的应用很广泛，包括运动人体图都涉及场地与器材，如篮球场、排球场等。下面以篮球场为例，具体说明表现方法。

绘制篮球场主线条：

在绘图工具栏中选择【矩形】工具，然后在绘图框中按住鼠标左键拖出一个长方形，如果要调节线条的粗细则可在该线框上单击鼠标右键，从弹出的菜单中选择【设置自选图形格式】命令，然后在【颜色与线条】选项卡下对【粗细】选项框进行选择设置。

篮球场中线，可以在工具栏选择【直线】工具，然后在矩形中拖出一条线段，使两个端点正好在矩形长边的中间控制点上，如图 6-11 所示。

绘制梯形限制区：

在绘图工具栏上单击【自选图形】|【基本图形】|【梯形】命令，在篮球场区按下鼠标左键拖动绘制一个梯形，对于梯形的大小可以将指针移到控制点上，待指针变成双向箭头时再按下鼠标左键拖动来进行调整。另外，如果要调整梯形的摆放角度，则可将指针移动到绿色的

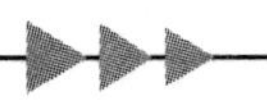

旋转控制点上,待出现一个旋转的标识时按下鼠标左键,再往向右旋转的方向移动鼠标即可,如图 6-12 所示。最后将指针移动到该梯形上(会出现 4 个方向箭头的指针),按下鼠标左键(如需要更精细的调整,可在进行此操作时还按住键盘上的 ALT 键),使梯形较长的底边与篮球场底边线重合。

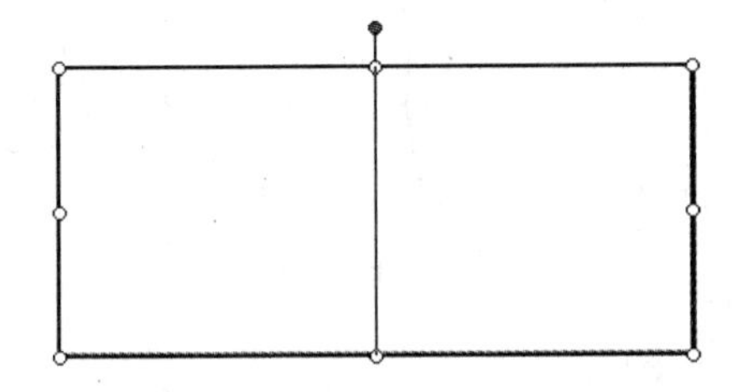

图 6-11　篮球场外框及中线画法

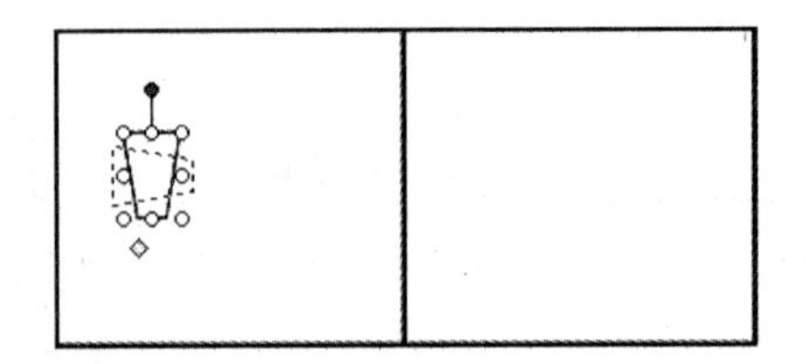

图 6-12　绘制梯形并旋转

绘制圆形图案:

对于篮球场,中圈、罚球区及三分线都有圆形的形状,但罚球区一半是虚线,一半是实线。首先在工具栏选择【椭圆】工具,再按住键盘上的 Shift 键,在球场区绘制出一个圆形,注意圆形的直径和上面绘制的梯形的短底边长基本相等(当然也可将绘制出的圆形拖到该底边上来对比,并利用控制点来对圆的大小进行调整)。

然后选择该圆形,在键盘上按 Ctrl+C 组合键进行复制;在菜单栏中单击【编辑】|【选择性粘贴】命令,在出现的窗口中选择【图片(增强型图元文件)】选项后再单击【确定】按钮,通过这种方法便可使用【图片】工具栏上的【裁剪】工具。选择【裁剪】工具将粘贴得到的圆形左半部分剪掉,即得到了罚球区的右半部分。接下来再选择最开始绘制的圆,并在其上单击右键选择【设置自选图形格式】命令,在【虚实】选项中选择虚线,然后按 Ctrl+C 组合键进行复制,并按上面相同的方法产生另一个虚线条的圆,再借助【裁剪】工具将其右半部分剪掉以得到罚球区的左半部分。最后删除上面更改产生的虚线圆,并将实线的半圆与虚线的半圆移动到罚球区相应的位置,这样组合便得到了一个半虚半实的罚球区了,如图 6-13 所示。

完成中圈及三分线后,分别选中三分线、罚球圈和三秒区中的各条线段,在线段上单击右键,在弹出的快捷菜单中选择“组合”命令将其组合,然后,通过【复制】|【粘贴】得到另一个半场的画线,并借助旋转功能便可产生一个漂亮的篮球场图形了,如图 6-14 所示。

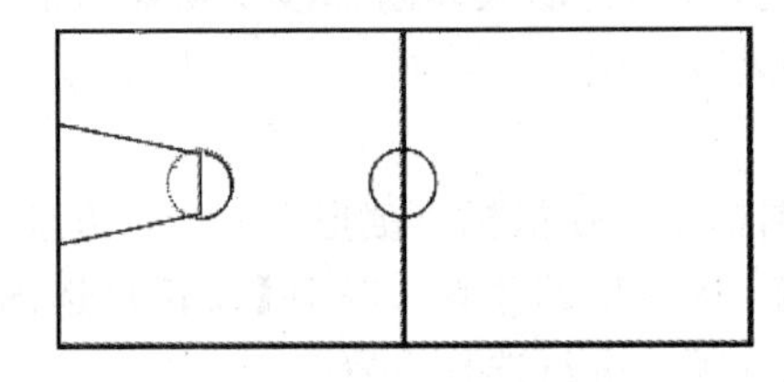

图 6-13　绘制虚圆

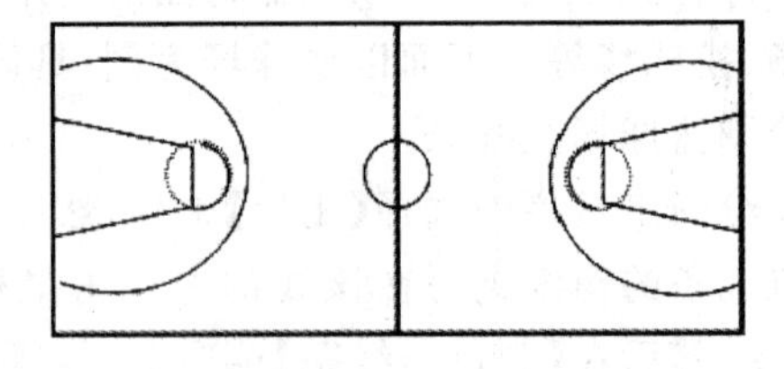

图 6-14　篮球场地图

(6) 战术配合图

战术教学与练习是球类运动项目教学训练的重要组成部分。在战术演示中,队员站位、跑位路线、运球及传球路线等配合要求用文字表述极为不便,然而用战术示意图就可非常直观、清楚地反映出来,如图 6-15 所示。

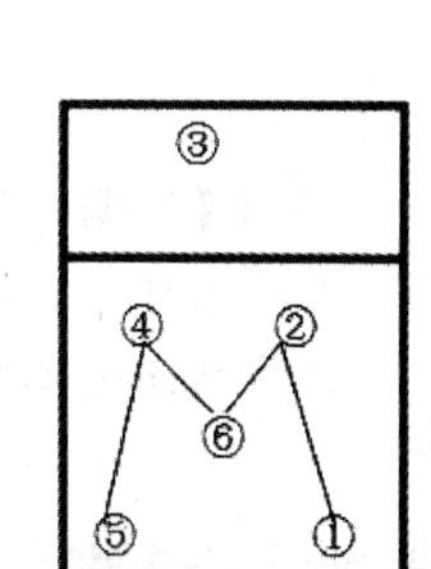

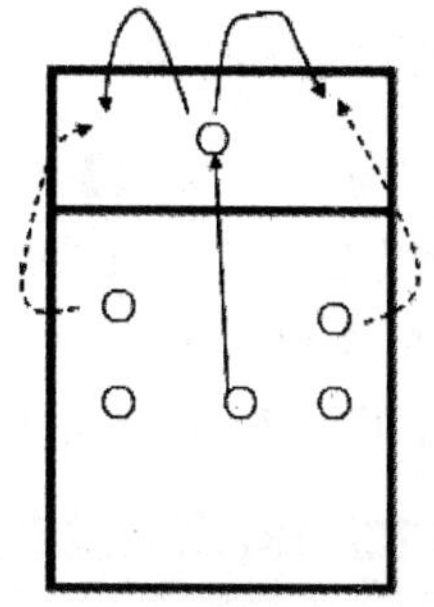

排球M型站位阵型　　中二传进攻阵型

图 6-15　排球比赛站位及基本阵型的战术示意图

6.3　用 PowerPoint 2003 创建课件的方法

通常情况下，可以使用 4 种方式来创建一个新课件。

6.3.1　【空演示文稿】方式

使用这种方式，可以按照自己的意愿在一个空白演示文稿上创作自己的幻灯片。选择【文件】|【新建】命令，显示【新建演示文稿】任务窗格，如图 6-16 所示，单击其中的【空演示文稿】图标，任务窗格切换到【幻灯片版式】任务窗格，在其中的【内容版式】类别中选择【空白】版式，如图 6-17 所示。

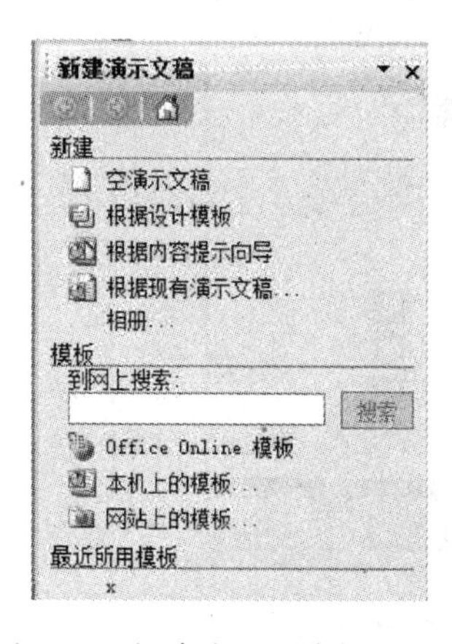

图 6-16　新建演示文稿任务窗格

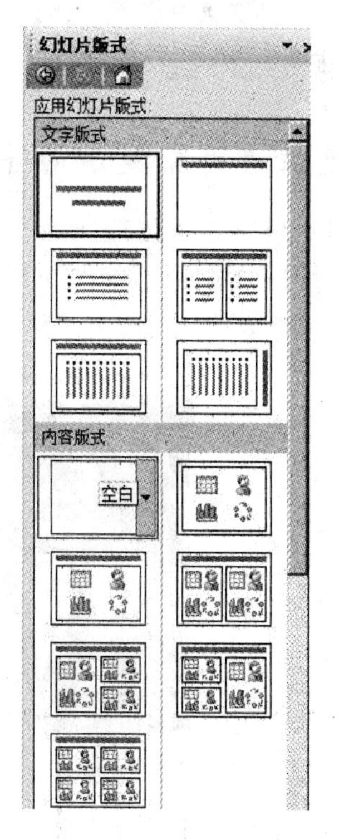

图 6-17　选择【空白】版式创建空白课件

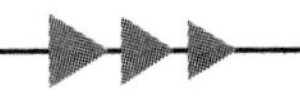

6.3.2 【根据设计模板】方式

在如图 6-16 所示的【新建演示文稿】任务窗格中，单击【根据设计模板】图标之后，会出现【幻灯片设计】窗格，此时【设计模板】栏目是灰色的表示已选中。此方式提供给用户一个带有背景图案和配色方案的空演示文稿，利用此方式能够制作出图案和色彩搭配和谐的幻灯片，可大大提高课件制作的速度，如图 6-18 所示。

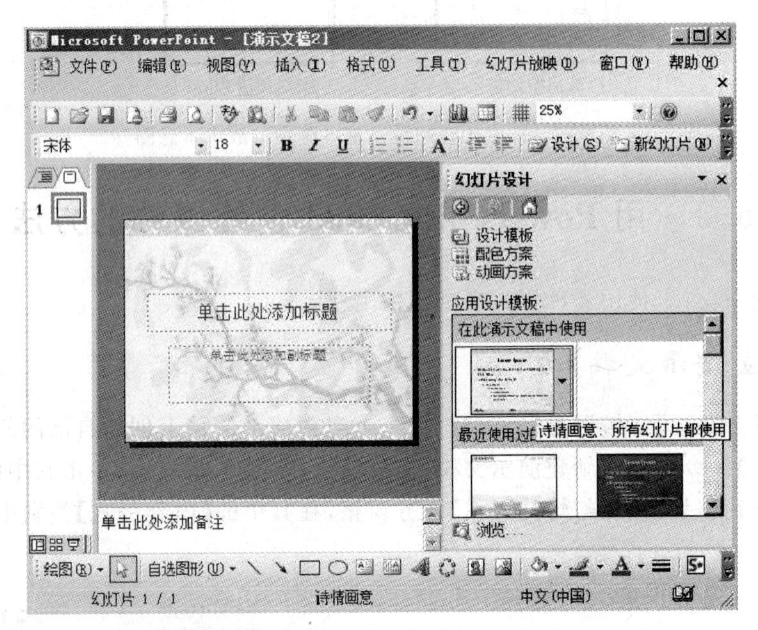

图 6-18　使用【根据设计模板】创建课件

6.3.3 【根据内容提示向导】方式

在如图 6-16 所示的【新建演示文稿】任务窗格中，单击【根据内容提示向导】图标，会弹出【内容提示向导】对话框，如图 6-19 所示。可以在向导的提示下一步步地建立演示文稿。然后在其中可以添加自己的文本或图片，并根据需要来改变演示文稿，非常简单。

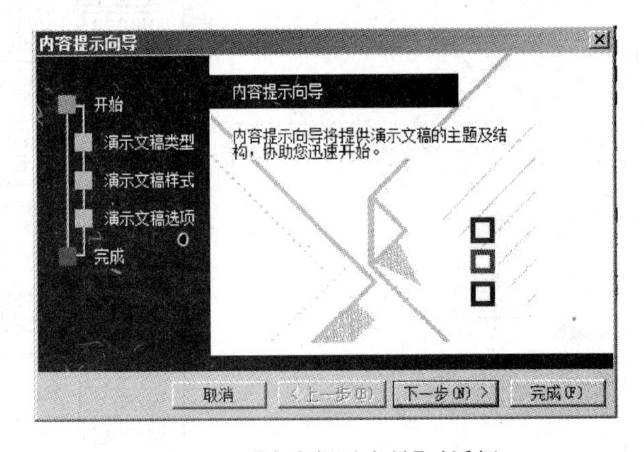

图 6-19　【内容提示向导】对话框

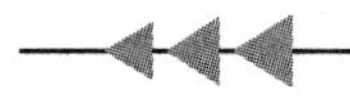

6.3.4 【根据现有演示文稿】方式

在如图 6-16 所示的的【新建演示文稿】任务窗格中，单击【根据现有演示文稿】图标，会弹出【根据现有演示文稿】新建对话框，在其中查找到现有的课件幻灯片文档并选中其中一个课件，然后单击【创建】按钮，即可根据现有演示文稿新建一个文档，如图 6-20 所示。

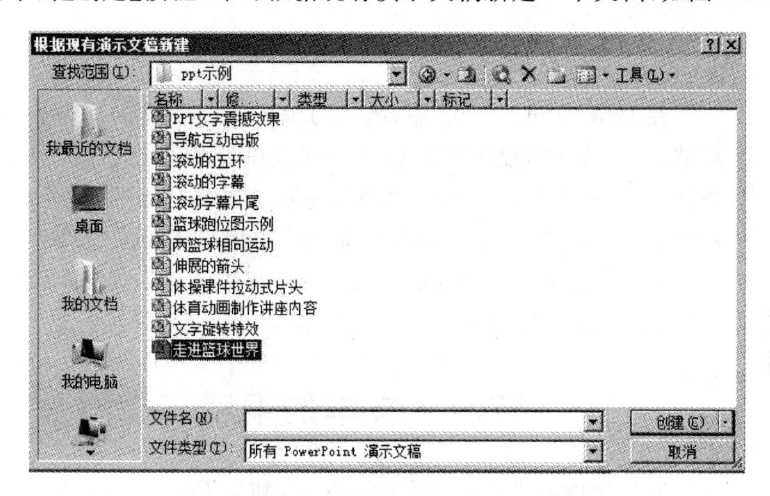

图 6-20　【根据现有演示文稿新建】对话框

上机练习

1. PowerPoint 2003 工作界面是如何布局的？
2. 使用 PowerPoint 2003 制作多媒体课件具备哪些优势？
3. 用 PowerPoint 2003 绘出第 8 套广播体操“体侧运动”的动作简图。
4. 创建一个演示文稿并保存。

第7章 幻灯片制作与编辑课件

在 PowerPoint 2003 中，制作与编辑幻灯片是制作多媒体课件的中心环节，一个演示文稿中可以包含一张或多张幻灯片，每张幻灯片之间既相对独立，又相互联系。多媒体课件的演示文稿就是通过一张张的幻灯片展示出来的。因此，幻灯片制作的质量将直接影响到课件的效果。

在 PowerPoint 2003 的普通视图中可以完成幻灯片的制作与各种编辑操作，如添加文本、图形、艺术字、声音、视频等。

7.1 文本的编辑与处理

制作课件最常用的就是插入文字，利用 PowerPoint 2003 来制作课件，所有的文字部分都是用文本框来插入的。文本框的使用方法：单击【绘图】工具栏里的【横排】文本框或【竖排】文本框按钮，然后将鼠标移入幻灯片中的合适位置，拖动出一个矩形框，框里出现插入条后，即可往框里输入想要的文字。

也可以单击菜单栏中的【插入】|【文本框】命令，选择【水平】或【垂直】命令项，然后如上面那样操作。

添加文字时要注意一个问题：课件里的所有文字要分几个文本框来存放，便于对文字进行动画设置，如图 7-1 所示。当插入文本框时，可以注意到文本框上出现一个绿色的小圆点，这个绿色的小圆点是用来旋转文本框的，将鼠标对准该小圆点，然后拖动鼠标就可以旋转文本框了。

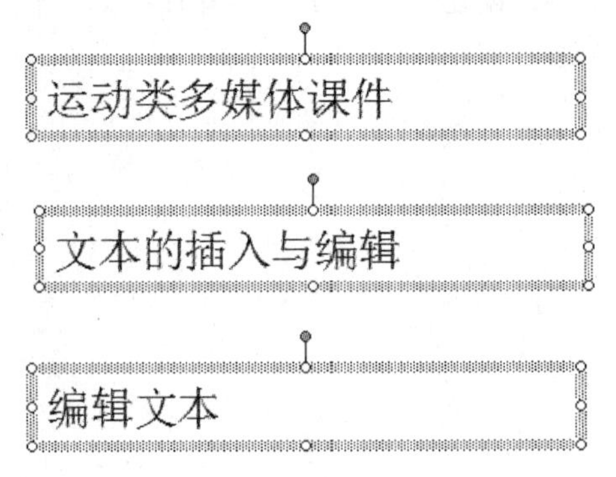

图 7-1 插入文本

为了得到更好的演示效果，系统提供了各种编辑文本的方法。

应用文本属性设置文本的字体、字号、样式、颜色等内容，设置的方法是：打开演示文稿，选定要设置属性的文本，单击菜单中的【格式】|【字体】命令，弹出【字体】对话框，如图 7-2 所示，在对话框中设置文本的字体、字形、字号、颜色等属性。

如果需要设置所选文本的行距，可以单击菜单栏中的【格式】|【行距】

命令，在弹出的【行距】对话框中设置文本的行距、段前和段后等间距，如图 7-3 所示。

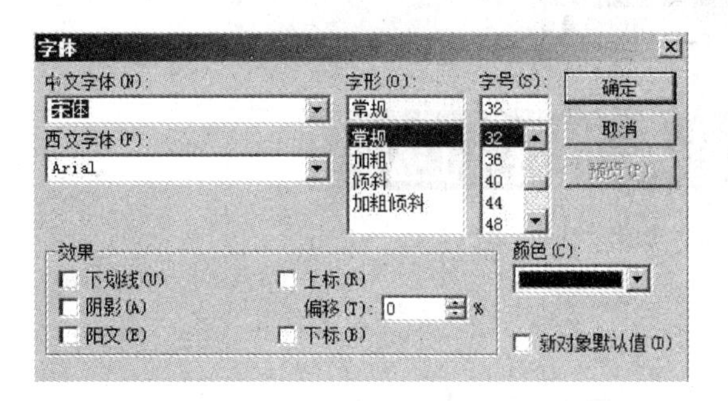

图 7-2　文本属性设置

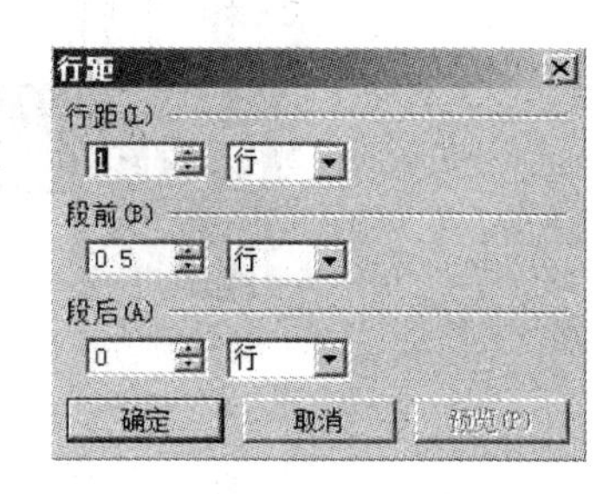

图 7-3　【行距】对话框

对于文本框的操作，可以为文本框添加边框或填充效果，其方法为选择文本框，单击菜单栏中的【格式】|【文本框】命令，弹出【设置文本框格式】对话框，如图 7-4 所示，单击对话框中的【颜色与线条】选项卡，在相应选项卡下可以设置相关选项。

使用艺术字：艺术字以输入的普通文字为基础，通过添加阴影、三维效果、改变文字大小和颜色等操作对文字进行装饰和设置，从而突出和美化文字。在 PowerPoint 2003 中，艺术字被当做图形对象来处理。

添加艺术字的方法：打开演示文稿，选择要添加艺术字的幻灯片。单击菜单栏中的【插入】|【图片】|【艺术字】命令，或者单击【绘图】工具栏上的按钮，弹出【艺术字库】对话框，如图 7-5 所示。在对话框中选择所需的艺术字式样，单击【确定】按钮，可以弹出【编辑“艺术字”文字】对话框，如图 7-6 所示，在对话框中输入文本并进行选项设置。

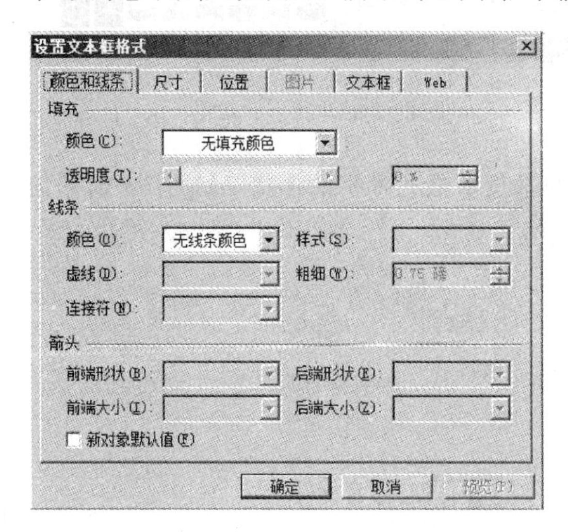

图 7-4　【设置文本框格式】对话框

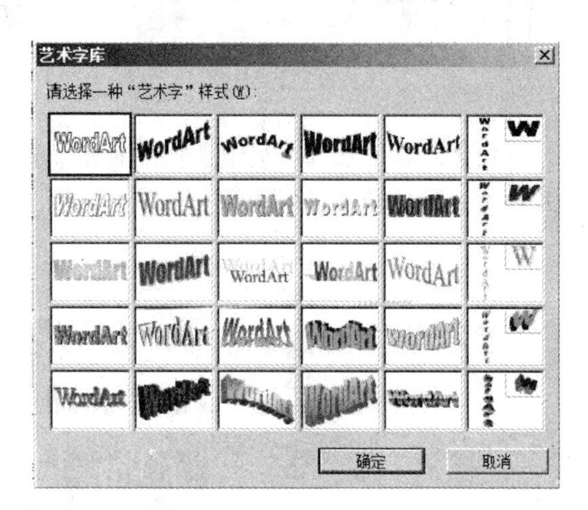

图 7-5　【艺术字库】对话框

编辑艺术字的方法：向幻灯片中添加了艺术字后，为了使其更加美观、有个性，还可以编辑艺术字，如改变艺术字的格式、重新选择艺术字的式样、调整艺术字的形状等。这些操作都可以通过【艺术字】工具栏来完成。单击菜单栏中的【视图】|【工具栏】|【艺术字】命令，打开【艺术字】工具栏，如图 7-7 所示。在这个工具栏中，可以进行重新选择艺术字的式样、重新编辑文本、设置艺术字的格式、改变艺术字的外形、使艺术字中的字母高度相同、使艺术

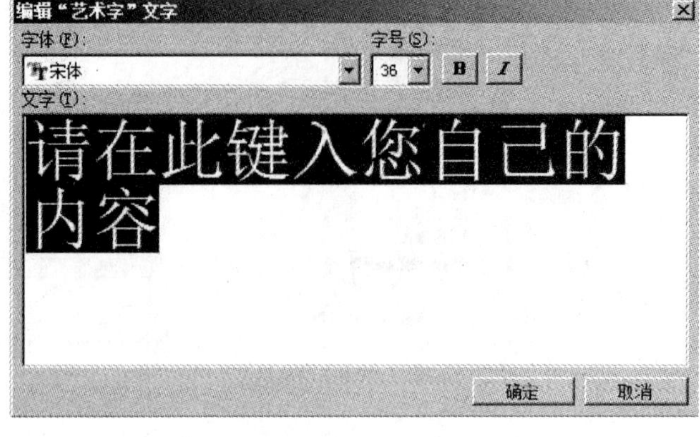
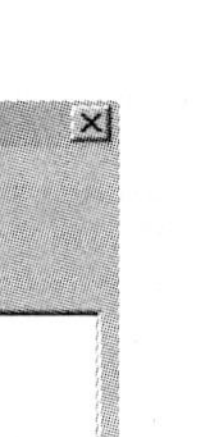

图 7-6 【编辑"艺术字"文字】对话框

字变为横排或竖排、设置艺术字的对齐方式和设置艺术字符之间的间距等操作。

在幻灯片中插入了艺术字后,可以使用【艺术字】工具栏中的功能按钮对艺术字进行编辑。例如,要改变艺术字的形状,可以选择幻灯片中的艺术字,单击【艺术字】工具栏中的按钮 ,弹出一个艺术字形状选项板,如图 7-8 所示。

图 7-7 【艺术字】工具栏

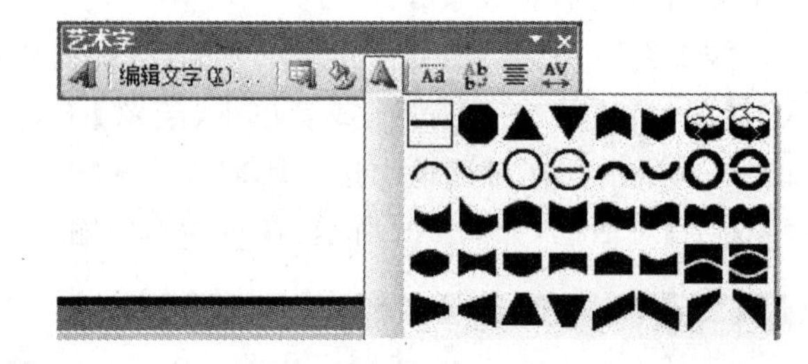

图 7-8 艺术字形状选项

在艺术字形状选项板中选择一种形状,即可改变所选艺术字的形状。如图 7-9 所示为几种改变后的艺术字形状。

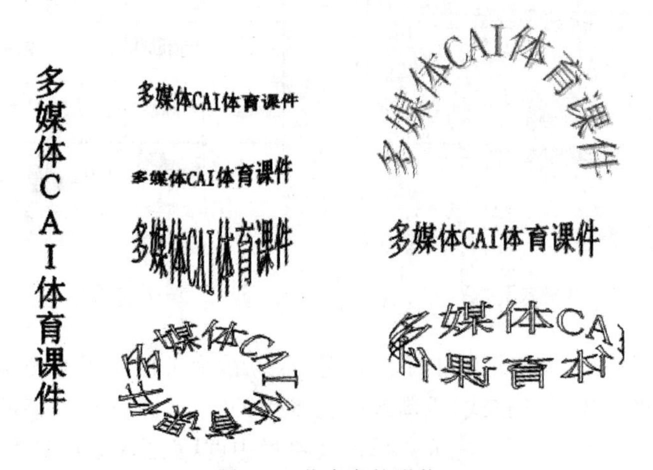

图 7-9 艺术字的形状

7.2 添加图形

在制作课件时，如果幻灯片中只有文本，会给人一种很单调的感觉；而添加了图形或剪贴画的幻灯片则显得比较丰满。PowerPoint 2003 中，可以使用【绘图】工具栏的工具在幻灯片上绘制一些简单图形，并对其进行艺术加工和处理。另外，还可以直接调用系统剪辑库中存储的剪贴画，或者通过剪辑管理器从网络上下载所需的剪贴画。

1. 添加图形

在 PowerPoint 2003 中，可以向幻灯片中添加各种基本图形，如直线、箭头、矩形、椭圆等。添加基本图形的方法是：单击【绘图】工具栏上的基本图形按钮 、、 和 ，可以绘制直线、箭头、矩形和椭圆(同时按住 Shift 键可以画正圆)。添加自选图形是指 PowerPoint 2003 提供的一些预设的图形样式，如箭头、基本形状、星形与旗帜、流程图等，添加自选图形的基本方法是：单击绘图工具栏中的按钮 自选图形(U)，弹出自选图形列表，如图 7-10 所示。将光标指向要添加的图形类型，从弹出的图形列表中选择合适的图形样式，在幻灯片中拖拉鼠标可以绘制出所选的自选图形。

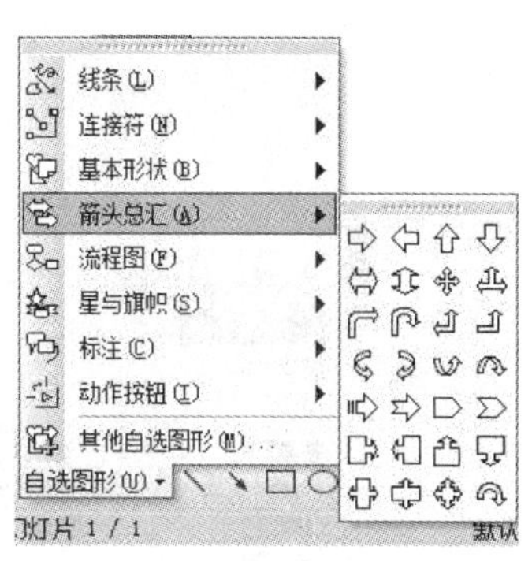

图 7-10　自选图形列表

2. 编辑图形

在幻灯片中绘制图形之后，需要进行多种编辑操作，使其最终符合课件制作的要求，如调整图形位置、改变大小和形状、设置颜色、调整叠放次序等。

在进行图形的编辑操作之前，需要先选择图形：将光标指向图形，当光标变为十字形状时单击鼠标即可选择图形。选择了图形后，移动鼠标可以进行图形位置调整；按住图形周围的圆形控制点，可以改变图形的大小；按住图形周围绿色的圆形控制点拖动，可以改变图形的方向。

当在幻灯片中绘制的图形较多时，后绘制的图形将覆盖住先绘制的图形。如果图形之间需要叠放，就要注意调整图形的叠放次序，方法是：选择要调整叠放次序的图形，单击绘图工具栏中的按钮 绘图(R)，选择列表中的【叠放次序】选项，再从子列表中选择所需的叠放次序。如置于顶层、置于底层、上移一层和下移一层等。

3. 对图形进行艺术处理

在幻灯片中添加的图形还可以对其进行各种艺术效果处理，如设置边框和填充效果、添加阴影、三维效果等，使其更加美观。这里介绍为图形添加阴影和三维效果的步骤：选择要处理的图形，单击【绘图】工具栏上的 或 按钮，其中前面一个是添加阴影效果按钮，后面一个添加三维效果按钮，单击所选按钮后，从弹出的列表框中选择一种效果，即可将该效果应用到所选图形上。如果对现有的阴影或三维效果不满意，可以单击列表框中的选项，使用设置工具栏来重新设置效果。

4. 插入剪贴画

在 PowerPoint 2003 的剪辑库中存放了大量的剪贴画，可以向幻灯片中插入剪贴画，使课件更加丰满和完美。插入剪贴画的操作方法是：单击菜单栏中的【插入】|【图片】|【剪贴

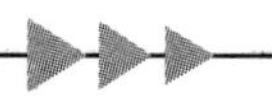

画】命令,或者单击【绘图】工具栏中的按钮,打开【插入剪贴画】任务窗格,如图 7-11 所示。在【搜索文字】文本框中输入用于描述剪贴画的相关文字,如【运动】。然后单击【搜索】按钮,则任务窗格中将出现搜索结果,如图 7-12 所示。单击所需的剪贴画,即可将剪贴画插入到幻灯片中。

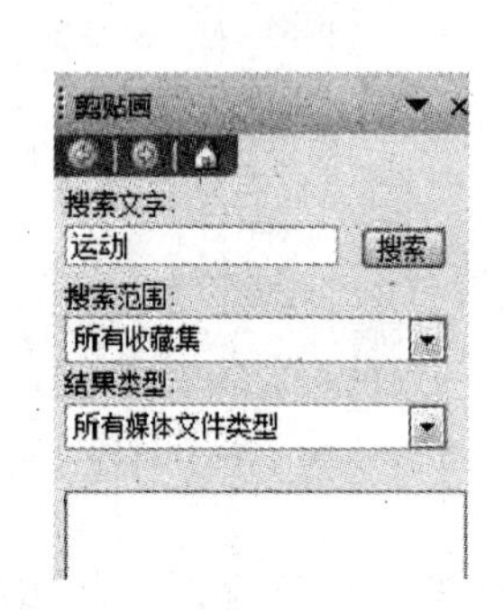

图 7-11 【剪贴画】对话框

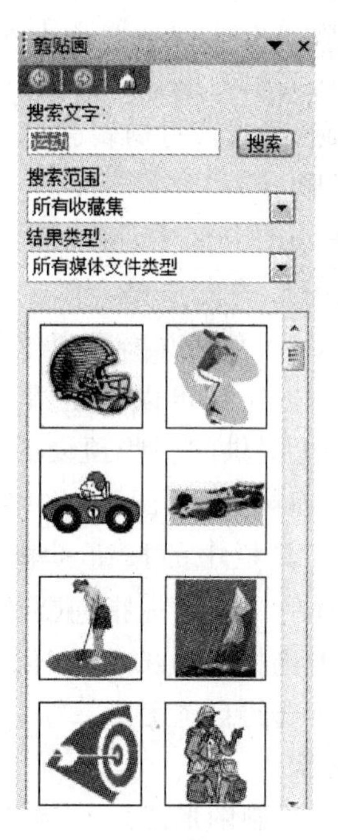

图 7-12 搜索出的运动类型剪贴画

5. 编辑剪贴画

在幻灯片中插入剪贴画后,利用【图片】工具栏可以对剪贴画进行各种编辑操作,如设置剪贴画的对比度和亮度、剪裁图片、旋转图片、压缩图片、设置图片格式等,如图 7-13 所示。单击【图片】工具栏中相应的按钮,就可以对图片进行编辑了。

6. 插入和编辑外部图像文件

插入外部图像:选择【插入】|【图片】|【来自文件】命令,在弹出的【插入图片】对话框中,查找事先准备好的一幅图片文件,单击【插入】按钮,编辑工作区中就多了一张运动图片,如图 7-14 所示。

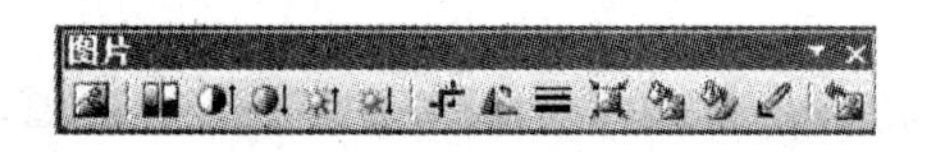

图 7-13 【图片】工具栏

图 7-14 插入到工作区的图片

这张图片的背景色是蓝色，整张画面显得非常难看，可以选择【视图】工具栏中的【图片】命令，软件窗口中就多了【图片】工具栏，如图 7-15 所示。

接下来，单击【图片】工具栏中的设置透明色按钮，将光标移动到图片的背景处单击，该图片的背景色就被去掉了，变成透明的了。效果如图 7-16 所示。

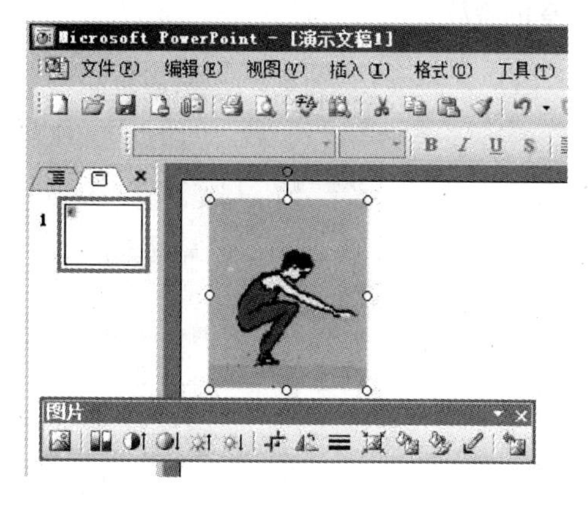

图 7-15　弹出的图片工具栏

图 7-16　去掉透明背景

最后，将该图片移动到适当的位置就可以了。

7.3　插入背景音乐

PowerPoint 2003 提供了在幻灯片放映时播放音乐、声音和影片的功能。在幻灯片中可以插入. WAV、. MID、. RMI 和. AIF 等声音文件。插入声音有两种途径，一是【剪辑管理器中的声音】剪辑，二是【文件中的声音】剪辑。同时，在放映幻灯片时也可以同步地播放 CD 音乐，以增强幻灯片演示的效果。

1. 【剪辑管理器中的声音】剪辑

在幻灯片中插入剪贴库中的声音剪辑，操作步骤是：在幻灯片视图中，打开要添加影片或者音乐的幻灯片。执行【插入】|【影片和声音】|【剪辑管理器中的声音】命令，弹出如图 7-17 所示的【剪贴画】任务窗格，在图标列表框中列出的是声音文件。

选中一个声音文件，单击其右边的下拉式按钮，在弹出的菜单中选择【插入】命令，弹出如图 7-18 所示的询问对话框。

单击【自动】按钮，便在幻灯片演示开始时播放；单击【在单击时】按钮，声音便只在单击时才会播放。

2. 【文件中的声音】剪辑

在幻灯片中插入外部声音剪辑，操作步骤是：在幻灯片视图中，打开要添加影片或者音乐的幻灯片。执行【插入】|【影片和声音】|【文件中的声音】命令，弹出【插入声音】对话框，选择事先准备好的声音文件，单击【确定】按钮即可。这时，编辑工作区中就多了一个喇叭形状的图标。

图 7-17　【剪贴画】对话框

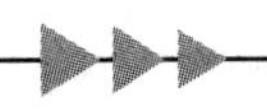

插入背景音乐后，有时还需要设置音乐。选中声音图标右击，在弹出的快捷菜单中选择【编辑声音对象】命令，弹出【声音选项】对话框，如图 7-19 所示，单击【声音音量】的声音图标，可以调节声音的高低。同时也可以选中【循环播放，直到停止】和【幻灯片放映时隐藏声音图标】复选框，这样一来，在放映幻灯片时，声音图标将不显示出来，而且声音将循环播放，直到停止放映或者切换到另外一张幻灯片时才停止播放。

图 7-18　声音播放询问框

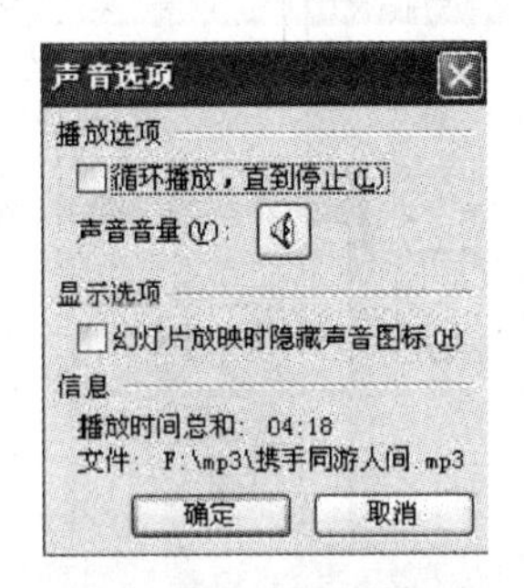

图 7-19　【声音选项】对话框

7.4　录制声音

如果现有的声音不能满足工作需要，可以自己动手为单张幻灯片录制声音，产生更好的声音效果。如果需要，还可以为整个演示文稿录制旁白，这对于解释课件中的内容是非常必要的。

在 PowerPoint 2003 中，用户只能为单张幻灯片录制声音。录制声音的操作步骤如下：打开演示文稿，选择要录制声音的幻灯片，单击菜单栏中的【插入】|【影片和声音】|【录制声音】命令，弹出【录音】对话框，如图 7-20 所示。

在【名称】文本框中输入录制声音的文件名后，单击 ● 按钮，即可开始录音。单击 ■ 按钮可以结束录音。单击 ▶ 按钮可以播放刚才录制的声音，检查录制效果，如果不符合要求，则可以重新录制。单击【确定】按钮可返回幻灯片。此时，新录制的声音将以扬声器图标表示，双击该图标可以播放录音。

在制作课件时用户可以为整个演示文稿录制旁白，以便解释说明课件的内容。录制旁白的操作步骤如下：打开要录制旁白的演示文稿，单击菜单栏中的【幻灯片放映】|【录制旁白】命令，弹出【录制旁白】对话框，如图 7-21 所示。

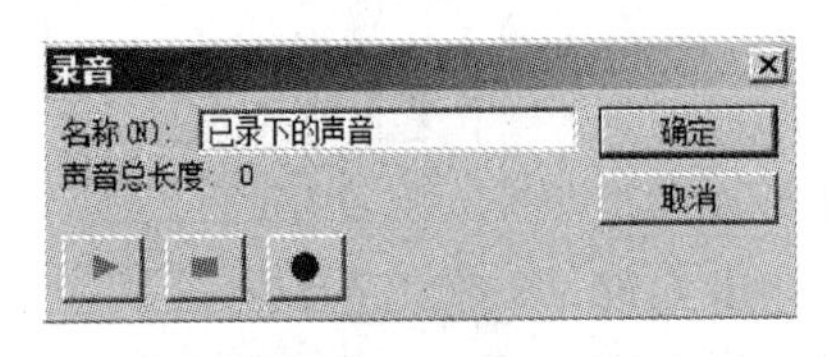

图 7-20　【录音】对话框

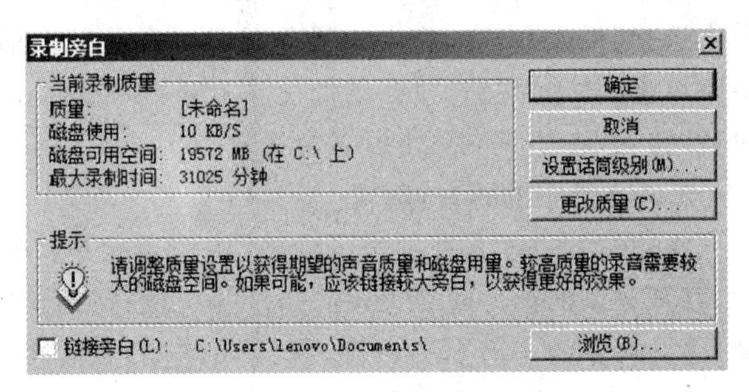

图 7-21　【录制旁白】对话框

单击该对话框中的【设置话筒级别】按钮，在弹出的【话筒检查】对话框中可以检查话筒，确保话筒可以使用。

单击如图7-21所示的【更改质量】按钮，在弹出的【选择声音】对话框中可以选择声音质量、声音属性等选项。

单击【确定】按钮，进入幻灯片放映视图并开始演示幻灯片，在演示幻灯片的同时，可以对着话筒讲话，为演示文稿录制旁白。

录制完了一张幻灯片的旁白后，可以继续录制其他的幻灯片旁白。录制完旁白后，在屏幕上单击鼠标，结束幻灯片放映，这时将出现一个信息提示框，根据系统提示确定是否保存幻灯片的排练时间。

7.5　插入视频

在 PowerPoint 2003 演示文稿幻灯片中，除了可以插入声音对象，还可以插入视频对象，使幻灯片由静态变为动态。与插入声音对象相似，用户可以插入【媒体剪辑】库中的视频对象，也可以插入其他文件中的视频对象。

如果要在演示文稿里插入【媒体剪辑】库中的视频对象，可以按如下步骤操作：在普通视图中，单击【常用】工具栏中【新幻灯片】按钮 新幻灯片(N)，则弹出【幻灯片版式】任务窗格。单击【其他版式】中的【标题，文本与媒体剪辑】或【标题，媒体剪辑与文本】版式，对幻灯片应用该版式。在普通视图中，双击幻灯片中的媒体剪辑对象图标，弹出【媒体剪辑】对话框，在对话框中选择所需的媒体剪辑，单击【确定】按钮即可将所选的媒体剪辑插入到幻灯片中。

除了这种方法可以插入视频对象之外，还可以单击菜单栏中的【插入】|【影片和声音】|【剪辑管理器中的影片】命令，在弹出的【插入剪贴画】任务窗格中选择所需的视频对象。

如果【媒体剪辑】库中的视频对象不能满足工作需要，可以添加其他文件中的视频对象。PowerPoint 2003 支持的视频文件格式有 AVI、MPEG、FLC 等。插入的方法是：打开演示文稿，选择要添加视频对象的幻灯片。单击菜单栏中的【插入】|【影片和声音】|【文件中的影片】命令，弹出【插入影片】对话框。在对话框中选择插入的媒体剪辑文件，单击【确定】按钮，即可向幻灯片中插入所选视频对象。插入到幻灯片中的视频对象是静止的，可以像编辑其他图形一样改变它的大小，或者移动它的位置，只有在放映幻灯片时才能播放视频对象。

上机练习

1. 文档处理

(1) 在幻灯片中输入一段文字，设置适当的格式，如字体、大小、行距、颜色等内容。

(2) 在幻灯片中添加竖排文本框，设置适当的格式，如字体、大小、行距、颜色等。

(3) 在幻灯片中添加艺术字并对其进行阴影、映像和三维效果处理。

2. 图像处理

(1) 在幻灯片中插入几幅运动类型的剪贴画，改变剪贴画的局部颜色，并加入文字。

(2) 导入一幅带白色背景的图片，将其白色背景去掉。

(3) 用截屏的方法截取 PowerPoint 2003 的【图片】工具栏。

(4) 在幻灯片中插入一幅图片,将图片复制后水平翻转 180°。

(5) 在幻灯片中插入一幅图片,将图片变成黑白色。

3. 音、视频处理

(1) 在幻灯片中插入一首背景音乐。

(2) 在幻灯片中插入一段准备好的视频,并调整其位置和大小。

第8章 幻灯片的风格及管理

幻灯片的风格取决于幻灯片母版、幻灯片模板和配色方案的应用设计。

8.1 使用幻灯片母版

所谓“母版”就是一种特殊的幻灯片，它包含了幻灯片文本和页脚（如日期、时间和幻灯片编号）等占位符。这些占位符控制了幻灯片的字体、字号、颜色（包括背景色）、阴影和项目符号样式等版式要素。

母版通常包括幻灯片母版、标题母版、讲义母版和备注母版4种形式。下面，就来介绍幻灯片母版和标题母版两个主要母版的建立和使用。

8.1.1 建立幻灯片母版

幻灯片母版通常用来统一整个演示文稿的幻灯片格式，一旦修改了幻灯片母版，则所有采用这一母版建立的幻灯片格式也随之发生改变，这可以快速统一演示文稿的格式等要素。

(1) 启动 PowerPoint 2003，新建或打开一个演示文稿。

(2) 执行【视图】|【母版】|【幻灯片母版】命令，进入幻灯片母版视图状态，此时【幻灯片母版视图】工具条也随之被展开，如图8-1所示。

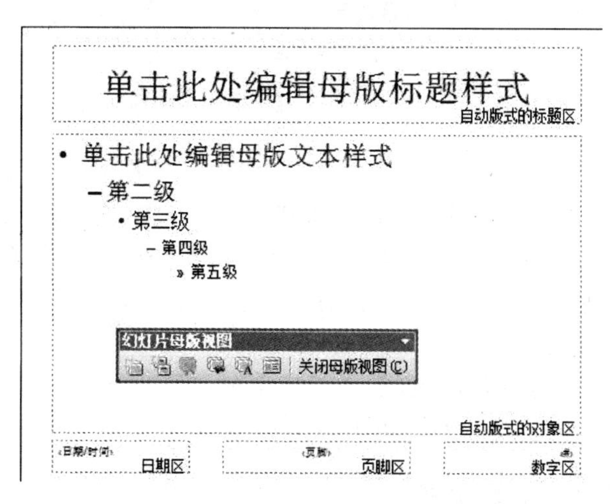

图8-1 幻灯片母版

(3) 右击【单击此处编辑母版标题样式】字符，在随后弹出的快捷菜单中，选择【字体】选项，打开【字体】对话框，如图8-2所示。设置好相应的选项后单击【确定】按钮返回。

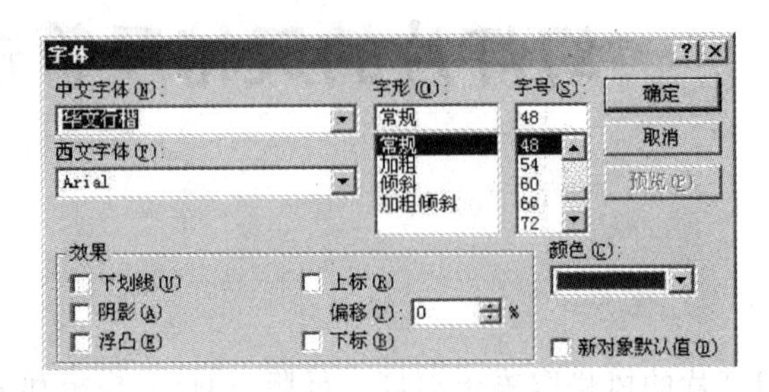

图 8-2 【字体】对话框

(4) 然后分别右击【单击此处编辑母版文本样式】及下面的【第二级】、【第三级】等字符，仿照上面第(3)步的操作设置好相关格式。

(5) 分别选中【单击此处编辑母版文本样式】、【第二级】、【第三级】等字符，执行【格式】|【项目符号和编号】命令，打开【项目符号和编号】对话框，设置一种项目符号样式后，单击【确定】按钮退出，即可为相应的内容设置不同的项目符号样式。

(6) 执行【视图】|【页眉和页脚】命令，打开【页眉和页脚】对话框，如图 8-3 所示，切换到【幻灯片】选项卡下，即可对幻灯片包含的日期、语言和页脚等内容进行格式化设置。

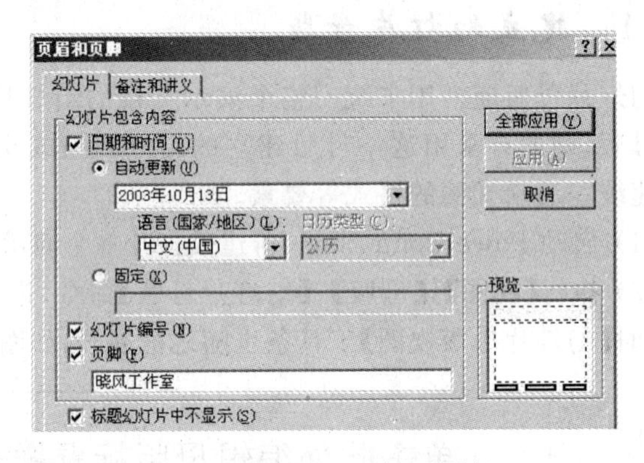

图 8-3 【页眉和页脚】对话框

(7) 执行【插入】|【图片】|【来自文件】命令，打开【插入图片】对话框，定位到事先准备好的图片所在的文件夹中，选中该图片将其插入到母版中，并定位到合适的位置。

(8) 全部修改完成后，单击【幻灯片母版视图】工具条上的【重命名母版】按钮，打开【重命名母版】对话框，如图 8-4 所示。输入一个名称(如【演示母版】)后，单击【重命名】按钮返回。

(9) 单击【幻灯片母版视图】工具条上的【关闭母版视图】按钮退出，幻灯片母版制作完成。

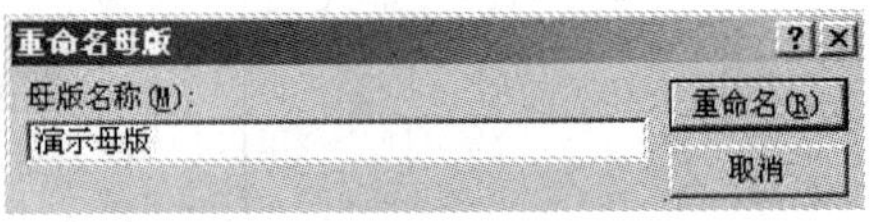

图 8-4 【重命名母版】对话框

8.1.2 建立标题母版

建立标题母版，用以突出显示演示文稿的标题。

(1) 在幻灯片母版视图状态下，单击【幻灯片母版视图】工具条上的【插入新标题母版】按钮，进入标题母版状态，如图 8-5 所示。

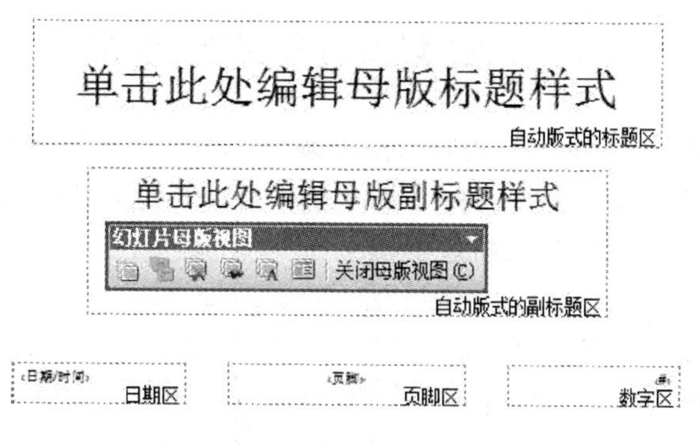

图 8-5　标题母版状态

(2) 仿照上面建立幻灯片母版的相关操作，设置好标题母版的相关格式。

(3) 设置完成后，退出幻灯片母版视图状态即可。

8.2　使用幻灯片模板

一般情况下，在建立新演示文稿时，需要在【新建演示文稿】任务窗格中选择【根据设计模板】或【空演示文稿】选项，为演示文稿选择一个模板。

如果需要为演示文稿应用新的模板，可以按如下步骤操作。

(1) 打开演示文稿。

(2) 单击菜单栏中的【格式】|【幻灯片设计】命令，打开【幻灯片设计】任务窗格。

(3) 单击任务窗格下方的【浏览】选项，弹出【应用设计模板】对话框，如图 8-6 所示。

图 8-6　【应用设计模板】对话框

(4) 在对话框中选择要应用的设计模板。

(5) 单击【应用】按钮，或者直接双击所选的设计模板，则新模板将应用到演示文稿的每张幻灯片上，并将覆盖掉演示文稿中原有的模板。

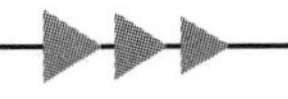

8.3 合理运用配色方案

配色方案是一组用于格式演示文稿的预设颜色方案。用于设置演示文稿的主要颜色，共由8种内容组成：①背景；②文本和线条；③标题文本；④阴影；⑤填充；⑥强调；⑦强调和超级链接；⑧强调和已访问的超级链接。

8.3.1 标准配色方案

系统已经为不同的设计模板设计了部分标准的配色方案。不同设计模板提供配色方案的数量不同(至少7种)。用户可依据不同的情况，选用其中的一种，以保持文稿外观的一致性。用设计模板创建演示文稿时，PowerPoint 2003已为每一个设计模板选择了一种标准的配色方案。

演示文稿的配色方案可以更换，单击菜单栏中的【格式】|【幻灯片设计】|【幻灯片配色方案】|【编辑配色方案】命令，在打开的标准的配色方案中挑选一种配色方案，选定应用此配色方案的幻灯片，如图8-7所示。

在幻灯片右侧的【任务窗格】的下面选中需要使用的配色方案，单击右侧的按钮，在弹出的下拉列表中，选中【应用于选定幻灯片】选项即可用于某一张、部分或全部演示文稿。在同一演示文稿中应用更多的配色方案的方法以此类推。

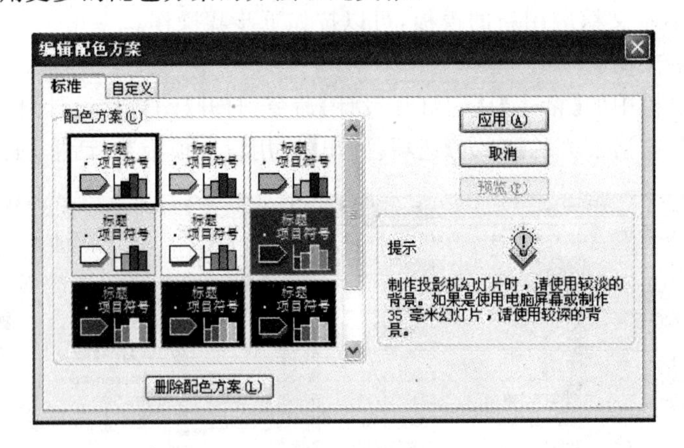

图8-7 【编辑配色方案】对话框

通过这种方式，可以很容易地更改演示文稿的配色方案，并确保新的配色方案和演示文稿中的其他幻灯片相互调和。如想将一张幻灯片的配色方案应用于另一张幻灯片中，也可利用【格式刷】工具按钮。在幻灯片浏览视图中选择具有所需配色方案的幻灯片，单击常用工具栏【格式刷】工具按钮，然后单击需要应用配色方案的幻灯片，可以重新着色一张幻灯片；双击【格式刷】工具按钮，依次单击要应用配色方案的多张幻灯片，可同时重新着色多张幻灯片。

8.3.2 自定义配色方案

如果标准配色方案不能满足需要，则用户可自定义(修改标准)配色方案。在【编辑配色方案】对话框的【自定义】选项卡上，选中某个需要更改的颜色项目后，单击【更改颜色】按钮(或在该颜色色标上双击)，然后在弹出的对话框上选择需要的颜色即可，如图 8-8 所示。

幻灯片组件改变颜色后，单击【添加为标准配色方案】按钮可以将新的配色方案添加到预设配色方案的下面，作为标准配色方案使用。

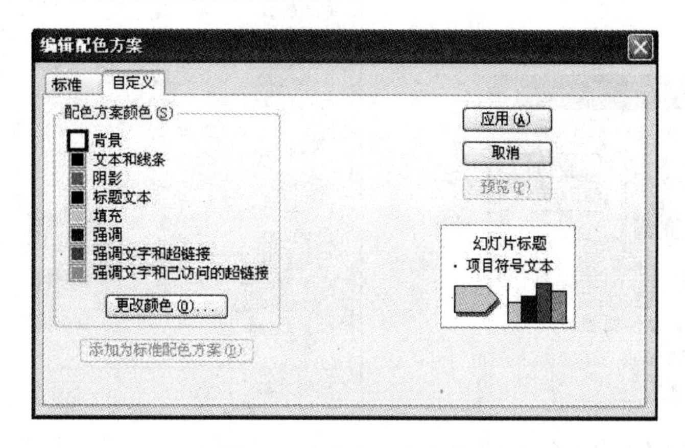

图 8-8　自定义配色方案

8.4 设置背景

如果要更改幻灯片背景的颜色，在幻灯片视图或母版视图中，单击【格式】|【背景】命令，单击【背景填充】列表框右下端的向下箭头，从下拉列表中选择所需的颜色选项，如图 8-9 所示。

(1) 若需要的颜色是属于配色方案中的颜色，选择【自动】列表框中的 8 种颜色之一。

(2) 若需要的颜色不属于配色方案，可单击【其他颜色】选项，然后在【颜色】对话框的【标准】或【自定义】选项卡中选定所需要的颜色。

(3) 如果要将背景色改成默认值，则单击【自动】选项即可。

设置完毕后，如果要将上述改变应用于全体幻灯片，则单击【全部应用】按钮；如果要将应用只限于本张幻灯片，则单击【应用】按钮。

如果要更改填充效果，可在幻灯片视图或者母版视图中，单击【格式】|【背景】命令，然后单击【背景填充】列表框右边的按钮，再单击【填充效果】选项，然后在【填充效果】对话框上进行设置。

【填充效果】对话框包含【渐变】、【纹理】、【图案】和【图片】4 个标签。对应的 4 张选项卡的设置不能同时(重叠)发生作用，如图 8-10 所示。

①【渐变】选项卡可选择建立过渡效果的基色，即【单色】、【双色】或者【预设】。过渡背景可以使图片产生沿某一方向色彩由深变浅或由浅变深的效果。

②【纹理】选项卡可选择一种填充的纹理。

③【图案】选项卡可选择填充的图案。

④【图片】选项卡可选择填充图片。若要显示图片，选择【忽略母版的背景图形】选项，最后单击【应用】按钮即可。

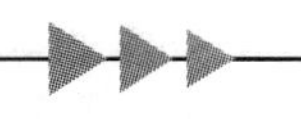

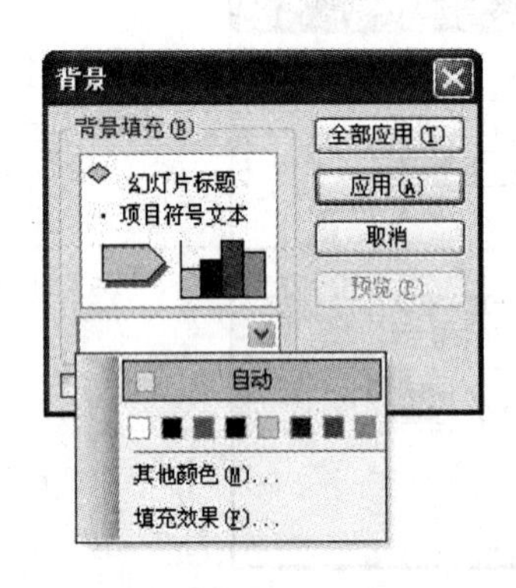

图 8-9 【背景】颜色填充对话框

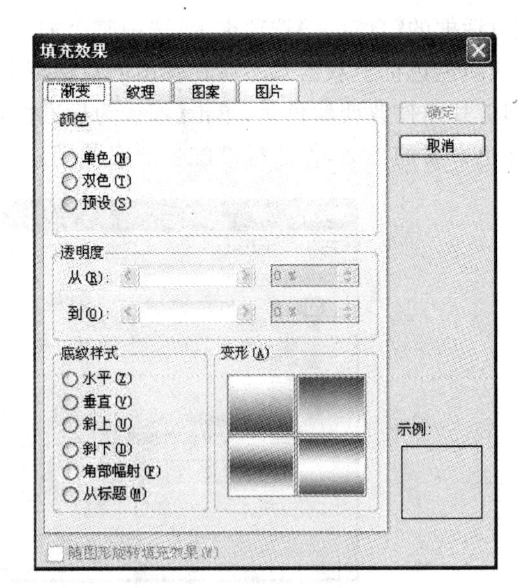

图 8-10 填充效果对话框

设置完毕后,单击【确定】按钮,返回到【背景】对话框。如果要将以上设置应用于全体幻灯片,则单击【全部应用】按钮;如果设置只限于本张幻灯片,则单击【应用】按钮。重复以上步骤就可以为所需的幻灯片更换不同的背景。

8.5 幻灯片的插入、删除、复制和移动

对于插入、删除、复制和移动这些常用的编辑操作,最好最直观的方法是在幻灯片浏览视图中执行。在执行上述操作之前,要先选定幻灯片。选定的幻灯片称为当前幻灯片。

1. 选定幻灯片

在幻灯片浏览视图中,单击某张幻灯片,使其带边框显示。按住 Shift 键单击多张幻灯片,可以选定连续的多张幻灯片。

2. 插入幻灯片

选定幻灯片后,单击【插入】|【新幻灯片】命令,即可在选定的幻灯片后插入一张新的幻灯片,或者单击【插入】|【幻灯片副本】命令,插入一张与选定幻灯片完全相同的幻灯片。

3. 删除幻灯片

选定幻灯片后,按 Delete 键,或单击【编辑】|【删除幻灯片】选项,可删除选定的幻灯片。

4. 复制幻灯片

选定幻灯片后,单击【插入】|【幻灯片副本】选项,可在选定的幻灯片后插入选定幻灯片的副本,或者单击【编辑】|【复制】选项,移动光标到待插入的位置,单击【编辑】|【粘贴】选项也可完成操作。

5. 移动幻灯片

选定幻灯片后,按住鼠标左键将其拖到需要的位置,再松开左键即可。或者,利用【编辑】|【剪切】选项和【编辑】|【粘贴】选项,也可将幻灯片移动到需要的位置。

6. 导入另一演示文稿的幻灯片

在制作课件时，有时需要从某个已制作好的演示文稿（课件）中导入某些幻灯片或全部幻灯片，方法是：执行【插入】|【幻灯片（从文件）】命令，出现如图 8-11 所示的对话框。

图 8-11　【幻灯片搜索器】对话框

单击【浏览】按钮，打开【浏览】对话框，在对话框中找到要插入的课件演示文稿，再单击【确定】按钮即可，如图 8-12 所示。

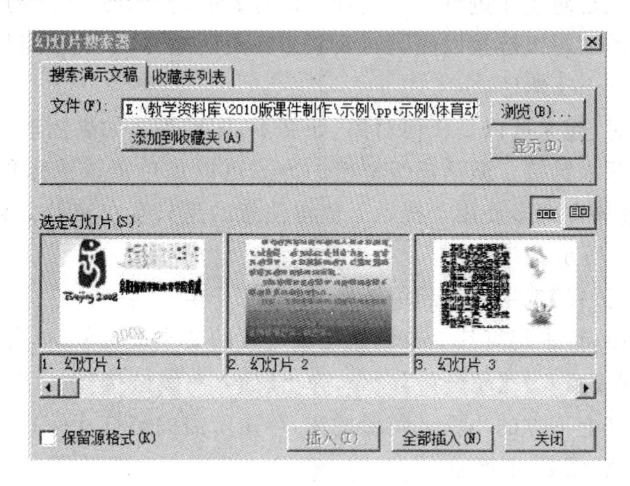

图 8-12　添加外部幻灯片

接下来，有两种做法。一是直接单击【全部插入】命令按钮即可将所选择的课件中的所有幻灯片插入到当前课件演示文稿中；二是先分别单击选中所要插入的幻灯片，然后再单击【插入】命令按钮，即可将所选择的部分幻灯片插入到当前课件演示文稿中。

8.6　实现课件交互导航功能

课件中常常要设计一些按钮，播放课件时单击这些按钮会有相应的跳转。这些按钮一般可以使用 PowerPoint 自带的按钮，也可使用自己绘制或找来的“特色”按钮。在幻灯片中插入按钮的方法有两种：一种是执行【幻灯片放映】|【动作按钮】命令，如图 8-13 所示。

另一种是插入自己从素材光盘里找来的按钮图片。执行【插入】|【图片】|【来自文件】命令，选择一幅图片插入到幻灯片中，如图 8-14 所示。

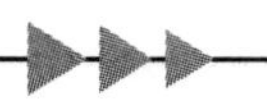

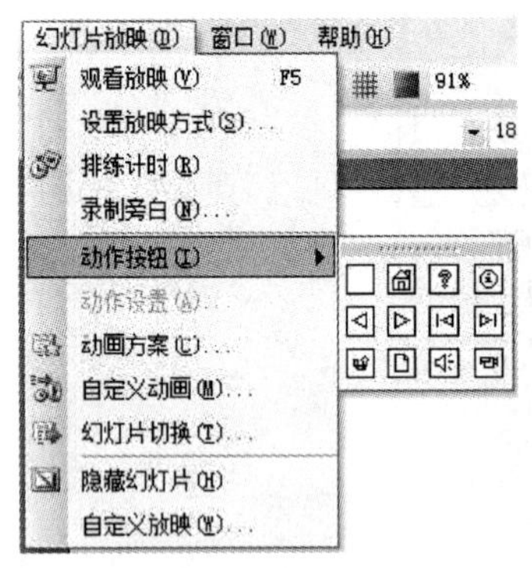
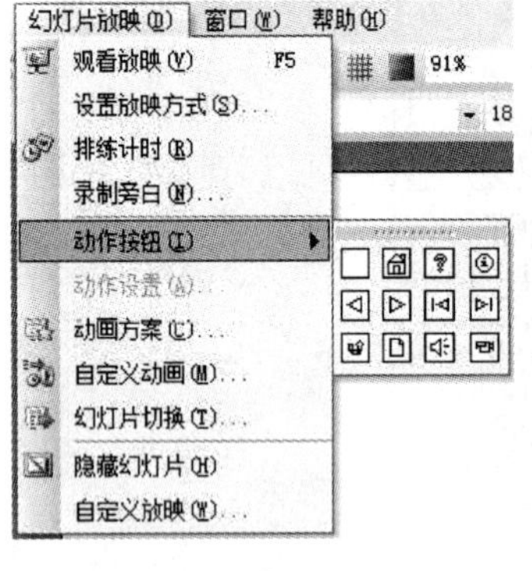

图 8-13　插入动作按钮

图 8-14　插入按钮

接下来要做的就是对按钮进行动作设置。最常做的是幻灯片之间的跳转链接与超级链接。在演示文稿中添加超级链接以便跳转到某个特定的地方,如跳转到某张幻灯片、另一个演示文稿或某个 Internet 地址。

创建超级链接时,起点可以是任何对象,如文本、图形等。如果图形中有文本,可以为图形和文本分别设置超级链接。激活超级链接的方式可以是单击或鼠标移过,通常采用单击的方式,而鼠标移过的方式多使用于提示。值得注意的是只有在演示文稿放映时,超级链接才能激活,如图 8-15 所示。

利用【插入超级链接】选项创建超级链接。

在幻灯片视图中,选中幻灯片上要创建超级链接的文本或对象,单击【常用】工具栏中的按钮,或单击菜单【插入】|【超链接】命令,弹出【插入超级链接】对话框。链接到其他幻灯片时单击右侧滑动杆上下方的小黑三角形按钮,单击所需的幻灯片标签,就可以创建到某张幻灯片的超级链接,如图 8-16 所示。

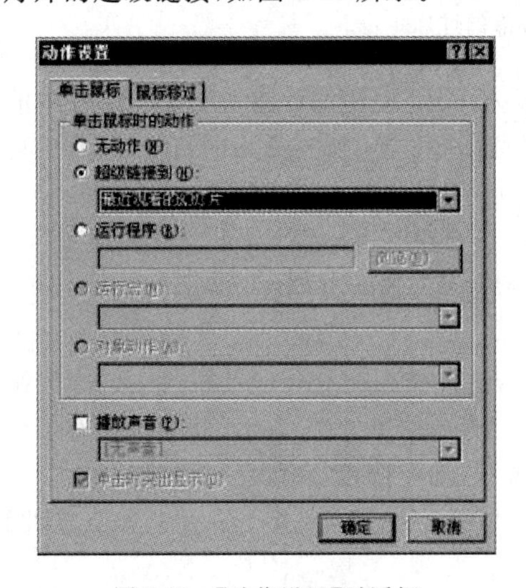

图 8-15　【动作设置】对话框

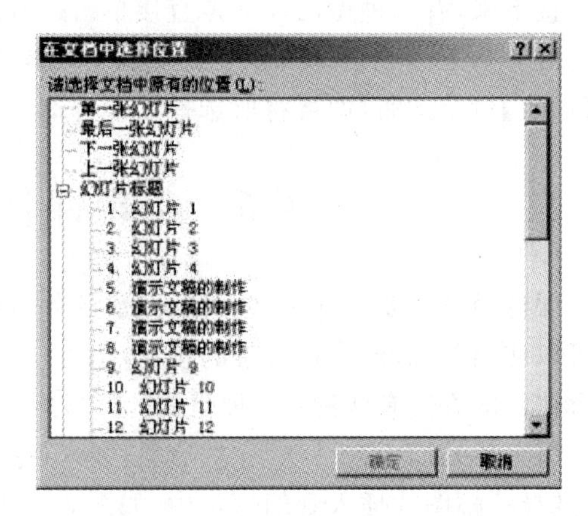

图 8-16　超链接其他位置设置框

实现退出功能：按照上述方法通过超链接可以实现按钮的返回功能。一个课件通常也要设计一个【退出】命令按钮，当单击这个按钮时即可退出课件的播放，如图8-17所示。

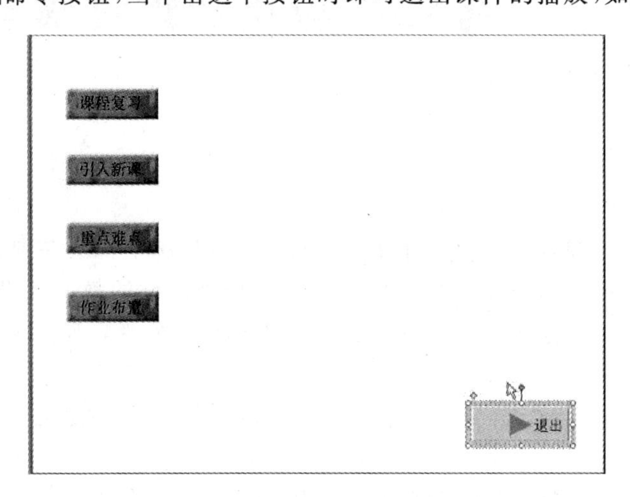

图8-17　利用超链接实现退出功能

实现的方法是从菜单栏中选择【幻灯片放映】|【动作设置】命令，在弹出的【动作设置】对话框中的【超链接到】选项下拉菜单中找到【结束放映】选项，单击【确定】按钮即可。

上机练习

1. 母版的应用

(1) 在母版中加入用户所在单位名称或标志，并适当调整它们的大小和颜色。

(2) 在母版中加进3个动作按钮，可暂不进行动作设置，分别在下方标注【上一页】、【下一页】和【结束放映】。

2. 背景制作

(1) 先后用【幻灯片设计】和【幻灯片版式】选择一种常用的幻灯片格式和幻灯片版式。

(2) 对本页文本框的格式、文本框内背景色进行选择处理。

(3) 背景填充：将本页背景的【填充效果】修改为【水滴】样式。

(4) 为本页选择一张照片做背景，然后实现【画中画】效果。

3. 交互功能

在幻灯片中插入三个动作按钮，实现幻灯片的相互链接、退出等功能。

第9章

控件的应用及课件保存

在制作多媒体课件的过程中，通常情况下都会在课件中插入滚动文本框、Flash动画、视频等特殊对象，以增强课件的教学效果，最终完成教学任务。利用控件是插入滚动文本框、Flash动画、视频等特殊对象的常用手段。

9.1 插入滚动文本框

在课件中，滚动文本框的作用是当一张幻灯片中文字内容过多，不能全部展示时，分成若干页上翻下翻十分不便，放在同一页又受版面限制，容纳不下，这种情况下可以通过文本框控件让多余的文字以滚动条的方式呈现出来，以达到容纳更多文字的目的，如图9-1所示。

图9-1 插入滚动文本框的幻灯片

插入滚动文本框的方法如下。

(1) 打开课件文档，选择一张幻灯片。

(2) 单击菜单栏上的【视图】|【工具栏】|【控件工具箱】命令，或在任意

工具栏或菜单栏上右击鼠标，选择【控件工具箱】选项，如图 9-2 所示。

(3) 插入文本框控件。选择【控件工具箱】中的文本框选项 abl，在编辑区按住鼠标左键拖拉出一个文本框，调整位置及大小，如图 9-3 所示。

图 9-2　【控件工具箱】

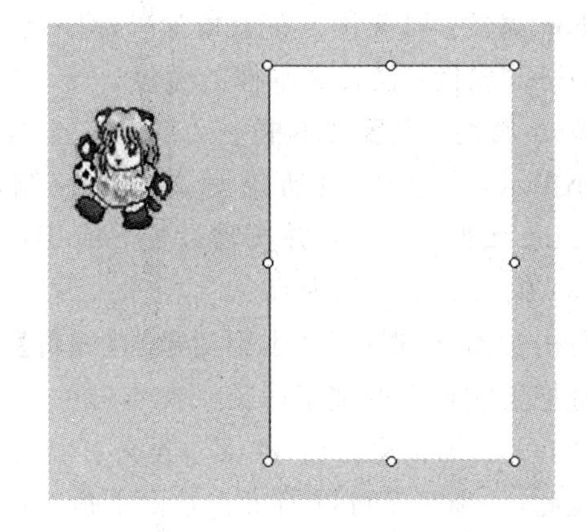

图 9-3　插入一个文本框控件

(4) 设置文本框属性。在文本框上右击鼠标，选择【属性】选项，弹出文本框【属性】窗口，对这个对话框中的属性进行设置，如图 9-4 所示。

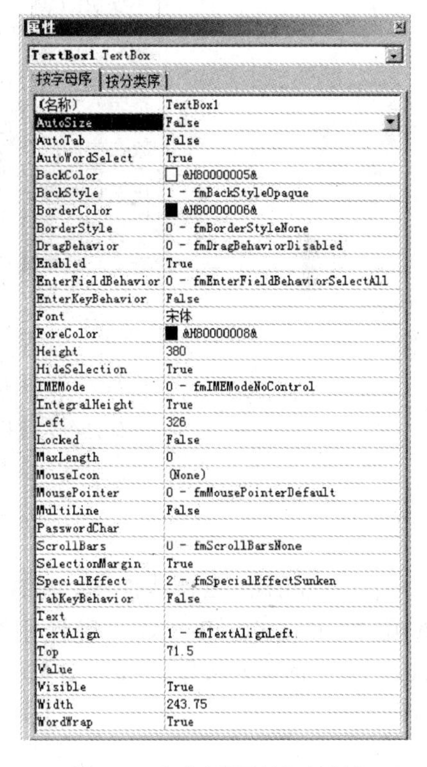

图 9-4　文本框【属性】对话框

【属性】对话框其中的内容如下。

EnterKeyBehavior 属性：设为 True 时允许使用回车键换行。

MultiLine 属性：设为 True 时允许输入多行文字。

ScrollBars 属性：利用滚动条来显示多行文字内容，其中 1-fmScrollBarsHorzontal 为水平滚动条；2-fmScrollBarsVertical 为垂直滚动条；3-fmScrollBarsBoth 为水平滚动条与垂直滚动条均存在。当文字不超出文本框时，滚动条设置无效；当文字超出文本框时，则出现一个可拖动的滚动条。

BackColor 属性：用来设置文本框的背景颜色。

TextAlign 属性：用来设置文字的对齐方式。其中，1-fmTextAlingLeft 为左对齐；2-fmTextAlingCenter 为居中对齐；3-fmTextAlingRight 为右对齐。

Text 属性：在这里可以直接输入文本框中的内容。

Backstyle 属性：选择文本框的相容模式，其中 0-fmBackStyle Transparent 为透明模式；1-fmBackStyleOpaque 为覆盖模式。

ForeColor 属性：选择文本框中文本的属性。

SpecialEffect 属性：选择文本框的立体效果。

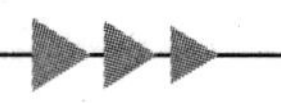

AutoSize 属性：设为 True 时可根据文字的多少和大小自动调整文本框的大小。

Height 属性：设置文本框的高度。

Left 属性：以工作区左上角为坐标原点，设置文本框的横坐标。

Top 属性：以工作区左上角为坐标原点，设置文本框的纵坐标。

Width 属性：设置文本框的宽度。

Font 属性：设置文本框中文字的字体、字形、大小、效果等格式。

小提示：要实现滚动条对文本的控制，必须设置 EnterKeyBehavior 属性为 True，MultiLine 属性为 True，并按需设置 ScrollBars 属性。

(5) 输入文本框的内容。

右击文本框，选择【文本框对象】|【编辑】命令，即可进行文字内容的输入，或按 Ctrl＋V 组合键把剪贴板上的文字拷贝到文本框中。

(6) 文本编辑完之后，在文本框外任意处单击左键即可退出编辑状态。

至此，一个文字可以随滚动条上下拖动而移动的文本框就完成了。如图 9-5 所示，是一个带有垂直滚动条的文本框，其中的具体属性参数设置如下。

足球运动是一项古老的体育活动，源远流长。最早起源于我国古代的一种球类游戏“蹴鞠”，后来经过阿拉伯人传到欧洲，发展成现代足球。所以说，足球的故乡是中国。据说，希腊人和罗马人在中世纪以前就已经从事一种足球游戏了。他们在一个长方形场地上，将球放在中间的白线上，用脚把球踢滚到对方场地上，当时称这种游戏为“哈巴斯托姆”。而现代足球起源地是在英国，是来源于12世纪前后他们和丹麦发生了一场战争，战争结束后英国人看到地上有丹麦士兵的人头，由于英国对丹麦士兵非常痛恨，便踢起了那人头。到19世纪初叶，足球运动在当时欧洲及拉美一些国家特别是在资本主义的英国已经相当盛行。直到1848年，足球运动的第一个文字形式的规则《剑桥规则》诞生了。所谓的《剑桥规则》，即是在19世纪早期的英国伦敦，牛津和剑桥之间进行比赛时制定的一些规则。当时每队有11个人进行比赛。因为当时在学校里每套宿舍住有10个学生和一位教师，因此他们就每方11人进行宿舍与宿舍之间的比赛，现在的11人

图 9-5　在文本框中输入文字

在 ScrollBars 属性中选择 2-fmScrollBarsVertical 选项，在 AutoSize 属性中选择 False 选项，在 EnterKeyBehavior 属性中选择 True 选项，MultiLine 属性为 True 选项，在 TextAlign 属性中选择 1-fmTextAlingLef 选项，将文本的 Height 属性设为 300，Width 属性设为 320。

9.2　在 PowerPoint 课件中插入 Flash 动画的方法

许多老师在使用 PowerPoint 制作课件时，一方面感到这个软件简单实用，另一方面也经常感到它在某些功能上有局限性。将 PowerPoint 与 Flash 整合在一起制作多媒体课件，是弥补 PowerPoint 功能不足的一种有效方法。可以用 Flash 制作一些复杂的动画演示效果，然后将它们插入到 PowerPoint 中进行应用。将 Flash 动画插入到 PowerPoint 课件中

的方法有以下三种：

（1）利用 Flash 控件将 Flash 动画插入到 PowerPoint 课件中。

（2）通过插入对象的方法将 Flash 动画插入到 PowerPoint 课件中。

（3）利用超链接的方法将 Flash 动画插入到 PowerPoint 课件中。

方法一：利用控件插入法

这种方法是将动画作为一个控件插入到课件中去，无须安装 Flash 播放器，窗口的大小在设计时就固定下来，当鼠标在 Flash 窗口内时响应 Flash 鼠标事件；当鼠标在 Flash 窗口外时，响应 PowerPoint 鼠标事件，很容易控制。缺点是操作相对复杂。

操作步骤：① 启动 PowerPoint 2003，打开要插入动画的幻灯片。

② 从主菜单中选择【视图】|【工具栏】|【控件工具箱】命令，如图 9-6 所示。

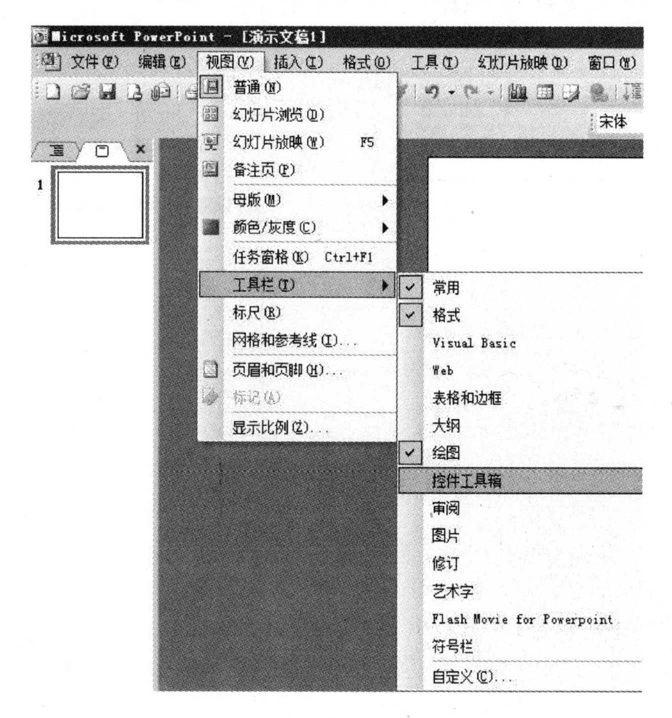

图 9-6　主菜单命令

③ 在打开的【控件工具箱】中单击其他控件按钮，这时会列出电脑中安装的 Active X 控件，找到 Shockwave Flash Object 控件，如图 9-7 所示。

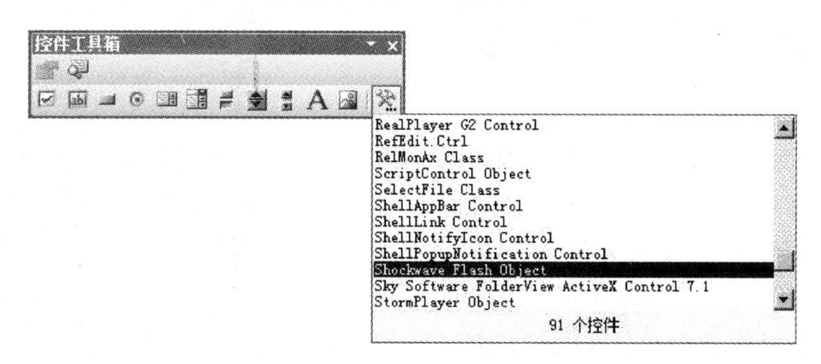

图 9-7　【控件工具箱】

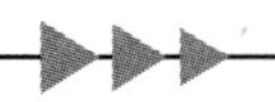

④ 这时,鼠标变成"＋"图标,在幻灯片中需要插入 Flash 动画的地方画出一个适合大小的矩形区域,也就是播放动画的区域,就会出现一个带有大叉的框,如图 9-8 所示。

⑤ 在框中单击鼠标右键,单击【属性】命令,然后出现【属性】对话框,如图 9-9 所示。单击 movie 项右侧空白框,在框内输入需插入幻灯片中的 Flash 文件在电脑中的存放位置,如 E:\鱼跃前滚翻.swf,关闭【属性】对话框即可。

图 9-8　用鼠标拉出一个框

属性

ShockwaveFlash1 ShockwaveFlash

按字母序 | 按分类序

(名称)	ShockwaveFlash1
AlignMode	0
AllowFullScreen	false
AllowNetworking	all
AllowScriptAccess	
BackgroundColor	-1
Base	
BGColor	
DeviceFont	False
EmbedMovie	False
FlashVars	
FrameNum	-1
Height	192.75
Left	14.125
Loop	True
Menu	True
Movie	E:\鱼跃前滚翻.swf
MovieData	
Playing	True
Profile	False
ProfileAddress	
ProfilePort	0
Quality	1
Quality2	High
SAlign	
Scale	ShowAll
ScaleMode	0
SeamlessTabbing	True
SWRemote	
top	133.875
Visible	True
Width	215.5
WMode	Window

图 9-9　【属性】对话框

注意:此时,删除或移走了原 Flash 动画,或者将该 PPT 文件复制或移动到其他计算机使用时 PowerPoint 课件中的 Flash 动画就不能播放了。解决的方法是:在输入完整路径名后,同时将 Embedmovie 属性的选项由 False 改为 True,这样相当于打包,即便删除了存盘中的 Flash 动画文件,播放也不受影响,如图 9-10 所示。

方法二:利用对象插入法

这种方法是将动画文件和 PPT 文件合为一体,在 PPT 文件进行移动或复制时,不需同时移动或复制动画文件,也不需要更改路径。采用这种方式,在播放幻灯片时会弹出一个播放窗口,它可以响应所有的 Flash 鼠标事件,还可以根据需要在

图 9-10　插入的 Flash 动画

播放过程中调整窗口的大小。它的缺点是播放完了以后要单击【关闭】按钮来关闭窗口。另外，播放时要求计算机里必须安装有 Flash 播放器。此方法插入的 Flash 动画在原盘删除或移走后也不受影响，只是在播放时与上种方法相比多了两步。

① 启动 PowerPoint 后创建一新演示文稿。

② 在菜单栏上单击【插入】|【对象】命令，出现【插入对象】对话框，如图 9-11 所示。

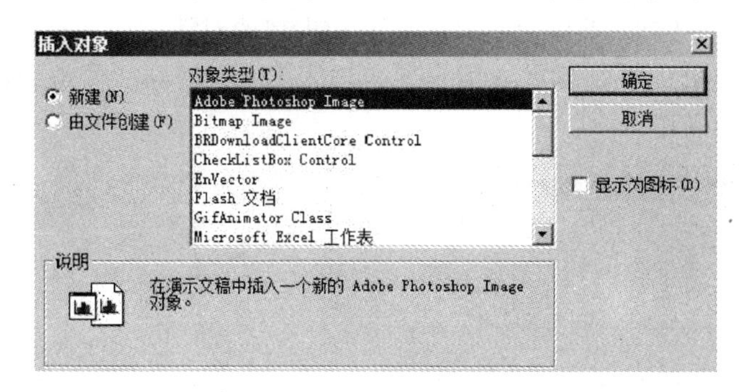

图 9-11　【插入对象】对话框

③ 单击选中【由文件创建】复选按钮，再单击【浏览】按钮，选择需要插入的 Flash 动画文件，然后单击【确定】按钮，返回幻灯片，如图 9-12 所示。

④ 这时，在幻灯片上就出现了一个 Flash 图标，如图 9-13 所示。可以更改图标的大小或者移动它的位置。

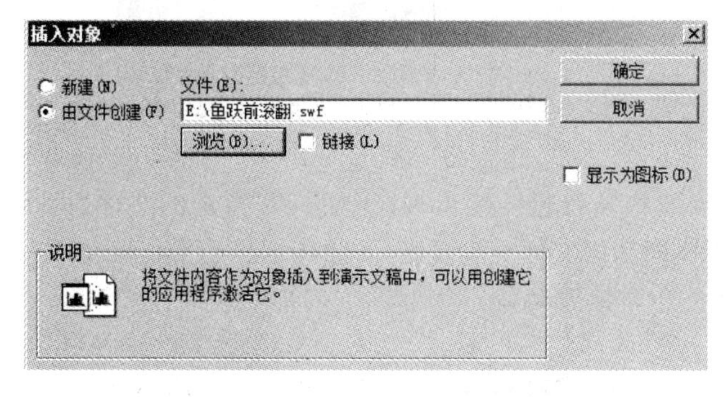

图 9-12　【插入对象】对话框

图 9 13　插入 Flash 文件后出现的图标

⑤ 在刚插入 Flash 动画的图标上，单击鼠标右键，打开快捷菜单，选择【动作设置】选项，如图 9-14 所示，出现【动作设置】对话框，选择【单击鼠标】或【鼠标移过】选项都可以，在【对象动作】选项选择 Activate Contents（激活内容），单击【确定】按钮，完成插入动画的操作。

选择【幻灯片放映】|【观看放映】命令，当把鼠标移过该 Flash 对象，就可以演示 Flash 动画了，且嵌入的 Flash 动画能保持其功能不变，按钮仍有效。注意：使用该方法插入 Flash 动画的 PPT 文件在播放时，是启动 Flash 播放软件（Adobe Flash Player）来完成动画播放的，所以在计算机上必须有 Flash 播放器才能正常运行。

方法三：利用超链接插入 Flash 动画

这种方法的特点是操作简单。但由于 PPT 和动画文件是链接关系，所以在 PPT 文件

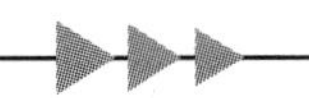

复制或移动过程中,必须同时复制和移动动画文件,并且更改链接路径。否则,将出现【无法打开指定文件】对话框。另外,在计算机中必须安装 Flash 播放器才能正常播放。

① 启动 PowerPoint 后创建一新演示文稿。

② 在幻灯片页面上插入一图片或文字用于编辑超链接。在本例中插入一行文字【鱼跃前滚翻动画演示】作为超链接的对象。

③ 鼠标右击文字【鱼跃前滚翻动画演示】,在出现的对话框中选择【超链接】选项,进入超链接编辑窗口,如图 9-15 所示。在编辑窗口输入 Flash 动画文件地址,最后单击【确定】按钮,完成插入动画操作。

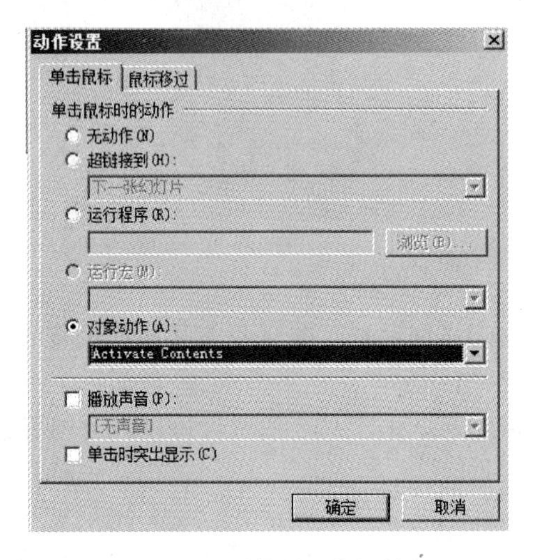

图 9-14 【动作设置】对话框

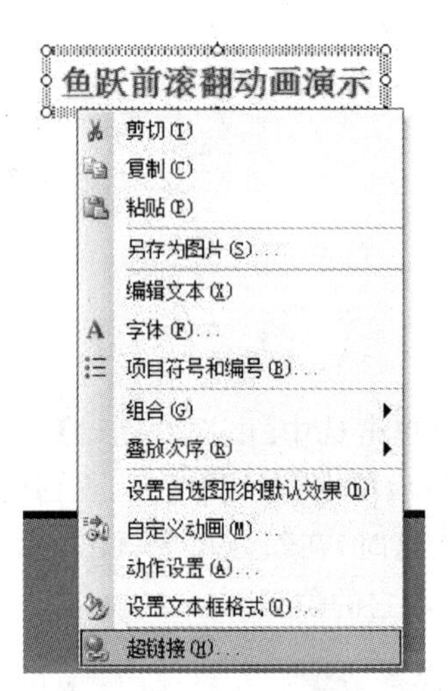

图 9-15 【超链接】命令

④ 保存文件。

注意:动画文件名称或存储位置改变将导致超链接出现【无法打开指定的文件】的提示。解决方法是在进行文件复制时,要连同动画文件一起复制,并重新编辑超链接路径。另外,计算机上要安装有 Flash 播放器才能正常播放动画。

9.3 使用 Windows Media Player 控件法插入视频

这种方式更适合 PowerPoint 课件中图片、文字、视频在同一页面的情形,对于插入的影片,能够随心所欲地进行播放操作。

(1) 运行 PowerPoint 程序,单击主菜单中的【视图】|【工具栏】|【控件工具箱】命令,从打开的下拉菜单中选中其他控件按钮 。在随后打开的控件选项界面中,选择 Windows Media Player 选项,如图 9-16 所示。

(2) 再将鼠标移动到 PowerPoint 的编辑区中,画出一个适合大小的矩形区域,此时各播放控制按钮无效,成灰色显示,如图 9-17 所示。

(3) 在控件上单击鼠标右键,选择【属性】选项,打开该媒体播放界面的【属性】对话框,如图 9-18 所示。

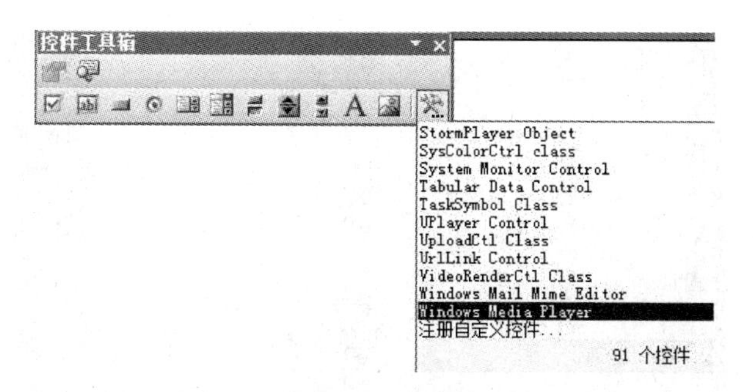

图 9-16　选择 Windows Media Player 控件

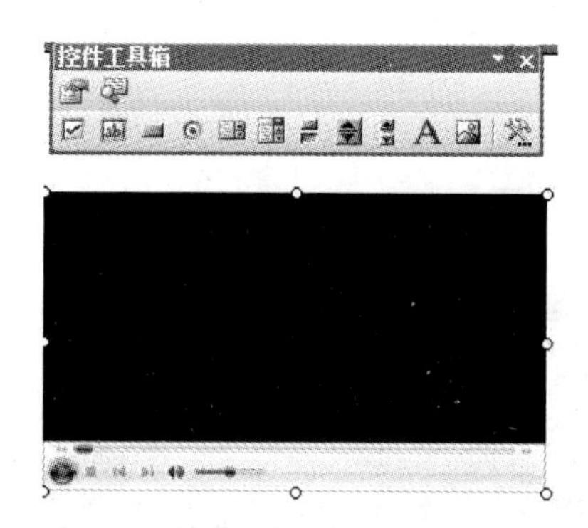

图 9-17　插入 Windows Media Player 控件

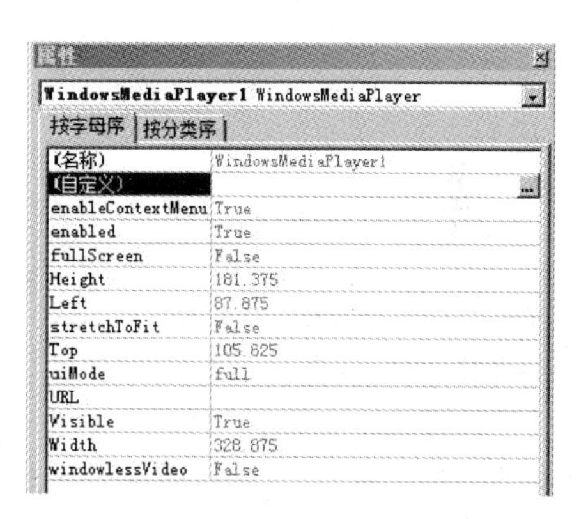

图 9-18　Windows Media Player 控件【属性】对话框

(4) 在【属性】对话框中，在【自定义】选项上单击一下，再单击后面的展开按钮，弹出【Windows Media Player 属性】对话框，如图 9-19 所示。

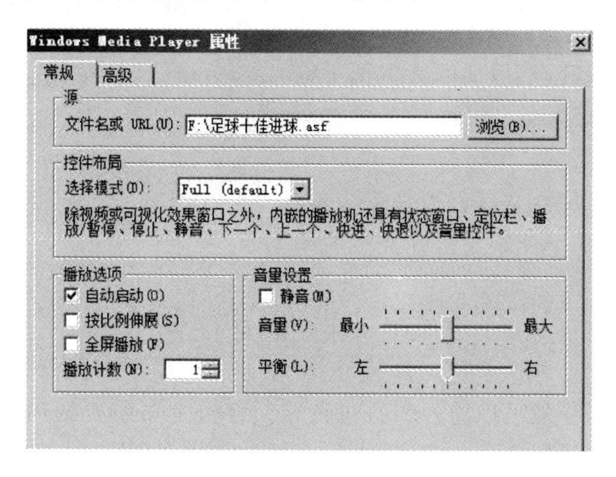

图 9-19　【Windows Media Player 属性】对话框

(5) 单击【浏览】按钮，找到要插入的视频文件，单击【确定】按钮，完成插入视频操作。在播放的进程中，可以通过媒体播放器中的播放、停止、暂停和调节音量等按钮对视频进行操作，如图 9-20 所示。

图 9-20 插入的视频可以控制

9.4 保存课件

直接保存：选择【文件】|【保存】命令，弹出【另存为】对话框，在其中的【文件名】文本框中输入文件名，【保存类型】下拉列表框中可以选择保存的文件类型，这里保持默认的文件类型【演示文稿】，最后单击【保存】按钮即可。这样就在本地硬盘上保存了一个课件文件。

加密保存课件：在主菜单栏中单击【工具】|【选项】命令，弹出【选项】对话框，单击【安全性】选项卡，在其中的【此文档的文件加密设置】选项区域下的【打开权限密码】后面的文本框中输入一个密码，如图 9-21 所示，注意输入的密码呈星号显示。

通过这样的操作以后，文件就被加密了，别人如果没有这个密码是不能轻易打开文件的。

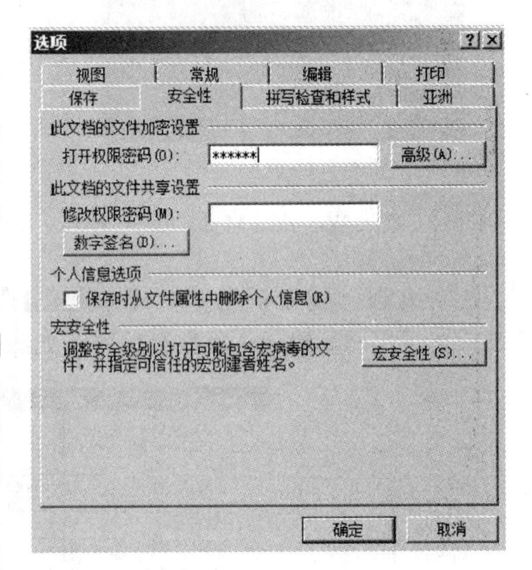

图 9-21 【选项】对话框

9.5 课件打包

课件制作完毕后，一般可以将课件打包发布。打包发布主要的用途就是将用户制作的课件压缩形成安装包，然后可以自己或提供给别人安装到别的电脑上使用。执行【文件】|【打包】命令，此时会启动一个【打包向导】对话框。向导的第一步如图 9-22 所示。

如果用户是要将当前打开的课件打包，就直接单击【下一步】按钮。如果不是，那就打勾选择【其他演示文稿】选项(同时将【当前演示文稿】前的对钩去除)，再单击【浏览】按钮，然后选择所要打包的课件。最后单击【下一步】按钮。这一步是要选择课件要打包的目的地址。单击【下一步】按钮，这一步里有两个选项，其中【包含链接文件】选项已默认选中，还有一个

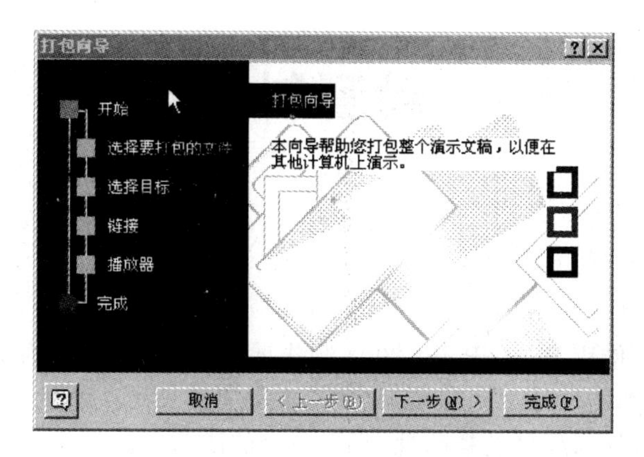

图 9-22　课件打包第一步

【嵌入 TrueType 字体】选项，可视情况选择(如果课件中使用了一些特色字体，而别人的电脑里可能没安装这种字体，想让课件按原来的字体效果显示则要将这个选项打勾。)，不过一旦选择该项，课件将会较大。再单击【下一步】按钮，这一步如果选择【不包含播放器】选项，那么在未安装 PowerPoint 的电脑上将无法播放课件；如果要让课件在未安装 PowerPoint 的电脑上也能播放，那就要选择【Microsoft Windows(TM)播放器】这个选项。单击【下一步】按钮，再单击【完成】按钮即可完成整个课件的打包过程。

上 机 练 习

1. 用【控件工具箱】命令，在幻灯片中插入一个文本框，并通过控件属性设置文本框为可以换行输入，并使框内出现垂直滚动条。框内的文字大小、字体、颜色可自己设定。

2. 利用控件法、插入对象法和超链接法插入一个 Flash 动画。

3. 利用控件法插入一个视频片段并保存。

第10章

动画制作及实例

使用 PowerPoint 2003 制作课件时，通常需要为课件添加一些动态效果，如幻灯片之间的切换、内容的出现与消失、人机交互控制等，这样可以大大提高课件的趣味性，吸引观众的注意力。

PowerPoint 中的动画效果包括两个方面，一是不同幻灯片在放映过程中的动态切换效果；二是同一幻灯片中的对象在出现和消失时的动态效果。将两种动画效果有机结合起来，可以制作出生动美观的课件。

10.1 为幻灯片添加切换效果

幻灯片切换效果是指幻灯片放映时，切换幻灯片出现的特殊效果。给演示文稿中的幻灯片添加切换效果，可以使幻灯片的过渡衔接更为自然，也更能吸引观众的注意力。

为幻灯片添加切换效果最好在幻灯片浏览视图中进行，单击菜单栏中的【视图】|【幻灯片放映】命令，可以进入幻灯片浏览视图。在该视图中，可以为任何一张、一组或全部幻灯片添加切换效果。方法如下：

(1) 在幻灯片浏览视图中选择要添加切换效果的一张或多张幻灯片。

(2) 单击菜单栏中的【幻灯片放映】|【幻灯片切换】命令，或者单击【幻灯片浏览】工具栏上的切换按钮，出现【幻灯片切换】任务窗格，如图 10-1 所示。

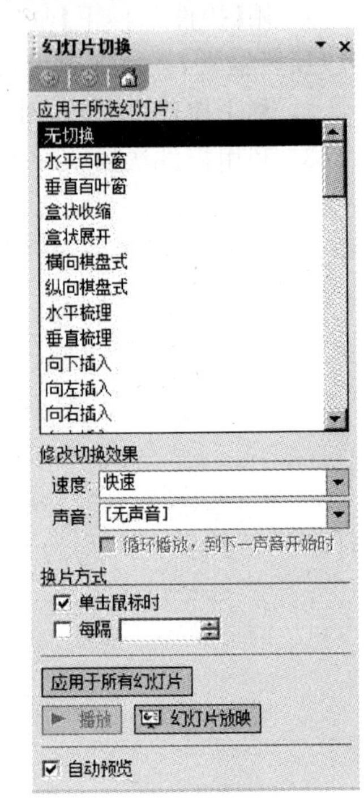

图 10-1 【幻灯片切换】对话框

(3) 在【应用于所选幻灯片】列表中选择一种切换效果，则视图中所选幻灯片将应用该切换效果。如果对所选切换效果不满意，还可以重新选择。

(4) 在【幻灯片切换】任务窗格中可设置所选切换效果的其他选项。

① 在【速度】选项的下拉式列表中选择幻灯片的切换速度，可以选择【慢速】、【中速】和【快速】三种选项。

② 在【声音】选项的下拉列表中选择一种幻灯片的声音。

③ 选择【循环播放，到下一声音开始时】选项，则在幻灯片放映时将连续播放所选声音，直到下一个声音出现。

④ 在【换片方式】选项中指定幻灯片放映时的切换方式。选择【单击鼠标时】选项，可以在放映时通过单击鼠标切换幻灯片；选择【每隔】选项，在其右侧的文本框中输入数值，这样当放映幻灯片时将每隔所设时间就自动切换幻灯片。

⑤ 设置完幻灯片的切换效果后，单击【播放】按钮，可以在当前视图中播放幻灯片。单击【应用于所有幻灯片】按钮，可以将所选切换效果应用于演示文稿中的所有幻灯片上。单击【幻灯片放映】按钮，可以切换到幻灯片放映视图中查看幻灯片的切换效果。

10.2　为幻灯片中的对象添加动画效果

10.2.1　使用预设的动画方案

(1) 打开要添加动画的演示文稿。如果只想对部分幻灯片应用动画方案，需先选取所需的幻灯片。

(2) 执行【幻灯片放映】|【动画方案】命令，显示【动画方案】任务窗格，如图 10-2 所示。

(3) 从列表中选择所需方案，单击【应用于所有幻灯片】按钮，可将选定方案应用到当前演示文稿的所有幻灯片中。然后单击【播放】按钮，在当前视图下演示动画效果。

10.2.2　自定义动画

(1) 在普通视图中，显示要设计动画的幻灯片。

(2) 选取要设计动画的对象。

(3) 执行【幻灯片放映】|【自定义动画】命令，显示【自定义动画】任务窗格，如图 10-3 所示。

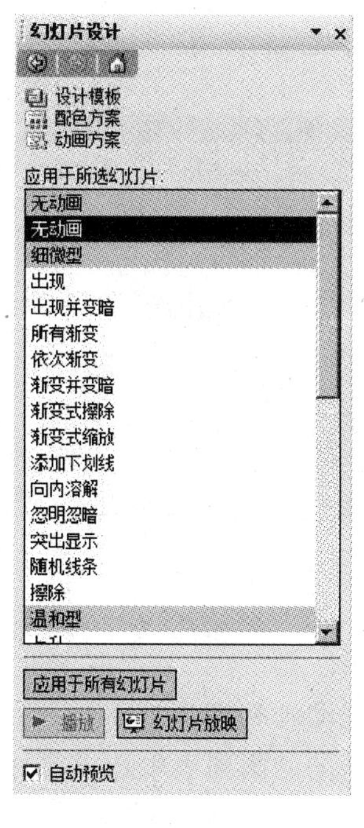

图 10-2　【幻灯片设计】对话框——【动画方案】任务窗格

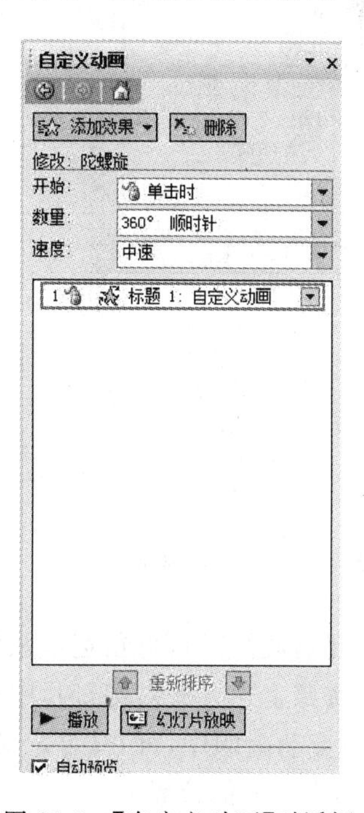

图 10-3　【自定义动画】对话框

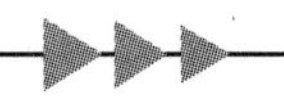

(4) 单击任务窗格上的【添加效果】按钮(只有在幻灯片上选取了某一元素时,【自定义动画】任务窗格上此按钮才变为可用),单击【进入】命令,选择文本(或对象)进入幻灯片放映演示文稿的方式,如图 10-4 所示。单击【其他效果】命令,将有更多进入效果可供选择。

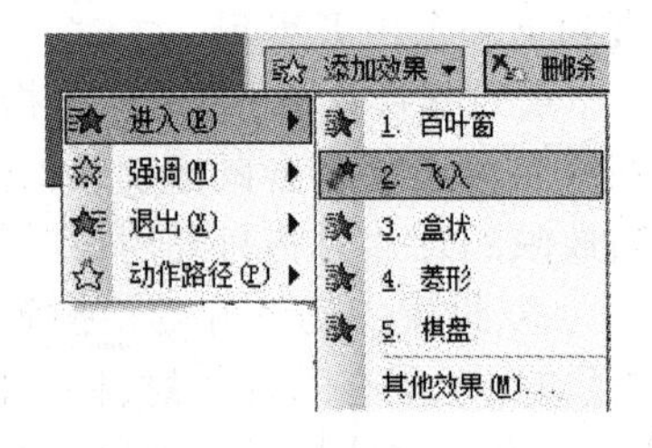

图 10-4　选择动画效果

(5) 想让幻灯片中的文本(或对象)具有更多的变化效果,如改变字体、字号等,可单击【强调】选项,再选择一种效果。想让文本(或对象)在某一时刻离开幻灯片时发生变化,可单击【退出】选项,再选择一种效果。

(6) 此时任务窗格显示【自定义动画】列表,并可对已定义的动画进行设置,如动画事件的【开始】栏设置为【单击时】,数量设置为【360°顺时针】,速度设置为【中速】等,如图 10-3 所示。其中【开始】栏包括【单击时】、【之前】、【之后】3 个选项。【单击时】选项:此为默认项,在幻灯片上单击鼠标时动画事件开始;【之前】选项:在动画项目列表中上一个项目开始的同时开始此动画序列;【之后】选项:在列表中上一个项目完成播放后立即开始此动画序列,不需要再单击鼠标。注:在自定义动画列表中动画效果按应用的顺序从上到下排列编号,在幻灯片上设置动画效果的项目也会出现与列表中对应的序号标记。

(7) 要在演示动画时同时播放声音,以及改变文本动画中应用动画效果的单位,如每次飞入一个字,并同时出现打字机的声音,可单击效果框右侧的下三角按钮,弹出下拉列表框,如图 10-5 所示。

(8) 单击【效果选项】弹出【百叶窗】对话框进行设置,如图 10-6 所示。

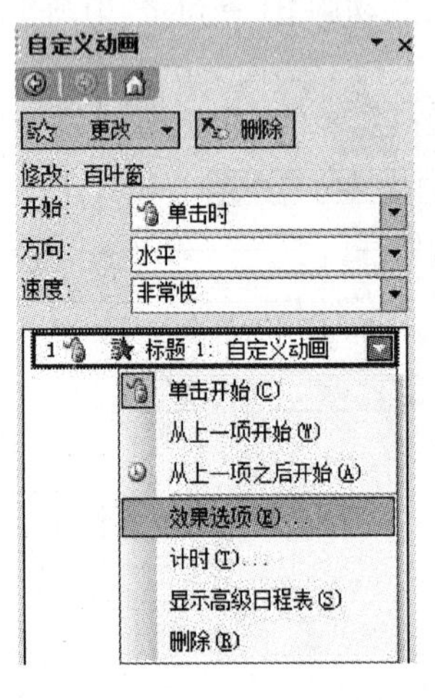

图 10-5　添加效果选项

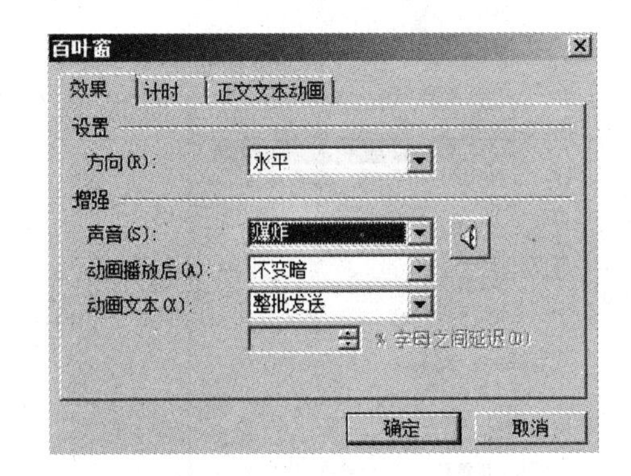

图 10-6　效果选项设置

(9) 单击【播放】按钮,可预览本张幻灯片动画效果。

(10) 可按照上述方法对幻灯片中每一个元素设置动画和声音。

注:要改变动画顺序,可在【自定义动画】任务窗格的动画列表中选择要移动的项目,并将其拖到列表中所需的位置。

10.2.3　绘制路径动画

PowerPoint 中还提供了一种相对出色的动画功能，它许可用户在一幅幻灯片中为某个对象指定一条移动路线，这在 PowerPoint 中被称为动作路径。行使动作路径功能能够为演示文稿增添十分风趣的效果。

添加动作路径的方法是：选中某个对象，然后从菜单中选择【幻灯片放映】|【自定义动画】命令，显示【自定义动画】任务窗格。在【自定义动画】使命窗格中单击【添加效果】按钮。在下拉列表中选择【动作路径】选项然后再选择一种预定义的动作路径，比如【对角线向右上】或者【对角线向右下】等选项。假如不喜欢子菜单中列出的 6 种预置路径，还可以选择【绘制自定义路径】或【其他动作路径】等选项来打开【添加动作路径】对话框进行设置。确保【预览效果】复选框被选中，然后单击不同的路径效果进行预览。当找到比较满足的方案时，就选择该方案并按【确定】按钮，如图 10-7 所示。

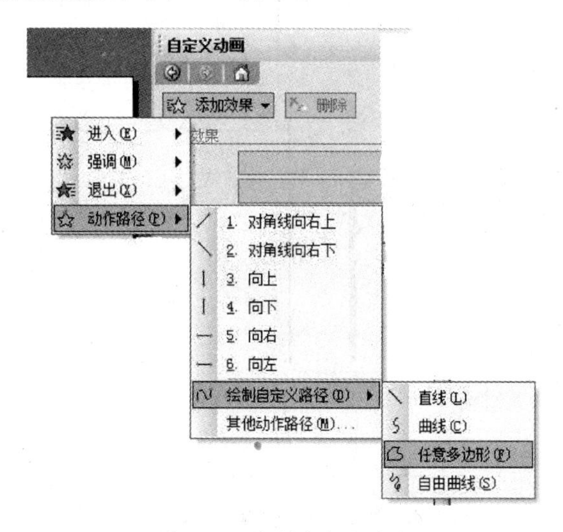

图 10-7　绘制自定义路径

在添加一条动作路径之后，对象旁边也会出现一个数字标记，用来表现其动画次序。还会出现一个箭头来指示动作路径的开端和结束(分别用绿色和红色表示)。还可以在动画列表中选择该对象，然后对【最先】、【路径】和【速度】子菜单中的选项进行调整。

10.3　实　　例

10.3.1　自动伸展的箭头

效果：带有文字的箭头沿着幻灯片的上下或四周依次伸展，如图 10-8 所示。

制作步骤如下。

(1) 绘制箭头：启动 PowerPoint 软件并选中一张需要制作箭头的幻灯片。单击绘图工具栏上的【自选图形】中的【箭头总汇】旁的右箭头按钮，如图 10-9 所示。在幻灯片最上方从左向右绘出一个填充颜色为浅蓝色的箭头，如图 10-10 所示。

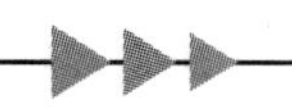

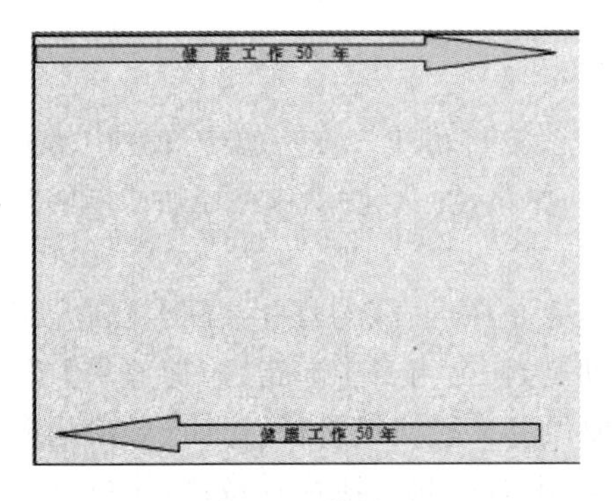

图 10-8　效果图

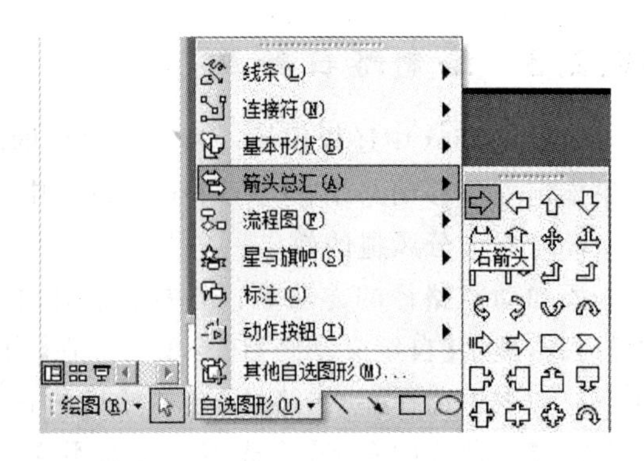

图 10-9　绘图工具栏

(2) 为箭头添加文字：右键单击画好的箭头，在弹出的菜单中选择【添加文本】命令，如图 10-11 所示。为箭头添加上【健康工作 50 年】文字，设置文字格式为宋体、28 号、红色，如图 10-12 所示。

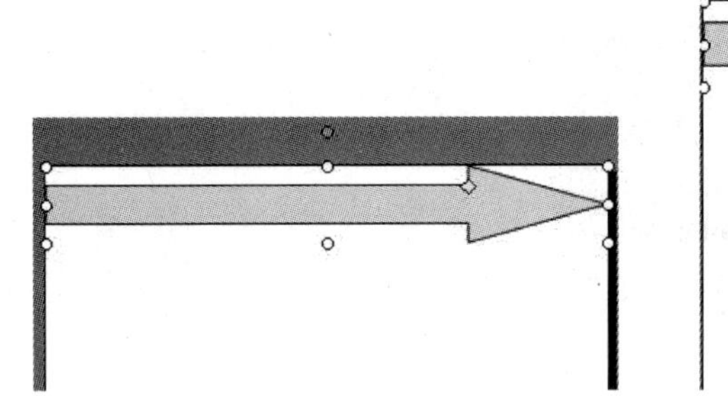

图 10-10　插入箭头

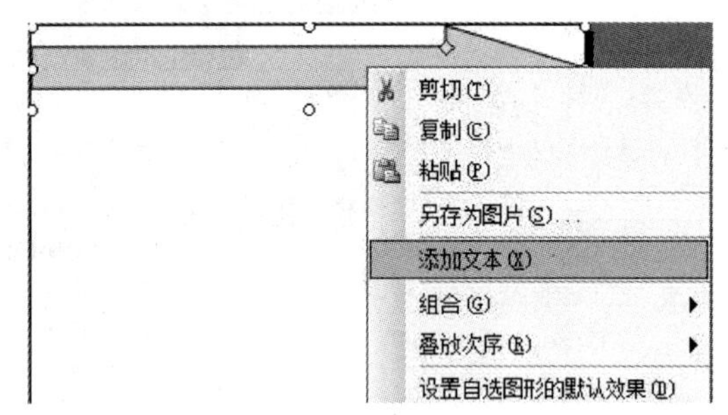

图 10-11　添加文本命令

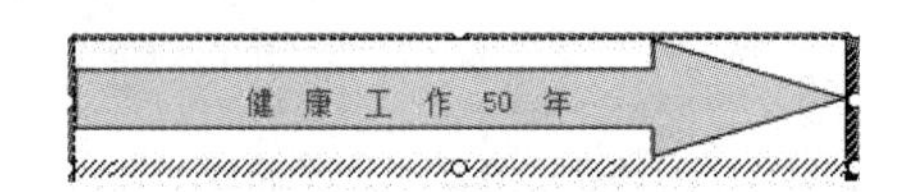

图 10-12　为箭头添加文字

(3) 为箭头添加自定义动画：箭头保持选中状态，选择菜单栏中的【幻灯片放映】|【自定义动画】命令，显示【自定义动画】任务窗格。在【自定义动画】命令窗格中单击【添加效果】按钮。在下拉列表中选择【进入】|【其他效果】命令，在弹出的【添加进入效果】对话框中选择【温和型】|【伸展】命令。再设置【添加效果】按钮下方的【开始】列表框为【单击时】选项，【方向】列选框为【自左侧】选项，【速度】列选框为【中速】选项，如图 10-13 所示。

(4) 设置其他箭头：其他箭头的绘制和设置基本同上，唯一不同之处在于余下的箭头将【开始】列选框设置为【之后】，将【方向】列选表框设置为所需方向即可。

(5) 箭头的颜色、大小、线条等都可以通过右键单击箭头，选择【设置自选图形格式】命令并在【设置自选图形格式】对话框中对各参数进行设置。

(6) 预览效果并保存。

图 10-13　箭头动画设置

10.3.2　制作自己的个性模板

效果：PowerPoint 软件用户众多，要想让演示文稿与众不同，就要制作个性化的模板。制作演示文稿模板，就是要设计出一个符合个人或单位特点的或自己喜爱的背景，如图 10-14 所示。

图 10-14　以校园为背景的模板

制作步骤如下：

(1) 背景图片的准备。

创作模板之前，制作好要用到的背景图片，背景图片可在网上下载，也可用 Photoshop 等软件自己打造。打造图片时，图片的色调最好是淡雅些，可以加上个性化的图形文字标志，为了让设计模板小一些，图片的格式最好用 .jpg 格式。

(2) 打开 PowerPoint 并新建一个空白的 PPT 文档。

(3) 选择菜单栏中的【视图】|【母版】|【幻灯片母版】命令,进入母版编辑状态,如图 10-15 所示。

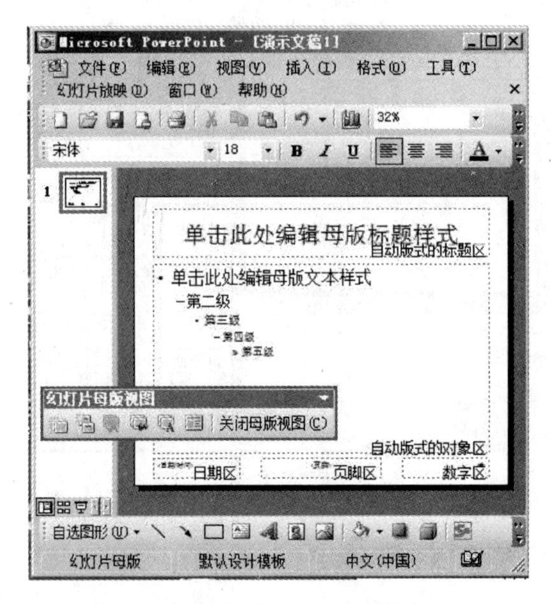

图 10-15 母版编辑窗口

(4) 单击绘图工具栏上的插入图片按钮,或者单击菜单栏上的【插入】|【图片】|【来自文件】命令,选中要作为模版的图片,单击【确定】按钮。并调整图片大小,使之与母版大小一致。

(5) 在图片上单击鼠标右键,在弹出的菜单上选择【叠放次序】|【置于底层】命令,使图片不能影响对母版排版的编辑,如图 10-16 所示。

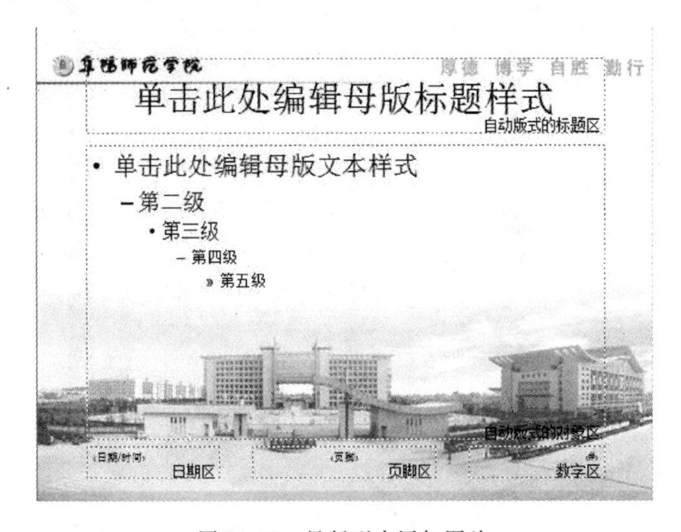

图 10-16 母版型中添加图片

(6) 编辑好后,接下来就是保存了。打开菜单栏中的【文件】|【保存】命令,打开【另存为】对话框,在【保存类型】列表框中选择【演示文稿设计模版】选项。

（7）此时程序将打开默认的文件保存位置，不用更改它，在【文件名】文本框中输入一个便于记忆的名字，单击【确定】按钮保存，如图 10-17 所示。

（8）关闭此 PPT 文档，再新建一个空白文档，就可以在【幻灯片设计】任务窗格中查看到刚刚做好的模板文档了如图 10-18 所示。

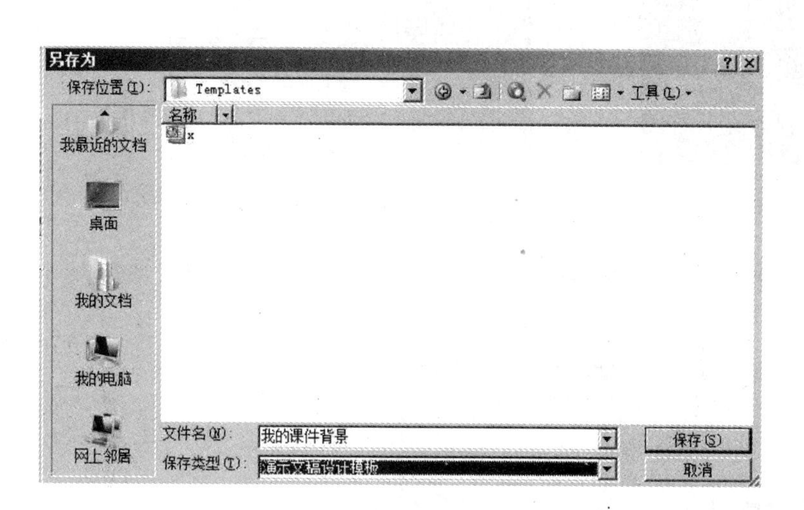

图 10-17 【另存为】对话框

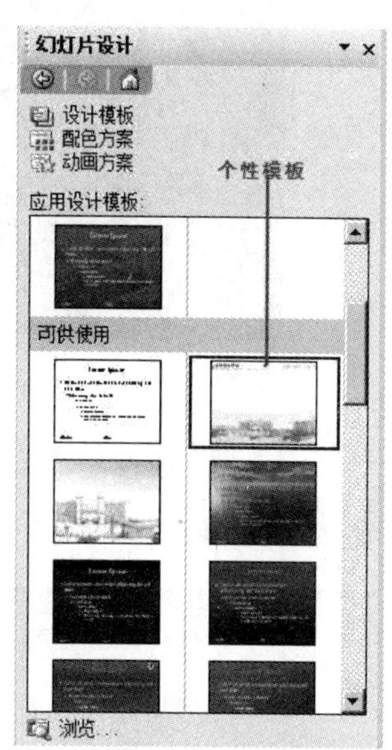

图 10-18 个性模板已存在于【幻灯片设计】任务窗格中

10.3.3 相向运动的篮球

效果：两只篮球相向运动接触之后弹开，如图 10-19 所示。

制作方法如下。

（1）准备一幅背景透明的、旋转的篮球 GIF 格式图片。可以从网络上下载，也可以自己用软件制作。

（2）打开 PowerPoint 软件并新建一个空白的 PPT 文档。然后，单击菜单栏中的【幻灯片放映】|【动画方案】命令，打开【幻灯片设计】对话框，单击【设计模板】命令，打开【应用设计模板】对话框，从中选择一款适合自己的模板，本例选择的是 Glass layers 模板。双击该模板，将其应用到幻灯片中。

（3）单击菜单栏中的【插入】|【图片】|【来自文件】命令，选中已准备好的篮球图片，单击【确定】按钮。将篮球图片调入到幻灯片中，调整好位置，并通过右键选择【复制】和【粘贴】命令，得到另一个篮球图片，调整好两球的位置，如图 10-19 所示。

（4）单击左侧的篮球，使其处于选中状态。选择菜单栏中的【幻灯片放映】|【自定义动画】命令，显示【自定义动画】任务窗格。在【自定义动画】命令窗格中单击【添加效果】按钮，在弹出的下拉对话框中选择【动作路径】|【向右】命令，如图 10-20 所示。在幻灯片上的效果如图 10-21 所示。

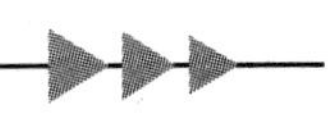

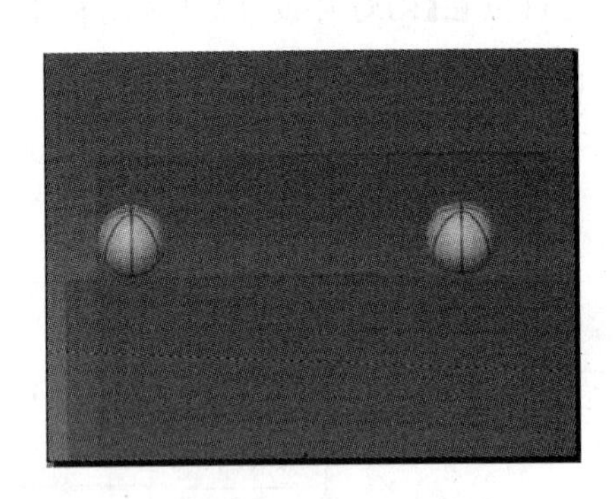

图 10-19　相向运动的篮球

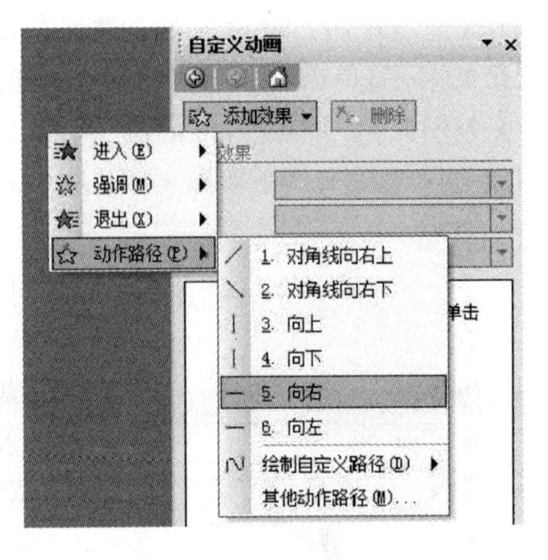

图 10-20　添加动作路径

(5) 单击效果选项框右侧的下三角按钮，在出现的下拉列表框中选择【效果选项】命令，如图 10-22 所示。

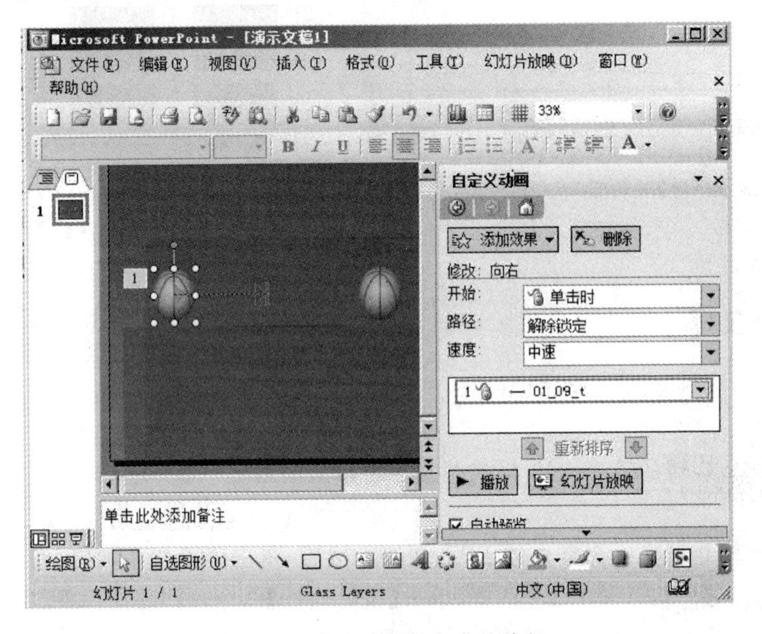

图 10-21　为左球添加向右的路径

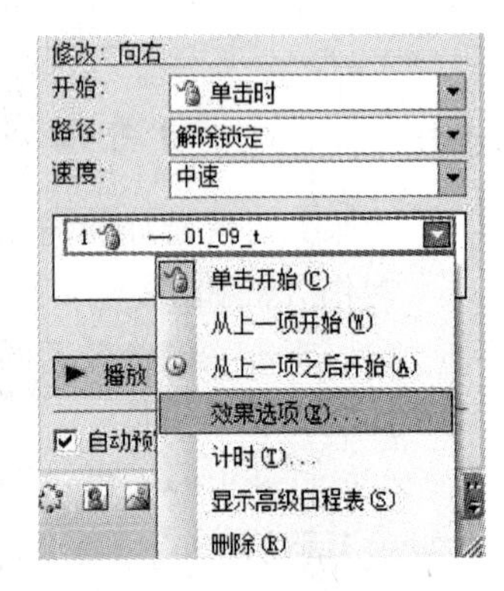

图 10-22　选择动画效果选项

(6) 此时打开了左侧篮球向右运动的设置框，在【效果】选项卡中将【平稳开始】、【平稳结束】和【自动翻转】三个复选框全部打钩，如图 10-23 所示。

(7) 再选择【计时】选项卡，将其中的【开始】选项设为【单击时】选项，【延迟】选项改为 0 秒，【重复】选项改为 4，如图 10-24 所示。至此，左侧篮球的动画设置就操作完了。

(8) 右侧篮球的设置基本相同，不同之处在于动作路径为【向左】选项，在【计时】选项卡中将【开始】选项设为【之前】选项，如图 10-25 所示。

(9) 至此，两侧篮球的动画均已设置完毕，如图 10-26 所示。预览效果，如不满意，可调整两球之间的距离，直到满意后再保存。

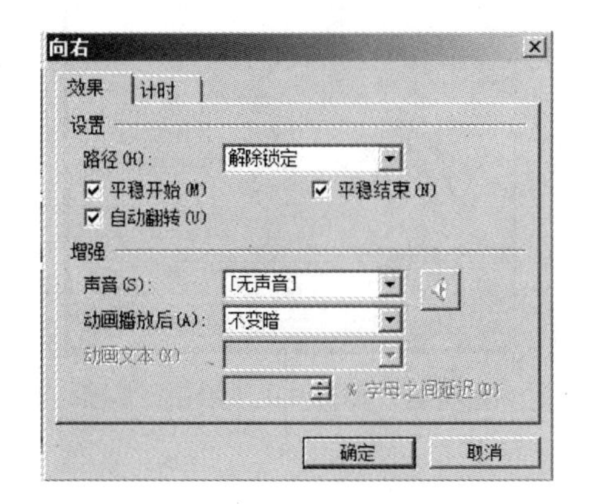

图 10-23　设置【向右】对话框——【效果】选项卡

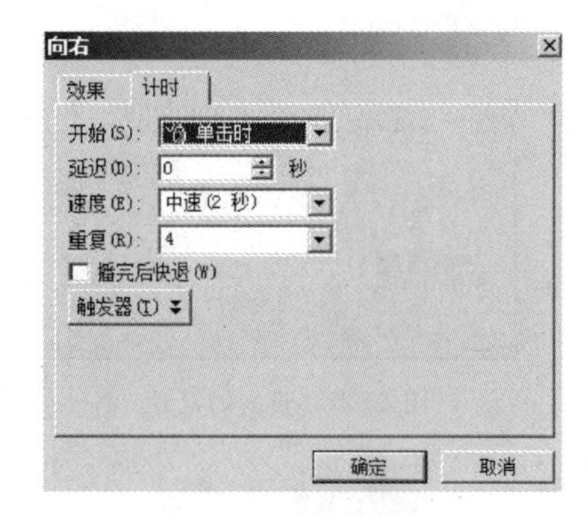

图 10-24　【计时】选项卡

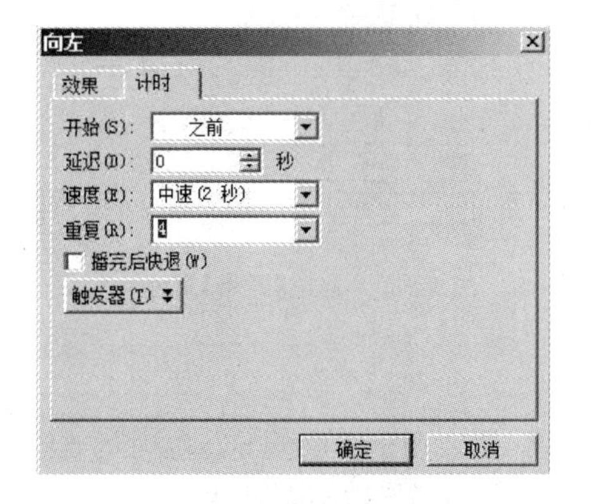

图 10-25　右侧篮球【计时】选项卡的设置

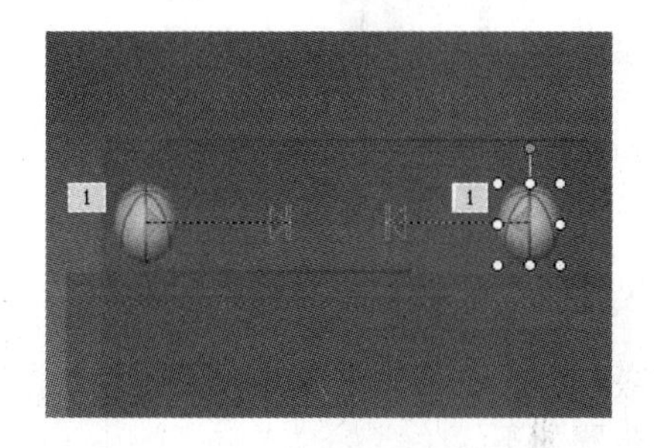

图 10-26　两球相向运动路径

10.3.4　上下滚动的字幕

效果：在制作的课件中，滚动的文字要比固定的文字更具吸引力，能够引导读者读完内容。本例就是将文字从幻灯片的底部缓慢地向上移动，逐渐出现然后逐渐消失。

制作步骤如下。

(1) 启动 PowerPoint 2003 软件，选中幻灯片，选择菜单栏中的【幻灯片放映】|【动画方案】命令，显示【幻灯片设计】任务窗格。在【幻灯片设计】命令窗格中单击【设计模板】选项，找到一个合适的模板应用。然后，在幻灯片中插入文本框，输入要显示的文字，并设置文本的字号、颜色、字体等属性，如图 10-27 所示。

(2) 在显示区域的上下方用绘图工具栏中的矩形按钮绘制两个颜色相近的矩形，这样文字的上下部分会被矩形遮住，如图 10-28 所示。

(3) 选中文本框，右键选择【自定义动画】选项，然后单击【添加效果】按钮，单击级联菜单按钮，打开下拉菜单，单击【进入】选项，找到【字幕式】命令，如图 10-29 所示。

(4) 由于字幕是在课件打开幻灯片就自动播放的，因此修改【自定义动画】对话框的【开始】列表框为【之前】选项，如图 10-30 所示。

(5) 预览并保存课件。

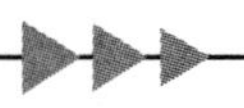

图 10-27 设置幻灯片

图 10-28 幻灯片上下绘制矩形框

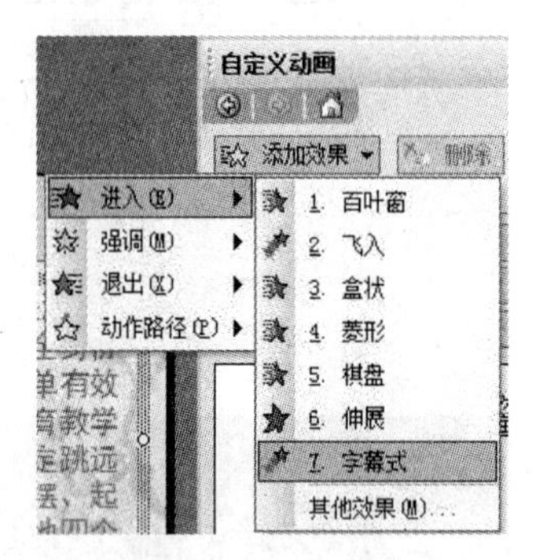

图 10-29 设置文本框

图 10-30 修改【开始】属性

10.3.5 滚动的欢迎标语

效果：这是一个在屏幕上可以左右滚动的字幕，主要用于上级领导莅临时的欢迎标语。制作步骤如下。

(1) 启动 PowerPoint 2003 软件，新建幻灯片并选择【空白】的自动版式。

(2) 设置背景。右键单击幻灯片的空白处，在弹出的对话框中选择【背景】选项，打开【背景】对话框，单击对话框中的下三角按钮，选择【填充效果】命令，如图 10-31 所示。

(3) 在【填充效果】对话框中，切换到【纹理】选项卡，从中选定自己满意的效果，如图 10-32 所示。

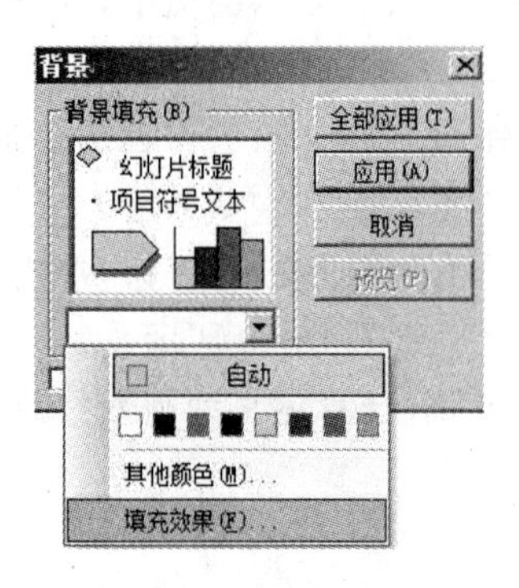

图 10-31 【背景】对话框

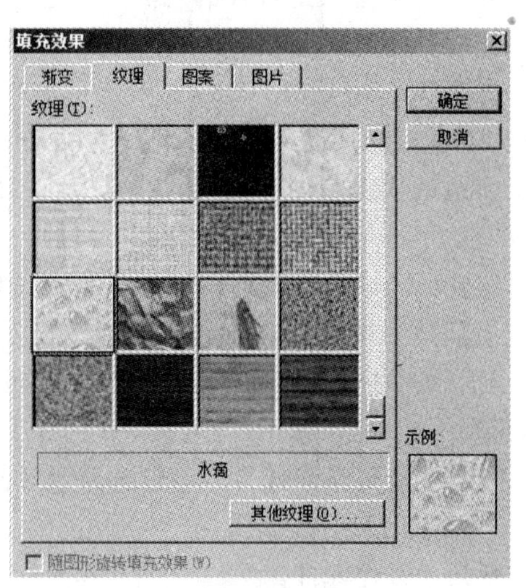

图 10-32 选定水滴填充效果

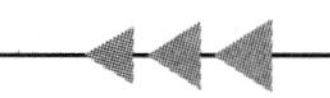

(4) 在幻灯片中插入文本框，输入文字，这里输入【热烈欢迎体育代表团莅临】字样，定好格式，如隶书、80 号、粗体、红色等。

(5) 为了实现滚动效果，应将文字对象拖到幻灯片的左边外侧，并使得最后一个字恰好拖出为宜，这样在演示效果时不至于耽误时间，如图 10-33 所示。

(6) 单击左侧的文本框，使其处于选中状态。选择菜单栏中的【幻灯片放映】|【自定义动画】命令，显示【自定义动画】任务窗格。在【自定义动画】命令窗格中单击【添加效果】按钮，在弹出的下拉对话框中选择【进入】|【缓慢进入】命令，并设置【开始】列表框为【单击时】选项，【方向】列表框为【自右侧】选项，【速度】列选框为【非常慢】选项，如图 10-34 所示。

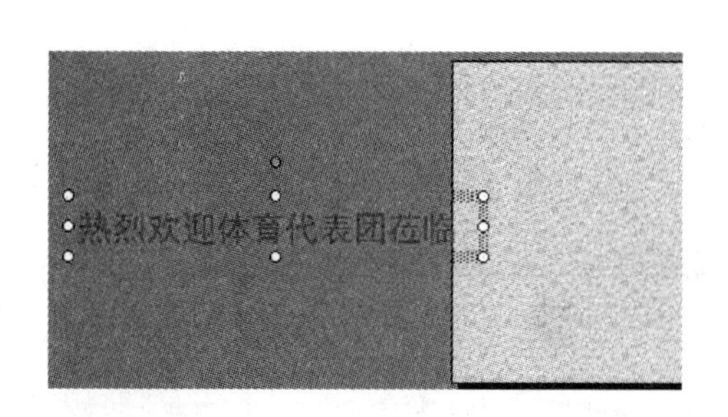

图 10-33　将文字拖出幻灯片外

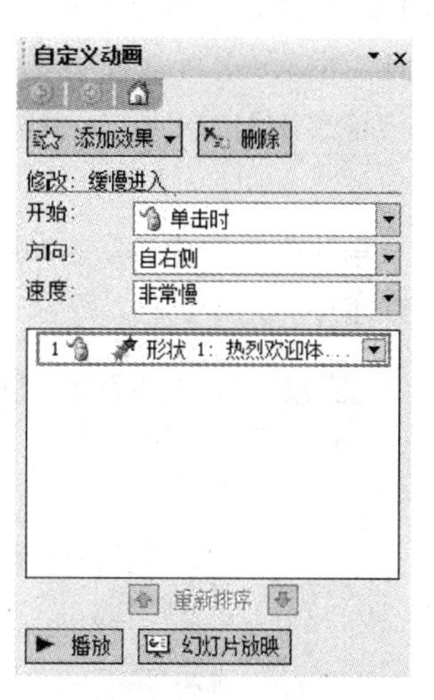

图 10-34　设置文本框动画

(7) 单击效果选项框右侧的下三角按钮，在出现的下拉列表框中选择【计时】选项，如图 10-35 所示。

(8) 打开【缓慢进入】对话框中的【计时】选项卡，将【重复】列选框设置为【直到下一次单击】选项，如图 10-36 所示。

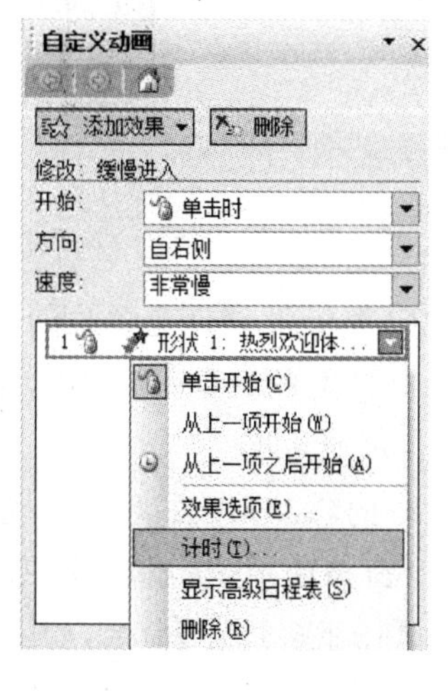

图 10-35　选择【计时】选项

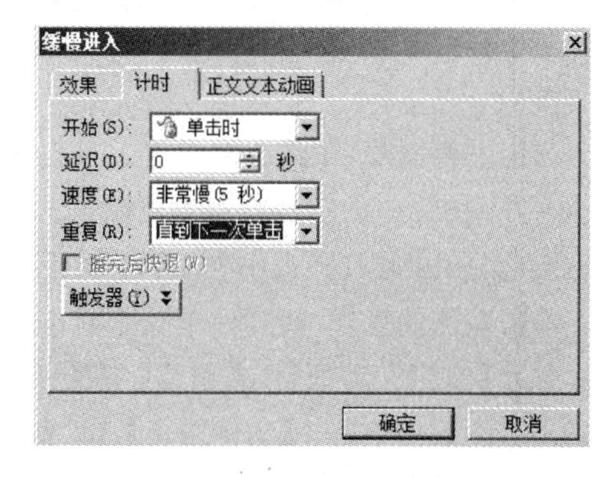

图 10-36　【计时】选项卡

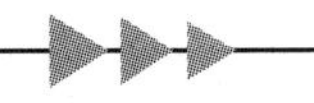

(9) 预览并保存。

10.3.6 篮球投篮运行轨迹

效果：篮球出手后投向篮筐的运行轨迹。

制作步骤如下。

(1) 制作前先准备一幅篮球架图和一幅篮球图片。

(2) 启动 PowerPoint 2003 软件，新建幻灯片并选择【空白】的自动版式。

(3) 设置背景。右键单击幻灯片的空白处，在弹出的对话框中选择【背景】选项，打开【背景】对话框，单击对话框中的下三角按钮，选择【填充效果】选项。在【填充效果】对话框中，切换到【纹理】选项卡，从中选定一个自己喜爱的纹理图案并应用该图案，背景色就调整好了。

(4) 单击菜单栏中的【插入】|【图片】|【来自文件】命令，将准备好的图片导入进来并放置到幻灯片中，如图 10-37 所示。

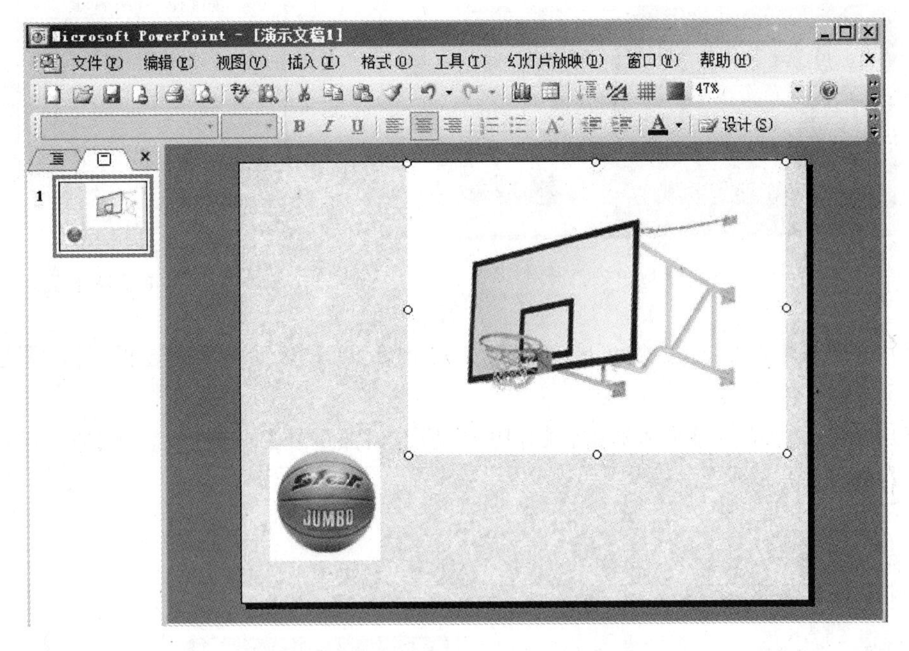

图 10-37　在幻灯片中插入两张图片

(5) 选中一幅图片，在弹出的图片工具栏中选择设置透明色按钮，在图片的白色背景上单击一下，图片中的白色背景就删除了。再选择图片工具栏上的裁剪按钮，将图片的大小裁剪合适，并调整其大小和位置，如图 10-38 所示。

(6) 单击左侧的篮球，使其处于选中状态。选择菜单栏中的【幻灯片放映】|【自定义动画】命令，显示【自定义动画】任务窗格。在【自定义动画】命令窗格中单击【添加效果】按钮，在弹出的下拉对话框中选择【动作路径】|【绘制自定义路径】|【任意多边形】命令，如图 10-39 所示。

图 10-38　设置图片

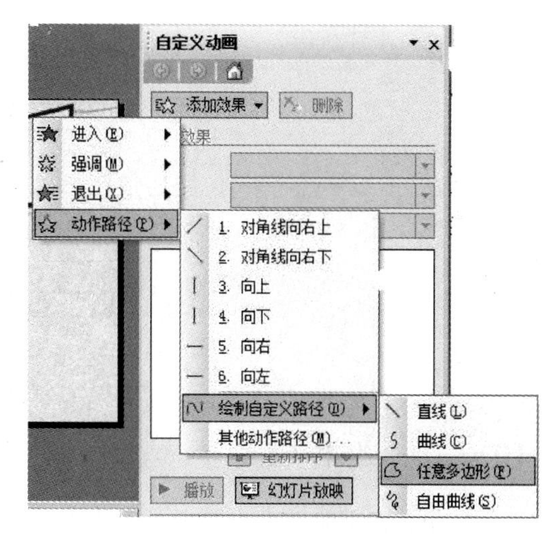

图 10-39　【自定义动画】对话框

(7) 在幻灯片的窗口中画出一条轨迹线,为篮球图片添加一个任意多边形的动画特效,并将【自定义动画】面板中与该动画有关的【开始】列表框修改为【之前】选项,【速度】列表框修改为【非常慢】选项,如图 10-40 所示。也可以在篮球落地的地方再加一点曲线,使球产生落地后的反弹跳效果。

图 10-40　绘制轨迹

(8) 为篮球图片添加效果的步骤是:先选中篮球图片,单击【添加效果】按钮,选择【进入】|【其他效果】|【温和型】|【回旋】命令,并将【自定义动画】面板中与该动画有关的【开始】参数修改为【之前】,速度参数修改为【非常慢】,如图 10-41 所示。

(9) 预览并保存。

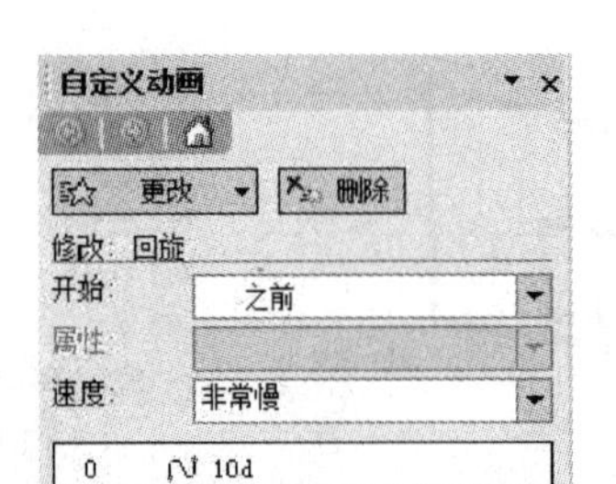

图 10-41 设置篮球图片为“回旋”

10.3.7 旋转的文字

效果：文字旋转动画特效适合制作课件片头。艺术字不停地顺时针旋转，十六角星不停地逆时针旋转。

制作步骤如下。

(1) 启动 PowerPoint 2003 软件，新建幻灯片并选择为【空白】的自动版式。

(2) 设置背景。右键单击幻灯片的空白处，在弹出的对话框中选择【背景】选项，打开【背景】对话框，单击对话框中的下三角按钮，选择【填充效果】命令。在弹出的【填充效果】对话框中，切换到【纹理】选项卡，从中选定一个自己喜爱的纹理图案应用，背景色就调整好了。

(3) 设计环绕文字。单击菜单栏中的【插入】|【图片】|【艺术字】命令，选中第一行的第三种艺术字样式，单击【确定】按钮。然后在弹出的【编辑艺术字文字】对话框中输入课件的标题(如“响应阳光体育号召每天锻炼 1 小时”)，接着选择自己喜欢的字体，单击【确定】按钮，完成艺术字的插入工作，如图 10-42 所示。

图 10-42 插入艺术字

(4) 右击幻灯片中的艺术字，选择【显示艺术字工具栏】命令，单击艺术字形状按钮，选择【细环形】选项，如图 10-43 所示。这时幻灯片中的艺术字就围成一个圆了。

(5) 再次右击幻灯片中的艺术字，选择【设置艺术字格式】命令，切换到【颜色和线条】选项卡，设置艺术字的颜色。最后，调整好艺术字的大小和位置，使之整齐美观，如图 10-44 所示。

图 10-43　艺术字工具栏

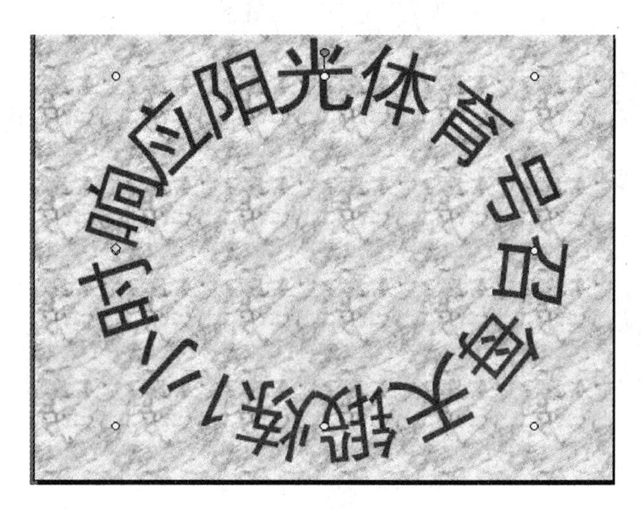

图 10-44　调整艺术字的大小和位置

(6) 单击【绘图】工具栏的【自选图形】选项右边的下三角按钮，选择【星与旗帜】|【十六角星】，在幻灯片的正中央插入一个十六角星。右击幻灯片中的十六角星，选择【设置自选图形格式】命令，切换到【颜色与线条】选项卡，设置填充色和线条的颜色。最后调整幻灯片中艺术字和十六角星之间的位置关系，使之看起来更协调、更美观，如图 10-45 所示。

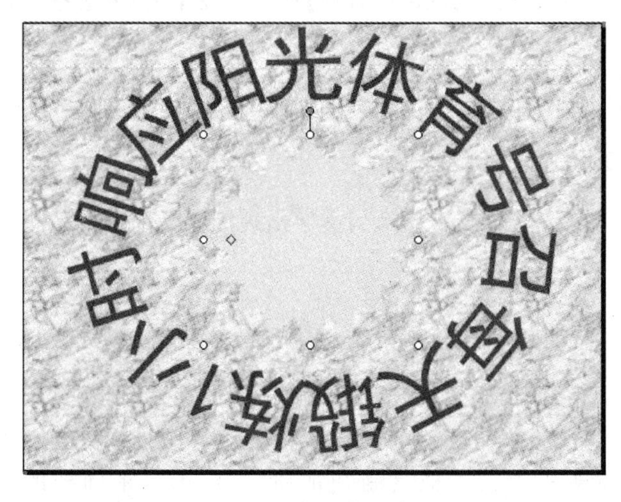

图 10-45　插入十六角星

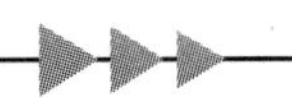

(7) 添加旋转动画特效。先选中幻灯片中的艺术字,然后单击菜单【幻灯片放映】|【自定义动画】命令,显示【自定义动画】任务窗格。在【自定义动画】命令窗格中单击【添加效果】按钮。在弹出的下拉对话框中选择【强调】|【陀螺旋】命令,为艺术字添加一个陀螺旋动画特效。最后将【自定义动画】面板中的【开始】列表框设为【之前】选项,【数量】列表框设为【360°顺时针】选项,【速度】列表框设为【非常慢】选项,如图 10-46 所示。

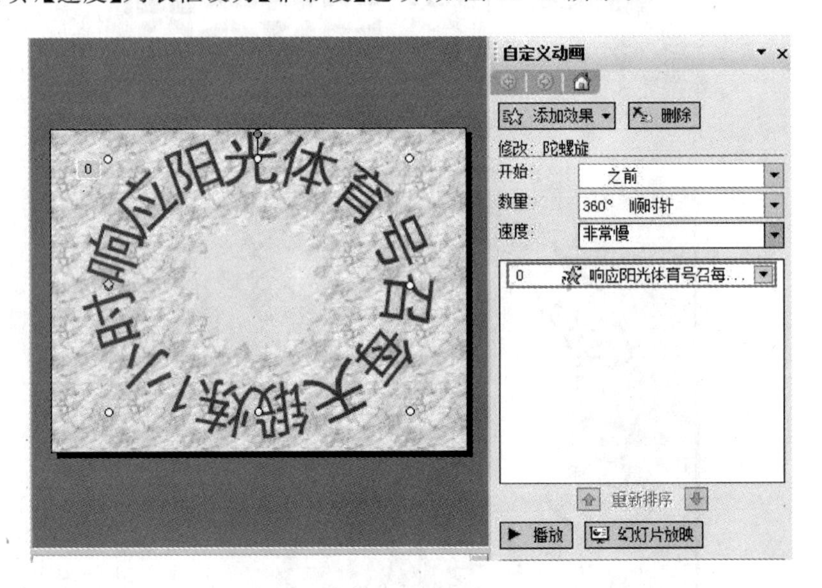

图 10-46 为艺术字添加动画效果

(8) 单击“响应阳光体育号召”动画效果框右侧的下三角按钮,选择【效果选项】命令,并弹出对话框,切换到【效果】选项卡,勾选【平稳开始】、【平稳结束】和【自动翻转】这三个复选框。再切换到【计时】选项卡,单击【重复】列表框右边的下三角按钮,选择【直到幻灯片末尾】选项,最后,单击【确定】按钮退出。

(9) 按照前面的方法,给幻灯片中的十六角星也添加一个陀螺旋动画特效。不过稍有不同的是在【数量】列表框设置为【360°逆时针】选项,在【重复】列表框中选择【直到下一次单击】选项。

(10) 预览并保存。

10.3.8 使文字具有冲击效果

效果:打开幻灯片后,需要突出显示的文字出现放大后缩小的效果,给人以视觉上的冲击,起到强调作用。

制作步骤如下。

(1) 启动 PowerPoint 2003 软件,新建一幻灯片。

(2) 从【幻灯片设计】窗格中选择一个明亮的版式并应用该模版。

(3) 单击【绘图】工具栏上的文本框工具,在幻灯片中插入文本框,输入文字“体育学院”,字号要大些。将第一个文本框复制并粘贴,获得第二个同样的文本框,如图 10-47 所示。

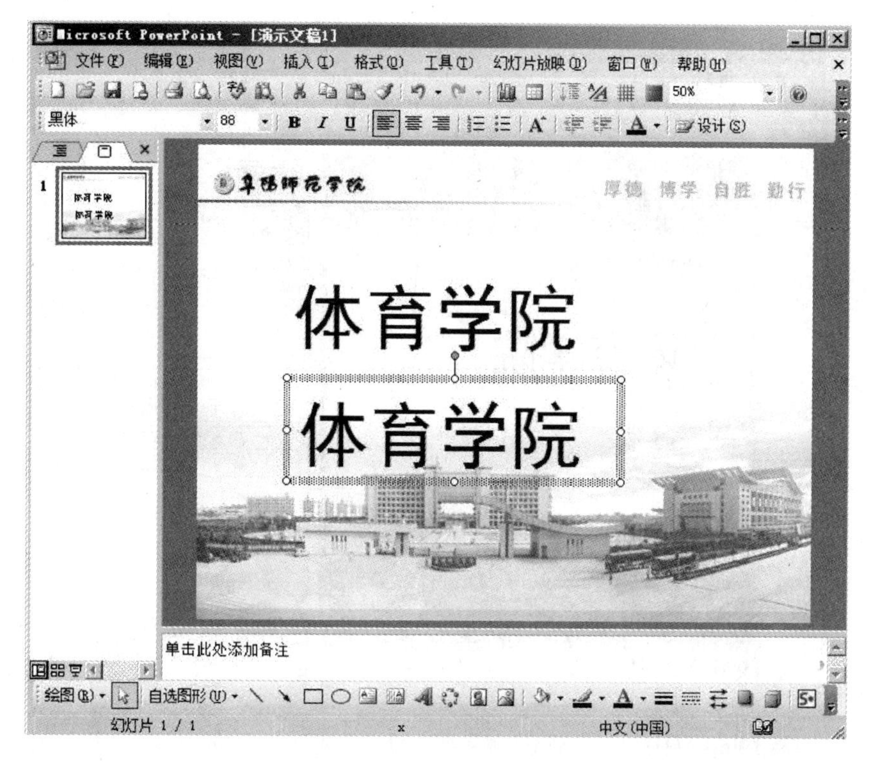

图 10-47　复制文本框

（4）动画设置。

① 单击第一个文本框，右键选择【自定义动画】命令，出现【添加效果】窗格，单击【添加效果】按钮，选择【进入】|【其他效果】|【温和型】中的【缩放】命令。然后，右击【动画效果】选项，在【计时】选项卡中把【速度】选项框中的内容全部选中，【时间】改为 0.2 秒。

② 单击第二个文本框，右击选择【自定义动画】命令，出现【添加效果】窗格，单击【添加效果】按钮，选择【进入】|【其他效果】|【基本型】中的【出现】命令，单击【确定】按钮。再次单击【添加效果】按钮，并选择【强调】|【放大/缩小】命令，修改这个动作效果选项【时间】为 0.2 秒，尺寸为 400%。

③ 继续单击【添加效果】按钮，并选择【退出】|【其他效果】|【细微型】|【渐变】命令，修改这个动作效果选项【时间】为 0.2 秒。

④ 修改动作开始时间：第 1 个元素设置成【单击时】选项第 2、3、4 元素都设置成【之后】选项。

⑤ 移动文本框，使两个文本框重叠，最后效果设置如图 10-48 所示。如图 10-49 所示是动画播放过程中的一个片段。

（5）预览并保存动画。

对图片的操作与以上步骤相同，可以对第二个动作配爆炸音效，使其更具震撼效果。

10.3.9　拉动式片头制作

效果：此例为课件的开场动画。课件开始时，将一幅幅形状各异的图片从右往左拉，直

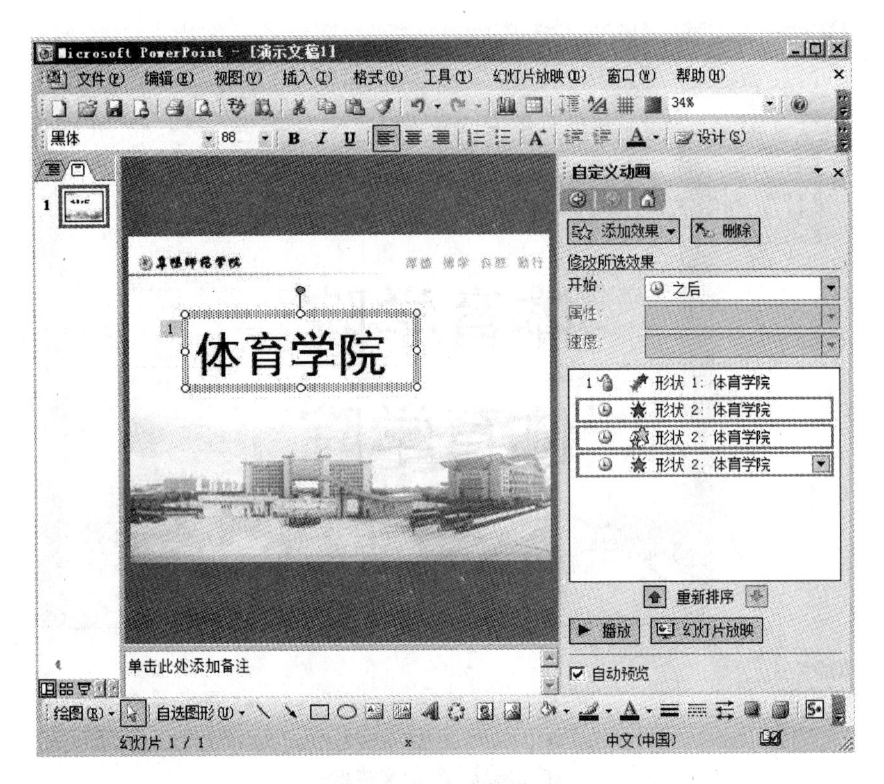

图 10-48 文本框设置

图 10-49 动画播放过程中

接在舞台上展示出来,最后引出课件的主题。以“欢迎走进体操世界”主题为例,说明其制作方法如下。

(1) 准备一幅背景图片和三幅用于制作拉动式片头的体操动作图片。

(2) 启动 PowerPoint 2003 软件,单击菜单栏中的【插入】|【图片】|【来自文件】命令,将准备好的背景图片导入幻灯片。调整图片大小,使其与幻灯片的大小一致,作为该幻灯片的背景,如图 10-50 所示。

(3) 制作拉动式图片特效。在 PowerPoint 里插入图片后,都是四四方方的,感觉很生硬,其实可以将图片制成任意形状,如椭圆形、菱形、多边形等。以椭圆形为例,先选用【绘图】工具栏上的【椭圆工具】在幻灯片工作区画圆,画好后,对大小进行调节。然后,右击椭

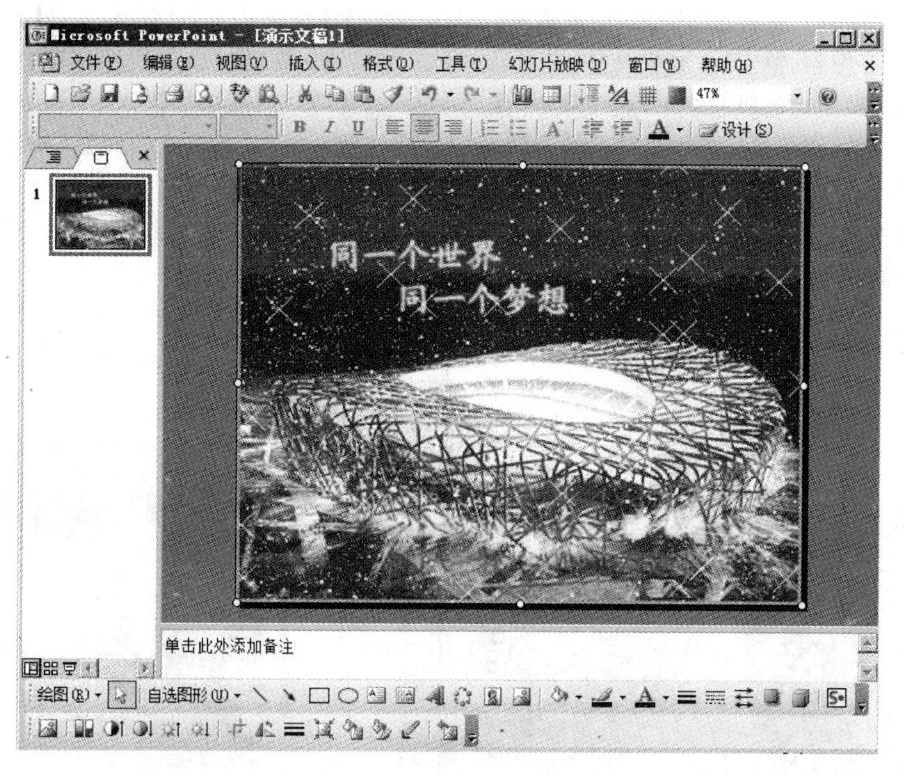

图 10-50　添加背景图片

圆，选择【设置自选图形格式】选项。在打开的对话框中的【颜色和线条】选项卡里单击【填充】选项栏里的【颜色】选项后边的下三角按钮，选择【填充效果】选项，如图 10-51 所示。

(4) 在打开的【填充效果】对话框里进入【图片】选项卡，单击【选择图片】按钮，即可将准备好的第一幅体操动作图片导入到椭圆中，如图 10-52 所示。单击【确定】按钮，第一幅体操动作图片就变为椭圆形状了，如图 10-53 所示。

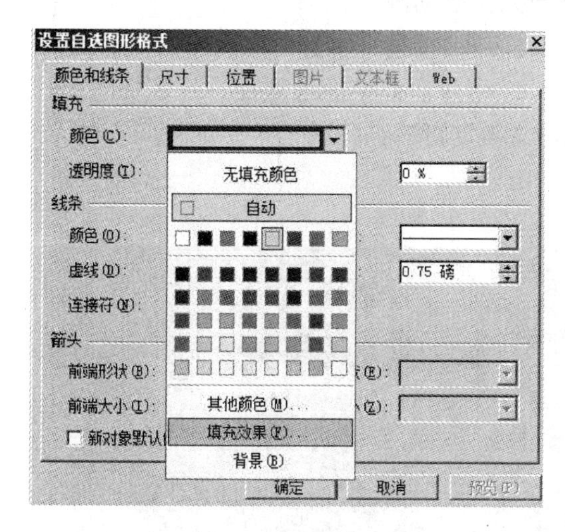

图 10-51　设置自选图形格式

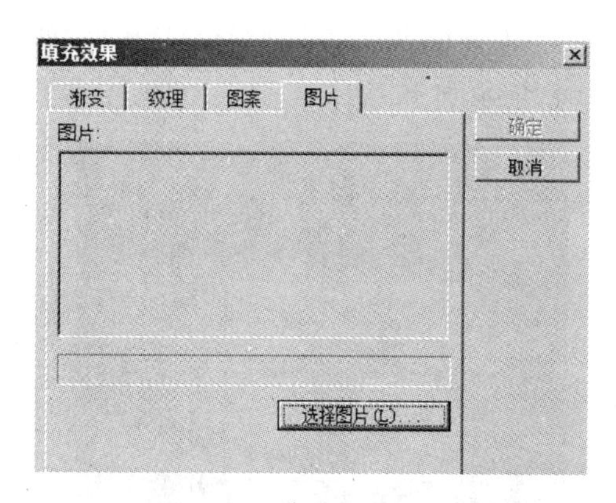

图 10-52　导入图片对话框

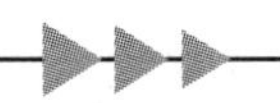

(5) 选中上述插入的图片,单击菜单【幻灯片放映】|【自定义动画】命令,展开【自定义动画片】任务窗格,单击【添加效果】按钮右侧的下三角按钮。在随后出现的下拉列表中,展开【进入】选项下面的级联菜单,选中其中的【其他效果】选项,打开【添加进入效果】对话框,再选中其中的【缓慢进入】选项,然后单击【确定】按钮返回。单击【自定义动画】任务窗格中的【方向】列表框右侧的下三角按钮,在随后出现的下拉列表中,选择【自右侧】选项;再单击【速度】列表框右侧的下三角按钮,在随后出现的下拉列表中,选择【非常慢】选项。将图片定位到左侧。

(6) 单击【绘图】工具栏中的【自选图形】按钮,打开【基本形状】列表框,从中选择一种形状(这里选择的是菱形),重复第(3)、第(4)步的操作,将第2幅体操动作图插入到幻灯片中,如图10-54所示。

图10-53 插入椭圆形图片

图10-54 插入第2幅体操动作图

(7) 第2幅图的设置同步骤(5),并在任务窗格中双击第2张图片的动画设置选项,打开【缓慢进入】对话框,进入【计时】选项卡并单击【开始】列表框,选择【之后】选项,并将【延迟】列表框设置为0。

(8) 同理设置好第3幅体操动作图片,如图10-55所示。

至此,拉动式片头制作完成。下面接着制作导入主题动画。

(9) 设计主题文字。单击菜单栏中的【插入】|【图片】|【艺术字】命令,选中第3行、第5列艺术字样式,单击【确定】按钮后在【编辑艺术字文字】对话框中输入课件的标题(如"欢迎走进体操世界")。接着选择自己喜欢的字体,单击【确定】按钮,完成艺术字的插入工作,如图10-56所示。

图10-55 插入第3幅体操动作图片

图10-56 插入艺术字

(10) 仿照上面第(5)步的操作,为艺术字文本框设置一个【自底部】、【非常慢】的【缓慢进入】动画效果。并将文本框移至工作区中央。课件的主题就显示出来了。

(11) 最后,让刚才拉动式出现的三幅图片一起出现在幻灯片的下方,起到烘托效果。用上述插入图片的方法把三幅体操动作图片依次导入到幻灯片中并排列整齐。按住 Shift 键,依次单击三幅图片,使其全部选中,右键单击图片选择【组合】|【组合】命令,把三张图片组合在一起,如图 10-57 所示。

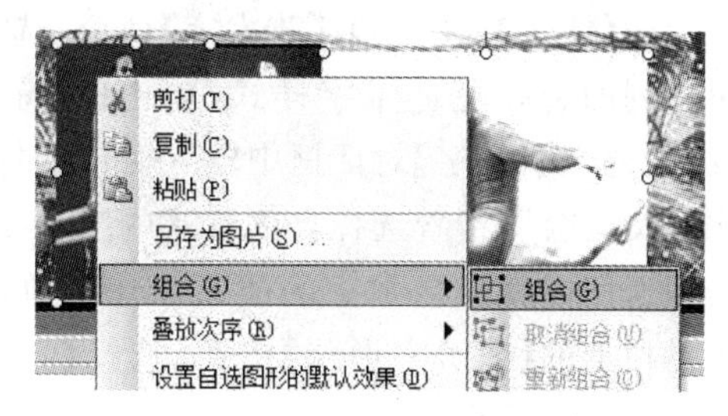

图 10-57　组合图片

(12) 仿照上面的操作,同样为组合后的图片设置【自底部】、【非常慢】的【缓慢进入】动画效果,设置【开始】栏为【之后】选项。然后将该图片定位在主题的下方位置。

(13) 预览并保存动画。

10.3.10　滚动的五环

效果:本例主要是制作环环相扣的五环在幻灯片中滚动的效果。

制作步骤如下:

(1) 启动 PowerPoint 2003 软件,新建幻灯片,在幻灯片版式中选择【只有标题】版式,也就是幻灯片中只有一个标题框。

(2) 设置幻灯片背景:将背景设置为从标题辐射的蓝底白光效果。右键单击幻灯片空白处,选择【背景】选项,在弹出的【背景】对话框中单击【背景填充】选项下方的下三角按钮,选择【填充效果】选项,如图 10-58 所示。

(3) 单击【填充效果】命令后,在弹出的【填充效果】对话框中,选中【双色】选项前面的复选按钮。在其后的【颜色 1】选项下面选择白色,在【颜色 2】选项下面选择蓝色。然后在【底纹式样】选项区中选中【从标题】前面的复选按钮,如图 10-59 所示。

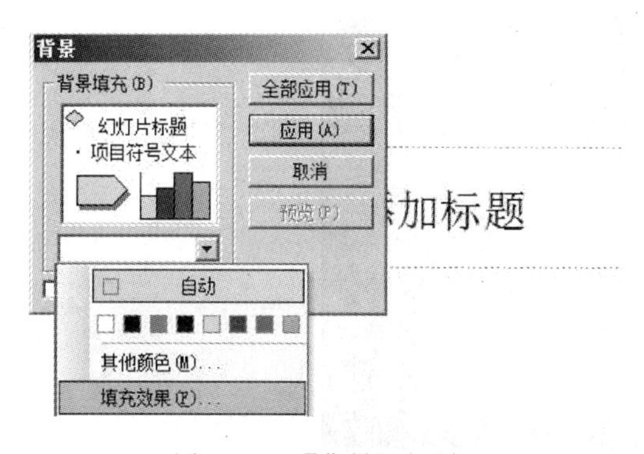

图 10-58　【背景】对话框

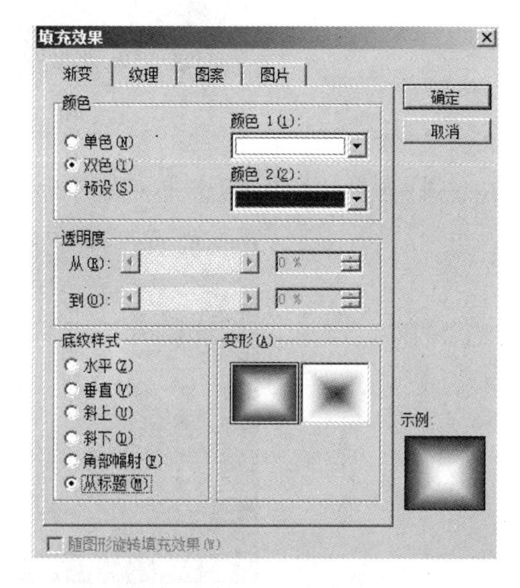

图 10-59　【填充效果】对话框

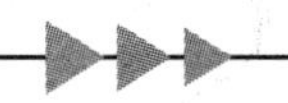

(4) 单击【确定】按钮后，将设置好的双色背景应用到幻灯片中，再将幻灯片中的标题移动到幻灯片中下部，适当调整标题大小，使白色光芒呈现较佳效果，如图10-60所示。

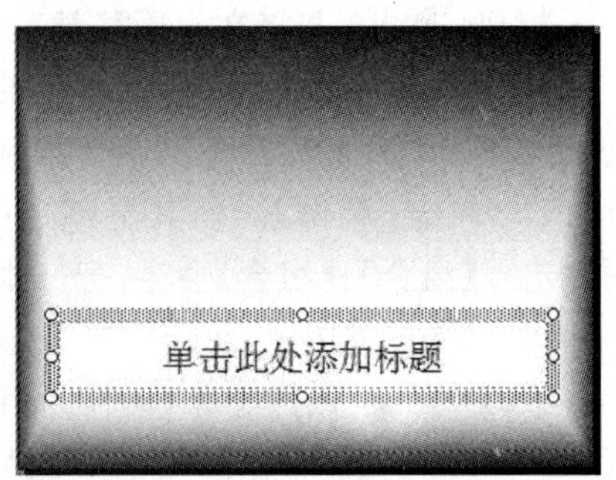

图10-60　设置背景

(5) 设计主题：以白色光芒处为中点，单击菜单栏中的【插入】|【图片】|【艺术字】命令，选中第三行的第一列的金黄色艺术字样式，单击【确定】按钮后在【编辑艺术字文字】对话框中输入课件的标题"无与伦比的奥运会"，接着选择自己喜欢的字体，单击【确定】按钮返回即完成艺术字的插入工作。单击【艺术字】工具栏上的【艺术字形状】按钮，选择【正三角】选项，如图10-61所示。

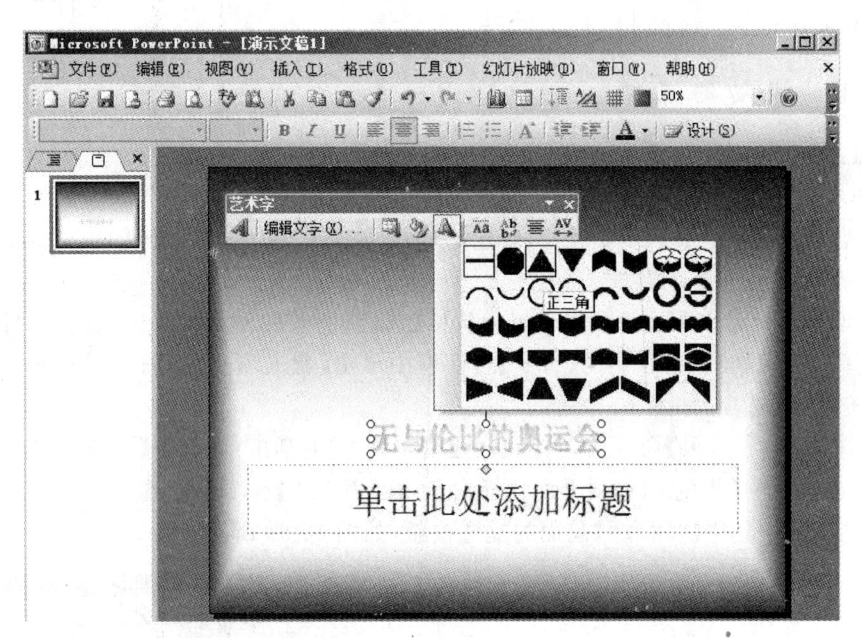

图10-61　设计艺术字

(6) 调整好艺术字的形状，如图10-62所示。

图10-62　调整艺术字

(7) 在幻灯片的上、下位置分别单击菜单栏中的【插入】|【图片】|【来自文件】命令，选中5个福娃插入到幻灯片中，并调整上方为三个福娃、下方为两个福娃。此时插入的图片为白色底板，覆盖了幻灯片背景，选择【图片】工具栏中的设置透明色按钮，在图片上单击一下，白色底板马上消失，如图 10-63 所示。

图 10-63 插入图片去除背景

(8) 制作五环：单击【绘图】工具栏上的椭圆按钮，按住 Shift 键，画出一个适当大小的正圆，然后在右键快捷菜单中选择【设置自选图形格式】选项，将其填充色设为【无】，线条设置为 10 磅蓝色实线，一个圆环就完成了。接着复制另外 4 个圆环，将它们分别设置为黄色、黑色、绿色、红色。把这 5 个圆环按照蓝、黄、黑、绿、红的顺序组合，并在适当的部分交叉在一起，这就完成了五环的制作，如图 10-64 所示。

图 10-64 绘制五环

(9) 如上述步骤制作的五环不是套上去的，只是简单的连在一起而已，没有立体感。可以用图片遮盖来解决这一问题。

① 选中蓝色圆环，右击圆环，选择【复制】选项，在主菜单栏中选择【编辑】|【选择性粘

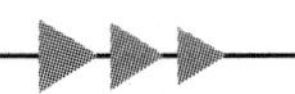

贴】命令,在弹出的【选择性粘贴】对话框中选择【图片(增强型图元文件)】命令,单击【确定】按钮得到一个圆环,如图 10-65 所示。

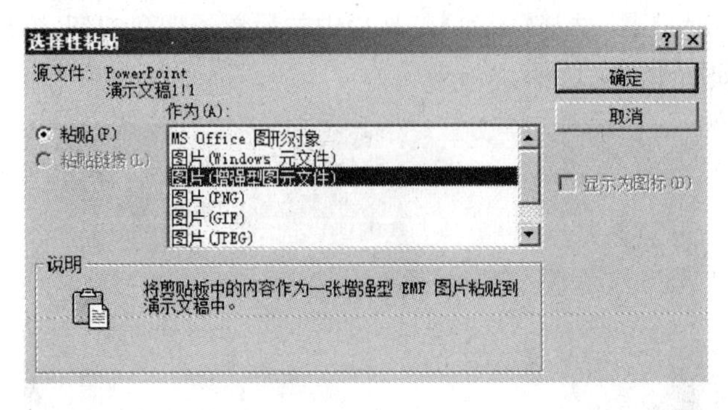

图 10-65 【选择性粘贴】对话框

② 将所得圆环图片移动,覆盖在蓝色圆环上,如果没有完全覆盖蓝色圆环,可以用键盘上的方向键仔细调整,以保证遮盖的准确性。

③ 单击【图片】工具栏上的裁剪按钮,将蓝色圆环图片从下部进行裁剪,使蓝、黄两个圆环交叉部分呈现上部蓝圆环压盖黄圆环,下部黄圆环压盖蓝圆环,即出现蓝、黄圆环相套的效果,如图 10-66 所示。

④ 重复以上步骤,将其他几个圆环用同样的办法嵌套起来,即完成五环相套,如图 10-67 所示。

图 10-66 制作圆环相套

图 10-67 相套的五环

(10) 制作五环滚动。

① 用鼠标左键从五环的左上角开始向右下角拖拉出一个选中框,将五环全部包围,然后右键单击五环,选择【组合】|【组合】命令,使五环组合在一起。这是关键的一步,组合后,可以拖动一下试试,如果没有全部组合,重复一次组合操作。

② 拖动五环到幻灯片左侧,并使其处于选中状态。选择菜单栏中的【幻灯片放映】|【自定义动画】命令,显示【自定义动画】任务窗格。在【自定义动画】命令窗格中单击【添加效果】按钮,在弹出的下拉对话框中选择【进入】|【缓慢进入】命令,并设置【开始】选项框为【单击时】选项,【方向】选项框为【自右侧】,【速度】选项框为【非常慢】选项。然后,右击【动画效果选项】对话框,在【计时】选项卡中把【重复】选项框设为【直到幻灯片末尾】选项。五环滚动就制成了,如图 10-68 所示。

(11) 至此,幻灯片已基本完成。最后为了使版面显得整齐美观,在"无与伦比的奥运会"字样的正上方加一条 6 磅红色单实线。整个幻灯片就制作结束,如图 10-69 所示。

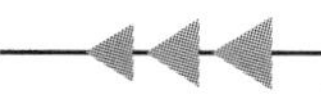

图 10-68　将五环拖到左侧添加动画

图 10-69　滚动中的五环

10.3.11　遮罩文字

效果：幻灯片中的文字像被东西遮罩住一样发生位移变化。

制作遮罩文字的方法如下。

(1) 启动 PowerPoint 2003 软件，新建幻灯片，在幻灯片版式中选择【只有标题】版式，也就是幻灯片中只有一个标题框。

(2) 设置幻灯片背景：右键单击幻灯片空白处，选择【背景】选项，在弹出的【背景填充】对话框中选择一种颜色，如浅蓝色，单击应用到幻灯片中。在标题框中输入【田径竞赛规则简介】字样，字体为黑体、加粗，字号为 60，如图 10-70 所示。

图 10-70　设置幻灯片背景并输入文字

(3) 如果设置字体颜色与背景色一致，则文字就融入到幻灯片中，看不见了。

(4) 设置遮罩圆：在【绘图】工具栏中选取【椭圆】按钮，在幻灯片中画一个圆。右击椭圆选择【设置自选图形格式】命令，在弹出的【设置自选图形格式】对话框中，在【颜色与线条设置】选项卡中，设置与字体颜色不同的填充颜色，如红色，线条颜色为【无线条颜色】选项，

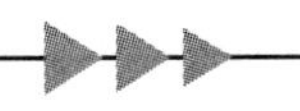

并调节圆的位置使它靠近文本的左边,调节圆的直径比文字大些,如图 10-71 所示。

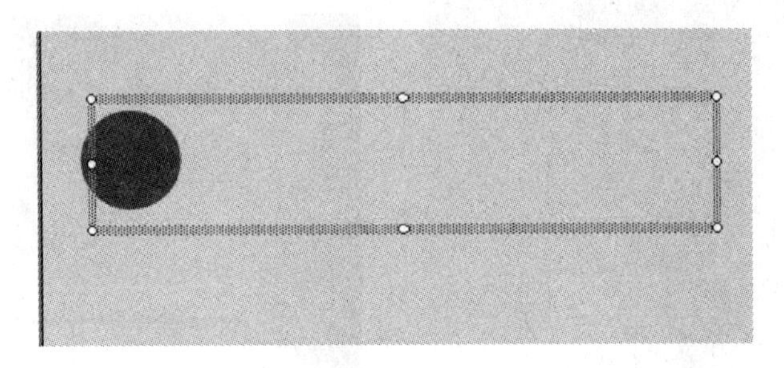

图 10-71 绘制遮罩圆

(5) 设置圆的动画及个数:单击椭圆,使其处于选中状态。选择菜单栏中的【幻灯片放映】|【自定义动画】命令,显示【自定义动画】任务窗格。在【自定义动画】命令窗格中单击【添加效果】按钮,在弹出的下拉列表框中选择【进入】|【其他效果】|【闪烁一次】命令,并设置【开始】选项框为【单击时】选项,【速度】选项框为【非常快】选项。然后,右击下方的动画效果选项框,选中【计时】命令并在【计时】选项卡中把【延迟】选项框设为 0。切换到【效果】选项卡,在【动画播放后】选项框中选择【播放动画后隐藏】选项,如图 10-72 所示。

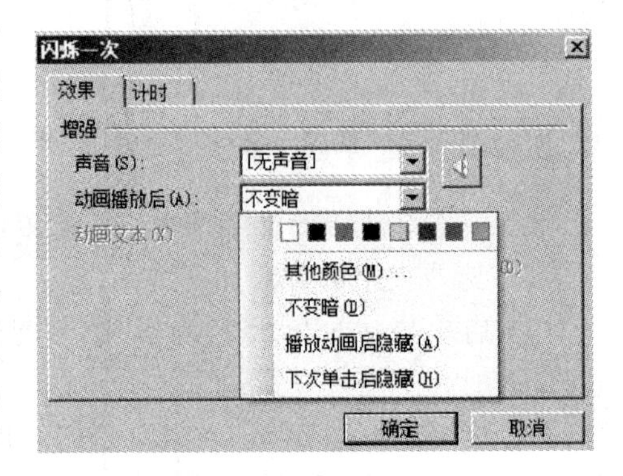

图 10-72 设置圆动画

(6) 右击第一个椭圆,选择【复制】命令,并在幻灯片中粘贴出第二个椭圆。根据文本的长短而决定所复制的圆的个数,圆的个数要覆盖所有文本,间隔最好紧密些,从第二个圆起,将动画设置中的【开始】选项框设为【之后】选项,如图 10-73 所示。

(7) 选定文本框,右键单击文本框选择【叠放次序】|【置于顶层】命令,如图 10-74 所示。

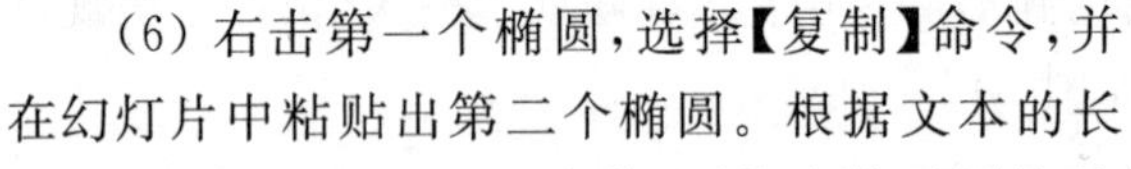

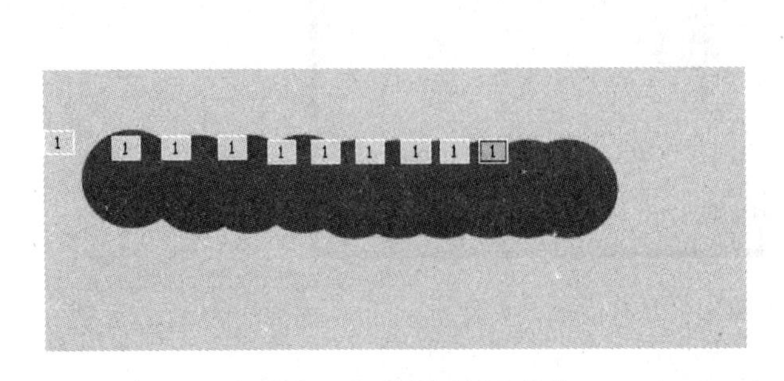

图 10-73 复制椭圆覆盖文本

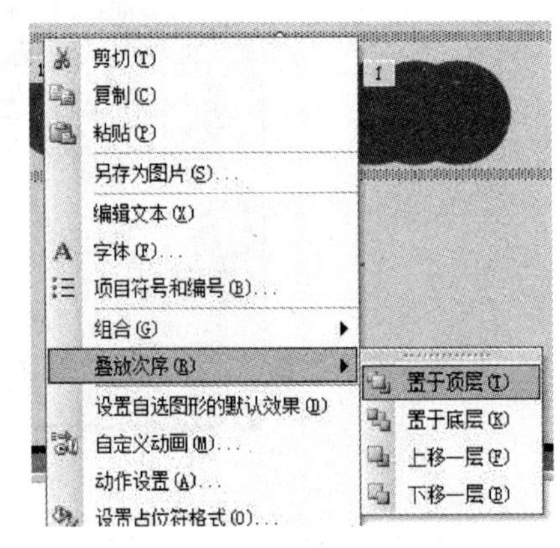

图 10-74 设置文本

(8) 遮罩文字就制成了,如图 10-75 所示。

(9) 产生如图 10-76 所示的效果就可以保存文件了。

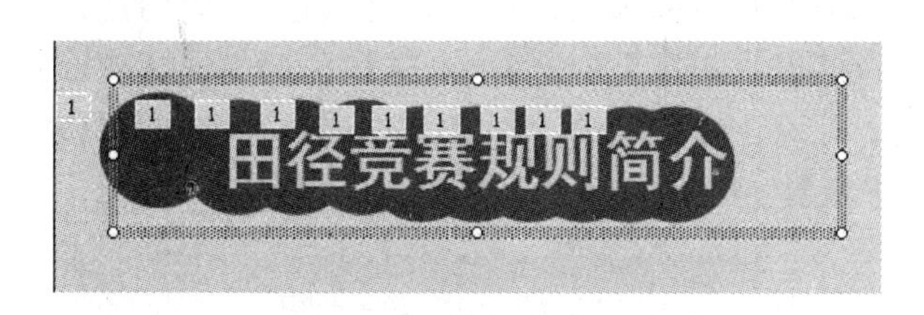

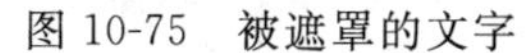
图 10-75　被遮罩的文字

图 10-76　遮罩文字播放片断

10.3.12　画轴展开导入课件

效果：用此例说明《篮球欣赏》教学的一个课件。打开幻灯片，首先出现背景图片和标题，按任意键后，屏幕中间出现两根画轴，缓缓向两边打开，随着画轴的展开，出现一幅篮球场地图。

制作过程如下。

(1) 启动 PowerPoint 2003 软件，新建幻灯片作为标题幻灯片。为标题幻灯片插入艺术字，步骤为单击菜单栏中的【插入】|【图片】|【艺术字】命令，插入一个内容为【篮球欣赏】的艺术字，调整好艺术字的大小。选择菜单栏中的【幻灯片放映】|【自定义动画】命令，显示【自定义动画】任务窗格。在【自定义动画】命令窗格中单击【添加效果】按钮，在弹出的下拉列表框中选择【进入】|【缩放】命令，并设置【开始】选项框为【之前】选项，【速度】选项框为【快速】选项，如图 10-77 所示。

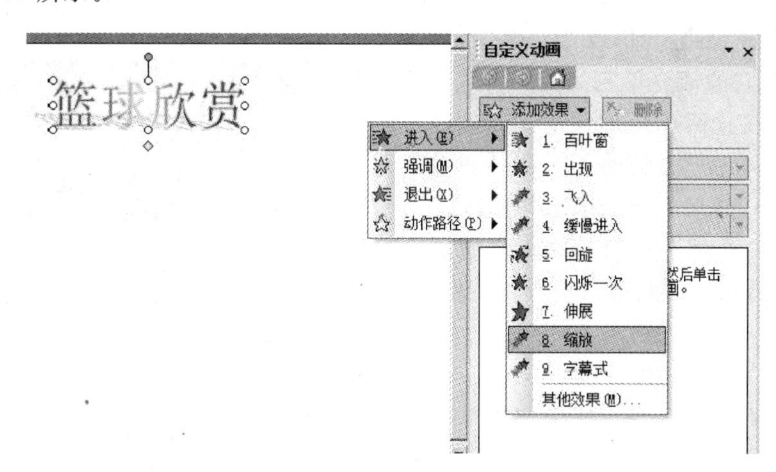

图 10-77　插入艺术字

(2) 插入篮球场地图：插入一个新幻灯片，选择【绘图】工具栏中的【矩形】工具，在幻灯片中画一个矩形，调整好矩形的大小。右键单击矩形框，选择【设置自选图形格式】命令，在弹出的【设置自选图形格式】对话框中，单击【颜色和线条】选项卡中的【填充】选项区的【颜色】选项框后面的下三角按钮，选择【填充效果】命令，在打开的【填充效果】对话框中切换到【图片】选项卡，单击【选择图片】按钮，导入一幅篮球场地图片，如图 10-78 所示。

(3) 绘制画轴：用矩形工具再绘制一个矩形，用来作为画轴，调整成长条形。再双击这个矩形，进入【设置自选图形格式】对话框，单击【填充】选项区的【颜色】选项框，在下拉列表框中选择【填充效果】选项，进入【填充效果】对话框，在【渐变】选项卡的【颜色】栏中勾选【双色】项。然后选择一种颜色作为【颜色 1】，在【底纹样式】选项区中勾选【垂直】项，在【变形】选项区中单击选择第三种样式，如图 10-79 所示。再在【设置自选图形格式】对话框中将【线条】的颜色设置成与【颜色 1】相同，最后【确定】按钮返回。

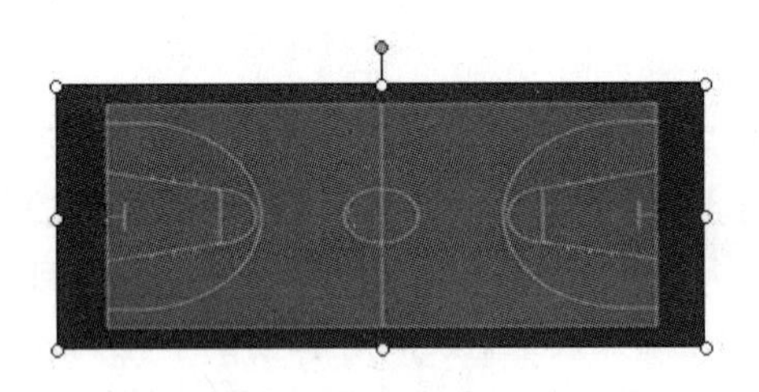

图 10-78　插入图片

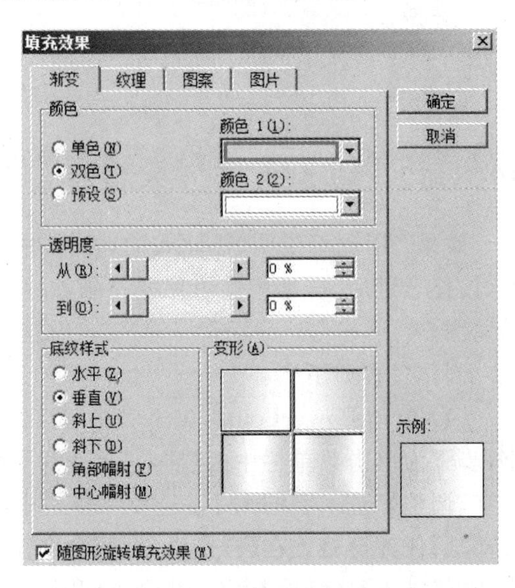

图 10-79　设置画轴填充效果

(4) 选择【矩形】工具，绘制一个矩形，并按上面的方法设置它的渐变填充。然后将这个矩形复制一份，分别将这两个矩形移动到画轴的上端和下端，并把它们置于画轴的下一层。调整好三者的位置和大小，然后右键选择【组合】|【组合】命令，将画轴的三个部分组合起来。复制这个组合好的画轴，然后粘贴得到第二根画轴，将这两根画轴置于图形的中央，如图 10-80 所示。

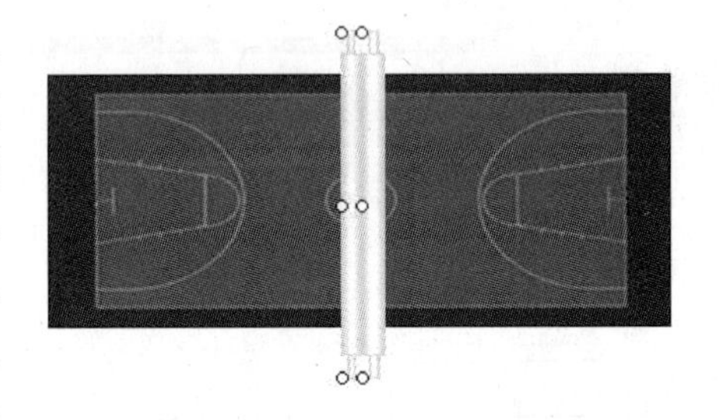

图 10-80　制作两个画轴

(5) 设置篮球场地图片动画效果：右键单击篮球图片，选择【自定义动画】选项，在右侧出现的【自定义动画】任务窗格中，在【方向】选项栏中选择【中央向右展开】选项，在【速度】选项栏中选择【慢速】选项。

(6) 设置两根画轴的动画效果：选中右边的画轴，单击【添加效果】|【进入】|【出现】命令，单击【开始】选项框，选择【之前】选项。再次选中画轴，单击【添加效果】|【动作路径】|【向右】命令，调整路径的长度，使之到达图画的右侧。在【自定义动画】任务窗格中选择【开始】选项为【之前】选项，速度为【慢速】选项。单击动画效果右侧的下三角按钮，在下拉列表中选择【效果选项】命令，取消【效果】选项卡里面的【平稳开始】和【平稳结束】两个选项上的勾，单击【确定】按钮。对左边的画轴，把【动作路径】改为【向左】，其余设置同上。右边画轴的设置如图 10-81 所示。

(7) 预览一下动画，满意后就可以保存文件了。

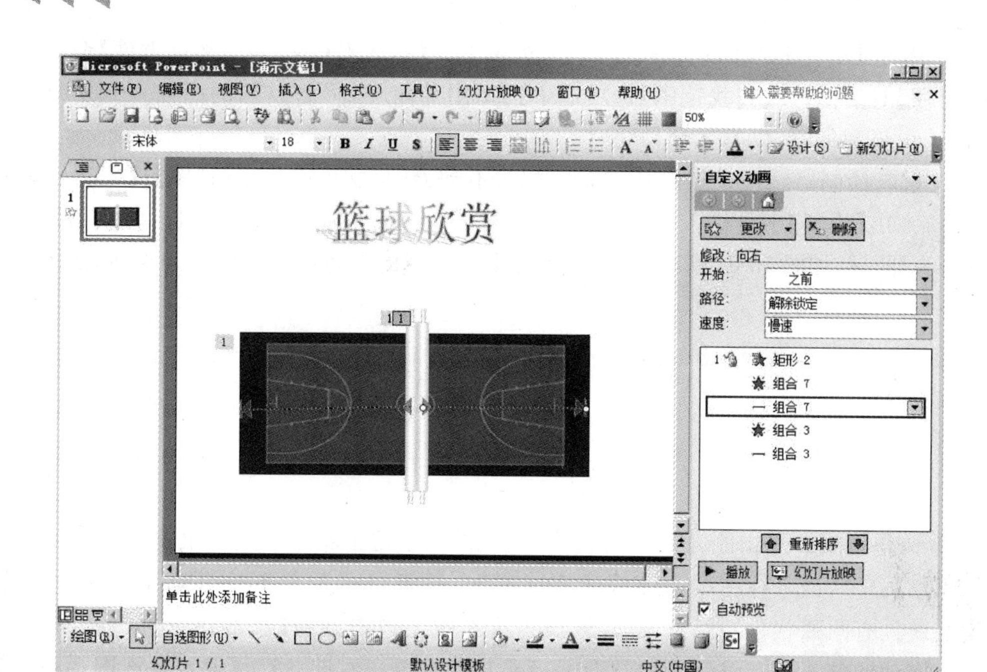

图 10-81　设置画轴动画

10.3.13　制作篮球裁判跑位路线指示图

效果：如图 10-82 所示是主裁判持球步入中圈执行跳球后，前导裁判和追踪裁判的跑位路线示意图。为了使图中路线的显示更加醒目并具有指示作用，可以利用 PowerPoint 2003 软件对图中的三根路线设置自定义动画，使三根线段依次延伸，增添强烈的动感效果。

实现方法如下。

(1) 修整原图：单击 Windows 的【开始】|【程序】|【附件】|【画图】命令，打开【画图】软件。再依次单击画图软件主界面中的【编辑】|【粘贴来源】命令，在打开的【粘贴来源】对话框中通过【查找范围】选项框找到要修改的原图，单击【打开】按钮后将原图导入【画图】软件中。使用【画图】工具栏中的【橡皮】工具，将图中的三根指示线小心擦除，完成后如图 10-83 所示。

图 10-82　篮球裁判跑位原图

图 10-83　擦除路线

(2) 启动 PowerPoint 2003 软件,通过菜单上的【插入】|【图片】|【来自文件】命令,打开【插入图片】对话框,在【查找范围】选项框中选择图片路径,将修整好的图插入到幻灯片中。调整图片大小和位置,以方便制作为宜。

(3) 重新绘制路线图。幻灯片编辑区如找不到绘图栏,可以单击【视图】|【工具栏】|【绘图】命令,弹出【绘图】工具栏。再单击【绘图】工具栏上的【自选图形】按钮,选择【线条】选项框下的【箭头】图标,如图 10-84 所示。然后,在图上沿着球的飞行路线绘制一条直线,如图 10-85 所示。

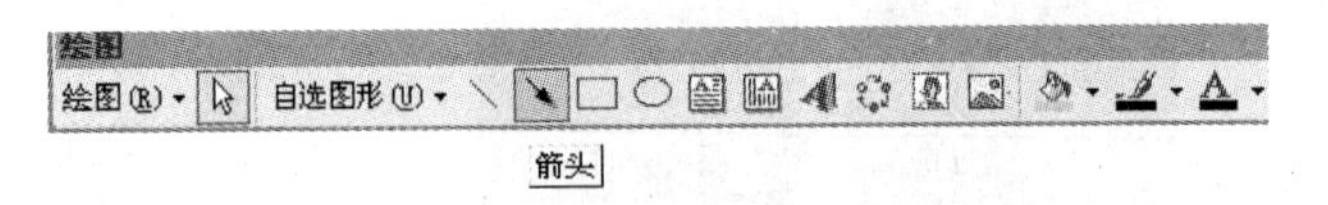

图 10-84　单击【箭头】按钮

(4) 调整直线。单击刚才绘制的直线,使直线处于选中状态。单击鼠标右键,然后选择【编辑顶点】命令,当鼠标在线上变为十字光标时,按下鼠标左键不放拖动线条到合适的位置,使直线具有圆弧状。如感觉圆弧不合适,可在线上单击选择【添加顶点】命令,添加一个顶点,再拖动调整弧线。将直线调整合适后在直线上单击右键,通过【设置自选图形格式】命令调整线的粗细、线形、颜色等,如图 10-86 所示。同样的方法,把另外两条裁判员的跑动路线设置好,前导裁判员的跑动路线用红色实线表示,追踪裁判员的跑动路线用蓝色虚线表示,如图 10-87 所示。

图 10-85　绘制一条直线

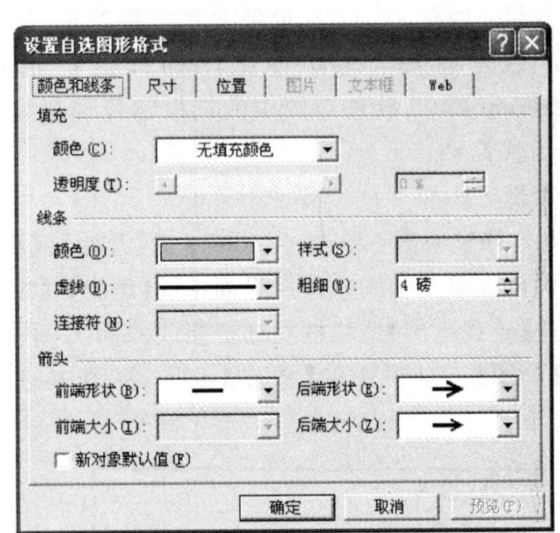

图 10-86　设置线段格式

(5) 为路线添加行进动画效果。在黄色曲线被选中的情况下,单击鼠标右键,在右键快捷菜单中选择【自定义动画】选项。单击【添加效果】按钮,选择第一项【进入】中的【擦除】效果,将【开始】选项框设为【单击时】选项,【方向】选项框设为【自右侧】选项,【速度】选项框设为【非常慢】选项,可以看到一条黄线自右向左徐徐前进,如图 10-88 所示。接着单击【任意多边形 2】元素右侧的下三角按钮,选择【效果选项】命令,在弹出的对话框中将【动画播放后】选项框设置为【播放动画后隐藏】选项。

图 10-87　绘制线段

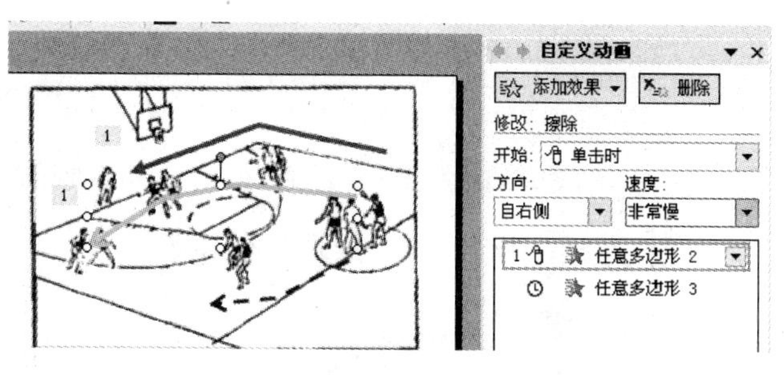

图 10-88　添加动画

(6) 用同样的方法，把红色线和蓝色线设置好，不同之处在于要将【开始】选项框设为【之后】选项。这样就实现了第一次单击鼠标后黄线徐徐从右到左前进后消失，紧接着红线向前运动消失后再由蓝线运动。最后三根线全部消失，实现了球与裁判员之间移位的路线指示效果。

用 PPT 制作动画过程简单，设置动画方便，修改容易，文件体积小。除了上述的行进效果外，还可以实现闪烁、飞入、旋转等美妙效果，可以为体育教学演示增添无穷色彩。

(7) 预览满意之后保存课件。

10.3.14　连线特效课件

效果：单击鼠标，与某个知识点有关联的文字就会自动用直线将它们连起来。

制作步骤如下。

(1) 启动 PowerPoint 2003 软件，新建一个空白幻灯片，单击菜单【视图】|【工具栏】|【绘图】命令，调出【绘图】工具栏。接着选中【绘图】工具栏中的【文本框】命令，在空白的幻灯片中插入若干个文本框，最后在这些文本框中输入相关文字并设置好字体大小和颜色等参数，如图 10-89 所示。

1996年第26届	雅典
1996年第27届	伦敦
1996年第28届	亚特兰大
1996年第29届	北京
1996年第30届	悉尼

图 10-89　幻灯片中插入文本框

(2) 选中【绘图】工具栏中的【直线】选项，在内容为【1996 年第 26 届】和【亚特兰大】的文本框之间添加一直线。接着右击该直线，选择【设置自选图形格式】选项，切换到【颜色和线条】选项卡，将直线的颜色设置为【红色】选项，粗细设置为【4 磅】选项，最后单击菜单【幻灯片放映】|【自定义动画】命令。

(3) 选中内容为【1996 年第 26 届】和【亚特兰大】的文本框之间的直线，然后单击【自定义动画】面板中的【添加效果】按钮，选择【进入】|【其他效果】|【阶梯状】命令，为该直线添加一个阶梯状的动画效果。最后将【自定义动画】面板中的【方向】选项和【速度】选项分别设置为【右下】选项和【中速】选项，如图 10-90 所示。

(4) 双击【自定义动画】窗口中的【线条 12】动画选项框，打开【阶梯状】对话框并切换到【计时】选项卡。然后，单击该对话框中的【触发器】按钮，再勾选【单击下列对象时启动效果】单选按钮，接着单击右边的下三角按钮，选择【形状 2：1996 第 26 届】选项，如图 10-91 所示。最后单击【确定】按钮返回。

(5) 依照第(2)至第(4)步的方法，在其他对应的文本框之间设置直线，接着为每条直线添加阶梯状的动画效果，最后再分别为每条直线的动画效果设置触发器效果。如果连接其

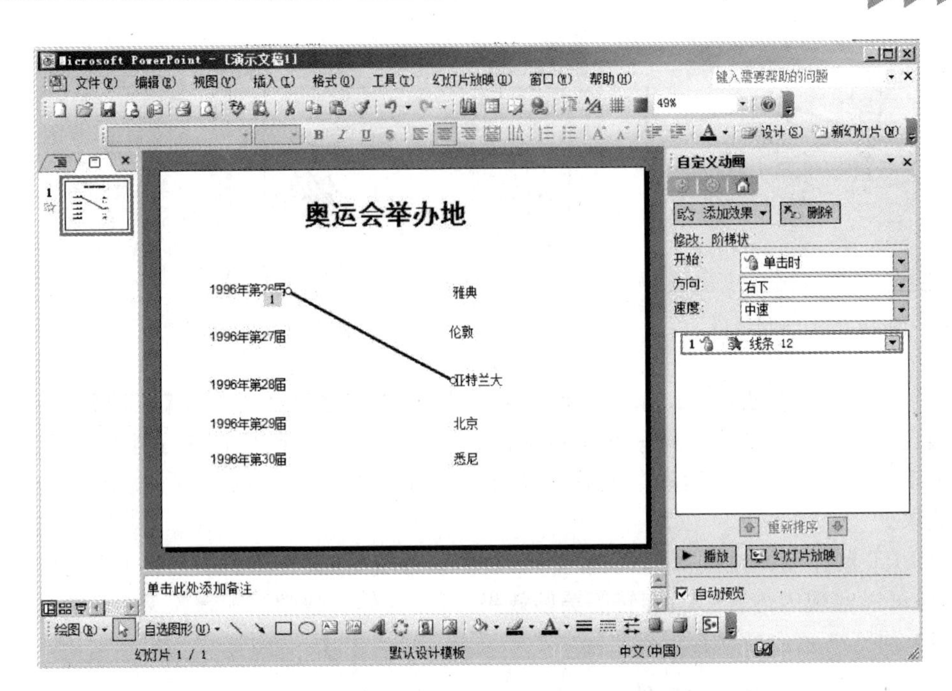

图 10-90　为直线添加动画

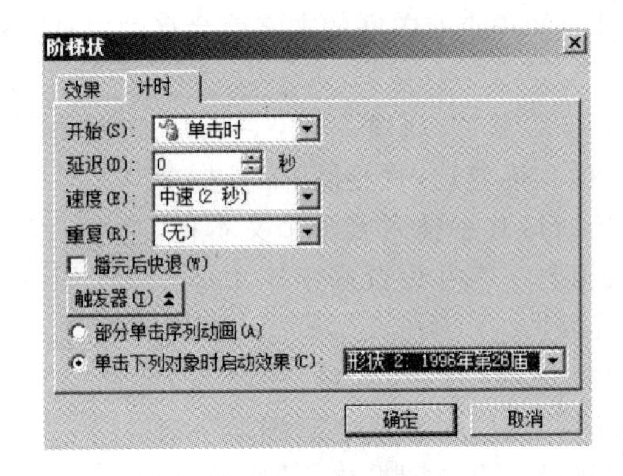

图 10-91　设置触发器

他文字的直线走势不同,则在【自定义动画】面板中的【方向】选项的设置应做相应的修改。

经过以上的步骤,文字的连线效果就已经做好了,现在按下 F5 快捷键试试看,在幻灯片的播放窗口中,当单击左边那一列中任意的文字内容时,立刻就会有一条直线将其与右列的地点连接起来,如图 10-92 所示。

10.3.15　用触发器实现视频播放交互控制

效果:在播放幻灯片时,经常需要对视频的播放时间加以控制,让它在需要的时候播放,在需要的时候能够暂停,然后又能够继续播放。本例就是在幻灯片上创建播放、暂停和停止按钮使视频播放更具可控性。

制作方法如下:

(1) 导入视频:启动 PowerPoint 2003 软件,在打开的演示文稿窗口,新建一张内容版式为【空白】的幻灯片,并在幻灯片上插入艺术字,内容为"请欣赏教师示范"字样。

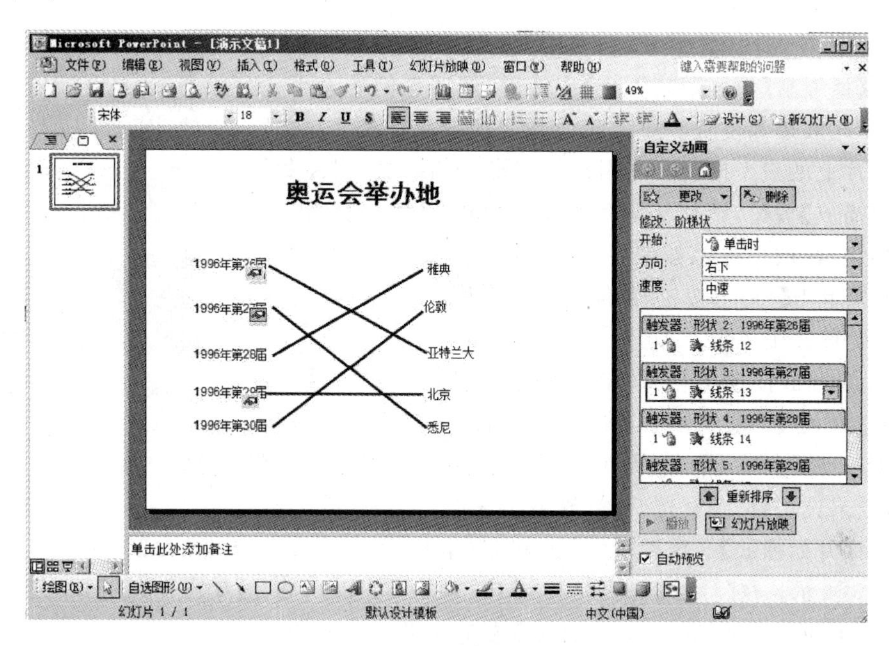

图 10-92　连线特效完成

(2) 单击菜单栏中的【插入】|【影片和声音】|【来自文件的影片】命令。然后，在插入影片窗口选择要插入的影片文件，本例插入的视频影片为教师本人的一个动作示范“鱼跃前滚翻. mpg”，单击【确定】按钮，此时，系统自动弹出提示窗口，在提示窗口单击【自动】按钮即可。插入的影片在幻灯片上显示为静止帧，可以调整影片帧的大小以适应播放的要求，如图 10-93 所示。

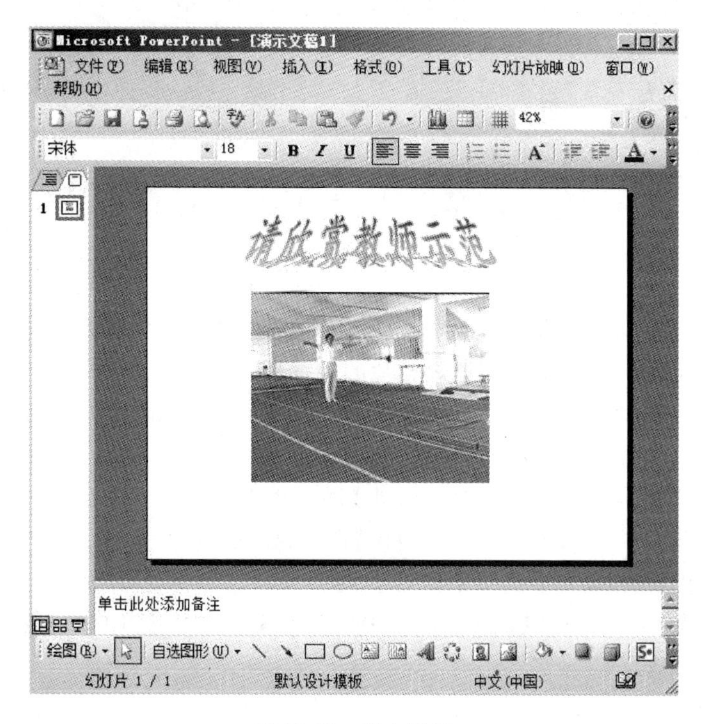

图 10-93　插入视频

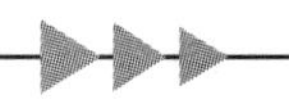

(3) 插入控制按钮：接下来，在幻灯片上添加三个动作按钮，并依次为三个按钮添加文本内容为【播放】、【暂停】和【停止】。然后，调整它们的大小、填充颜色、填充效果和位置等属性。设置后的效果如图 10-94 所示。幻灯片上的三个按钮分别用来控制影片的播放、暂停和停止，单击【播放】按钮，影片从头开始播放；单击【暂停】按钮，影片播放停止，再次单击该按钮，则从上次停止的位置继续开始播放；如果单击【停止】按钮，则停止播放影片。

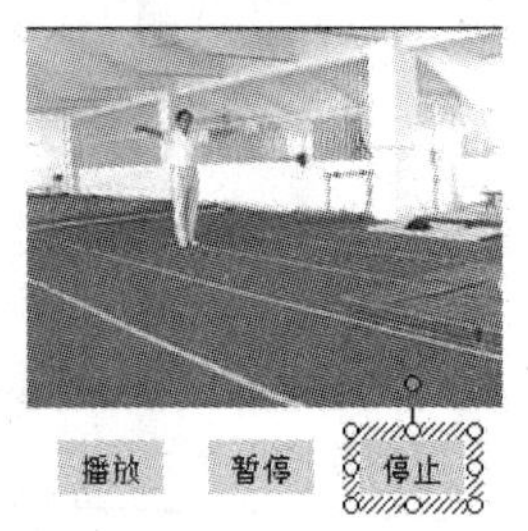

图 10-94 插入控制按钮

(4) 设置按钮功能。

① 设置播放按钮功能：单击【播放】按钮，右键选择【自定义动画】命令，在【自定义动画】窗格的动画效果列表中选择“鱼跃前滚翻. mpg”影片动画效果项，然后单击右键，从弹出的菜单中选择【效果选项】命令。打开【播放 影片】对话框，在【效果】选项卡中，将【开始播放】选项设置为【从头开始】，【停止播放】选项设置为【当前幻灯片之后】，如图 10-95 所示。在【计时】选项卡中，单击【触发器】按钮，选择【单击下列对象时启动效果】选项，从其下拉表中选择【矩形 3：播放】选项，如图 10-96 所示。

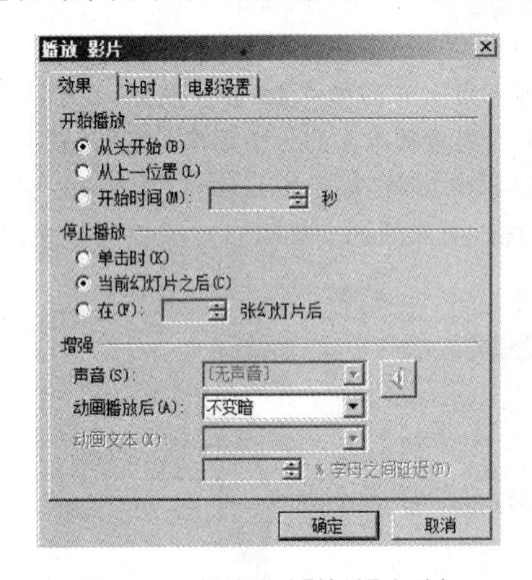

图 10-95 播放影片【效果】选项卡

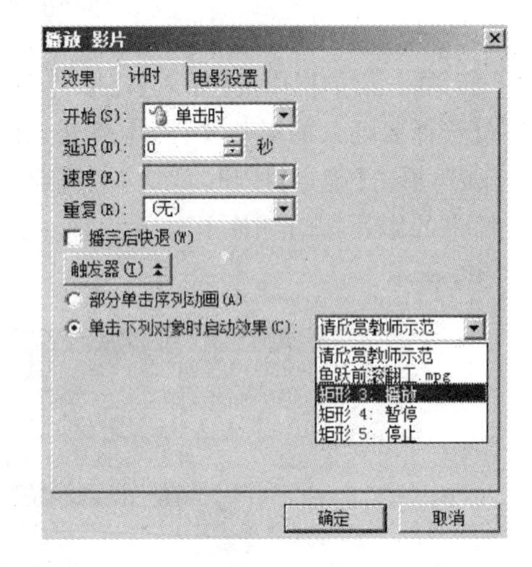

图 10-96 播放影片【计时】选项卡

② 设置暂停按钮功能：由于默认情况下，系统是把多媒体文件(鱼跃前滚翻)作为触发器暂停其播放的，因此，需要将暂停播放影片的触发器对象更改为【暂停】按钮。方法是：在【自定义动画】窗格的动画效果列表中，选择【暂停】影片动画效果项，如图 10-97 所示。然后，单击鼠标右键，从弹出的菜单中选择【计时】命令，打开【暂停 影片】对话框。

③ 在打开的【暂停 影片】对话框中单击【触发器】按钮，选择【单击下列对象时启动效果】选项，从其下拉菜单中选择【矩形 4：暂停】选项，如图 10-98 所示。

④ 设置【停止】按钮功能：选中幻灯片上的影片，在【自定义动画】窗格中单击【添加效果】按钮，从弹出的菜单中选择【影片操作】中的【停止】选项，如图 10-99 所示。

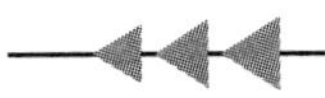

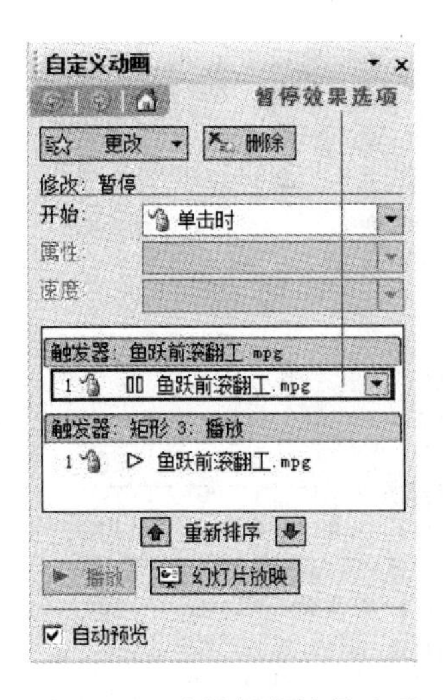

图 10-97　选择暂停效果选项

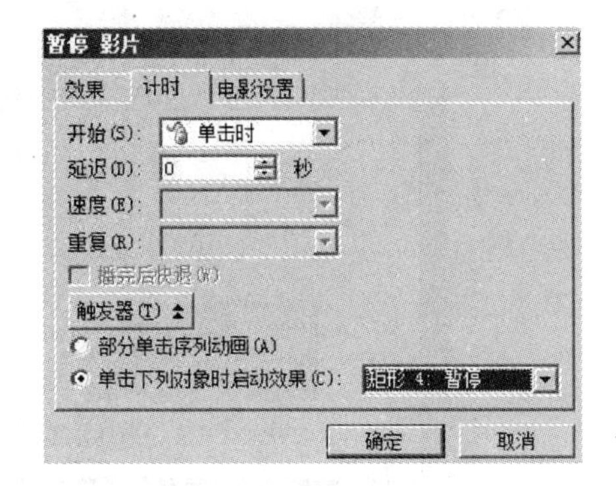

图 10-98　设置【暂停】按钮功能

⑤ 在【自定义动画】窗格的动画效果列表中，选择【停止】影片动画效果操作项，然后，单击鼠标右键，从弹出的菜单中选择【计时】命令，打开【停止 影片】对话框。单击【触发器】按钮，选择【单击下列对象时启动效果】选项，从其下拉表中选择【矩形 5：停止】选项，如图 10-100 所示。

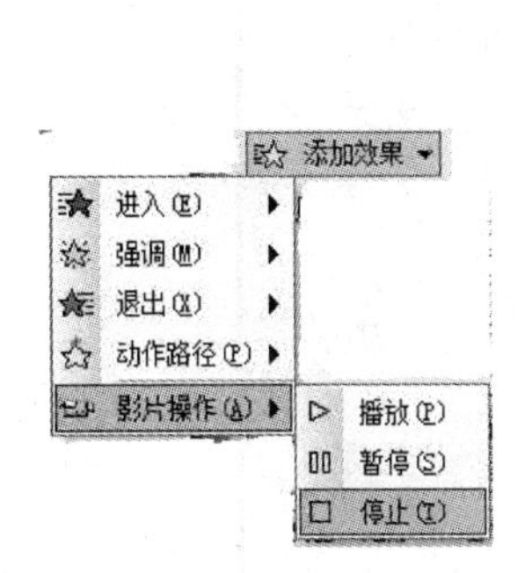

图 10-99　选择【停止】选项

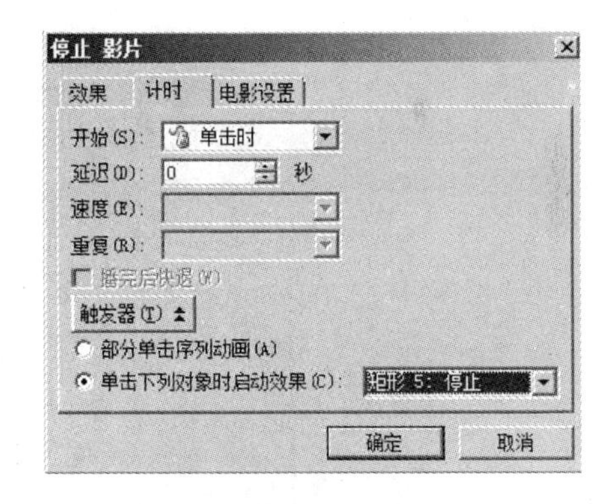

图 10-100　【停止 影片】对话框

⑥ 至此，用按钮控制视频播放的课件就制作完成了，效果如图 10-101 所示。测试满意后保存课件。

10.3.16　用倒计时炫一下课件

在打开课件时，片头出现一个 10 秒倒计时的画面，会很快把学生的注意力吸引到课堂中来，同时也增加了课件的“含金量”。制作方法如下。

(1) 打开 PowerPoint 2003 软件，新建一个【空白】版式的演示文稿，导入一幅标志性图片，通过【图片】工具栏上的【增加亮度】按钮和【降低对比度】按钮来调整图片的亮度和对比度，使图片的显示效果较为暗淡。然后，右击图片，选择【叠放次序】|【置于底层】命令，背景就做好了，如图 10-102 所示。

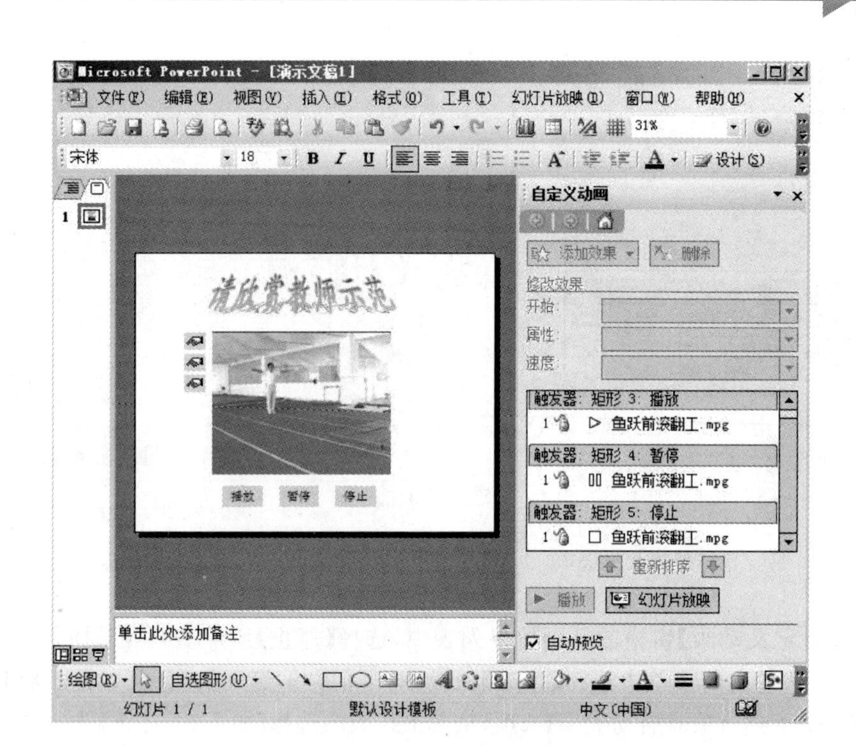

图 10-101　最后效果图

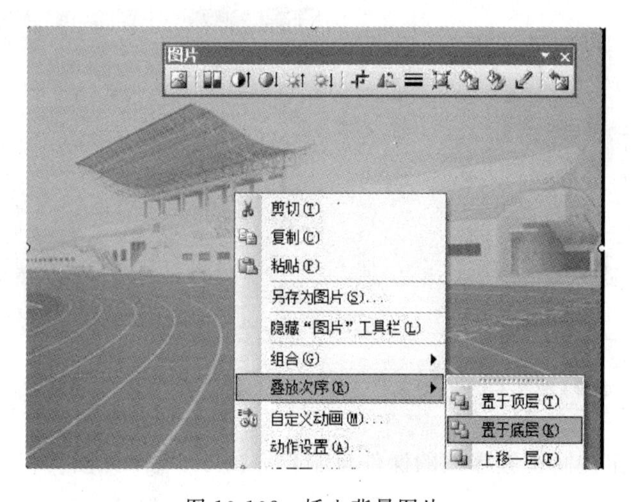

图 10-102　插入背景图片

(2) 单击【绘图】工具栏中的【自选图形】|【基本形状】|【圆角矩形】命令，如图 10-103 所示。在工作区拖出一个长圆角矩形，然后右击图形，选择【设置自选图形格式】命令，将长矩形设置为内部无填充效果、线粗为 2 磅、高度为 3 厘米、宽度为 24 厘米的图形，如图 10-104 所示。

(3) 同上一步操作，在长矩形下方绘制一个无线条、填充为浅灰色、高度为 2.8 厘米、宽度为 23.8 厘米的灰色矩形，这个矩形略小于前一个矩形，如图 10-105 所示。

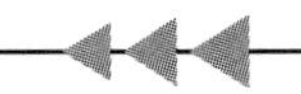

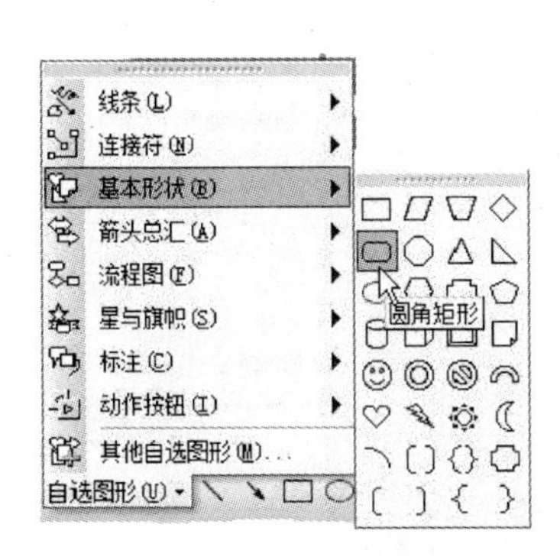

图 10-103　选择工具

图 10-104　绘制圆角矩形

图 10-105　绘制另一个矩形

(4) 选中第 2 个圆角矩形,右键选择【自定义动画】命令,单击【添加效果】按钮,选择【进入】|【其他效果】|【基本型】|【擦除】效果,并在效果框中设置【开始】选项为【之前】,【方向】选项为【自左侧】。单击【圆角矩形 3】效果框的右侧的下三角按钮,选择【计时】选项,在打开的【擦除】对话框中将【速度】选项框改为 10 秒,如图 10-106 所示。

(5) 再选中两个圆角矩形,右击选择【对齐或分布】|【水平居中】和【垂直居中】命令,如图 10-107 所示,并右击第二个矩形选择【叠放次序】|【下移一层】命令,此时,两个圆角矩形合并在一起,如图 10-108 所示。

(6) 利用插入文本插入 10 个数字,字体属性为黑体、28 号字、加粗、黑色,并摆放在矩形上,如图 10-109 所示。

(7) 为数字添加动画。

选中数字 10 设置自定义动画为【进入】选项中的【之前】选项,选中数字 10 设置自定义动画为【退出】选项中的【之前】选项,【延迟】为 1 秒。

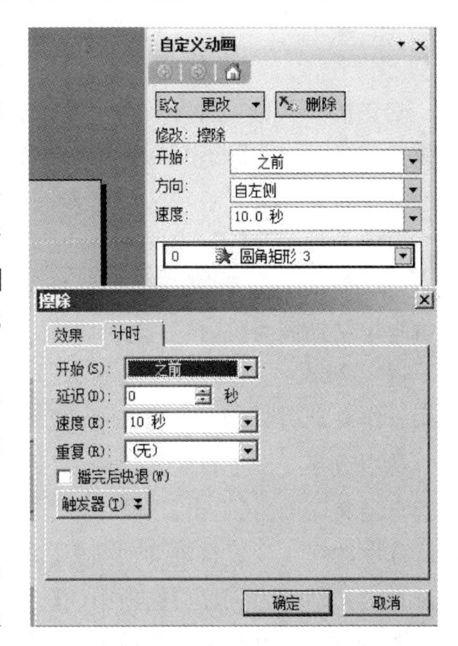

图 10-106　设置矩形效果和时间

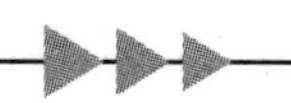

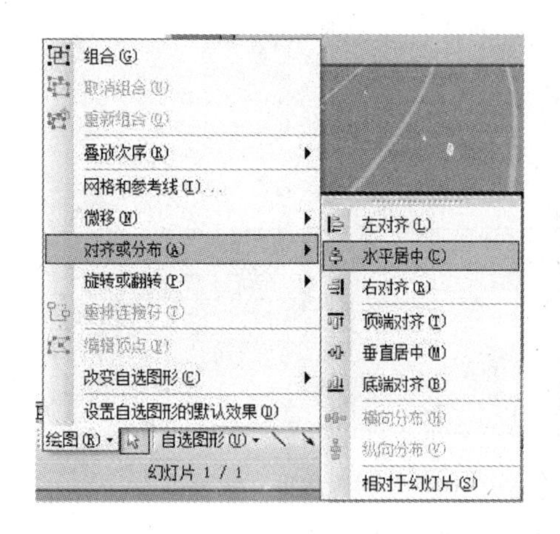

图 10-107　选择【对齐或分布】命令

图 10-108　合并矩形

图 10-109　插入数字

选中数字 9 设置自定义动画为【进入】选项中的【之前】选项,【延迟】为 1 秒；选中数字 9 设置自定义动画为【退出】选项中的【之前】选项,【延迟】为 2 秒。

选中数字 8 设置自定义动画为【进入】选项中的【之前】选项,【延迟】为 2 秒；选中数字 8 设置自定义动画为【退出】选项中的【之前】选项,【延迟】为 3 秒。

选中数字 7 设置自定义动画为【进入】选项中的【之前】选项,【延迟】为 3 秒；选中数字 7 设置自定义动画为【退出】选项中的【之前】选项,【延迟】为 4 秒。

选中数字 6 设置自定义动画为【进入】选项中的【之前】选项,【延迟】为 4 秒；选中数字 6 设置自定义动画为【退出】选项中的【之前】选项,【延迟】为 5 秒。

选中数字 5 设置自定义动画为【进入】选项中的【之前】选项,【延迟】为 5 秒；选中数字 5 设置自定义动画为【退出】选项中的【之前】选项,【延迟】为 6 秒。

选中数字 4 设置自定义动画为【进入】选项中的【之前】选项,【延迟】为 6 秒；选中数字 4 设置自定义动画为【退出】选项中的【之前】选项,【延迟】为 7 秒。

选中数字 3 设置自定义动画为【进入】选项中的【之前】选项,【延迟】为 7 秒；选中数字 3 设置自定义动画为【退出】选项中的【之前】选项,【延迟】为 8 秒。

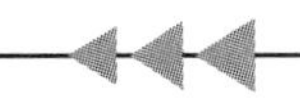

选中数字 2 设置自定义动画为【进入】选项中的【之前】选项，【延迟】为 8 秒；选中数字 2 设置自定义动画为【退出】选项中的【之前】选项，【延迟】为 9 秒。

选中数字 1 设置自定义动画为【进入】选项中的【之前】选项，【延迟】为 9 秒；选中数字 1 设置自定义动画为【退出】选项中的【之前】选项，【延迟】为 10 秒，并在【效果】选项卡里将【声音】选择为【风铃】选项，如图 10-110 所示。

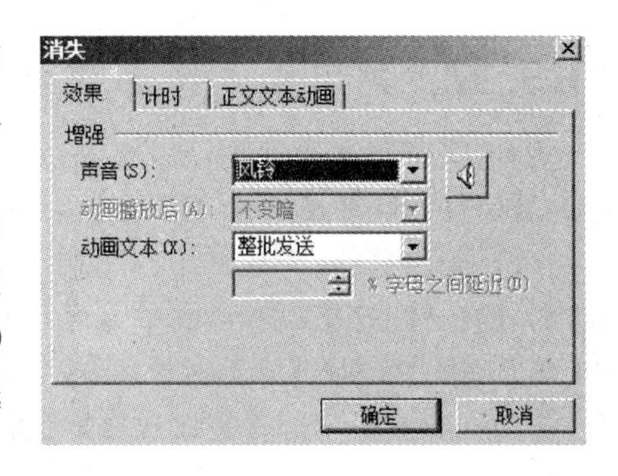

图 10-110　为数字 1 添加风铃声音

(8) 动画设置效果如图 10-111 所示。

图 10-111　动画设置效果

(9) 添加艺术字，内容为【即将进入体育多媒体课件，请稍候……】，倒计时课件片头就制作完成了。播放中的效果如图 10-112 所示。

图 10-112　播放中的效果

10.3.17　弹出式菜单为课件导航

弹出式菜单在课件中可以起到节约空间,美化界面的作用,并且具备极强的导航效果,它也是课件制作中的一个基本方法,制作步骤介绍如下。

(1) 打开 PowerPoint 2003 软件,新建一个【空白】版式的演示文稿,导入一幅与课件内容相关的图片(这里以普通高中体育与健康课程标准课本的图片为例),通过【图片】工具栏上的【增加亮度】按钮和【降低对比度】按钮,调整图片的亮度和对比度,使之显示为背景图片。然后,右键单击图片,选择【叠放次序】|【置于底层】命令,背景就做好了,如图 10-113 所示。

图 10-113　课件制作背景

(2) 制作主菜单:单击【绘图】工具栏中的【自选图形】|【基本形状】|【圆角矩形】命令,在工作区下端画出一个圆角矩形,作为主菜单的按钮,然后右键单击按钮图形,选择【设置自选图形格式】命令,在弹出的【设置自选图形格式】对话框中选择【颜色和线条】选项卡,然后在【填充】选项区的【颜色】框中选择【填充效果】命令,如图 10-114 所示。在打开的【填充效果】对话框中设置,选择【双色】和【水平】单选按钮,如图 10-115 所示。

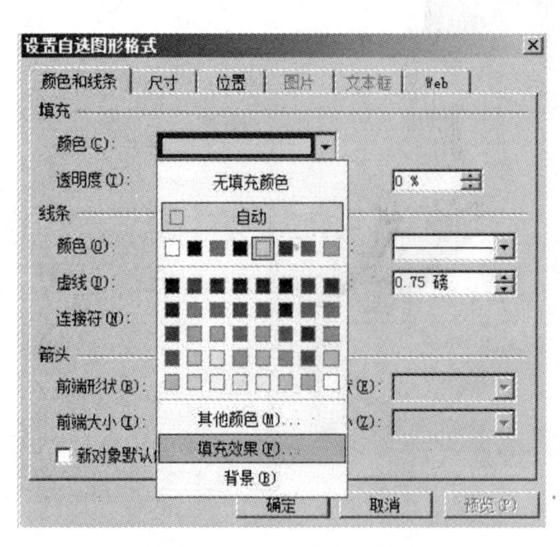

图 10-114　选择填充效果

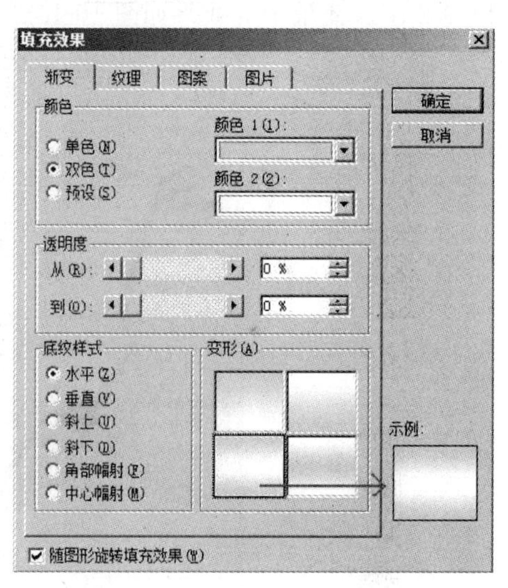

图 10-115　设置【填充效果】对话框

（3）单击【确定】按钮，主菜单按钮就填充上了效果。再复制三个相同的按钮，并为每个按钮插入相应文本内容，这样就形成了【前言】、【课程目标】、【内容标准】、【实施建议】4 个主菜单，如图 10-116 所示。

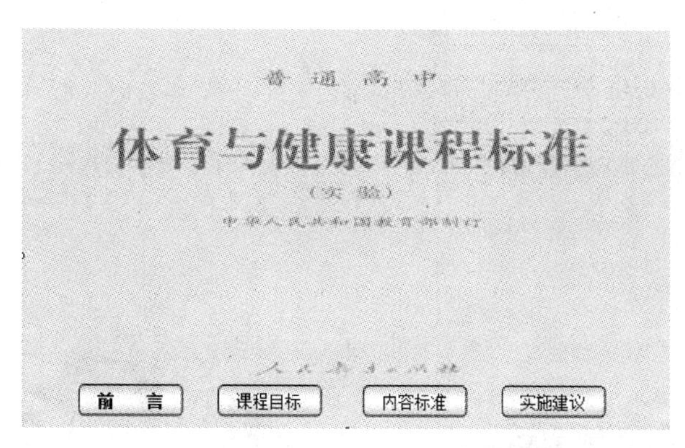

图 10-116　设置主菜单

（4）制作弹出菜单：这一步，要在每一个主菜单上面再制作一组菜单，使用鼠标单击主菜单后自动弹出菜单组。方法是：选中【前言】主菜单，使用【复制】、【粘贴】命令，复制出三个弹出菜单，分别插入文本内容为【课程性质】、【课程理念】和【设计思路】，选中绘图中的【对齐或分布】|【水平居中】和【垂直居中】命令，将按钮排列成一列。按下 Shift 键的同时，依次单击各按钮框，将其同时选中，然后在选中状态下，单击鼠标右键，在弹出的快捷菜单中选择【组合】命令，这样就将所有的按钮的内容组合成了一个整体，如图 10-117 所示。

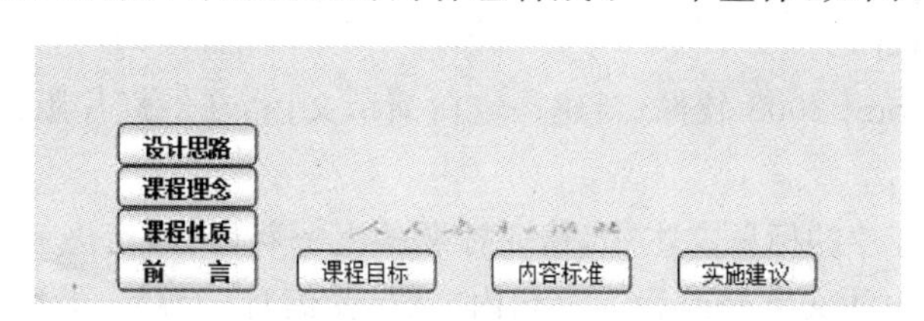

图 10-117　制作弹出菜单

（5）单击【前言】主菜单上面组合的三个按钮，执行【幻灯片放映】|【自定义动画】命令，在窗口的右侧出现【自定义动画】任务窗格。单击【添加效果】按钮，选择【进入】、【切入】效果，【方向】选项框为【自底部】选项，【速度】选项框为【快速】选项。这样就为按钮组合设置了进入效果。

（6）用触发器实现弹出效果：单击【切入】对话框的下三角按钮，在下拉菜单中选择【计时】命令，在随后弹出的【切入】对话框的【计时】选项卡中单击【触发器】按钮，在【单击下列对象启动效果】项处选择【圆角矩形 2：前言】选项，然后单击【确定】按钮结束，如图 10-118 所示。这样这个弹出式菜单就做好了。

（7）同理，把【课程目标】、【内容标准】和【实施建议】三个主菜单的弹出按钮也制作好。最后效果如图 10-119 所示。

（8）别忘记为每一个弹出菜单做【超级链接】设置，对应每一张幻灯片。用这种方法制作出来的弹出式菜单，要在每页幻灯片中都要制作一个返回按钮，确保返回到主页面。最后保存文档。

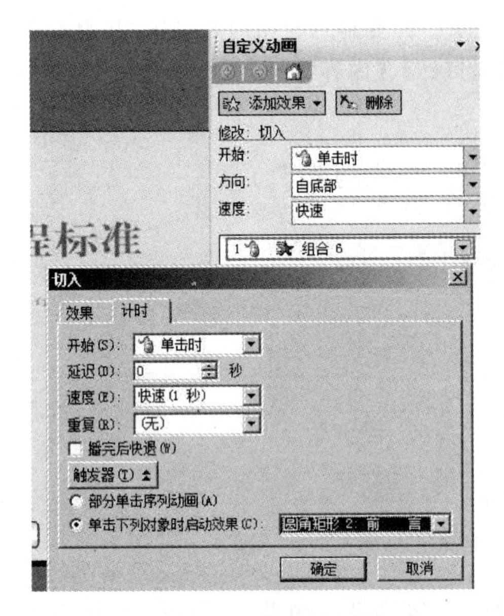

图 10-118　设置触发器

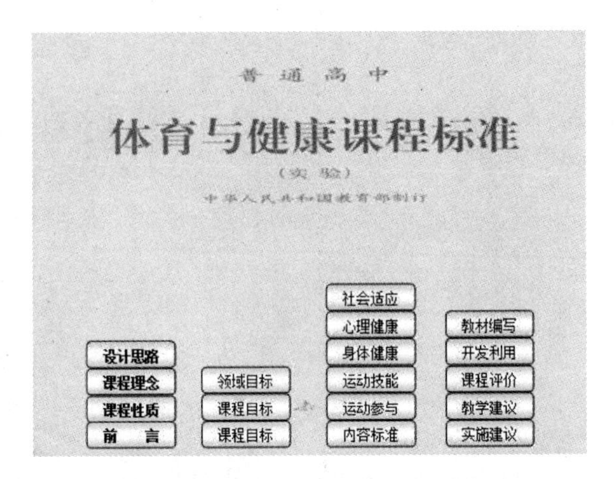

图 10-119　主菜单和弹出菜单

10.3.18　综合课件实例：篮球运动简介

效果：本例是一个比较完整的 PPT 课件，由以下几类幻灯片元素组成：标题、字幕式的情况介绍、按钮目录、分类情况介绍(与目录建立超级链接，方便切换)，制作步骤介绍如下。

(1) 制作标题幻灯片。

① 启动 PowerPoint 2003 软件，新建一空白演示文稿，在幻灯片版式中选择一个喜爱的模板应用到幻灯片中。

② 在第一张幻灯片的标题文本中，输入标题的上一句内容【走进篮球世界】，然后，将此文本复制一份，将其中的文字修改为下一句内容【享受健身乐趣】。最后，在副标题中输入制作人的单位和姓名等字符。设置好各标题字符的字体、字号、字符颜色等，并通过插入图片命令，导入一幅篮球图片，如图 10-120 所示。

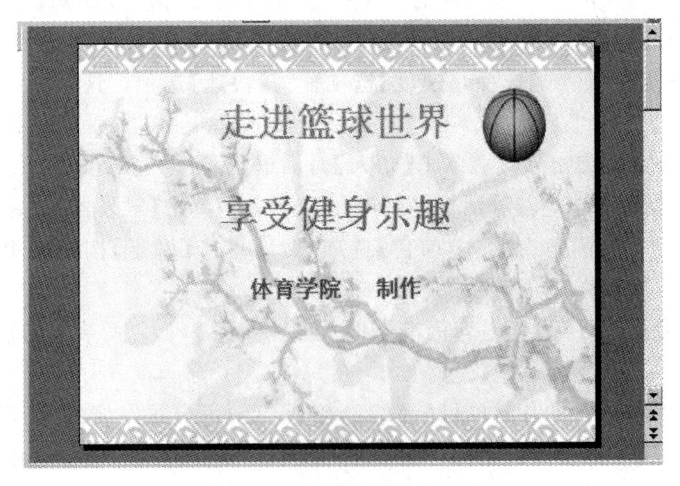

图 10-120　制作标题幻灯片

③ 选中第一个文本框，执行【幻灯片放映】|【自定义动画】命令，显示【自定义动画】任务窗格。在【自定义动画】命令窗格中单击【添加效果】按钮，在弹出的下拉列表框中选择【进入】|【其他效果】命令，打开【添加进入效果】对话框，选中【细微型】下的【展开】选项，如图 10-121 所示。单击【确定】按钮返回。

④ 仿照上述操作设置好第二个文本框和副标题的动画效果，在【添加进入效果】对话框中分别设置成【放大】和【渐变回旋式】选项。

（2）制作字幕简介式幻灯片。

① 按下 Ctrl+M 组合键或者执行菜单栏中的【插入】|【新幻灯片】命令，新建一张空白幻灯片。此时系统会自动给新建的幻灯片设置一种版式，如果不需要这种版式，可以通过【幻灯片版式】任务窗格进行修改。

② 在相应的文本框中，将基本情况介绍内容输入其中，并设置好字体、字号、字符颜色等。

③ 右击文本框，选择【自定义动画】命令，显示【自定义动画】任务窗格。在【自定义动画】命令窗格中单击【添加效果】按钮，在弹出的下拉列表框中选择【进入】|【其他效果】命令，打开【添加进入效果】对话框，选中【华丽型】下的【字幕式】选项，如图 10-122 所示。单击【确定】按钮返回。

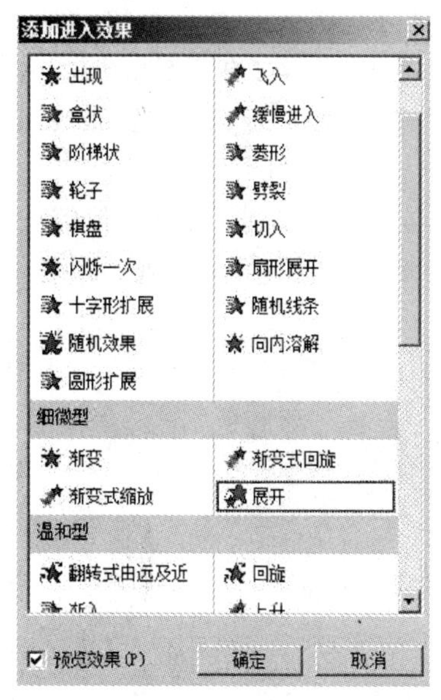

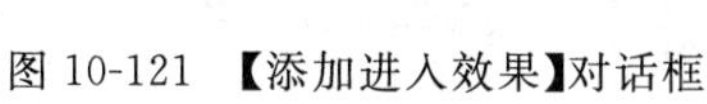
图 10-121　【添加进入效果】对话框

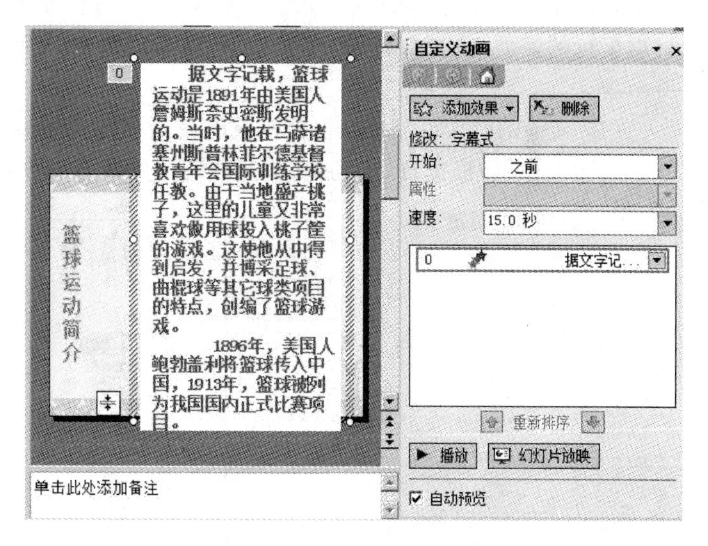

图 10-122　为文本框设置【字幕式】效果

（3）制作目录幻灯片。

① 再新建一张幻灯片，采用【空白】版式。执行【幻灯片放映】|【动作按钮】|【动作按钮：自定义】命令，如图 10-123 所示。

② 按住鼠标左键在幻灯片中拖拉出一个按钮来，松开鼠标后，系统会弹出一个【动作设置】对话框。单击其中的【确定】或【取消】按钮关闭对话框。

③ 右击上述按钮，在随后弹出的快捷菜单中，选择【添加文本】选项，在动作按钮上添加目录字符，并设置好字体、字号、字符颜色等。调整好动作按钮的大小，并将其定位在幻灯片

的合适位置上。然后,根据目录条目的多少,将上述按钮复制几份,修改好各按钮上的字符即可,如图 10-124 所示。

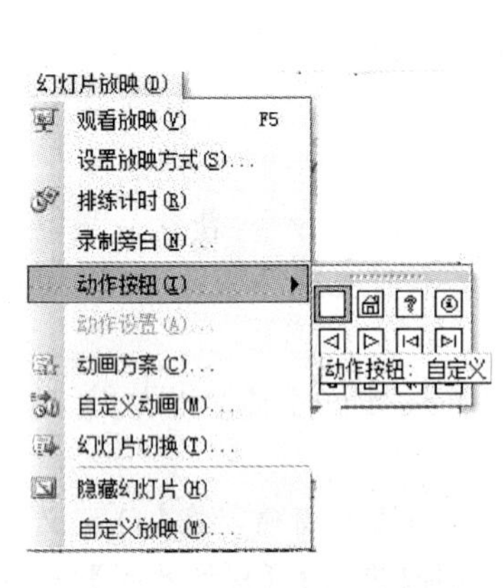

图 10-123　添加按钮对话框

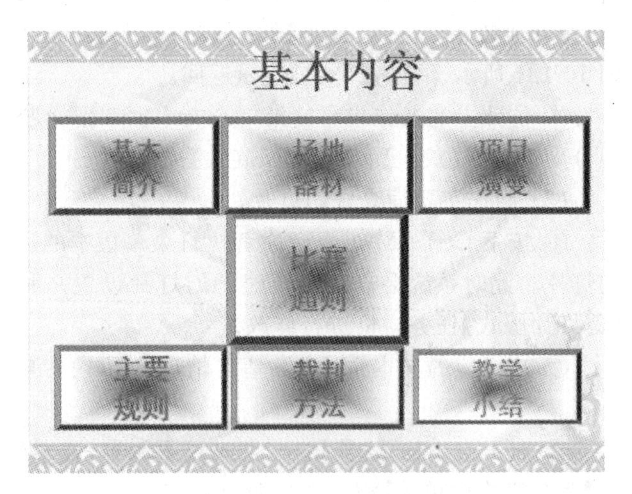

图 10-124　按钮目录幻灯片

④ 按钮自身颜色的设置:右击按钮选择【设置自选图形格式】命令并打开相应对话框,切换到【颜色和线条】选项卡下,单击【填充】选项区的【颜色】右侧的下三角按钮,在随后出现的下拉列表中,选择【填充效果】选项,打开【填充效果】对话框。在【渐变】选项卡下,根据配色的需要,设置好渐变的颜色(双色渐变样式),单击【确定】按钮退出,如图 10-125 所示。

(4) 其他幻灯片的制作:根据目录的设置和内容的要求,依照上述方法,完成其他幻灯片的制作工作,如根据目录【场地器材】按钮内的内容制作的幻灯片,如图 10-126 所示。

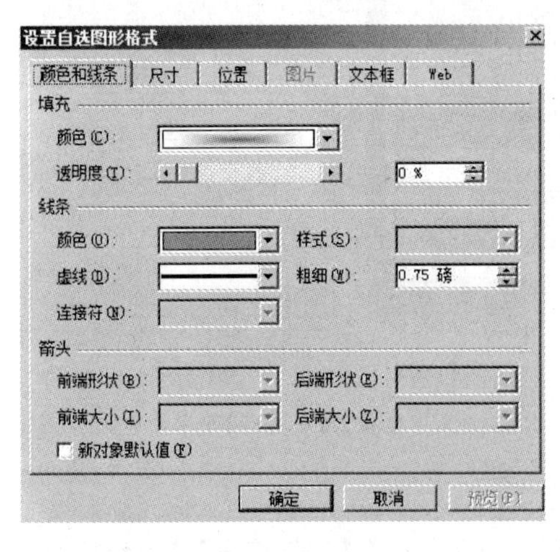

图 10-125　设置按钮格式

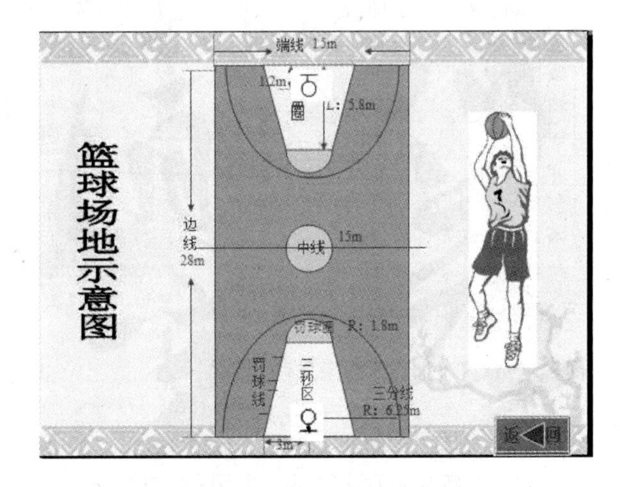

图 10-126　【场地器材】幻灯片

(5) 建立链接:现以【基本情况】按钮和相应的幻灯片(篮球场地示意图)之间的链接为例,说明具体的操作过程。

① 选中【基本情况】按钮,执行【插入】|【超链接】命令,打开【动作设置】对话框,如图 10-127 所示。

② 在【单击鼠标】选项卡中，选中【超链接到】选项，然后单击其右侧的下三角按钮，在随后出现的下拉列表中，选择【幻灯片】选项，打开【超链接到幻灯片】对话框，如图 10-128 所示。选中【2. 篮球运动简介】选项，单击【确定】按钮返回，再单击【动作设置】对话框的【确定】按钮退出。

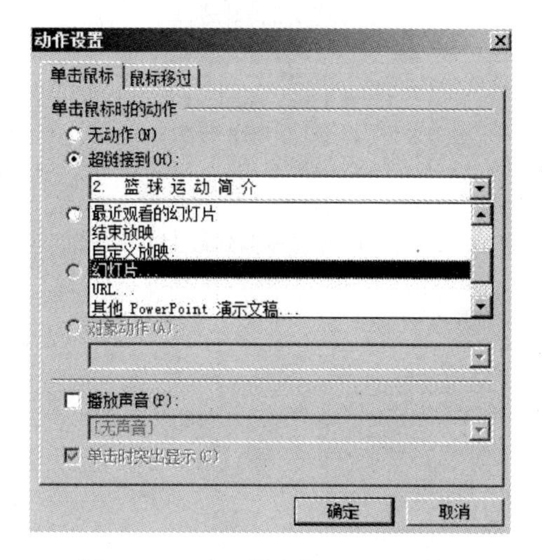

图 10-127　打开【动作设置】对话框

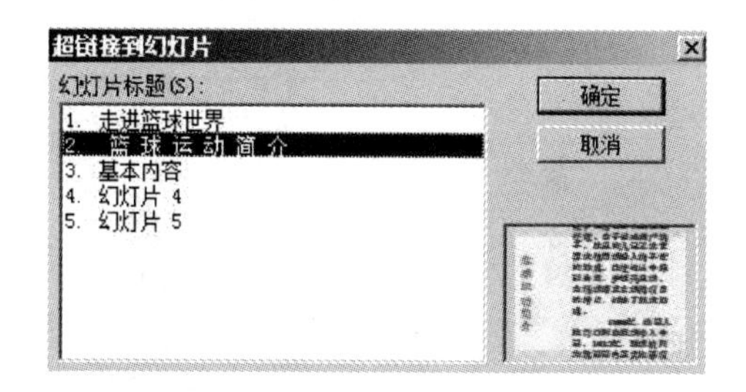

图 10-128　【超链接到幻灯片】对话框

③ 切换到第二张幻灯片上，建立一个【返回】按钮，依照上面的操作，将此按钮与【基本内容】按钮目录幻灯片超链接起来就行了。

(6) 同样的方法，把第二个按钮【场地器材】与【幻灯片 4】超链接起来就可以了。

(7) 装饰幻灯片：有两种方法可以装饰幻灯片，一种是使用模板，按任务窗格菜单上的下三角按钮，在随后出现的下拉列表中，选择【幻灯片设计】选项，展开【幻灯片设计】任务窗格。根据幻灯片的实际需要，选择一种模板，双击将其应用于整个演示文稿。另一种是利用插入背景图片的方法，改变幻灯片的风格，但需要将背景图片置于底层。

(8) 添加背景音乐。

① 准备一首音乐文件(PowerPoint 2003 支持 WAV、MP3、MID 等多种格式的声音文件)，切换到第一张幻灯片中，执行【插入】|【影片和声音】|【文件中的声音】命令，打开【插入声音】对话框。

② 定位到音乐文件所在的文件夹，选定相应的声音文件，单击【确定】按钮返回。此时，系统会弹出如图 10-129 所示的对话框，单击【自动】按钮。

③ 在第一张幻灯片中出现一个小喇叭标志，将此标志尽可能地调小，并移至幻灯片的拐角处。此时，右侧【自定义动画】任务窗格将自动展开，选中声音文件所在的动画选项，将其拖到最上一条，如图 10-130 所示。

④ 再双击声音文件对应的动画选项，打开【播放 声音】对话框，在【效果】选项卡下，选中【停止播放】选项区下面的【在张幻灯片后】选项，并在其中填充最后一张幻灯片的序号，单击【确定】按钮返回，如图 10-131 所示。

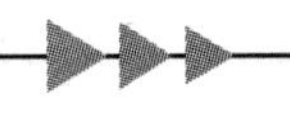

图 10-129　声音播放对话框

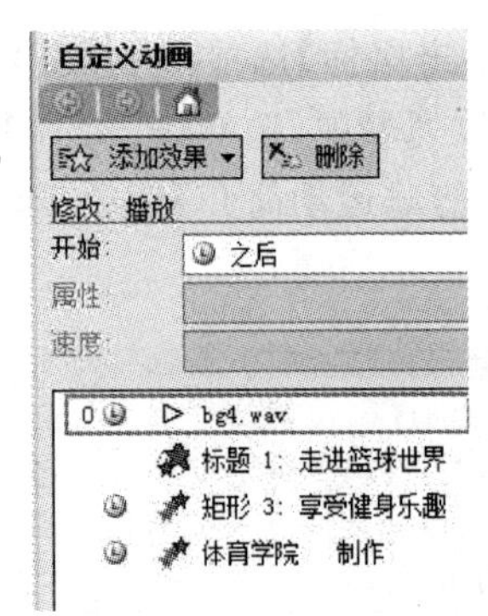

图 10-130　将声音选项拖到最上方一条

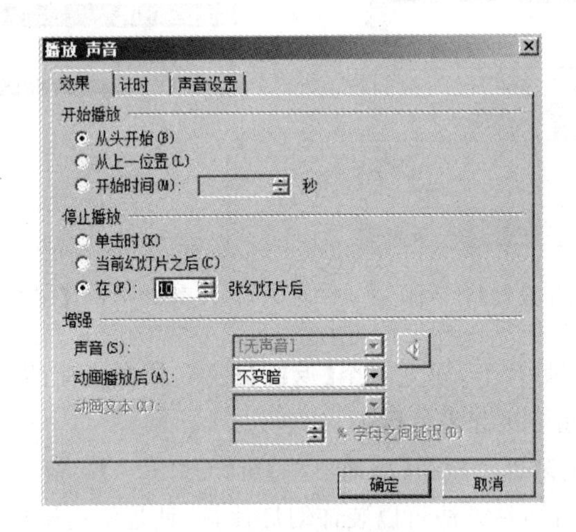

图 10-131　【播放 声音】对话框

(9) 打包播放：制作好的演示文稿常常要移到别处播放，为防止播放的电脑上没有安装 PowerPoint 软件，要将其刻录成一张能自动播放的光盘。执行【文件】|【打包成 CD】命令，打开【打包成 CD】对话框，在【将 CD 命名为】文本框中输入光盘的名字。在刻录光驱中放上一张空白刻录盘，然后单击【复制到 CD】按钮，一会儿就刻录完成了。然后保存课件。至此，一个充满活力的课件就完成了。

10.3.19　用电影胶片放映手法回顾要点

效果：当打开一张幻灯片并单击后，把前几章的学习要点图片用电影胶片的形式逐张展示，起到回顾知识的目的。制作步骤如下：

(1) 将前面几章课件制作学习中的要点图片，准备 6 张(多少张都行)，放在计算机硬盘的一个文件夹内，如图 10-132 所示。

图 10-132　准备好制作动画的图片

(2) 启动 PowerPoint 2003 软件，新建一个空白幻灯片。

(3) 单击菜单栏中的【插入】|【图片】|【来

自文件】命令，打开【插入图片】对话框，在插入图片对话框中找到准备好的图片，按 Shift 键将图片全部选中，单击【插入】按钮，将图片全部插入到幻灯片中，逐张调整图片，使其大小一致，并调整每张图片的位置及相隔距离。如图 10-133 所示。

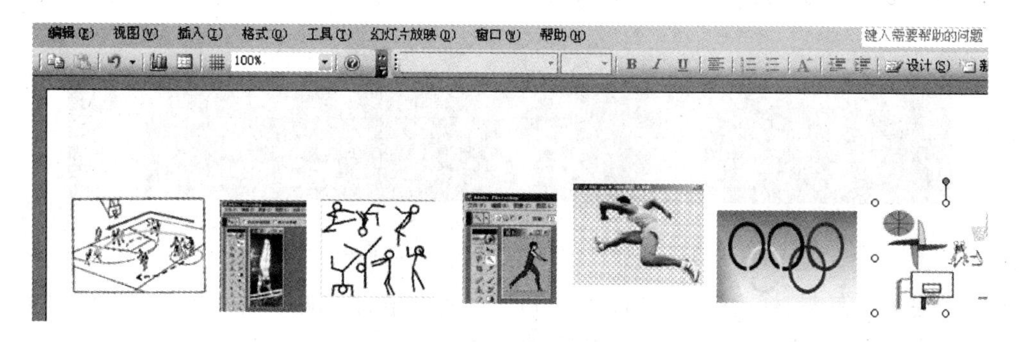

图 10-133　插入图片并调整

(4) 按住 Shift 键单击左键分别选中每张图片，然后单击绘图工具栏中的【绘图】按钮旁的小下三角形，在弹出的菜单中选择【对齐与分布】|【顶端对齐】，使选中的图片顶端对齐，如图 10-134 所示。

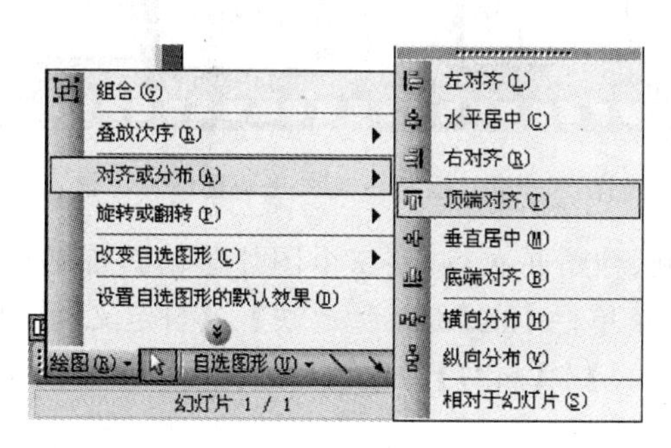

图 10-134　对齐或分布对话框

(5) 同步骤(4)的操作方式，单击绘图工具栏中的【绘图】按钮旁的小下三角形，在弹出的菜单中选择【对齐与分布】|【横向分布】，使选中的图片横向均匀分布，这样做的目的是使图片自动排列整齐，用手工排列是达不到这个效果的，如图 10-135 所示。确认每张图片都在选中状态，右键单击图片，使用【组合】命令将所有图片组合起来。

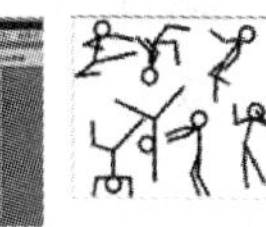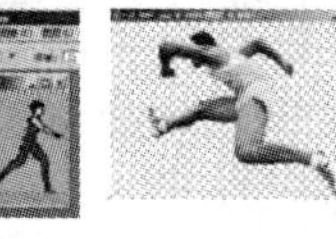

图 10-135　自动排列整齐的图片

(6) 单击【绘图】工具栏中的【矩形】按钮，在幻灯片中插入一个矩形框，右键单击矩形框，在弹出的对话框中选择【设置自选图形格式】，将填充颜色设置为黑色，如图 10-136 所示。

(7) 在黑色矩形框中插入一个白色小正方形，复制多个，同样利用绘图工具栏中的【对齐与分布】命令，使小正方形对齐，再用右键弹出菜单，选择【组合】|【组合】命令，将组合后

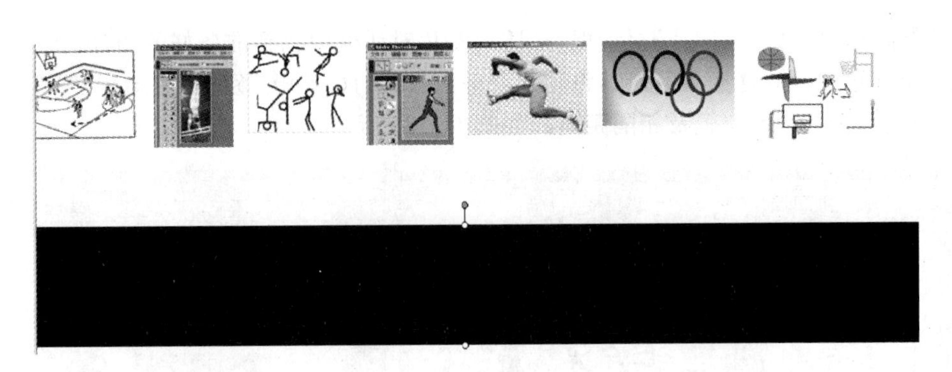

图 10-136 在幻灯片中插入一个黑色矩形框

的小白色正方形复制、粘贴到另一边。把刚才的 6 张组合图片置于矩形之上,用键盘上的方向键调整图片,使其适合“胶片”大小,然后,全部选中并组合,如图 10-137 所示。至此,电影胶片就制作好了。

图 10-137 绘制白方块并调整图片位置

(8) 选中图片条,复制、粘贴两次,调整三个图片条使其首尾相互连接,并组合,获得一个足够长的图片条。执行菜单栏中的【幻灯片放映】|【自定义动画】,在自定义对话窗格中,单击【添加效果】|【动作路径】|【向右】,如图 10-138 所示。

图 10-138 为图片添加动画效果

(9) 调整幻灯片中的动画距离线的长度,使其与幻灯片的长度相等,并使图片的左侧与幻灯片的左侧对齐(这一步是产生效果的关键),如图 10-139 所示。

图 10-139 调整动画路径长度

(10) 双击【添加效果】下方的动画框，在弹出的【向右】效果选项框中把【平稳开始】、【平稳结束】的选择项前的勾去掉，在【计时】标签中将重复次数选择为【直到幻灯片末尾】，如图 10-140 和图 10-141 所示。

图 10-140　效果选项标签

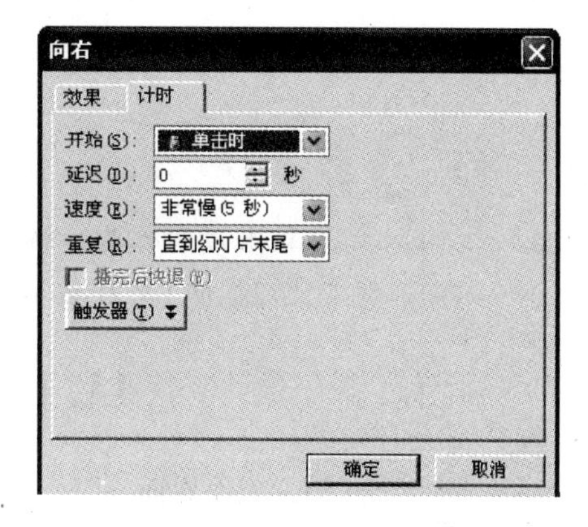

图 10-141　计时选项标签

(11) 最后为幻灯片添加艺术字效果，如图 10-142 所示。预览效果并保存。

图 10-142　为幻灯片添加艺术字

上 机 练 习

把本章中的每个实例上机验证，并做到举一反三。

第11章

Flash CS3课件基础

Flash 动画作为一种新兴的多媒体技术，在网站动画、片头动画、广告、贺卡、游戏、MTV 和教学课件等方面，应用非常广泛。

11.1 Flash CS3 工作界面

1. 工作界面

Flash CS3 工作界面由最上方的主菜单栏、工具栏、【时间轴】面板、工具箱、属性面板、控制面板和舞台几个部分组成，如图 11-1 所示。

图 11-1 工作界面

2. 【时间轴】面板

【时间轴】面板用于组织和控制文档内容在一定时间内播放的图层和帧数。图层就像堆叠在一起的多张幻灯胶片一样，每个层中都排放着自己的对象。Flash 动画的制作原理就是把绘制出来的对象放到一格格的帧中，然后再进行播放。【时间轴】面板的一些功能如图 11-2 所示。

3. 工具箱

位于工作界面左边的长条形状就是工具箱，是 Flash 最常用的一个面板，用单击的方式能选中其中的各种工具，如图 11-3 所示。

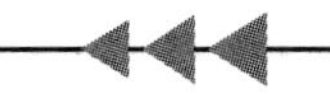

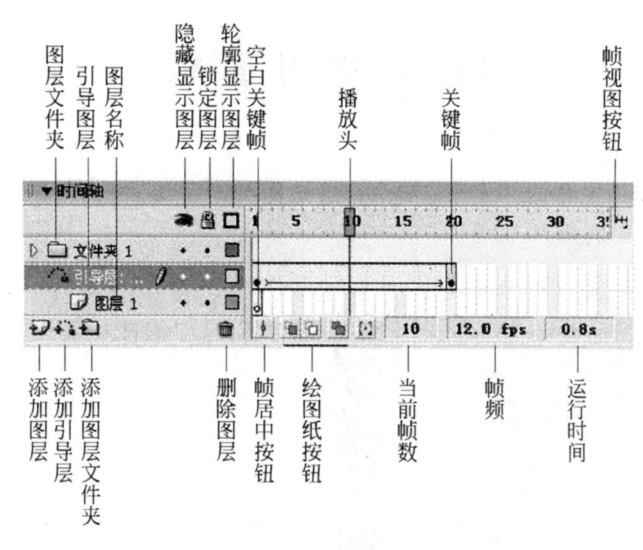

图 11-2　【时间轴】面板

4. 舞台

舞台位于工作界面的正中间部位，是放置动画内容的区域。这些内容包括矢量插图、文本框、按钮、导入的位图图形或视频剪辑等。可以在属性面板中设置和改变舞台的大小。默认状态下，舞台的宽为 550 像素，高为 400 像素。工作时根据需要可以改变舞台显示的比例大小，可以在时间轴右上角的显示比例文本框中设置显示比例，最小比例为 8%，最大比例为 2000%。在下拉菜单中有三个选项，【符合窗口大小】选项用来自动调节到最合适的舞台比例大小；【显示帧】选项可以显示当前帧的内容；【全部显示】选项能显示整个工作区中包括在舞台之外的元素，如图 11-4 所示。

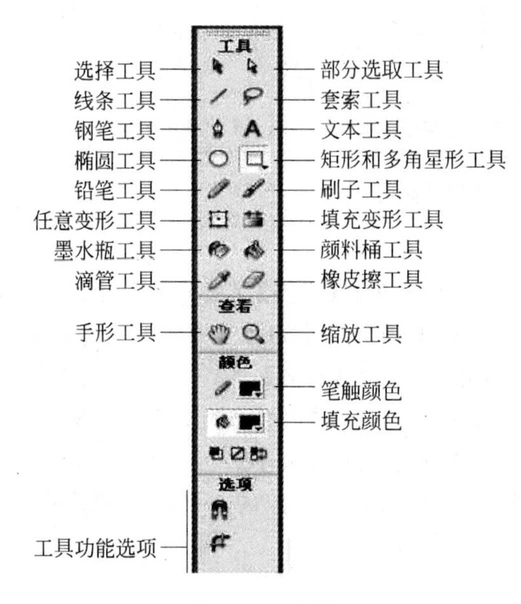

图 11-3　工具箱

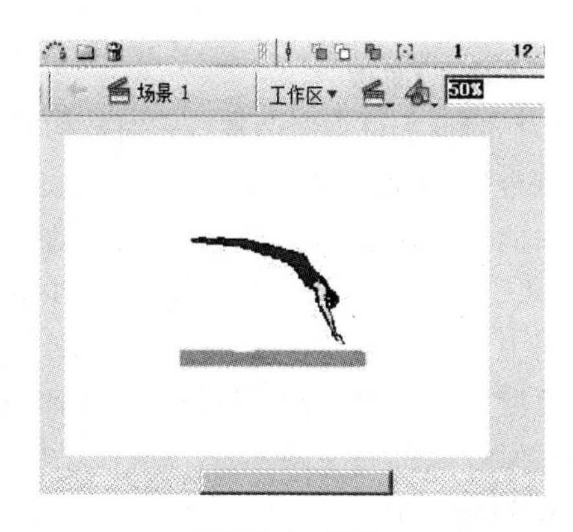

图 11-4　舞台

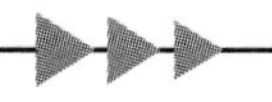

11.2 常用面板

1.【动作-帧】面板

【动作-帧】面板是主要的开发面板之一，是动作脚本的编辑器，在后面的实例中将进行具体讲解，如图11-5所示。

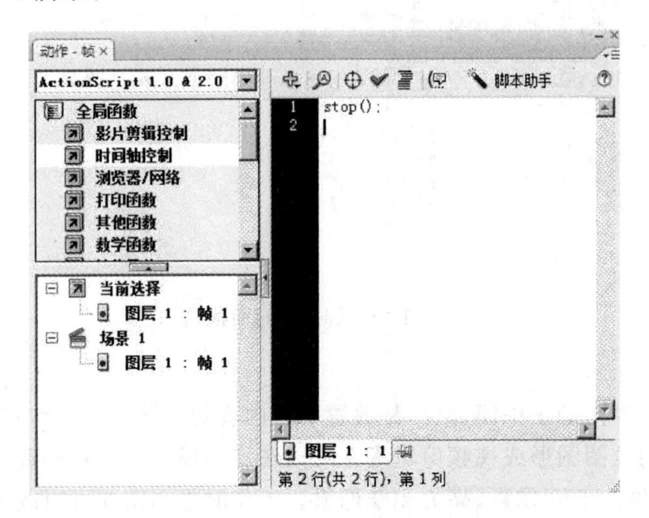

图 11-5 【动作-帧】面板

2.【属性】面板

【属性】面板可以很容易地访问舞台或时间轴上当前选定项的常用属性，也可以在面板中更改对象或文档的属性，如图11-6所示。

图 11-6 文档属性面板

3.【对齐】面板

【对齐】面板可重新调整选定对象的对齐方式和分布。【对齐】面板分为5个区域。【相对于舞台】：单击此按钮后可以调整选定对象相对于舞台尺寸的对齐方式和分布；如果没有单击此按钮则是两个以上对象之间的相互对齐和分布。【对齐】：用于调整选定对象的左对齐、水平中齐、右对齐、上对齐、垂直中齐和底对齐。【分布】：用于调整选定对象的顶部、水平居中和底部分布，以及左侧、垂直居中和右侧分布。【匹配大小】：用于调整选定对象的匹配宽度、匹配高度或匹配宽和高。【间隔】：用于调整选定对象的水平间隔和垂直间隔。【对齐】面板如图11-7所示。

4.【样本】面板

【样本】面板提供了最为常用的颜色，并且能添加颜色和保存颜色。用鼠标单击的方式可选择需要的常用颜色，如图11-8所示。

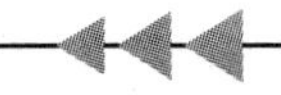

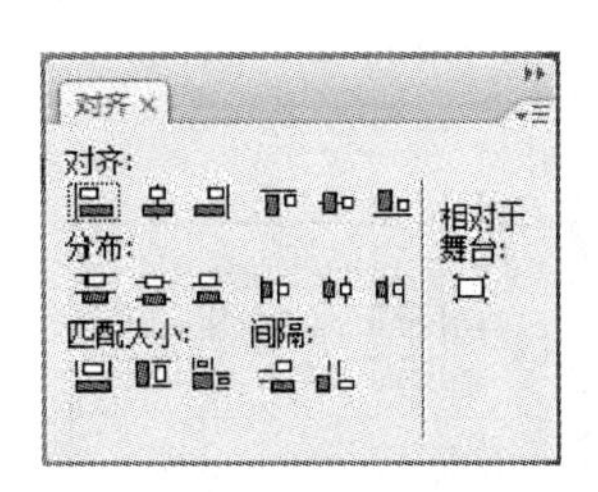

图 11-7　【对齐】面板

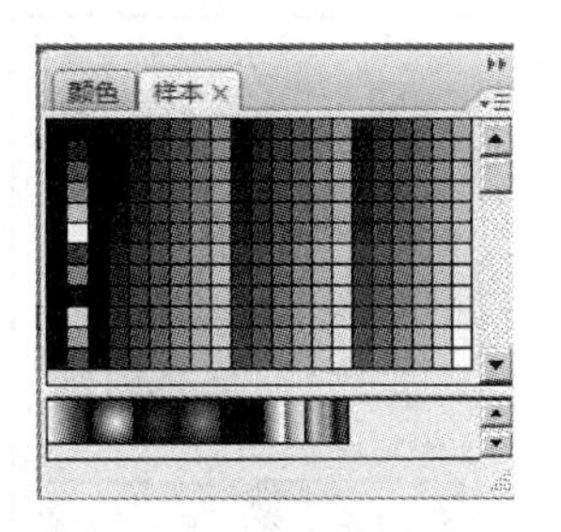

图 11-8　【样本】面板

5.【颜色】面板

【颜色】面板可以创建和编辑笔触颜色和填充颜色。默认为 RGB 模式，显示红、绿和蓝的颜色值。Alpha 值用来指定颜色的透明度，其范围在 0%～100%，0%为完全透明，100%为完全不透明。RGB 颜色值文本框显示的是(以＃开头)十六进制模式的颜色代码，可直接输入。可以在面板的颜色空间单击鼠标，选择一种颜色，上下拖动右边的亮度控件可调整颜色的亮度。如图 11-9 所示为【颜色】面板中【类型】选择为【纯色】时的状态。

如果文档中需要填充渐变色，就要将【类型】框中的类型选择为【线性】或【放射状】选项。此时，面板会显示放射渐变颜色设置模式，如图 11-10 所示。

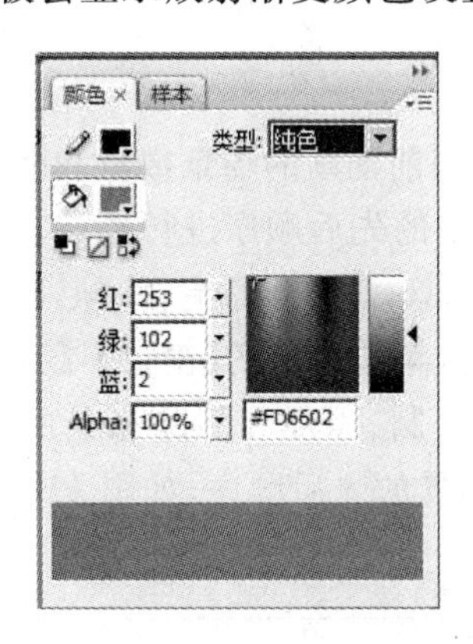

图 11-9　颜色类型为【纯色】时状态

图 11-10　渐变颜色设置模式

在这个模式中双击渐变颜色控制节点(小锤状按钮)，会弹出【颜色设置】面板，可以改变颜色的设置。若要添加一个渐变颜色控制节点，只需将鼠标指针移到两个渐变颜色控制节点间双击，在弹出的颜色样本中选择一个颜色就可以了。若要想去掉一种颜色，直接按住鼠标左键将小锤状按钮拖出框外就可以了，如图 11-11 所示。

6.【信息】面板

【信息】面板可以查看对象的大小、位置、颜色和鼠标位置指针等信息。面板分为 4 个区域：左上方显示对象的宽和高信息；右上方显示对象的 X 轴和 Y 轴坐标信息，要显示对象注册点(中心点)的坐标，则单击坐标网格的中心方框，要显示左上角的坐标，则单击坐标网格中的左上角方框；左下方显示在舞台中鼠标位置处的颜色值与 Alpha 值；右下方显示鼠标的 X 轴和 Y 轴坐标信息。使用【信息】面板可以以坐标值的方式改变对象的大小，如图 11-12 所示。

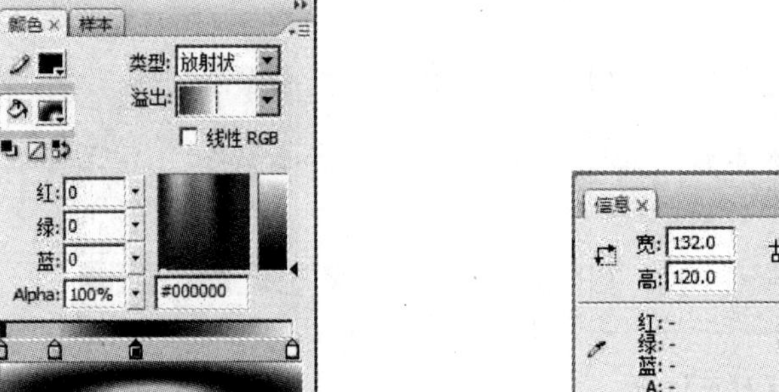

图 11-11　放射状颜色设置

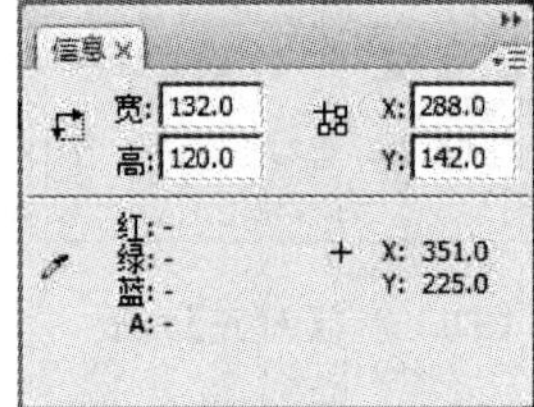

图 11-12　【信息】面板

7.【变形】面板

【变形】面板可以对选定对象执行缩放、旋转、倾斜和创建副本的操作。【变形】面板分为三个区域：最上面的是缩放区，可以输入垂直和水平缩放的百分比值，选中【约束】复选框，可以使对象按原来的长宽比例进行缩放；选中【旋转】选项，可输入旋转角度，使对象旋转；选中【倾斜】选项，可输入水平和垂直角度来倾斜对象；单击面板下方的复制并应用变形按钮，可执行变形操作并且复制对象的副本；单击重置按钮，可恢复上一部的变形操作，如图 11-13 所示。

8.【场景】面板

一个动画可以有多个场景组成，【场景】面板中显示了当前动画的场景数量和播放的先后顺序。当动画包含多个场景时，将按照它们在【场景】面板中的先后顺序进行播放。动画中的帧是按场景顺序连续编号的，例如：如果影片中包含两个场景，每个场景有 10 帧，则场景 2 中的帧的编号为 11 到 20。进入【场景】编辑框的途径是：单击菜单栏上的【窗口】|【其他面板】|【场景】命令。单击【场景】面板下方的三个按钮可以执行复制、添加和删除场景的操作。双击场景名称可以重新命名，上下拖动场景名称可以调整场景的先后顺序，如图 11-14 所示。

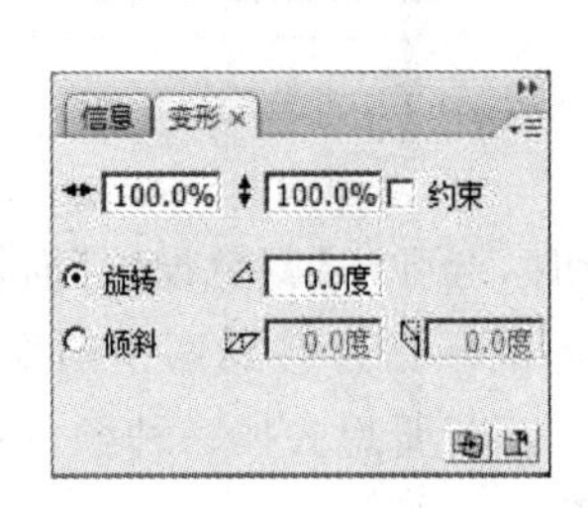

图 11-13　【变形】面板

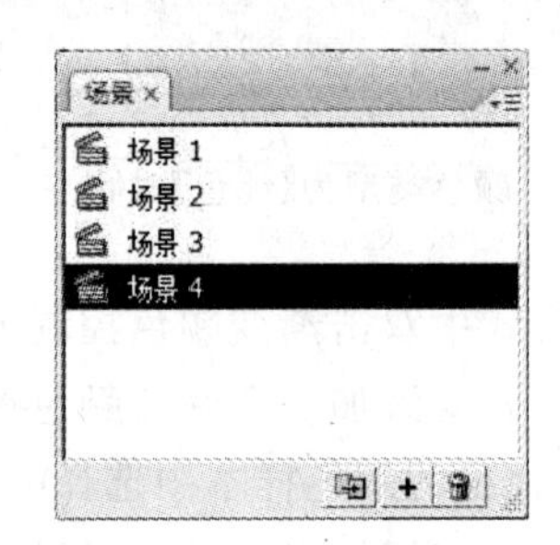

图 11-14　【场景】对话框

11.3　使用网格和标尺

网格、标尺和辅助线可以帮助用户精确地勾画和安排对象。

1. 使用网格

对于网格的应用主要有显示网格、编辑网格和对齐网格三个功能。执行【视图】|【网格】|【显示网格】命令，可以显示或隐藏网格线，如图 11-15 所示。

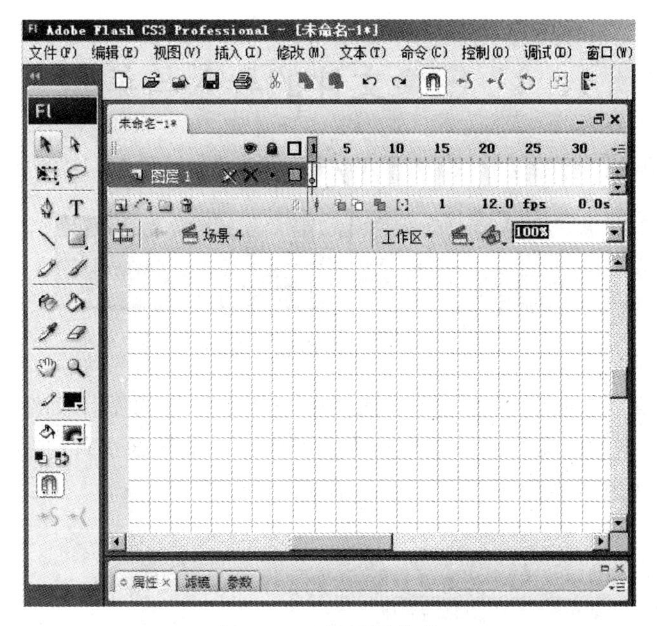

图 11-15　显示网格线

执行【视图】|【网格】|【编辑网格】命令，打开编辑【网格】对话框，在对话框中可编辑网格的各种属性，如图 11-16 所示。完成网格的编辑后，制作一些规范图形将变得很方便，可以提高工作效率。

2. 使用标尺

可以使用标尺来度量对象的大小比例。执行【视图】|【标尺】命令，可以显示或隐藏标尺。显示在工作区左边的是垂直标尺，用来测量对象的高度；显示在工作区上边的是水平标尺，用来测量对象的宽度。舞台的左上角为标尺的零起点，如图 11-17 所示。

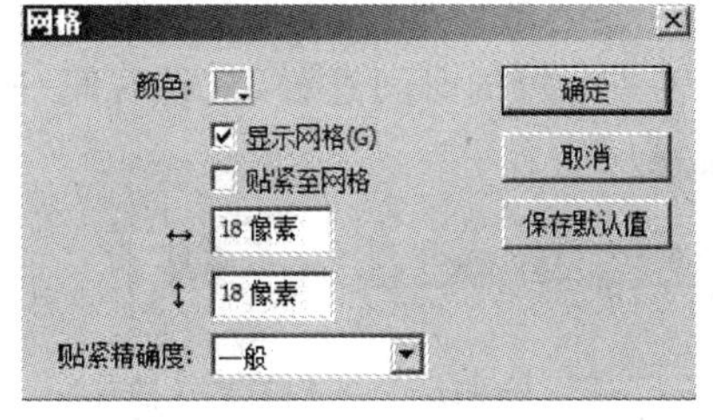

图 11-16　编辑【网格】对话框

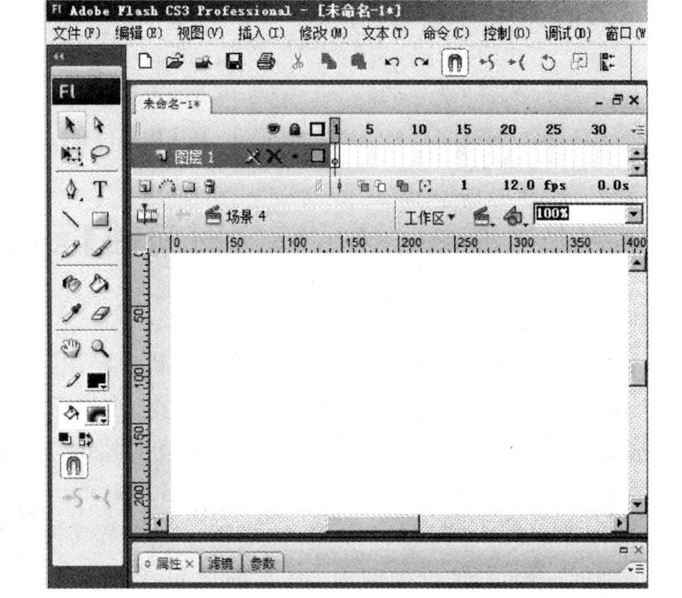

图 11-17　显示标尺

11.4 图像文件的导入与编辑

选择菜单栏中的【文件】|【导入】|【导入到舞台】命令,如图 11-18 所示。

图 11-18 图像导入命令

此时会弹出【导入】对话框,在这个对话框中选择准备好的图片文件,单击【打开】按钮,将图像文件导入到当前的舞台中。在舞台中选择刚导入的图像文件,展开【属性】面板,设置图像文件的大小,或原点坐标值,如图 11-19 所示。

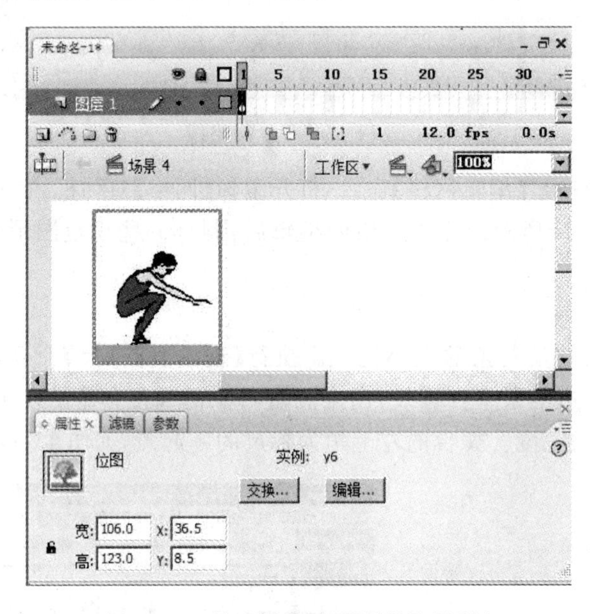

图 11-19 导入图片展开【属性】对话框

11.5 【时间轴】面板的操作

1. 时间轴

Flash 的时间轴是由一个个呈小格子状的帧组成的,用于记录动画中的画面出现的先后次序及相应的内容,如图 11-20 所示。这种小格子就代表一个短的时间过程,缺省时间一般是 1/12 秒(可以在文件的属性面板中改变帧的播放速度)。Flash 动画犹如一个舞台,不同时间(时间差异)、不同演员(不同的元件),共同完成一个统一的主题。在这里,时间轴决定了演员(元件)出场的先后次序,对整个动画,起着决定

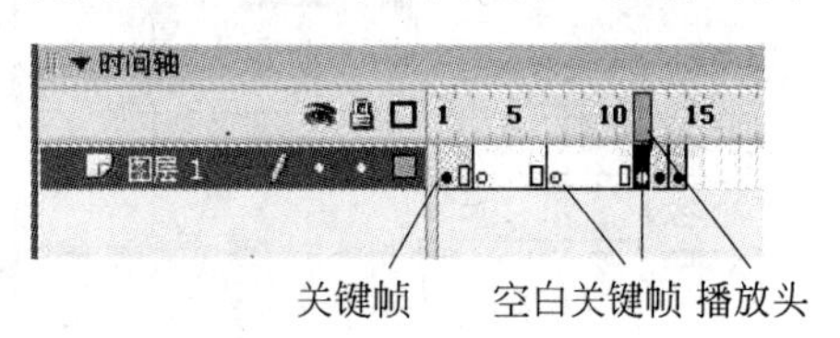

图 11-20 【时间轴】面板

性的作用。Flash 的任务就是要决定元件如何在场景中运动，而它的运动就是要在【时间轴】中设定的。

2. 帧

帧就是 Flash 动画中的每一画面，在时间轴上表现为一个个小的画格。帧分普通帧和关键帧。在时间轴上，空白帧用白色的小方格表示，实帧用灰色的小方格表示。

(1) 关键帧：就是在时间轴上有黑色的小圆点的一些帧。关键帧上有图形元素(或元件)。在动画的播放过程中，关键帧对应场景中的元件对该动画的表现形式起决定作用。在动画制作时会经常用到关键帧。

(2) 空白关键帧：时间轴上的白色带小圆圈的格子就是空白关键帧。如果在关键帧上不放置任何图形元素，那么这个关键帧就是一个空白关键帧。

(3) 播放头：就是在时间轴上有一个红色竖线和小方框组成的标志。播放头停在哪个帧上，场景中就显示该帧中所对应的图形元素。播放头跳到另一帧，场景中就显示另一个帧对应的图形元素。播放头连续在帧上跳动，便形成了一个连贯的动画。

11.6 图　　层

图层主要是为了方便制作复杂的 Flash 动画而引入的一种手段。每一个图层都包含一条独立的动画通道，且都包含一系列的帧，各图层的帧位置是一一对应的。在动画播放时，舞台上任一时刻所展示的动画都是由所有图层中在播放指针所在位置的帧共同组合而成的。

图层分普通图层、引导图层、遮罩图层等。普通图层就像没有厚度的透明纸，上面的图层的图形覆盖在下面的图层的图形上面。单击时间轴面板左下方的【插入图层】按钮，即可插入一个普通图层。选中某图层，单击时间轴面板左下方的【删除图层】按钮，即可删除该图层。将光标置于要调整的图层上，按住左键将所选图层拖放到需要的位置后松开鼠标，即可调整图层的上下层关系。双击时间轴左侧的图层名称，出现一个文本框，在框内输入文字，即可给图层重命名。

在图层面板上方有三个切换图标，即眼睛、小锁和方框。它们分别代表显示/隐藏图层、锁定 / 解锁图层、图层上的图形元素以轮廓形式出现等操作，如图 11-21 所示。

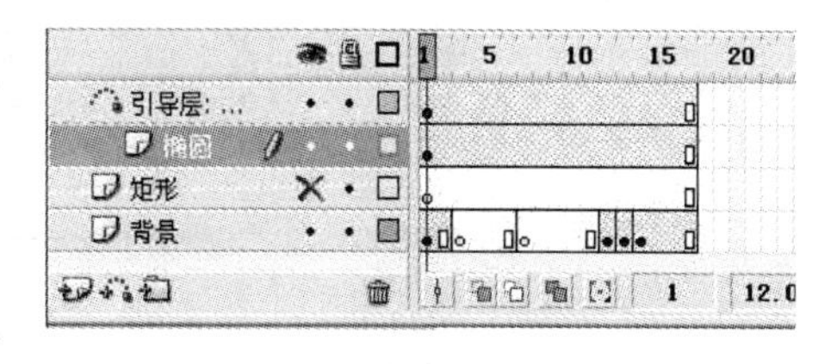

图 11-21　图层面板

11.7 测试和保存动画文档

1. 测试动画

选择主菜单栏中的【控制】|【测试影片】命令(快捷键 Ctrl+Enter)，弹出测试窗口，在窗口中可以观察到影片的效果。关闭测试窗口可以返回到影片编辑窗口，对影片继续进行编

辑，如图 11-22 所示。

在动画测试窗口中，【视图】菜单主要提供了用于设置带宽和显示数据传输情况的命令。其中比较重要的几个命令的含义如下。

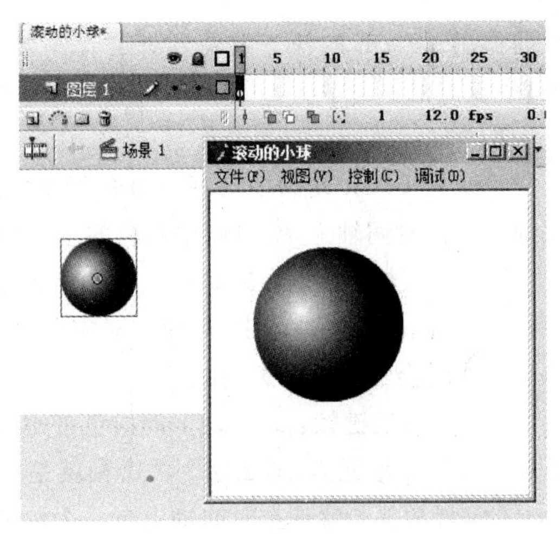

图 11-22　测试影片

(1)【缩放比率】：按照百分比或完全显示的方式显示舞台内容。

(2)【带宽设置】：显示带宽特性窗口，用以表现数据流的情况。

(3)【数据流图表】：以条形图的形式模拟下载方式，显示每一帧的数据量大小。

(4)【帧数图表】：以条形图的形式显示每一帧数据量的大小。

(5)【模拟下载】：模拟在设定的传输条件下，以数据流方式下载动画时的播放情况。其中播放进度标尺上的绿色进度块表示下载情况，当它始终领先于播放指针的前进速度时，说明动画在下载时播放不会出现停顿。

(6)【下载设置】：设置模拟的下载条件，Flash 按照典型的网络环境预先设定了几种常用的传输速率，用户也可以根据自己的实际需要设置网络测试环境，对网络传输速率进行自定义。

(7)【品质】：选择用什么样的画面效果来显示动画画面，如果采用【低】方式则画面图像比较粗糙，但显示速度较快；如果采用【高】方式，画面图像会比较光滑精细，但速度会有所降低。

(8)【显示重绘区域】：显示动画中间帧的绘图区域。

2. 保存动画

选择主菜单中的【文件】|【保存】命令(快捷键 Ctrl+S)，弹出【另存为】对话框，指定影片保存的文件夹，输入文件名，单击【确定】按钮。这样就将影片文档保存起来了，文件的扩展名是.fla。注意：为了文档保存安全，在动画制作过程中要经常保存文件。按 Ctrl+S 键，可以快速保存文件，如图 11-23 所示。

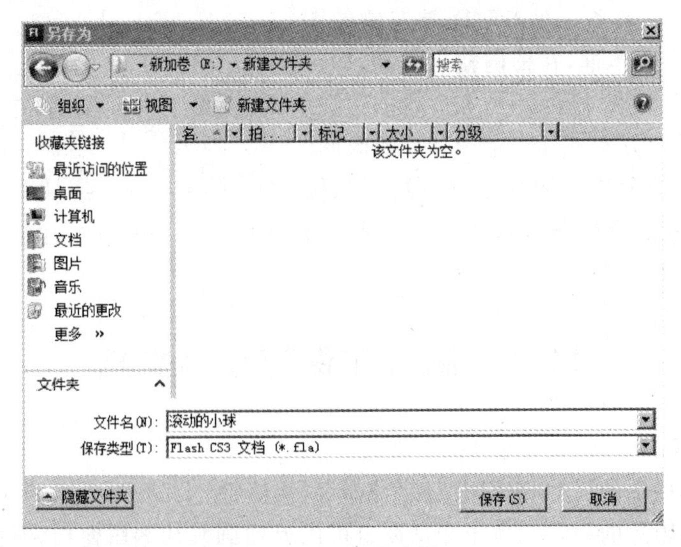

图 11-23　保存文档

11.8　元件、符号库和实例

11.8.1　元件的概念

元件是指在 Flash 中可以重复使用的一种特殊对象。Flash 之所以引入元件的概念，主要是为了能够有效地减少输出文件的大小。

元件分为图形、影片剪辑和按钮三种类型。

1. 图形

图形本身是静态的，可以在不同的帧中以相同或不同的形态出现，因此它也是一种小型的时间线动画。不能使用交互控件和 Action 命令，它的播放与主时间轴同步。

2. 影片剪辑

影片剪辑是一段单独的小型 Flash 动画，它的播放与主时间轴无关。可供交互按钮与 Action 命令调用。

3. 按钮

按钮是一种具有交互功能的图形元件，用于响应各种鼠标事件。

11.8.2　创建图形元件

在 Flash 中有两种创建元件的方法，一种是新建元件，另一种是将导入的其他图像等转换成元件。

1. 新建图形元件的方法

(1) 选择【插入】|【新建元件】命令。

(2) 在弹出的【创建新元件】对话框中选中【图形】单选按钮，然后在【名称】文本框中给新建元件命名，单击【确定】按钮后，该图形元件会进入编辑状态，如图 11-24 所示。

图 11-24　【创建新元件】对话框

(3) 按 Ctrl+L 组合键，调出【库】面板，可以看到刚才建立的图形元件(此时【库】面板中还没有任何对象，因为舞台里还没有对象)，如图 11-25 所示。

(4) 此时可以使用绘图工具栏中的工具，在元件编辑工作区内绘制所需的图形或输入文字，如图 11-26 所示。

2. 将导入的图片转换成元件

元件符号的来源不局限于使用绘图工具新绘制元件，还可将其他的图像转换成图形元件。转换的方法如下。

(1) 选择【文件】|【导入】|【导入到舞台】命令，弹出【导入】对话框，选择要导入的图片文

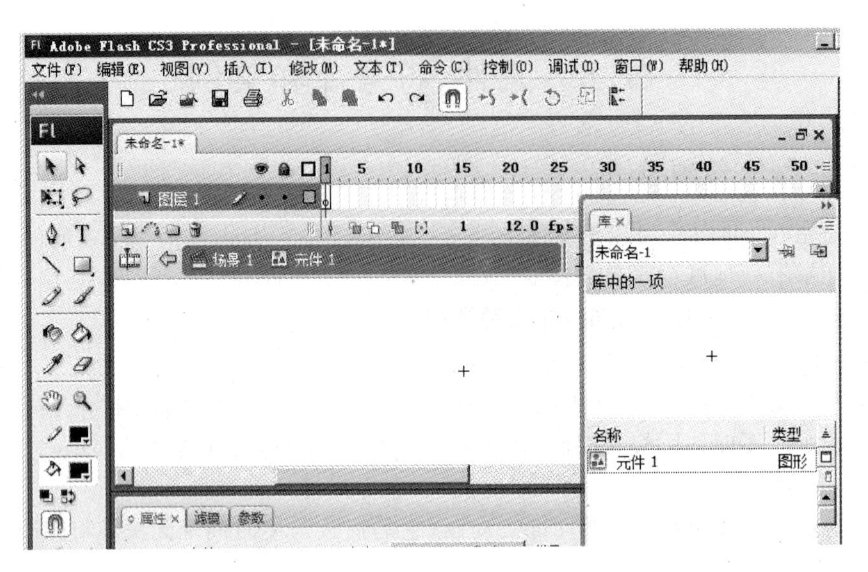

图 11-25 元件编辑窗口——【库】面板

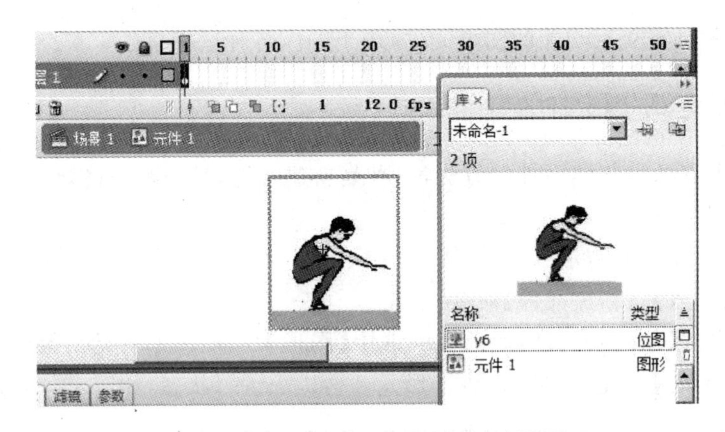

图 11-26 在元件编辑窗口绘制元件符号

件,则将此图片导入到舞台中。

(2) 在舞台上选中并右击该图片,在弹出的快捷菜单中选择【选择为元件】命令,或按 F8 键,弹出【转换为符号】对话框,单击【确定】按钮,一个用手工难以绘制的精致元件就制作好了,如图 11-27 所示。

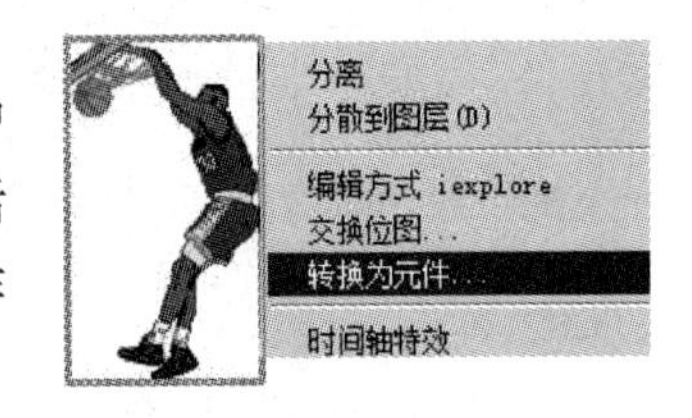

图 11-27 【转换为元件】命令

11.8.3 创建按钮元件

按钮是一种元件,它和图形元件符号有所不同,它可以有互动功能。当用户通过鼠标产生单击、按下和移过按钮等动作时,按钮可以分别显示不同的状态。可以通过在时间轴中创建关键帧来制作不同的按钮状态。

按钮的时间线只有 4 帧,分别是【弹起】、【指针经过】、【按下】、【点击】,这表示了按钮的 4 种形态,如图 11-28 所示。

创建按钮的步骤如下。

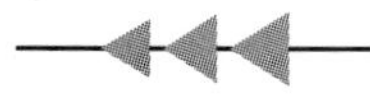

图 11-28 按钮时间轴

1. 根据组合的对象创建按钮

可以根据文本和图形(包括位图图像和组合对象)来创建按钮。在工具栏中,单击选择工具。在舞台上,选择图片,然后选择【修改】|【转换为元件】命令,在【转换为元件】对话框中,将元件命名为【按钮】,并选择【按钮】作为【行为】。在注册网格中,确认左上角的正方形被选定为注册点,并单击【确定】按钮。注册点是元件对齐和旋转的基准点。按钮可以是任何形式,比如,可能是一幅位图,也可以是矢量图;可以是矩形,也可以是多边形;可以是一根线条,也可以是一个线框;甚至还可以是看不见的透明按钮。

2. 新建一个按钮元件

在菜单中选择【插入】|【新建元件】命令,然后出现一个对话框,在对话框的名称中输入要创建按钮的名称,行为选择为【按钮】,并单击【确定】按钮。然后会进入元件编辑状态,这时时间轴会发生改变,会在时间轴上出现按钮的 4 个不同状态,针对不同按钮状态(有 4 个状态,分别为【弹起】,表示按钮一般的状态;【指针经过】,表示鼠标指针经过按钮时按钮的状态;【按下】,表示单击按钮时按钮的状态;【点击】,定义一个按钮的有效范围,即可以单击按钮的范围)的特殊帧分别进行编辑,定义按钮的每一个状态。

3. 命名按钮实例

作为一种最好的习惯,应命名舞台上元件的实例。动作脚本依赖实例名称来标识对象。在创建的按钮仍然处于选定状态时,打开【属性】检查器,选择【窗口】|【属性】命令,在实例名称文本框中,输入【圆形按钮】,如图 11-29 所示。

4. 按钮制作举例

下面以制作一个 play 按钮为例讲解按钮元件的制作方法。

(1) 新建一个文件,执行【插入】|【新建元件】命令。打开【新建元件】对话框。在该对话框的【名称】文本框中输入按钮的名字 play,在【类型】栏中选中【按钮】单选按钮,如图 11-30 所示。

图 11-29 按钮属性

图 11-30 新建按钮元件对话框

(2) 单击【确定】按钮,进入到按钮元件的编辑场景中,如图 11-31 所示。

(3) 定义按钮的 4 个帧,首先定义【弹起】帧。单击工具栏中的文字工具按钮,在元件场景中输入文字 play,其文字的属性设置为:字体为楷体,字号为 95,字体颜色为黑色,加粗并居中,如图 11-32 所示。

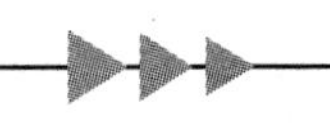

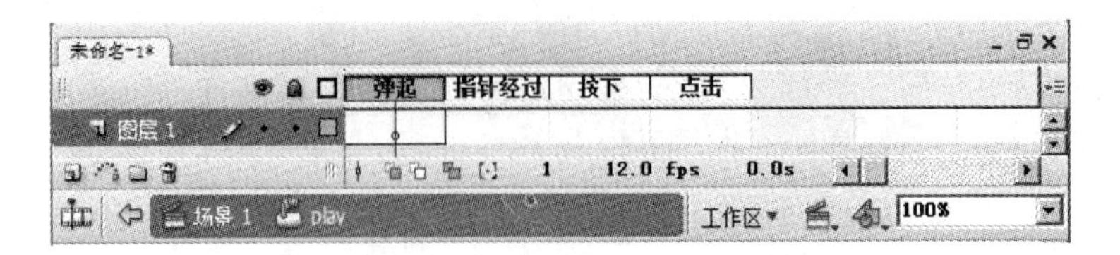

图 11-31　按钮编辑场景

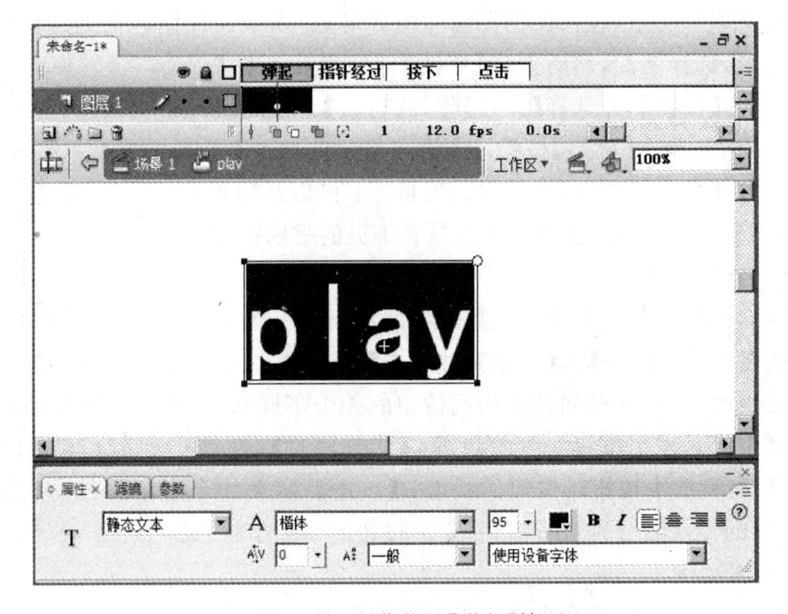

图 11-32　制作按钮【弹起】帧

提示：按钮可以用于图形、元件、文字或电影片段，还可用绘图工具绘制按钮，如图 11-33 所示。这个形状是由一个蓝色圆形和一些小椭圆形状组合而成的，另外为了表现球的立体感，在蓝色圆形下边还绘制了一个椭圆阴影。

(4) 定义【指针经过】帧。选中【指针经过】帧，单击鼠标右键，在弹出的快捷菜单中选择【插入关键帧】命令，如图 11-34 所示。

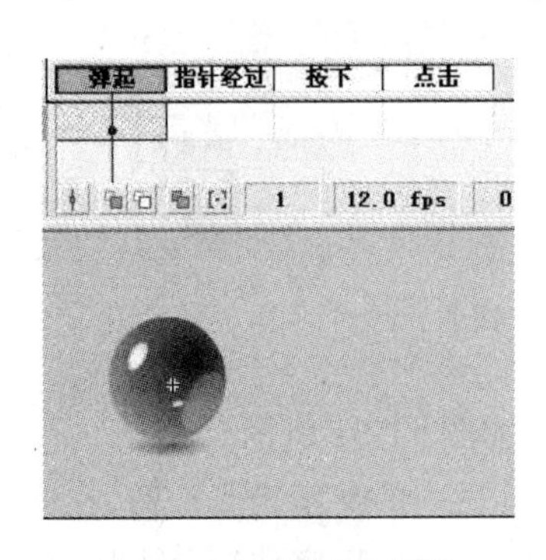

图 11-33　圆形按钮制作

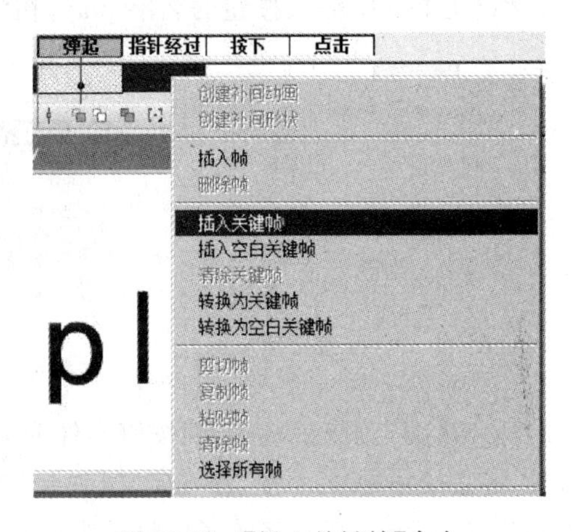

图 11-34　【插入关键帧】命令

(5) 在场景中对该按钮进行相应的设置,如颜色、大小等,如图 11-35 所示。

(6) 用定义【指针经过】帧的方法为【按下】帧插入关键帧并对其进行相同定义。

(7) 不定义【点击】帧,采用系统默认的设置。

(8) 在时间轴下方中单击【场景 1】切换到场景中。单击编辑窗口右下角的【库】面板,或者执行主菜单栏中的【窗口】|【库】命令。打开如图 11-36 所示的【库】面板。

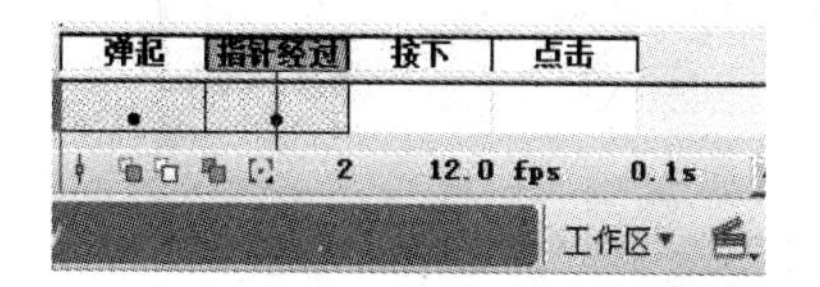

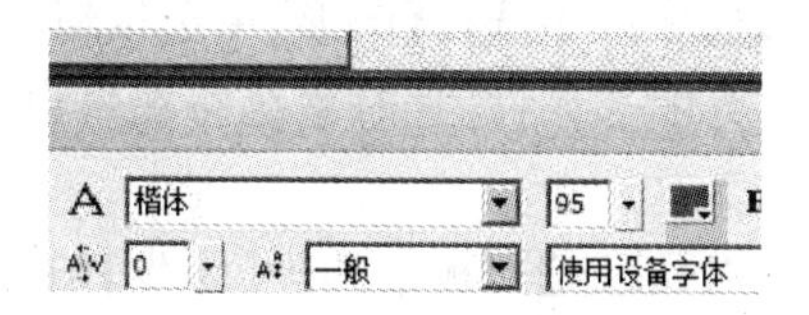

图 11-35　【指针经过】帧状态

图 11-36　【库】面板

(9) 保存文件后,按 Ctrl+Enter 组合键即可预览按钮的效果。

(10) 用鼠标拖动库面板中的 play 元件到场景中,按钮就做好了。

11.8.4　符号库

在 Flash 中,创建的元件都存放在符号库里,符号库可以存放图形元件、按钮元件、影片剪辑以及导入的位图文件、声音文件等。

通过库面板可以方便地管理各类符号元件,用户只需直接从库中反复调用所需的对象元件即可。

可以选择主菜单栏中的【窗口】|【库】命令,或者按 Ctrl+L 组合键调用【库】面板,如图 11-37 所示。

图 11-37　【库】面板

11.8.5　实例

所谓实例,就是元件在舞台上的引用,它是元件的一个具体的表现。从【库】面板中将元件直接拖曳到舞台中,就创建了这个元件的一个实例。如果修改了元件,那么应用于影片中的实例也将相应地改变,即实例会继承元件的属性,但是对实例所做修改不会涉及实例所属的元件。

1. 创建实例

在【库】面板中将元件直接拖曳到舞台中,就创建了这个元件

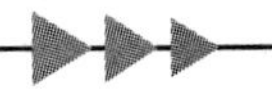

的一个实例。

(1) 导入一幅制作好的运动图片。

(2) 选中该图片后,按 F8 键,弹出【转换为元件】对话框,如图 11-38 所示。

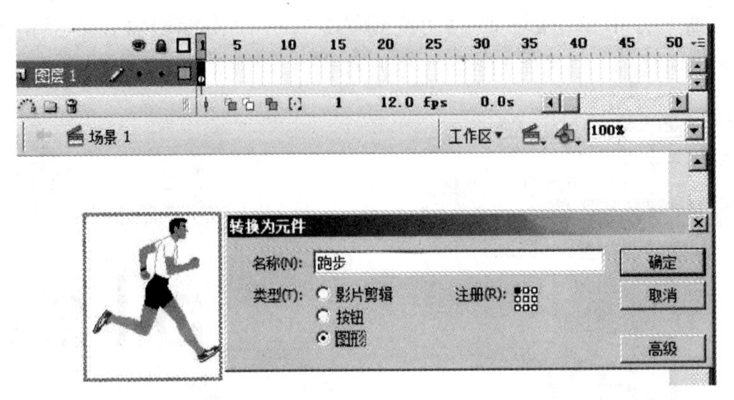

图 11-38 【转换为元件】对话框

(3) 在【名称】文本框中输入【跑步】,在【类型】选项区中选择【图形】单选按钮。

(4) 单击【确定】按钮,将【跑步】位图元件转换为图形元件,这时系统将在舞台中自动创建出这个元件的一个实例。

(5) 为了在舞台上多创建几个同样的实例,可以从【库】面板中选择【跑步】图形元件,将其拖到舞台中,从而又再创建了一个实例,如图 11-39 所示。

图 11-39 创建实例

(6) 重复上一步操作,继续从【库】面板中向舞台拖入元件,这样就在场景中创建出三个实例,如图 11-40 所示。

2. 修改实例

创建好了实例,下面就介绍如何修改实例。如果只是想改变实例的大小、形状,只需进行以下步骤就可以完成。

图 11-40　创建出的三个实例

(1) 在库面板中双击【跑步】图形元件图标，切换到元件编辑窗口。在图形编辑窗口选择【跑步】图像，选择主菜单栏中的【修改】|【变形】|【垂直翻转】命令，将此图像翻转 180 度，如图 11-41 所示。

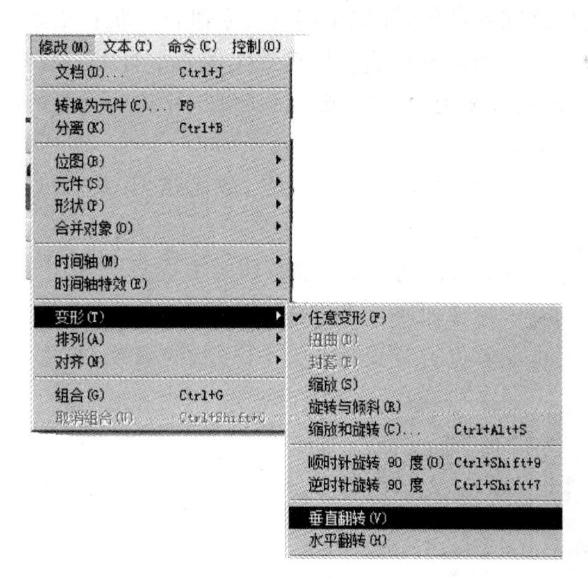

图 11-41　【垂直翻转】命令

(2) 在【时间轴】面板中单击【场景 1】按钮，切换到场景编辑窗口，可以看到三个元件实例都垂直翻转了。这是因为实例是元件的分身，它会受到元件符号的影响，如图 11-42 所示。

(3) 在工具栏中，单击任意变形按钮，在舞台上将其中一个实例单击选中，图形四周出现 8 个黑色矩形控制点。

(4) 若将鼠标指针指向垂直中心线上的黑色矩形点，鼠标指针变成垂直双向箭头时，单

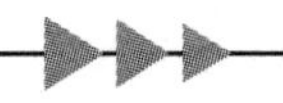

击并拖动鼠标可在图形垂直方向上改变图形的大小。

(5) 若将鼠标指针指向水平中心线上的黑色矩形点，鼠标指针变成水平双向箭头时，单击并拖动鼠标可在图形水平方向上改变图形的大小。

(6) 若将鼠标指针指向顶点上的黑色矩形点，鼠标指针变成倾斜双向箭头时，单击并拖动鼠标可任意缩放图形的大小，如图 11-43 所示。

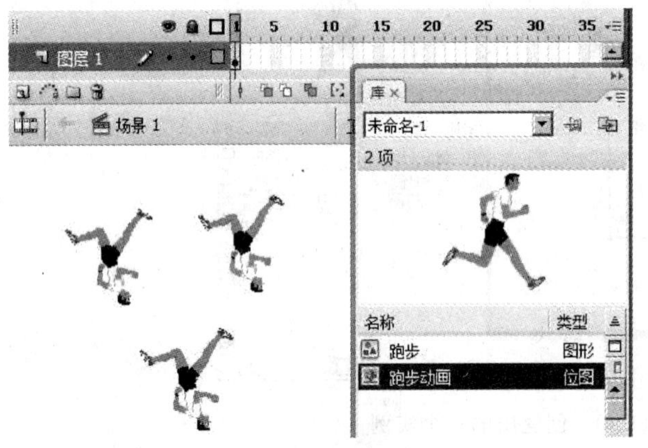

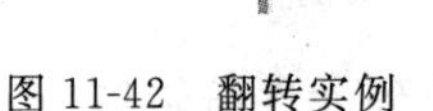

图 11-42　翻转实例

图 11-43　改变实例的大小、形状

3. 分离实例

要断开实例与元件之间的链接，并把实例放入未组合形状和线条的集合中，可以分离该实例。这对于充分地改变实例而不影响任何其他实例非常有用。如果在分离实例之后修改该元件，并不会用所作的更改来更新该实例。将实例从元件中分离的步骤如下。

(1) 在舞台中选中实例。

(2) 选择主菜单栏中的【修改】|【分离】命令，或者按 Ctrl＋B 组合键，将实例打散，如图 11-44 所示。

(3) 被打散的实例布满了白色的小点，在工具栏中选择套索工具，接着单击工具栏下方的【选项】区域中的魔术棒按钮，选择其中的背景颜色后再按 Delete 键，可对它进行去背景色的处理。当然也能够进行背景色及大小、形状的修改，如图 11-45 所示。

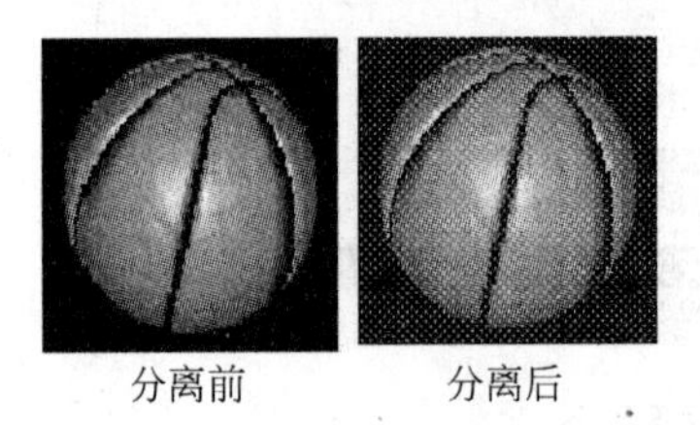

分离前　　分离后

图 11-44　实例分离前后对比

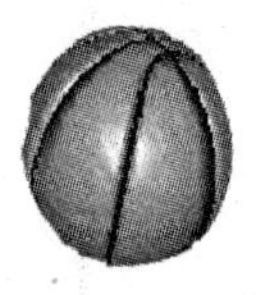

图 11-45　分离后对实例去背景色处理

上 机 练 习

1. 利用椭圆工具及填充渐变工具制作两只不同颜色的气球。

2. 利用形状补间制作日出的动画，要求：

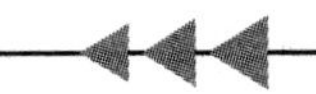

(1) 舞台背景用渐变工具画出深蓝色天空，在第 50 帧处插入关键帧，用渐变填充工具将天空变为浅蓝色。

(2) 添加形状补间动画，完成天色由暗到亮的变化过程。

(3) 新建【图层 2】，命名为【草地】，将一幅草地图片导入到舞台中，调整图片使其成为草地形状。

(4) 新建【图层 3】，并将其命名为【太阳】，用形状补间动画制作太阳由橙色变至红色并升上天空的变化过程(注意调整三个图层的上下位置关系)。

第12章

Flash绘图技巧

体育绘图作为一种记录手段，具有节省文字、突出重点、增强感性认识的特点。因此它在体育教师备课、写教案、编写训练计划方面可以节省大量的准备时间，提高工作效率。同时由于图文并茂、形象直观，可以使教学准备更加深入彻底。Flash软件提供了各种工具用来绘制图形，也可用来对对象上色，用来创作体育教学中的多媒体素材，对于教案中体育绘图的绘制更是轻松便捷了。在这里介绍几种器材及人体运动图的基本画法，仅做抛砖引玉。

12.1 篮球的画法

(1) 设定舞台大小和背景。

① 启动Flash CS3，单击主菜单栏中的【文件】|【新建】|【保存】命令将文件保存为【篮球.fla】。

② 执行【修改】|【文档】命令，或者双击舞台下方的【属性】标签，在弹出的对话框中进行设置，如图12-1所示。

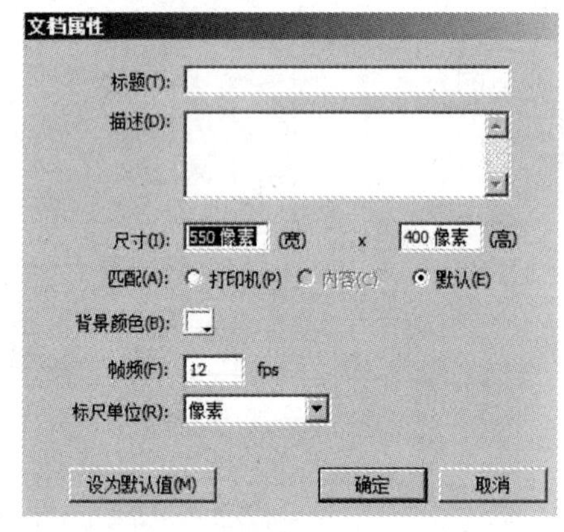

图12-1 【文档属性】对话框

(2) 单击主菜单栏中的【窗口】|【颜色】命令，打开颜色面板，把其中的【类型】选项选择为【放射状】，调整颜色由白色到棕色渐变。

(3) 在绘图工具栏中选择【椭圆工具】，同时把笔触颜色去掉，按住Shift键在舞台中拖动鼠标。

(4) 选择填充变形工具（按任意变形工具的小箭头可以切换出填充变形工具）改变填充效果使之更真实，如图12-2所示。

(5) 绘制篮球花纹：单击添加图层按钮并命名为【纹理】，使用钢笔工具绘制花纹（首先在花纹起点处单击鼠标，然后在终点单击鼠标不放用“杠杆”把线段调整到合适的形状松手，如图12-3所示）。

(6) 同理，绘制好其他线段后，用部分选取工具单击任意线条，单击菜单栏中的【修改】|【组合】命令，如图12-4所示。

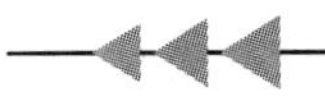

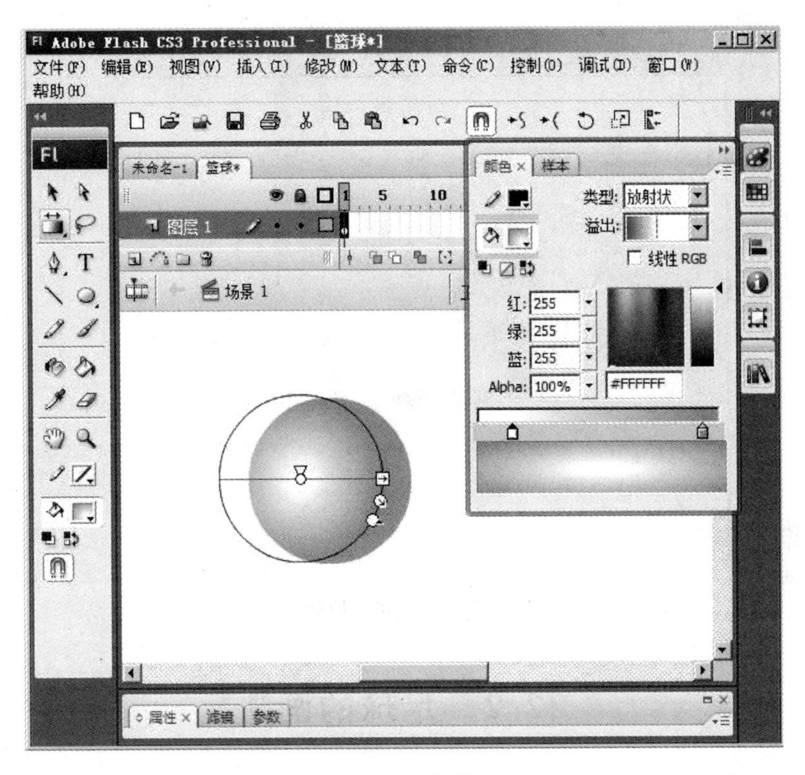

图 12-2　绘制篮球

(7) 重复使用【椭圆工具】和颜色框中的【填充工具】绘制阴影，用【任意变形工具】调整阴影的形状为合适的状态，单击菜单栏中的【控制】|【测试影片】命令，如图 12-5 所示。

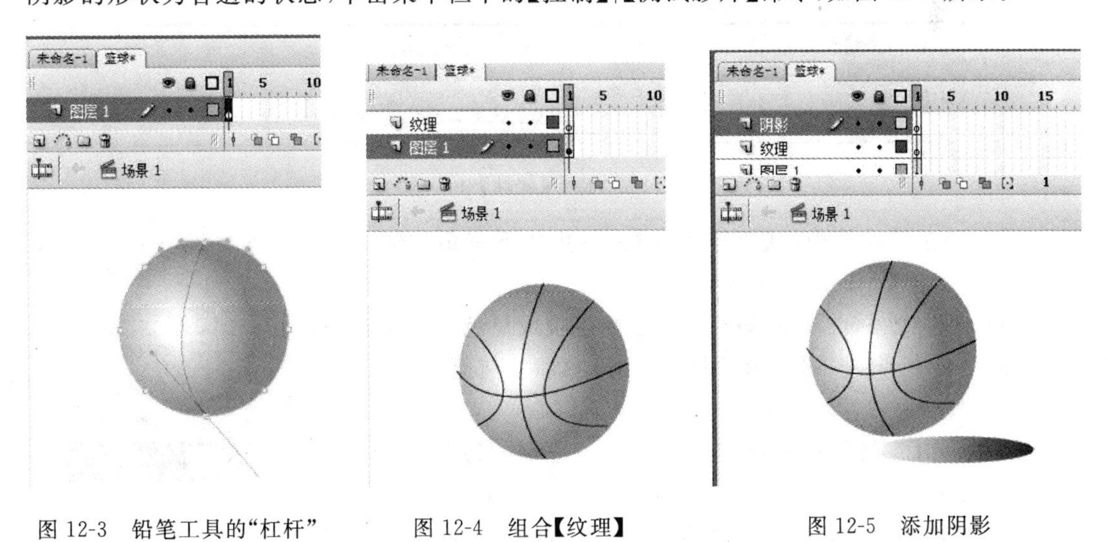

图 12-3　铅笔工具的"杠杆"原理

图 12-4　组合【纹理】

图 12-5　添加阴影

(8) 单击菜单栏中的【文件】|【导出】|【导出影片】命令，单击【确定】按钮，导出影片到指定的地点，命名为【手绘篮球】，安装 Flash 播放器就能观看影片了，如图 12-6 所示。

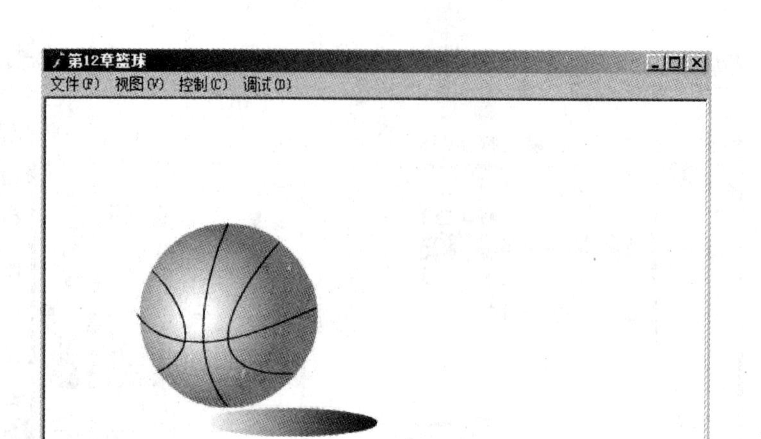

图 12-6　课件播放

12.2　足球的画法

(1) 启动 Flash CS3,单击主菜单栏中的【文件】|【新建】|【保存】命令将文件保存为【足球.fla】。

(2) 双击舞台下方的【属性】标签,修改文档属性,如图 12-7 所示。

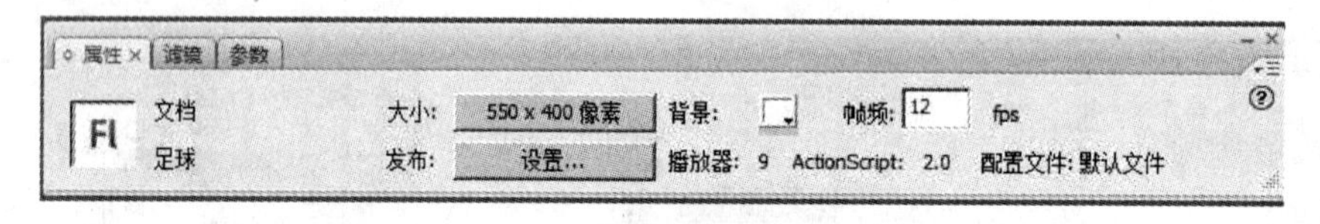

图 12-7　舞台【属性】对话框

(3) 单击工具箱中的【矩形工具】右下角的下三角按钮,选择【多角星形工具】,如图 12-8 所示。

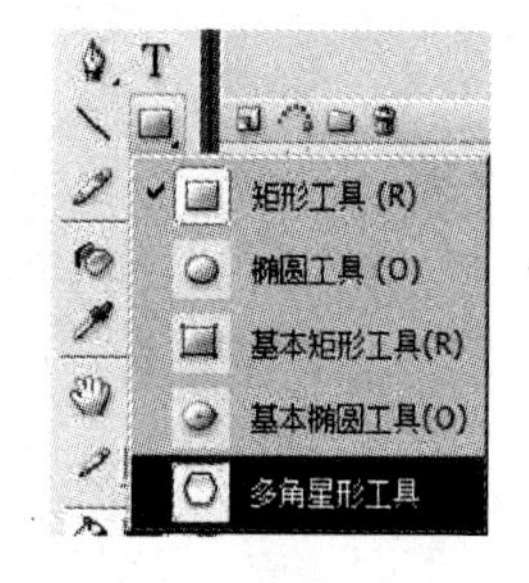

图 12-8　多角星形工具

(4) 在【属性】面板中将填充和笔触颜色设成黑色,单击【选项】按钮(如果看不到【选项】按钮,则单击【属性】标签前面的上下箭头小符号将其全部展开),如图 12-9 所示。

(5) 弹出【工具设置】对话框,将其中多边形的边数设为 6,如图 12-10 所示。

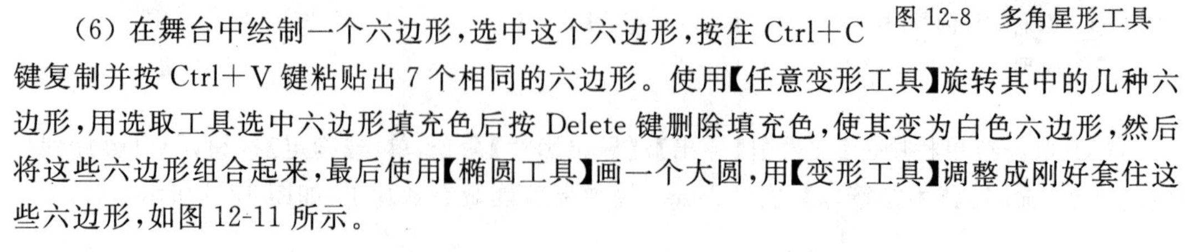

(6) 在舞台中绘制一个六边形,选中这个六边形,按住 Ctrl+C 键复制并按 Ctrl+V 键粘贴出 7 个相同的六边形。使用【任意变形工具】旋转其中的几种六边形,用选取工具选中六边形填充色后按 Delete 键删除填充色,使其变为白色六边形,然后将这些六边形组合起来,最后使用【椭圆工具】画一个大圆,用【变形工具】调整成刚好套住这些六边形,如图 12-11 所示。

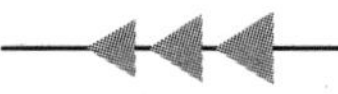

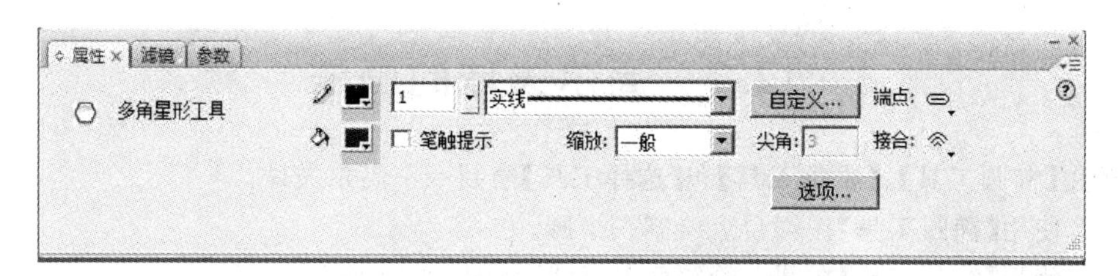

图 12-9　【属性】面板中的【选项】按钮

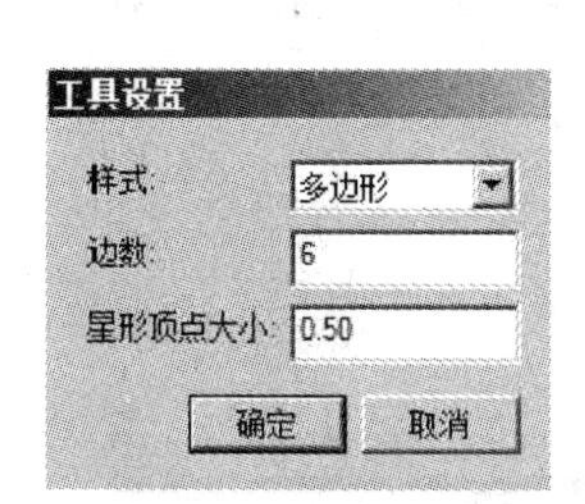

图 12-10　【工具设置】对话框

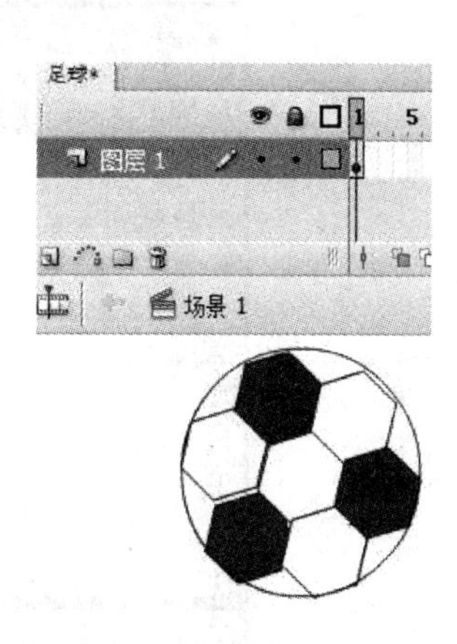

图 12-11　组合六边形

(7) 绘制足球的装订线。在【属性】面板的笔触样式框中，将线条类型改成斑马线，接着绘制一个六边形，再对这个六边形进行变形调整，使其稍小于实线六边形，然后，执行【复制】|【粘贴】命令，并调整其位置，效果如图 12-12 所示。

(8) 使用【椭圆工具】和颜色框中的【填充工具】绘制阴影，用【任意变形工具】调整阴影的形状为合适的状态，单击菜单栏中的【控制】|【测试影片】命令，如图 12-13 所示。

图 12-12　为足球添加装订线

图 12-13　添加阴影

(9) 单击菜单栏中的【文件】|【导出】|【导出影片】命令，然后单击【确定】按钮，导出影片到指定的地点，命名为【手绘足球】。最后安装 Flash 播放器就能观看该影片了。

12.3　高尔夫球的画法

使用【椭圆工具】、【线条工具】和【选择工具】绘制一个高尔夫球。

(1) 使用【椭圆工具】在舞台上绘制一个圆。

(2) 使用【线条工具】在圆上绘制两条虚线，如图 12-14 所示。

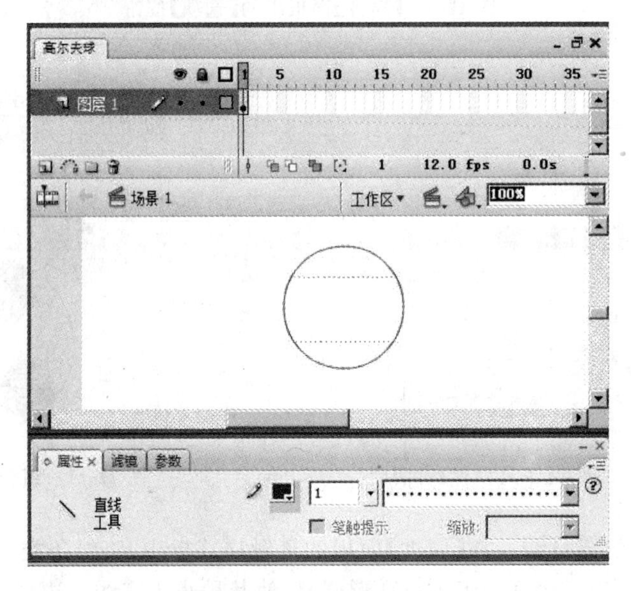

图 12-14　绘制两条虚线

(3) 单击工具箱中的【选择工具】将光标移动到虚线上，当光标尾部出现一个小弧形时，拖拉虚线，把虚线调整成弧形，如图 12-15 所示。

(4) 使用【颜料桶工具】，将填充色设置为【放射状】，将圆形填充成球形，如图 12-16 所示。

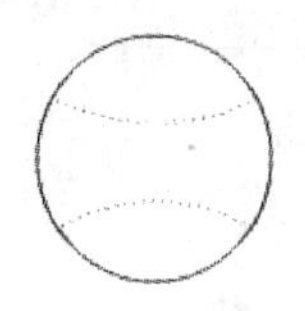

图 12-15　调整两条虚线

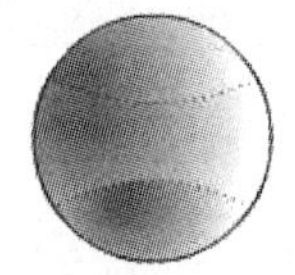

图 12-16　填充好的高尔夫球

12.4　台球的画法

(1) 使用【椭圆工具】绘制一个圆，使用【颜料桶工具】将填充色设置为【放射状】，将圆形填充成球形，如图 12-17 所示。

(2) 使用【椭圆工具】在圆上再绘制一个椭圆，使用【颜料桶工具】将填充色设置为放射状，将圆形填充成球形，并使用工具箱中的【文字工具】输入数字，如图 12-18 所示。

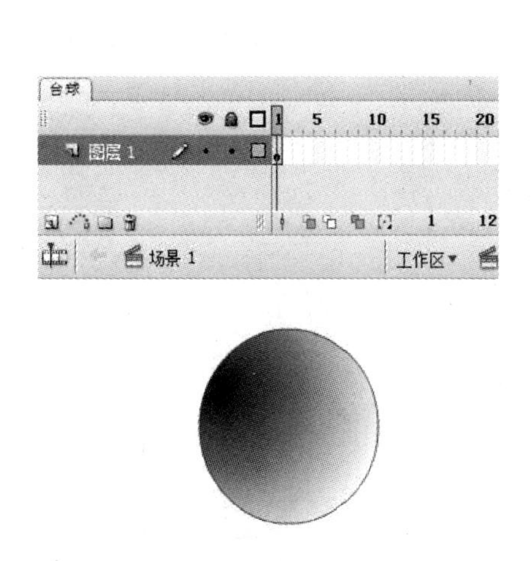

图 12-17 在舞台上绘制一个圆球

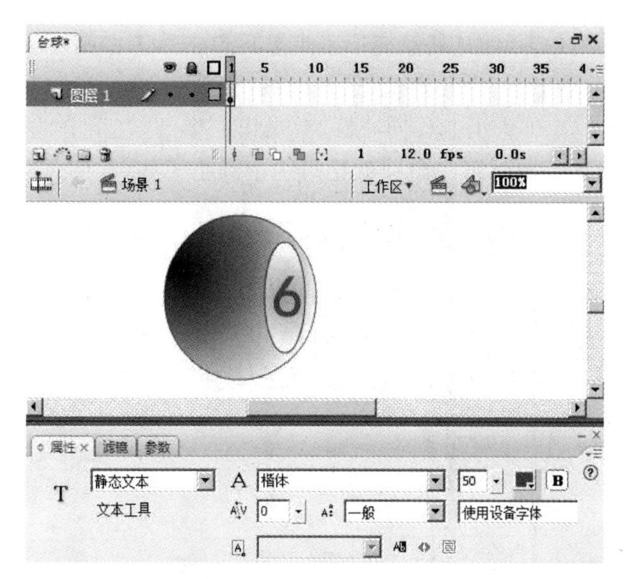

图 12-18 制作台球

12.5 绘制奥运五环

(1) 启动 Flash CS3,单击主菜单栏中的【文件】|【新建】|【保存】命令将文件保存为【奥运五环.fla】。

(2) 双击舞台下方的【属性】标签,修改文档属性。

(3) 单击工具箱中的【椭圆工具】,选择笔触为黑色,填充色为无,按住 Shift 键,在舞台中画出两个圆,准备用这两个圆制作成一个同心圆,如图 12-19 所示。

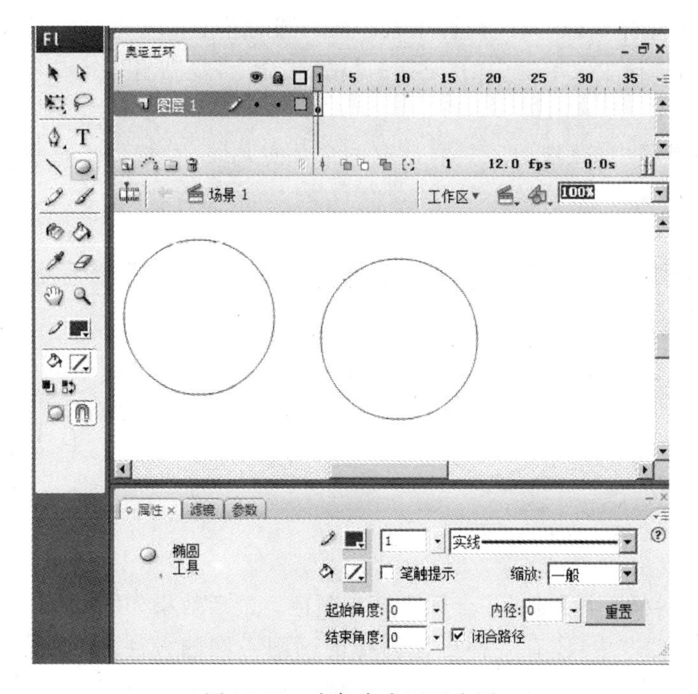

图 12-19 在舞台中画两个圆

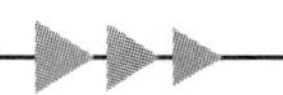

(4) 单击【任意变形工具】,再单击第一个圆环,此时可以在属性面板中可以看到这个圆的高和宽的大小数值(这个圆的高和宽都是 132.0 像素),如图 12-20 所示。

(5) 为了制作同心圆,单击第二个圆,在下方的属性面板中将宽和高的数值改为 110.0 像素。因此第二个圆就比第一个圆小了些,如图 12-21 所示。

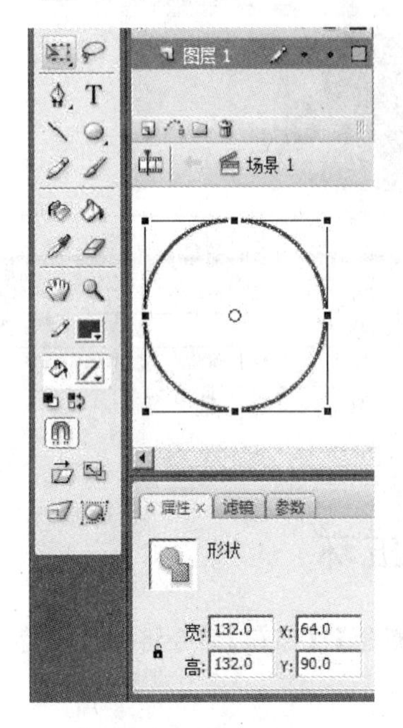

图 12-20　圆的属性

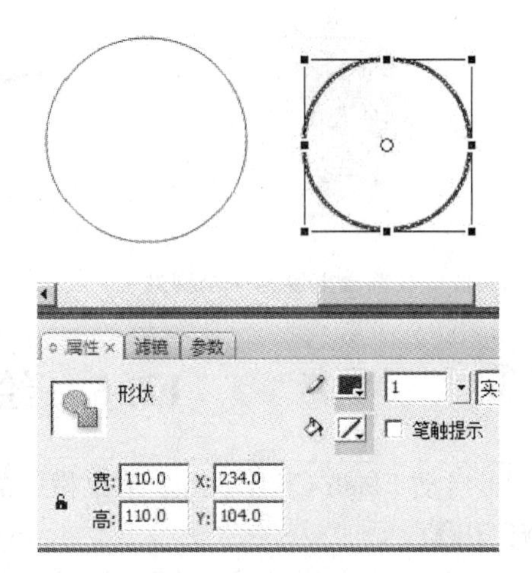

图 12-21　设置第二个圆的宽和高

(6) 按动键盘上的方向键,移动第二个圆,使两圆重叠成为同心圆。

(7) 单击工具箱中的【选择工具】,用鼠标从两圆的左上角开始向右下角拖拉,选中整个同心圆环。然后,选择主菜单栏中的【复制】|【粘贴】命令,复制出另外 4 个圆环,移动圆环并使 5 环相交,如图 12-22 所示。

(8) 单击工具箱中的【选取工具】,选取两个环叠加线段,按 Delete 键删除,如图 12-23 所示。

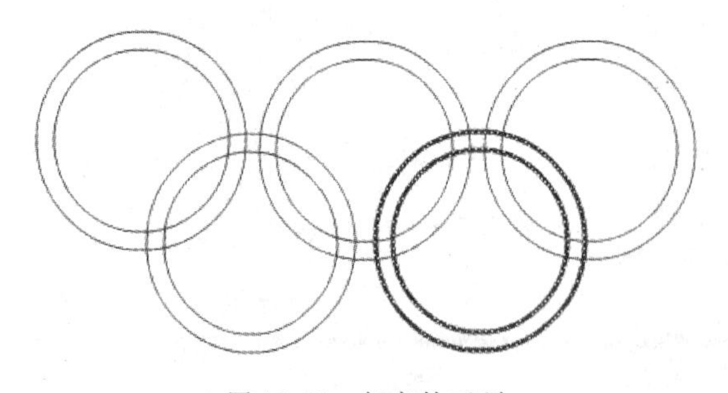

图 12-22　相交的五环

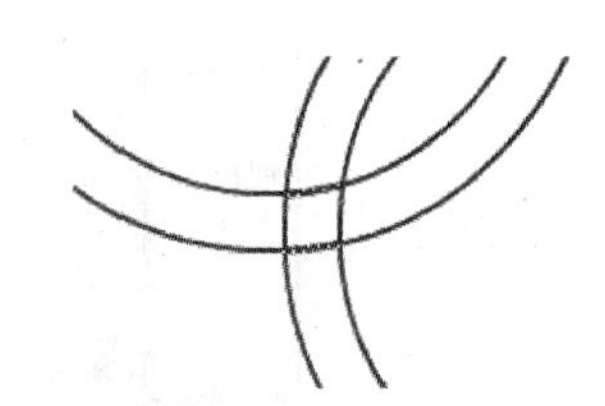

图 12-23　选取叠加线段并删除

(9) 选择【颜料桶工具】对每一个圆环填充颜色。最后效果如图 12-24 所示。

注:在 Flash CS3 中,还有一种更为简捷的画同心圆的方法(其他低版本无此功能)。在工具箱中选取【椭圆工具】,单击下方的笔触颜色和填充颜色,这里设置笔触颜色为黑色,

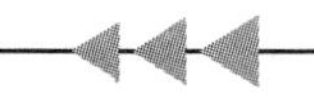

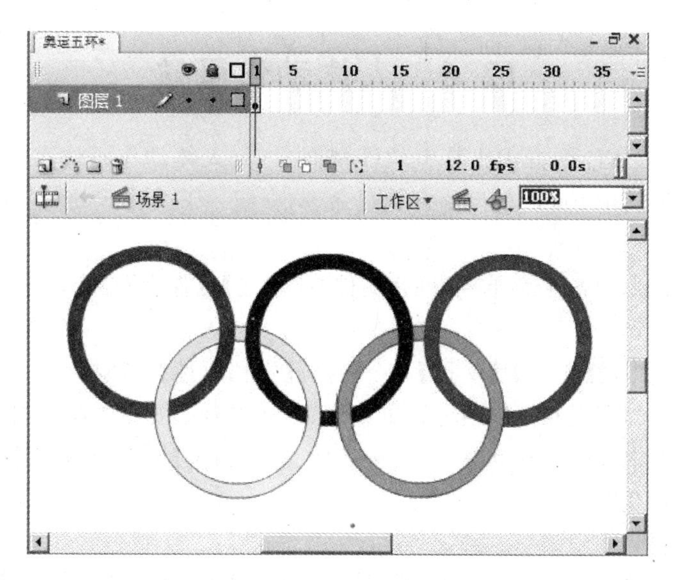

图 12-24　奥运五环效果图

填充颜色为蓝色。在舞台的下方展开全部【属性】面板，在属性面板的【内径】框中输入圆环的内径值(或单击小三角按钮，在打开的调节框中拖动滑块进行调节)，设置完成后即可绘制所需的圆环。如图 12-25 所示，是设置不同的内径画出的同心圆。

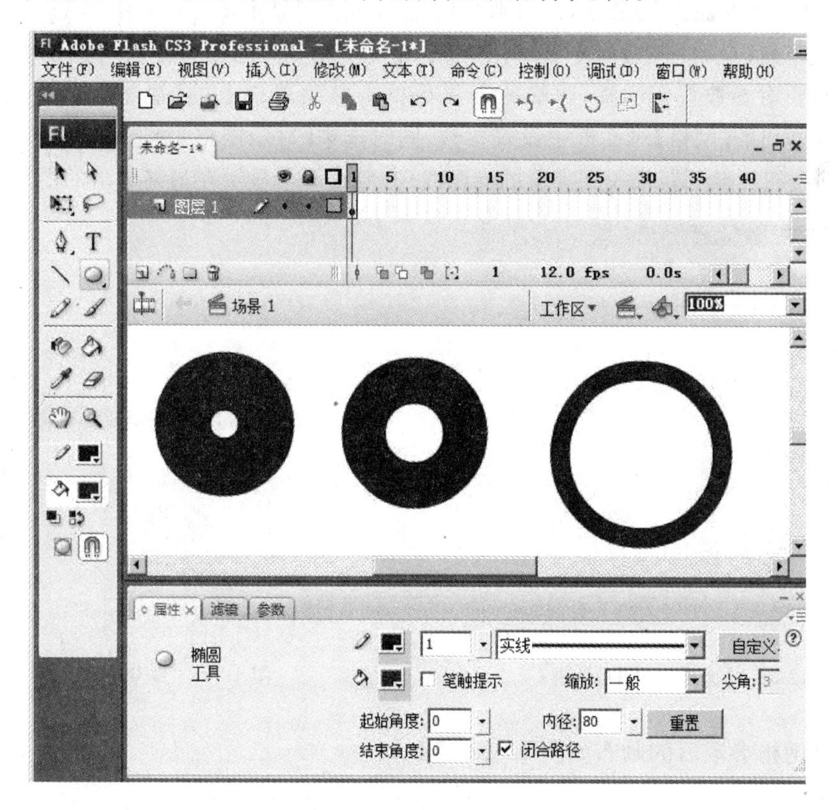

图 12-25　内径分别为 20 像素、40 像素和 80 像素画出的同心圆

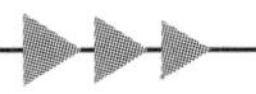

12.6 人体动作画法

Flash CS3 在人体绘图方面比其他软件稍高一筹,人体动作画法在第 6 章中已经介绍了一部分。在这里利用 Flash 的网格和标尺命令,介绍一下人体运动图的比例。

1. 设置画布

启动 Flash CS3,单击主菜单栏中的【文件】|【新建】|【保存】命令将文件保存为【人体动作比例.fla】。

单击主菜单栏中的【修改】|【文档】命令,打开【文档属性】对话框。在这里可以根据需要对其【尺寸】文本框的宽度和高度值分别重新设置,如果有必要更改画布的背景色,可同时在【背景颜色】选项框中选取一种满意的颜色,最后单击【确定】按钮,关闭对话框便可得到自己理想的画布,如图 12-26 所示。

2. 编辑"7 线格"

体育教师绘图并不追求逼真形象,而只要求能用线条符号来表示体育动作技术和内容。即便如此,一般的绘图者利用鼠标在无任何参照体的位置准确地把握绘图比例仍是件不容易的事。因此,可以 7 条线为一基本单元,在此范围内画图,以便于掌握绘图比例。

在 Flash 中无须如实画出 7 条线,只需简单设置便可得到 7 线格。具体设置方法:在主菜单栏单击【视图】|【标尺】命令,此时舞台的上部和左侧显示出标尺;再单击主菜单栏上的【视图】|【网格】|【显示网格】命令,此时舞台上显示网格;但网格与标尺可能不太相符,需要依据个人需要对参数重新调整,调整的方法是单击主菜单栏上的【视图】|【网格】|【编辑网格】命令,在弹出的【网格】对话框中设置参数,同时选中【显示网格】复选框,如图 12-27 所示。单击【确定】按钮后便可轻松得到满意的参照线(参照线不会显示在最终导出的图片中)。

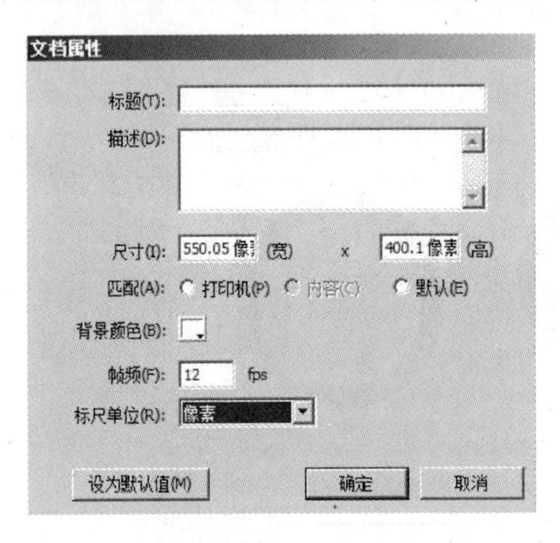

图 12-26 【文档属性】对话框

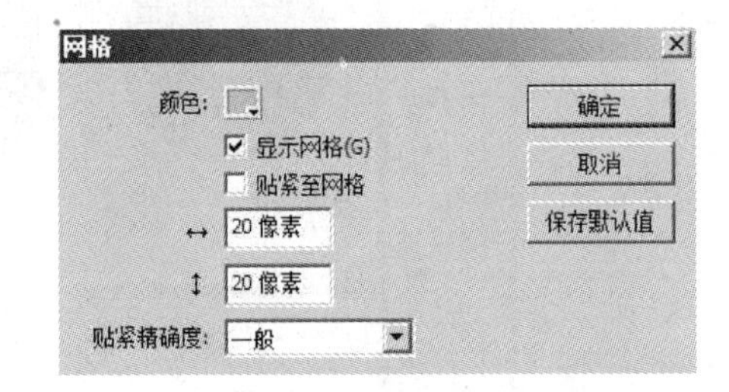

图 12-27 编辑【网格】对话框

编辑好网格参数后的画布如图 12-28 所示。

3. 绘图

有了参考线,利用 Flash 提供的丰富的绘图工具,就可以如同在一张设置好"7 线格"的图纸上进行画图了。

画平站时，头部画在第一条线的下面，第二条线的下面画肩，躯干画在第二条和第三条线之间，第三条线下面画腰，第三条和第四条线之间画骨盆，第五条线画膝，第七条线画脚。口诀：一头、二肩、三腰、四腿、五膝、七脚，如图 12-29 所示。

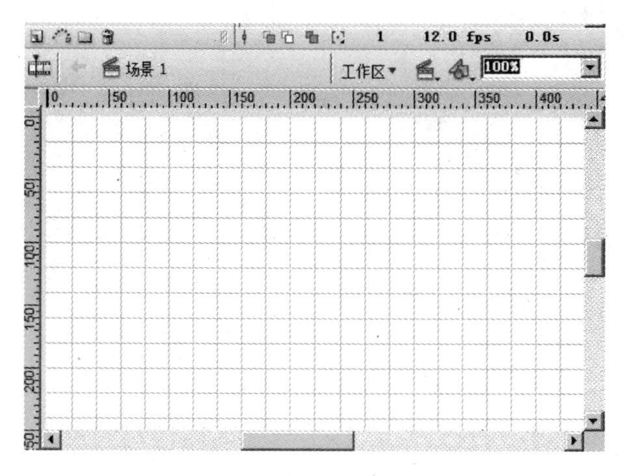

图 12-28　具有标尺和网格线的画布

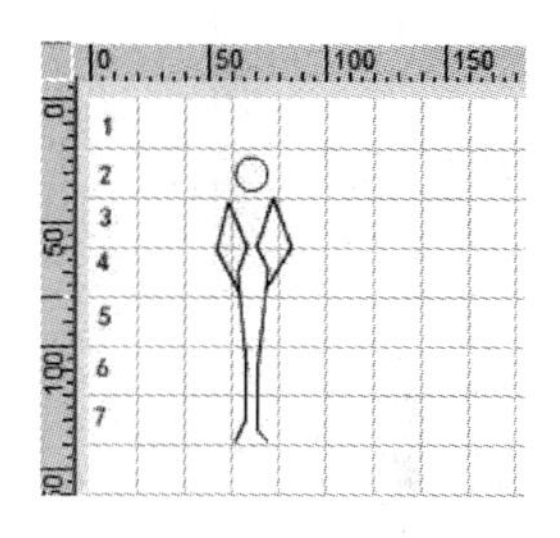
图 12-29　人体比例

体育动作有不少是跳跃、弯腰或屈腿的动作。变化虽然很多，但一般来说，还是有规律的。平站时头画在第一条线下；稍蹲的动作，头画在第二条线下；大蹲的动作，头画在第三条线下；跳跃时头画在上加一线的下面。口诀是：站一线、蹲二线、大蹲三线、跳加线，如图 12-30 所示。

在 Flash 中绘画，要充分利用【椭圆工具】、【铅笔工具】、【直线工具】、【橡皮】等工具，要学会利用选取工具调整弧线，选取线段进行删除等手法，要充分利用标尺参考定位功能掌握重心、角度和透视。人体部位的基本画法示例如图 12-31 所示。

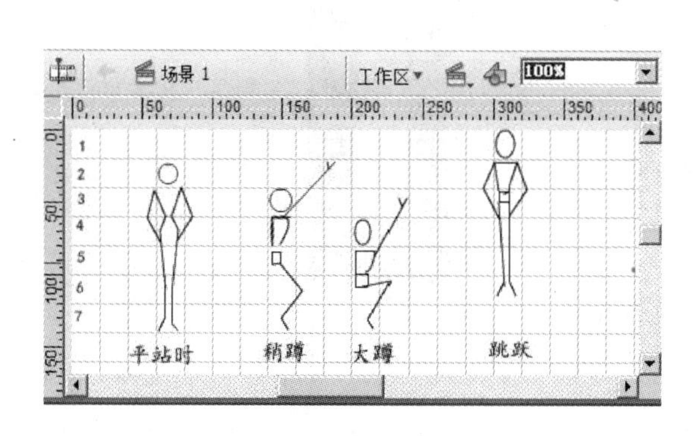

图 12-30　不同的动作所占比例不同

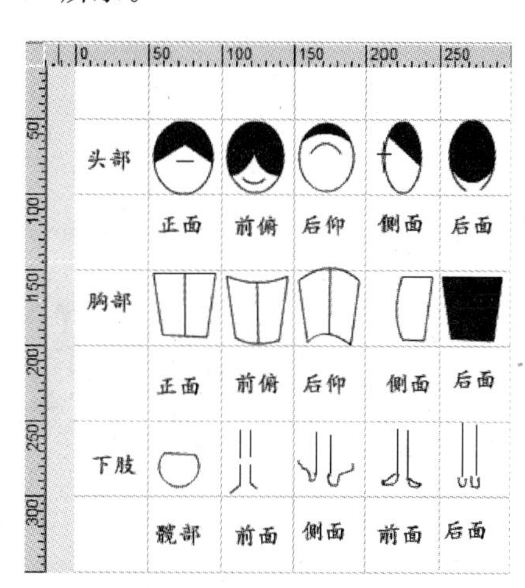

图 12-31　人体部位的基本画法

人体部位组合画法示例如图 12-32 所示。

体育绘图中，还有一种图形叫轮廓图，指用线条表达出人体结构各环节的外轮廓的一种绘图形式，它要求绘图者具有一定的造型能力及对人体解剖结构、比例的充分认识和理解，

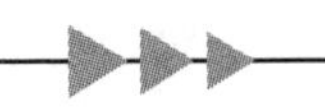

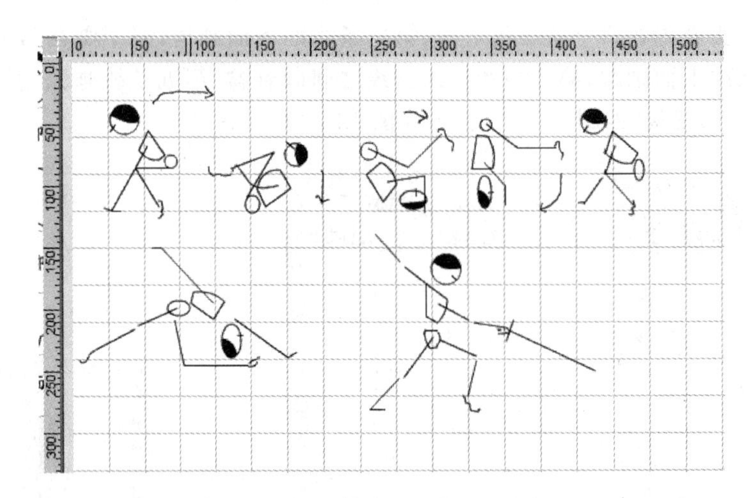

图 12-32 人体部位组合画法示例

是一种难度较大的图。其特点是逼真和形象、表现力强,多用于质量要求比较高的教科书及正规出版物,如图 12-33 所示。

在 Flash 中要实现这种效果也很容易办到。方法如下。

(1) 启动 Flash CS3,新建一个文档,命名为【轮廓图】并将其保存。

(2) 单击主菜单栏中的【文件】|【导入】|【导入到舞台】命令,在打开的【导入】对话框中找到一幅准备好的图片(如双杠手倒立),将其导入到舞台中。双击图层面板上的【图层 1】选项,将其图层名修改为【原图】,如图 12-34 所示。

图 12-33 轮廓图

图 12-34 在 Flash 舞台中插入原图

(3) 插入图片之后,下一步就是对图像处理(也是很关键的一步),包括使用工具箱中的【任意变形工具】进行改变图像大小、旋转、翻转等操作;其次是右击图片选择【转换为元件】命令,将图片转换成元件后再修改其颜色和透明度(Alpha)属性,通过这些数值的调整来得到想要的效果。

(4) 对图片进行简单处理之后,单击图层面板上的【插入图层】按钮 ,在【原图】上方

插入一个新图层，双击这个新建图层将其命名为【轮廓图】，并单击【原图】图层上小锁按钮下的小黑点将【原图】图层加锁，使其不能修改，如图 12-35 所示。这样，就等于在原图上加了一层看不见的画布，并在这张看不见的画布上画画。

（5）选取工具箱中的【铅笔工具】，在下方的铅笔模式中选择【墨水】选项，如图 12-36 所示。

（6）然后，在舞台中的图片上沿着人物外形小心地勾描轮廓，为便于勾描线条，可以使用工具箱中的【放大镜】工具，将图片放大，如图 12-37 所示。

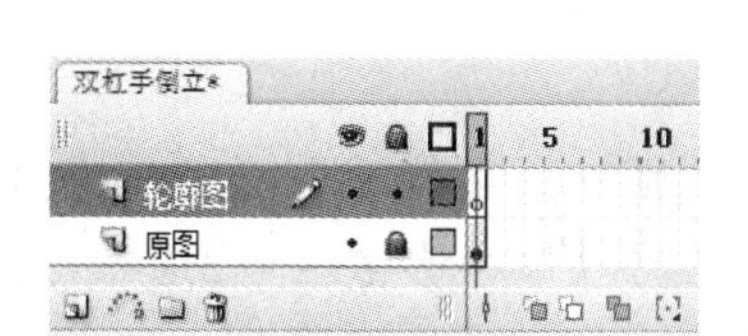

图 12-35　添加图层

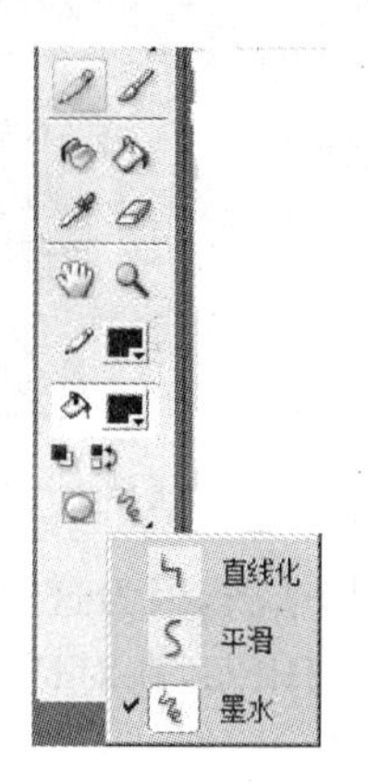

图 12-36　铅笔选项

图 12-37　在照片上勾描外形

（7）把【原图】图层上的锁单击去掉，用工具箱中的【选取工具】把舞台上的照片移走（或删除），就可以看出勾勒的效果了，如图 12-38 所示。这种方法在体育绘图中对于没有多少绘图功底的体育教师来说非常实用。

（8）最后，导出图片（同样非常关键，直接决定了图像的质量）。单击主菜单栏中的【文件】|【导出】|【导出图像】命令，Flash 会首先弹出一个保存文件对话框，如图 12-39 所示。

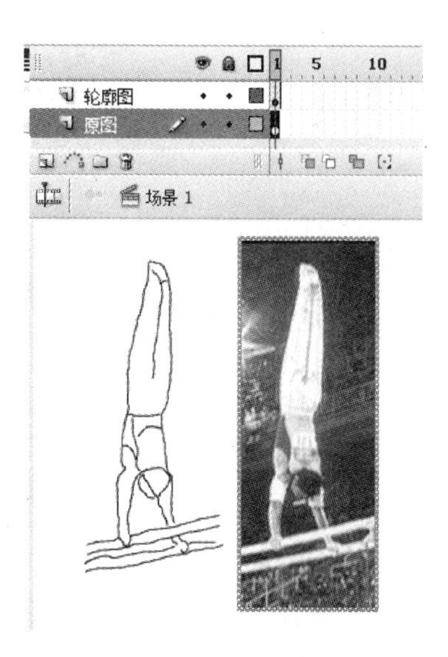

图 12-38　勾勒照片效果图

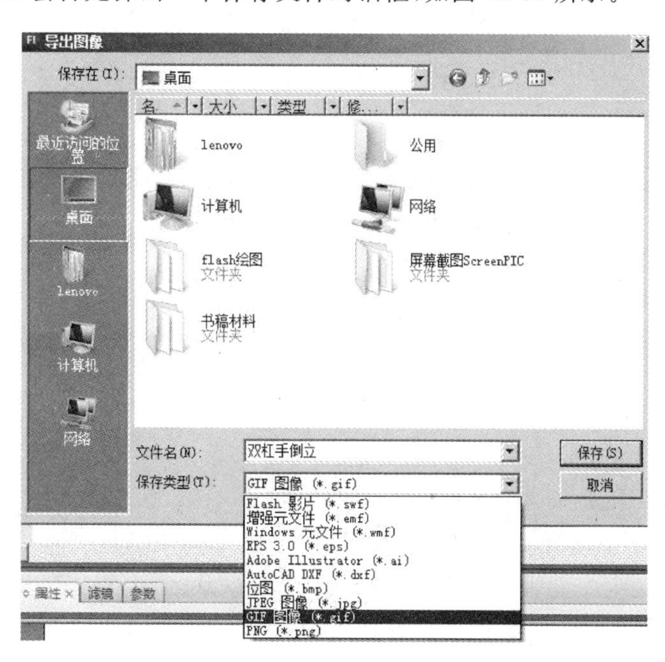

图 12-39　【导出图像】对话框

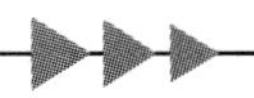

一般的图像选择 JPEG 格式即可；而对于一些不规则的图形，如上面从图片里抠出来的图，就应该保存为 GIF 格式。此时选择了 GIF 格式类型后，单击【保存】按钮弹出【导出 GIF】对话框，如图 12-40 所示。

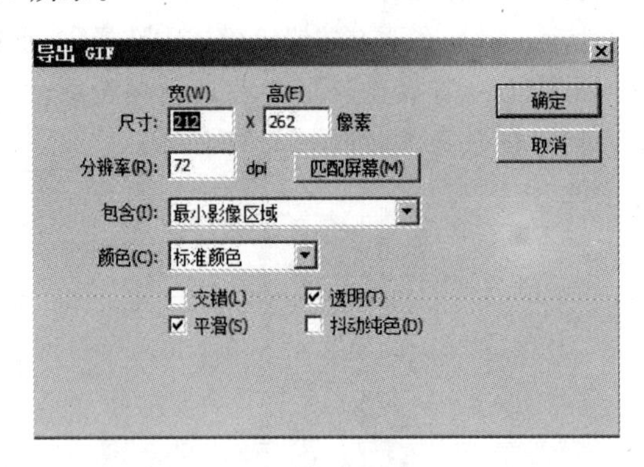

图 12-40　【导出 GIF】对话框

在这个对话框中要选中【透明】选项，因为这样那些不规则的边缘就不会留下一块白色底色，无论是导出为 GIF 格式还是 JPEG，在对话框中都应选择【最小影像区域】选项，这样就不必去关心工作区大小的设置了。

上 机 练 习

1. 应用鼠标绘图技术，制作一只憨态可掬的小兔子，如图 12-41 所示。

图 12-41　小兔子

2. 挑选 3～5 件体育器材和标志，用 Flash 的绘图工具将其画出。
3. 导入一张人体动作图片，绘制轮廓图。

第13章

Flash声音和视频处理

在 Flash 中，既可以为整部影片添加声音，也可以单独为影片中的某个元件添加声音。例如，可以向按钮添加声音，当按钮被触摸或按下时，就会发出设定的声音，使按钮具有更强的感染力。

在 Flash 中应用声音主要包括以下几个重要内容：导入声音、引用声音、编辑声音和压缩声音。

13.1 声音的导入与控制

启动 Flash 软件，双击图层面板上的【图层 1】字样，将其修改为【背景】，并在第 40 帧上单击鼠标右键选择【插入帧】命令。执行主菜单栏中的【文件】|【导入】|【导入到库】命令，在【导入到库】对话框中，选择要导入的声音文件，然后单击【打开】按钮，将外部声音导入到当前影片文档的【库】面板中，如图 13-1 所示。

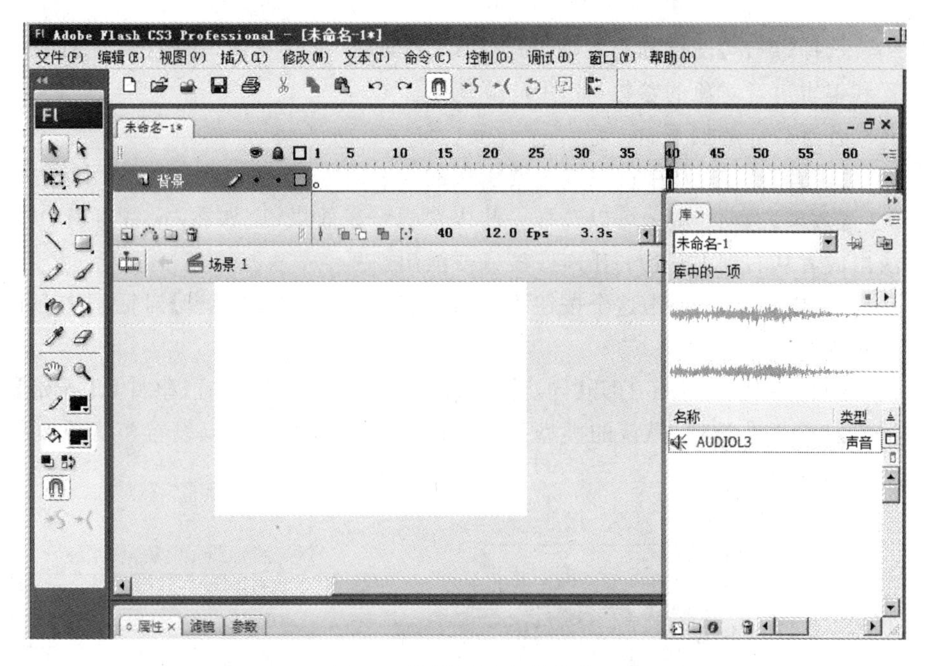

图 13-1 【库】面板中的声音

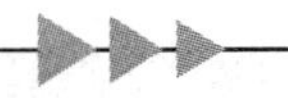

13.2 引用声音

在打开的Flash【背景】图层上新建一个图层,并重新命名为【声音】,选择这个图层的第1帧,然后将【库】面板中的AUDIOL3声音对象拖放到场景中,会发现【声音】图层上出现了声音对象的波形,这说明已经将声音引用到【声音】图层了。这时按一下键盘上的回车键,就能听到声音了。用户还可以按下快捷键Ctrl+Enter测试效果,这样效果更完整,如图13-2所示。

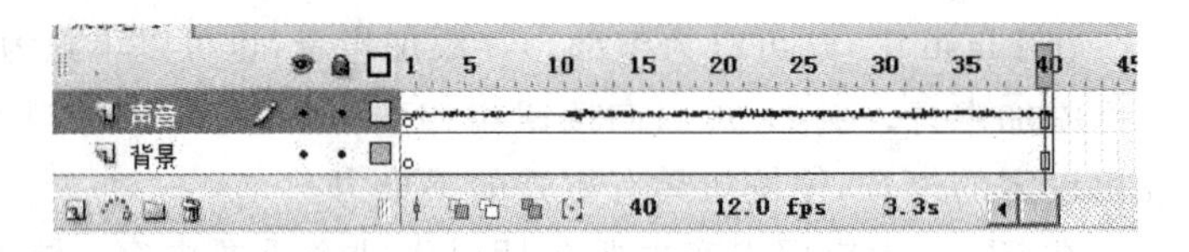

图13-2 在图层上插入声音

说明:本例在引用声音对象时,由于时间轴图层上本来就有一定帧数的动画效果,所以在【声音】图层直接得到和原来的帧数一样的声音波形帧数,这时显示的帧数长度也并不是声音的全部长度,如果想得到声音的全部长度,可以在【声音】图层上选中1帧,按F5键,延长该图层上的帧,直到声音波形消失为止。

13.3 编辑声音

13.3.1 声音【属性】面板

选择【声音】图层的第1帧,打开【属性】面板,可以发现,原来【属性】面板里面有很多设置和编辑声音对象的参数,如图13-3所示。

各参数详解如下。

【声音】选项:从中可以选择要引用的声音对象,这也是另一个引用库中声音的方法。

【效果】选项:从中可以选择一些内置的声音效果,比如在左、右声道中播出;从左到右淡出或者从右到左淡出;让声音淡入或淡出。

【编辑】按钮:单击这个按钮可以进入到声音的【编辑封套】对话框中,对声音进行更进一步的编辑。

【同步】效果选项:打开【同步】下拉列表框,这里可以设置【事件】、【开始】、【停止】和【数据流】4个同步选项,默认的类型是【事件】类型。另外还可以设置声音重复播放的次数,如图13-4所示。

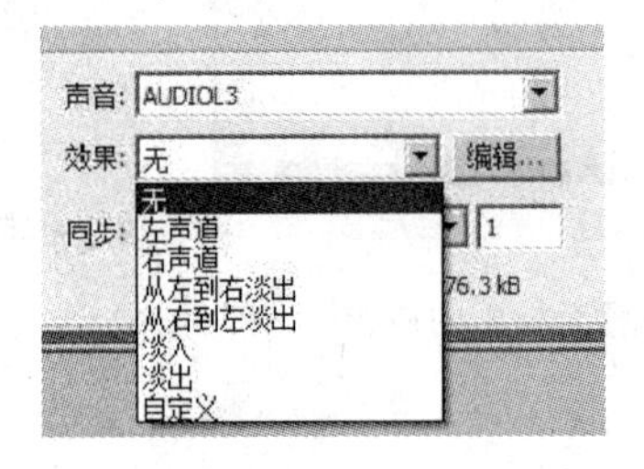

图13-3 声音的【属性】面板

图13-4 设置重复和循环属性

(1)【事件】选项：会将声音和一个事件的发生过程同步起来。事件声音在它的起始关键帧开始显示时播放，并独立于时间轴播放完整声音，即使 SWF 文件停止也还会继续播放。

(2)【开始】选项：如果声音正在播放，使用【开始】选项则不会播放新的声音实例。

(3)【停止】选项：将声音或动画停止插放。

(4)【数据流】选项：将同步声音，强制动画和音频流同步。

(5) 重复和循环属性：通过【同步】下拉菜单还可以设置【同步】选项中的【重复】和【循环】属性。为【重复】输入一个值，以指定声音应循环的次数，或者选择【循环】选项以连续重复声音。要长时间连续播放，可输入一个足够大的数，以便使声音播放持续时间延长。例如，要在 5 分钟内循环播放一段 15 秒的声音，可以输入 20。

注意：建议不要循环播放音频流。如果将音频流设为循环播放，帧就会添加到文件中，文件的大小就会根据声音循环播放的次数而倍增。

13.3.2　利用【声音编辑控件】编辑声音

虽然 Flash 处理声音的能力有限，没有办法和专业的声音处理软件相比，但是在 Flash 内部还是可以对声音做一些简单的编辑，实现一些常见的功能，比如控制声音的播放音量、改变声音开始播放和停止播放的位置等操作。

编辑声音文件的具体操作如下。

(1) 首先要在帧中添加声音，或选择一个已添加了声音的帧，如图 13-5 所示。

(2) 打开【属性】面板，单击右边的【编辑】按钮，弹出【编辑封套】对话框，如图 13-6 所示。

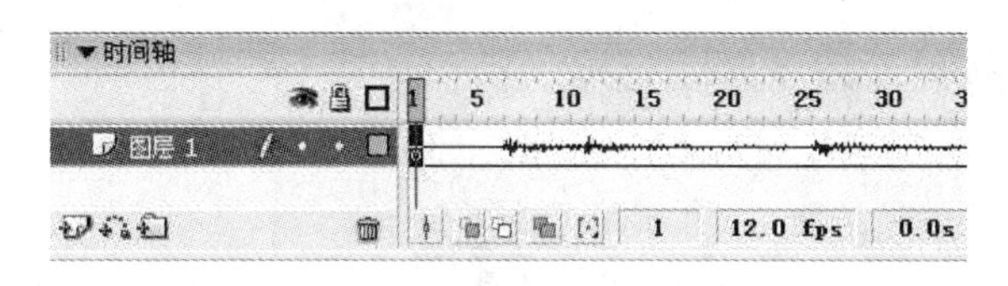

图 13-5　选择【时间轴】面板上的声音

图 13-6　单击【编辑】按钮

(3) 在弹出的【编辑封套】对话框中执行以下任意操作：要改变声音的起始点和终止点，请拖动【编辑封套】中的小白方框来调整开始时间和停止时间。如图 13-7 所示为调整声音的起始点。

(4) 要更改声音封套，请拖动封套手柄来改变声音中不同点处的级别。封套线显示声音播放时的音量。单击封套线可以创建其他封套手柄（总共可达 8 个）。要删除封套手柄，将其拖出窗口即可。

(5) 如果要调整音量的大小，只须在左、右声道的波形区域中单击，添加音量控制手柄，然后通过调整左、右声道的音量控制手柄的上下位置来控制音量，如图 13-8 所示。

(6) 单击放大或缩小按钮，可以改变窗口中显示声音的范围。

(7) 要在秒和帧之间切换时间单位，请单击秒和帧按钮。

(8) 单击播放按钮，可以听到编辑后的声音。

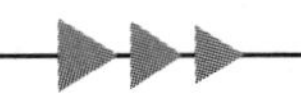

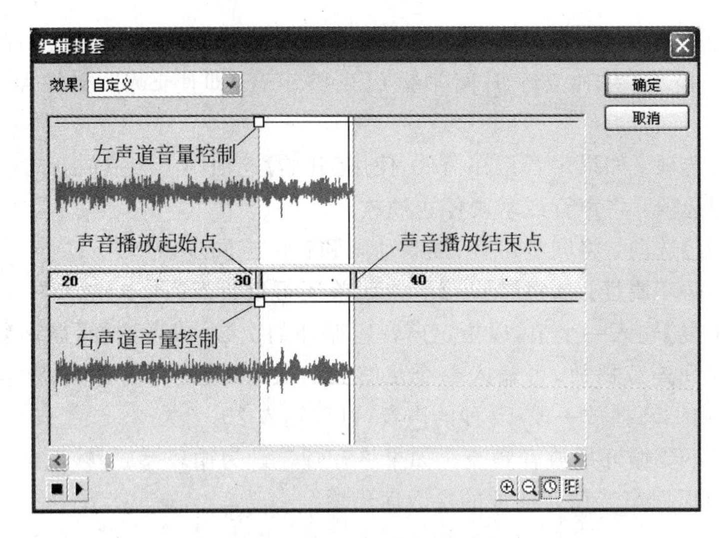

图 13-7 【编辑封套】对话框

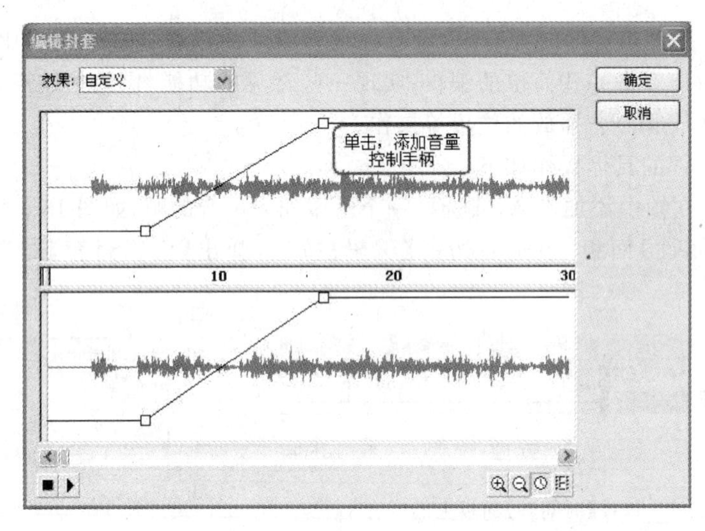

图 13-8 调整左、右声道的音量控制手柄的位置来控制音量

13.3.3 压缩声音

Flash 动画在网络上流行的一个重要原因就是因为它的体积小，这是因为当输出动画时，Flash 会采用很好的方法对输出文件进行压缩，包括对文件中的声音的压缩。但是，如果用户对压缩比例要求得很高，那么就应该直接在【库】面板中对导入的声音进行压缩了。

在【库】面板中直接将声音压缩的具体操作方法如下。

1. 打开【声音属性】对话框

双击【库】面板中的声音图标，打开【声音属性】对话框，也可以在【库】面板中选择一个声音，然后在面板右上角的选项菜单中选择【属性】命令。或者在【库】面板中选择一个声音，然后单击【库】面板底部的【属性】按钮，如图 13-9 所示。

在这个【声音属性】对话框中，就可以对声音进行压缩了，其中有【默认】、ADPCM、MP3、【原始】和【语音】几种压缩模式，如图 13-10 所示。

图 13-9　【声音属性】对话框

在这里，重点介绍 MP3 压缩选项，因为这个选项最为常用而且极具代表性，通过对它的学习可以达到举一反三，掌握其他压缩选项的设置。

2. 进行 MP3 压缩设置

如果要导出一个以 MP3 格式导入的文件，可以使用与导入时相同的设置来导出文件，在【声音属性】对话框中，从【压缩】下拉列表框中选择 MP3 选项，如图 13-11 所示。

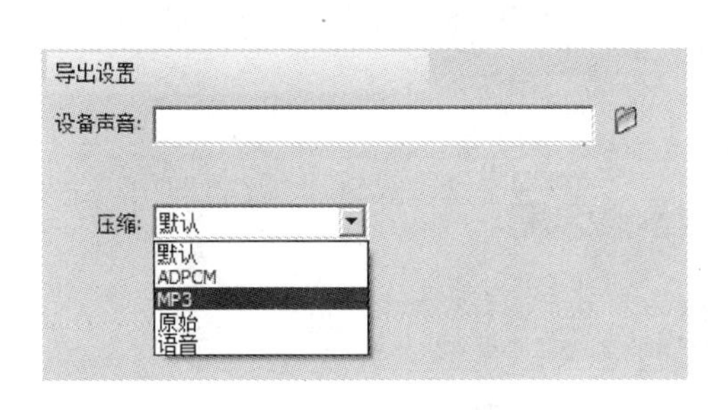

图 13-10　几种声音压缩模式

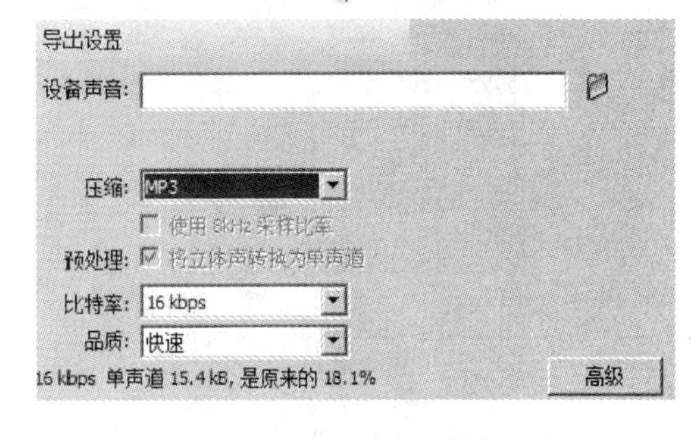

图 13-11　选择 MP3 声音压缩

3. 设置比特率

【比特率】这个选项，确定导出的声音文件中每秒播放的位数。Flash 支持 8Kbps 到 160Kbps（恒定比特率）。比特率越低，声音压缩的比例就越大，但是导出音乐时，需要将比特率设为 16Kbps 或更高，如果设的过低，将很难获得好的声音效果。

4. 设置【预处理】选项

选择【将立体声转换为单声道】复选框，表示将混合立体声转换为单声（非立体声）。这里需要注意的是，【预处理】选项只有在选择的比特率为 20Kbps 或更高时才可用。

5. 设置【品质】选项

选择一个【品质】选项，以确定压缩速度和声音品质。【快速】：压缩速度较快，但声音品质较低。【中】：压缩速度较慢，但声音品质较高。【最佳】：压缩速度最慢，但声音品质

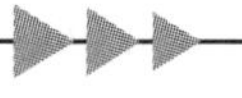

最高。

6. 进行压缩测试

在【声音属性】对话框里,单击【测试】按钮,则播放声音一次。如果要在结束播放之前停止测试,请单击【停止】按钮。

如果感觉已经获得了理想的声音品质,就可以单击【确定】按钮了。

说明:除了设置采样比率和压缩声音文件外,还可以使用下面几种方法在文档中有效地使用声音并减小文件的大小。

(1) 设置切入和切出点,避免静音区域保存在 Flash 文件中,从而减小声音文件的大小。

(2) 通过在不同的关键帧上应用不同的声音效果(例如音量封套,循环播放和切入/切出点),从同一声音中获得更多的变化。只使用一个声音文件就可以得到许多声音效果。

(3) 循环播放短声音,作为背景音乐。

(4) 不要将音频流设置为循环播放。

13.3.4 给按钮加上声效

下面介绍一个给按钮添加声效的示例。当鼠标指针按下按钮时,发出一种声音。具体操作步骤如下。

(1) 选择【文件】|【新建】命令,新建一个空白的影片文档。

(2) 选择主菜单栏中的【窗口】|【公用库】|【按钮】命令,在打开的【库-Buttons】对话框中选择一个按钮,如图 13-12 所示。

(3) 按住左键将选中的按钮拖到舞台上,这样一个按钮就制成了,如图 13-13 所示。

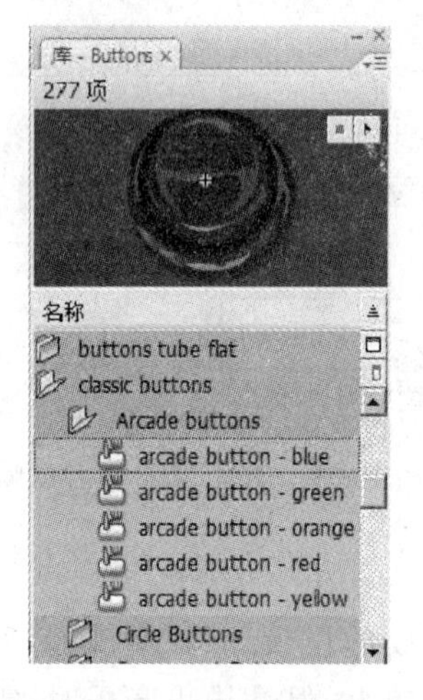

图 13-12 公用库中的按钮

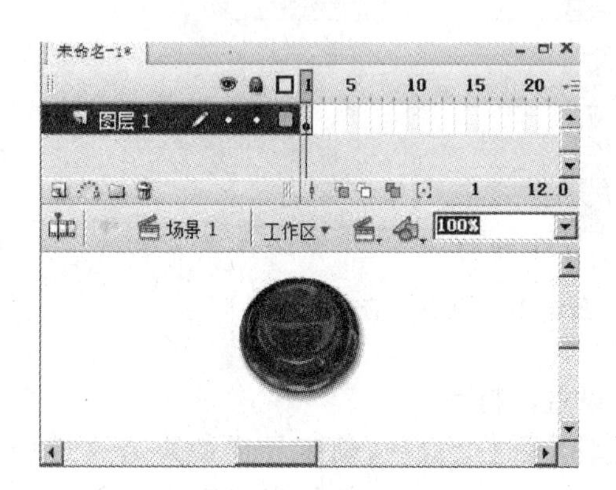

图 13-13 制成一个按钮

(4) 选择【文件】|【导入】|【导入到库】命令,打开【导入】对话框,将一个声音文件导入到当前影片文档的【库】面板中。然后,双击舞台上的按钮,进入按钮编辑状态,如图 13-14 所示。

(5) 选中最上面一个图层,单击【插入图层】按钮,新建一个图层并命名为【声音】,然后右键单击声音图层的第 3 帧,也就是【按下】帧,选择【插入空白关键帧】命令。此时,将库中的声音文件拖到按钮编辑舞台中。这时在【时间轴】面板的【按下】帧上会出现声音波形,如图 13-15 所示。

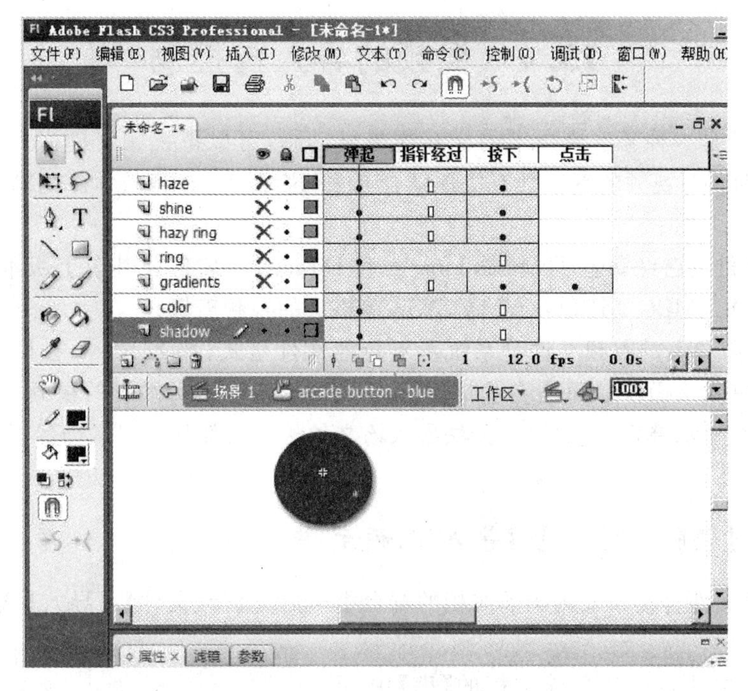

图 13-14　按钮编辑状态

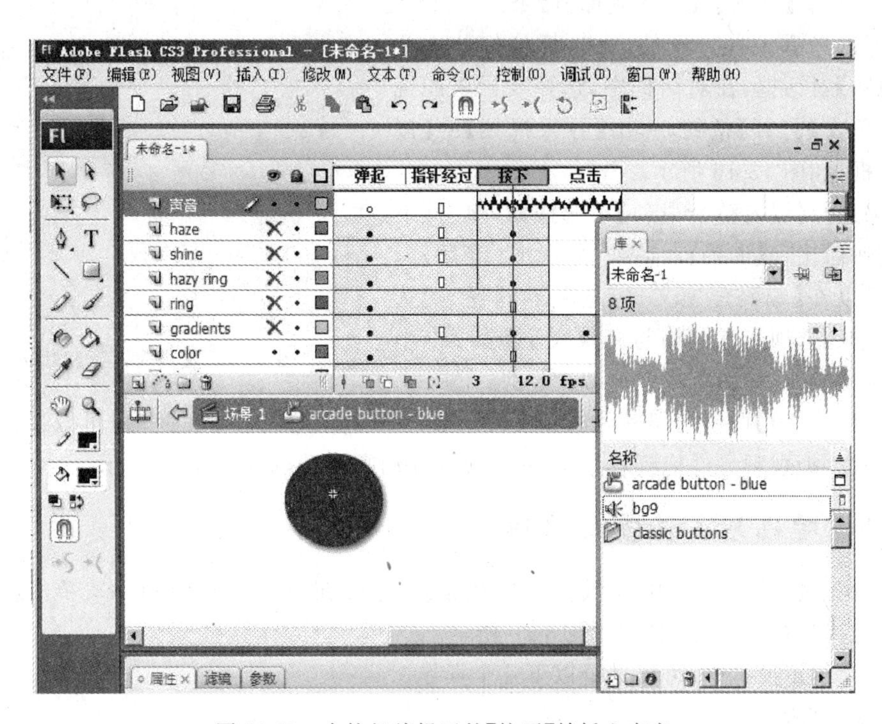

图 13-15　在按钮编辑区的【按下】帧插入声音

(6) 选中【按下】帧中的声音帧，打开【属性】面板，将【同步】选项设置为【事件】。然后，单击【场景 1】按钮，回到主场景中。选择【控制】|【测试影片】命令，此时用鼠标单击按钮，声效就出现了。

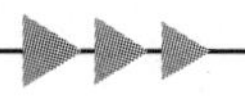

13.4 视频的导入与控制

Flash 动画是一种基于流技术的交互式矢量动画,可以把视频文件嵌入到 Flash 作品中,使 Flash 动画与视频的真实性有机地结合起来,这无疑是体育教学课件制作中梦寐以求的事!

如果计算机上已经安装了 QuickTime 4 和 DirectX 7 软件及其以上版本,则可以导入包括 MOV、AVI、MPG/MPEG、WMV、ASF 等格式的视频剪辑。

注意:如果导入的视频文件是系统不支持的文件格式,那么 Flash 会显示一条警告消息,表示无法完成该操作。而在有些情况下,Flash 只能导入文件中的视频,而无法导入音频。此时,也会显示警告消息,表示无法导入该文件的音频部分。但是仍然可以导入没有声音的视频。

13.4.1 利用【视频向导】导入视频文件

要把视频文件直接导入到当前文档的舞台中,可以执行【文件】|【导入】|【导入到舞台】命令。

要把视频文件导入到当前文档的【库】中,可以执行【文件】|【导入】|【导入到库】命令。

无论选择哪一种导入的方式,都将打开一个【导入视频】对话框,在对话框中,选择要导入的视频文件,单击【打开】按钮,弹出【导入视频】的【嵌入】对话框,如图 13-16 所示。

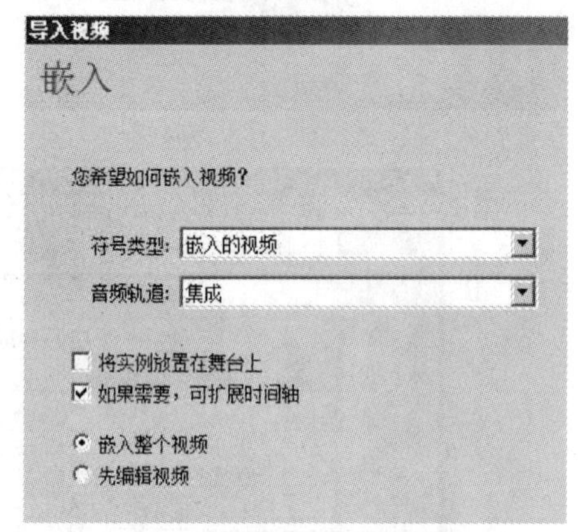

图 13-16 【导入视频】对话框

如果选择【嵌入整个视频】单选按钮,单击【下一步】按钮后出现【编码】对话框,如图 13-17 所示。在这里可以在【编码配置文件】选项卡、【视频】选项卡、【音频】选项卡、【裁切与调整大小】选项卡中进行相应的操作,如图 13-17 所示。

单击【下一步】按钮则把整个视频文件全部导入到【库】面板中。这时,可以像使用其他库元件一样,把视频元件拖到场景中,进行 Flash 动画设计,如图 13-18 所示。

13.4.2 对视频文件进行编辑

如果在【嵌入】对话框中选择【先编辑视频】单选按钮,如图 13-19 所示。单击【下一步】按钮出现【拆分视频】对话框,如图 13-20 所示。

在这个编辑窗口中,可以进行以下几个操作。

1. 视频的播放

(1) 沿播放栏拖动播放头 ,可以快速浏览视频剪辑内容。

(2) 单击【从当前位置播放】按钮,可播放视频文件;单击【停止播放】按钮,可停止视频的播放。

图 13-17　【编码】对话框

图 13-18　导入视频到【库】中

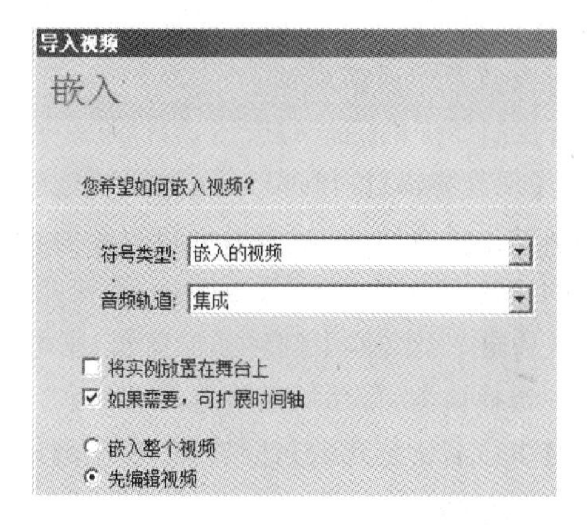

图 13-19　选择【先编辑视频】单选按钮

(3) 控制器中的按钮、、、、和，分别是【将输入点设为当前位置】按钮、【后退一帧】按钮、【从当前位置播放】按钮、【停止】按钮、【前进一帧】按钮和【将输出点设为当前位置】按钮。

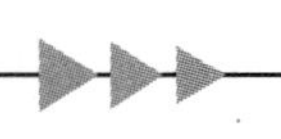

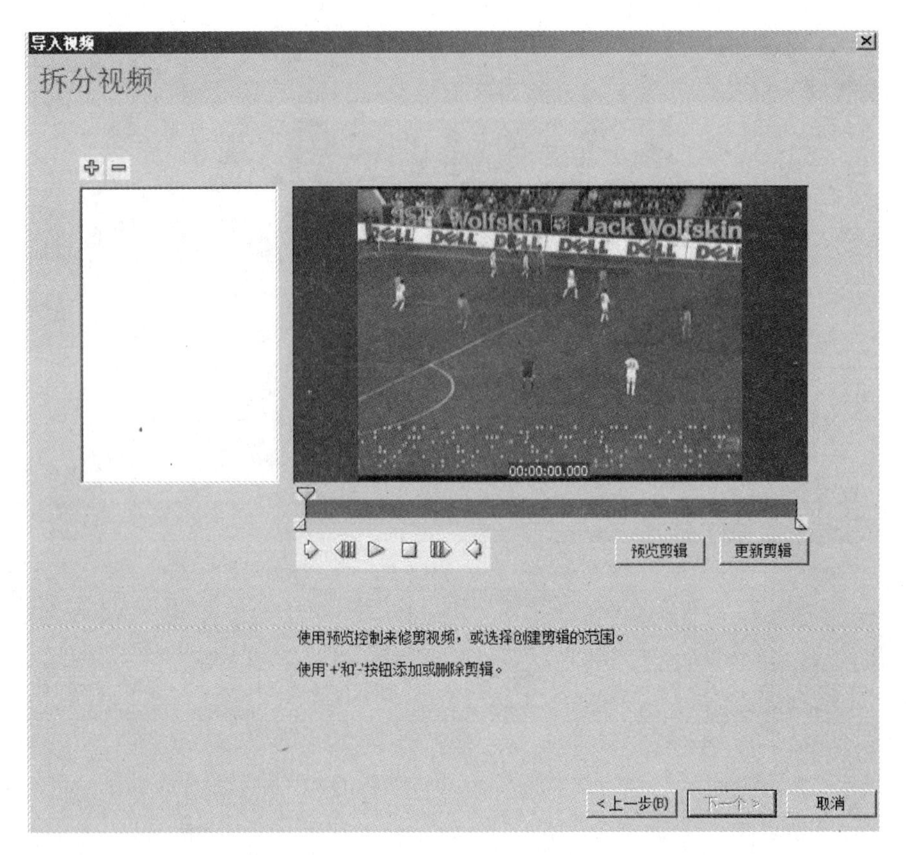

图 13-20 【拆分视频】对话框

2. 视频的剪辑

(1) 在播放进度栏拖动起始标志 和终止标志 ，可对视频进行直接剪辑。

(2) 单击【将输入点设为当前位置】按钮或【将输出点设为当前位置】按钮，可以在播放头的当前位置设置开始或结束帧。

(3) 单击控制器中的【播放】按钮，可以从播放头当前所在位置处开始播放视频。

(4) 单击【预览剪辑】按钮可以从当前开始帧播放视频。

如果编辑结果适合需要，就可以创建视频剪辑了，单击加号添加按钮，一个新的剪辑就出现在左侧的滚动窗口中。单击【下一步】按钮完成视频的剪辑工作。

注意：要从同一个文件中创建其他剪辑，则可以重复上述步骤。若要重新编辑剪辑，可在滚动窗口中选择该剪辑，然后重新选择开始和停止点，再单击【更新剪辑】按钮即可。

还可以自由命名所创建的视频剪辑，在左侧的滚动窗口中选择 1 个剪辑，双击它，就可以重新命名剪辑名称了。

如果创建了多个视频剪辑，并且想将所有剪辑合并为单一剪辑以便导入，请选中【导入后将剪辑列表合并到单一库项目】项。

如果要更改左侧滚动窗口中的视频剪辑的顺序，可以在滚动窗口中选择一个剪辑并单击【将剪辑上移】按钮或【将剪辑下移】按钮来进行操作。

如果要删除某个剪辑，可以在左侧窗口中选择某个剪辑，单击减号删除按钮。

至此，视频导入的编辑与设置全部完成，可以在 Flash 文档中使用已经导入的视频文件了。

13.5　控制视频播放

在体育课堂和课件制作中经常需要对视频文件进行暂停、播放、前进和后退控制，以达到更好的教学效果。下面说明用 Flash 实现这些效果控制的方法。

(1) 将事先准备好的视频放在计算机的硬盘内(如 E 盘)，启动 Flash CS3，此时会出现对话框，单击【Flash 文档】选项进入编辑区。

(2) 执行【文件】|【导入】|【导入到舞台】命令。在打开的【导入】对话框中选择准备好的视频文件后，单击【打开】按钮，此时出现【导入视频】向导框，在【您希望如何部署视频】向导框中选中【在 SWF 中嵌入视频并在时间轴上播放】单选按钮(对于短小的、动作示范视频，建议选中这个，因为容易在帧上对视频编辑)，如图 13-21 所示。

(3) 单击【下一个】按钮打开导入视频【嵌入】对话框，勾选【先编辑视频】单选按钮，如图 13-22 所示。

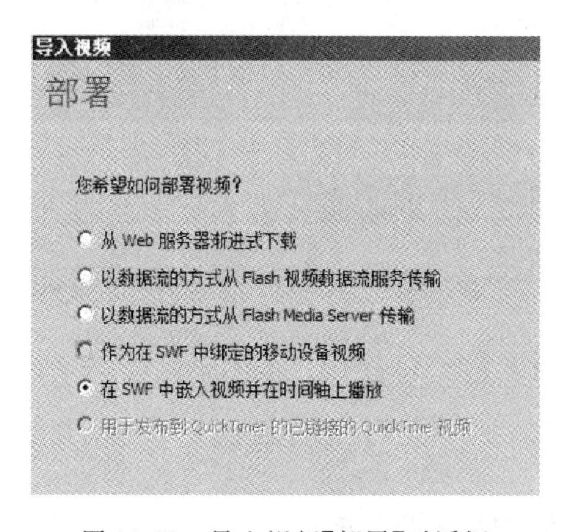

图 13-21　导入视频【部署】对话框

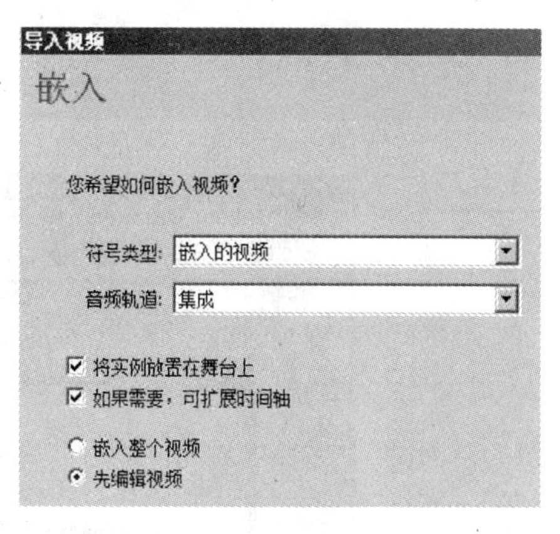

图 13-22　导入视频【嵌入】对话框

(4) 单击【下一个】按钮，弹出导入视频【拆分视频】对话框，在这里对视频进行拆分(方法如上述)，如图 13-23 所示。

(5) 单击【下一个】按钮，对视频进行编码和修改大小操作，然后单击【完成】按钮就把视频插入到舞台编辑区了，如图 13-24 所示。

(6) 创建控制按钮。

① 单击时间轴面板左下角的【插入图层】按钮，插入新图层 2，双击并命名为【按钮】，如图 13-25 所示。

② 单击主菜单栏上的【窗口】|【公用库】|【按钮】命令。将 Flash 自带的按钮库打开，在库中双击 playback flat 文件，将其展开，将其中的 playback-play、playback-stop、playback-step back、playback-step forward 按钮拖入舞台，并用鼠标调整其大小、位置，依次为播放、停止、后退、前进，调整后的图形如图 13-26 所示。

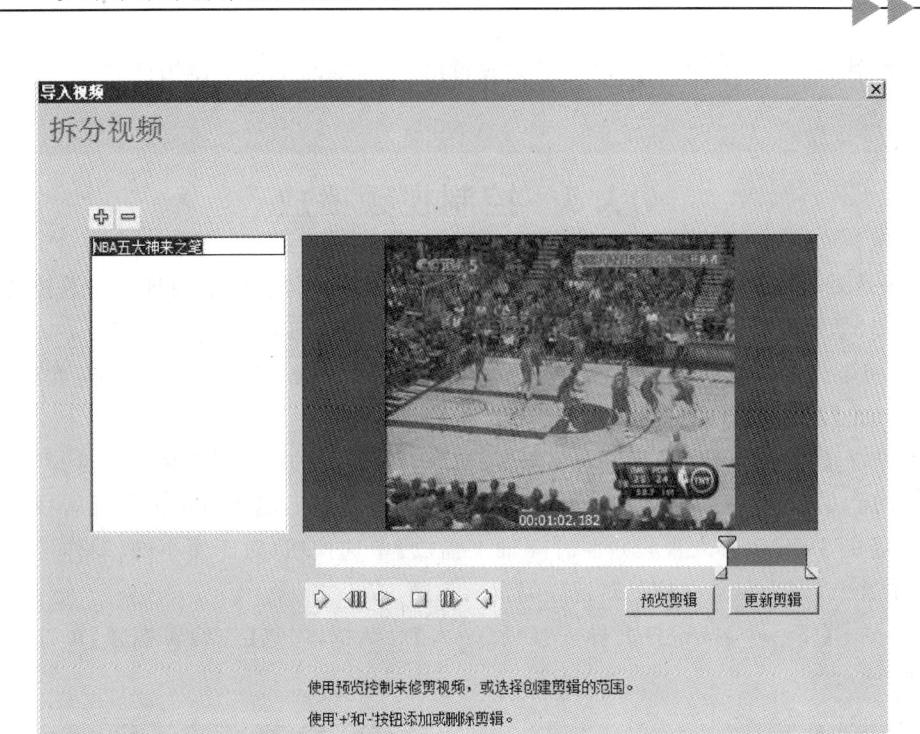

图 13-23 导入视频【拆分视频】对话框

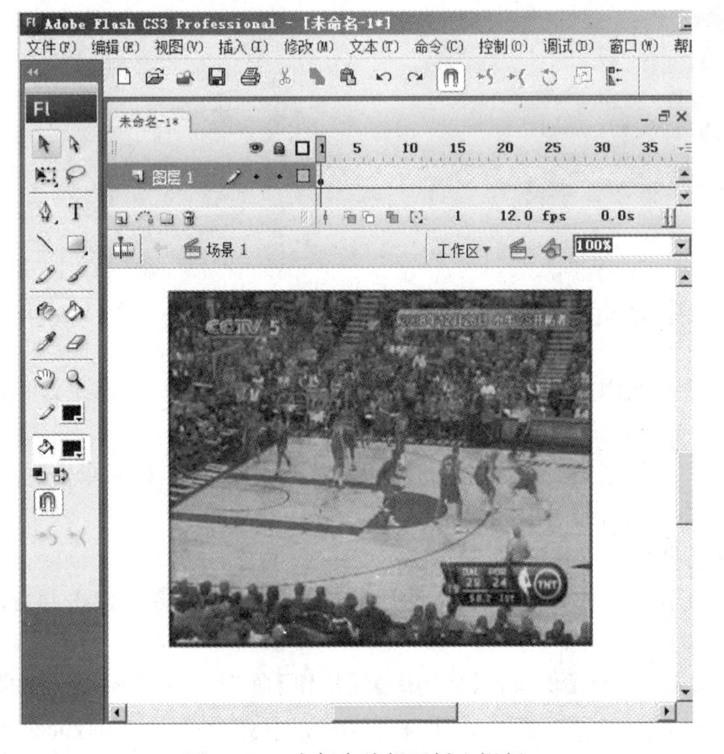

图 13-24 在舞台编辑区插入视频

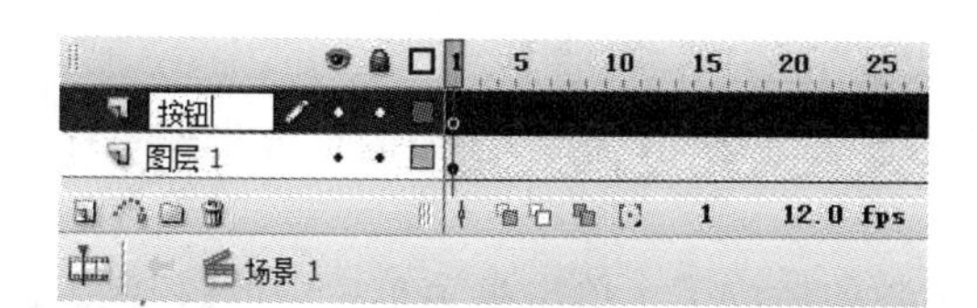

图 13-25　插入图层并命名

图 13-26　添加按钮

(7) 设置控制按钮。

① 设置播放按钮：单击创建的【播放】按钮，确保播放按钮为选中状态，从菜单栏中单击菜单栏中的【窗口】|【动作】命令，打开动作面板，单击【全局函数】|【影片剪辑控制】命令，在 on 选项上双击鼠标，在右侧的输入栏里出现的对话框中双击 press 选项，如图 13-27 所示。

② 再将光标放置在“{}”里面。单击左侧【时间轴控制】命令打开下拉菜单，双击 play 选项，如图 13-28 所示。

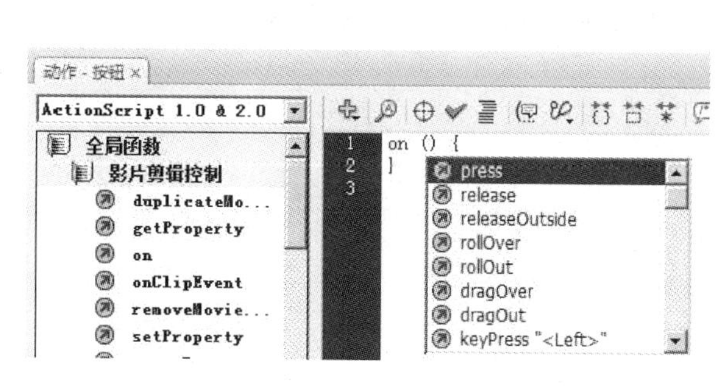

图 13-27　选择 press 命令

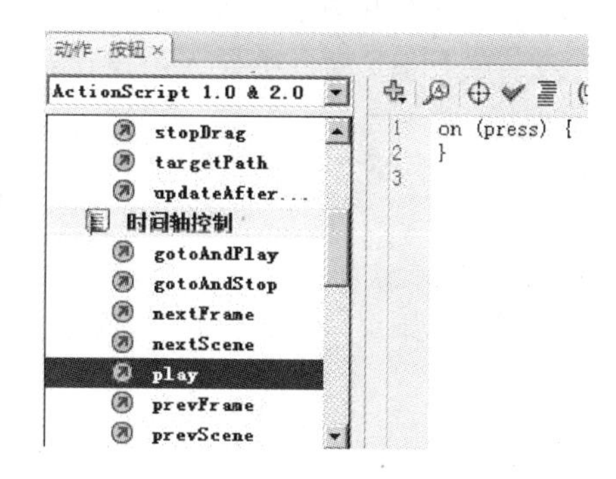

图 13-28　选择【时间轴控制】命令的 play 选项

③【播放】按钮就设置好了，如图 13-29 所示。

④【停止】动作按钮的设置方法同【播放】按钮的设置步骤一样，但大括号内的值应设为 stop 选项。

⑤【前进】动作按钮的设置方法同【播放】按钮的设置步骤

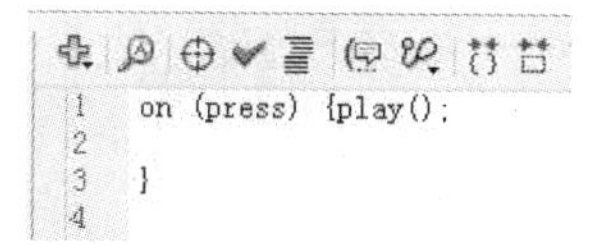

图 13-29　【播放】按钮代码

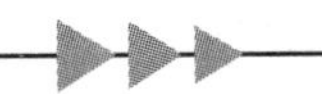

一样,但大括号内的值应设为 nextFrame 选项。

⑥【后退】动作按钮的设置方法同【播放】按钮的设置步骤一样,但大括号内的值应设为 prevFrame 选项。

现在已经可以控制视频的播放了。单击主菜单栏中的【控制】|【测试影片】命令,预览并保存,如图 13-30 所示。

图 13-30 播放中的一个片段

上机练习

1. 编辑声音文件的具体操作步骤是怎样的?找一首 MP3 歌曲,制作一个具有停止、播放功能的 MP3 歌曲播放器。

2. 在 Flash 舞台中导入一段比赛视频,对视频文件进行剪辑并控制播放。

第14章

Flash创建动画与实例

Flash 动画因其文件小、网络传播快、交互控制方便、易于插入自制课件等因素，越来越受到老师们的青睐，不断地丰富着这一课程资源。

对于组成电影的实际胶片，从表面上看，它们像一堆画面串在一条塑料胶片上。每一个画面称为一帧，代表电影中的一个时间片段。这些帧的内容总比前一帧有稍微的变化，每一帧的放映时间都很短并且很快被另一帧所代替，这样当电影胶片在投影机上放映时就产生了运动的错觉。

Flash 的动画与电影胶片没什么不同，就像一个运动的画片一样，它包括许多独立的帧，每一帧都与前一帧略有不同。关键帧定义了动画在哪儿发生改变，例如何时移动或旋转对象、改变对象大小、增加对象、减少对象等。每一个关键帧都包含了任意数量的符号和图形。当移动时间轴上的播放头或放映电影时，用户所看到的就是每帧的图形内容。当帧以足够快的速度放映时就会产生运动的错觉。

就像塑料胶片组成了一部真正的电影一样，Flash 的时间轴包括了动画的所有层和帧。时间轴可以任意长，也可以以用户希望的速度放映——当然要在合理的范围内(最快每秒 120 帧)。任何电影(包括 Flash 电影)放映速度的单位是帧每秒或者 fps。

当 Flash 电影到达时间轴上的关键帧时，它可以做一些常规电影所不能做的事情——帧动作。即可设置帧动作来完成一些任务，如跳到其他帧并且在浏览器里打开 URL。同时如在真正的电影里一样，Flash 的时间轴允许用户将电影的时间轴分为几段，从而利用场景从故事的一个地点转移到另一个地点。

Flash 动画一般有 6 种类型，即逐帧动画、动作补间动画、形状补间动画、旋转动画、引导路径动画和遮罩动画等。

14.1 逐帧动画

在时间轴上逐帧绘制帧内容的动画称为逐帧动画，由于是一帧一帧的画，所以逐帧动画具有非常大的灵活性和细腻性，几乎可以表现任何想表现的内容，缺点是制作时稍嫌麻烦，因为每一个画面都要在帧上编辑。

14.1.1 在 Flash 中创建逐帧动画的几种方法

1. 用导入的静态图片建立逐帧动画

用 JPG、PNG 等格式的静态图片连续导入 Flash 中，就可建立一段逐

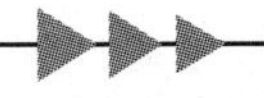

帧动画。

2. 绘制矢量逐帧动画

用鼠标在场景中一帧帧地画出帧内容。

3. 文字逐帧动画

用文字做帧中的元件,实现文字跳跃、旋转等特效。

4. 导入序列图像

可以导入 GIF 序列图像、SWF 动画文件或者利用第 3 方软件(如 Swish、Swift 3D 等)产生的动画序列。

下面用一个小球移动的实例说明逐帧动画的制作方法,操作步骤如下。

(1) 打开 Flash 软件,将文档保存为【移动小球】。选择时间轴上的第 1 帧,单击鼠标右键,从弹出的快捷菜单中选择【插入关键帧】命令(或者直接按 F6 键),插入一个关键帧。然后,选择工具箱中的【椭圆工具】,按住 Shift 键在舞台上绘制一个无边框,填充颜色为【放射状】的小球,并把小球移动到最左侧,如图 14-1 所示。

(2) 在第 2 帧上单击右键选择【插入关键帧】命令,在舞台上将小球向右移动一段距离。

(3) 同第(2)步,分别在第 3 至第 10 帧上插入关键帧,同时在舞台上将小球向右移动一段距离,如图 14-2 所示。这样,就创建了小球不断向右移动的动画。要使小球移动得速度快些,用鼠标移动小球的距离就大些;要使小球移动的速度慢些,用鼠标移动小球的距离就小些。

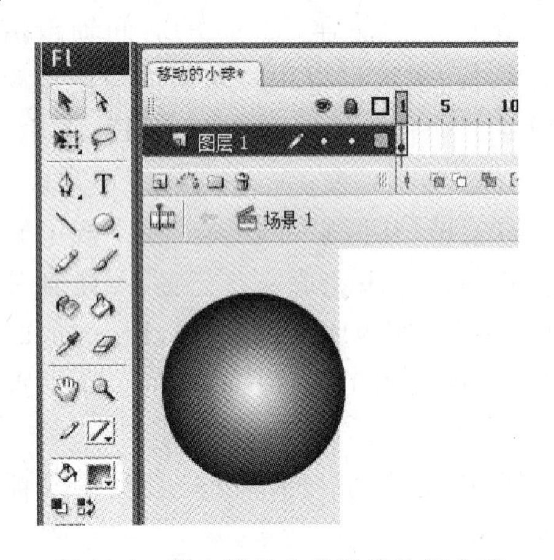

图 14-1　第 1 帧插入关键帧绘制小球

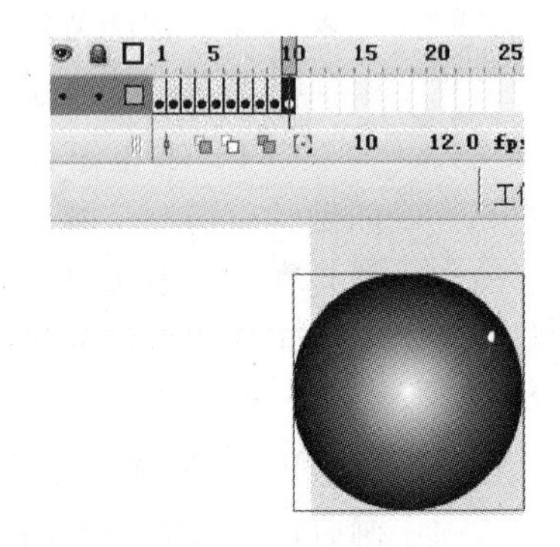

图 14-2　每一帧移动小球

(4) 选择菜单栏中的【控制】|【测试影片】命令,来测试逐帧动画的效果,如果不满意可以返回去对每一帧重新编辑,也可以对其中的某一帧中的画面做变形处理。

14.1.2　在 Flash 中创建逐帧动画要掌握的技术

1. 时间轴面板的操作

在时间轴面板上的右侧有一个按钮 ,单击这个按钮后会出现如图 14-3 所示的菜单,菜单中对时间轴的刻度提供了【很小】、【小】、【标准】、【中】、【大】等几种方式。当选择【预览】命令时,就可以看到舞台上对象的每一个动作的变化情况,如图 14-4 所示。

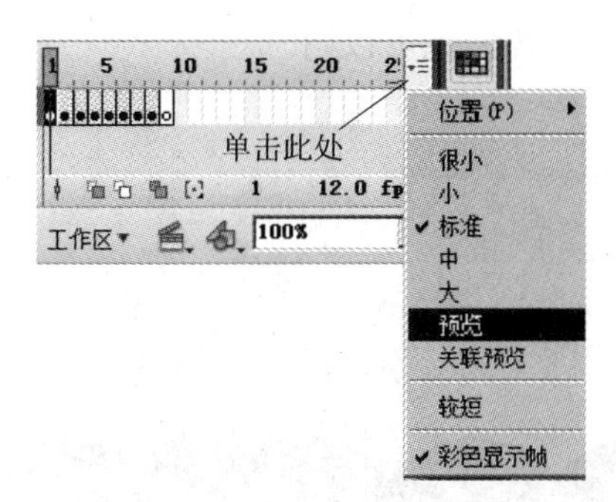

图 14-3 时间轴变化按钮

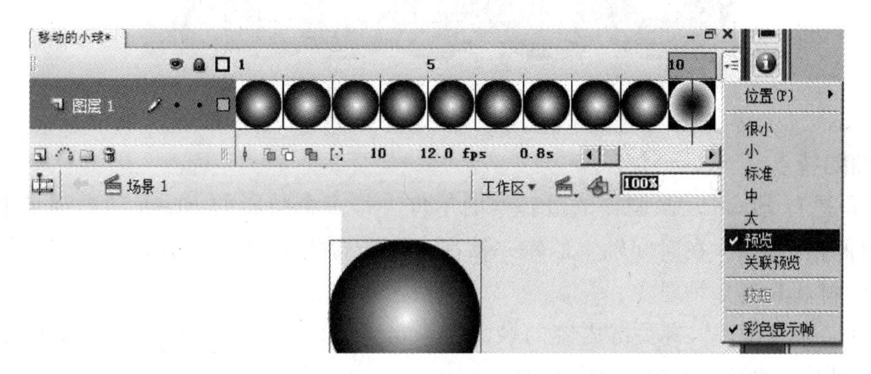

图 14-4 在时间轴面板上浏览逐帧动画

2. 逐帧动画中很有用的几个辅助功能按钮

这几个辅助功能按钮是：绘图纸外观、绘图纸外观轮廓和编辑多个帧按钮，如图 14-5 所示。

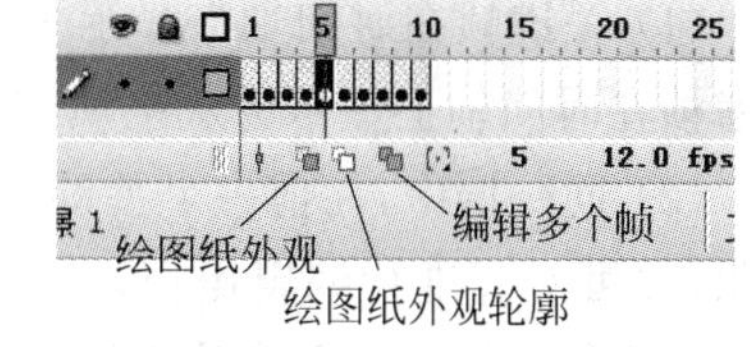

图 14-5 逐帧动画制作辅助功能按钮

绘图纸外观按钮：单击这个按钮，在时间轴上就有一个中括号出现，这个括号可以用鼠标调节大小，此时会发现小球的运动轨迹，如图 14-6 所示。有了这个轨迹就可以很细致地调节每一帧的画面大小和距离。

绘图纸外观轮廓按钮：单击这个按钮，就会发现每帧画面只有外观轮廓了，更利于调整，如图 14-7 所示。

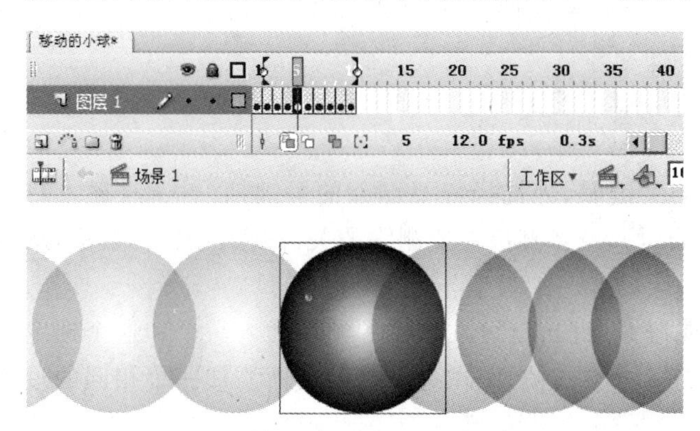

图 14-6 绘图纸外观状态

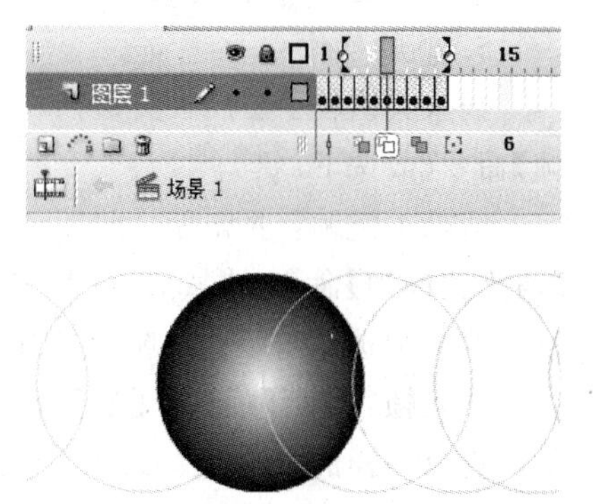

图 14-7 绘图纸外观轮廓状态

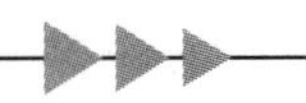

编辑多个帧按钮：单击这个按钮就可以同时对多个帧中的任意一个帧的画面进行编辑了，如图 14-8 所示。

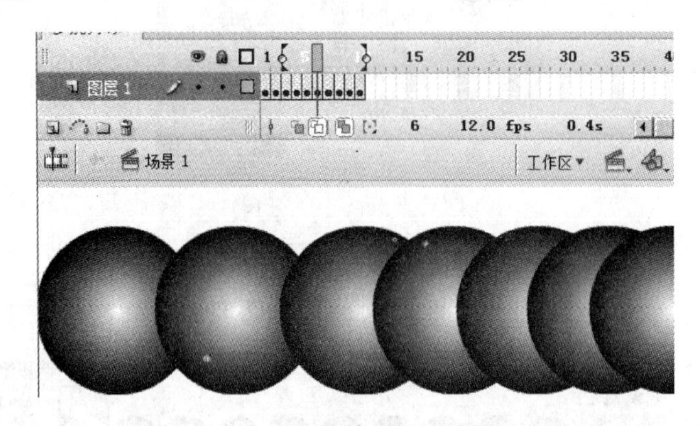

图 14-8　编辑多个帧状态

3. 帧的特点

帧：是进行 Flash 动画制作的最基本的单位。每一个精彩的 Flash 动画都是由很多个精心雕琢的帧构成的，在时间轴上的每一帧都可以包含需要显示的所有内容，包括图形、声音、各种素材和其他多种对象。

关键帧：顾名思义，有关键内容的帧。用来定义动画变化、更改状态的帧，即编辑舞台上存在实例对象并可对其进行编辑的帧。

空白关键帧：空白关键帧是没有包含舞台上的实例内容的关键帧。

普通帧：在时间轴上能显示实例对象，但不能对实例对象进行编辑操作的帧。

4. 区别

(1) 关键帧在时间轴上显示为实心的圆点，空白关键帧在时间轴上显示为空心的圆点，普通帧在时间轴上显示为灰色填充的小方格。

(2) 同一层中，在前一个关键帧的后面任一帧处插入关键帧，是复制前一个关键帧上的对象，并可对其进行编辑操作；如果插入普通帧，是延续前一个关键帧上的内容，不可对其进行编辑操作；插入空白关键帧，可清除该帧后面的延续内容，可以在空白关键帧上添加新的实例对象。

(3) 关键帧和空白关键帧上都可以添加帧动作脚本，普通帧上则不能。

5. 帧的操作

插入关键帧：要插入关键帧，在时间轴上选取要插入关键帧的位置，执行【插入】|【关键帧】命令(或按 F6 键)。

清除关键帧：要删除一些不必要的关键帧，先选择好要删除的关键帧。执行【插入】|【清除关键帧】命令(或按 Shift+F6 组合键)，或者直接在要删除的关键帧上按鼠标右键，从快捷菜单中选择清除关键帧命令即可。

插入帧：执行【插入】|【帧】命令(或按 F5 键)，就可在选定的帧后插入一个和这个选定的帧完全一样的过渡帧。如选定的帧是一个空白帧，则在这个帧的后面添加一个相同的过渡帧。

删除帧：要删除帧，可先选取一个或多个帧后，再单击鼠标右键，从弹出的快捷菜单中选择【删除帧】命令(或按 Shift+F5 组合键),即可将选定的帧删除。

选取所有帧：在图层栏的空白处单击鼠标右键,从弹出的快捷菜单中选择【选择全部】命令,即可将所有的有效帧选定,以便进行移动、复制等操作。

复制和粘贴帧：可使用复制和粘贴命令来移动帧,其操作步骤如下。

(1) 选取需要复制的一个或多个帧。

(2) 在被选定的帧上单击鼠标右键,选择【复制帧】命令。

(3) 在需要要进行粘贴的位置单击鼠标右键,选择【粘贴帧】命令。

反转帧：反转帧的功能可以使所选定的一组帧按照顺序反转过来,使最后 1 帧变为第 1 帧,第 1 帧变为最后 1 帧,形成一个倒带的效果。

在被选取的帧上单击鼠标右键,从弹出的快捷菜单中选择【复制帧】命令和【粘贴帧】命令。

选取要翻转的帧,然后单击鼠标右键,从弹出的快捷菜单中选择【反转帧】命令,将选定帧进行反转。

14.1.3　实例说明图片逐帧动画制作

以鱼跃前滚翻动作为例,说明图片逐帧动画的制作。

第 1 步：用【画图】工具或 Photoshop 制作 6 张鱼跃前滚翻连续动作图片,存放在硬盘中。

第 2 步：启动 Flash CS3 应用程序,新建一个 Flash 文档。选择主菜单栏中的【修改】|【文档】命令,打开【文档属性】对话框,在该对话框中设置编辑区的尺寸大小为 500×400px,背景颜色为蓝色(与图片背景色相同)

第 3 步：单击时间轴的第 1 帧,选择【文件】|【导入】|【导入到舞台】命令,将第 1 幅图片导入到舞台中并调整位置,如图 14-9 所示。

第 4 步：分别在第 2 至 4 帧上单击右键,在弹出的对话框中选择【插入帧】命令。

第 5 步：在第 5 帧上单击右键,在弹出的对话框中选择【插入关键帧】命令,再选择【文件】|【导入】|【导入到舞台】命令,将第 2 幅图片导入到舞台中,如图 14-10 所示。

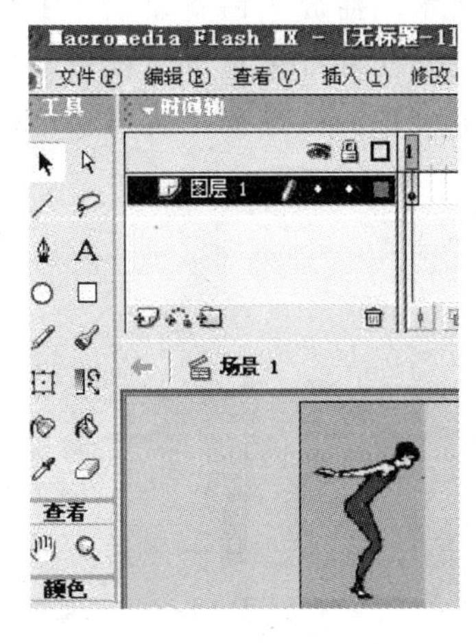

图 14-9　导入图片

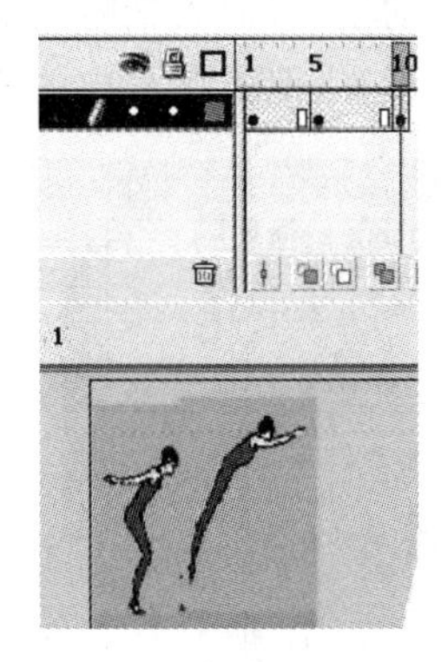

图 14-10　导入第 2 幅图片

第 6 步：重复第 4 步、第 5 步,将余下的几幅图片分别插入到第 15、第 20、第 25、第 30 和第 35 帧中去。最后效果图如图 14-11 所示。

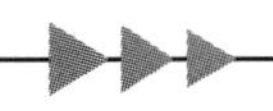

第 7 步：单击时间轴面板左下角的插入图层按钮，新建图层 2，如图 14-12 所示。

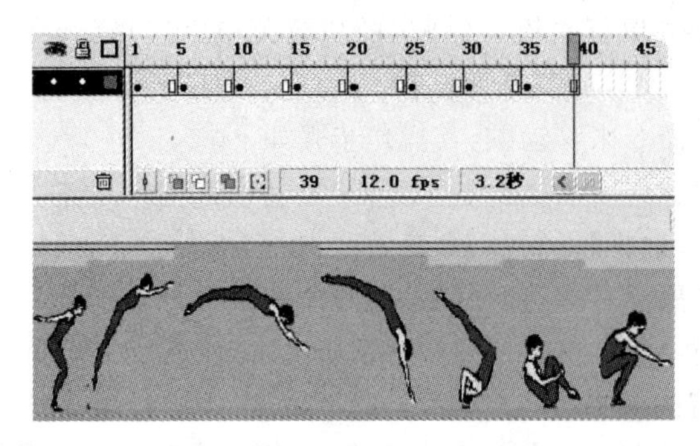

图 14-11　各帧插入图片

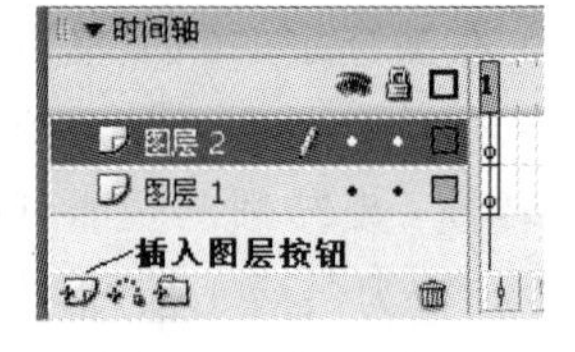

图 14-12　插入图层按钮

第 8 步：单击【窗口】|【公用库】|【按钮】命令，将 Flash 自带的按钮库打开。在库中双击 playback 文件夹将其展开，将其中的 playback-play、playback-stop、playback-step back、playback-step forward 按钮拖入舞台，并用鼠标调整其大小、位置，依次为播放、停止、后退和前进按钮，调整后的图形如图 14-13 所示。

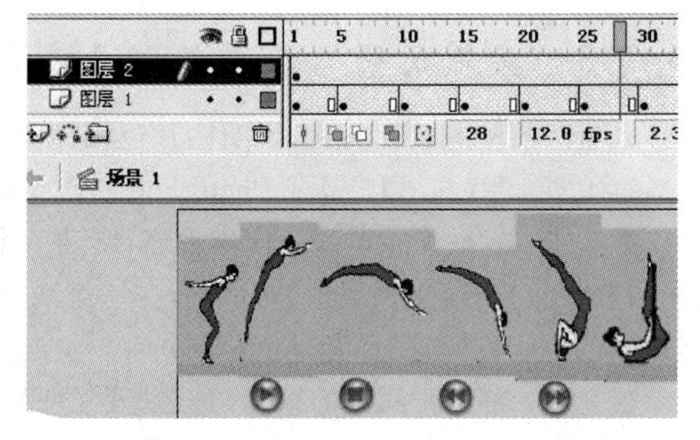

图 14-13　添加按钮

第 9 步：设置播放按钮：鼠标单击播放按钮，确保播放按钮为选中状态，从菜单栏中单击【窗口】|【动作】命令，打开动作面板，单击【全局函数】|【影片剪辑控制】命令，在 on 选项上双击鼠标，此命令自动添加到右侧的输入栏里面，如图 14-14 所示。将光标放在"( )"里面双击 press 选项，再将光标置于"{ }"里面，单击右侧的【时间轴控制】选项打开下拉菜单，双击 play 选项，如图 14-15 所示。播放按钮就设置好了。停止动作按钮的设置方法同播放按钮的设置，但大括号内的值应设为 stop 选项。前进动作按钮的设置方法同播放按钮的设置，但大括号内的值应设为 nextFrame 选项。后退动作按钮的设置方法同播放按钮的设置，但大括号内的值应设为 prevFrame 选项。

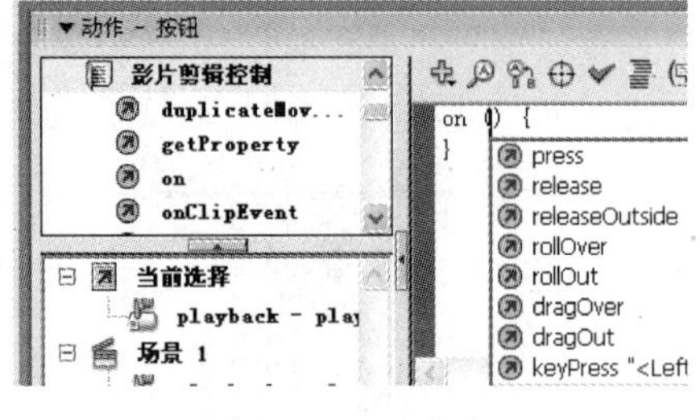

图 14-14　on 命令

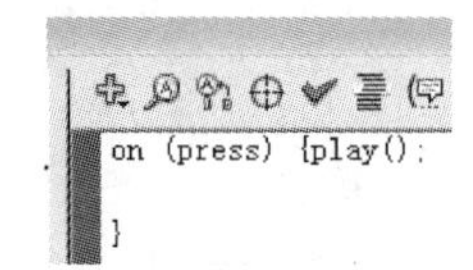

图 14-15　添加命令

第 10 步：按下 Ctrl+Enter 组合键，测试动画效果。

流行于网络上的"小小"动画，如图 14-16 所示，很受人们喜爱，它就是用逐帧动画技术制作的。

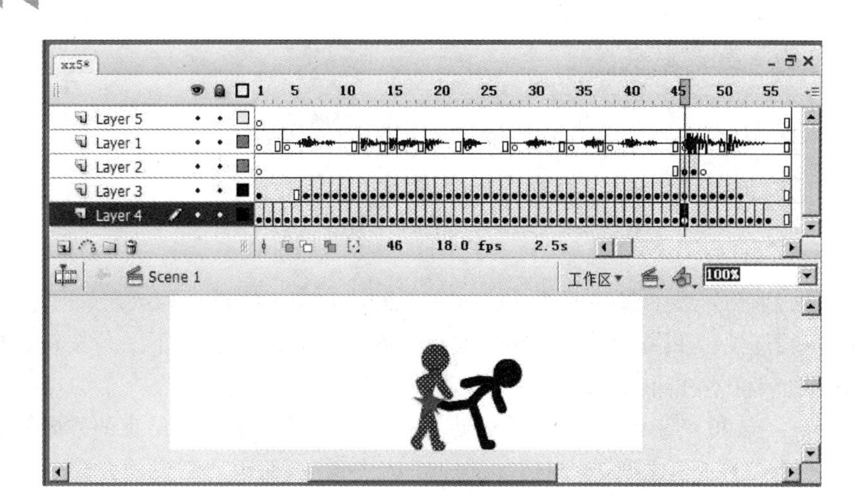

图 14-16　“小小”动画中的一个片段

14.2　动作补间动画

在 Flash 的时间帧面板上，在一个时间点(关键帧)放置一个元件，然后在另一个时间点(关键帧)改变这个元件的大小、颜色、位置、透明度等内容，Flash 根据二者之间帧的值创建的动画被称为动作变形动画。动作补间动画也是 Flash 中非常重要的表现手段之一，也是在体育类动画中运用较多的一种手法。动作补间动画的对象必须是元件(包括影片剪辑、图形元件、按钮等)，除了元件，其他元素包括文本都不能创建补间动画，其他的位图、文本等都必须要转换成元件后才可以做动作补间动画。

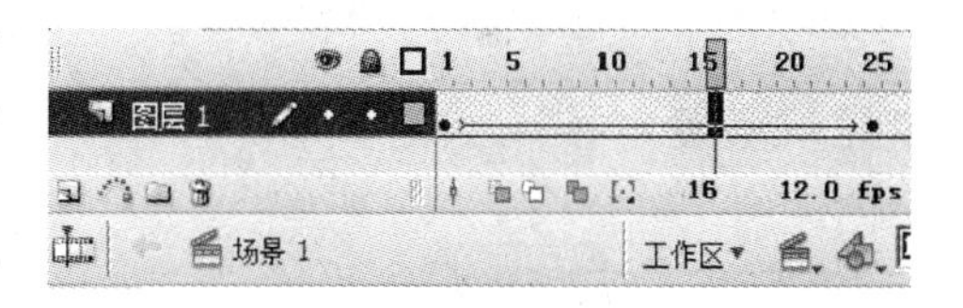

图 14-17　补间动画在时间轴上的表现

动作补间动画建立后，时间帧面板的背景色变为淡紫色，在起始帧和结束帧之间有一个长长的箭头，如图 14-17 所示。

14.2.1　创建动作补间动画的方法

在时间轴面板上动画开始播放的地方创建或选择一个关键帧并设置一个元件及其属性，一帧中只能放一个项目，在动画要结束的地方创建或选择另一个关键帧并设置该元件的属性，再单击开始帧，在【属性】面板上单击【补间】旁边的下三角按钮，在弹出的菜单中选择【动作】选项，或单击右键，在弹出的菜单中选择【新建补间动画】选项，就建立了动作补间动画。

14.2.2　认识动作补间动画的【属性】面板

在动作补间动画的时间轴的起始帧上单击，出现的帧【属性】面板如图 14-18 所示。

动作补间动画【属性】面板中的选项含义如下。

(1)【帧】选项：该输入框用于输入帧的标签名称。

(2)【补间】选项：用于设置补间动画的动画模式，该下拉列表框中包括【无】、【动画】和【形状】3 个选项，其中若选择【无】选项表示不创建动画；选择【动画】选项表示将创建动作补间动画；选择【形状】选项表示将创建形状补间动画。

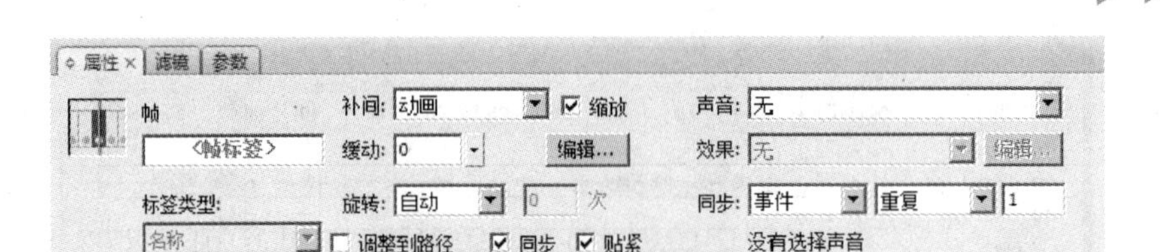

图 14-18 动作补间动画【属性】面板

(3)【缩放】选项：选中该复选框可使对象在运动时按比例进行缩放。

(4)【缓动】选项：在【缓动】文本框旁边有个下三角按钮，单击下三角按钮选择数值或填入具体的数值，可使补间动作动画效果根据设置作出相应的变化。

① 在−1～−100 的负值之间，动画运动的速度从慢到快，朝运动结束的方向加速补间。

② 在 1～100 的正值之间，动画运动的速度从快到慢，朝运动结束的方向减慢补间。

③ 默认情况下，补间帧之间的变化速率是不变的。

(5)【编辑】选项：单击该按钮，可在弹出的如图 14-19 所示的【自定义缓入/缓出】对话框中设置相应操作。

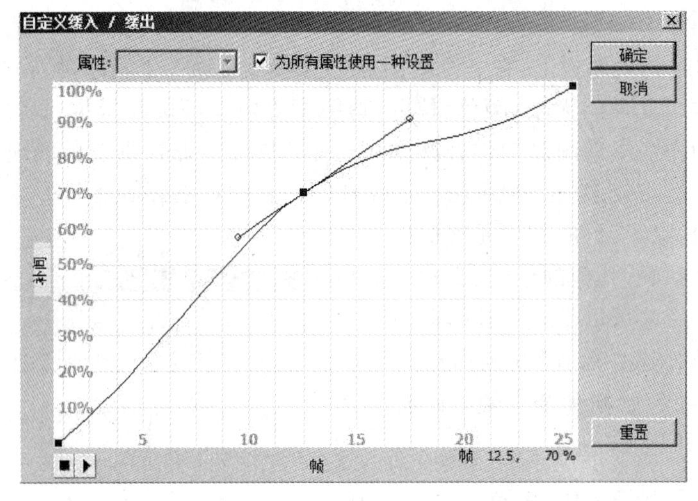

图 14-19 【自定义缓入/缓出】对话框

(6)【旋转】选项：有 4 个选择，选择【无】选项(默认设置)禁止元件旋转；选择【自动】选项可以使元件在需要最小动作的方向上旋转对象一次；选择【顺时针】选项或【逆时针】选项，并在后面输入数字，可使元件在运动时顺时针或逆时针旋转相应的圈数。

(7)【调整到路径】复选框：将补间元素的基线调整到运动路径，此项功能主要用于引导线运动。

(8)【同步】复选框：使图形元件实例的动画和主时间轴同步。

(9)【贴紧】复选框：可以根据其注册点将补间元素附加到运动路径，此项功能主要也用于引导线运动。

(10)【声音】选项：用于在动画中加入适当的背景声音。

14.2.3 实例说明补间动画的创建

用【远去的足球】实例说明补间动画的创建步骤。

(1) 启动 Flash CS3 软件，新建文档并保存为【远去的足球】。

(2) 执行【文件】|【导入】|【导入到舞台】命令，将准备好的一幅绿色草地图片导入到舞台中，使用【任意变形工具】或在图片【属性】面板中调整图片的大小与舞台大小一致。然后，在时间轴上第 50 帧处单击右键选择【插入帧】命令，并将图层命名为【背景】且锁定本图层，如图 14-20 所示。

图 14-20　导入图片

(3) 单击背景图层下方的新建图层按钮，增加新的图层，并将此图层命名为【足球】，选中【足球】图层第 1 帧，执行【文件】|【导入】|【导入到舞台】命令，将准备好的一幅足球图片导入到舞台中，使用【任意变形工具】或在图片【属性】面板中调整图片的大小，如图 14-21 所示。

图 14-21　增加图层导入足球图片

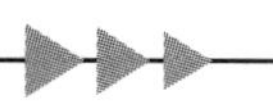

(4) 右键选中【足球】图层第 50 帧选择【插入关键帧】命令,接着在舞台上把足球图片移动到右上角并用【任意变形工具】缩小图片,如图 14-22 所示。

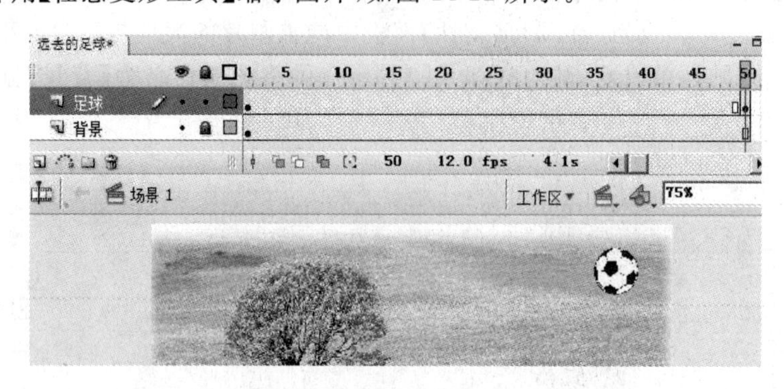

图 14-22　插入关键帧并移动足球图片

(5) 在【足球】图层第 1～50 帧中的任意一帧上单击右键,选择【创建补间动画】命令,时间轴的变化如图 14-23 所示。

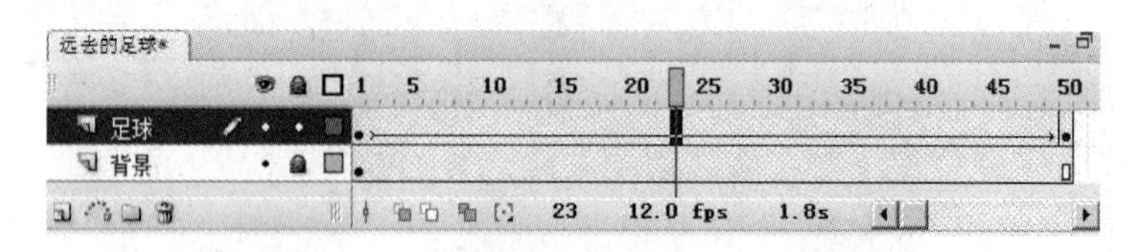

图 14-23　创建补间动画的时间轴变化

(6) 在创建补间动画后,【属性】面板的状态如图 14-24 所示。在这个属性面板中可以设置足球动画的【缓动】、【旋转】和【声音】等属性,使足球动画符合设计要求。

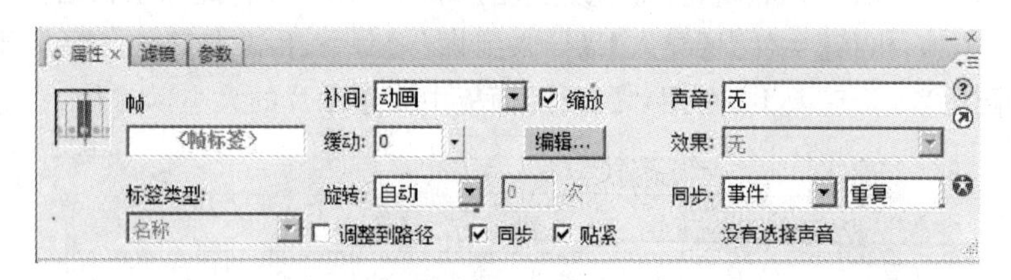

图 14-24　【属性】面板

(7) 测试并存储动画。

14.3　形状补间动画

形状补间动画是 Flash 中非常重要的表现手法之一,运用它可以变幻出各种奇妙的、不可思议的变形效果。

在 Flash 的时间轴面板上,在一个时间点(关键帧)绘制一个形状,然后在另一个时间点(关键帧)更改该形状或绘制另一个形状,Flash 根据二者之间帧的值或形状来创建的动画称为形状补间动画。

形状补间动画可以实现两个图形之间颜色、形状、大小、位置的相互变化,其变形的灵活性介于逐帧动画和动作补间动画二者之间,使用的元素多为用鼠标绘制出的形状,如果使用图形元件、按钮、文字，则必先执行【打散】命令(或按 Ctrl+B 快捷键)再变形。

14.3.1 创建形状补间动画的方法

在时间轴上动画开始播放的地方创建或选择一个关键帧并设置要开始变形的形状，一般一帧中以一个对象为好，在动画结束处创建或选择一个关键帧并设置要变成的形状。再单击开始帧，在【属性】面板上单击【补间】选项旁边的下三角按钮，在弹出的菜单中选择【形状】选项，或者在时间帧上右键单击，选择【创建补间形状】命令，此时，时间轴面板的背景色变为淡绿色，在起始帧和结束帧之间有一个长长的箭头，如图 14-25 所示。一个形状补间动画就创建完毕了。

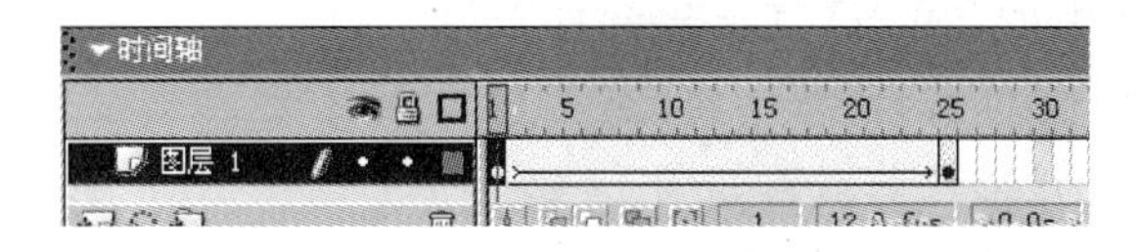

图 14-25 形状补间动画在时间轴面板上的标记

14.3.2 认识形状补间动画的【属性】面板

Flash 的【属性】面板随鼠标选定的对象不同而发生相应的变化。当建立了一个形状补间动画后，右击时间轴，弹出的【属性】面板如图 14-26 所示。

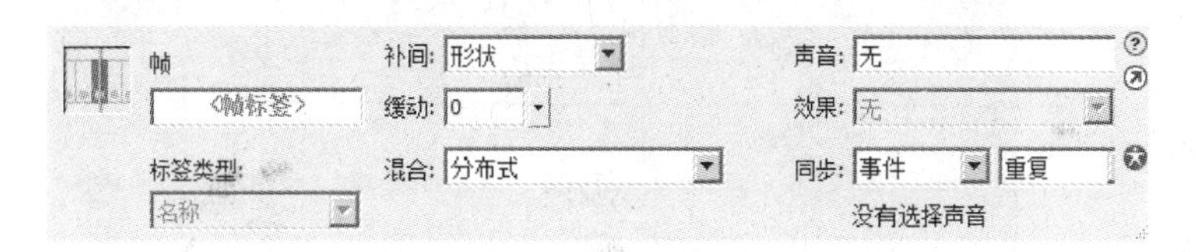

图 14-26 形状补间动画【属性】面板

形状补间动画的【属性】面板上的参数含义如下。

1.【缓动】选项

在【缓动】文本框旁边有个下三角按钮，单击下三角按钮选择数值或填入具体的数值，可使形状补间动画随之发生相应的变化。在 −1～−100 的负值之间，动画运动的速度从慢到快，朝运动结束的方向加速度补间。在 1～100 的正值之间，动画运动的速度从快到慢，朝运动结束的方向减慢补间。默认情况下，补间帧之间的变化速率是不变的。

2.【混合】选项

【混合】选项中有两项供选择。【角形】选项：创建的动画中间形状会保留有明显的角和直线，适合于具有锐化转角和直线的混合形状。【分布式】选项：创建的动画中间形状比较平滑和不规则。

14.3.3 实例说明形状补间动画的创建

下面用【变换的五环】实例说明形状补间动画的创建步骤。

(1) 启动 Flash CS3 软件，新建一个文档，选择【修改】|【文档】命令，在打开的【文档属性】对话框中设置，标题为【图片变形动画】，文档大小修改为 500×400 像素，其他为默认值，

如图 14-27 所示。

图 14-27　【文档属性】对话框

(2) 双击【图层 1】,将该图层命名为【背景】,选择【文件】|【导入】|【导入到舞台】命令,从素材库中将一幅【水立方.jpg】图片导入到舞台中。选择【窗口】|【对齐】命令打开对齐面板,利用对齐面板将图片格式设置为相对于舞台、匹配宽和高、水平居中和垂直居中,如图 14-28 所示。

(3) 新建一个名为【环】的影片剪辑元件。

① 选择主菜单栏中的【插入】|【新建元件】命令,在打开的【创建新元件】对话框中将【名称】输入为【环】,【类型】选为【影片剪辑】,如图 14-29 所示。单击【确定】按钮后,进入元件编辑界面。

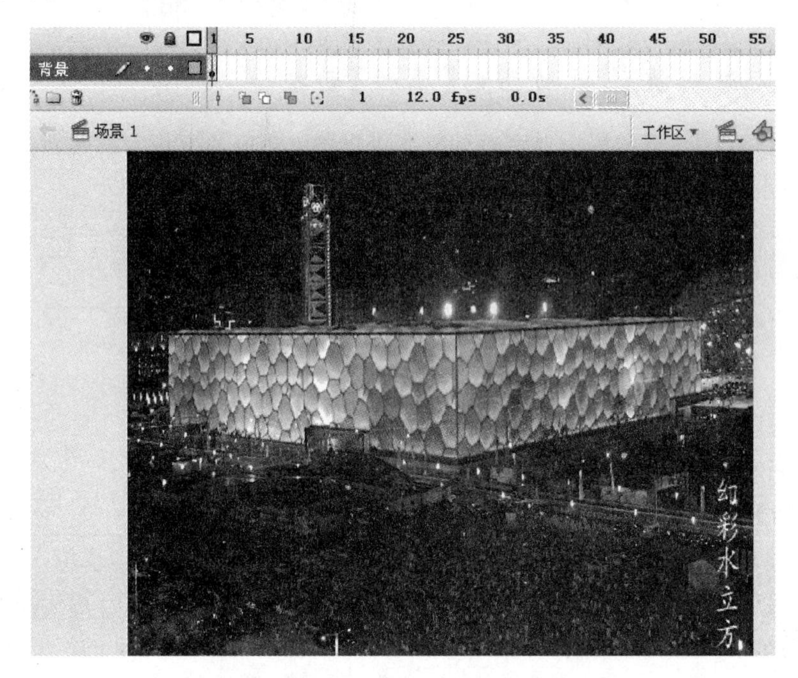

图 14-28　导入图片

图 14-29　【创建新元件】对话框

② 选择工具箱中的【椭圆工具】,在下方的【属性】面板中设置笔触为 10,笔触样式为【点状线】选项,按住 Shift 键,在舞台上画一个无填充颜色的正圆。选中这个正圆,在下方的

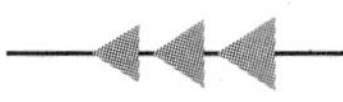

【属性】面板中，修改尺寸为 100×100px。选择【修改】|【形状】|【将线条转换为填充】命令，利用对齐面板，将图片格式设置为相对于舞台居中，如图 14-30 所示。

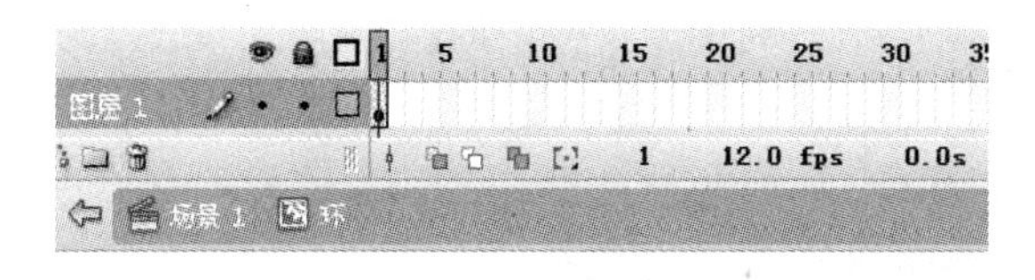

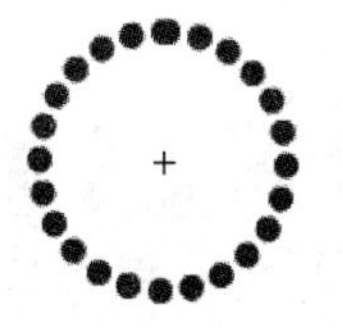

图 14-30　绘制点状线圆

③ 在第 40 帧处按 F7 键或者右击鼠标，选择【插入空白关键帧】选项，选择【椭圆工具】，在下方的【属性】面板中设置笔触为 10，笔触样式为【实线】选项，在舞台上画一个无填充颜色的正圆。然后在下方的【属性】面板中，修改尺寸为 100×100px，选择【修改】|【形状】|【将线条转换为填充】命令，利用对齐面板将图片设置为相对于舞台居中，如图 14-31 所示。

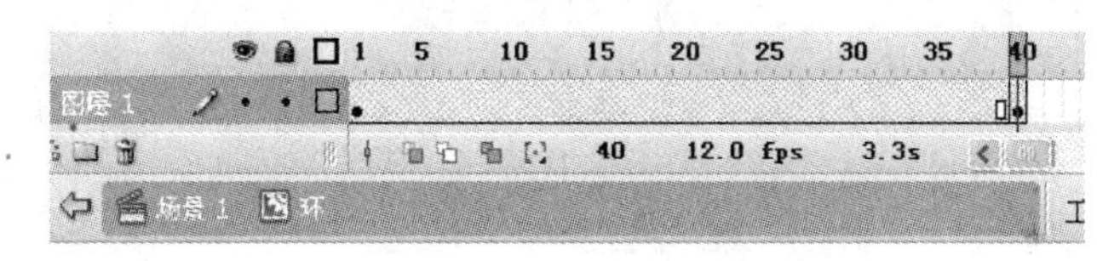

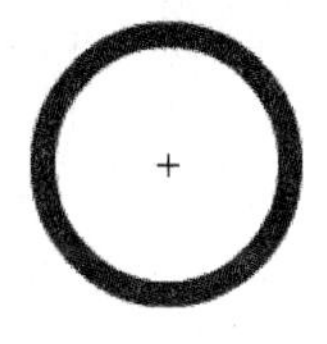

图 14-31　绘制实线圆

④ 选中第 1 帧，在【属性】面板中选择补间为【形状】选项，或者右键选中创建补间形状，创建一个形状补间动画，在第 60 帧处按 F5 键插入普通帧，延长圆环持续时间，如图 14-32 所示。

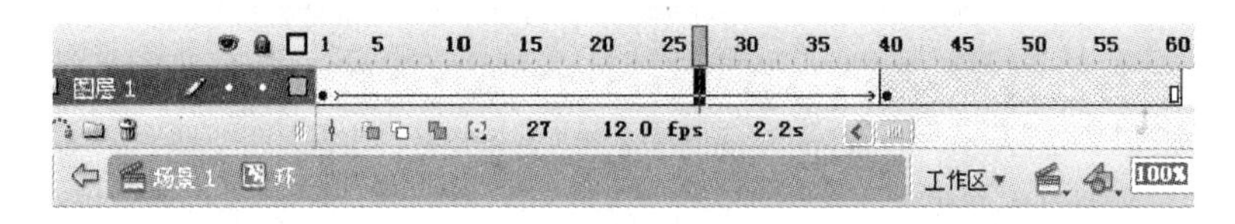

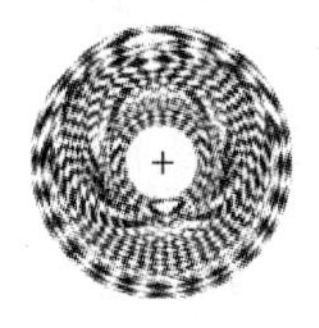

图 14-32　创建形状补间动画

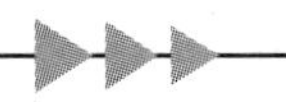

(4) 单击【场景 1】,回到主场景中。

(5) 单击【插入图层】按钮,或者选择【插入】|【时间轴】|【图层】命令,插入图层 2,打开【库】面板,将元件【环】拖入舞台,利用工具栏中的【任意变形工具】调整环的大小至合适,如图 14-33 所示。

图 14-33 调整圆环位置

(6) 选中舞台中的圆环,在属性面板中的【颜色】框中选【色调】选项,在色调后面的颜色块中修改颜色为蓝色。此时,舞台中的圆环就变成了蓝色,如图 14-34 所示。

图 14-34 调整圆环颜色

(7) 再从【库】中拖入 4 个圆环实例到舞台,用同样的方法,分别修改圆环的颜色为黄、黑、绿、红,并将 5 个圆环组成奥运五环图标,如图 14-35 所示。

(8) 保存并测试动画。如图 14-36 所示是动画过程中的一个画面。

图 14-35　组成五环

图 14-36　动画过程中的一个画面

14.4　旋转动画

旋转动画是指元件对象以某点为圆心进行旋转的动画。动画对象的圆心是元件的注册点。

下面用篮球旋转实例说明旋转动画的制作方法。

(1) 启动 Flash CS3 软件，新建一个文档，在主菜单栏中选择【修改】|【文档】命令，在打开的【文档属性】对话框中设置标题为【旋转的篮球】，文档大小修改为 500×400 像素，其他为默认。

(2) 执行【文件】|【导入】|【导入到舞台】命令，从素材库中将一幅【篮球.jpg】图片导入到舞台中，如图 14-37 所示。

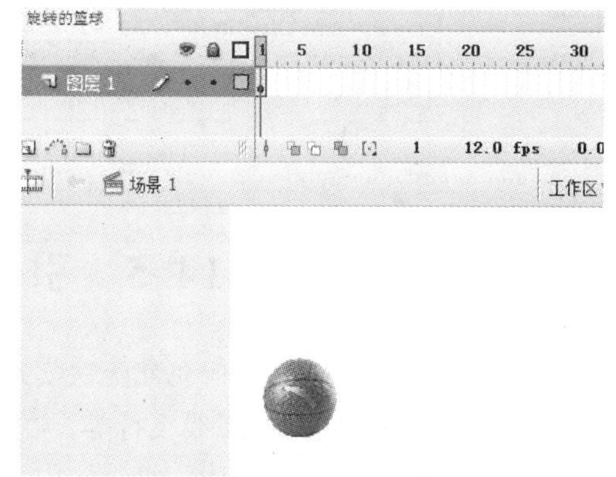

图 14-37　导入篮球图片

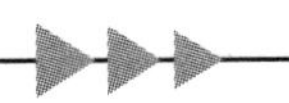

(3) 在时间轴上第 10 帧右击选择【插入关键帧】命令,在舞台中将球移动到舞台左边,如图 14-38 所示。

(4) 在时间轴中选择第 1 帧,然后右击,在弹出的快捷菜单中选择【创建补间动画】命令,如图 14-39 所示。

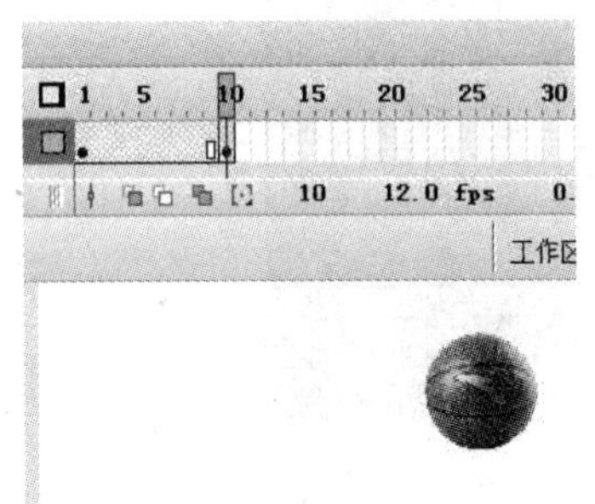

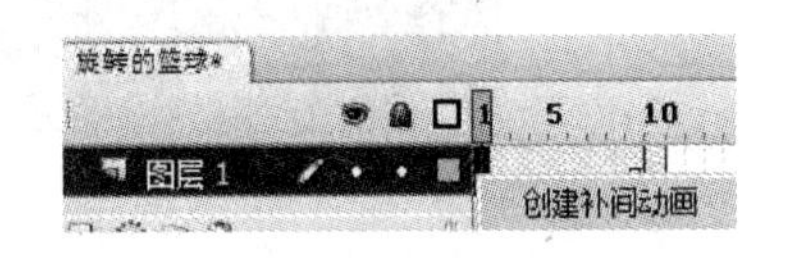

图 14-38 插入关键帧并移动篮球　　　　图 14-39 右键选择【创建补间动画】命令

(5) 选中第 1 帧,展开【属性】面板,在【旋转】选项框中选择【顺时针】选项,并设置旋转次数为 6,将缓动数值设置为－30(参数大于 0 实例效果是先快后慢,设置小于 0 则是先慢后快,本例篮球的旋转是先慢后快的加速动作),如图 14-40 所示。设置完成后,返回到舞台中,按 Ctrl＋Enter 组合键测试影片。

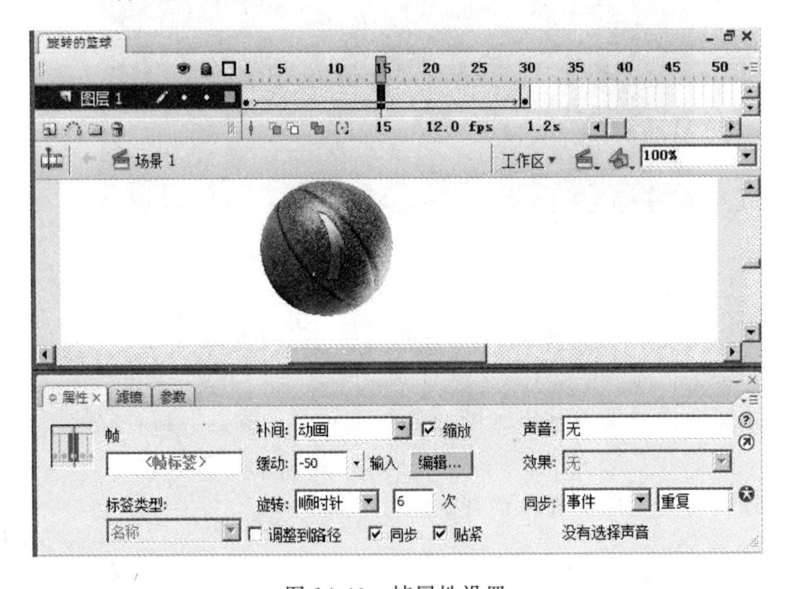

图 14-40 帧属性设置

14.5 引导路径动画

单纯依靠设置关键帧,有时仍然无法实现一些复杂的动画效果,有很多运动是弧线或不规则的,如篮球投篮、足球的弧线飞行等。在 Flash 中能不能做出这种效果呢?答案是肯定的,这种动画就是引导路径动画。

将一个或多个层链接到一个运动引导层,使一个或多个对象沿同一条路径运动的动画形式称为引导路径动画。带引导层的动画又叫轨迹动画。这种动画可以使一个或多个元件完成曲线或不规则运动。

14.5.1　创建引导路径动画的方法

1. 创建引导层和被引导层

一个最基本的引导路径动画由两个图层组成，上面一层是引导层，它的图层图标为 ，下面一层是被引导层，图标 同普通图层一样，如图 14-41 所示。

在普通图层上单击时间轴面板的添加引导层按钮 ，该层的上面就会添加一个引导层 ，同时该普通层缩进成为被引导层，这就是多层引导动画，如图 14-42 所示。

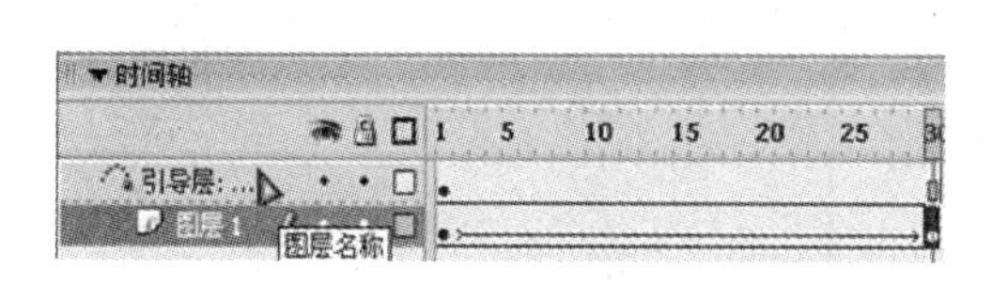

图 14-41　引导层与被引导层

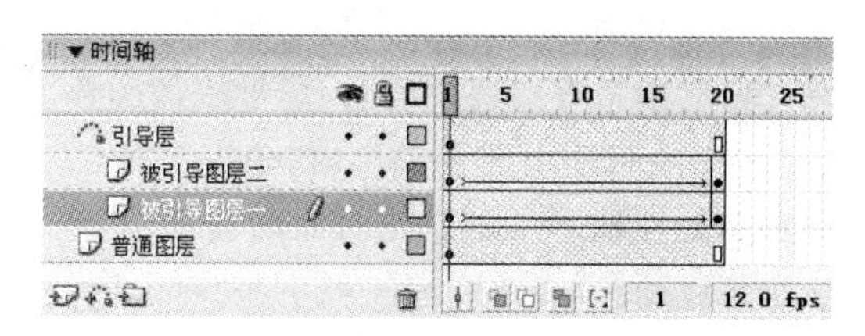

图 14-42　多层引导路径动画

2. 引导线

引导线不能是封闭的曲线，要有起点和终点，起点和终点之间的线条必须是连续的，不能间断，可以是任何形状。引导线转折处的线条弯转不宜过急或过多，否则 Flash 无法准确判定对象的运动路径。被引导对象必须准确吸附到引导线上，也就是元件编辑区中心必须位于引导线上，否则被引导对象将无法沿引导路径运动，如图 14-43 所示。

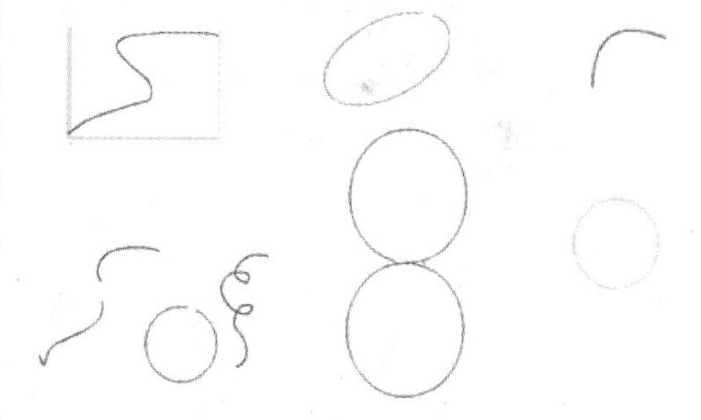

图 14-43　形状各异的引导线

3. 引导层和被引导层中的对象

引导层是用来指示元件运行路径的，引导线在最终生成动画时是不可见的，所以引导层中的内容可以是用钢笔、铅笔、线条、椭圆工具、矩形工具或画笔工具等绘制出的线段。而被引导层中的对象是跟着引导线走的，可以使用影片剪辑、图形元件、按钮、文字等对象，但不能应用形状。

由于引导线是一种运动轨迹，不难想象，被引导层中最常用的动画形式是动作补间动画，当播放动画时，一个或数个元件将沿着运动路径移动。

4. 向被引导层中添加元件

(1) 引导动画最基本的操作就是使一个运动动画“附着”在引导线上。所以操作时特别得注意引导线的两端，被引导的对象起始、终点的 2 个中心点一定要对准引导线的 2 个端头，如图 14-44 所示。

(2) 被引导层中的对象在被引导运动时，还可做更细致的设置，比如运动方向，把【属性】面板上的【路径调整】复选框选中，对象的基线就会调整到运动路径。而如果把【对齐】复选框选中，元件的注册点就会与运动路径对齐，如图 14-45 所示。

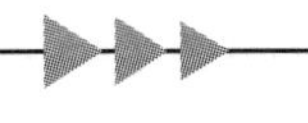

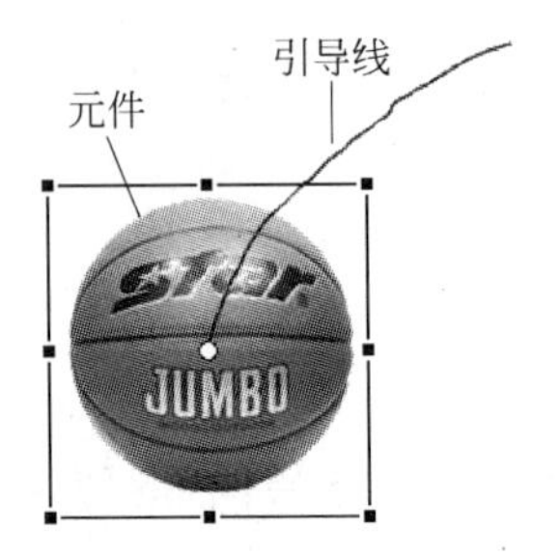

图 14-44　元件中心对准引导线

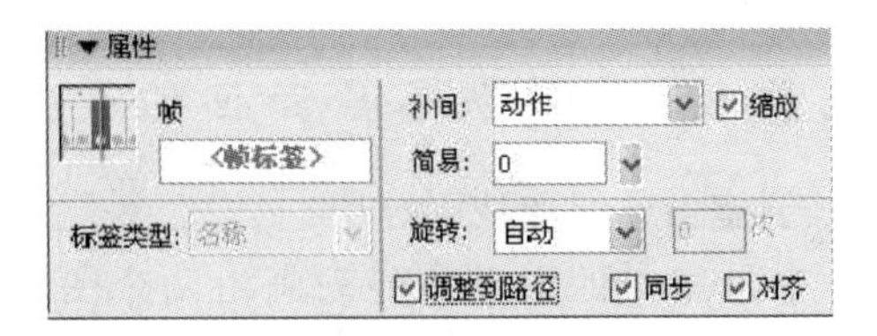

图 14-45　路径调整和对齐

(3) 引导层中的内容在播放时是看不见的,利用这一特点,可以单独定义一个不含被引导层的引导层,该引导层中可以放置一些文字说明、元件位置参考等内容。此时,引导层的图标为⚒。

(4) 在做引导路径动画时,单击工具栏上的对齐对象功能按钮 ,可以使对象附着于引导线的操作更容易成功。

(5) 如果想解除引导,可以把被引导层拖离引导层,或在图层区的引导层上单击右键,在弹出的菜单上选择【属性】命令,在【图层属性】对话框中选择【正常】单选按钮作为图层类型,如图 14-46 所示。

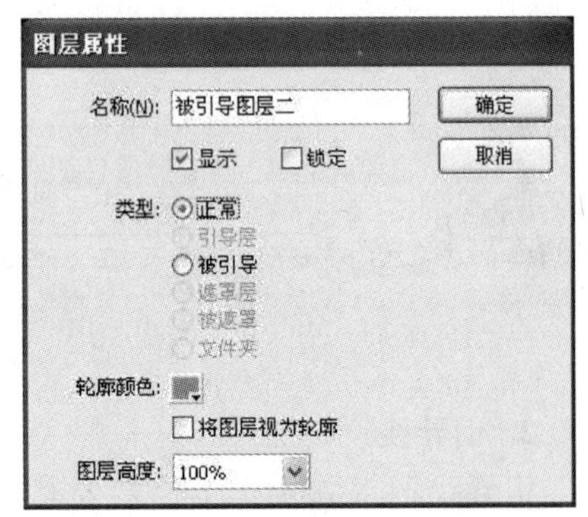

图 14-46　【图层属性】对话框

(6) 如果想让对象做圆周运动,可以在引导层画个圆形线条,再用橡皮擦去一小段,使圆形线段出现 2 个端点,再把对象的起始、终点分别对准圆形线段的端点即可。

(7) 引导线允许重叠,比如螺旋状引导线,但在重叠处的线段必须保持圆润,让 Flash 能辨认出线段走向,否则会使引导失败。

14.5.2　实例说明引导层动画的创建方法

下面用一个投篮实例说明引导层动画的创建方法

(1) 打开 Flash CS3 软件,新建 Flash 文档,将图层命名为【背景】,文档背景设为浅蓝色,将文档命名为【篮球】保存。

(2) 单击【文件】|【导入】|【导入到舞台】命令,将电脑中准备好的篮圈图片导入到舞台中,在第 55 帧上单击右键选择【插入帧】选项,如图 14-47 所示。

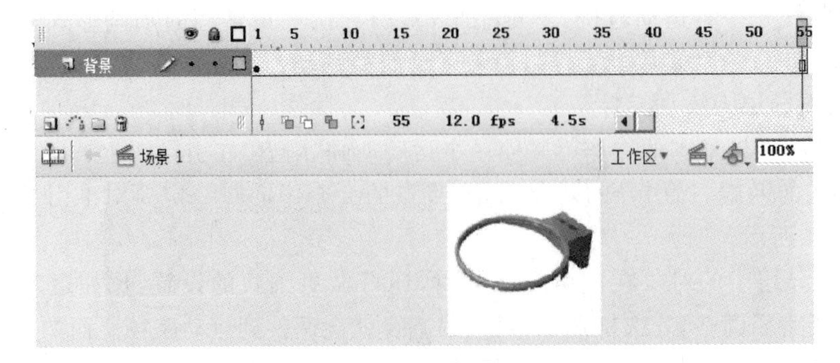

图 14-47　导入图片

(3) 可以看到导入的图片带有白色背景，要先把白色的背景去掉。用工具栏中的【选择工具】选中图片，按 Ctrl＋B 组合键，打散图片(图片上有麻点)。然后，选择工具栏中的【套索工具】，在选项区中单击【魔术棒设置】按钮，在弹出的对话框中设置【阈值】为 25，【平滑】选项为【像素】，如图 14-48 所示。

(4) 单击魔术棒工具，然后，在图像的白色背景上单击，按 delete 键或者在图片上单击右键选择【剪切】命令，将背景删除。去掉白色背景后，选中图形，按 F8 键或右键选择【转换为元件】命令，将其转换为图形元件，如图 14-49 所示。

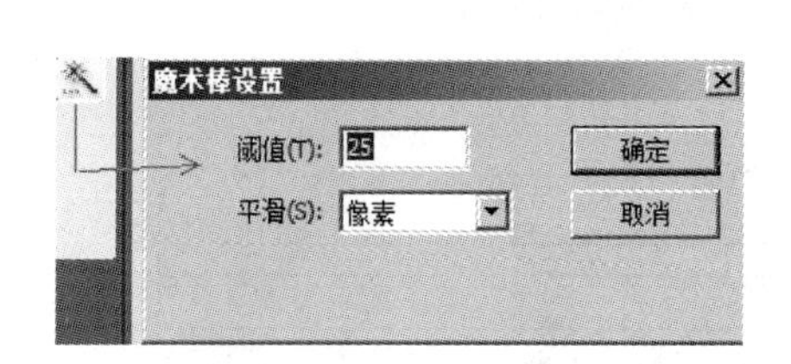

图 14-48　【魔术棒设置】对话框

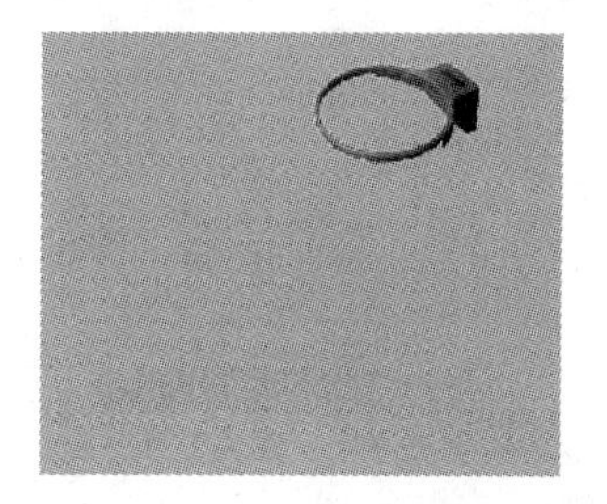
图 14-49　去掉白色背景

(5) 单击插入图层按钮，在背景层上插入一个新图层，命名为【篮球】。将计算机中准备好的篮球图片导入到舞台中，在第 55 帧上单击右键选择【插入帧】命令，然后按照第(3)、第(4)步的方法将篮球图片去除背景并转换成元件，如图 14-50 所示。

(6) 选择【篮球】图层，然后单击插入运动引导层按钮，新建一个引导层，并在引导层上用【铅笔工具】画出篮球运动轨迹，如图 14-51 所示。

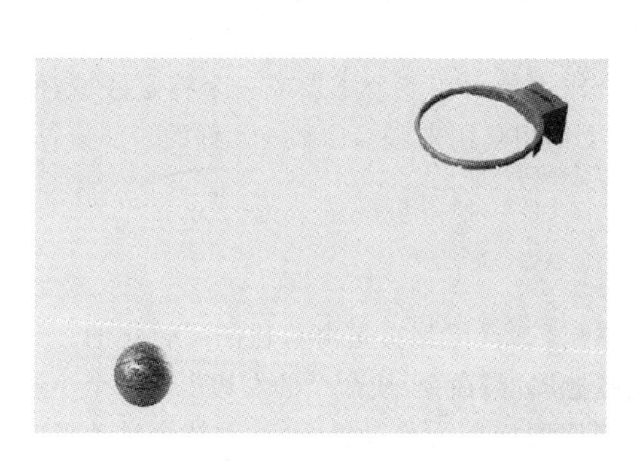
图 14-50　插入篮球图片

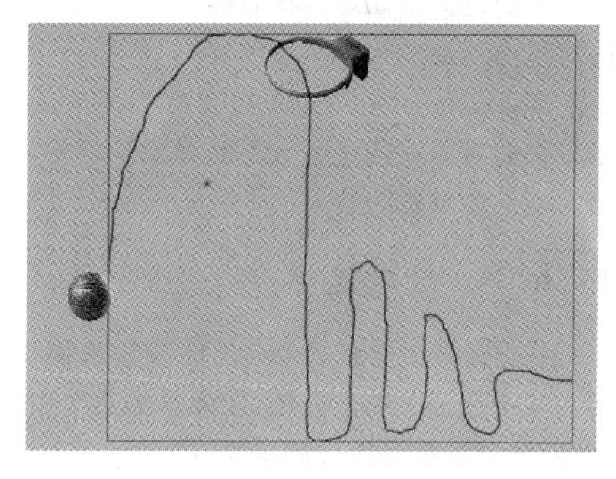
图 14-51　绘制运动轨迹

(7) 在【篮球】图层第 1 帧，再选中舞台上的篮球图片，移动篮球中心点与画线的前端重合，如图 14-52 所示。

(8) 选中【篮球】图层第 55 帧，单击右键选择【插入关键帧】命令，同样把篮球图片移动到画线的末端使中心点与末端重合，并选择【篮球】图层任意一帧，右击选择【创建补间动画】命令。最后的时间轴变化如图 14-53 所示。

(9) 按 Ctrl＋Enter 组合键测试影片并保存影片。

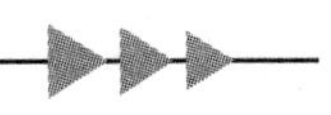

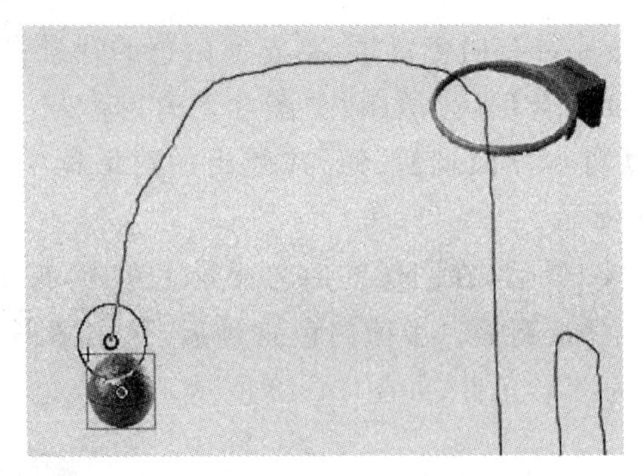

图 14-52　移动篮球中心点与线端重合

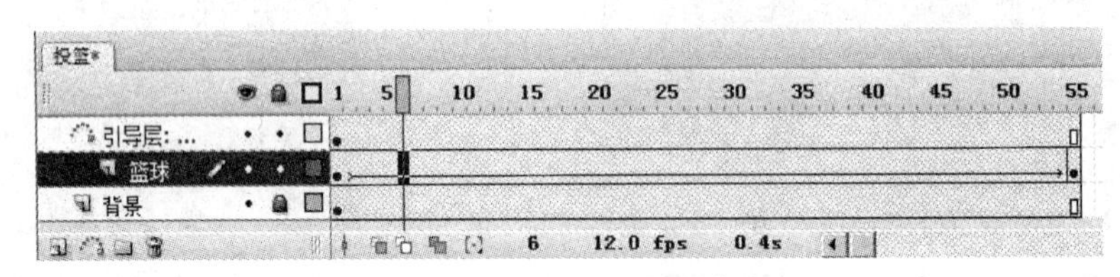

图 14-53　时间轴变化

14.6　遮罩动画

遮罩动画是 Flash 中的一个很重要的动画类型,很多效果丰富的动画都是通过遮罩动画来完成的。在 Flash 的图层中有一个遮罩图层类型,为了得到特殊的显示效果,可以在遮罩层上创建一个任意形状的视窗,遮罩层下方的对象可以通过该视窗显示出来,而视窗之外的对象将不会显示。

在 Flash 动画中,遮罩主要有 2 种用途,一个作用是用在整个场景或一个特定区域,使场景外的对象或特定区域外的对象不可见,另一个作用是用来遮罩住某一元件的一部分,从而实现一些特殊的效果。

14.6.1　创建遮罩

在 Flash 中没有一个专门的按钮来创建遮罩层,遮罩层其实是由普通图层转化的。只要在某个图层上单击右键,在弹出的菜单中选择【遮罩层】命令,使命令的左边出现一个小勾图标,该图层就会生成遮罩层,层图标就会从普通层图标变为遮罩层图标,系统会自动把遮罩层下面的一层关联为被遮罩层,如图 14-54 所示。

如果用户想关联更多层被遮罩,只要把这些层拖到被遮罩层下面就行了,如图 14-55 所示。

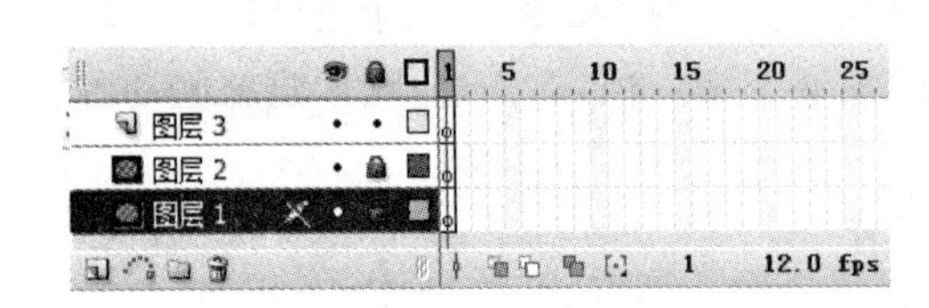

图 14-54　遮罩层与被遮罩层

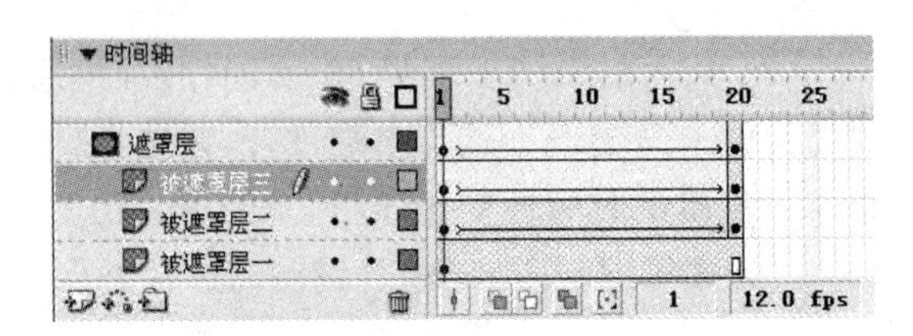

图 14-55　多层遮罩

14.6.2 构成遮罩和被遮罩层的元素

遮罩层中的图形对象在播放时是看不到的，遮罩层中的内容可以是按钮、影片剪辑、图形、位图、文字等，但不能使用线条，如果一定要用线条，可以将线条转化为图形。

被遮罩层中的对象只能透过遮罩层中的对象被看到。在被遮罩层，可以使用按钮、影片剪辑、图形、位图、文字和线条等对象。

14.6.3 遮罩中可以使用的动画形式

可以在遮罩层、被遮罩层中分别或同时使用形状补间动画、动作补间动画、引导线动画等动画手段，从而使遮罩动画变成一个可以施展无限想象力的创作空间。

14.6.4 实例说明遮罩动画的创建

下面用滚动字幕实例说明遮罩动画的创建。

(1) 启动 Flash CS3，新建一个大小为 500×300px、其他设置为默认的 Flash 文档，在时间轴上将【图层 1】改名为【背景】。

(2) 选择菜单栏【文件】|【导入】|【导入到舞台】命令，找到事先准备好的篮球场地图片，将其导入到舞台。在【对齐】面板中单击相对于舞台按钮，然后选择【匹配】选项中的【匹配宽和高】命令，再选择【对齐】选项中的【垂直居中】和【水平居中】选项。同样的方法，将一幅篮球图片导入到舞台中，并调整其位置和大小。在第 100 帧上单击右键，选择【插入帧】命令，此时背景层已经完成，将其加锁，如图 14-56 所示。

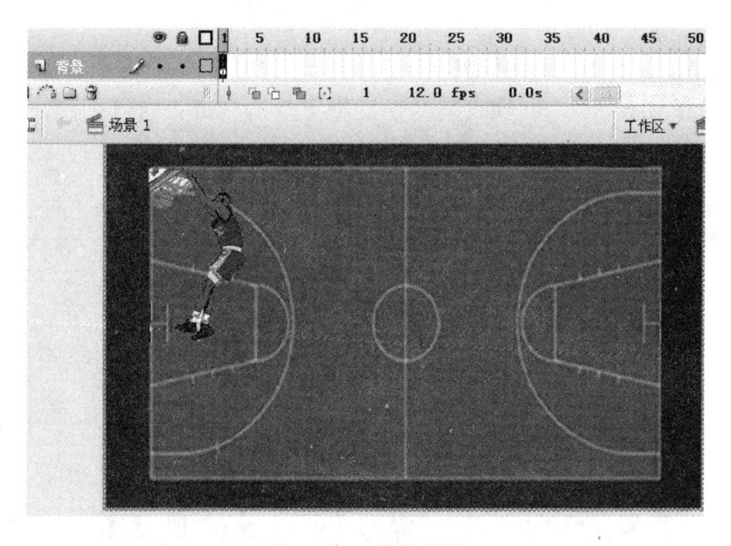

图 14-56 背景图层

(3) 制作文字内容。

① 新建图层 2，命名为【文字】。选择工具栏中的【文字工具】，在【属性】面板中设置文字格式：字体为隶书，大小为 23，颜色为红，使用设备字体。在舞台下方单击并输入一段文字“篮球比赛场是一个长方形的坚实平面，无障碍物。标准的比赛场地长度为 28m，宽度为 15m。天花板或最高障碍物的高度至少应为 7m。篮球场的长边界限称边线，短边的界限称

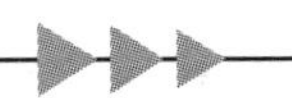

端线。球场上各线都必须十分清晰,线宽均为 0.05m。以中线的中点为圆心,以 1.8m 为半径,画一个圆圈称中圈。三分投篮区是由场上两条拱形限制出的地面区域"。此时文字的【属性】面板如图 14-57 所示。

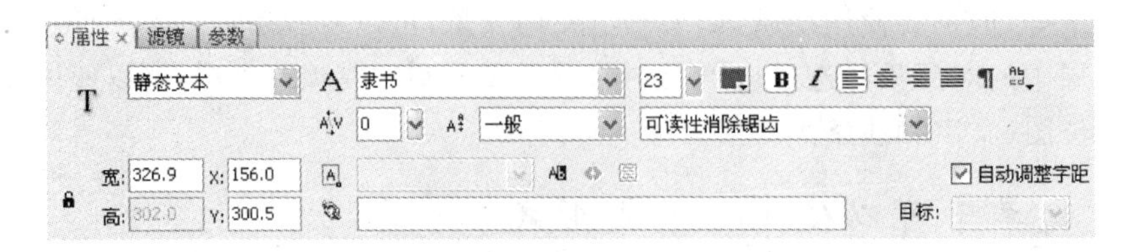

图 14-57　文本【属性】面板

② 文字输入之后,单击工具栏中的选择图标,选中文字后把它移至舞台的下方的合适位置,如图 14-58 所示。

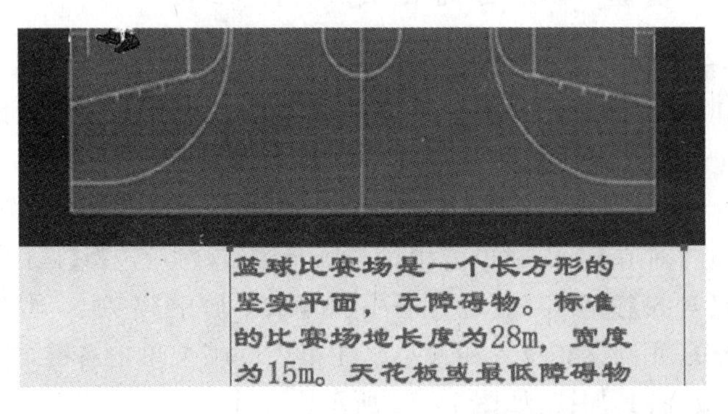

图 14-58　调整文字位置

③ 单击【文字】图层的第 80 帧,按 F6 键或右击选择【插入关键帧】命令,把文字块移动到舞台上方,在文字图层 20～80 帧之间的任意帧上单击右键,选择【创建补间动画】命令,并在第 100 帧处按 F5 键插入帧,如图 14-59 所示。

图 14-59　创建文字动画

(4) 制作遮罩层。

① 把【文字】层加锁,新建图层 3,命名为【遮罩】层。选择【遮罩】图层,选择工具栏中的

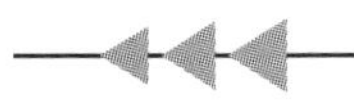

【矩形工具】，在舞台中画一个无边框、任意填充色的矩形，如图 14-60 所示。

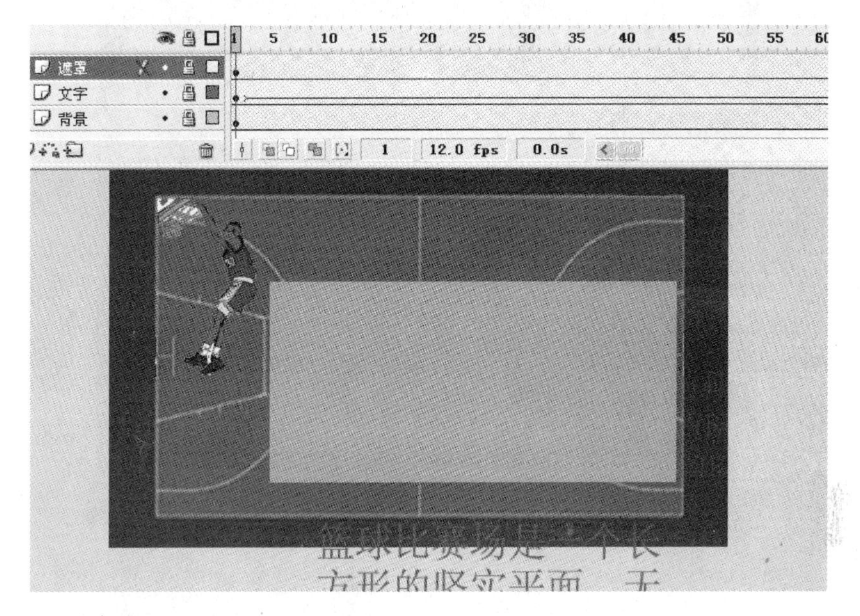

图 14-60　添加遮罩图层

② 在遮罩层上单击右键，选择【遮罩层】命令，如图 14-61 所示。

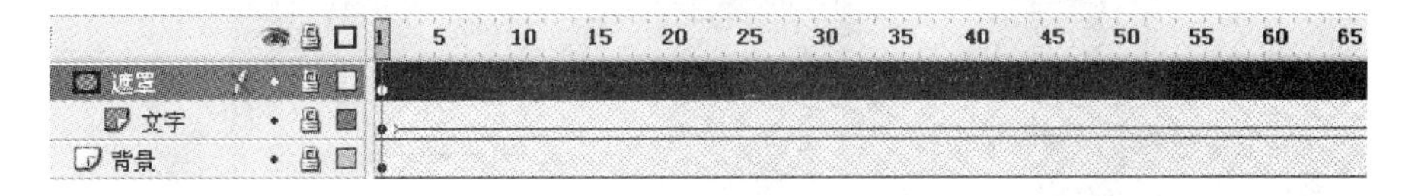

图 14-61　遮罩

(5) 动画基本完成。按下 Ctrl+Enter 组合键测试动画效果并保存动画。

14.7　Flash 动画实例

14.7.1　从头开始——规划课件界面

本示例通过 Flash 的简单操作制作一个简单的课件主界面，如图 14-62 所示。制作方法如下。

(1) 启动 Flash 软件，新建一个新文档，在【文档属性】面板中设置文档的大小、背景颜色等属性。

(2) 制作主界面背景。

① 用工具箱中的【矩形工具】画一个覆盖整个场景的、无边框线的、填充任意颜色的矩形。

② 选中【颜料桶工具】，就可以选择填充颜色了，简单的颜色可以在填充颜色面板中选择。但由于背景颜色是由中心向两边渐变的，这就要在颜色面板对颜色进行【放射状】设置了。设置好颜色后，在矩形上单击就可以了，如图 14-63 所示。

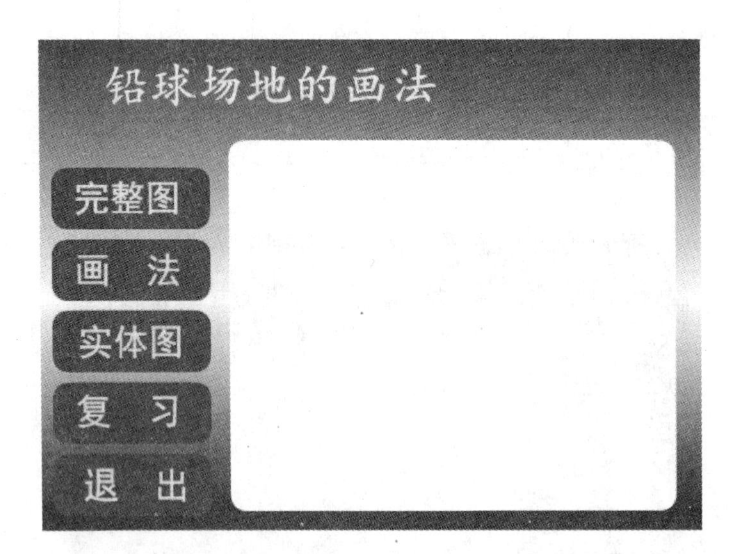

图 14-62　效果图

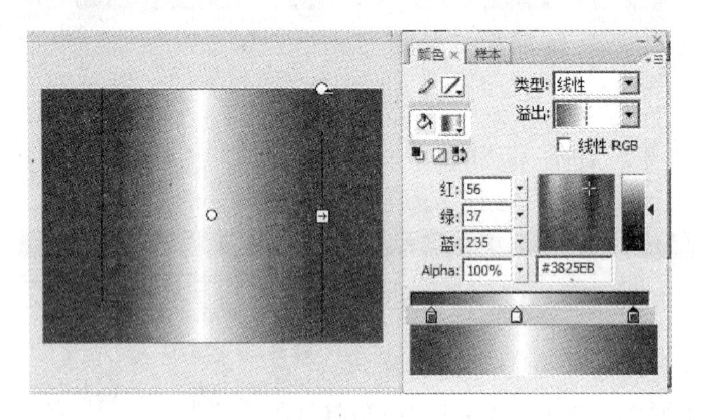

图 14-63　填充背景

③ 渐变变形工具可以在【任意变形工具】右侧下拉菜单中找到，主要用于修改对象填充颜色的方向，使用它可随心所欲地对颜色方向进行调整，如图 14-64 所示。

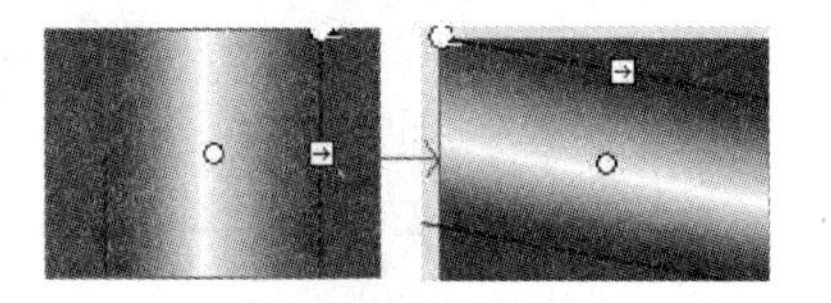

图 14-64　用渐变变形工具调整填充颜色

(3) 界面布局。

① 在【图层 1】上新建一个新图层命名为【主界面】。选择【矩形工具】，在下方出现的矩形【属性】面板中设置矩形，在舞台上画一个拐角为 15 度、边框线为实线、填充颜色为白色的矩形，矩形框属性设置如图 14-65 所示。绘出的矩形如图 14-66 所示。

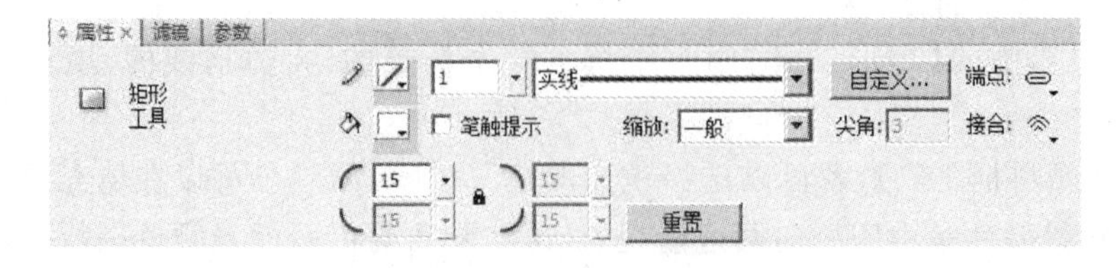

图 14-65　矩形属性设置

② 在【主界面】图层上新建一个图层，命名为【按钮】。选择【矩形工具】，将填充颜色改为橘红色，在舞台上画一个矩形，选中作为按钮的矩形，单击菜单栏中的【插入】|【新建元件】命令(或按 F8 键)，在弹出的对话框中把【类型】项改为【按钮】即可。然后，选中该按钮，按住 Ctrl 键，按住鼠标左键拖动复制 4 次，便可以制作出 5 个按钮，如图 14-67 所示。

(4) 输入文字。

新建一个图层，选中【文本工具】，在舞台上单击一下，便可输入文字了。可以通过文字的【属性】面板对文字的具体属性进行设置。对于按钮的名称，其输入方法是一样的，为了操作更方便，最好新增一个图层，然后在【对齐】面板中设置相应项使它们与相应的按钮对齐，如图 14-68 所示。

图 14-66 绘制矩形

图 14-67 绘制按钮

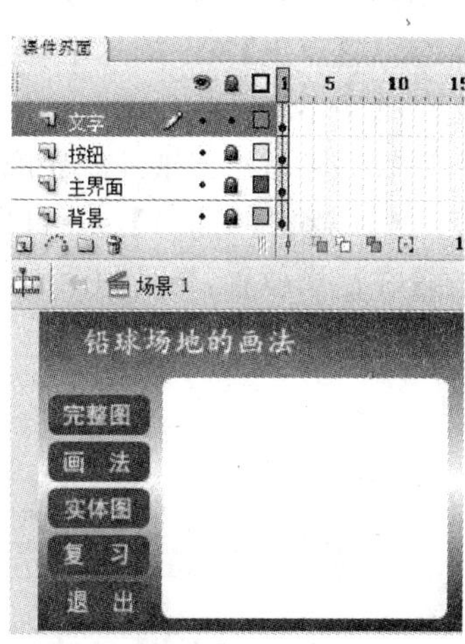

图 14-68 效果图

14.7.2 制作按钮与菜单——装饰课件

利用按钮在课件中可以实现很多的交互功能。创建按钮的方法有两种，一种是执行【窗口】|【公用库】|【按钮】命令，就会在【库】的按钮面板上显示大量的通用按钮。选中喜欢的按钮拖入舞台，即可调用【公用库】里的通用按钮。另一种是通过【创建新元件】对话框中的【按钮】选项，自己定制按钮。常用按钮类型有文本按钮、图像按钮和动画按钮等，下面分别通过实例来理解按钮的制作和使用。

1. 文本按钮

(1) 新建 Flash 文件，设置舞台的宽为 400 像素、高为 150 像素，背景色设为黑色。

(2) 利用【插入】|【新建元件】命令或按 Ctrl+F8 快捷键，打开【创建新元件】对话框，选择类型为【按钮】，在名称栏输入【返回】字样，如图 14-69 所示。单击【确定】按钮，进入按钮元件的编辑场景，如图 14-70 所示。

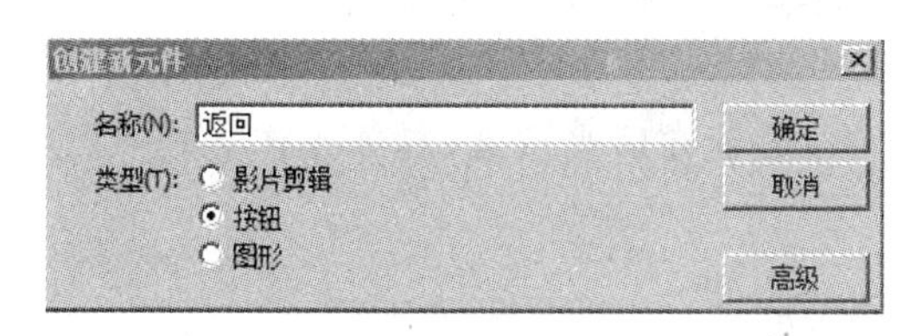

图 14-69 【创建新元件】对话框

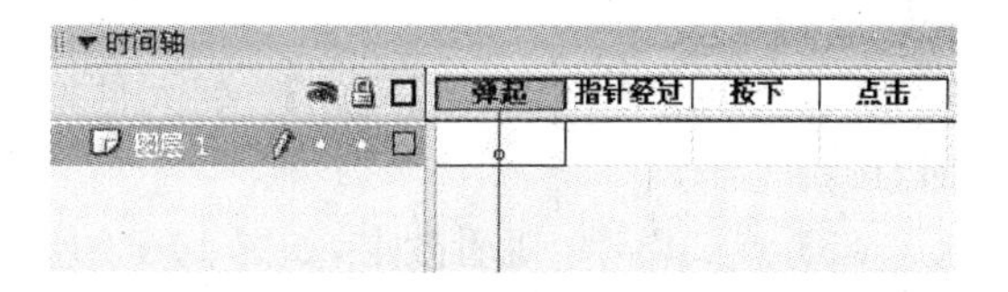

图 14-70 按钮元件编辑窗口

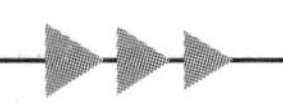

(3) 选中【图层 1】的【弹起】帧，输入红色文字【返回】，字体大小为 72 号，字体为 Arial Black，居中。

(4) 选中【指针经过】的关键帧，如果希望前两个状态文本效果完全一致，可以在此插入帧；如果希望效果有所改变，则在此插入一个关键帧，改变文字效果即可。在此将文字颜色改为黄色。

(5) 选中【按下】的关键帧，设置按下鼠标时按钮的效果。此步操作与第(4)步类同，将文字改为蓝色。

(6) 选中【点击】帧，在此帧上插入一个空白关键帧，单击时间轴下方的绘图纸外观按钮绘制按钮的激活范围。用【矩形工具】画一个能包围【返回】文字的无边框矩形，如图 14-71 所示。(【点击】帧上的这个矩形，确定了按钮的作用范围；如果没有这个矩形，所做的按钮仅对有文字笔画的地方起作用，有了这个矩形，就能在整个矩形范围内起作用。在编辑【点击】帧时，激活绘图纸外观轮廓按钮可以方便地绘制按钮的激活范围。)

(7) 返回【场景 1】，执行【窗口】|【库】命令，打开【库】面板，把【返回】按钮元件拖入舞台，放置在适当位置，场景如图 14-72 所示。

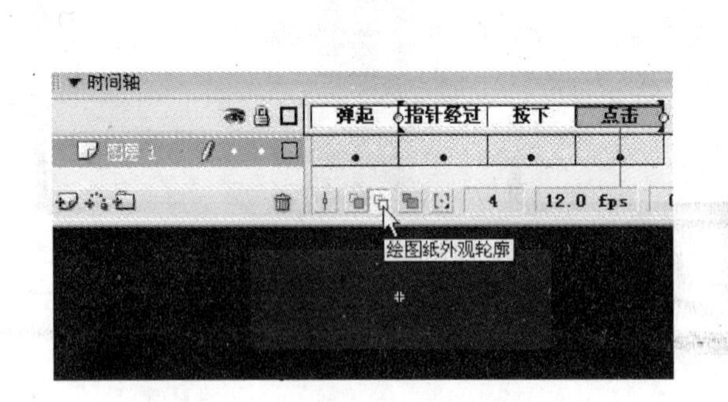

图 14-71　在【点击】帧绘制矩形框

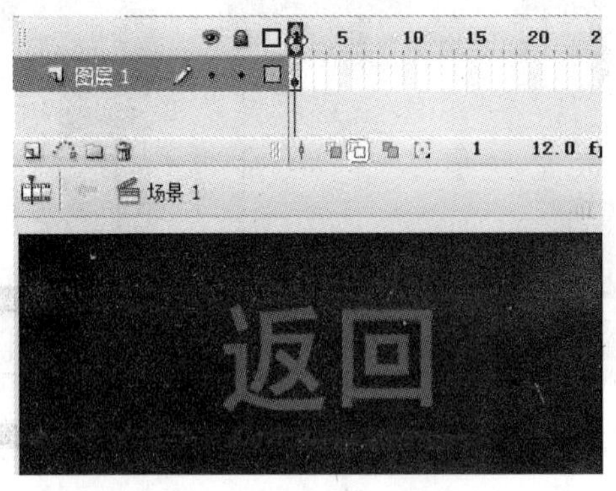

图 14-72　按钮场景

(8) 测试影片，观看效果。

2. 图形按钮

(1) 新建 Flash 文件，设置舞台的宽为 400 像素、高为 150 像素，背景色设为黑色。

(2) 按下 Ctrl+F8 快捷键，打开【创建新元件】对话框，选择类型为【按钮】，在名称栏输入【播放】字样，单击【确定】按钮，打开播放按钮元件的编辑场景。

(3) 选中【图层 1】的【弹起】帧，利用【多边形工具】在舞台上绘制一个无边、红色、指向右的三角形，成为常见的播放符号(当然也可以通过【导入图片】命令，将准备好的图片导入到舞台中)，并分别在【指针经过】、【按下】帧处插入关键帧，将三角形分别填充为黄色和蓝色，在【点击】帧插入关键帧。

(4) 返回【场景 1】，把【播放】按钮元件拖入舞台，放置在适当位置，具体操作如插入【返回】按钮一样。

(5) 测试影片，观看效果，如图 14-73 所示。

3. 按钮动作命令

(1) 选中需要编辑动作的按钮，可执行【窗口】|【动作】命令，打开【动作-按钮】面板。

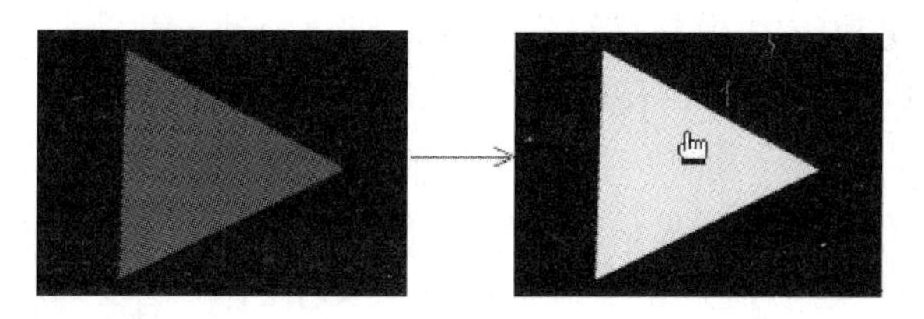

图 14-73　按钮过渡效果

（2）单击【全局函数】|【影片剪辑控制】命令，然后双击 on 选项，如图 14-74 所示。

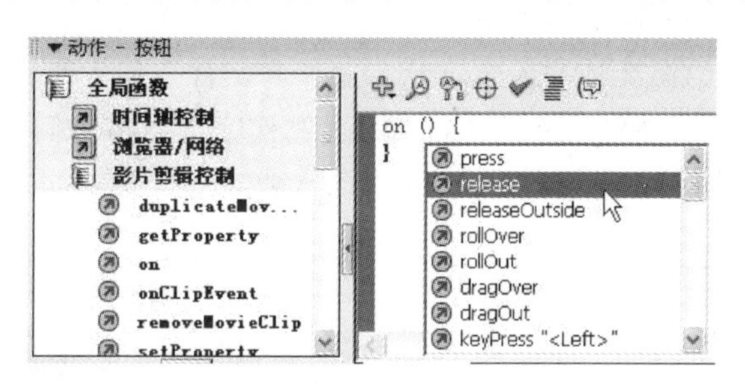

图 14-74　影片剪辑的控制命令

（3）双击 release 或其他命令，即可在动作编辑窗口插入相应的执行程序。把光标置于大括号中，换行；如果选中的按钮是一个播放按钮，则应在【时间轴控制】选项里双击 play 选项；如果选中的按钮是一个停止按钮，则应在【时间轴控制】选项里双击 stop 选项；如果选中的按钮是一个跳转按钮，则应在【时间轴控制】选项里双击 gotoAndPlay 选项或 gotoAndStop 选项，并把光标置于小括号内，输入想跳转到的目的帧的编号，如图 14-75 所示。

图 14-75　在【时间轴控制】选项中选择控制命令

4. 下拉菜单

下拉菜单是网页或课件中最常见到的效果之一，用鼠标轻轻一点或是移过去，就出现一个更加详细的菜单。它不仅节省了排版上的空间，使课件布局简洁有序，而且一个新颖美观的下拉菜单，更是为课件增色不少。这里举一个实例：单击（或光标移动到）【体育学院】按钮后，弹出【体育教育专业】、【社会体育专业】和【运动训练专业】三个下拉菜单。

制作步骤如下。

（1）打开 Flash 软件之后新建一个名为【下拉菜单】的文档，并增加为 3 个图层，双击图层为每个图层命名 action、【学院】和【专业】。

（2）每个图层都在第 9 帧上右键选择【插入帧】命令，然后，锁定【学院】和【专业】两个图层，在 action 图层上，分别单击第 1、第 2 和第 9 帧，右键选择【插入关键帧】选项，接着再右击

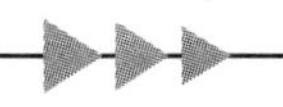

选择【动作】命令,打开【动作-按钮】面板,分别添加 Stop()动作;同样,在第 8 帧中添加 gotoAndStop(1)动作,添加完毕之后如图 14-76 所示。

图 14-76　在图层上添加动作

(3) 将舞台背景色调整为颜色值为淡蓝色。在【学院】图层的第 1 帧中画一个矩形框并在矩形框中输入文字【体育学院】,之后连同矩形框一起选中,右键选择【转化为元件】选项,将其转换为按钮元件,元件名称为【体育学院】,如图 14-77 所示。

(4) 在【学院】图层的第 2 帧插入关键帧。制作与文件按钮大小相同的三个按钮:【体育教育专业】、【社会体育专业】和【运动训练专业】。制作完成后将它们都拖放到【学院】图层的第 2 帧,在舞台中如图 14-78 所示。

图 14-77　制作矩形按钮

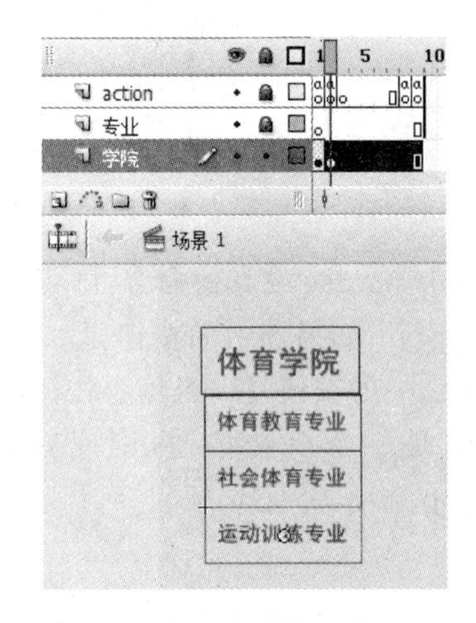

图 14-78　添加子按钮

(5) 将播放指针移动到第 1 帧,为【体育学院】按钮添加如下动作。

```
on (release) {
    gotoAndStop(2);
}
```

即在【体育学院】按钮上按下鼠标左键释放时将播放指针移动到第 2 帧并停止播放。

(6) 将播放指针移动到第 2 帧,在【体育学院】按钮、【体育教育专业】按钮、【社会体育专业】按钮和【运动训练】按钮中都添加如下动作:

```
on (rollOver) {
    gotoAndStop(2);
}
on (rollOut) {
    gotoAndPlay(3);
}
```

上述 6 行代码的执行结果是当鼠标指向上述任何一个按钮时,当前电影剪辑的播放指针都停在第 2 针,而一旦离开这些按钮所在的区域,当前电影剪辑的播放指针就会跳到第 3

帧并继续播放。

需要注意的是，为了使下拉菜单稳定(即使播放指针稳定地停留在当前电影剪辑的第 2 帧)，各按钮要紧密排列，按钮间不要留有空隙。

再者，第 3 帧到第 8 帧的播放时间就是鼠标离开下拉菜单后收回下拉菜单的延迟时间。这里的帧数越多，延迟时间越长，反之越短。

(7) 设置【专业】图层。如果要制作【专业】下拉菜单，其原理与制作【学院】图层没什么两样，比如单击【体育学院】按钮时，打开一个窗口——只需新建一个电影剪辑，在这个电影剪辑中画上喜欢的窗口图案并仿照上边介绍的方法制作下拉菜单。完成之后放在舞台中，则当在【体育学院】按钮中再添加下列代码后，当单击【体育学院】按钮时，当前影片剪辑的播放指针就会跳到第 9 帧并停在第 9 帧。

```
on (press) {
    gotoAndStop(9);
}
```

至此，一个下拉菜单就做好了，单击【体育学院】按钮，会弹出三个下拉菜单，光标离开后，下拉菜单会自动收回。

14.7.3　用组件或代码——让文字滚动起来

在制作课件时，经常会遇到大段的文字，有时整个屏幕都显示不下，而文本又必须放在一起。这时为了便于浏览，就需要使用滚动文本框。滚动文本框中的文字可以使用滚动条上下滚动，也可以用鼠标拖动文字。这种效果在 Flash 课件中经常大量使用，所以，在这里向大家介绍两种制作方法。

1. 利用组件制作滚动文本框

(1) 启动 Flash CS3，保存文档并命名为【组件文本框】。执行【插入】|【新建元件】命令，打开【创建新元件】对话框，在【名称】栏填入【文本】，在【类型】栏选择【影片剪辑】选项，单击【确定】按钮后进入文本编辑模式。选择【文字工具】在舞台上插入文本，文本框的左上角与舞台中心(“＋”图标)对齐，如图 14-79 所示。

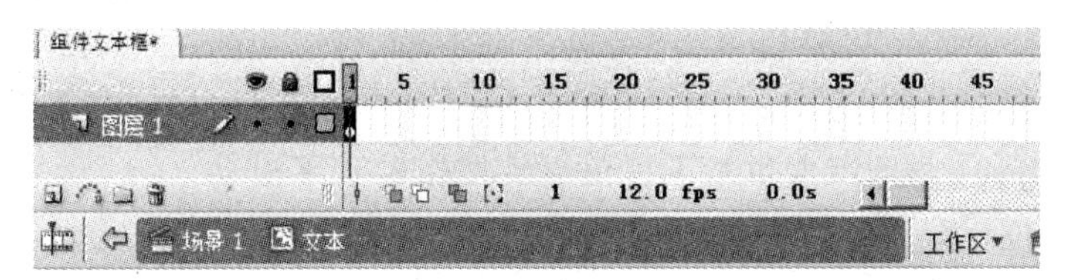

图 14-79　插入文本框

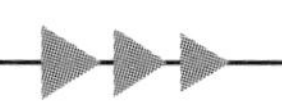

(2) 执行【窗口】|【库】命令,在库中右击元件,选择【链接】选项,如图 14-80 所示。

(3) 在打开的【链接属性】对话框中,勾选【为 ActionScript 导出】复选框,输入标识符为 abc。然后,单击【确定】按钮,如图 14-81 所示。

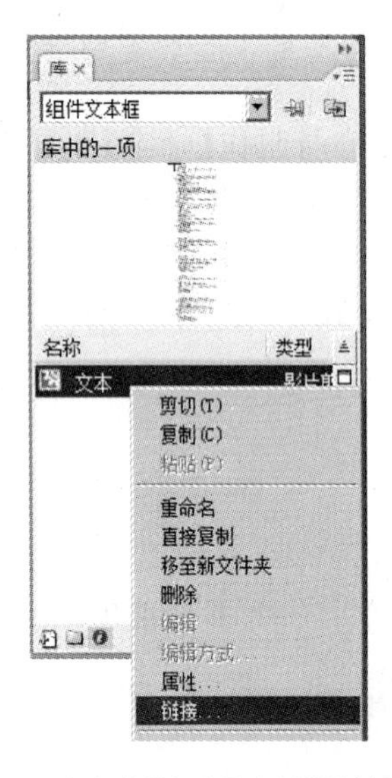

图 14-80 右击【文本】选择【链接】命令

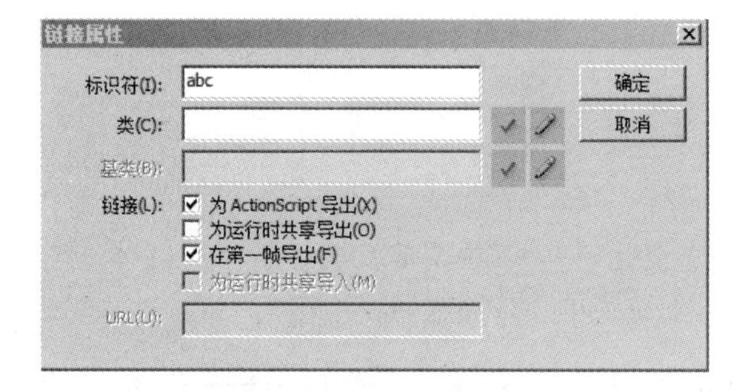

图 14-81 【链接属性】对话框

(4) 单击【场景 1】回到主场景,执行【窗口】|【组件】命令,打开【组件】面板,找到 ScrollPane 组件,如图 14-82 所示。

(5) 把 ScrollPane 拖入场景中,在场景中使用【任意变形工具】调整它的位置和大小。

(6) 选中场景中的 ScrollPane,打开【属性】面板,选择【参数】选项卡,其中选项的含义如下。

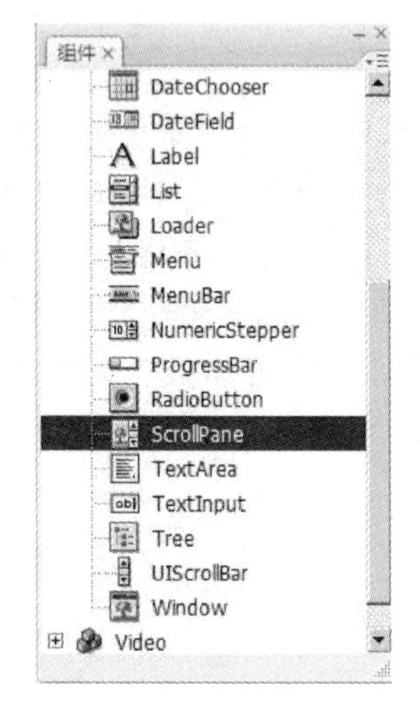

图 14-82 打开组件面板

contentPath:指明要加载到滚动窗格中的内容。该值可以是本地 SWF 或 JPEG 文件的相对路径,或 Internet 上的文件的相对或绝对路径。它也可以是设置为【为动作脚本导出】形式的【库】中的影片剪辑元件的链接标识符。

hLineScrollSize:指明每次单击下三角箭头按钮时水平滚动条移动多少个单位。默认值为 5。

gPageScrollSize:指明每次单击下滑块时水平滚动条移动多少个单位。默认值为 20。

hScrollPolicy:显示水平滚动条。该值可以为 on、off 或 auto 选项。默认值为 auto。

scrollDrag:是一个布尔值,它允许(true)或不允许(false)用户在滚动窗格中滚动内容。默认值为 false。

vLineScrollSize:指明每次单击下三角箭头按钮时垂直滚动条移动多少个单位。默认值为 5。

vPageScrollSize:指明每次单击下滑块时垂直滚动条移动多少个单位。默认值为 20。

vScrollPolicy:显示垂直滚动条。该值可以为 on、off 或 auto 选项。默认值为 auto。

本例的文本框属性设置如图 14-83 所示。

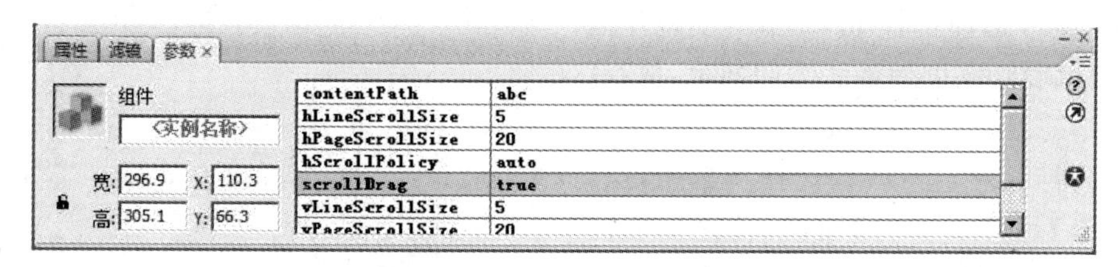

图 14-83　文本框参数设置

(7) 设置完成后,就可以测试看效果了,不满意可重新调整。最后效果如图 14-84 所示。

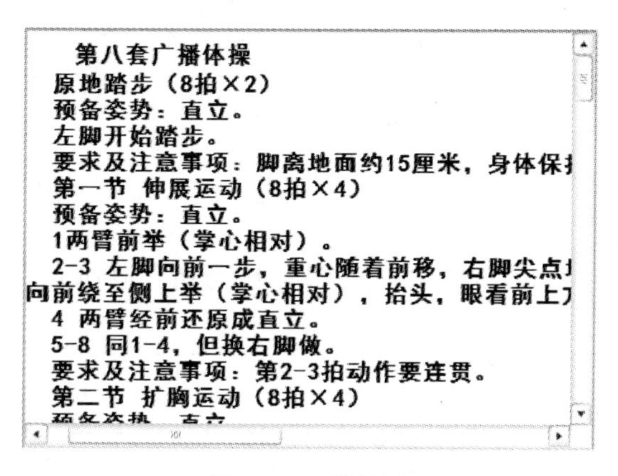

图 14-84　效果图

2. 利用命令制作滚动文本框

(1) 在舞台空白位置使用【文字工具】插入一个文本框,在文本框中输入所需文字【太极拳的技击原理】,调整好文本框的大小和位置。鼠标右击该文本框,在弹出的快捷菜单中选择【转换为元件】选项,将其转换为【影片剪辑】选项,命名为【文本】,在影片剪辑的属性面板中,为实例取名 txtBox,如图 14-85 所示。

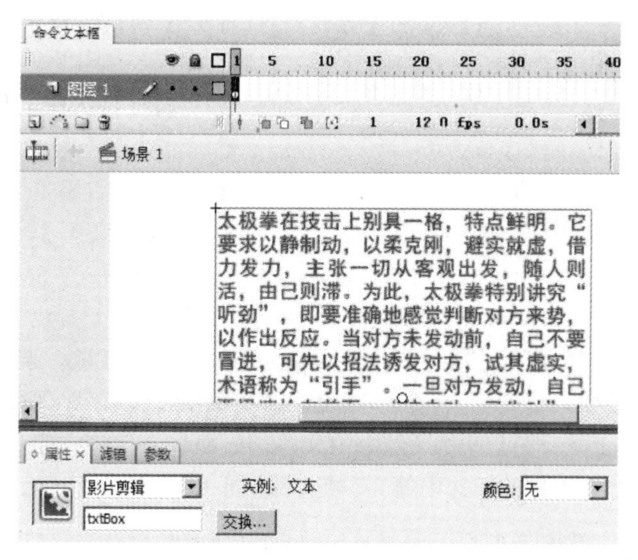

图 14-85　将插入的文本转换为影片剪辑元件并取名 txtBox

(2) 执行【窗口】|【公用库】|【按钮】命令，将circle buttons选项选择next公用按钮并拖入场景，逆时针旋转90度使箭头方向向上，放在【文本影片】旁边。选择下三角按钮，执行【复制】|【粘贴】命令，得到一个新按钮，选择新按钮，执行【修改】|【变形】|【垂直翻转】命令，使之变成向下按钮。将向下按钮移动到文本框右下角，如图14-86所示。

太极拳在技击上别具一格，特点鲜明。它要求以静制动，以柔克刚，避实就虚，借力发力，主张一切从客观出发，随人则活，由己则滞。为此，太极拳特别讲究“听劲”，即要准确地感觉判断对方来势，以作出反应。当对方未发动前，自己不要冒进，可先以招法诱发对方，试其虚实，术语称为“引手”。一旦对方发动，自己要迅速抢在前面，“彼未动，己先动”，“后发先至”，将对手引进，使其失重落空，或者分散转移对方力量，乘虚而入，全力还击。太极拳的这种技击原则，体现在推手训练和套路动作要领中，不仅可以训练人的反应能力、力量和速度等身体素质，而且在攻防格斗训练中也有十分重要的意义。

图14-86 添加按钮

(3) 选择下三角按钮，右键打开【动作-按钮】面板。加入如下代码。

```
on (release) {
txtBox._y = txtBox._y - 15;
txtBox._y = txtBox._y;
}
```

(4) 选择向上三角按钮，打开【动作-按钮】面板，修改代码如下。

```
on (release) {
txtBox._y = txtBox._y + 15;
txtBox._y = txtBox._y;
}
```

(5) 按Ctrl+Enter组合键，并单击两个按钮查看效果。

14.7.4 放置打字效果——设置“同一个世界同一个梦想”的打字效果

打字效果就是文字在光标的引导下逐个出现文字。多用于课件中起重点提示的一小段文字。制作过程如下。

(1) 创建影片文档并保存。

(2) 添加背景：双击【图层1】改名为【背景】。选择第1帧，执行【文件】|【导入】|【导入到舞台】命令，将素材库中的【鸟巢.jpg】图片导入到舞台中。再利用【对齐】面板将图片调整为与舞台同样大小。然后，单击第65帧，按F5键或右击选择【插入帧】命令，以延长背景显示时间，并锁定图层，防止错误修改。

(3) 输入文字：选中背景图层，单击插入图层按钮，在背景图层上新建一个图层，并将图层命名为【文字】。选中文字图层第一帧，在工具栏选择【文本工具】，设置文本属性，其中将参数设置如下：字体为隶书，字号为50，颜色为红色，字间距(A\V选框)输入10，并在主场景输入【同一个世界同一个梦想】，如图14-87所示。

(4) 文字动画：选中文字，按Ctrl+B组合键两次，将文字打散。选中第5帧，按F6键或右击第5帧，选择【插入关键帧】命令，同样选中第10、第15、第20、第25、第30帧，插入关键帧。然后，选中第1帧，即可选中舞台中的文本，按Delete键将文字都删除；选中第5帧将“同”字以外的8个字都删除；选中第10帧将除“同一”以外的7个字都删除，以此类推，如图14-88所示。

(5) 制作闪动的光标：首先添加一个新图层，双击该图层改名为【闪动的光标】。然后，

图 14-87　在背景图层上输入文字

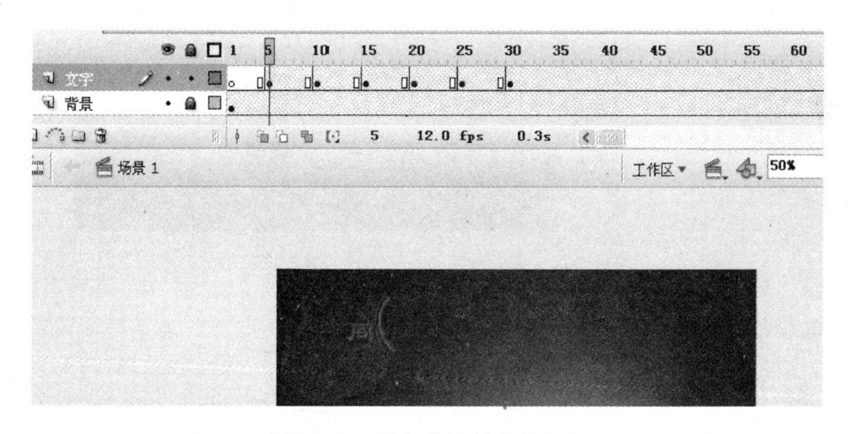

图 14-88　删除关键帧上的文字

选择【插入】|【新建元件】命令，在弹出的【创建新元件】对话框中，设置【名称】为【闪动的光标】，【类型】为【选中影片剪辑】，单击【确定】按钮进入元件编辑窗口。单击元件窗口中的【图层 1】的第 1 帧，选择工具栏的【直线工具】，设置属性如下：颜色为白色，笔触高度为 4，笔触样式为实线。在舞台中心绘制一白色线段（此时因为舞台背景是白色的，可能看不到所画的白线。没关系，放到背景中就可以看到了）。然后，单击第 3 帧并右击，在出现的对话框中选择【插入空白关键帧】选项，这样【闪动的光标】就做好了，在【库】中就可以看到一个以【闪动的光标】命名的影片剪辑。

(6) 为文字添加光标动画：单击舞台上方的【场景 1】，回到主场景中。选中【闪动的光标】图层第 1 帧，选择【窗口】|【库】命令，打开库面板，将【库】中的【闪动的光标】元件拖入舞

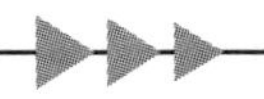

台,用选择箭头工具将白色线段调整到第一个字"同"的前面,如图 14-89 所示。然后,右击第 5 帧,在对话框中选择【插入关键帧】命令,用方向键将白色光标移动到"同"字下方,形成光标走动的效果。用同样的方法在第 10 帧处插入关键帧,将光标移动到"一"字下方。同理,在第 15、第 20、第 25、第 30、第 35、第 40、第 45、第 50 帧上插入关键帧,并将光标分别移动到相对应的文字下面,如图 14-90 所示。

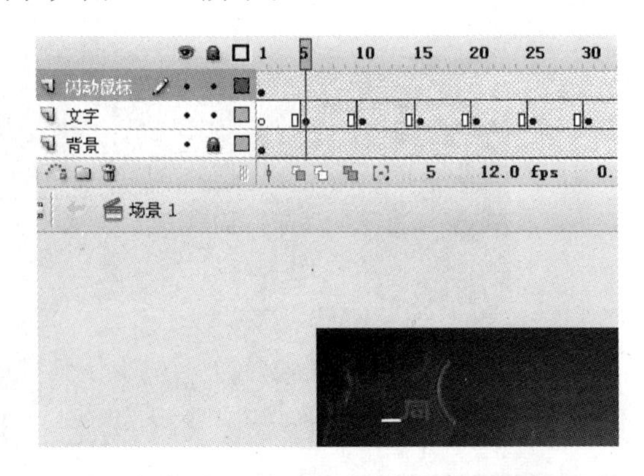

图 14-89 将光标移动到文字最前

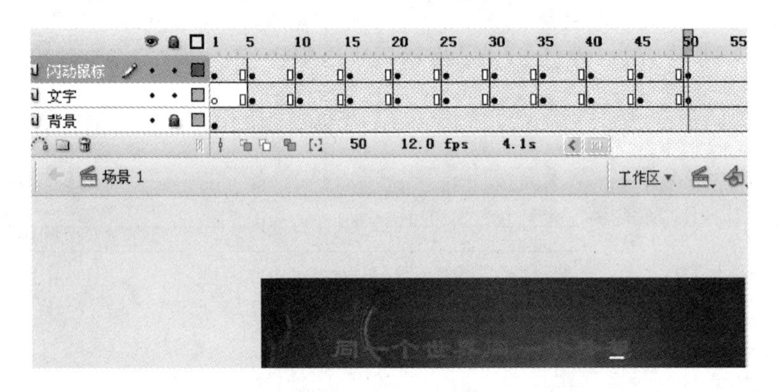

图 14-90 每个文字下面对应一个光标

(7) 测试影片并保存。

14.7.5 打开卷轴——展示美丽的运动场

充满诗意的卷轴缓缓展开,呈现给我们一幅美妙的画面,这样的效果常常用于课件的开头。卷轴展开的动画制作方法如下。

(1) 新建一个默认大小的 Flash 文档,用【矩形工具】画一个矩形,轮廓宽度为 2,填充色为淡绿色。

(2) 导入一幅自己喜欢的图片到舞台。

(3) 用【任意变形工具】将图画调整到合适的大小,放在背景中央位置。

(4) 再用【矩形工具】画一个黑色的矩形放在图画后面。

(5) 用【任意变形工具】将黑色的矩形调整到合适的大小,形成图画的黑边框,如图 14-91 所示。

(6) 画轴杆。用【矩形工具】画一个细长的矩形,在【颜色】面板中将填充设为【线性渐

图 14-91 导入并调整图片

变】选项，两端色块为淡黄，中间为白色，如图 14-92 所示。

(7) 画轴柄。同上步，运用【矩形工具】，填充色为黑色，在画轴杆上下两端各画一个小矩形，作为画轴柄。然后把两个画轴柄和一个画轴杆全部选中，执行【修改】|【组合】命令，把整个画轴组合起来，如图 14-93 所示。

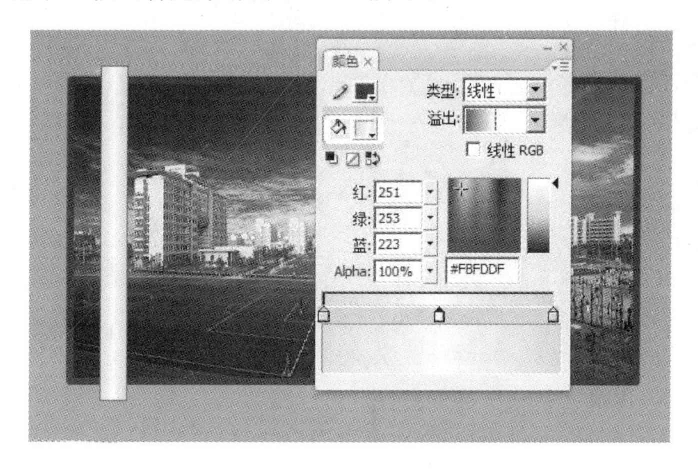

图 14-92 画画轴

图 14-93 绘制完整画轴并组合

(8) 把绘制好的画轴移动到图片最左侧，右击选择【复制】选项，然后，新建一个图层，命名为【画轴 2】，再单击【粘贴】命令，将画轴粘贴在【画轴 2】图层上，移动画轴 2 使之与画轴 1 并在一起，如图 14-94 所示。

(9) 单击【背景】图层在其上新建一个图层命名为【遮罩】，此时单击画轴 2 用光标将其移动到画外，以免影响操作。

(10) 单击【遮罩】层的第一帧，在图片上绘制一个矩形，如图 14-95 所示。

(11) 在【遮罩】图层第 60 帧处插入关键帧，用【任意变形工具】将白色矩形放大到覆盖整个图片，然后单击【遮罩】图层中的任意一帧右击选择【创建补间形状动画】命令，如图 14-96 所示。

图 14-94 制作两个画轴

图 14-95 画轴 2 移出画外绘制一个矩形

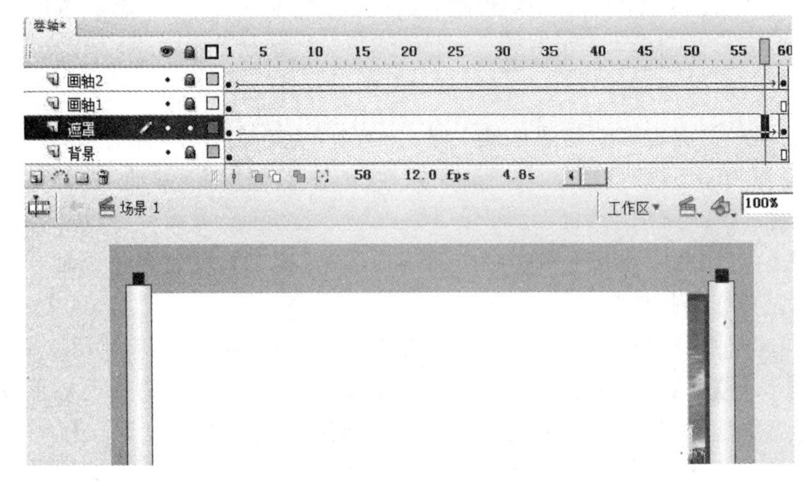

图 14-96 创建形状补间动画

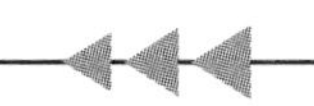

（12）单击【画轴 2】图层别忘了把移出去的画轴移回原处，再右击【遮罩】图层选择【遮罩层】命令即可。最后时间轴状态如图 14-97 所示。

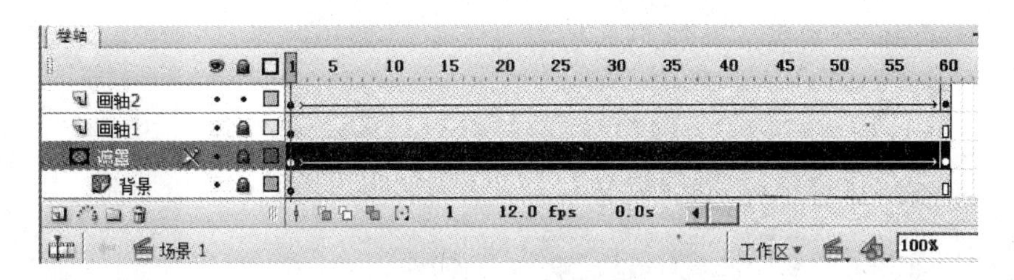

图 14-97 动画时间轴

（13）测试并保存动画。如果要将卷轴动画片头做成从中间向两端展开，需要在第 1 帧中将左右卷轴都放置在中间，第 60 帧中将左右卷轴移动到图片的两端，再分别创建动画，这样形成卷轴向两边运动的效果，将图层遮罩中的矩形动画修改成从中间向两边延伸，直到覆盖整个图片，最后设置【遮罩】层即可。

14.7.6 旋转动画——跷跷板

（1）新建一个默认大小的 Flash 文档。用【矩形工具】画一个矩形，调整矩形与舞台对齐之后给矩形设置从白色到天蓝色的、类型为【线性】选项的渐变颜色，如图 14-98 所示。

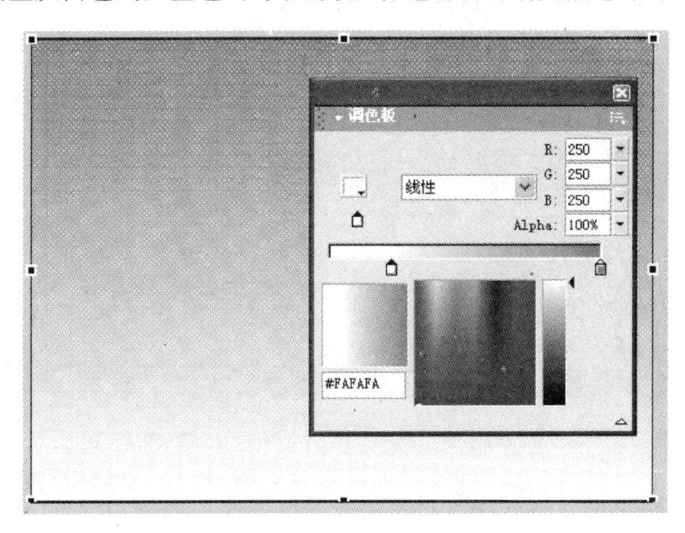

图 14-98 绘制背景

（2）再画一个草绿色的矩形，在【对齐】面板中设置矩形与舞台匹配宽度并底对齐。

（3）用选择工具在草地的线条上拖拉，以调整为自然的曲线。再用部分选择工具，单击绿色矩形线条出现锚点，再单击一个锚点，出现一个切线手柄，伸缩切线的手柄长度或者移动切线手柄的位置，可以调节曲线的高度和倾斜度，如图 14-99 所示。

（4）新建一个图层，命名为【基座】。先用【钢笔工具】画出三角形（在任意两点间单击即可画出直线）。用【选取工具】调整三角形，用【椭圆工具】在三角形上画出一个小椭圆。然后，一起选中这些图形并按 Ctrl＋G 组合键将它们组合，如图 14-100 所示。

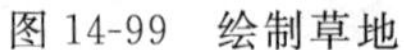
图 14-99　绘制草地

图 14-100　绘制基座

(5) 按 Ctrl＋F8 组合键新建一个【杠杆】图形元件，用【矩形工具】画出一个长条矩形，用选择工具放在杠杆最外侧线段上，出现小弧线时按左键拖拉出一斜弧形。回到场景中，添加一个图层，命名为【杠杆】，将杠杆用鼠标拖入场景中，使杠杆与基座上的圆圈齐平，并与基座水平对齐。并调整图层之间的位置，完成跷跷板制作，如图 14-101 所示。

(6) 单击【杠杆】图层，将一幅准备好的小孩图片放在跷跷板一端。选中图片，按 Ctrl＋B 组合键打散图片，单击【套索工具】|【魔术棒】命令，然后单击图片中的白色背景，将该背景剪切就可以将白色背景去掉了。也可以将图片导入 Photoshop 中，用【魔术棒】单击一下白色区域，再用【魔术橡皮擦】单击白色区域，就去掉了白色背景，如图 14-102 所示。

图 14-101　绘制跷跷板

图 14-102　导入图片并去除背景

(7) 同样的办法将另一个小孩图片放在跷跷板另外一端，并按 Ctrl＋G 组合键将图片组合，如图 14-103 所示。

(8) 在各个图层的第 30 帧处都按 F5 键插入帧。选中【杠杆】图层的第 1 帧，选择【任意变形工具】，先将变形中心点移动到鼠标所指的位置，即基座上的圆圈中心点处，然后将杠杆和小孩一起旋转到如图 14-104 所示位置。

(9) 选中【杠杆】图层第 1 帧单击右键选择【复制帧】命令，然后分别在第 15 帧和第 30 帧处单击右键选择【粘贴帧】命令，分别创建补间动画，如图 14-105 所示。

(10) 选中第 15 帧，将杠杆和小孩一起旋转到如图 14-106 所示的位置就完成了。然后可以按 Ctrl＋Enter 组合键测试一下效果。

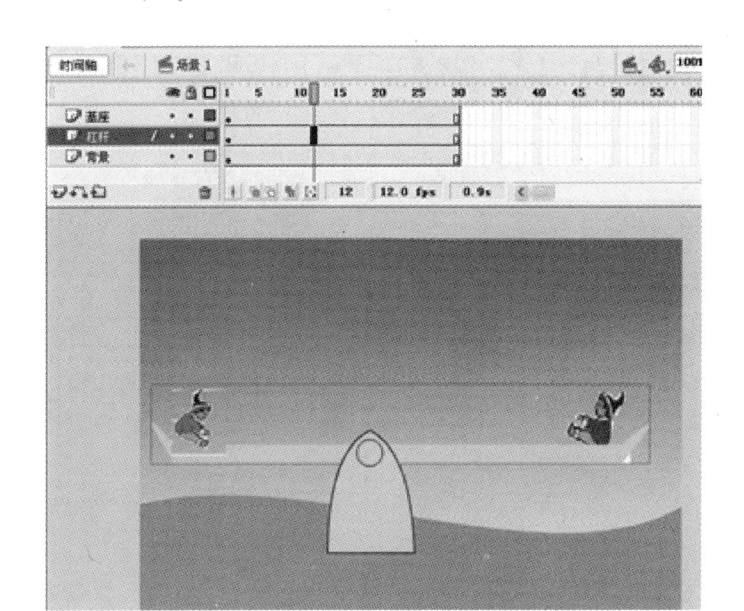

图 14-103　图片与杠杆组合

图 14-104　调整位置

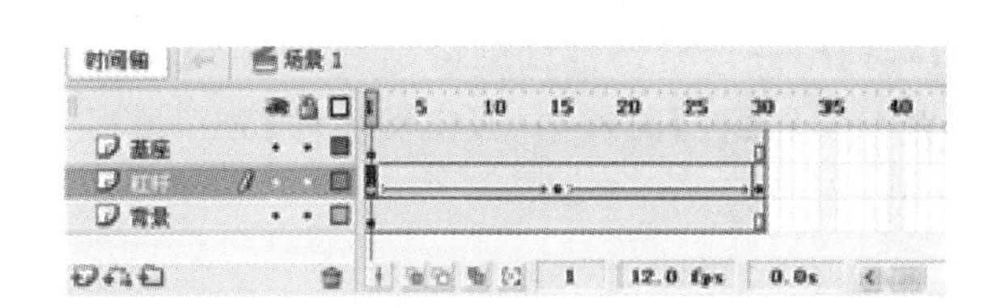

图 14-105　粘贴帧并创建补间动画

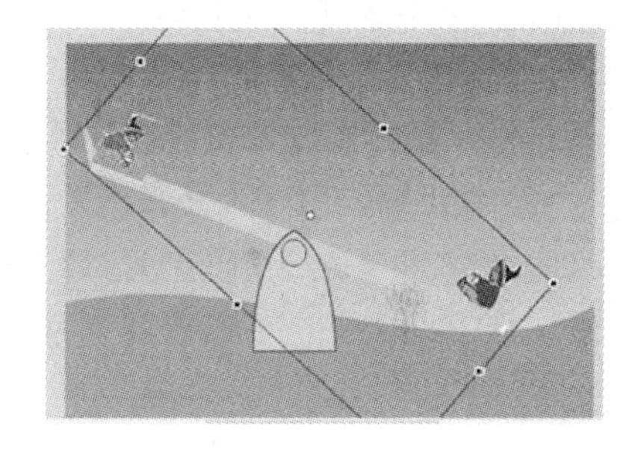

图 14-106　旋转图片

14.7.7　图片放大——看清金牌图案

在课件中图片太小总给人一种看不清晰的感觉。当好几张图片放在一起出现在一幅画面上时，图片就更显得小而看不清楚了。此时，就要用到放大效果。这里有两种效果，说明如下。

(1) 只有单幅图片时，鼠标单击(或经过)小图片使其变大图片，制作方法很简单。

① 启动 Flash 软件，将图片导入到库，执行【插入】|【新建元件】命令，新建一个按钮元件，在按钮元件编辑窗口，将导入的图片从库中拖入编辑窗口中，用【任意变形工具】调整其大小和位置，如图 14-107 所示。

② 按钮有 4 帧，分别是【弹起】、【指针经过】、【按下】和【点击】，功能顾名思义。要制作在按下按钮时小图片变大，就可以在【按下】帧以外的其他三帧处放上相同的小图片，【按下】这帧放上大的图。要制作在指针经过时小图变大，就可以在【指针经过】帧以外的其他三帧处放上相同的小图片，【指针经过】这帧放上大的图。现在是在【弹起】帧放上小图，在【按下】帧处右击选择【插入关键帧】命令，并从库中将一个大图拖入场景中，如图 14-108 所示。

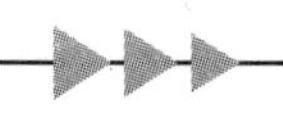

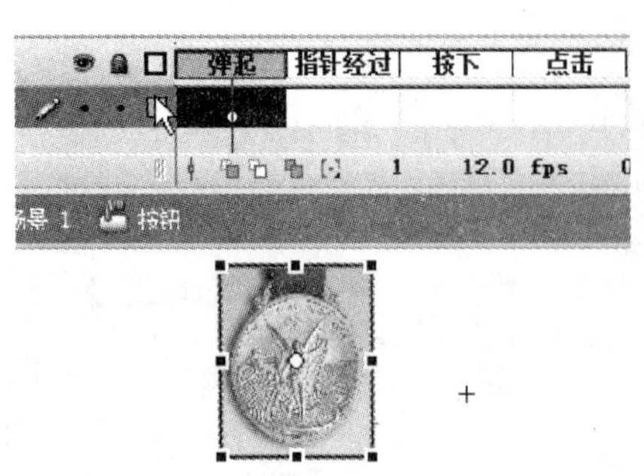

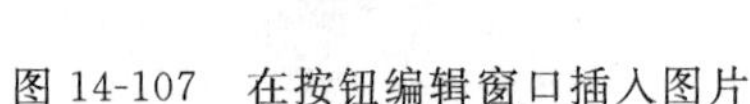

图 14-107 在按钮编辑窗口插入图片

图 14-108 在【按下】帧插入大图

③ 单击【场景 1】回到主场景中,从库中将刚才制作的按钮拖入舞台中,摆放好位置,就可以测试按钮了。

(2) 如果需要将多张图放在同一幅画面上,用上述方法就不好使了,单击按钮后会出现图与图之间相互重叠的现象。此时,就要用到鼠标单击图片缓冲放大并将放大图片移到最前面,松开鼠标则放大图片缓冲缩小回到原位。这种效果制作方法如下。

① 在 Flash 中导入几张图片到舞台中,排列整齐。将每一张图分别右击选择【转换成元件】命令,分别转为【影片剪辑】元件,在影片剪辑【属性】面板中将【实例名称】分别填写为 jp0_mc、jp1_mc、jp2_mc,以此类推,如图 14-109 所示。

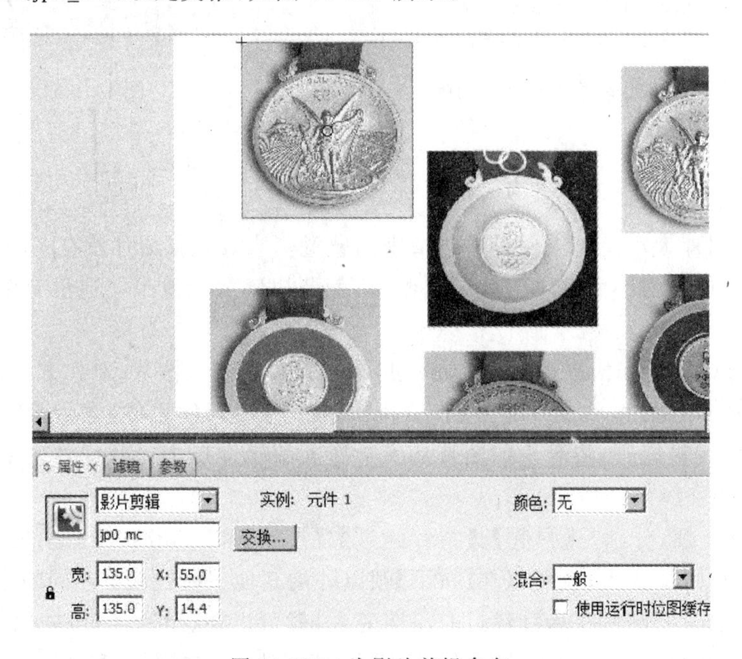

图 14-109 为影片剪辑命名

② 右击第 1 帧，选择【动作】命令，打开【动作】面板，在面板中写入如下代码，如图 14-110 所示。

```
for (var d:Number = 0; d<=7; d++) {
this["jp"+d+"_mc"].onPress = function() {
   mx.behaviors.DepthControl.bringToFront(this);
   this.onEnterFrame = function() {
     this._xscale += (200-this._xscale)/5;
     this._yscale += (200-this._yscale)/5;
   };
};
this["jp"+d+"_mc"].onRelease = function() {
   this.onEnterFrame = function() {
     this._xscale -= (this._xscale-100)/5;
     this._yscale -= (this._yscale-100)/5;
   };
};
}
```

③ 测试效果，用鼠标单击在图片上，则图片会缓缓放大，而且叠在其他图片之上。松开鼠标图片就回到原来位置了。

④ 实际操作中出现了一个问题，就是在单击靠近画面边缘的图片时，图片在放大的过程中会超出边沿而不能显示全部，如图 14-111 所示，单击铜牌图片后铜牌图片会向下移动超出界面。

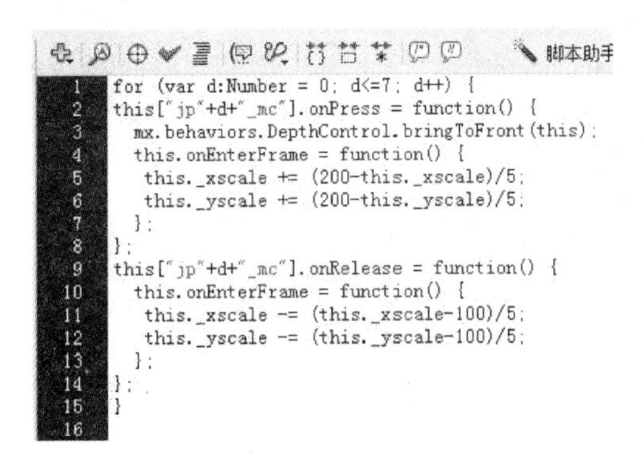

图 14-110 在第 1 帧上写代码

图 14-111 放大的铜牌图片超出了画面

⑤ 解决的办法如下。

(a) 双击要调整的图片，如铜牌图片。进入铜牌元件的编辑界面，会看到铜牌图片的左上角出现一个"十"字图标，单击时图片的放大方向就是以这个"十"字为标志点的，如图 14-112 所示。

(b) 用鼠标将图片向左上移动至铜牌图片的右下角与"十"字标志对齐，如图 14-113 所示。

(c) 单击【场景 1】回到主场景，把调整的那张图片调整回原来的地方，再测试一次，单击图片检查铜牌图片是否向上缓缓放大。

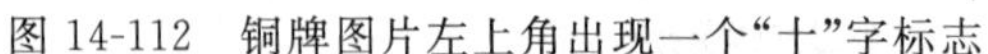

图 14-112　铜牌图片左上角出现一个“十”字标志　　　　图 14-113　移动图片

14.7.8　鼠标拖动——制作战术演示板

在课堂上向学生们介绍足球比赛中的阵形变化是比较困难和麻烦的，比如由“4-4-2”变成“3-4-3”阵形，需要用语言描述再加粉笔图示。在 Flash 中使用鼠标拖曳就可以简便而且直观演示变化效果了。实现的方法如下。

(1) 打开 Flash 软件，创建一个【拖放动画】文档并将其保存。

(2) 将一幅足球场地图导入到舞台中，作为背景图像，并将【图层 1】命名为【背景】。

(3) 新建第 2 个图层，命名为【运动员】，执行【插入】|【新建元件】命令，新建一个名称为【队员】的图形元件。单击【确定】按钮后在新建元件窗口中用【多角星形工具】画一个小黑三角形元件。

(4) 单击【场景 1】图层回到主场景中，将刚才创建的【队员】小黑三角形元件向舞台中拖入 11 次，代表 11 名队员，如图 14-114 所示。

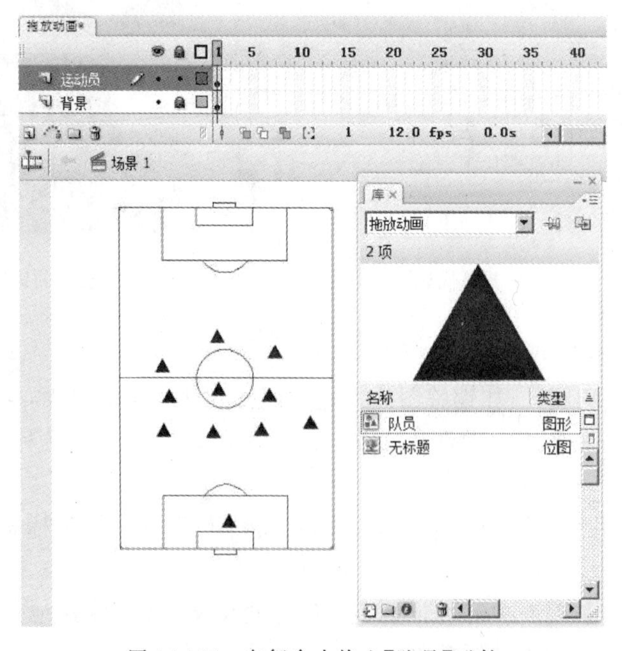

图 14-114　向舞台中拖入【队员】元件

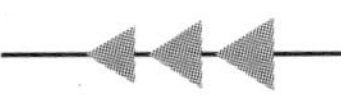

(5) 选中其中一个黑三角元件,并单击右键,选择【动作】命令,打开【动作】面板,输入一段动作脚本命令(建议用键盘输入),对每一个要拖放的元件都编写完全相同的动作脚本,就可以实现利用鼠标在影片剪辑中的拖放操作。脚本命令及说明如下。

```
on (press) {                    //表示按下鼠标键时的状态
this.startDrag(false);          //当鼠标按下(press)之后,这个实例(因为把脚本写在实例本身了,
                                //所以这里用 this 代替影片剪辑实例的名字)可以被拖曳.对于参数
                                //的选择,这里只填写了不锁定到鼠标位置中央,如果想选锁定到
                                //鼠标位置中央,可以把 false 改为 true
}
on (release) {                  //表示鼠标键释放时的状态
this.stopDrag();                //同样道理,当鼠标释放(release)之后,将停止拖曳动作,
                                //如图 14-115 所示
}
```

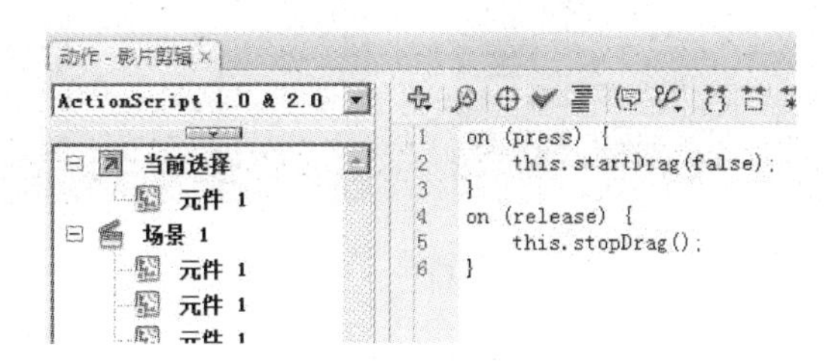

图 14-115　为每一个元件输入代码

(6) 选择【控制】|【测试影片】命令,将鼠标指针放到小黑三角元件(队员)上,按下左键不放,小黑三角图标将会跟着鼠标指针移动,按自己的意愿拖放到任意位置,实现战术配合演示。如图 14-116 所示的是鼠标拖动“队员”,将进攻队形变为“4-4-2”阵型。如图 14-117 所示的是运用同样的方法制作的中国象棋棋盘,用鼠标可以拖动棋子移动。

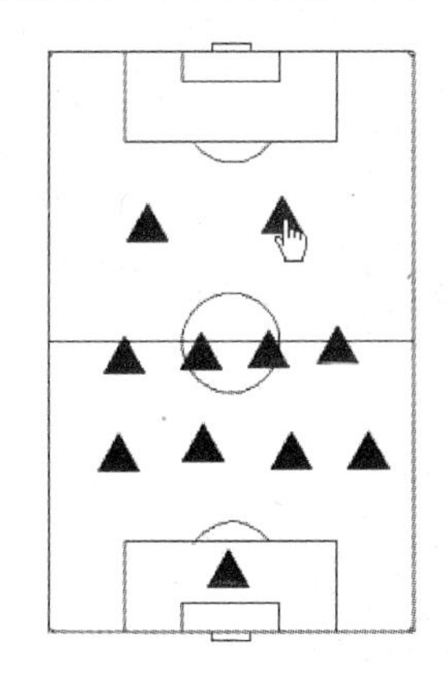

图 14-116　用鼠标拖放“队员”

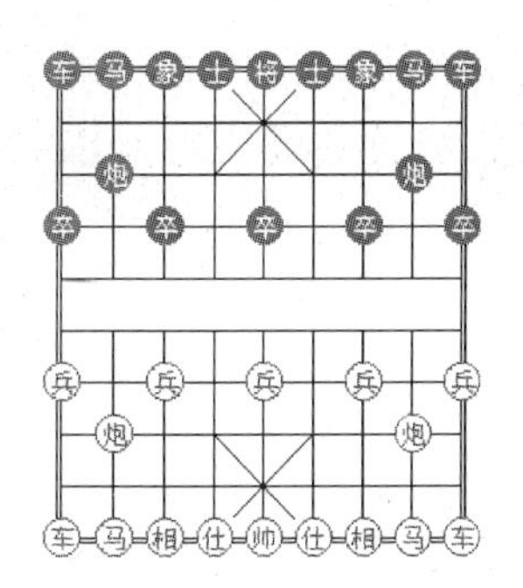

图 14-117　用鼠标可以移动棋子

14.7.9　鼠标移动探照灯——窥视鸟巢实例

效果:鼠标拖动探照灯可看到灯光移动处的景象。

(1) 新建一个文件大小为 300×400 像素、背景色为黑色的 Flash 文档,在第一层选择【文件】|【导入】|【导入到舞台】命令,导入一张素材库中的【鸟巢.jpg】图片利用【任意变形工具】或【对齐】面板,调整图片的大小使其与舞台大小一致,将该图层命名为【背景】,如图 14-118 所示。

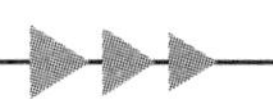

(2) 按 Ctrl＋F8 组合键或选择【插入】|【新建元件】命令，新建一个图形元件，在元件中画一个无边框、任意填充颜色的圆，图大小随意，如图 14-119 所示。

图 14-118　导入背景图

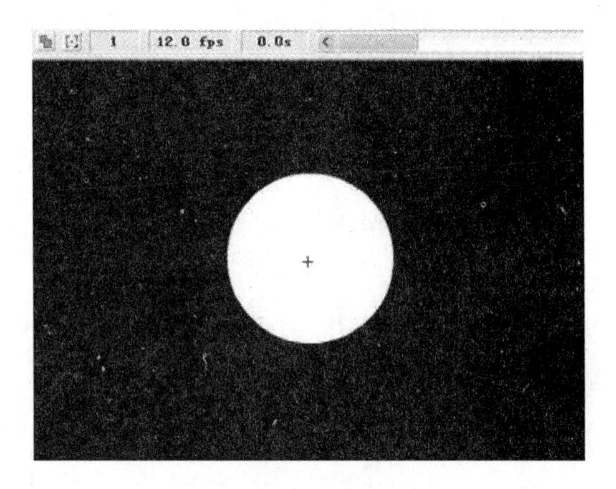

图 14-119　绘制圆

(3) 单击【场景 1】图层，返回场景中，用插入图层按钮，新建一个新图层，从库中把元件 1 拖到场景中(也就是刚才画的圆元件)，单击这个圆，在属性面板中把它命名为 yuan，如图 14-120 所示，在【图层 2】上右击选择【遮罩】命令，如图 14-121 所示。

图 14-120　为圆元件命名

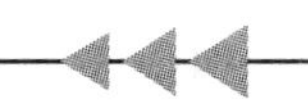

(4) 再新建一个图层 3，双击图层将其改名为【动作】。右击第 1 帧，在出现的对话框中选择【动作】命令，或者按 F9 键打开【动作】面板，写上代码 startDrag("yuan",true)，如图 14-122 所示。

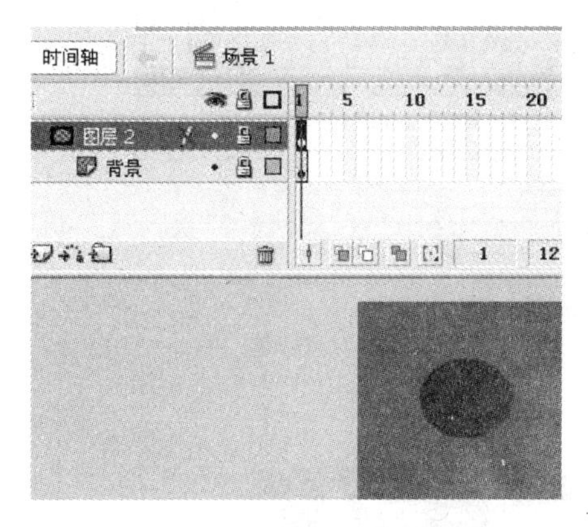

图 14-121　遮罩层

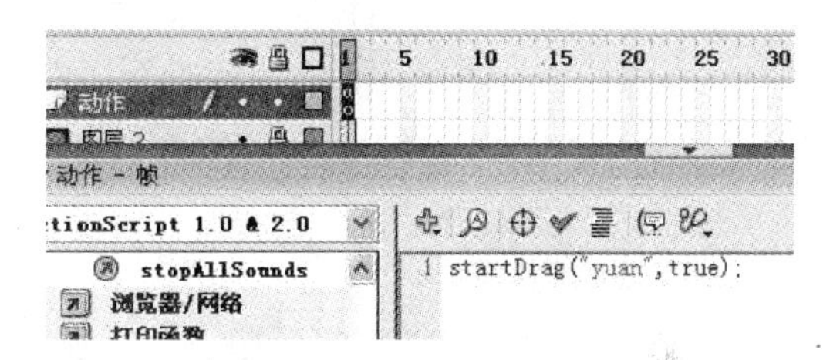

图 14-122　为第 1 帧写上代码

(5) 按下 Ctrl+Enter 组合键测试效果，看看圆是否跟随鼠标移动了。

14.7.10　图片变文字——“常锻炼身体好”实例

效果：动画播放过程中，运动图片渐渐变成带有宣传意义的文字。

(1) 新建一个 Flash 文档，背景设为蓝色。

(2) 选择【文件】|【导入】|【导入到舞台】命令，导入一张素材库中的【鸟巢.jpg】图片，选择【窗口】|【对齐】命令，单击【相对于舞台】的匹配高和宽按钮、垂直居中按钮和水平居中按钮，使图片与舞台匹配，在第 80 帧处按 F5 键插入普通帧，如图 14-123 所示。

(3) 将计算机中准备好的 6 幅运动图标图片导入到库中，如图 14-124 所示。

图 14-123　导入背景

图 14-124　导入运动图标

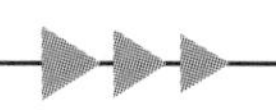

(4) 单击插入图层按钮 6 次,插入 6 个新图层,分别选中第 2 至 7 图层的第 1 帧打开【库】面板,分别将 6 张图片拖入舞台,放在合适位置。分别选中每张图片,选择【修改】|【分离】命令,将图形转化为矢量图形,如图 14-125 所示。

图 14-125 调整运动图片

(5) 在图层 2 至 7 的第 20 帧和第 40 帧处,按 F6 键插入关键帧。选中【图层 2】的第 40 帧,将第一幅图片删除,选择【文本工具】并在【属性】面板中设置文字颜色为红,大小为 40,字体为隶书。然后,在图片的位置输入【常】字,如图 14-126 所示。

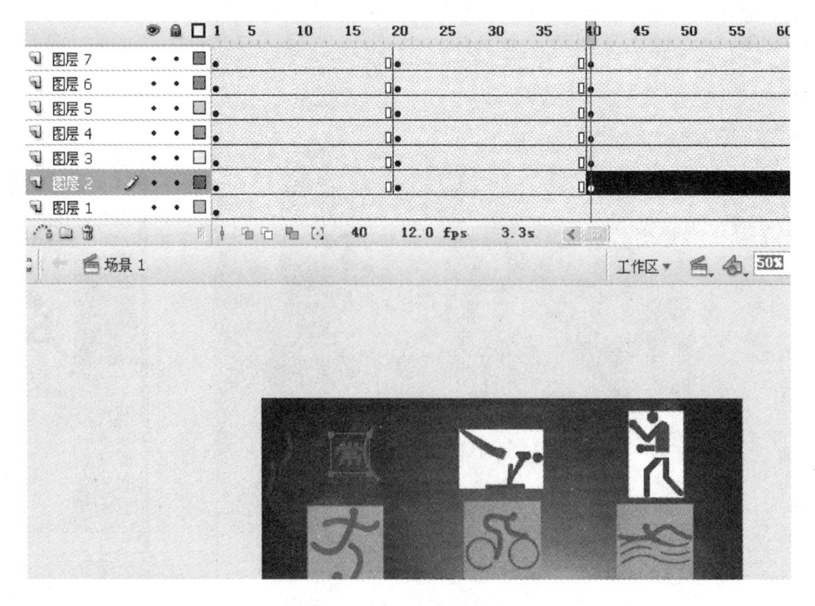

图 14-126 输入文字

(6) 选中“常”字，选择【修改】|【分离】命令，将文字打散，同样在图层 3 至 7 的第 40 帧插入关键帧，删除图片，分别输入文字“锻”、“炼”、“身”、“体”和“好”，并将文字分离，如图 14-127 所示。

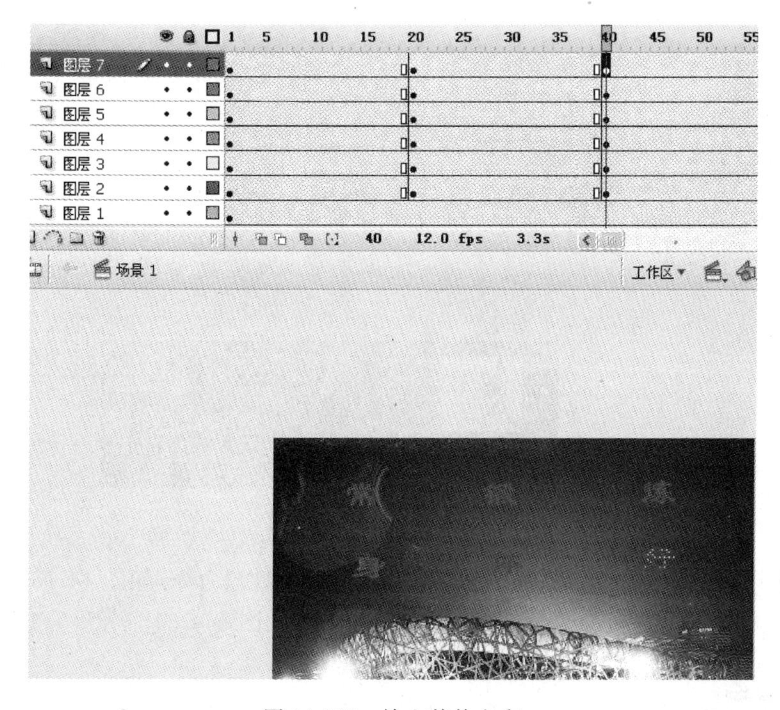

图 14-127 输入其他文字

(7) 选中【图层 2】的第 20 帧，在【属性】面板中将【补间类型】选项选择为【形状】，这样就创建了形状补间动画，如图 14-128 所示。

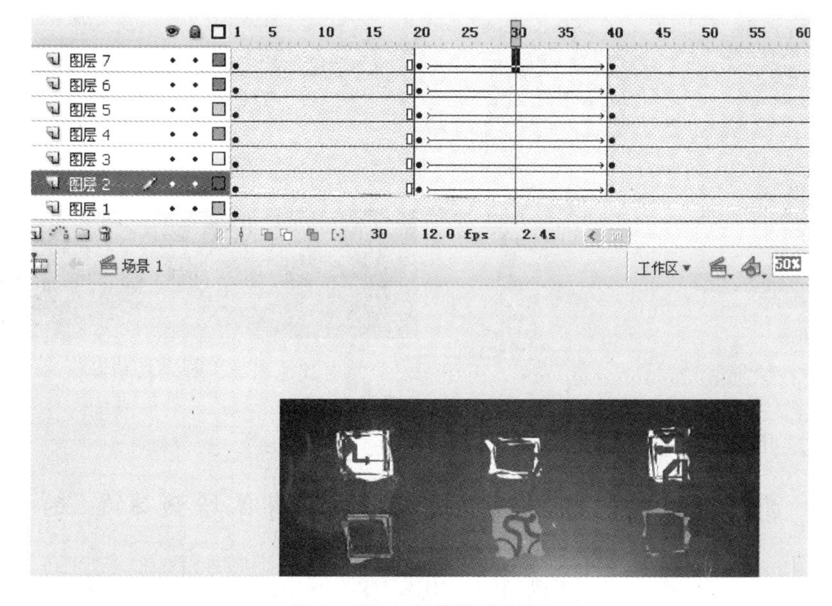

图 14-128 创建形状补间

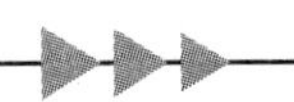

(8) 按 Shift 键,选中【图层 2】的第 20 帧到第 40 帧,右击,选中【复制帧】选项,在【图层 2】的第 60 帧处插入关键帧。选中第 60 帧,右击,选择【粘贴帧】选项,将第 80 帧以后的帧都删除,如图 14-129 所示。

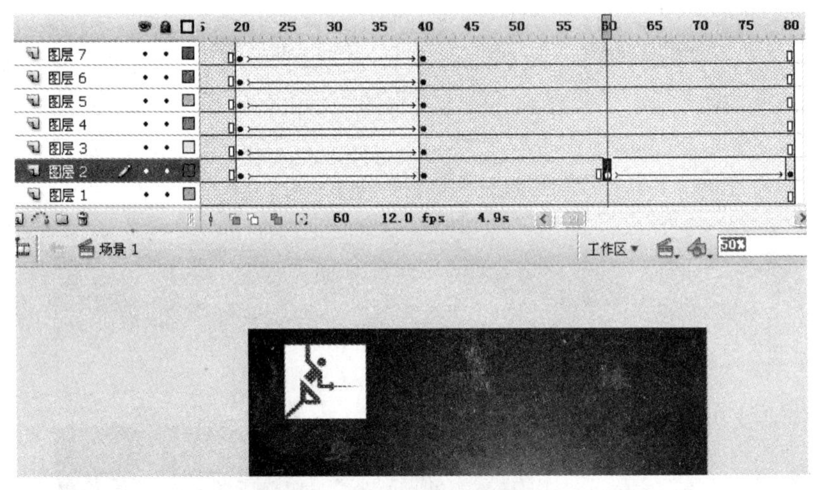

图 14-129 复制并粘贴帧

(9) 选中第 60～80 帧,选择【修改】|【时间轴】|【翻转帧】命令,如图 14-130 所示。

(10) 同样的操作,对图层 3 至 7 执行翻转帧操作,如图 14-131 所示。

图 14-130 翻转帧命令

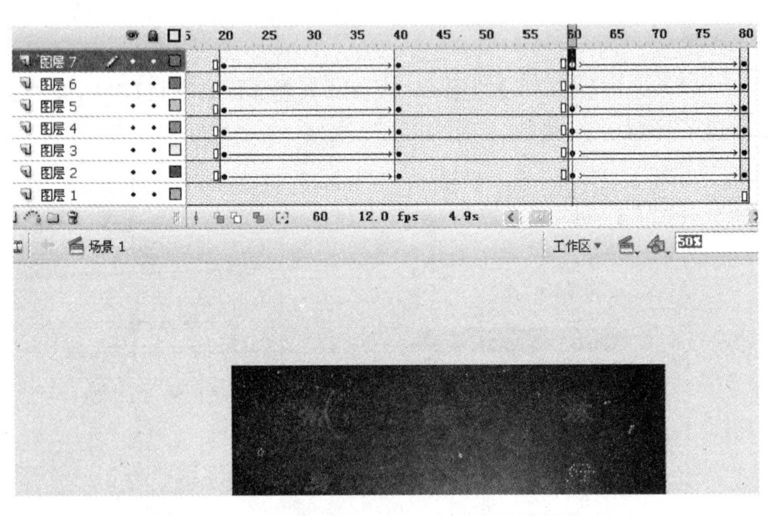

图 14-131 对其他图层进行翻转帧操作

(11) 测试并保存动画。

14.7.11 鼠标跟随“炫”课件——设置“锻炼身体增强体质”的文字效果

这个实例的效果是制作一个带有七彩文字的元件,跟随鼠标移动,起到点缀课件的效果。制作方法如下。

(1) 启动 Flash CS3 软件,执行主菜单栏中的【插入】|【新建元件】命令,在弹出的【创建

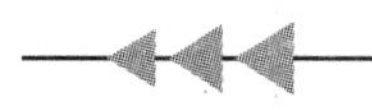

新元件】对话框中选择【影片剪辑】选项，名称就使用默认的【元件 1】，单击【确定】按钮进入元件编辑界面。

(2) 在【元件 1】编辑界面，使用工具箱中的【矩形工具】，设置笔触为【无】，填充颜色为黑色，并在靠近舞台中心十字点稍右上方画一个矩形框。再选择【铅笔工具】，在下面的选项区选取铅笔模式选项为【平滑】状态，在黑色矩形框的下方画一根曲线。曲线的末端要对准十字点，因为这一点是光标的位置，如图 14-132 所示。

(3) 继续在【元件 1】编辑界面单击插入图层按钮，在【图层 1】上新建一个图层，并在这层上制作七彩文字。选择工具箱中的【文字工具】，在【属性】面板中设置文字的字体和大小，将光标放在黑色矩形框内，输入【锻炼身体增强体质】字样，按 Ctrl+B 组合键两次，将文字打散，选择工具箱中的【颜料桶工具】，选取颜料板中的七彩色，直接在文字上绘制一条线段，这样，一个七彩文字元件就制成了，如图 14-133 所示。

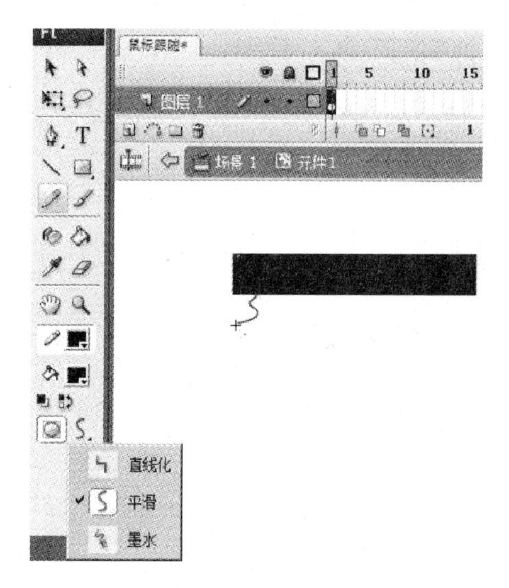

图 14-132　绘制元件

图 14-133　绘制七彩文字

(4) 在【图层 1】的第 30 帧处右击，选择【插入帧】命令。然后在【图层 2】的第 30 帧处右击，选择【插入关键帧】命令，重新用颜料桶再次绘制一条线段，填充文字(也可以用【填充变形工具】对它进行调节)，选中【图层 2】中的任意一帧，右击选择【创建补间形状】命令，流动的七彩文字剪辑就制作好了，如图 14-134 所示。

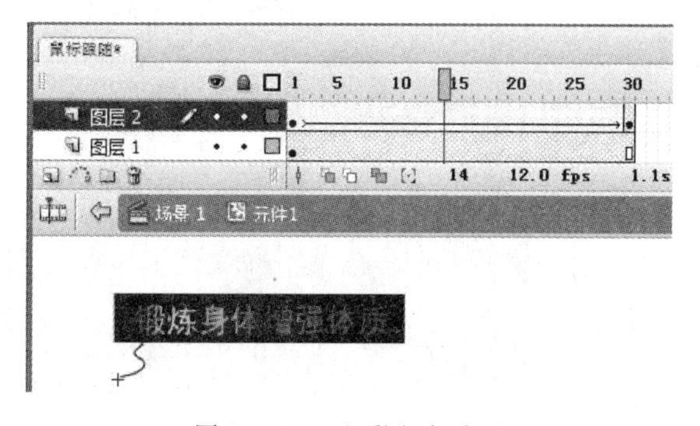

图 14-134　七彩文字动画

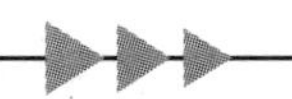

(5) 单击【场景 1】,回到主场景中,执行【窗口】|【库】命令,在打开的【库】面板中将【元件1】影片剪辑拖到舞台中。然后右击【元件 1】,在弹出的对话框中选择【动作】选项,打开【动作-影片剪辑】面板,在面板的右侧栏中输入如下代码,如图 14-135 所示。

```
onClipEvent (enterFrame)
{
    this._x = _parent._xmouse;
    this._y = _parent._ymouse;
}
```

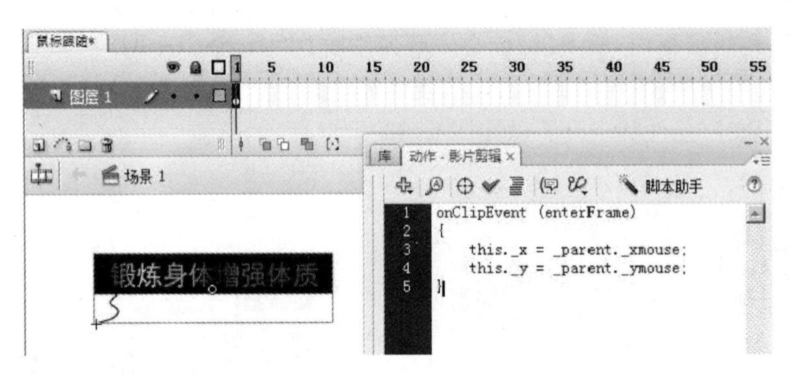

图 14-135 为元件写入代码

(6) 测试效果,查看制作的这个元件是否跟随鼠标运动。如果对七彩文字不满意可以在【库】面板中双击【元件 1】,重新进行调整。元件的大小在舞台中也可以调整。

14.7.12 遮罩动画片头——跳高技术演变

本例使用 Flash 软件制作一个动画片头,其效果如图 14-136 所示。

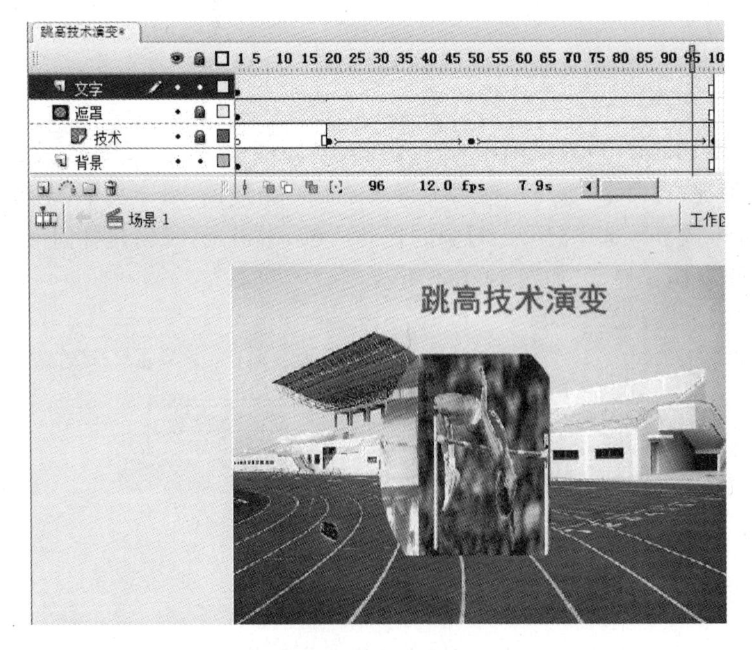

图 14-136 效果图

（1）新建一个 Flash 文档，并将该文档保存为【跳高技术演变.fla】文件。

（2）选中【图层 1】，右击选择【重命名】命令，将其改名为【背景】。选中第 1 帧，单击菜单项【文件】|【导入】|【导入到舞台】命令，将一幅体育场的图片导入到舞台中，调整该图片与舞台的大小一致，用做背景。选中该层的第 100 帧，右击选择【插入帧】命令，如图 14-137 所示。

图 14-137　导入图片作为背景

（3）选择菜单栏中的【插入】|【新建元件】命令，弹出【创建新元件】对话框，在该对话框的【名称】文本框中输入【图片】，【类型】单选项中选择【图形】，然后单击【确定】按钮。单击【文件】|【导入】|【导入到库】命令，将准备好的三张跳高动作图片导入到库中。

（4）选择菜单栏中的【窗口】|【库】命令，打开【库】面板，将三张图片拖入舞台中，使用【任意变形工具】和【选择工具】分别调整并移动这三张图片使它们拼接在一起，如图 14-138 所示。

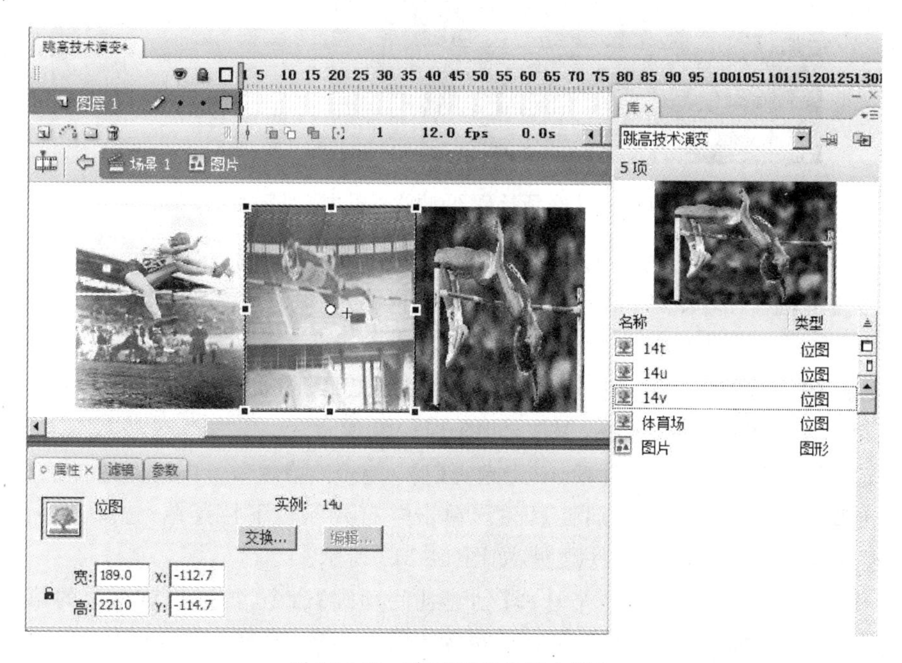

图 14-138　将三张图片拖入舞台

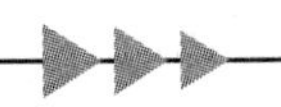

(5) 选中第1张图片,按Ctrl+B组合键,将该图片分离,使用工具箱中的【文字工具】在图片上添加【跨越式】字样。按同样方法为第2、第3张图片分别添加上【俯卧式】和【背越式】字样,文字的属性可由自己设定,如图14-139所示。

图14-139 为图片添加文字

(6) 单击【场景1】,返回主场景,单击图层面板下方的插入图层按钮,在【背景】图层的上方添加一个图层,将其命名为【技术】,选中该图层的第20帧,右击选择【插入关键帧】命令,然后选中该帧,将【库】面板中的【图片】图形元件拖放入舞台中,并将其调整到舞台的右边,如图14-140所示。

图14-140 在场景第20帧处将图片元件拖入

(7) 在【技术】图层上方再添加一个图层,将其命名为【遮罩】,在该图层的第1帧,使用工具箱中的【椭圆工具】在舞台中央绘制一个无轮廓线、任意填充色的椭圆,如图14-141所示。

(8) 选择【技术】图层的第20帧,使用【任意变形工具】缩放调整舞台的图片元件,将其调整到使第一个技术图片刚好被遮罩住,如图14-142所示。

(9) 选中【技术】图层的第50帧,右击选择【插入关键帧】命令。再返回选择该图层的第20帧,单击舞台上的图片,打开【属性】面板,单击并打开颜色下拉菜单,选择其中的Alpha选项,设置其参数为0%,使该元件透明,如图14-143所示。

(10) 选择该图层第20帧,右击选择【创建补间动画】命令,再选择该图层的第100帧,右击选择【插入关键帧】命令。单击图片元件将其向左移动,使第三张图片刚好被椭圆遮罩住。然后,单击第50帧,右击选择【创建补间动画】命令,如图14-144所示。

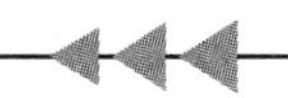

图 14-141　绘制椭圆

图 14-142　调整图片大小和位置

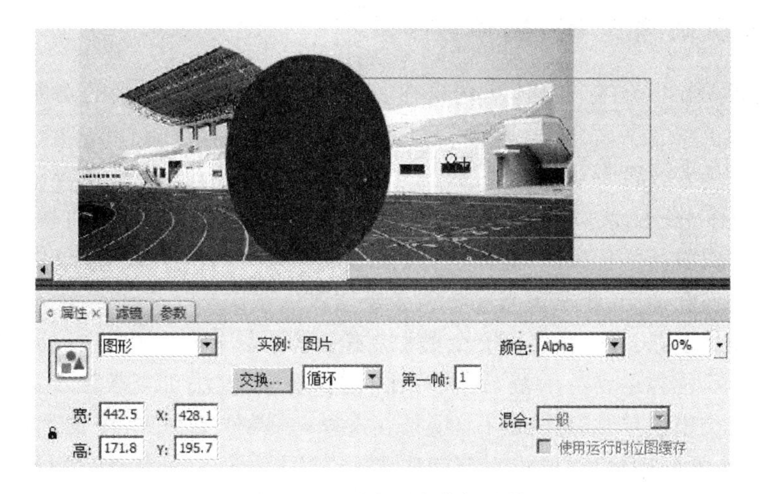

图 14-143　设置图形为透明

(11) 选择【遮罩】图层，右击，在弹出的快捷菜单中选择【遮罩层】命令，图层面板如图 14-145 所示。

图 14-144　设置补间动画并移动图片

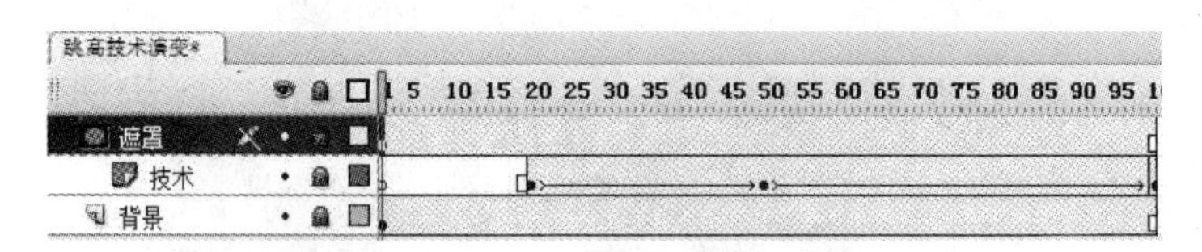

图 14-145　将遮罩图层设置为遮罩层

(12) 在【遮罩】图层的上方再添加一个图层,将其命名为【文字】。在该图层的第 1 帧中使用【文本工具】,接着在其【属性】面板中设置字体等属性,然后在舞台中输入文字【跳高技术演变】。这样该案例全部制作完毕,可以测试并保存文档。

14.7.13 《鱼跃前滚翻》课件

经过前面相关知识介绍和具体实例讲述,相信读者对 Flash 强大的功能和丰富的特殊效果有了一定的了解。下面介绍一个综合实例,对前面的内容进行总结。

本作品针对体育教育专业必修课《体操》中的鱼跃前滚翻动作的教与学过程而制作。课件为纯 Flash 制作,将图、文、声、像等多种表现方式有机结合,表达和传递教学内容,帮助教师与学生顺利完成教与学任务。课件具有极强的亲和感,课件中的示范录像均为教师本人亲自完成。该课件获 2010 年安徽省高校组多媒体课件评比二等奖。

课件总体设计思路:该课件分 16 个模块制作,分别是开场、封面、主页面、动作要领、动画演示、教师示范、优秀运动员示范、正误对比、作者简介、教法 1 至教法 7。采用分场景制作的方法对每一个模块单独制作成一个场景。这样,本课件共 16 个场景。制作完成后,课件按场景 1 至 16 的顺序播放,形成一个完整课件。这样做的好处是课件制作简单、易上手、易修改。下面对每一个场景的制作方法做概括性说明。

场景 1(开场):导入一幅具有代表性的图片,用【矩形工具】绘制两个画轴,制作一个卷轴动画,再导入开场音乐,随着画轴的缓缓打开,展现背景图片和引导标语。如图 14-146 所示的是开场片段。如图 14-147 所示的是场景 1 的时间轴。

图 14-146 场景 1 片段

图 14-147 场景 1 时间轴

场景 2(封面)：执行【插入】|【场景】命令，新建一场景。将教材的封面拍成图片导入到舞台中，作为背景层，新建图层命名为【特效】。在【特效】图层中输入课件名称《鱼跃前滚翻》。然后将文字转换成图形，右击文字图形，选择【时间轴特效】|【变形/转换变形】|【变形】命令，在弹出的对话框中进行相应设置，如图 14-148 所示。再新建一个图层，命名为【音乐】，将准备好的封面音乐导入这个图层。最后效果如图 14-149 所示。

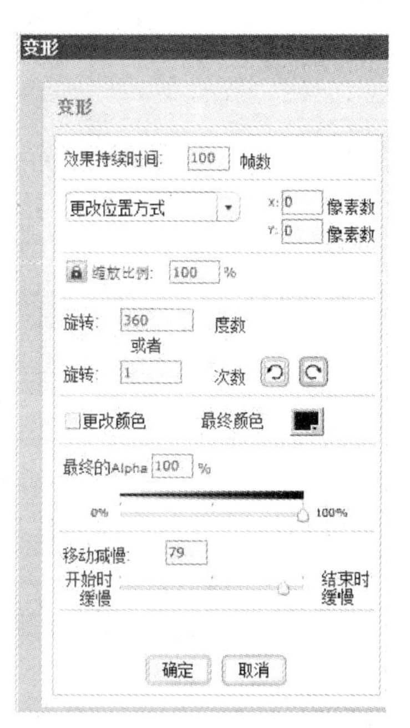

图 14-148 时间轴特效设置

场景 3(主页面)：新建主页面场景由【背景】、【小动画】、【按钮】、【文字】和【音乐】5 个图层构成。在背景层中导入背景图片，在左上角插入一个【欢呼】GIF 动画，下方放置 5 个按钮，单击它们分别进入【动作要领】、【示范】、【纠错】、【教学方法】和【作者简介】场景。分别在按钮上输入代码，如【纠错】按钮的代码如下。

```
on (press) {gotoAndPlay("正误对比",1);
}
```

在【文字】图层上插入文本框，放在最下方。然后在 200 帧处插入关键帧，创建补间动画，并把文本框移至上方使文字框产生由下向上滚动的效果。最后在【音乐】图

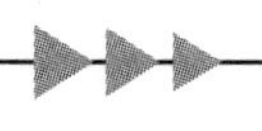

图 14-149 场景 2 效果图

层添加准备好的主页面音乐。在【背景】图层的最后一帧上添加 stop 语句。场景 3 效果如图 14-150 所示。

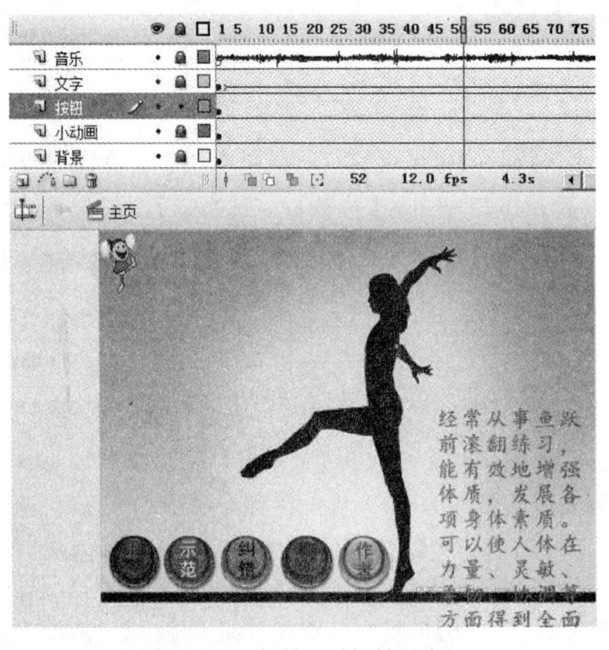

图 14-150 场景 3 时间轴及窗口

场景 4(动作要领)：这一场景由【背景】、【动作图】、【五环】、【文字】和【按钮】5 个图层组成。并在【背景】图层的最后一帧上添加 stop 语句，如图 14-151 所示。

场景 5(动画演示)：单击场景 4 中的按钮进入动画演示界面，如图 14-152 所示，代码为：

```
on (press) {nextScene();
}
```

这个界面是将制作好的图片逐帧导入，添加播放、停止、前进一帧、后退一帧和返回 5 个按钮，演示结束后单击返回按钮，将界面返回到主页面。

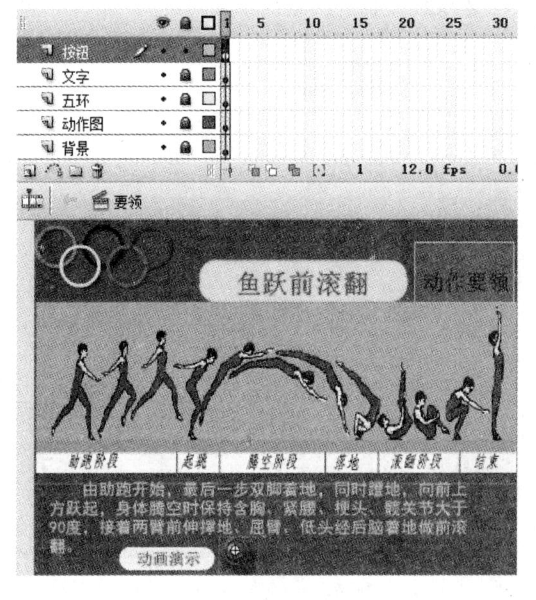

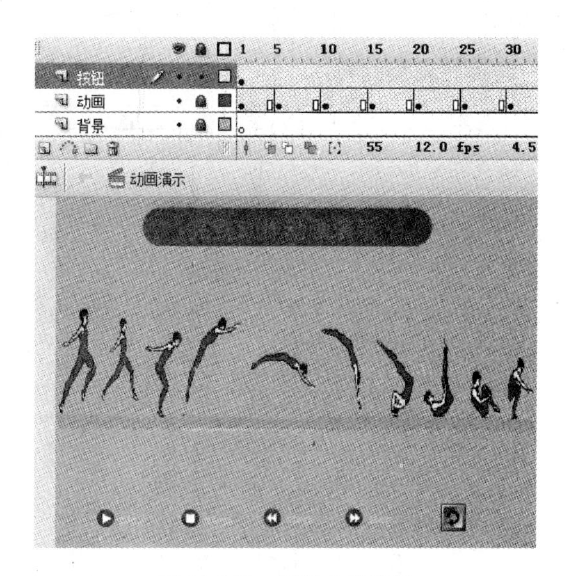

图 14-151　场景 4 效果图

图 14-152　场景 5 效果图

场景 6(教师示范)：这个场景主要是要把教师的动作示范视频放入其中，给学生造成一种亲和感，并通过按钮进行视频播放的控制，如图 14-153 所示。

场景 7(优秀运动员示范)：制作方法与场景 6 一样，从另一角度给学生们一次观察动作的机会，如图 14-154 所示。

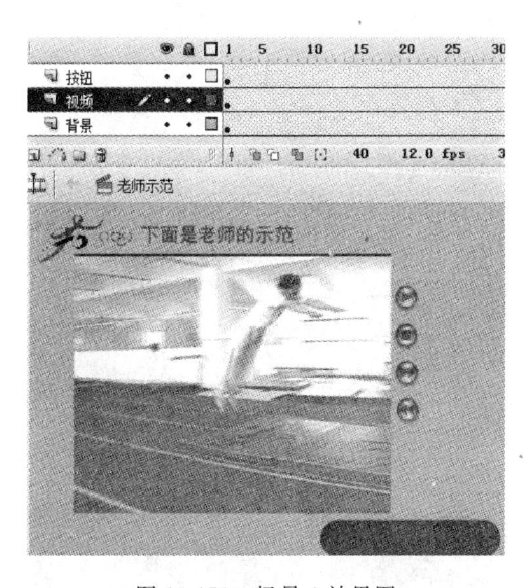

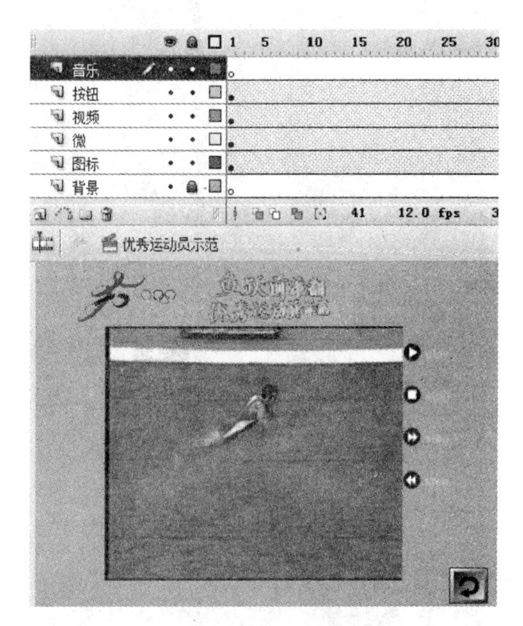

图 14-153　场景 6 效果图

图 14-154　场景 7 效果图

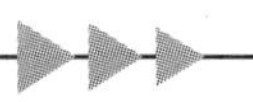

场景8(正误对比)：用图示标出错误动作的部位，将标题文字创建补间动画让其移动起来，如图14-155所示。

场景9(作者简介)：场景中放置了文字、图片、【返回】按钮和小鸽子送信动画，如图14-156所示。

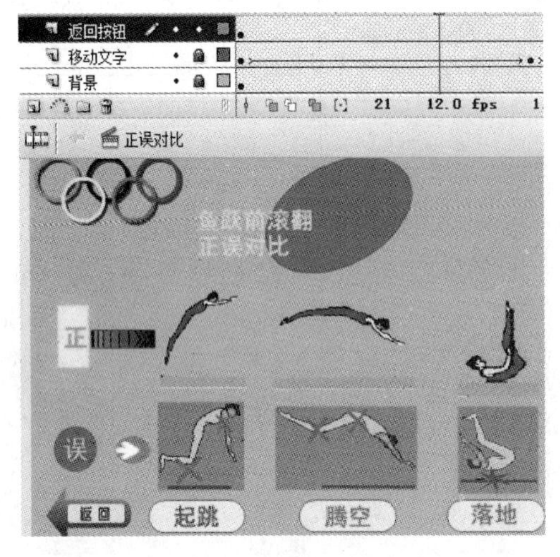

图14-155　场景8效果图

图14-156　场景9效果图

场景10～16(教学方法)：这7个场景是教师根据教学规律设计出的由易到难的教学步骤，制作方法基本雷同，只是画面的改变。效果如图14-157至图14-163所示。

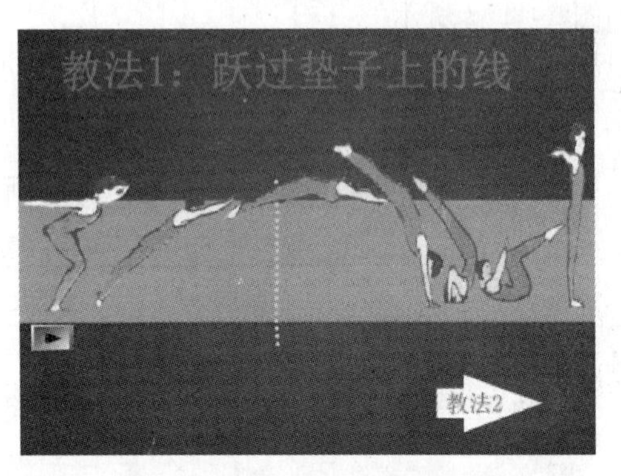

图14-157　场景10效果图

图14-158　场景11效果图

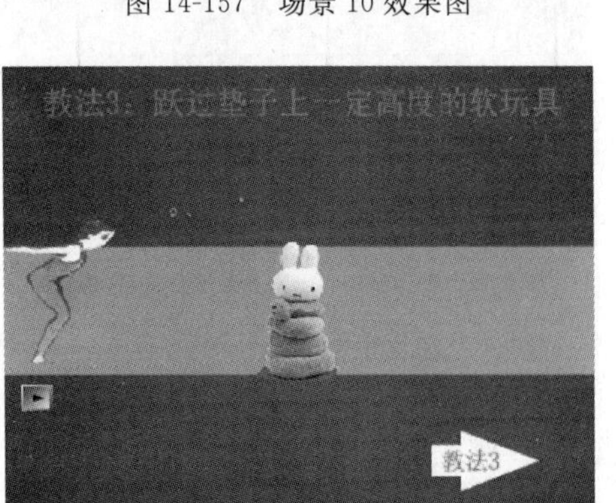

图14-159　场景12效果图

图14-160　场景13效果图

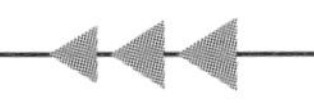

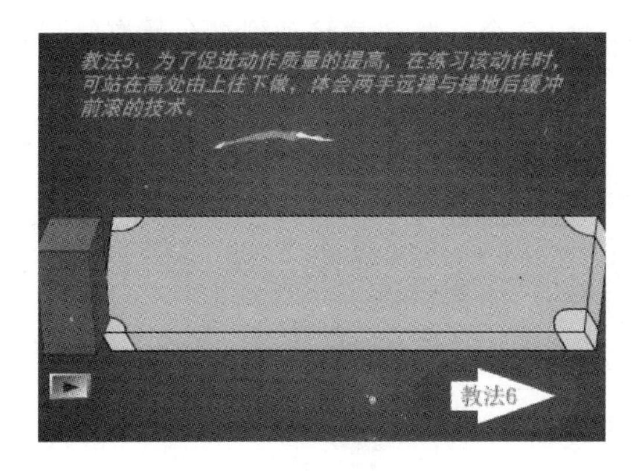

图 14-161　场景 14 效果图

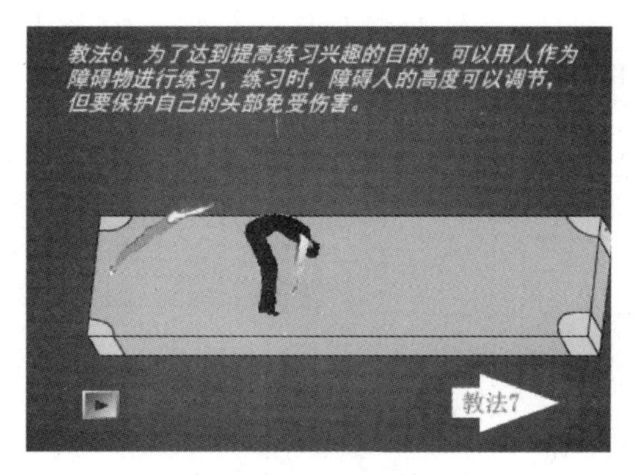

图 14-162　场景 15 效果图

图 14-163　场景 16 效果图

14.7.14　篮球的旋转与加速

效果：球的运动一般都是带有不同的速度旋转的，比如由均速变加速等。本例以篮球的均速旋转变加速转动之后回跳三次为例，说明 Flash 旋转动画的制作方法。制作步骤如下：

(1) 准备一幅透明背景的篮球图片。启动 Flash CS3 软件，新建一个背景为白色的 Flash 文档，命名并保存为“篮球的旋转与加速”，并将篮球图片导入到舞台中，如图 14-164 所示。

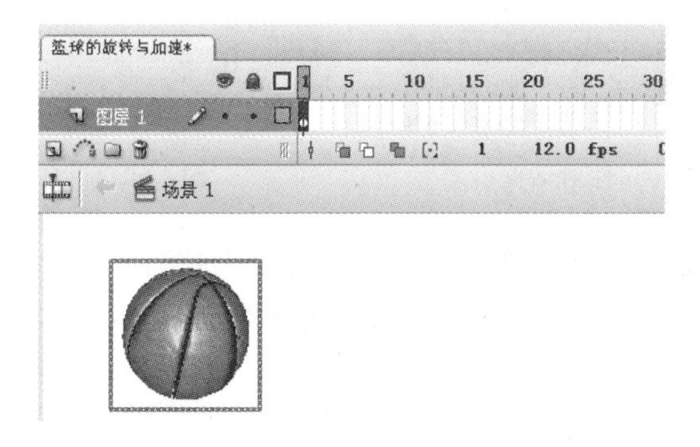

图 14-164　新建文档并导入图片

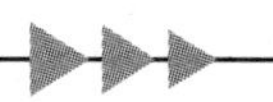

(2) 在第 30 帧处单击右键选择【插入关键帧】命令并将图片移动到舞台最右侧，如图 14-165 所示。

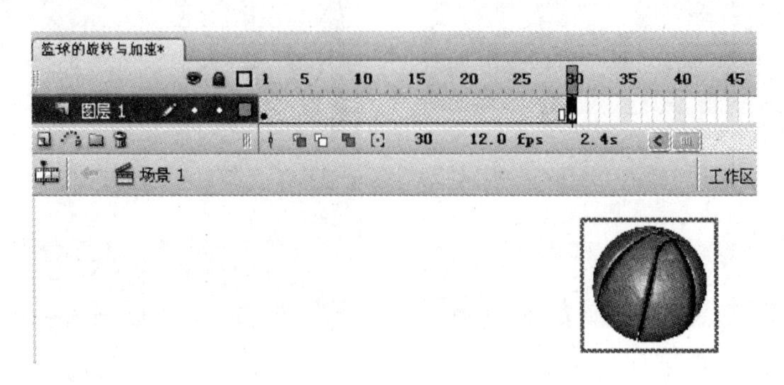

图 14-165 插入关键帧并移动图片

(3) 在时间轴中选择第 1 帧，然后右击，在弹出的快捷菜单中选择【创建补间动画】命令，如图 14-166 所示。

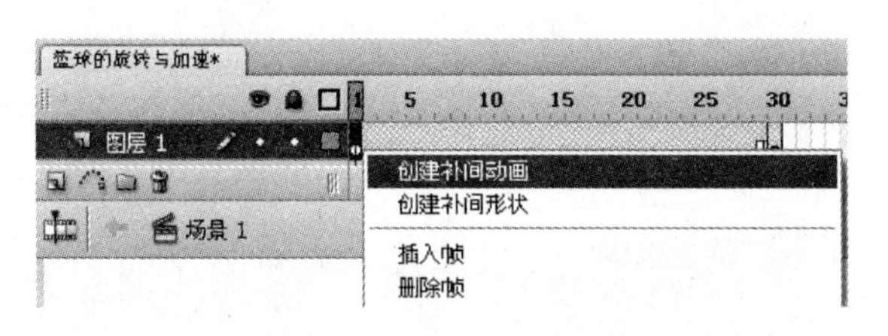

图 14-166 创建补间动画

(4) 在【属性】面板中，展开【旋转】选项卡，在【方向】下拉菜单中选择“顺时针”选项并选择旋转次数为“4”，如图 14-167 所示。

(5) 在时间轴的第 60 帧处单击右键，选择【插入关键帧】命令，把篮球图片的位置从第 30 帧处向下移动到最底端，然后右击时间轴第 30 帧，在弹出的快捷菜单中选择【创建补间动画】命令，在【属性】面板中，展开【旋转】选项卡，在【方向】下拉菜单中选择“顺时针”选项并选择旋转次数为“4”，将缓动数值设置为“－100”，(缓动参数大于“0”，完成后的效果是先快后慢，若设置小于“0”，则是先慢后快)，如图 14-168 所示。

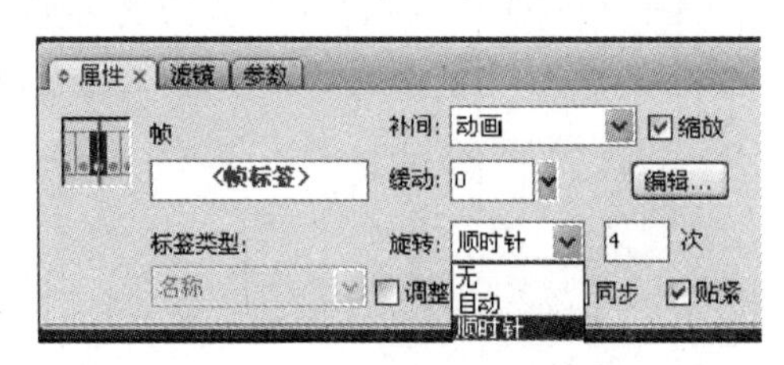

图 14-167 旋转属性对话框

图 14-168 缓动旋转对话框

(6) 在时间轴的第 100 帧处单击右键，选择【插入帧】命令。单击【添加运动引导层】按钮，在图层 1 上添加一个引导层，在引导层的第 60 帧处右键添加关键帧，用铅笔工具在舞台上画一根曲线，如图 14-169 所示。

(7) 左键单击图层 1 第 60 帧，在舞台上把篮球图片的中心点移动到曲线的右端上，如图 14-170 所示。

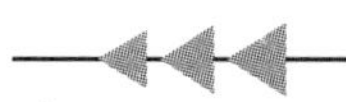

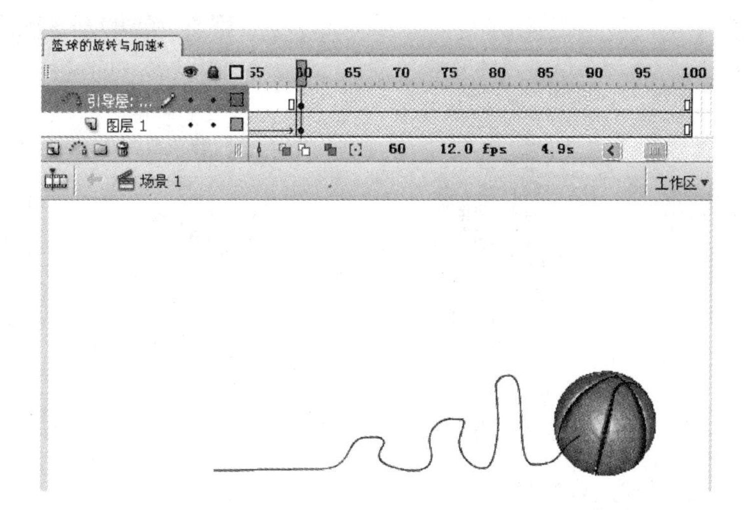

图 14-169　添加引导层

(8) 右键单击图层 1 第 100 帧，选择【插入关键帧】命令。在舞台上把篮球图片的中心点移动到曲线的另一端上，如图 14-171 所示。

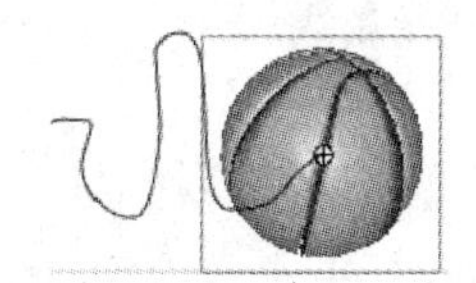

图 14-170　移动图片中心点与线端对齐

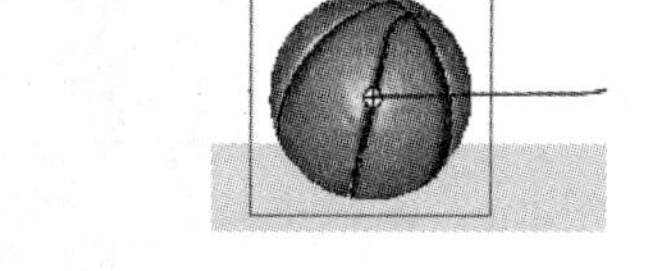

图 14-171　将图片移动到曲线另一端

(9) 右键单击图层 1 第 60 帧，在弹出的快捷菜单中选择【创建补间动画】命令，最终时间轴如图 14-172 所示。

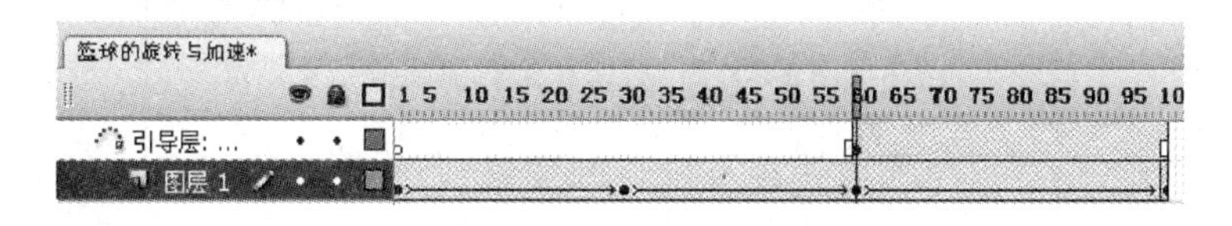

图 14-172　最终时间轴效果

(10) 按 Ctrl+Enter 组合键测试影片效果。

14.7.15　用 Flash 制作幻灯片

Flash Mx 2004 以后的版本如 Flash 8\Flash CS3 等都新增了幻灯片模板和屏幕功能，让课件制作既可以像 PowerPoint 那样简单，又可以尽情发挥自己的创意。在这里简要介绍一下用 Flash 制作幻灯片的方法：

(1) 启动 Flash CS3 软件(Flash MX 2004、Flash 8.0 等与此软件操作相同)，此时会出现对话框，如图 14-173 所示。

(2) 单击【从模板创建】下的【幻灯片演示文稿】文件夹，选择【科技型幻灯片演示文稿】如图 14-174 所示。

(3) 进入幻灯片编辑窗口，如图 14-175 所示。

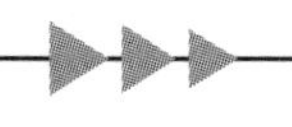

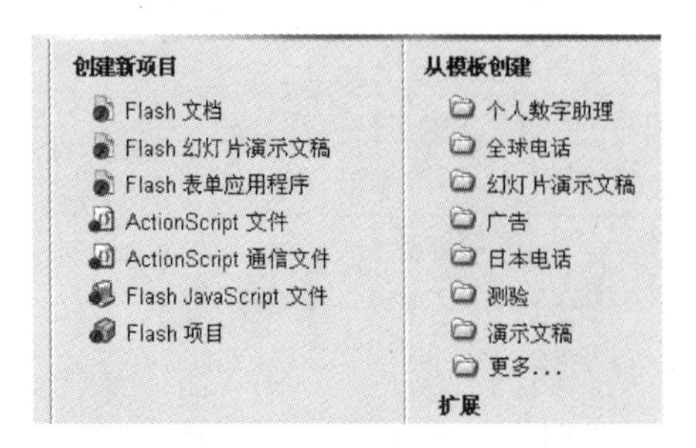

图 14-173　Flash 开始界面对话框

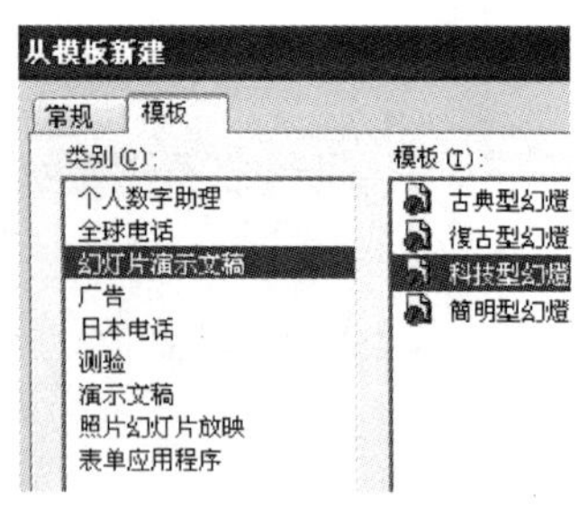

图 14-174　从模板新建对话框

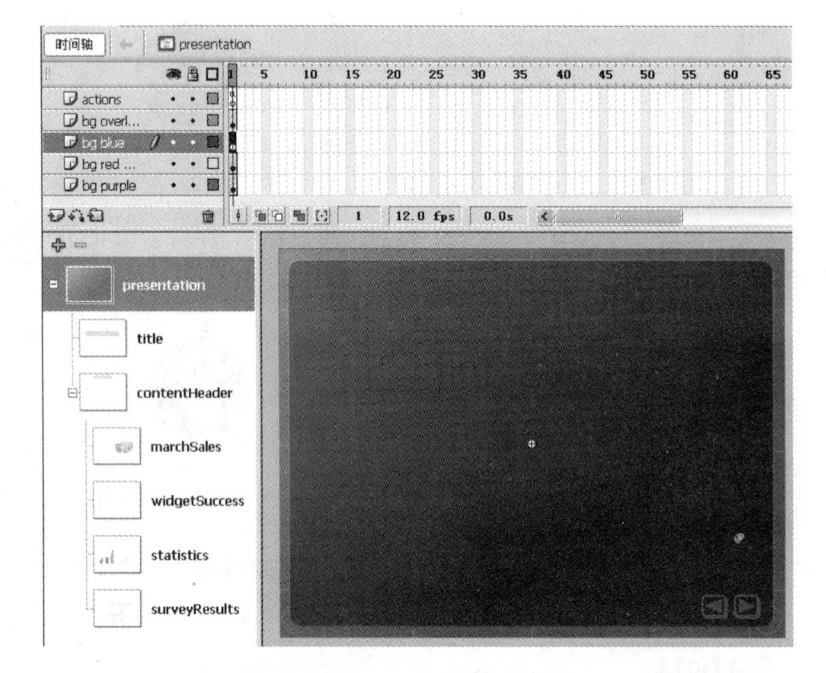

图 14-175　幻灯片编辑窗口

窗口分为两部分，左边是缩略图及幻灯片的结构，右边的场景中是幻灯片的内容，这些 Flash 称为“屏幕”。Presentation 中是幻灯片的背景，里面是图片和两个上下翻页的按钮，在右边的场景中双击就可以进行修改，Title 中是幻灯片的标题，双击可以进行修改，也可以删除原来的内容重新进行添加。

ContentHeader 中是幻灯片的主体部分，下面的 MarchSales、WidgetSuccess 都是幻灯片的内容，可以根据需要进行修改添加。如果觉得幻灯片的张数不够，在需要添加的地方右击选择“插入屏幕”即可。双击缩略图的名称可重命名。屏幕上可以放置动画、声音等，但要注意：通过屏幕中时间轴创建的动画是不能播放的，只能将动画做成一个影片对象，放置到屏幕上才能正常播放。幻灯片的结构图如图 14-176 所示。

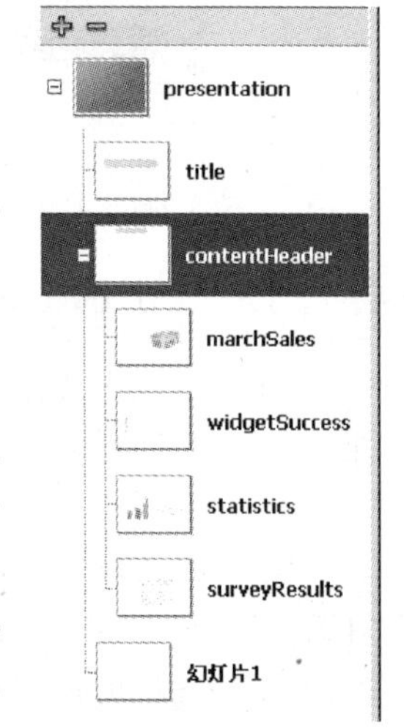

图 14-176　幻灯片结构图

(4) 根据需要，修改添加完成后，按 Ctrl+Enter 组合键观看幻灯片，如图 14-177 所示。

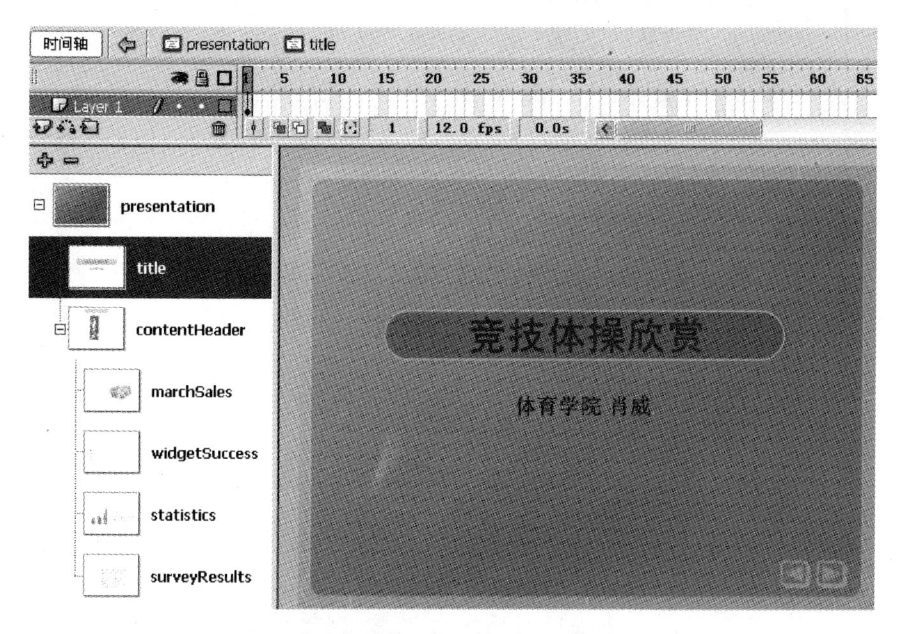

图 14-177　修改幻灯片模板

(5) 在 Flash 中也可以自己制作幻灯片的样式。具体操作如下。

① 启动 Flash 软件后，选择【创建新项目】下的【Flash 幻灯片演示文稿】。

也可以选择主菜单栏【文件】|【新建】命令，在打开的【新建文档】对话框中单击【常规】标签，在【类型】中选择【Flash 幻灯片演示文稿】，单击【确定】按钮即可，如图 14-178 所示。

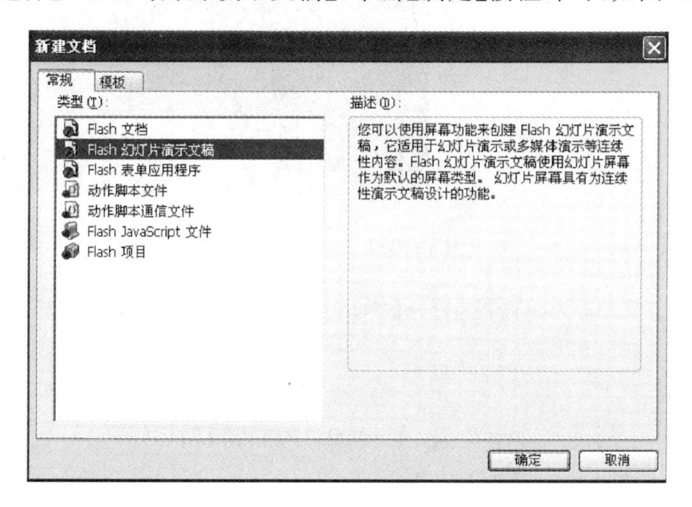

图 14-178　创建新文档

② 此时将自动创建两个屏幕，分别为“演示文稿”和“幻灯片 1”，如图 14-179 所示。

其中“幻灯片 1”是嵌套在“演示文稿”下面的，也就是“嵌套屏幕”。这样“幻灯片 1”屏幕中的内容将会覆盖显示在“演示文稿”屏幕上。在“演示文稿”屏幕中绘制课件的背景和一些装饰物，并且放置两个按钮，用来实现幻灯片的上下翻页，如图 14-180 所示(如果不添加翻

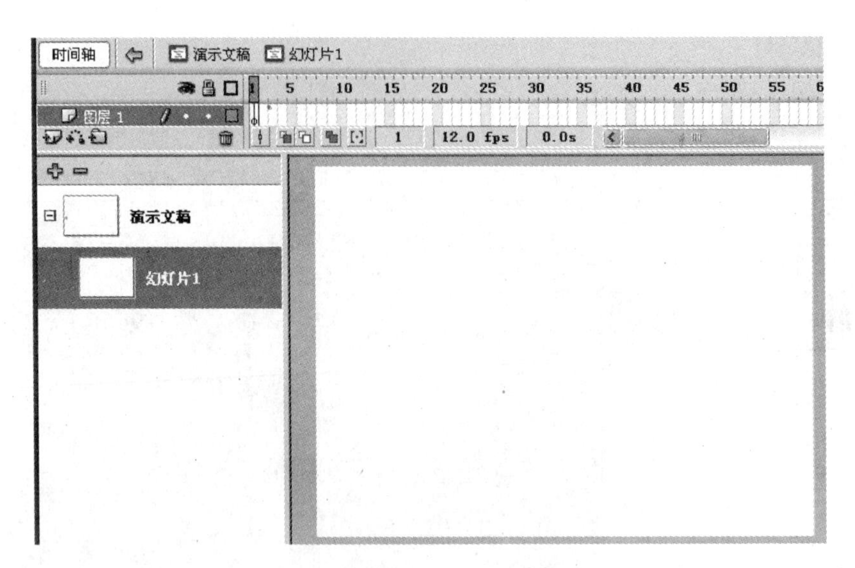

图 14-179　新建一个文档

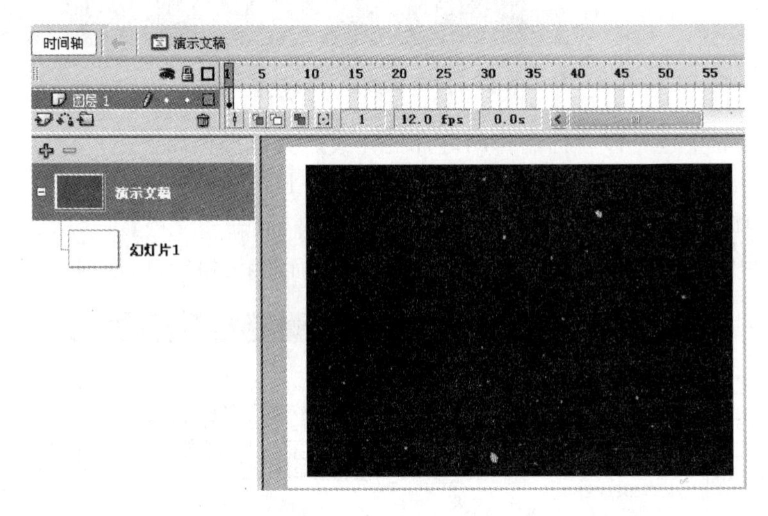

图 14-180　编辑幻灯片

页按钮，就要使用主菜单栏中的【控制】→【测试影片】命令测试动画，按方向键→键就可以按顺序进行播放，按←键就可以跳到前一个幻灯片)。

③ 设置屏幕转变

与 PowerPoint 中的动画效果类似，在 Flash 中也可以对各个幻灯片间的过渡方式进行设置，避免各个幻灯片间直接切换的生硬方式。

利用行为为屏幕设置转变，使幻灯片之间能方式多样地、流畅地过渡。要应用行为控制，需要打开【行为】面板，一般要选择行为应用对象(如按钮)，指定触发行为的事件(如释放按钮)，选择受行为影响的目标对象(如实例)，并在必要时指定行为参数的设置(如帧号或标签)。在本项目任务里，主要是利用行为幻灯片添加转变效果，也就是过渡。操作步骤如下：

在【屏幕轮廓】面板中选择“幻灯片 1”单击主菜单栏中的【窗口】命令，在打开的下拉菜

单中选择【行为】命令，打开【行为】面板，单击＋按钮，选择【屏幕】|【转变】命令，如图 14-181 所示。使用“利用模板”中所介绍的方法，根据需要插入屏幕。按 Shift＋F3 打开【行为】面板，选中第一张幻灯片的向上翻页按钮，选择【转到前一幻灯片】。再将按钮的交互设置为【按下时】。使用同样的方法给“向下”翻页按钮加上【转到后一幻灯片】行为。在这里还可以添加更多的按钮，从而实现更多的交互，而且按钮的交互也有多种方式。

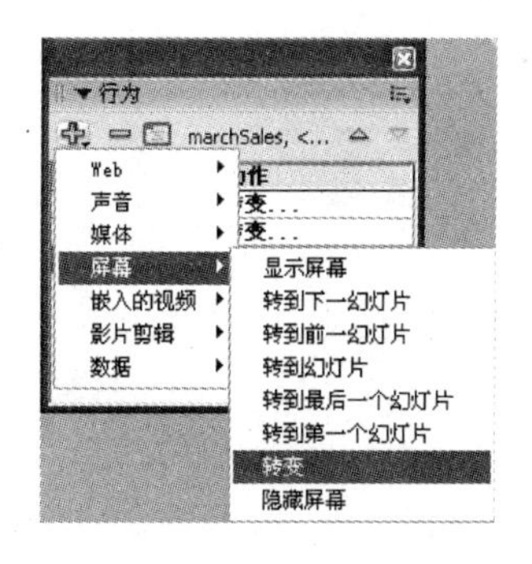

图 14-181　幻灯片行为面板

④ 选择任一屏幕，单击【行为】面板，弹出菜单，选择【屏幕】|【转变】命令，设置幻灯片的切换效果，每一种效果还可以进行参数设置，从而使转场更加丰富，如图 14-182 所示。

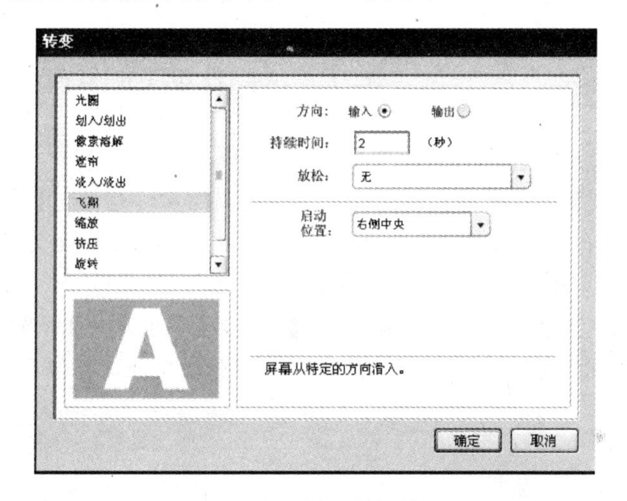

图 14-182　设置转场效果

最后需要注意的是：制作的幻灯片课件要使用 Macromedia Flash Player 7 播放，低版本的 Flash 播放器不支持。

执行【控制】|【测试影片】命令(快捷键为 Ctrl＋Enter)，测试效果，没有问题后，将它导出并保存起来。

上 机 练 习

把本章中的实例逐个上机验证，并做到举一反三。

第15章

Flash作品导出与发布

一个动画作品完成后，必须将其生成可以脱离 Flash 软件而运行的动画文件，才能用于网页或其他应用程序(如 PowerPoint)中。根据作品的不同用途，这个过程可以用导出和发布两种方式来完成。

15.1 导出动画作品

1. 导出 SWF 影片

SWF 文件格式是 Flash 自身特有的文件格式，这种格式不但可以播放出所有在编辑时设计的动画效果和交互功能，而且文件容量小，可以设置保护。导出 SWF 影片具体操作步骤如下。

(1) 从菜单中选择【文件】|【导出】|【导出影片】命令，会弹出【导出影片】对话框，要求用户选择导出文件的名称、类型及保存位置，如图 15-1 所示。

图 15-1 【导出影片】对话框

(2) 选择保存类型中的【Flash 影片(*.swf)】选项，输入一个文件名，然后单击【保存】按钮，会出现一个【导出 Flash Player】对话框，要求用户对导出文件的参数进行设置，如图 15-2 所示。其参数设置和主要选项如下。

①【版本】选项：设置导出的 Flash 作品的版本。在 Flash 8 中，可以有选择地导出各版本的作品。如果设置版本较高，则该作品无法使用较低版

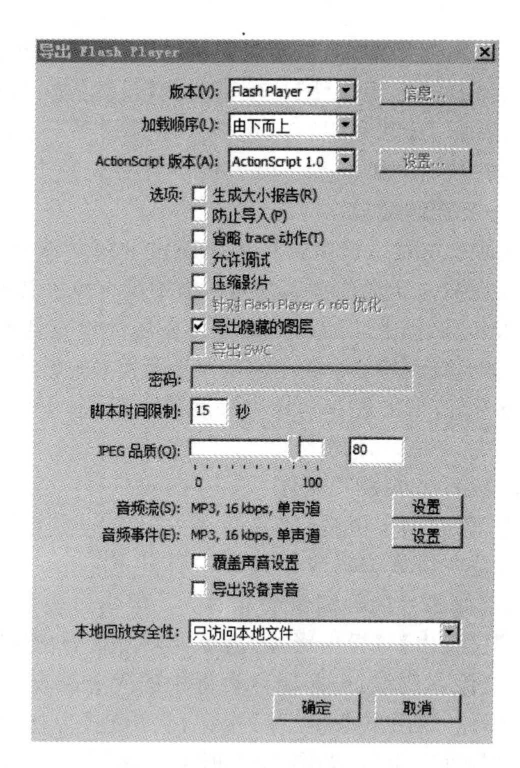

图 15-2　导出 Flash 播放器对话框

本的 Flash Player 播放。

②【加载顺序】选项：此选项控制着 Flash 在速度较慢的网络或调制解调器连接上先绘制影片的哪些部分。设定在客户端动画作品中各层的下载显示顺序，也就是客户首先看到的是哪些动画对象，可以选择按从上至下的顺序或从下至上的顺序下载显示，这个选项只对动画作品的开始帧起作用，动画中的其他帧的显示不会受到这一参数的控制。实际上，其他帧中各层的内容是同时显示的。

③【ActionScript 版本】选项：选择导出的影片所使用的动画脚本的版本号。

④【生成大小报告】选项：在导出 Flash 作品的同时，将生成一个报告(文本文件)，按文件列出最终的 Flash 影片的数据量。该文件与导出的作品文件同名。

⑤【防止导入】选项：可防止其他人将 Flash 影片转换回 Flash 文档，可使用密码来保护 Flash 的 SWF 文件。

⑥【省略 trace 动作】选项：使 Flash 忽略导出作品中的 trace 语句，这样，【跟踪动作】的信息就不会显示在【输出】面板中。

⑦【允许调试】选项：激活调试器并允许远程调试 Flash 影片。如果选择该选项，可以使用密码来保护 Flash 影片。

⑧【压缩影片】选项：可以压缩 Flash 影片，从而减小文件大小，缩短下载时间。当文件有大量的文本或动作脚本时，默认情况下会启用此选项。

⑨【JPEG 品质】选项：若要控制位图压缩，可以调整滑块或输入一个值。图像品质越低，压缩比越大，生成的文件就越小；图像品质越高，压缩比就越小，生成的文件就越大。可以尝试不同的设置，以便确定文件大小和图像品质之间的最佳平衡点。

⑩【音频流/音频事件】选项：设定作品中音频素材的压缩格式和参数，在 Flash 中对于

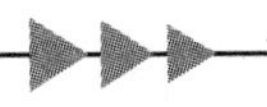

不同的音频引用可以指定不同的压缩方式,要为影片中的所有音频流或事件声音设置采样率和压缩,可以单击【音频流】或【音频事件】选项旁边的【设置】按钮,然后在【声音设置】对话框中设置【压缩】选项、【比特率】选项和【品质】选项。注意只要下载的前几项有足够的数据量,音频流就会开始播放,它与时间轴同步。但事件声音必须完全下载完毕才能开始播放,除非明确停止,否则它将一直连续播放。

⑪【覆盖声音设置】选项:本对话框中的音频压缩设置将对作品中所有的音频对象起作用。若不勾选,则上面的设置只对于那些在属性对话框中没有设置音频压缩(压缩项中选择默认)的音频素材起作用。若勾选,则上面的设置将覆盖在属性检查器的【声音】部分中,是为各个声音对象选定的设置。如果要创建一个较小的低保真度版本的影片,可以考虑勾选此复选框。

(3) 直接单击【保存】按钮,则出现一个导出进度条。很快,作品就被导出为一个独立的Flash动画文件了。

2. 导出 Windows AVI(*.avi)视频文件

此格式将影片导出为Windows视频,但是会丢失所有的交互性。Windows AVI是标准Windows影片格式,它是在视频编辑应用程序中打开Flash动画的非常好的格式,由于AVI是基于位图的格式,因此影片的数据量会非常大。导出过程如下。

从菜单中选择【文件】|【导出】|【导出影片】命令,会弹出【导出影片】对话框,要求用户选择导出文件的名称、类型及保存位置,选择保存类型中的Windows AVI(*.avi)选项,输入一个文件名,如图15-3所示。然后单击【保存】按钮,会出现【导出Windows AVI】对话框,要求用户对导出文件的参数进行设置,如图15-4所示。

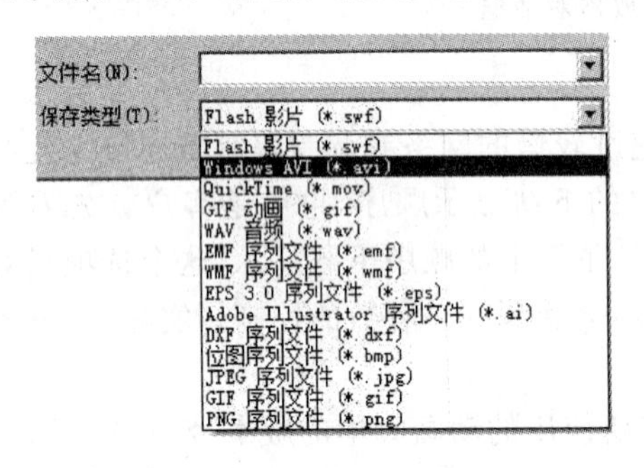

图15-3 设置文件名和保存类型

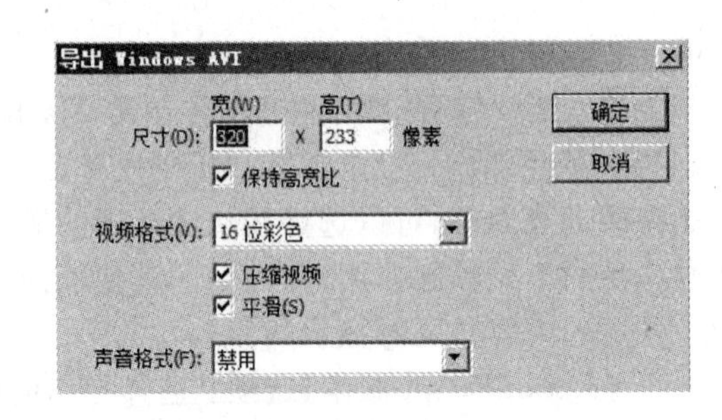

图15-4 【导出Windows AVI】对话框

其参数设置和主要选项如下。

(1)【尺寸】选项:用于指定AVI影片的帧的宽度和高度(以像素为单位)。宽度和高度两者只能指定其一,另一个尺寸会自动设置,这样会保持原始文档的高宽比。如果取消选择【保持高宽比】选项就可以同时设置宽度和高度。

(2)【视频格式】选项:用于选择颜色深度,某些应用程度还不支持32位彩色图像格式,请使用较早的24位格式。【压缩视频】选项为标准的AVI视频压缩选项。【平滑】选项会对导出的AVI影片应用消除锯齿效果。消除锯齿可以生成较高品质的位图图像,但是在彩色背景上它可能会在图像的周围产生灰色像素的光晕。如果出现光晕,请取消选择此选项。

(3)【声音格式】选项:设置音轨的采样比率和大小,以及是以单声还是以立体声导出声音。采样比率和大小越小,导出的文件越小,但是这样可能会影响声音品质。

3. 导出 GIF 格式(*.gif)

导出含有多个连续画面的GIF动画文件,在Flash动画时间轴上的每一帧都会变成

GIF 动画中的一幅图片。如图 15-5 所示为【导出 GIF】对话框。

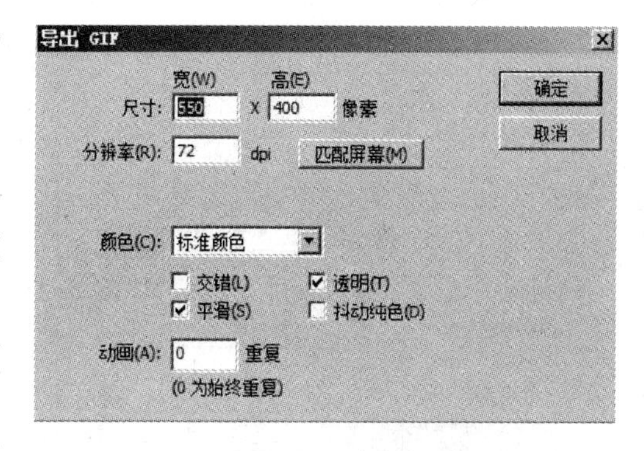

图 15-5 【导出 GIF】对话框

【导出 GIF】对话框设置如下。

(1)【尺寸】选项：设置 GIF 文件的大小。

(2)【分辨率】选项：按照每英寸的点数(dpi)为单位设置的，可以输入一个分辨率，也可以单击【匹配屏幕】按钮，使用屏幕分辨率。

(3)【颜色】选项：导出图像的颜色数量设置。此外，也可以选择使用【交错】、【平滑】、【透明】或【抖动纯色】等选项。

(4)【动画】选项：仅在使用 GIF 动画导出格式时才可用，可以输入重复的次数，如果设置为 0 则无限次重复。

4. 导出 WAV 音频(＊.wav)

将当前影片中的声音文件导出生成为一个独立的 WAV 文件。

5. 导出 WMF Sequence 序列文件(＊.wmf)

WMF 文件是标准的 Windows 图形格式，大多数的 Windows 应用程序都支持此格式。此格式对导入和导出文件会生成很好的效果，Windows 的剪贴画就是使用这种格式，它没有可定义的导出选项，Flash 可以将动画中的每一帧都转变为一个单独的 WMF 文件导出，并使整个动画导出为 WMF 格式的图片序列文件。

6. 导出位图序列文件(＊.bmp)

导出一个位图文件序列，动画中的每一帧都会转变为一个单独的 BMP 文件，其导出设置主要包括图片尺寸、分辨率、色彩深度以及是否对导出的作品进行抗锯齿处理。

7. 导出 JPEG 序列文件(＊.jpg)

导出一个 JPEG 格式的位图文件序列，JPEG 格式使用户可将图像保存为高压缩比的 24 位位图，JPEG 更适合显示包含连续色调(如照片、渐变色或嵌入位图)的图像。动画中的每一帧都会转变为一个单独的 JPEG 文件。

15.2 发布作品

【发布】命令可以创建 SWF 文件，并将其插入 HTML 文档，以便利用浏览器播放。也可以以其他文件格式(如 GIF、JPEG、PNG 和 QuickTime 格式)发布 FLA 文件。

发布 Flash 动画作品的一般过程如下。

(1) 选择【文件】|【发布设置】命令，弹出【发布设置】对话框，如图 15-6 所示。

(2) 在【格式】选项卡的【类型】选项中，可以选择在发布操作中导出的作品格式，被选中的作品会在对话框中出现相应的参数设置，可以根据需要选择其中的一种或几种。Flash 提供了 8 种文件格式用于作品的发布，对于每一种格式，Flash 都提供了一些控制参数，分别如图 15-7～图 15-11 所示。

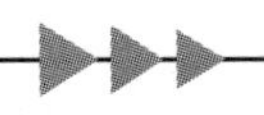

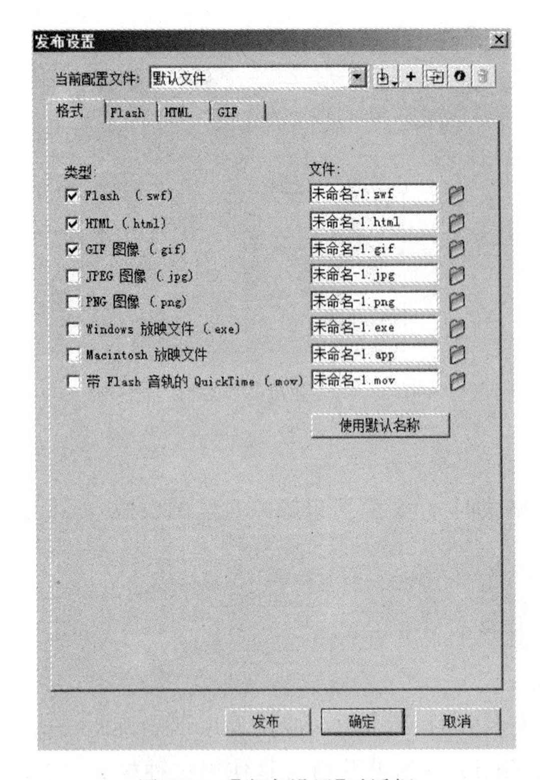

图 15-6 【发布设置】对话框

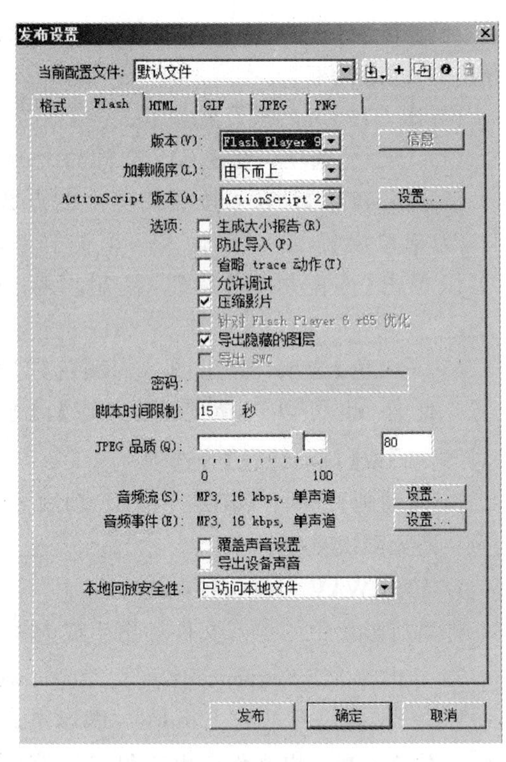

图 15-7 【发布设置】——Flash 选项卡

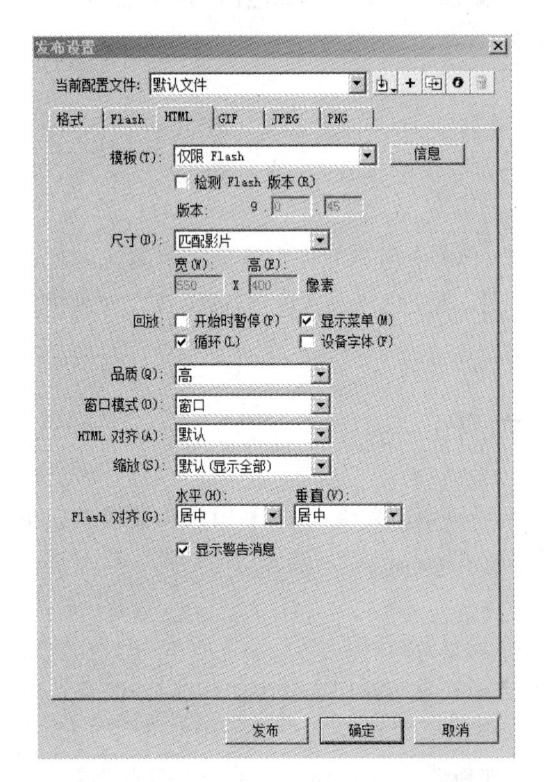

图 15-8 【发布设置】——HTML 选项卡

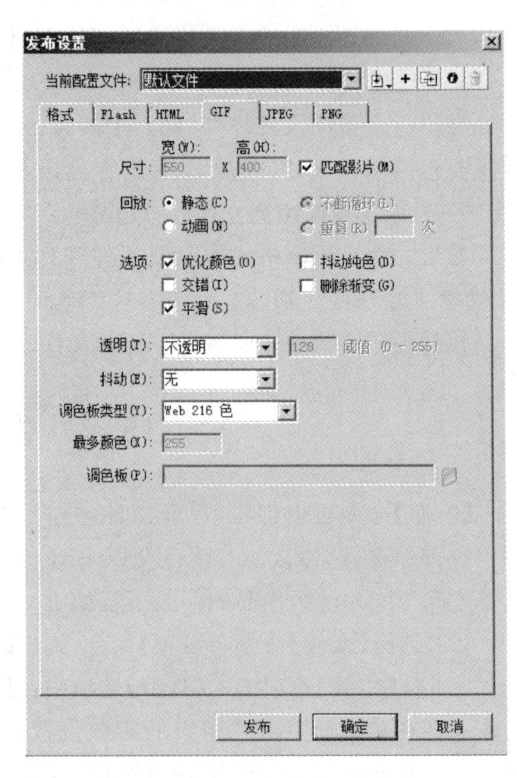

图 15-9 【发布设置】——GIF 选项卡

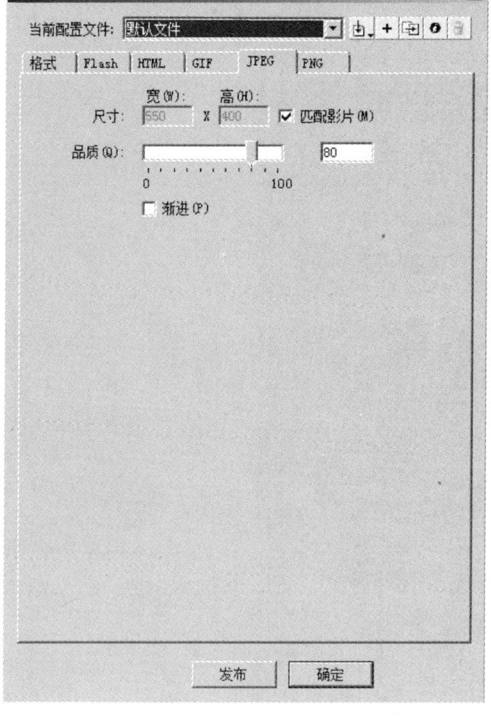

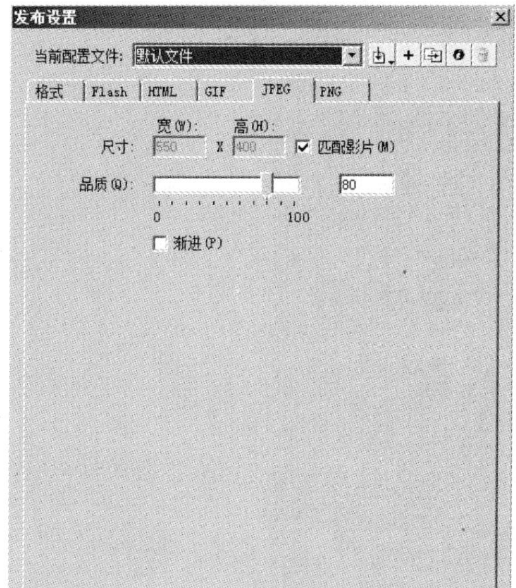

图 15-10　【发布设置】——JPEG 选项卡

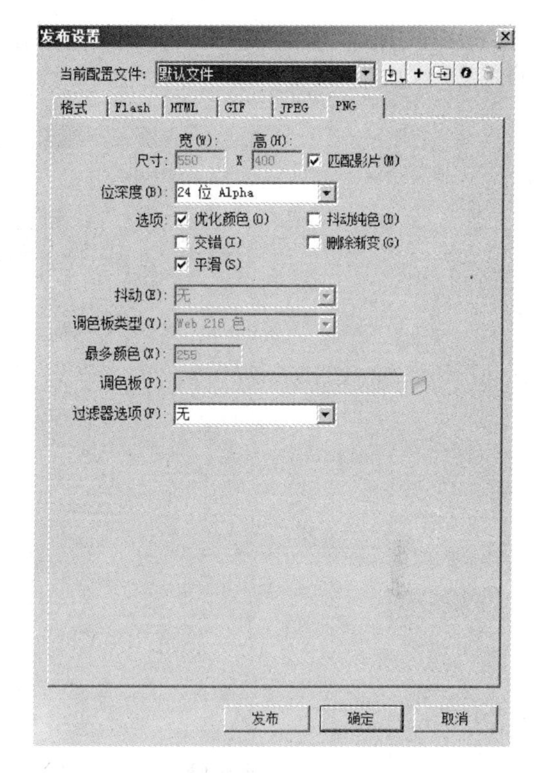

图 15-11　【发布设置】——PNG 选项卡

(3) 文件发布的默认目录是当前文件所在目录,也可以选择不同的目录,单击默认目录后面的按钮,就可以选择不同的目录和名称,当然也可以直接修改。

(4) 设置完毕后,如果单击【确定】按钮,则保存设置,并关闭【发布设置】对话框,但不发布文件。只有单击【发布】按钮,Flash 才按照选定的文件类型发布作品。

15.3　Flash 导出与发布的区别

Flash 动画导出与发布的区别在于:导出,可以导出多种类型的文件之一;发布,可以生成发布设置中勾选的多个文件。

15.4　在 Flash 中导出 GIF 动画后不加上白色背景的方法

在 Flash 中的【发布设置】对话框中可以设置输出的 GIF 动画不带白色背景,具体操作步骤如下。

(1) 选择【文件】|【发布设置】命令,打开【发布设置】对话框,在该对话框中的【格式】选项卡下,可以查看到 Flash 软件默认只选中了 Flash(.swf)和 HTML(.html)这两个复选框。若想导出 GIF 动画,就选中【GIF 图像(.gif)】复选框,然后单击 GIF 选项卡。

(2) 在 GIF 选项卡下,如果是输出动画,则在【回放】选项栏处选中【动画】单选按钮,然后在【透明】栏中的下拉列表框选择【透明】选项,这是输出透明背景的关键设置。再在【抖

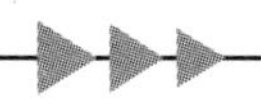

动】下拉列表框中选择一种抖动方式。最后在【调色板类型】下拉列表框中选择一种调色板类型，如图 15-12 所示。

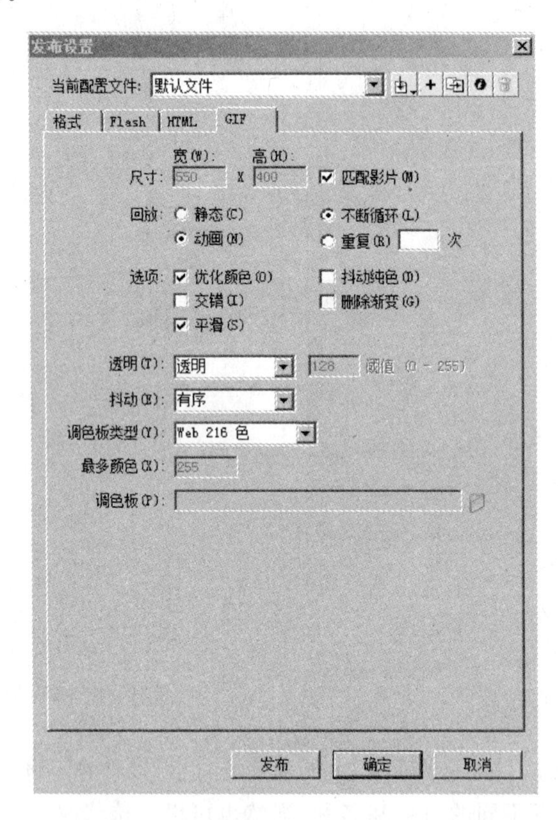

图 15-12　发布透明 GIF 动画设置框

(3) 单击【发布设置】对话框中的【发布】按钮，或者单击【确定】按钮后，选择【文件】|【发布】命令。再到 X:\Program Files\Macromedia\Flash(“X”是指安装 Flash 所在的硬盘盘符)文件夹下，或者到已经保存了编辑文件(.fla)所在的文件夹中，此时会看到多了三个名为【未命名-1】的文件，只是扩展名不同。其中的【未命名-1.gif】文件就是输出的透明背景的 GIF 动画。

上 机 练 习

制作一款完整的 Flash 课件，并将其分别导出发布为 SWF 影片、Windows AVI 视频文件和 GIF 图像。

质检11